*Karl May · Old Surehand II*

# KARL MAY

# *Old Surehand*

## ZWEITER BAND

UNGEKÜRZTE AUSGABE

TOSA VERLAG

Im Auftrag hergestellte Sonderausgabe
Bestellnummer S 15
Alle Rechte vorbehalten
© 1962 Karl-May-Verlag, Bamberg
Printed in Austria

Jefferson City, die Hauptstadt des Staates Missouri und zugleich der Hauptort des County Cole, liegt am rechten Ufer des Missouri auf einer anmutigen Höhe, die einen fesselnden Blick auf den unten strömenden Fluß und das auf ihm herrschende rege Leben und Treiben bietet. Die Stadt hatte damals viel weniger Einwohner als jetzt, war aber trotzdem bedeutend durch ihre Lage und durch den Umstand, daß hier die regelmäßigen Sitzungen des Distriktsgerichts abgehalten wurden. Es gab dort mehrere große Gasthäuser die für gutes Geld leidliche Wohnung und genießbares Essen gewährten. Ich verzichtete aber auf eine solche Unterkunft, weil ich lieber dahin gehe, wo ich die Menschen in ihrer Ursprünglichkeit kennenlernen kann, und weil ich auch einen Ort wußte, wo man für viel weniger Geld sehr gut wohnte und vortrefflich verpflegt wurde. Das war Firestreet Nr. 15 bei Mutter Thick, in dem von den Seen bis zum mexikanischen Golf und von Boston bis San Francisco wohlbekannten *boardinghouse,* denn dort ging gewiß kein echter Westmann, falls er einmal nach Jefferson City kam, vorüber, ohne einen kürzeren oder längeren *drink* zu halten und dabei den Erzählungen zu lauschen, die im Kreise der anwesenden Jäger, Trapper und Squatter die Runde machten. Mutter Thicks Haus war bekannt als ein Ort, wo man auf diese Weise den Wilden Westen kennenlernen konnte, ohne die *dark and bloody grounds* selbst aufsuchen zu müssen.

Es war Abend, als ich den mir bisher unbekannten Gastraum betrat. Mein Pferd und meine Gewehre hatte ich auf einer flußaufwärts liegenden Farm gelassen, wo Winnetou meine Rückkehr erwarten wollte. Er liebte die Städte nicht und hatte deshalb für einige Tage diesen Aufenthalt auf dem Lande genommen. Ich beabsichtigte, in der City verschiedene Einkäufe zu machen. Auch bedurfte mein Anzug, der außerordentlich mitgenommen war, einiger Aufbesserung oder vielmehr, er bedurfte ihrer sehr; besonders die langen Stiefel waren an vielen Stellen höchst „offenherzig" geworden und hatten ihren früheren Gehorsam in einer Weise verloren, daß sie, so oft ich auch die Schäfte herauf bis an den Leib ziehen mochte, doch immer wieder bis auf die Füße hinunterrutschten.

Zugleich wollte ich meinen kurzen Aufenthalt hier in der Stadt dazu benutzen, eine Erkundigung nach Old Surehand einzuholen. Als ich ihn bei unserer Trennung gefragt hatte, ob, wann und wo ich ihn vielleicht wiedersehen könne, war er nicht imstande gewesen, mir eine bestimmte Antwort zu geben, hatte mir aber gesagt:

„Wenn Ihr gelegentlich nach Jefferson City, Missouri, kommt, so geht in das Bankgeschäft von Wallace & Co; dort werdet Ihr erfahren, wo ich mich gerade befinde."

Nun war ich da und wollte diese Gelegenheit nicht vorübergehen lassen, ohne Wallace & Co. aufzusuchen.

Also es war abends, als ich bei Mutter Thick eintrat. Ich sah einen langen und ziemlich breiten Raum, der von mehreren Lampen hell erleuchtet war. Es standen wohl gegen zwanzig Tische da; die Hälfte davon war besetzt, und zwar von einer sehr gemischten Gesellschaft, die einen dichten Tabakqualm um sich verbreitete.

Es gab da einige fein gekleidete Gentlemen – die Papiermanschetten weit aus den Ärmeln hervorstrebend, den Zylinder tief im Nacken und die in glanzledernen Stiefeln steckenden Füße auf dem Tisch; Trapper und Squatter in allen Lebensaltern und Farben und in die unbeschreiblichsten Gewandungen gehüllt; Flößer und Schiffsknechte – die Stiefelschäfte hoch heraufgezogen und das blitzende Messer neben dem Revolver im Gürtel; Halbblutindianer nebst anderen Mischlingen von allen möglichen Sorten und Schattierungen.

Dazwischen fegte die wohlbeleibte, ehrbare Mutter Thick umher und sorgte eifrig dafür, daß keinem ihrer Gäste etwas mangelte. Sie kannte alle, nannte jeden beim Namen, warf dem einen freundlichen Blick zu und drohte jenem, der zum Streit aufgelegt zu sein schien, heimlich warnend mit dem Finger. Sie kam auch zu mir, als ich mich gesetzt hatte, und fragte nach meinen Wünschen.

„Kann ich ein Glas Bier bekommen, Mutter Thick?" fragte ich.

„Yes", nickte sie, „sehr gutes sogar. Habe es gern, wenn meine Gäste Bier trinken; ist besser und gesünder und auch anständiger als Brandy, der oft tolle Köpfe macht. Seid wahrscheinlich ein Deutscher, Sir?"

„Yes."

„Dachte es mir, weil Ihr Bier verlangt. Die Deutschen trinken immer Bier, und sie sind klug, daß sie es tun. Ihr wart noch nicht bei mir?"

„Nein, möchte aber heute Eure Gastfreundlichkeit in Anspruch nehmen. Habt Ihr ein gutes Bett?"

„Meine Betten sind alle gut!"

Sie musterte mich mit prüfendem Blick. Mein Gesicht schien ihr besser zu gefallen als mein sonstiges Äußere, denn sie fügte hinzu:

„Scheint lange keine Wäsche gewechselt zu haben; aber Eure Augen sind gut. Wollt Ihr billig boarden?"

Billig boarden heißt: das Bett mit noch anderen teilen.

„Nein", antwortete ich. „Es würde mir sogar lieb sein, wenn ich nicht im Gemeinschaftssaal schlafen müßte, sondern ein eigenes Zimmer haben könnte. Zahlungsfähig bin ich trotz meines schlimmen Anzugs."

„Glaube das, Sir. Sollt ein eigenes Zimmer haben. Und wenn Euch hungern sollte, da ist der Speisezettel."

Sie gab mir das Papier und ging fort, um das Bier zu holen. Die gute Frau machte den Eindruck einer sehr verständigen, freundlichen und besorgten Hausmutter, deren Glück es ist, Zufriedenheit um sich zu sehen. Auch die Einrichtung der Gaststube heimelte mich an; sie war mehr deutsch als amerikanisch.

Ich hatte an einem leeren Tisch Platz genommen, der in der Nähe einer langen Tafel stand. Diese war vollständig besetzt von Gästen, die eine besonders lebhafte und spannende Unterhaltung führten. Sie erzählten sich abenteuerliche Geschichten aus dem Wilden Westen, die sie teils vom Hörensagen kannten, teils auch selbst erlebt hatten. Manch einer hatte lange und gefährliche Jahre draußen zugebracht und kam wohl nur gelegentlich herein zu Mutter Thick, um dann wieder zurückzukehren zu seinem aufreibenden und doch auch freudvollen Gewerbe. Aus den Reden der Gäste an der langen Tafel entnahm ich bald, wer die Leute waren: einige Trapper, ein Indianeragent, ein Pedlar[1], ein Pelzjäger und mehrere Squatter[2]. Fast jeder von ihnen wußte zur Unterhaltung aus eigenen Erfahrungen beizutragen. Man schilderte Zusammenkünfte und Erlebnisse mit Old Firehand, Old Death, Sans-ear und mit meinen alten drolligen Freunden Dick Hammerdull und Pitt Holbers. Von Old Surehand wurden hervorragende Taten berichtet, und auch meinen Namen erwähnte man. Einer der Männer erzählte vom Kanada-Bill, ein andrer von Kapitän Kaiman[3], und zwar war der Sprecher sogar jener Detektiv Treskow, der mitgeholfen

---

[1] Händler  [2] Ansiedler  [3] Siehe Bd. 19, „Kapitän Kaimann"

hatte, diesen berüchtigten Seeräuber zur Strecke zu bringen, und dabei mit Winnetou zusammengetroffen war. Treskow wohnte gleichfalls hier im Gasthaus.

Mutter Thick schenkte mir zum zweitenmal ein und raunte mir dabei vertraulich zu: „Es ist heute besonders hübsch hier, Sir. Ich habe es immer gern, wenn meine Gäste so abenteuerliche und spannende Geschichten erzählen, denn dann lauscht alles, und es bleibt still und friedlich. Ich meine, das ist besser und anständiger, als wenn sie sich miteinander zanken und balgen und mir dabei Tische und Stühle zerschlagen und die Becher und Gläser zerbrechen!"

Einige Zeit war so mit Erzählen und Zuhören vergangen, da kamen neue Gäste. Es waren sechs Personen, die lärmend eintraten und mehr Spiritus genossen zu haben schienen, als ihnen zuträglich war. Sie sahen sich nach Plätzen um, und obgleich genug andere leer waren, zogen sie es vor, sich an meinen Tisch zu setzen.

Am liebsten wäre ich aufgestanden, das hätten sie aber gewiß als Beleidigung betrachtet; und da ich keine Veranlassung zu rohen Streitigkeiten geben wollte, blieb ich sitzen. Sie verlangten Brandy und bekamen welchen, doch wurden sie von Mutter Thick in einer Weise bedient, die erkennen ließ, daß sie diese Leute lieber gehen als kommen sah.

Bewohner der Stadt konnten sie nicht sein, denn sie hatten außer ihren Messern und Revolvern auch Gewehre mit. Sie sahen wie echte Rowdies aus und stanken förmlich nach Schnaps. Es kostete mir wirklich Überwindung, mit ihnen am selben Tisch auszuhalten. Sie führten das große Wort und sprachen so laut und so unausgesetzt, daß von der Unterhaltung der anderen Gäste fast nichts zu hören war. Die Ruhe und Gemütlichkeit, die vorher geherrscht hatten, waren verschwunden.

Der lauteste von ihnen war ein stark und ungeschlacht gebauter Kerl mit einem wahren Bullenbeißergesicht. Seine Glieder und Gesichtszüge schienen aus Holz roh zugehackt zu sein. Er spielte sich als Anführer der anderen auf, und es war allerdings zu bemerken, daß sie ihn nach ihrer Weise mit einer Art Ehrerbietung behandelten.

Sie sprachen von Heldentaten, die sie begangen hatten und wieder begehen wollten, von Vermögen, die sie besessen und verjubelt hatten und jedenfalls bald wieder erwerben würden; sie gossen ein Glas nach dem anderen hinunter, und als Mutter Thick sie mahnte, langsamer zu trinken, wurden sie grob und drohten, vom Schenktisch Besitz zu nehmen und sich selbst zu bedienen.

„Das würde ich mir verbitten", antwortete die mutige Wirtin. „Da liegt der Revolver; der erste, der sich an meinem Eigentum vergreift, bekommt eine Kugel!"

„Von dir etwa?" lachte der Bullenbeißer.

„Ja, von mir!"

„Mach dich nicht lächerlich! In solche Hände gehört eine Nähnadel, aber kein Revolver. Glaubst du wirklich, uns zum Fürchten zu bringen?"

„Was ich glaube, ist meine Sache. Jedenfalls fürchte ich mich nicht, und wenn es an einer Hilfe fehlen sollte, so sind Gentlemen genug da, die sich einer wehrlosen Witwe annehmen würden!"

„Gentlemen genug?" wiederholte er ihre Worte höhnisch lachend, wobei er von seinem Stuhl aufstand und seinen Blick herausfordernd rundum gehen ließ. „Sie mögen herkommen und versuchen, wer den kürzeren zieht, sie oder ich!"

Es antwortete ihm kein Mensch, auch ich natürlich nicht. Auf einen Widerstand meinerseits schien er überhaupt nicht gerechnet zu haben, denn mich hatte er bei seinen Worten gar nicht angesehen. Vielleicht kam ihm mein ruhiges Gesicht so zahm vor, daß er es gar nicht der Mühe wert hielt, mich mitzurechnen.

Als der Bulldogg sah, daß niemand seiner Aufforderung folgte, wurde er noch dreister.

„Dachte es mir; es wagt sich keiner her!" lachte er. „Möchte auch den sehen, der es wagt, einen Gang mit Toby Spencer zu machen! Ich drehe dem Kerl das Gesicht auf den Rücken! Toby Spencer ist nämlich mein Name, und wer wissen will, was für ein Kerl dieser Toby ist, der mag kommen!"

Er streckte die geballten Fäuste aus und ließ den Blick noch einmal herausfordernd in die Runde schweifen. War es wirklich Furcht oder nur Ekel vor einem solchen Menschen, es rührte sich auch jetzt niemand. Da lachte er noch lauter als vorher und rief:

„Seht ihr es, Boys, wie ihnen die Herzen in die Schuhe und Stiefel fallen, wenn Toby Spencer nur ein Wort von sich hören läßt! Es ist wirklich keiner, aber auch kein einziger unter ihnen, der es wagt, nur einen Mucks zu tun. Und das wollen Gentlemen sein!"

Da stand doch einer der Gäste auf, dem Aussehen nach ein Farmer, ein kräftiger Mensch, der dem Rowdy aber immerhin nicht vollauf gewachsen sein konnte. Er trat einige Schritte näher und sagte:

„Ihr irrt Euch sehr, Toby Spencer, wenn Ihr glaubt, es gebe niemand, der sich an Euch traut. Hier steht zum Beispiel ein Mann, der für Mutter Thick eintritt."

„So, so!" Der Rowdy musterte ihn mit verächtlichem Blick. „Warum bleibt Ihr denn stehen, wenn Ihr solchen Mut habt? Warum kommt Ihr nicht näher?"

„Ich komme schon!" sprach der andere, wobei er noch einige Schritte machte und dann wieder halten blieb. Seine Stimme klang aber nicht mehr so zuversichtlich wie zuvor. Da Toby Spencer auch etwas vorgetreten war, standen sie nun in ganz geringer Entfernung voneinander.

„Well! Also Ihr seid der Mann, der sich nicht fürchtet?" fragte der Rowdy. „So ein Kerlchen, das ich mit einem einzigen Finger aus dem Gleichgewicht hebe!"

„Beweist es, wenn Ihr könnt!"

„Beweisen? Das soll sofort geschehen!" Mit dieser Drohung trat Spencer zwei Schritte auf ihn zu.

„Ja, come on!" rief der andere, machte aber dabei zwei Schritte rückwärts.

„So bleib doch stehen, du großer Held! Halte dich fest, sonst nagle ich dich an die Wand, daß du daran kleben bleibst."

Spencer ging abermals vorwärts; der Farmer wich auch jetzt wieder zurück und legte sich auf die Verteidigung mit dem Mundwerk.

„Denkt ja nicht, daß wir uns von Euch hier einschüchtern lassen!"

„Pshaw, laß sehen, ob du mir standhältst oder nicht! Ich werde dich ein wenig höher hängen, damit die Leute sehen, was für einen tapferen Beschützer Mutter Thick hat."

Toby Spencer gab dem Gegner zwei blitzschnelle, gewaltige Hiebe auf die Schultern, nahm ihn dann bei den Oberarmen, drückte sie ihm an den Leib, schob ihn an die Wand und hob ihn so empor, daß er mit dem Kragen an einem Kleiderhaken hängenblieb. Das war kein ganz gewöhnliches Kraftstück, und er führte es aus, ohne daß man ihm dabei eine Anstrengung anmerkte. Der andere blieb zappelnd einen Augenblick an der Wand hängen, dann riß der Kragen seines Büffellederrocks, und er fiel zu Boden. Spencer lachte aus vollem Hals; seine Gefährten stimmten ein, und auch die anderen konnten nicht ernst dabei bleiben, obgleich der Rowdy gar nicht ihren Beifall hatte. Dieser schickte dem kleinlaut auf seinen Platz zurückkehrenden Farmer sein Gelächter nach, und jetzt hatte ich das große Glück, daß er mich seiner Aufmerksamkeit würdigte. Er betrachtete mich mit neugierigem Blick und richtete dann die Frage an mich:

„Seid wohl auch solch ein tapferer Gent wie der da drüben, he?"

„Glaube nicht, Sir", antwortete ich ruhig.

Man war an allen Tischen still, um zu hören, was nun kommen werde. Vielleicht gab es wieder etwas zu lachen.

„Also nicht?" fuhr er fort. „Ihr scheint mir kein Held zu sein! Das ist Euer Glück, sonst würde ich euch auch an den Nagel hängen!"

Da ich hierauf schwieg, fuhr er mich an:

„Glaubt Ihr es etwa nicht?"

„Hm! Ich glaube es ganz gern."

„Im Ernst? Toby Spencer ist nämlich nicht der Mann, mit dem man Späße treibt!"

Es war klar, daß er nun mit mir Streit suchte. Ich sah den besorgten Blick, den Mutter Thick auf mich warf, und tat ihr den Gefallen, sehr höflich zu antworten: „Davon bin ich überzeugt, Sir. Wer die Körperstärke besitzt, einen Mann mit einem Griff an den Nagel zu hängen, der hat es nicht nötig, sich von anderen Leuten foppen zu lassen."

Sein boshaft auf mich gerichteter Blick wurde milder und sein Gesicht nahm einen fast freundlichen Ausdruck an, als er jetzt befriedigt sagte:

„Habt recht, Sir. Ihr seid anscheinend doch kein unrechter Kerl. Wollt Ihr mir sagen, was für einen Beruf Ihr habt?"

„Hm! Eigentlich keinen, denn gerade jetzt betreibe ich gar nichts."

„Ihr müßt aber doch irgend etwas sein oder irgend etwas machen. Oder nicht?"

„Freilich wohl. Ich habe mich schon in verschiedenen Dingen versucht."

„Es aber zu nichts gebracht?"

„Leider!"

„Was wart Ihr zuletzt?"

„Zuletzt bin ich in der Prärie gewesen."

„In der Prärie? Also Jäger? Könnt Ihr denn schießen?"

„So leidlich."

„Und reiten?"

„Auch."

„Ihr scheint mir aber von etwas ängstlicher Natur zu sein!"

„Hm! Es kommt auf die Verhältnisse an. Mut soll man nur zeigen, wenn es nötig ist, sonst ist's Prahlerei."

„Das ist richtig! Hört, Ihr beginnt mir zu gefallen. Ihr seid ein bescheidener Boy, der zu gebrauchen ist. Wenn ich wüßte, daß Ihr nicht gerade ein ausgemachtes Greenhorn wärt, so . . ."

„. . . so" fragte ich, weil er den Satz nicht ganz aussprach.

„. . . so würde ich fragen, ob Ihr Lust habt, mit uns zu gehen."

„Wohin?"

„Nach dem Westen. Wollt Ihr mit?"

„Ehe ich das sagen kann, muß ich doch erst wissen, wohin Ihr gehen und was Ihr dort treiben wollt."

„Well, auch das ist richtig und vernünftig. Wir wollen ein wenig ins Colorado hinauf, nach dem Park von San Luis[1] so ungefähr. Seid Ihr vielleicht schon einmal da oben gewesen?"

„Ja."

„Was? So weit? Das hätte ich Euch nicht zugetraut! Ist Euch die Gegend der *foam-cascade*[2] bekannt?"

„Nein."

„Dahin wollen wir. Dort oben in den Parks wird in neuerer Zeit wieder eine solche Menge Gold gefunden, daß man die Gelegenheit nicht versäumen darf."

„Ihr wollt graben?"

„Hm – jaaa – aaa!" dehnte er.

„Und wenn Ihr nichts findet?"

„So finden andere etwas", erwiderte er mit einem bezeichnenden Achselzucken. „Man braucht nicht gerade Digger zu sein, um in den Diggins etwas zu verdienen."

Ich verstand, was er meinte. Er wollte ernten, wo er nicht gesät hatte.

„Daß wir nichts finden, darum braucht Ihr Euch nicht zu sorgen", fuhr er fort, um mir Lust zu machen. Es war ihm Ernst damit, mich mitzunehmen, denn je zahlreicher seine Gesellschaft war, desto bessere Geschäfte mußte sie machen, und mich hielt er wohl für einen Mann, den man ausnutzen und dann – mindestens – fortjagen konnte. „Wir sind alle überzeugt, daß wir gute Ausbeute machen werden, denn wir haben einen Mann bei uns, der sich darauf versteht."

„Einen Geologen?"

„Er ist noch mehr als Geologe; er besitzt alle Kenntnisse und Erfahrungen, die in den Diggins nötig sind. Ihr werdet nicht daran zweifeln, wenn ich Euch sage, daß er ein Offizier von höchstem Rang ist, nämlich General."

[1] Spanische Schreibweise; französische: Saint Louis   [2] Schaumfall

„General?" fragte ich, da mir ein Gedanke kam. „Wie heißt der Gentleman?"

„Douglas. Er hat eine Menge Schlachten mitgemacht und dann in den Bergen sehr eingehende wissenschaftliche Forschungen angestellt, deren Ergebnis die Überzeugung ist, daß wir viel Gold finden werden. Nun, habt Ihr Lust?"

Wenn es wirklich seine Absicht gewesen wäre, nach Gold zu graben, so hätte er sich gehütet, hier, vor so vielen Zeugen, davon zu sprechen. Er hatte also etwas anderes vor, und daß dies nichts Gutes war, erhellte daraus, daß der General zu der Gesellschaft gehörte. Daß dieser sich noch Douglas nannte und keinen anderen Namen angenommen hatte, war von ihm eine Unvorsichtigkeit, die ich kaum begreifen konnte.

„Nein, Sir, ich habe keine Lust", entgegnete ich.

„Warum nicht?"

„Sehr einfach, weil mir die Sache nicht gefällt."

„Und warum gefällt sie Euch nicht?"

Seine vorher freundlichen Züge verfinsterten sich mehr und mehr und wurden schließlich drohend.

„Weil sie nicht nach meinem Geschmack ist."

„Uns was für eine Art von Geschmack habt Ihr, Sir?"

„Die Art, die es mit der Ehrlichkeit hält."

Da sprang er auf und schrie mich an:

„*The devil!* Wollt Ihr etwa sagen, daß ich nicht ehrlich bin?"

Auch einige von den anderen Gästen standen auf. Sie wollten den Auftritt genau sehen, der jetzt unbedingt folgen mußte.

„Eure Ehrlichkeit geht mich ebensowenig an wie Euch mein Geschmack." Ich blieb ruhig sitzen, behielt ihn aber scharf im Auge. „Wir haben miteinander nichts zu schaffen und werden uns gegenseitig in Ruhe lassen!"

„In Ruhe lassen? Ihr habt mich beleidigt und ich muß Euch zeigen, wer Toby Spencer eigentlich ist."

„Das braucht Ihr mir nicht erst zu zeigen."

„So? Ihr wißt es schon?"

„Ja. Gerade das, was ich auch bin, nämlich Gast bei Mutter Thick, und als Gast hat man sich anständig zu betragen, wenn man anständig behandelt sein will."

„Ah! Und wie wollt Ihr denn mich behandeln?"

„So, wie Ihr es verdient. Ich habe Euch nicht aufgefordert, Euch zu mir zu setzen; es waren genug andere Plätze da. Ich habe auch nicht von Euch verlangt, mit mir zu sprechen. Und nachdem ich von Euch ins Gespräch gezogen worden bin, habe ich höflich und sachgemäß geantwortet. Eure Pläne und Absichten sind mir gleichgültig; da Ihr mich aber fragtet, ob ich mit Euch nach Colorado wolle, habe ich Euch ruhig gesagt, daß ich keine Lust habe."

„Ihr habt von Ehrlichkeit gesprochen, Boy! Das dulde ich nicht!"

„Nicht? Hm! Ich denke, ein ehrlicher Mann kann ruhig von Ehrlichkeit sprechen hören, ohne darüber in Grimm zu geraten."

„Mann, nehmt Euch in acht! Das ist wieder eine Schmähung, die ich . . ."

Er wurde von der Wirtin unterbrochen, die ihn aufforderte, Ruhe zu halten; er hob den Arm gegen sie.

„Begebt Euch nicht in Gefahr, Mutter Thick!" bat ich sie. „Ich bin gewohnt, für mich selbst zu sorgen, und pflege stets mein eigener Schutz zu sein."

Das brachte den Rowdy in noch größere Wut. Er schrie mich an: „Dein eigener Schutz? Nun, so schütze dich! Hier, das ist für die Beleidigung!"

Er holte mit der Faust zum Schlag aus; darauf war ich gefaßt. Im Nu hatte ich das Bierglas ergriffen und begegnete damit dem Angriff. Anstatt daß der Hieb mich traf, wurde er von dem Glas aufgefangen, das sofort zerschellte. Zugleich sprang ich auf und stieß dem Kerl die Faust mit solcher Wucht von unten her an das Kinn, daß seine Gestalt, so stark und schwer sie war, hintenüberflog und, einen Tisch und mehrere Stühle umreißend, zur Erde stürzte.

Der war besorgt, und ich mußte zunächst meine Augen auf seine Genossen richten. Diese drangen denn auch sofort mit wildem Geschrei auf mich ein. Zwei Fausthiebe von mir, und zwei von ihnen flogen nach rechts und links auseinander; dem dritten fuhr ich mit beiden Fäusten gegen die Magengrube, daß er mit einem überschnappenden Schrei zusammenknickte; die beiden letzten wichen bestürzt zurück.

Jetzt aber hatte sich Spencer wieder aufgerafft; seine Hand blutete von den Glassplittern, und noch mehr Blut floß ihm aus dem Mund; er hatte sich bei meinem Fausthieb in die Zunge gebissen. Mir das Blut entgegenspuckend, brüllte er:

„Hund, das ist dein Tod! So ein Kerl, der nicht einmal weiß, was für einen Beruf er hat, wagt es, sich an Toby Spencer zu vergreifen! Ich werde . . ."

„Halt! Augenblicklich die Hand vom Gürtel!" unterbrach ich ihn, denn er griff nach dem Revolver; zugleich zog ich den meinigen und richtete den Lauf auf ihn.

„Nein, sondern die Hand in den Gürtel!" schäumte er. „Meine Kugel soll dich . . ."

„Noch einmal: fort mit der Waffe, sonst schieße ich!" fiel ich ihm wieder in die Rede.

Er zog sie dennoch. Ich zielte auf seine Hand. Der Schuß krachte, Spencer ließ den Arm sinken, und sein Revolver fiel zu Boden.

„Hände hoch! Augenblicklich, ihr alle, Hände hoch! Wer nicht gehorcht, bekommt die Kugel!" befahl ich.

„Hände hoch!" ist im Westen ein gefährliches Wort. Wer zuerst die Waffe in der Hand hat, der befindet sich im Vorteil. Um sich selbst zu retten, darf er den Gegner nicht schonen. Wenn er „Hände hoch!" gebietet und es wird nicht augenblicklich gehorcht, so schießt er unbedingt; das weiß jedermann. Auch diese sechs Burschen wußten es; ihre Arme fuhren unverzüglich in die Höhe. Ich hatte nämlich auch den zweiten Revolver gezogen und behielt die Strolche vor den drohenden Läufen.

„Laßt die Hände oben, bis wir miteinander fertig sind! Ich habe noch elf Kugeln. Mutter Thick, nehmt den Kerls die Gewehre, Revolver und Messer weg! Morgen früh mögen sie schicken oder selbst kommen, um sie abzuholen. Und untersucht ihre Taschen nach Geld! Ihr zieht ihnen die Zeche ab, die sie gemacht haben, und den Preis des Glases, das Spencer zerschlagen hat; dann mögen sie sich trollen."

Mutter Thick war schnell bei der Hand, diese Weisungen auszuführen, und es sah sich eigentlich komisch an, wie die sechs Menschen mit hoch erhobenen Armen um den Tisch standen und nicht wagten, sich zu bewegen. Zu welcher Sorte von Leuten sie gehörten, zeigte sich durch die Reichtümer, die sie besaßen: nur wenige Cents über den Betrag der Zeche hinaus. Als die Wirtin ihr Guthaben eingesteckt hatte, sagte ich:

„Nun macht die Tür auf, Mutter Thick; sie mögen hinausmarschieren! Draußen können sie die Arme sinken lassen, eher aber nicht, sonst schieße ich noch im letzten Augenblick."

Die Tür wurde geöffnet, und sie zogen mit hoch erhobenen Händen ab, einer nach dem anderen. Der letzte war Spencer. Ehe er den letzten Schritt tat, drehte er sich um und drohte, halb brüllend und halb zischend:

„Auf Wiedersehen! Dann aber bist du es, der die Arme in die Höhe hebt, Hund!"

Nun löste sich die allgemeine Spannung in einem Hauch, der hörbar durch den Gastraum ging. So hatten sich die guten

Gentlemen das Ende nicht gedacht! Als Mutter Thick mir ein neues Bier brachte, gab sie mir die Hand und sagte:

„Ich muß mich bei Euch bedanken, Sir. Ihr habt mich von diesen Menschen befreit, die wer weiß was noch angefangen hätten. Und wie habt Ihr das fertiggebracht! Ihr sollt das beste Zimmer bekommen, das ich habe. Aber nehmt Euch vor diesen Leuten in acht! Sie fallen bei der ersten Begegnung über Euch her."

„*Pshaw!* Ich fürchte mich nicht."

„Nehmt es nicht zu leicht! Derartige Halunken kommen nicht von vorn, sondern hinterrücks."

Ich sah dann, daß sie nach mir gefragt wurde, doch konnte sie keine Auskunft geben. Man hätte gern gewußt, wer ich war, doch hatte ich keine Gründe, Bekanntschaften anzuknüpfen, die nur die Dauer von höchstens zwei oder drei Tagen haben konnten; länger wollte ich in Jefferson nicht bleiben.

Als ich mir dann meine Stube anweisen ließ, sah ich, daß Mutter Thick Wort gehalten hatte; ich wohnte so gut und sauber, wie ich es nur wünschen konnte, und schlief weit besser, als ich vorher vermutet hatte; denn wenn der Westmann zum erstenmal wieder in einem geschlossenen Raum schläft, macht er gewöhnlich kein Auge zu.

Am nächsten Morgen sorgte ich dafür, daß mein äußerer Mensch ein besseres Aussehen erhielt, und dann suchte ich das Bankhaus Wallace & Co. auf, um mich nach Old Surehand zu erkundigen. Ich war höchst neugierig, in welchem Verhältnis er zu diesem Hause stand und welchen Bescheid man mir geben würde.

Ich hatte von Mutter Thick aus nicht weit zu gehen, denn das Geschäft lag in derselben Straße. Als ich in der Office nach Mr. Wallace fragte, sollte ich meinen Namen nennen; aber weil ich nicht wußte, wie die Verhältnisse standen, verschwieg ich ihn lieber. Es ist oft gut, wenn man nicht gekannt wird. Ich hatte viele Vorteile, die ich auf meinen Wanderungen errang, nur dem Umstand zu verdanken, daß man nicht wußte, wer ich war.

„Sagt Mr. Wallace, ich sei ein Bekannter von Old Surehand!"

Kaum hatte ich diesen Namen ausgesprochen, so fuhren die Köpfe sämtlicher Clerks nach mir herum. Ich wurde angemeldet und dann in ein Zimmer geführt, wo ein einzelner Herr am Schreibtisch saß und sich bei meinem Eintritt erhob. Er war ein

Yankee mit einem recht einnehmenden Gesicht und stand in den mittleren Lebensjahren. Den Blick forschend und erwartungsvoll auf mich gerichtet, stellte er sich vor:

„Ich heiße Wallace, Sir."

„Und mich nennt man Old Shatterhand."

„Ah! Seid mir herzlich willkommen und nehmt Platz, Sir. Ich habe viel Gutes über Euch gehört. Ihr seid soeben erst in Jefferson City angekommen?"

„Nein, ich bin seit gestern hier."

„Was? Ohne mich sofort aufzusuchen? Wo habt Ihr gewohnt, Sir?"

„Bei Mutter Thick, hier in der Nähe."

„Kenne sie; eine brave, ehrliche Frau, aber keine Wirtin für Old Shatterhand!"

„Oh, ich wohne da vortrefflich und bin ganz zufrieden!"

„Ja, weil Ihr das Lagern im Freien bei jeder Witterung gewöhnt seid, darum sind Eure Ansprüche so bescheiden. Aber wenn Ihr Euch an einem zivilisierten Ort befindet, müßt Ihr Euch erholen und Euch bieten, was Ihr Euch bieten könnt; das seid Ihr Eurer körperlichen und geistigen Gesundheit schuldig."

„Gerade dieser Gesundheit wegen will ich keine großen Unterschiede, Sir."

„Mag sein! Aber ich hoffe, daß Ihr meine Einladung annehmt und während Eures hiesigen Aufenthaltes bei mir wohnt!"

„Verzeiht, wenn ich mit bestem Dank ablehne! Ich gehe wahrscheinlich schon morgen von hier fort; ferner liebe ich es, vollständig unabhängig zu sein und unabhängig handeln zu können, was aber nicht der Fall sein würde, wenn ich bei Euch wohnte. Und sodann bin ich es Mr. Surehand schuldig, Euch nicht zu belästigen."

„Wieso?"

„Ihr kennt ihn gut?"

„Besser als jeder andere; ich will Euch sogar sagen, daß wir verwandt miteinander sind."

„Well! Er hat mich gebeten, nicht nach seinen Verhältnissen zu forschen. Wenn ich bei Euch wohnte, würde mir wahrscheinlich manches nicht entgehen, oder ich würde manches erraten, was ich nicht zu wissen brauche."

„Hm!" nickte er nachdenklich. „Diesen Grund und auch den von Eurer Selbständigkeit muß ich freilich gelten lassen. Ich will also nicht in Euch dringen. Aber höchst willkommen würdet Ihr mir sein, das will ich Euch aufrichtig sagen."

„Danke, Mr. Wallace! Der Grund meines Besuches ist nur der, zu fragen, ob Ihr wißt, wo Mr. Surehand sich jetzt ungefähr befindet."

„Er ist hinauf in die Parks, zunächst nach dem von San Luis."

„Ah! Wann ist er fort von hier?"

„Vor drei Tagen erst."

„Da kann ich ihn ja einholen."

„Ihr wollt hinauf? Ihr wollt zu ihm?"

„Ja. Winnetou reitet mit."

„Auch Winnetou? Das freut mich ungemein! Wir stehen immerfort so große Sorge um Old Surehand aus. Wenn wir da zwei solche Männer bei ihm wissen, können wir viel ruhiger sein. Ihr habt ihm schon einmal das Leben gerettet; darum denke ich, daß . . ."

„O bitte!" schnitt ich ihm das Lob ab. „Ich will, wie gesagt, nicht in seine Geheimnisse dringen; aber kann ich vielleicht erfahren, ob er damals in Fort Terret den gesuchten Dan Etters gefunden hat?"

„Nein. Etters ist gar nicht dagewesen."

„Also war es eine Lüge des Generals?"

„Ja."

In diesem Augenblick kam ein Clerk herein und zeigte ein Papier mit der Frage vor, ob es eingelöst werden solle.

„Ein Scheck über fünftausend Dollars von Grey & Wood in Little Rock", las Wallace. „Ist gut und wird ausgezahlt."

Der Clerk entfernte sich. Nach einiger Zeit ging ein Mann an unserem Fenster vorüber; ich sah ihn und der Bankier auch.

„Himmel!" rief ich aus. „Das war der General!"

„Wie? Meint Ihr den General, der Old Surehand so unnötigerweise nach Fort Terret geschickt hat?"

„Ja."

„Er ging hier vorüber, scheint also in meiner Office gewesen zu sein. Erlaubt mir, einmal nachzufragen, was er eigentlich gewollt hat!"

Ich eilte hinaus, doch er war verschwunden. Ich ging bis zur nächsten Straßenkreuzung, sah ihn aber auch da nicht. Das konnte mich freilich nicht enttäuschen, denn ich hatte ja nichts mehr mit ihm zu tun. Nur mußte ich mich, falls er mich bemerkte, vor einem hinterlistigen Angriff hüten. Als ich zu Wallace zurückkehrte, erfuhr ich, daß der General es gewesen war, der den Scheck vorgelegt hatte. Natürlich hatte ihn niemand gekannt.

Wallace lud mich, da ich nicht bei ihm wohnen wollte, wenigstens zum Frühstück ein. Ich wurde von den Seinen so aufgenommen, daß ich mich bewegen ließ, bis zum Mittagessen zu bleiben, und als dies vorüber war, wurde ich noch so lange festgehalten, daß das Abendessen beinahe schon aufgetragen wurde. Es war fast neun Uhr, als ich den Rückweg zu Mutter Thick antrat.

Die Wirtin hatte Lust, mit mir zu schmollen, weil ich so lange weggeblieben war. Sie gestand mir, heute etwas ganz Besonderes für mich gebraten zu haben; weil ich jedoch nicht gekommen sei, habe es Mr. Treskow gegessen. Die gestrigen Gäste waren teilweise wieder da, und es gab abermals eine angeregte Unterhaltung.

Auf mein Befragen erfuhr ich, daß Toby Spencer gleich nach meinem Fortgang die Waffen hatte abholen lassen.

Ich saß so, daß ich den Eingang beobachten konnte; darum war ich einer der ersten, der zwei Männer eintreten sah, auf die sich bald die Blicke aller Anwesenden richteten. Ihre äußere Erscheinung war freilich auch ganz geeignet, die größte Aufmerksamkeit zu erregen.

Der eine war kurz und dick, der andere lang und dünn. Der Dicke hatte ein bartloses, sonnverbranntes Gesicht. Das Antlitz des Langen war ebenso von der Sonne gefärbt, die ihm aber fast die ganze Fruchtbarkeit entzogen zu haben schien; denn sein Bart bestand aus nur wenigen Haaren; sie hingen ihm von den Wangen, dem Kinn und der Oberlippe fast bis auf die Brust hernieder und gaben ihm das Aussehen, als ob er von den Motten zerfressen und gelichtet worden sei. Noch auffälliger war, wie sich die beiden Männer gekleidet hatten. Sie trugen sich nämlich von den Köpfen bis zu den Füßen herunter zeisiggrün. Kurze, weite, zeisiggrüne Jacken, kurze, weite, zeisiggrüne Hosen, zeisiggrüne Gamaschen, zeisiggrüne Schlipse, zeisiggrüne Handschuhe und zeisiggrüne Mützen mit zwei Schirmen, hinten einen und vorn einen, ganz nach Art der Tropenhelme.

Es fehlte ihnen nur noch das Einglas ins Auge, so hätten sie für die Erfinder oder Vorläufer des heutigen Gigerltums erklärt werden können, zumal sie auch sehr dicke und unförmige zeisiggrüne Regenschirme in den Händen hatten.

Ich erkannte die beiden trotz ihrer Kleidung, die man besser eine Maskerade hätte nennen können, sofort als alte Freunde. Der kleine, dicke hieß Dick Hammerdull, der lange, dünne Pitt Holbers. So lauteten ihre bürgerlichen Namen. In Westmannskreisen waren sie dagegen bekannt, ja berühmt unter dem Namen „die verkehrten Toasts" auf Grund ihrer Gewohnheit, sich beim Kampf gegenseitig Rücken an Rücken zu decken. Toasts sind bekanntlich geröstete, mit den Butterseiten zusammengelegte Brote.

Hammerdull und Holbers kehrten sich im Kampf die Rücken zu, also die Kehrseiten; daher der Name. Da ich mir aber den Spaß machen wollte, sie zu überraschen, drehte ich mich mit meinem Stuhl so um, daß sie mein Gesicht nicht sehen konnten. Es fiel ihnen nicht ein, zu grüßen; sie fühlten sich als Leute, die es nicht nötig hatten, sich dazu herabzulassen. Auch hielten sie es nicht für notwendig, leise zu sprechen.

Sie sahen sich kurz um, dann blieb der Dicke vor einem leeren Tisch stehen und fragte den Dünnen, der ihm langsam und bedächtig gefolgt war:

„Was meinst du, Pitt, altes Coon, ob wir hier an diesem vierbeinigen Ding Lager machen?"

„Wenn du denkst, daß es da für uns passend ist, so habe ich nichts dagegen, alter Dick", antwortete der Lange.

„*Well!* Setzen wir uns also her!"

Sie nahmen Platz. Die Wirtin kam zu ihnen und fragte nach ihren Wünschen.

„Seid Ihr die Wirtin dieses Trink- und Schlafpalastes, Ma'am?" erkundigte sich Dick Hammerdull.

„*Yes.* Wollt Ihr vielleicht bei mir übernachten, Sir?"

„Ob wir da übernachten wollen oder nicht, das bleibt sich gleich; wir haben schon eine Hütte, in der wir wohnen. Was habt Ihr zu trinken?"

„Alle Sorten von Brandy. Besonders kann ich Euch meinen Mint- und Carawayjulep empfehlen, der ganz vorzüglich ist."

„Julep hin und Julep her, wir trinken keinen Schnaps. Habt Ihr denn kein Bier?"

„Sehr gutes sogar."

„So bringt zwei Töpfe voll; aber groß müssen sie sein!"

Sie bekamen das Verlangte. Hammerdull setzte das Glas an und trank es in einem Zug aus. Als Pitt Holbers dies sah, leerte er das seinige auch bis auf die Nagelprobe.

„Was meinst du, Pitt, wollen wir nochmals eingießen lassen?"

„Wenn du denkst, Dick, daß wir nicht daran ersaufen, so habe ich nichts dagegen. Es schmeckt besser als Savannenwasser."

Ihre Krüge wurden wieder gefüllt und jetzt erst nahmen sie

sich Zeit, die Wirtsstube und die darin befindlichen Gäste in Augenschein zu nehmen. Dabei fiel das Auge des Dicken zunächst auf den Detektiv Treskow, der beide mit überraschten und erwartungsvollen Augen betrachtet hatte.

„*Behold!*" rief der Dicke aus. „Pitt, altes Coon, schau doch einmal nach der langen Tafel! Kennst du den Gentleman, der dort rechts in der Ecke sitzt und uns anlacht, als ob wir Schwiegerväter oder sonstige Verwandte von ihm wären?"

„Wenn du denkst, daß ich ihn kenne, lieber Dick, so will ich nichts dagegen haben."

„Ist's nicht der Polizist, der es damals auf den Piraten abgesehen hatte? Komm, denn wir wollen ihm die Vorderfüße schütteln."

Sie eilten nach der Tafel. Treskow kam ihnen hocherfreut entgegen. Ich hatte ihn schon gestern bei seiner Erzählung vom „Kapitän Kaiman" genau beobachtet. Sein Gesicht war von Wind und Wetter gegerbt und von der Sonne tief gebräunt, wenngleich er immerhin nicht etwa den Eindruck eines Westmanns machte; aber seine durchgeistigten Züge, sein kluger, klarer und scharfer Blick deuteten auf Entschlossenheit, Kaltblütigkeit und Zielbewußtsein. Er hatte die zwei Westmänner nicht zuerst begrüßen wollen, um zu sehen, ob er von ihnen erkannt würde. Dick Hammerdull und Pitt Holbers, von denen erst gestern erzählt worden war, hier bei Mutter Thick! Das war natürlich ein großes, freudiges Ereignis. Es wurde ihnen von allen, die an der Tafel saßen, die Hände geschüttelt, und es verstand sich von selbst, daß sie ihre jetzigen Plätze aufgaben und sich zu ihren alten und neuen Bekannten setzen mußten.

„Wir haben erst gestern von euch gesprochen", sagte Treskow. „Ich erzählte unsere damaligen Erlebnisse. Ihr dürft euch also nicht darüber wundern, daß ihr den Gentlemen hier sehr liebe Bekannte seid. Dürfen wir wissen, wie es euch dann später ergangen ist? Ich mußte mich in New York von euch trennen, nachdem wir der Hinrichtung des Kapitän Kaiman, der „Miß Admiral" und ihrer Genossen beigewohnt hatten."

„Wie es uns ergangen ist? Sehr gut", antwortete Hammerdull. „Wir sind schnurgerade nach dem Westen, wo wir natürlich sogleich unser *hide-spot* aufsuchten. Seither haben wir noch viel erlebt und auch immer einträgliche Jagden gehabt. Unsere Beutel haben sich so gefüllt, daß wir nicht wissen, wohin mit dem Geld."

„Da seid Ihr ja zu beneiden, Mr. Hammerdull!"

„Zu beneiden, Mr. Treskow? Schwatzt keine Dummheit! Was soll man mit dem vielen Geld tun, wenn man nichts damit anfangen kann? Was kann ich mit meinen Goldstücken, mit meinen Schecks und Anweisungen im Wilden Westen machen, he?"

„Geht nach dem Osten und genießt Euer Leben!"

„Danke! Was gibt's da zu genießen? Soll ich mich in ein Wirtshaus setzen und eine Speisekarte herunteressen, von der nichts draußen am Lagerfeuer, sondern alles in der Ofenröhre gebraten ist? Soll ich mich im Menschengewühl eines Konzertsaals halb zerdrücken lassen, die schlechteste Luft des ganzen Erdballs verschlingen und meine guten Ohren in die Gefahr bringen, von Pauken und Trompeten vollständig ruiniert zu werden? Unser Herrgott bietet da draußen im Rauschen des Urwaldes und in den geheimnisvollen Stimmen der Wildnis jedem, der Sinn dafür hat, ein Konzert, gegen das eure Geigen und Trommeln nicht aufkommen können. Soll ich mich in ein Theater setzen, meine Nase in die dort herrschenden Moschus- und Patschulidüfte stecken und mir ein Stück vorspielen lassen, das meine Gesundheit untergräbt, weil ich mich darüber entweder krank lachen oder krank ärgern muß? Soll ich mir eine Wohnung mieten, in der kein Wind wehen und kein Regentropfen fallen darf? Soll ich mich in ein Bett legen, über dem es keinen freien Himmel, keine Sterne und keine Wolken gibt, und wo ich mich so in die Federn wickle, daß ich mir selbst wie ein halb gerupfter Vogel vorkomme? Nein! Geht mir mit eurem Osten und seinen Genüssen! Die einzigen und wahren Genüsse finde ich im Wilden Westen, und für die hat man nichts zu bezahlen.

Darum braucht man dort weder Gold noch Geld, und Ihr könnt Euch denken, wie ärgerlich es ist, ein reicher Kerl zu sein, dem sein Reichtum nicht den geringsten Genuß oder Nutzen bringt. Da haben wir denn nachgedacht, was wir mit unserem Geld, das wir nicht brauchen, machen sollen. Wir haben uns darüber monatelang den Kopf zerbrochen, bis Pitt Holbers endlich auf einen sehr guten, auf einen vortrefflichen Gedanken gekommen ist. Nicht wahr, Pitt, altes Coon?"

„Hm, wenn du wirklich denkst, daß er vortrefflich ist, so will ich dir beistimmen. Du meinst doch meine alte Tante?"

„Ob sie eine Tante ist oder nicht, das bleibt sich gleich; aber dieser Gedanke wird ausgeführt. Pitt Holbers hat nämlich schon als Kind seine Eltern verloren und wurde von einer alten Tante erzogen, der er aber davongelaufen ist, weil die Art und

Weise, mit der sie ihn erzog, für ihn sehr schmerzlich war. Es gibt, wie ihr alle zugeben werdet, Mesch'schurs, Gefühle, die man sich nicht abgewöhnen kann, besonders, wenn sie von Tag zu Tag mit Hilfe von Stockhieben und Backpfeifen immer wieder von neuem aufgefrischt werden. Solche schmerzlichen Gefühle waren es, denen sich Pitt Holbers durch die Flucht entzog. Er hielt nämlich in seiner jugendlichen Weisheit die Erziehungskunst der alten Tante für zudringlicher, als sie in Beziehung auf gewisse, sehr empfindliche Körperteile eigentlich zu sein brauchte. Jetzt aber ist ihm der Verstand gekommen, und er hat eingesehen, daß er eigentlich noch viel mehr Hiebe hätte kriegen sollen. Die gute Tante erscheint ihm jetzt nicht mehr in der Gestalt eines alten Drachen, sondern als eine liebevolle Fee, die seinen äußeren Menschen mit dem Stock bearbeitete, um seinen inneren glücklich zu machen. Diese Überzeugung hat in ihm das Gefühl der Dankbarkeit hervorgerufen und zugleich den Gedanken erweckt, nachzuforschen, ob die Tante noch am Leben sei. Ist sie tot, so leben wahrscheinlich Nachkommen von ihr, denn sie hatte neben dem Neffen selbst auch Kinder, die ebenso erzogen wurden und darum gewiß verdienen, jetzt glückliche Menschen zu sein. Zu diesem Glück wollen wir ihnen verhelfen. Die Tante soll, wenn wir sie finden, unser Geld bekommen, auch das meinige, denn ich brauche es nicht, und es ist ganz gleich, ob sie meine Tante oder seine Tante ist. Nun wißt ihr also, Mesch'schurs, warum ihr uns hier an der Grenze des Ostens seht. Wir wollen die gute Fee von Pitt Holbers aufsuchen, und da man vor den Augen eines solchen Wesens unmöglich so erscheinen darf, wie wir im Urwald herumlaufen, haben wir unsere geflickten Leggins und Jagdröcke abgeworfen, und uns diese schönen grünen Anzüge zugelegt, weil sie uns an die Farbe der Prärie und der grünenden Bushwoods erinnern."

„Und wenn Ihr nun die Tante nicht findet, Sir?" fragte Treskow.

„So suchen wir ihre Kinder und geben ihnen dann das Geld."

„Und wenn nun die auch tot sind?"

„Tot? Unsinn! Die leben noch! Kinder, die nach solchen Grundsätzen erzogen werden, haben ein zähes Leben und sterben nicht so leicht."

„So habt Ihr wohl Euer Geld mit?"

„Yes."

„Aber doch wohl gut verwahrt, Mr. Hammerdull? Ich frage

das nämlich, weil ich weiß, daß es Westmänner gibt, die in bezug auf das Geld oft eine verblüffende Arglosigkeit zeigen."

„Ob arglos oder nicht, das bleibt sich gleich; wir haben es so gut verwahrt, daß es auch dem pfiffigsten Spitzbuben unmöglich ist, es zu erwischen."

Er hatte ebenso wie Pitt Holbers eine zeisiggrüne Tasche umhängen, schlug mit der Hand daran und sagte:

„Wir tragen es stets bei uns; hier in dieser Tasche steckt's und des Nachts legen wir es unter den Kopf. Wir haben unser Vermögen in schöne, gute Anweisungen und Schecks verwandelt, ausgestellt von Grey & Wood in Little Rock; jedes Bankhaus zahlt die volle Summe aus. Da, seht her; ich will's Euch zeigen!"

Als er die Firma Grey & Wood in Little Rock nannte, dachte ich unwillkürlich an den „General", der heute bei Wallace & Co. einen Scheck von diesem Bankhaus vorgelegt hatte. Dick Hammerdull schnallte die Tasche auf, griff hinein und nahm eine lederne Brieftasche heraus, die er mit einem kleinen Schlüssel öffnete.

„Hier steckt das Geld, Mesch'schurs", sagte er. „Also in zwei Taschen doppelt verwahrt, so daß kein Mensch dazukommen kann. Wenn ihr diese Schecks . . ."

Er hielt inne. Die Rede schien ihm nicht bloß im Mund, sondern hinten im Hals steckenzubleiben. Er hatte Schecks aus der Tasche nehmen und vorzeigen wollen. Ich sah von weitem, daß er ein kleines, helles Päckchen in der Hand hielt; sein Gesicht hatte den Ausdruck des Erstaunens, ja der Bestürzung.

„Was ist das?" fragte er. „Habe ich die Schecks denn in eine Zeitung gewickelt, als ich sie gestern in den Händen hatte? Weißt du das, Pitt Holbers?"

„Ich weiß nichts von einer Zeitung", antwortete Pitt.

„Ich auch nicht, und doch ist das ein Zeitungspapier, in das sie eingeschlagen sind. Sonderbar, höchst sonderbar!"

Er faltete das Papier auseinander und rief, während sein Gesicht erbleichte, erschrocken aus:

„Alle Teufel! Die Schecks sind nicht da!" Er griff in die anderen Fächer der Brieftasche; sie waren leer. „Die Schecks sind fort! Sie sind nicht hier – nicht hier – und auch nicht hier. Sieh gleich einmal nach, wo die deinigen sind, Pitt Holbers, altes Coon! Hoffentlich hast du sie noch!"

Holbers schnallte seine Tasche auf und erwiderte:

„Wenn du etwa meinst, daß sie verschwunden sind, lieber Dick, so wüßte ich nicht, wie das geschehen sein sollte."

Es zeigte sich bald, daß seine Schecks auch fort waren. Die beiden Westmänner waren aufgesprungen und starrten einander fassungslos an. Das schon so schmale und lange Gesicht von Pitt Holbers war noch um die Hälfte länger geworden, und Dick Hammerdull hatte vergessen, nach seinen letzten Worten den Mund zu schließen; er stand ihm weit offen.

Nicht nur die um die Tafel sitzenden, sondern auch alle anderen Gäste nahmen teil an dem Schreck der Bestohlenen, denn daß ein Diebstahl vorlag, das war allen und auch mir sofort klar; ich glaubte sogar, den Dieb zu erraten. Man sprach von allen Seiten auf Hammerdull und Holbers ein. Diese konnten die an sie gerichteten Fragen gar nicht beantworten, bis Treskow mit lauter Stimme in diesen Wirrwarr hineinrief:

„Still, Gents! Mit diesem Lärm erreichen wir nichts. Die Sache muß anders angefaßt werden; sie schlägt in mein Fach, und so bitte ich Euch, Mr. Hammerdull, mir einige Fragen ruhig und mit Überlegung zu beantworten. Seid Ihr fest überzeugt, daß die Wertpapiere sich in dieser Brieftasche befunden haben?"

„Genau so fest, wie ich überzeugt bin, daß ich Dick Hammerdull heiße!"

„Und diese Zeitung war nicht darin?"

„Nein."

„So hat der Dieb die Papiere herausgenommen und die zusammengefaltete Zeitung an ihre Stelle gelegt, um Euch möglichst lange in der Meinung zu halten, die Schecks seien noch da. Die Brieftasche war so dick wie vorher, und wenn Ihr sie in die Hand nahmt, so mußtet Ihr denken, sie sei nicht geöffnet worden. Wer aber ist der Dieb?"

„Ja wer – ist – der Dieb?" dehnte Hammerdull in großer Anstrengung. „Habe keine Ahnung, nicht die geringste! Und du, Pitt?"

„Ich auch nicht, lieber Dick", antwortete Holbers.

„Also müssen wir nach ihm forschen", meinte Treskow. „Gibt es irgendeinen, der wußte, daß Ihr Geld oder Geldeswert hier in der Tasche hattet?"

„Keinen Menschen!" brummte der Dicke.

„Seit wann stecken die Papiere darin?"

„Seit vorgestern."

„Wann habt Ihr die Brieftasche zum letztenmal geöffnet?"

„Gestern, als wir uns schlafen legten. Da waren sie noch immer darin."

„Wo habt ihr übernachtet?"

„Im Boardinghouse von Hilley, Waterstreet."

„Dieser Wirt ist ein ehrlicher Mann; auf ihn kann kein Verdacht fallen. Aber er hat keine einzelnen Zimmer, sondern nur einen großen, gemeinschaftlichen Schlafraum?"

„Ja; da standen unsere Betten."

„Ah! Und in diesem Raum habt ihr die Taschen aufgemacht?"

„Nein, sondern unten in der Gaststube."

„Man hat euch dabei beobachtet?"

„Nein. Wir waren in dem betreffenden Augenblick die einzigen Gäste, und es gab kein Auge, das uns zusehen konnte. Dann sind wir schlafen gegangen und haben die Taschen unter die Kopfkissen gelegt."

„So! Hm! Das gibt keinen Anhalt. Wir müssen schnell zu Hilley gehen, damit ich mir die Räumlichkeiten betrachte und nach anderen Anhaltspunkten suche. Kommt, Mr. Hammerdull, Mr. Holbers! Wir wollen eilen!"

Da sagte ich, noch immer auf meinem Platz sitzend, während alle anderen Gäste die Tafel umdrängten:

„Bleibt in Gottes Namen hier, Mr. Treskow! Ihr findet den Dieb dort nicht."

Die Augen richteten sich alle auf mich, und Treskow ließ die schnelle Frage hören:

„Wer sagt das? Ah, Ihr! Wie kommt Ihr zu dieser Behauptung? Seid Ihr Jurist oder Polizist?"

„Allerdings nicht; aber ich denke, man braucht keins von beiden zu sein, um irgendeine Sache richtig anfassen zu können. Erlaubt, daß ich nun einige Fragen an Mr. Hammerdull und Mr. Holbers richte!"

Ich stand von meinem Stuhl auf und ging auf die Tafel zu. Dadurch wurde es den beiden Genannten trotz der vielen Personen, die sie umstanden, möglich, mich zu sehen. Was ich erwartet hatte, das geschah. Dick Hammerdull streckte beide Arme aus, wies mit beiden Zeigefingern auf mich und schrie:

„*Lack-a-day!* Wen sehe ich da? Ist das die Möglichkeit, oder täuschen mich meine Augen? Pitt Holbers, altes Coon, siehst du diesen Gentleman?"

„Hm, wenn du denkst, daß ich ihn sehe, so scheinst du das Richtige getroffen zu haben, lieber Dick", antwortete der Lange freudestrahlend.

„*Welcome, welcome*, Mr. Shatterhand! Ist das eine Überraschung und eine Freude, Euch hier zu sehen! Ihr seid eben erst gekommen?"

„Nein. Bei eurer Ankunft war ich auch schon da. Ich drehte mich mit Absicht um, denn ihr solltet mich nicht gleich erkennen."

„So habt Ihr alles gehört, und wißt, daß wir bestohlen worden sind?"

„Gewiß. Ich hoffe sogar, euch helfen zu können."

Seit mein Name genannt worden war, herrschte in dem großen Raum tiefe Stille. Man war von der Tafel zurückgetreten, um mir Platz zu machen, und ich sah um mich einen Kreis von Menschen, deren Augen mich neugierig betrachteten. Da drängte sich die Wirtin durch den Kreis, streckte mir beide Hände hin und rief:

„Old Shatterhand seid ihr, Old Shatterhand? Willkommen, Sir, tausendmal willkommen! Das ist für mein Haus ein Ehrentag, den ich mir anmerken werde! Hört ihr es alle, ihr Leute? Old Shatterhand wohnt schon seit gestern hier, und ich habe es nicht gewußt. Freilich, als er gestern abend die sechs Rowdies hinausmarschieren ließ, da konnten wir es uns eigentlich denken! Nun möchte ich aber von . . ."

„Davon später, Mutter Thick!" bat ich, sie unterbrechend. „Ich will Euch vorläufig sagen, daß es mir hier gefällt und daß ich mit Euch zufrieden bin; später sollt Ihr von mir alles hören, was Ihr wollt. Jetzt aber haben wir es mit dem Diebstahl zu tun. Also, Dick Hammerdull, ihr habt die gestohlenen Papiere vorgestern in die Brieftaschen gesteckt?"

„Ja", antwortete er. „Die Taschen haben wir uns erst vorgestern hier gekauft."

„Und wo die Papiere hineingetan?"

„Gleich in dem betreffenden Laden."

„Wart ihr die einzigen Käufer dort?"

„Nein. Es kam ein Mann dazu, der, ich weiß nicht was, kaufen wollte. Dem gefielen die Taschen so, daß er von ganz derselben Sorte auch zwei kaufte."

„Sah er, daß ihr die Papiere in die eurigen stecktet?"

„Ja."

„Wußte oder ahnte er, was für Papiere es waren?"

„Gewußt hat er es nicht. Ob er es aber ahnte, das kann man doch nicht wissen, nicht wahr, Pitt Holbers, altes Coon?"

„Wenn du denkst, daß man es nicht wissen konnte, so hast du unrecht, lieber Dick", antwortete Pitt, ihm diesmal nicht beistimmend.

„Unrecht? Wieso?"

„Weil du es gesagt hast."

„Ich? Das ist ja nicht wahr! Ich habe mit diesem Mann kein einziges Wort gesprochen."

„Aber mit dem Verkäufer. Zu dem sagtest du, als du die Papiere hineinstecktest, daß diese Art von Taschen sich sehr gut zur Aufbewahrung von solch hohen Schecks eigne."

„Das war bestimmt eine große Unvorsichtigkeit!" nahm ich wieder das Wort. „Hat der Mann die Taschen gekauft, ehe er das hörte?"

„Nein, sondern nachher", antwortete Holbers.

„Wer ging dann eher fort, er oder ihr?"

„Wir."

„Habt ihr nicht etwa bemerkt, daß er euch nachgegangen ist?"

„Nein."

„Ich nehme trotzdem an, daß er euch gefolgt ist, natürlich heimlich; er hat sehen wollen, wo ihr wohnt."

Da fiel Hammerdull schnell und eifrig ein:

„Ob wir gewohnt haben oder nicht, das bleibt sich gleich; aber er war dann auch da."

„In eurem *boardinghouse?*"

„Ja. Er wohnte dort."

„Er schlief wohl in demselben Raum mit euch?"

„Natürlich, denn es gab keinen anderen Platz."

„So ist er der Dieb. Die Brieftaschen, die ihr habt, sind gar nicht die eurigen."

„Nicht?" fragte er, wobei seine sonst so pfiffigen Züge einen ganz entgegengesetzten Ausdruck annahmen.

„Nein; es sind die, die jener Mann gekauft hat. Er hat Zeitungen hineingelegt und sie dann, wahrscheinlich als ihr schlieft, ganz einfach mit den eurigen umgetauscht."

„Ah! Das hätte der Halunke ja außerordentlich schlau angefangen!"

„Allerdings. Er muß eine bedeutende Fertigkeit als Taschendieb besitzen, denn es gehört etwas dazu, zwei Westmännern, die doch gewohnt sind, sehr leise zu schlafen, die Brieftaschen unter dem Kopfkissen wegzuziehen."

„Was das betrifft, Sir, so haben wir gar nicht leise, sondern wie die Ratten geschlafen. Die schlechte Luft in diesem Raum und der Öldunst, das war schrecklich. Wir haben gelegen wie betäubt."

„Nun, so ist ihm der Diebstahl leicht geworden. Ist euch sein Name bekannt?"

„Nein."

„Den werden wir im *boardinghouse* erfahren", fiel da Treskow ein.

„Wahrscheinlich nicht", antwortete ich. „Er hat doch jedenfalls einen falschen Namen gesagt, wie Ihr als Polizist ja besser wißt als ich. Zu wissen, wie er sich genannt hat, bringt uns also gar keinen Nutzen."

„Aber es gibt uns einen Anhalt, ihn aufzusuchen."

„Glaubt Ihr etwa, daß er noch hier in Jefferson City ist, Mr. Treskow?"

„Nein. Ich werde augenblicklich gehen, um – die Polizei zu benachrichtigen und . . ."

„Denkt nicht an die Polizei", unterbrach ich ihn. „Von ihr haben die Bestohlenen gar nichts zu erwarten."

„Ich denke doch!"

„Nein, gar nichts! Wenn wir nicht selbst das Richtige treffen, so trifft es die Polizei noch viel weniger als wir. Wollen überlegen. Aber nicht hier, wo es so laut hergeht. Kommt heraus in die kleine Stube! Mutter Thick mag uns die Gläser nachbringen."

Wir gingen in ein kleines Nebenzimmer. Mit dem „wir" sind Treskow, Hammerdull, Holbers und ich gemeint. Es lag nicht in meiner Absicht, noch andere hören zu lassen, was wir besprachen, denn es konnte leicht eine zweifelhafte Person dabeisein, die uns die Sache verdarb. Es hatte aber auch keiner Miene gemacht, uns zu folgen.

Als wir nun unbelauscht und unbelästigt beisammen saßen, sagte ich rundheraus:

„Ich kenne den Dieb, Mesch'schurs, und da ich ihn euch nennen will, habe ich euch hier hereingeführt. Es braucht da draußen niemand seinen Namen zu hören, denn es könnte möglicherweise jemand da sein, der ihn warnt. Ich habe nämlich den Kerl zufällig gesehen, als er einen der Schecks zu Geld machte; es waren fünftausend Dollar."

„Was? Schon fünftausend Dollar?" zürnte Dick Hammerdull. „Der Kuckuck soll den Halunken reiten, wenn er uns diese Summe verkrümelt, ehe wir ihn fangen! Wie heißt der Mensch?"

„Er wird sich wohl schon verschiedene Namen beigelegt haben. Ich habe ihn unter dem Namen Douglas kennengelernt."

„Douglas?" fiel da Treskow ein. „Den Namen kenne ich auch. Ha, wenn dieser Douglas der wäre, den ich suche!"

„Ihr sucht einen Menschen dieses Namens?" fragte ich.

„Ja. Das heißt, dieser Name ist nur einer von den vielen, die er sich schon beigelegt hat. Da Ihr ihn gesehen habt, könnt Ihr mir wohl eine Beschreibung seiner Person geben, Sir?"

„Sogar eine sehr genaue. Ich bin zwei Tage mit ihm zusammen gewesen." Ich beschrieb ihm den „General".

„Es stimmt; es stimmt genau", rief er. „Ich will Euch im Vertrauen mitteilen, daß ich hier nach Jefferson City gekommen bin, um ihn zu fangen. Wir erfuhren, daß er sich wahrscheinlich hierher wenden werde. Wo habt Ihr ihn kennengelernt, Mr. Shatterhand?"

„Im Llano estacado. Er trat auch dort sogleich als Dieb auf." Ich erzählte die Geschichte kurz.

„Nur fünfzig Hiebe hat er erhalten?" bedauerte Treskow. „Das war viel zu wenig. Er hat mehr Werg am Rocken, als Ihr glauben werdet. Ich muß ihn fangen; er darf mir nicht entgehen!"

„Ihr braucht euch keine Mühe zu geben, Sir; ich habe die Spur schon gefunden."

„Wo führt sie hin?"

„Weit fort von hier! So weit, daß Ihr vielleicht davon absehen werdet, ihr zu folgen."

„Das denke ich nicht. Ich bin damals dem Seeräuber quer durch den ganzen Erdteil gefolgt; um den ‚General' zu fangen, werde ich nicht weniger tun. Also sagt, wohin er will!"

„Hinauf nach den Rocky Mountains."

„Wirklich? Mit so viel Geld in der Tasche?"

„Trotzdem! Dieser Mann ist zu klug, als daß er im Osten bliebe, um es zu verjubeln und sich dabei fangen zu lassen."

„Aber die Felsengebirge ziehen sich durch die ganzen Vereinigten Staaten. Kennt Ihr den Ort, wohin er will, ganz genau?"

„Ja. Ihr kennt ihn ja auch."

„Ich?" fragte er verwundert. „Von wem sollte ich ihn erfahren haben?"

„Von dem Mann, der ihn mir nannte, nämlich Toby Spencer."

„Spencer – Spencer – wer heißt denn – ah, Ihr meint den gestrigen Grobian, dem von Euch so vortrefflich hinausgeleuchtet wurde?"

„Ja. Ihr habt doch gehört, was er mit mir sprach? Daß er mir einen Antrag machte!"

„Mit ihm nach dem San Luis Park zu gehen?"

„Ja. Dorthin geht der ‚General' auch."

„Hat Spencer es gesagt?"

„Ist Euch das entgangen?"

„Daß er den ‚General' erwähnt hat, weiß ich nicht. Meine Aufmerksamkeit für Euer Gespräch muß in dem betreffenden Augenblick durch irgend etwas abgelenkt worden sein. Also der ‚General' will auch hinauf?"

„Natürlich! Er ist ja der Anführer dieser Kerls, die anscheinend beabsichtigen, eine Räuberbande zu bilden. Wollt Ihr solchen Leuten folgen und Euch in ihre Nähe wagen, Mr. Treskow?"

„Um ihn zu fangen, schrecke ich vor keinem Wagnis zurück."

„So muß er ja ein ganz bedeutender Verbrecher sein, auch das abgerechnet, was ich von ihm weiß?"

„Das ist er allerdings. Ich könnte von ihm Geschichten erzählen, die aber nicht hierher gehören; wir haben auch keine Zeit dazu."

„Aber bedenkt, was das heißt, einen Ritt hinauf in den Park zu machen. Ihr müßt durch das Gebiet der Osagen!"

„Sie werden mir wohl nichts tun!"

„Meint Ihr? In neuester Zeit sind sie wieder einmal aufsässig. Sie sind ein Stamm der Sioux, und was das heißt, das haben Euch damals die Ogellallahs gezeigt. Und noch eine Frage: Habt Ihr Begleiter?"

„Hm! Ich bin allein, denke aber, daß ich auf Mr. Hammerdull und auf Mr. Holbers rechnen kann."

„Warum auf uns?" fragte Dick, der Dicke.

„Weil er euer Geld bei sich hat. Oder wollt ihr es ihm lassen, Sir?"

„Fällt uns gar nicht ein! Wenn es unser wäre, könnten wir es noch eher schwinden lassen; aber es gehört doch der Tante von Pitt Holbers, und darum müssen wir es für sie wieder holen."

„So haben wir ja den gleichen Zweck und gleiches Ziel, und ich denke doch nicht, daß ihr für euch allein handeln und mich allein reiten lassen werdet."

„Zweck hin und Zweck her, wir reiten mit Euch."

„Schön! So sind wir also zu dreien; das verdreifacht meine Hoffnung, den ‚General' zu fangen."

„Ob dreifach oder nicht, das ist ganz gleich; aber wenn er mir zwischen die Hände kommt, so kommt er nicht wieder heraus. Meinst du nicht, Pitt Holbers, altes Coon?"

„Wenn du denkst, lieber Dick, so reiten wir mit, nehmen ihm das Geld ab und prügeln ihn tüchtig durch; dann übergeben wir ihn an Mr. Treskow, der einen schönen Galgen für ihn aussuchen kann. Also wir drei reiten zusammen, aber wann?"

„Das muß aber erst noch einmal überlegt werden. Vielleicht wird uns Mr. Shatterhand einen guten Rat geben", sagte Treskow.

„Das will ich gern tun", erwiderte ich. „Er lautet: reitet nicht zu dreien, sondern nehmt auch mich mit, Mr. Treskow."

„Euch?" fragte er, schnell aufblickend. „Wirklich? Ihr wollt mit?"

„Gewiß! Und Winnetou wird auch dabei sein."

„Ah, Winnetou! Ist der auch hier in Jefferson?"

„Nein, aber in der Nähe."

„Und Ihr denkt, daß er sich uns anschließt?"

„Ganz gewiß. Unsere Absicht war, uns hier nach jemandem zu erkundigen und ihn dann aufzusuchen, wenn er nicht zu weit von hier sein sollte. Wir haben erfahren, daß er hinauf nach Colorado ist, und werden ihm folgen. Das gibt denselben Weg wie den eurigen. Ihr dürft also nicht denken, daß wir ein Opfer bringen."

„Wenn wir auch nicht von einem Opfer sprechen wollen, so ist es doch ein großer Dienst, den ihr uns leistet. Nun sind wir also fünf Personen."

„Und werden später sechs sein."

„Sechs? Wer ist die sechste?"

„Der, nach dem ich mich hier erkundigt habe. Und wenn ihr dessen Namen hört, wird euch seine Gesellschaft auch sehr willkommen sein. Es ist Old Surehand."

„Was? Sogar noch Old Surehand? Nun mag dieser ‚General‘ laufen, wohin er will, wir finden ihn! Freut Ihr Euch denn nicht darüber, Dick Hammerdull, daß wir solche Männer bei uns haben werden?"

„Ob ich mich freue oder nicht, das bleibt sich gleich; aber ich bin ganz entzückt darüber, mich in solcher Gesellschaft befinden zu dürfen. Was sagst du dazu, Pitt Holbers, altes Coon?"

„Wenn du denkst, daß es für uns eine Ehre ist, so stimme ich dir bei, lieber Dick, und schlage vor, daß wir uns nicht überflüssig lange in diesem Nest, das sie Jefferson City nennen, herumtreiben."

Der gute Pitt Holbers pflegte nur zu sprechen, wenn sein „lieber Dick" ihn fragte, und dann auch nichts anderes zu tun, als ihm beizustimmen; jetzt schwang er sich so weit auf, einen Vorschlag zu machen.

Ich antwortete:

„Wir werden allerdings hier keine Zeit versäumen, aber auch

nichts unterlassen, was zu bedenken ist. Vor allen Dingen handelt es sich um die Pferde. Ihr wolltet nach dem Osten, habt also wahrscheinlich keine Pferde mit?"

„Keine Pferde mit? Da kennt Ihr Dick Hammerdull schlecht, Mr. Shatterhand! Wenn er sich je von seiner alten, guten Stute trennen muß, dann aber nur im letzten Augenblick. Ich habe sie mitgebracht und Pitt Holbers sein Pferd auch. Wir wollten sie hier in Pflege geben und dann bei unserer Rückkehr abholen. Aber das ist nun unnötig."

„Gut! So seid ihr beide also beritten. Aber eure Trapperanzüge?"

„Denen haben wir freilich den Abschied gegeben. Wir gehen so, wie wir hier sitzen."

„*Well*, und Waffen?"

„Die haben wir im *boardinghouse*."

„Also alles gut. Aber Ihr, Mr. Treskow?"

„Ich habe einen Revolver bei mir; alles andere muß ich mir kaufen. Wollt Ihr mir dabei behilflich sein?"

„Gern. Gewehr und Munition kauft Ihr Euch hier, das Pferd aber erst in Kansas City oder Topeka."

„Kommen wir dorthin?"

„Ja. Wir reiten nicht von hier aus, sondern fahren mit dem *Steamboat*. Erstens geht das schneller, und zweitens schonen wir dadurch die Tiere. Wenn Old Surehand klug handelt, so ist er am Republican River hinauf, dem auch wir folgen werden. Das gibt einen Ritt, bei dem man gute Pferde braucht."

„Wißt Ihr, wann das *Steamboat* von hier abgeht?"

„Ich glaube, morgen kurz nach Mittag. Wir haben also den ganzen Vormittag für die Vorbereitungen, die noch zu treffen sind. Aber es gibt Erkundigungen einzuziehen, mit denen wir nicht bis morgen warten dürfen."

„Welche?"

„Der ‚General' ist gewiß schon fort; wir brauchen uns also nicht die Mühe zu geben, ihn zu suchen. Aber gut wäre es, zu erfahren, wann und auf welchem Weg Toby Spencer mit seinen fünf Kerlen die Stadt verläßt oder verlassen hat."

„Das kann ich Euch sagen, Sir. Er ist mit dem Zwei-Uhr-Zug fort."

„Ah! Also doch mit der Bahn? Sie sind nach St. Louis gefahren?"

„Ja, mit der Missouri-Bahn nach St. Louis. Ihr habt gedacht, daß sie mit dem ‚General' gehen?"

„Das tun sie auch!"

33

„Aber, Sir, das stimmt doch nicht. Er will nach dem Park hinauf, also nach dem Westen, sie aber sind ostwärts abgereist."

„Gewiß. Sie fahren rückwärts, um dann desto schneller vorwärts zu kommen. Es ist doch klar, daß sie von St. Louis aus mit der Bahn nach Kansas wollen."

„Alle Teufel! Wo beabsichtigen sie denn da mit dem ‚General' zusammenzutreffen?"

„Sie sind schon mit ihm beisammen."

„Wie? Ihr denkt also, daß – daß – er mit ihnen gefahren ist?"

„Ja. Wo habt Ihr denn Toby Spencer gesehen?"

„Auf dem Bahnhof. Er saß mit seinen fünf Burschen schon im Abteil. Sie schienen mich von gestern abend her noch zu kennen, denn sie grinsten mich aus dem Fenster höhnisch lachend an."

„Aber einer hat Euch nicht angelacht, sondern sich gehütet, zum Fenster herauszusehen."

„Den ‚General' meint Ihr?"

„Ja. Es steht bei mir fest, daß er mit ihnen gefahren ist, Mr. Treskow."

„Wenn das so wäre! Da hätte ich den Kerl hier vergeblich gesucht und, als er fortfuhr, kaum fünf Schritte weit von dem Wagen gestanden, in dem er saß!"

„Sicherlich!"

„Wie ärgerlich! Aber der Fehler ist noch gutzumachen, wenn wir unseren Plan ändern."

„Wie?"

„Wir fahren nicht mit dem Schiff, sondern noch in dieser Nacht mit dem nächsten Zug nach St. Louis."

„Dazu würde ich nicht raten. Schon der Pferde wegen möchte ich auf die Eisenbahn verzichten. Ferner ist Winnetou nicht da; ich muß einen Boten zu ihm schicken, der ihn holt. Und drittens ist es sehr leicht möglich, daß die Kerls nicht gleich von St. Louis fortfahren, sondern sich aus irgendeinem Grund dort aufhalten. Dann kämen wir ihnen voraus und wüßten nicht, wohin."

„Das ist richtig!"

„Nicht wahr, Ihr seht es ein? Wir könnten uns den ganzen Fang verderben. Nein, wir müssen die, die wir erwischen wollen, vor uns haben, aber nicht hinter uns. Dann folgen wir ihrer Spur und können uns nicht irren. Seid ihr nun einverstanden, Mesch'schurs?"

„Ja", antwortete Treskow.

„Ob einverstanden oder nicht, das bleibt sich gleich", er-klärte Dick Hammerdull; „es wird aber so gemacht, ganz ge-nauso, wie Ihr gesagt habt. Es ist besser, wir folgen Euch als unseren dummen Köpfen. Was sagst du dazu, Pitt Holbers, altes Coon?"

Dieser entgegnete in seiner trockenen Weise:

„Wenn du denkst, daß du ein Dummkopf bist, so habe ich nichts dagegen, lieber Dick."

„Unsinn! Ich habe von unseren Köpfen, aber nicht von dem meinigen gesprochen."

„Daran hast du sehr unrecht getan! Wie kannst du von einem Kopf sprechen, der gar nicht dir gehört, sondern mir? Ich werde mir nie erlauben, von deinem Kopf zu sagen, daß er dumm ist; du aber sagst es selbst und mußt es besser wissen als ich, lieber Dick."

„Ob ich dein lieber Dick bin oder nicht, das bleibt sich gleich, aber wenn du mich beleidigst, so werde ich es nicht lange mehr bleiben. Sagt jetzt, Mr. Shatterhand, ob es für uns beide heute noch etwas zu tun gibt!"

„Ich wüßte nicht, was. Kommt morgen mit euren Pferden an den Landeplatz des *Steamboats!* Das ist alles, was ich euch sagen wollte. Aber, fast hätte ich etwas Wichtiges vergessen: Ihr seid bestohlen worden und habt also kein Geld?"

„Wollt Ihr uns etwas borgen, Sir?"

„Gern."

„Danke! Wir borgen Euch auch, wenn Ihr etwas braucht. Ich stelle Euch sogar diesen ganzen Beutel zur Verfügung und würde es als große Ehre schätzen, wenn Ihr die Güte hättet, ihn als Geschenk von mir anzunehmen."

Er zog bei diesen Worten einen großen, ganz vollen Leder-beutel aus der Tasche und warf ihn auf den Tisch, daß es nur so klirrte; es klang nach lauter Gold.

„Wenn ich ihn nähme, hättet Ihr dann selbst nichts mehr", antwortete ich.

„Das schadet nichts, denn Pitt Holbers hat einen geradeso vollen Ledersack. Wir sind nämlich so gescheit gewesen, nur die Papiere in die Brieftasche zu tun. Einige Tausend Dollar haben wir in Goldstücke umwechseln lassen und sie hier in diese Taschen gesteckt. Wir können also alles bezahlen, was wir brauchen. Nun aber wird es klug sein, zu schlafen, denn von hier bis Kansas City werden wir wohl wenig schlafen kön-nen. Man weiß, daß es auf dem *Steamboat* kaum möglich ist, ein Auge zuzutun. Komm, Pitt Holbers, altes Coon! Oder hast du noch Lust, zu bleiben?"

„Hm! Wenn ich es mir richtig überlege, so ist das Bier, das bei Mutter Thick aus dem Faß läuft, eine Flüssigkeit, in der man sich da oben in den Felsenbergen wohl nicht wird baden können. Oder schmeckt es dir nicht, lieber Dick?"

„Ob es mir schmeckt oder nicht, das ist ganz gleich; aber es ist ein großartiges Getränk, und wenn du Lust hast, noch länger hierzubleiben, so werde ich dich nicht im Stich lassen, zumal ich nur deshalb vom Schlafengehen sprach, damit du nicht mitgehen solltest. Ich habe nämlich auch noch Durst."

Sie blieben also sitzen, und ich war ebenso wie Treskow nicht so unmenschlich, sie in dem traulichen Stübchen allein zu lassen. Es entspann sich noch eine recht angeregte Unterhaltung, während der mir die drollige Art der beiden Trapper viel Vergnügen bereitete. Sie waren trotz des Diebstahls unerschöpflich mit ihrem Humor und ihrem launigen Wortgeplänkel, diese zwei „verkehrten Toasts".

Es war mir recht lieb, daß ich sie hier gefunden hatte. Der heitere Dick und der trockene Holbers waren zwei Begleiter, in deren Gesellschaft ich auf keine Langeweile zu rechnen hatte, und da sie viel bessere Westmänner waren als zum Beispiel Ralph Webster und Jos Hawley, so brauchte ich auch nicht zu befürchten, daß sie mir durch fehlerhaftes Verhalten die gute Stimmung verderben würden. Treskow war kein Westmann, aber ein Gentleman von Geist und Erfahrung, kenntnisvoll und dabei bescheiden. Es stand also zu erwarten, daß wir recht gut zusammenhalten würden.

Mutter Thick besorgte mir einen zuverlässigen Boten, den ich zu Winnetou schickte. Dieser Mann hatte sich sehr beeilt, denn der Häuptling der Apatschen traf vor dem *boardinghouse* ein, als ich am anderen Morgen oben beim Kaffee saß. Natürlich brachte er mein Pferd mit. Ich freute mich innerlich über die ehrerbietigen und bewundernden Blicke, mit denen die Anwesenden ihn betrachteten, und über die zuvorkommende Art, mit der ihn Mutter Thick bediente, obgleich er nur um ein Glas Wasser gebeten hatte.

Ich erzählte ihm, was geschehen war und weshalb ich ihn hatte holen lassen. Er erkannte Treskow sofort wieder, schien aber an die Fehler zu denken, die damals gemacht worden waren, denn er sagte:

„*Deadly-gun* war der gebietende Häuptling seiner Bleichgesichter; darum hat Winnetou von dem Augenblick an, in dem er das *hide-spot* betrat, keinen Befehl mehr gegeben, sondern sich nach ihm gerichtet. Auch war mein Bruder Shatterhand nicht dabei. Jetzt wird es anders sein; wir werden weniger Blut vergießen und jeden Fehler vermeiden. Welchen Weg hat Old Surehand eingeschlagen?"

„Das weiß ich nicht; ich werde es aber erfahren, denn ich gehe noch einmal zu Mr. Wallace, um mich von ihm zu verabschieden."

Vorher begleitete ich Treskow, um ihn bei seinen Einkäufen zu unterstützen. Von Gewehren verstand er nichts und wäre gewiß mit einer sehr blanken, aber ebenso untauglichen Rifle übervorteilt worden. Wurde es doch sogar mir nicht leicht, dem Pulver, das man uns erst vorsetzte, anzusehen, daß es wenigstens zwanzig Prozent zerstoßene Holzasche enthielt.

Als diese geschäftlichen Angelegenheiten erledigt waren, begab ich mich zu dem Bankier, um ihm zu sagen, daß ich jetzt im Begriff stehe, die Stadt zu verlassen. Als ich ihm von dem Diebstahl erzählte, durch den die beiden „Toasts" geschädigt worden waren, zeigte er sich arg betroffen und veranlaßte sogleich die Schecksperre. Im übrigen bat ich ihn, die Verfolgung der Angelegenheit mir zu überlassen. Dann fiel mir noch eine dringende Frage ein.

„Ihr wißt, Sir, daß Old Surehand auf seinem Ritt nach Fort Terret von Apanatschka, dem jungen Häuptling der Komantschen, begleitet wurde?"

„Ja, er hat es mir erzählt", antwortete Wallace.

„Wo ist dieser Indianer hin? Wo hat er sich von Old Surehand getrennt?"

„Sie sind von Fort Terret miteinander zum Rio Pecos geritten, wo sich Apanatschka von ihm verabschiedet hat, um zu seinem Stamm zurückzukehren."

„Schön! Und wißt Ihr vielleicht, welchen Weg Old Surehand jetzt eingeschlagen hat?"

„Er ist mit dem Schiff bis Topeka gefahren und wollte dann zu Pferd am Republican River hinauf."

„Dachte es mir. Was hat er für ein Pferd?"

„Dasselbe, das Ihr ihm geschenkt habt, Sir."

„So ist er vorzüglich beritten. Ich hoffe, sehr bald seine Spur zu finden."

„Was das betrifft, so kann ich Euch vielleicht einen Fingerzeig geben. Sucht, wenn Ihr nach Topeka kommt, Peter Lebruns Weinstube auf! Dort ist er jedenfalls eingekehrt. Er kennt den Wirt. Und dann gibt es zwei Tagesritte am Republican River hinauf an dessen linkem Ufer eine große Farm, zu der bedeutende Ländereien gehören. Der Besitzer hat große Pferde- und Rinderherden. Er heißt Fenner, und so oft Old Surehand in jene Gegend gekommen ist, hat er diesen Farmer besucht. Weiter kann ich Euch leider keine Andeutung geben, Mr. Shatterhand."

„Ist auch nicht nötig. Das, was Ihr gesagt habt, genügt, um mich zu unterrichten. Ich hoffe, Freund Surehand sicher zu treffen."

Ich ging.

Als die Zeit gekommen war, den Landeplatz des *Steamboats* aufzusuchen, fragte ich Mutter Thick nach der Rechnung; da hatte ich aber einen Pudel geschossen, über den sie sich so gekränkt fühlte, daß sie beinahe Tränen vergoß. Sie erklärte, daß es eine großartige Beleidigung sei, ihr Geld dafür anzubieten, daß sie den unvergeßlichen Vorzug gehabt habe, Old Shatterhand bei sich zu sehen.

Ich bemerkte dagegen sofort, daß ich mich nur dann als Gast betrachten könne, wenn ich eingeladen worden sei, und daß mein Charakter es mir nicht erlaube, mir etwas schenken zu lassen, was ich bestellt und genossen habe, weil ich annahm, daß ich es bezahlen müsse. Sie sah ein, daß ich auch nicht unrecht hatte, und bot mir den höchst überraschenden Ausgleich an:

„Nun wohl, Ihr wollt durchaus geben und ich lasse mich durchaus nicht bezahlen; so gebt mir etwas, was kein Geld ist!"

„Was?"

„Etwas, was mir höher steht als alles Geld, und was ich als ein Andenken an Old Shatterhand heilig halten werde, so lange ich lebe, nämlich eine Locke von Eurem Haar."

Ich fuhr förmlich einige Schritte zurück.

„Eine L – eine Lo – eine Locke – von mir – von mir? Habe ich recht gehört? Habe ich Euch richtig verstanden, Mutter Thick?"

„Ja, ja, Sir. Ich bitte Euch um eine Locke Eures Haars."

Trotz dieser Versicherung war es mir schwer, es zu glauben. Mein Haar, und eine Locke! Wirklich zum Lachen! Ich besitze nämlich einen wahren, dichten Urwald von Haaren. So dicht, wie dieses Haar ist, so dick und stark ist jedes einzelne. Und jetzt bat mich die gute Mutter Thick um eine „Locke"! Wenn sie noch Strähne gesagt hätte! Sie hielt mein Staunen für Einwilligung und lief fort, um eine Schere zu holen.

„Also, ich darf?" fragte sie dann, mit dem Blick schon diejenige Stelle des Kopfes suchend, der die Locke entlockt werden sollte.

„Na, wenn es wirklich Euer Ernst ist, Mutter Thick, so nehmt Euch, was Ihr wollt!"

Ich neigte mein Haupt, und die lockenhungrige Alte — denn sie war über sechzig Jahre — ließ ihre Finger prüfend darüber gleiten. Sie entdeckte den Punkt, wo der Wald am dichtesten war, fuhr mit der Schere in das Unterholz — schrrrrrr! Es klang, als ob Glasfäden zerschnitten würden, und sie hatte die gewünschte „Locke". Sie hielt sie mir triumphierend vor das Gesicht und sagte:

„Ich danke Euch herzlich, Mr. Shatterhand! Diese Locke von Euch kommt in ein Medaillon und wird jedem Gast gezeigt, der sie sehen will."

Ihr Gesicht strahlte vor Vergnügen, das meinige aber nicht, denn das, was sie in der Hand hatte, war keine Locke, auch keine Strähne, sondern ein solcher Pack von Haaren, daß man einen dicken Malerpinsel davon hätte binden können. Ein Medaillon! Sehr niedlich ausgedrückt! Wenn sie diese Haare in eine große Konservenbüchse steckte, so war sie so voll, daß nichts mehr hineinging! Ich fuhr mit der Hand erschrocken nach der Stelle, wo die Schere gewütet hatte; sie war kahl; ich fühlte eine Platte, die so groß war, wie ein silbernes Fünfmarkstück.

Diese schreckliche Mutter Thick! Ich stülpte mir schleunigst den Hut auf den Kopf und habe mir seitdem nie wieder eine Locke vom Haupte schneiden lassen, weder von einer Mutter, noch von einer Tochter!

Nach diesem Verlust wurde mir der Abschied von der braven Wirtin leichter, als ich ihn mir vorgestellt hatte, und ich suchte mir, auf dem *Steamboat* angekommen, eine einsame Stelle aus, wo ich ungestört und unbemerkt eine planimetrische Untersuchung anstellen konnte, wie viele oder wie wenige solcher Scherenschnitte dazu gehörten, das Haupt eines kriegerischen Westmanns in einen friedlichen Kahlkopf zu verwandeln. Das Schiff, das uns an Bord genommen hatte, war nicht einer jener schwimmenden Paläste, an die man denkt, wenn von einer Mississippi- oder Missourifahrt die Rede ist, sondern ein schweres, plumpes Paketboot, das von der keuchenden Maschine nur langsam fortgeschleppt werden konnte. Wir brauchten volle fünf Tage bis Topeka, wo ich mich in Peter Lebruns Weinstube nach Old Surehand erkundigte. Er war vor drei Tagen hier gewesen. Wir fanden ein gutes Pferd für Treskow und kauften es. Dann ging es fort, hinaus auf die „rollende" Prärie, den Republican River entlang. Der Osten von Kansas ist nämlich sehr hügelig; Bodenwellen, so weit das Auge reicht; das bietet einen Anblick, als ob ein „rollendes" Meer plötzlich mitten in der Bewegung erstarrt sei; daher die Bezeichnung „Rolling Prairie".

Gegen Abend des zweiten Tages erreichten wir Fenners Farm. Wir hatten uns nach ihr erkundigt, denn auf dem Weideland, über das wir kamen, beaufsichtigten eine Menge Cowboys die Herden. Fenner war ein freundlicher Mann, der uns zwar erst mißtrauisch betrachtete, uns dann aber, als ich Old Surehands Namen nannte, einlud, seine Gäste zu sein.

„Ihr dürft euch nicht wundern, Mesch'schurs", sagte er, „daß ich euch nicht gleich willkommen hieß; es geraten gar verschiedene Leute hier ins Land. Erst vorgestern lagerten bei mir sieben Kerls, die ich gastfreundlich aufnahm; aber als sie früh fort waren, fehlten mir sieben Stück meiner besten Pferde. Ich ließ sie verfolgen, aber sie konnten nicht eingeholt werden, weil ihr Vorsprung zu groß war und weil sie mir eben gerade die besten Pferde genommen hatten."

Er mußte sie mir beschreiben, und wir überzeugten uns, daß es der „General", Toby Spencer und die fünf anderen gewesen waren. Old Surehand hatte eine Nacht auf der Farm zugebracht. Wir beschlossen, das gleiche zu tun.

Da wir es vorzogen, im Freien anstatt in der Stube zu sein, wurden Stühle und ein Tisch herausgebracht. Da saßen wir essend und uns unterhaltend vor dem Hause; seitwärts davon grasten unsere Pferde, die wir abgesattelt hatten, und weiter draußen jagten Cowboys hin und her, um die Herden für die Nacht zusammenzutreiben.

Von links her kam auf galoppierendem Pferd ein Reiter gesprengt, gerade auf das Farmhaus zu; etwas Weißes wehte wie eine Mähne hinter ihm her. Ich mußte sogleich an Old Wabble denken.

„Ah, da kommt der!" sagte Fenner. „Ihr werdet jetzt einen höchst merkwürdigen Mann kennenlernen, der in früheren Jahren berühmt war und der ‚king of the cowboys' genannt wurde."

„Uff!" ließ sich Winnetou hören.

„Habt Ihr den Mann auf Eurer Farm angestellt, Mr. Fenner?" fragte ich.

„Nein. Er kam heute mittag mit einer kleinen Gesellschaft von Westmännern hier an, mit denen er da draußen am Busch Lager macht, um morgen wieder fortzureiten. Er ist weit über neunzig Jahre alt und sitzt noch wie ein Jüngling im Sattel. Seht, jetzt ist er da!"

Ja, er war da. Er kam, ohne uns schärfer anzusehen, fast bis ganz zu uns herangejagt, hielt sein Pferd an und wollte abspringen; da erst richtete er das Auge voll auf uns, fuhr sofort mit dem rechten Fuß in den Bügel und rief:

„*Hang it all!* Old Shatterhand und Winnetou! Mr. Fenner, bleiben diese Kerls heute hier?"

„*Yes*", antwortete der Farmer erstaunt.

„So reiten wir fort. Wo solche Halunken sind, haben ehrliche Menschen keinen Platz. Lebt wohl!"

Er riß sein Pferd herum und galoppierte wieder fort. Der Farmer war nicht bloß über das Verhalten des Alten überrascht, sondern auch über die Namen, die dieser genannt hatte.

„Sir, Ihr seid Old Shatterhand? Und dieser rote Gentleman ist Winnetou, der Häuptling der Apatschen?"

„Ja, Mr. Fenner."

„Warum habt Ihr mir das nicht eher gesagt? Ich hätte euch noch ganz anders aufgenommen!"

„Wir sind Menschen wie alle Menschen und haben nicht mehr und nichts Besseres zu beanspruchen als andere Leute!"

„Mag sein; aber wie ich euch bewirten will, das ist nicht eure, sondern meine Sache. Werde meiner Frau sagen, für was für Gäste sie zu sorgen hat."

Er ging ins Haus. Winnetou hielt sein Auge dorthin gerichtet, wo die weiße Mähne Old Wabbles noch wehte.

„Sein Blick war Haß und Rache", sagte er. „Old Wabble hat gesagt, er gehe fort; aber er kommt in dieser Nacht zurück. Winnetou und seine weißen Brüder werden vorsichtig sein."

Wir waren mit dem Essen noch nicht fertig, als Fenner wieder herauskam. Er schob Fleisch, Brot, die Teller, kurz alles, was vor uns lag, zusammen und sagte:

„Bitte, Mesch'schurs, macht eine Pause! Meine Frau deckt drinnen einen anderen Tisch. Weigert euch nicht, sondern gönnt mir die Freude, euch zeigen zu dürfen, wie willkommen ihr mir seid!"

Dagegen war nichts zu machen; er meinte es gut, und wir fügten uns in seinen Willen. Als uns die Frau dann hineinholte, sahen wir alles aufgetragen, was eine Farm, die zwei Tagereisen von der nächsten Stadt entfernt liegt, an Schmackhaftem zu bieten vermag. Das Essen begann also von neuem, in zweiter, verbesserter Auflage. Dabei erklärten wir unserem Gastgeber das für ihn sonderbare Betragen des alten Wabble, indem wir ihm den Diebstahl der Gewehre und dessen Bestrafung erzählten. Er konnte aber trotzdem den Grimm des alten „Königs der Cowboys" nicht begreifen. Old Wabble hatte allen Grund, uns dankbar zu sein, denn wir waren eigentlich sehr gnädig mit ihm verfahren; er hatte keine Strafe bekommen, obgleich er bei dem Diebstahl beteiligt gewesen war, indem er den „General" in das Haus des Bloody-Fox geführt hatte.

Während des Essens wurde es dunkel. Wir waren um unsere Pferde besorgt und stellten das dem Farmer vor. Er machte uns den Vorschlag:

„Wenn ihr sie wegen Old Wabble und der Gesellschaft, die er bei sich hat, nicht im Freien lassen wollt, so habe ich hinter dem Haus einen Schuppen, worin wir sie anbinden können. Für Wasser und gutes Futter werde ich da sorgen. Der Schuppen ist zwar unverschlossen, weil von einer Seite offen. Aber ich werde einen zuverlässigen Mann als Wächter hinstellen."

„Was das betrifft", sagte ich, „so verlassen wir uns lieber auf uns selbst. Wir werden also der Reihe nach wachen, erst Pitt Holbers, dann Dick Hammerdull, hierauf ich und nachher Winnetou, jeder zwei Stunden lang."

„Well! Und schlafen werdet ihr nebenan in der anderen Stube, wo ich euch gute Lager machen lasse; da seid ihr vor einem hinterlistigen Überfall sicher. Außerdem habe ich genug Cowboys draußen auf den Weiden, die auch mit achtgeben können."

Die Pferde wurden also in dem Schuppen untergebracht, und Pitt Holbers ging hinaus, um seine Wache anzutreten. Wir anderen saßen in der Stube um den Tisch herum und unterhielten uns. Wir waren noch nicht müde, und Fenner trieb uns von einer Erzählung zu der anderen; er wollte von unseren Erlebnissen gern so viel wie möglich hören. Ihm und seiner Frau machte besonders die witzige Art Spaß, wie der wohlbeleibte Dick einzelne Episoden seines abwechslungsreichen Lebens schilderte.

Nach Verlauf von zwei Stunden ging er hinaus, um Pitt Holbers abzulösen. Dieser meldete uns, daß alles ruhig sei und nichts Verdächtiges sich habe hören oder sehen lassen. Es verging wieder eine Stunde.

Ich erzählte eben ein heiteres Erlebnis unter dem Zeltdach eines Lappländers und hatte nur auf die lachenden Gesichter meiner Zuhörer acht, als mich Winnetou plötzlich beim Kragen faßte und mit solcher Gewalt auf die Seite riß, daß ich fast vom Stuhl stürzte.

„Uff! Ein Gewehr!" rief er und zeigte nach dem Fenster.

Zugleich mit seinen Worten fiel draußen ein Schuß; die Kugel zertrümmerte eine Fensterscheibe und drang hinter mir in den Säulenbalken, der die Decke stützte. Sie hatte mir gegolten und wäre mir in den Kopf gegangen, wenn Winnetou mich nicht weggerissen hätte. Im Nu hatte ich meinen Stutzen in der Hand und sprang nach der Tür; die andern folgten mir.

Die Vorsicht gebot mir, die Tür nicht ganz zu öffnen, um nicht einem zweiten Schusse als Ziel zu dienen. Ich machte sie also nur eine Lücke weit auf und blickte hinaus. Es war nichts zu sehen. Jetzt stieß ich sie ganz auf und trat hinaus ins Freie; Fenner und meine Gefährten schoben sich hinter mir her. Wir lauschten.

Da hörten wir hinter dem Hause das Stampfen und Schnauben von Pferden, und zu gleicher Zeit rief Dick Hammerdulls Stimme:

„Zu Hilfe! Die Pferde, die Pferde!"

Wir sprangen um die erste und um die zweite Ecke des Hauses. Da sahen wir Gestalten mit sich bäumenden, widerstrebenden Pferden kämpfen; zwei Reiter wollten an uns vorüber, um zu fliehen.

„Halt! Herunter mich euch!" rief Fenner.

Er hatte, als der Schuß auf mich gefallen war, seine Doppelbüchse von der Wand gerissen und richtete sie jetzt auf diese Reiter; zwei Schüsse von ihm, und sie stürzten von den Pferden.

Die Kerls, die sich mit unseren Pferden vergeblich abgemüht hatten, gaben den mißglückten Versuch auf und rannten davon. Wir sandten ihnen einige Schüsse nach.

„Recht so, recht so!" hörten wir Dicks Stimme wieder. „Gebt ihnen gutes Blei in die Köpfe! Dann aber kommt hierher! Der Schuft will nicht still liegenbleiben."

Wir folgten dem Ruf und sahen ihn auf einem Menschen knien, der sich gegen ihn sträubte, und den er mit Aufbietung aller seiner Kräfte niederhielt. Dieser Mensch war – der alte Wabble! Er wurde sofort festgenommen.

„Sagt mir doch, wie das gekommen ist!" forderte ich den Dicken auf, der jetzt vor mir stand und, von der Anstrengung keuchend, tief Atem holte. Er antwortete:

„Wie es gekommen ist, das bleibt sich gleich; aber ich lag im Schuppen bei den Pferden; da war es mir, als hätte ich hinter dem Stall leise sprechen hören. Ich ging hinaus und lauschte. Da fiel vor dem Hause ein Schuß, und gleich darauf kam jemand, der ein Gewehr in der Hand hatte, um die Ecke gerannt. Das weiße Haar war trotz der Dunkelheit deutlich zu sehen; ich erkannte Old Wabble, sprang auf ihn zu, riß ihn nieder und rief um Hilfe. Seine Kumpane hatten dabei hinter dem Schuppen gesteckt und sprangen jetzt herein, um unsere Pferde fortzuschaffen. Euer und Winnetous Hengst und meine alte, pfiffige Stute wollten aber nicht mit fort; Pitt Holbers' und Mr. Treskows Pferd waren nicht so gescheit gewesen; zwei von den Spitzbuben stiegen auf und wollten sich eben davonmachen, als Ihr kamt und sie mit Euren Kugeln herunterholtet. So ist die Sache. Was soll mit dem alten *king of the cowboys'* geschehen, den man besser König der Spitzbuben heißen möchte?"

„Schafft ihn hinein in die Stube! Ich komme gleich nach!"

Durch unsere Schüsse waren mehrere von Fenners Cowboys herbeigerufen worden, mit denen ich unsere Pferde wieder in den Schuppen brachte. Sie mußten als Wächter bei ihnen bleiben. Wir suchten die nächste Umgebung ab; die Diebe waren fort. Die zwei von ihnen aber, die Fenner von den Pferden geschossen hatte, waren tot.

Als ich in die Stube kam, lehnte Old Wabble an dem Säulenpfosten, in den seine Kugel gedrungen war; man hatte ihn da fest angebunden. Er schlug nicht etwa die Augen nieder, sondern sah mir mit offenem, frechem Blick ins Gesicht. Wie gut und nachsichtig war ich früher mit ihm gewesen! Ich hatte Achtung vor seinem hohen Alter gehabt, jetzt widerte er mich an. Man hatte über die Strafe gesprochen, die er bekommen sollte; denn als ich eintrat, sagte Pitt Holbers:

„Er ist nicht nur ein Dieb, sondern ein ganz gefährlicher Meuchelmörder; er muß aufgehängt werden!"

„Er hat auf Old Shatterhand geschossen", erwiderte Winnetou, „folglich wird dieser sagen, was mit ihm geschehen soll."

„Ja, er ist mein; ich nehme ihn für mich in Anspruch", stimmte ich bei. „Er mag die Nacht hier am Balken hängen; morgen früh werde ich sein Urteil fällen."

„Fäll es doch gleich!" zischte mich der Meuchler an. „Gib mir eine Kugel in den Kopf, daß du als frommer Hirte dann für meine arme, verlorene Seele etwas zu wimmern und zu beten hast!"

Ich wandte mich von ihm ab, ohne zu antworten. Fenner entfernte sich, um seine Cowboys auf die Suche nach den entflohenen Dieben zu schicken. Sie ritten die ganze Nacht durch die Umgegend, konnten aber niemand finden.

Es läßt sich denken, daß wir nur sehr wenig schliefen; es war kaum Tag, so hatten wir die Lager schon verlassen. Old Wabble zeigte sich ganz munter; die Nacht am Balken schien ihm nicht übel bekommen zu sein. Als wir frühstückten, sah er so unbefangen zu, als ob gegen ihn gar nichts vorliege und er der beste unserer Freunde sei. Das empörte Fenner so, daß er zornig ausrief:

„So eine Frechheit ist mir in meinem ganzen Leben noch nicht vorgekommen! Ich habe diesen Menschen stets, wenn er zu mir kam, mit Achtung behandelt, schon seines Alters wegen; nun aber bin auch ich dafür, daß er nach den Gesetzen der Prärie behandelt wird. Pferdediebe und Mörder werden gehängt. Mag er in das Grab stürzen, in dem er ja doch schon längst mit einem Fuß steht!"

Da knurrte ihn der Alte höhnisch an:

„Bekümmert Euch doch nicht um mein Grab! Ob mein Kadaver noch einige Jahre leben bleibt, oder ob er jetzt schon im Grab verfault, das macht gar keinen Unterschied; ich pfeife darauf!"

Wir waren alle empört über diese Worte.

„Welch ein Mensch!" rief Treskow aus. „Er verdient den Strick und weiter nichts. Sprecht ihm sein Urteil, Mr. Shatterhand! Wir werden es unbedenklich vollziehen."

„Ja, ich werde es sprechen; zu vollziehen braucht ihr es nicht", antwortete ich. „Ob lebendig oder tot, das ist ihm gleich; Gott wird ihm vielleicht Gelegenheit geben, zu erfahren, daß jede Sekunde des Lebens einen Wert hat, an den alle Reichtümer der Erde nicht reichen. Dann wird dieser Mann um eine einzige Minute der Verlängerung seines Lebens wimmern; und wenn die Faust des Todes seinen Körper krümmt, wird er nach Vergebung seiner Sünden heulen!"

Ich band ihn vom Balken los. Er blieb stehen, dehnte und reckte seine eingeschlafenen Arme und sah mich fragend an.

„Ihr könnt gehen", sagte ich.

„Ah! Ich bin frei?"

„Ja."

Da schlug er ein höhnisches Gelächter an und rief:

„Ganz wie es in der Bibel steht: Glühende Kohlen auf das Haupt des Feindes sammeln. Ihr seid ein Musterchrist, Mr. Shatterhand! Aber das fruchtet bei mir nichts, denn solche Kohlen brennen mich nicht. Es mag zwar rührend sein, den großmütigen Hirten zu spielen, der seine bösen Lämmlein laufen läßt, mich aber rührt es nicht. Lebt wohl, Mesch'schurs!

Wenn wir uns wiedersehen, wird es in einer ganz anderen Weise sein als jetzt!"

Er ging hocherhobenen Hauptes fort. Ich ahnte nicht, wie bald schon sein letztes Wort in Erfüllung gehen sollte.

### Am Baum der Lanze

Wie oft sind mir von den Lesern meiner Bücher Vorwürfe gemacht worden, daß ich schlechte Menschen, die uns nur Feindschaft erwiesen und nichts als Schaden bereiteten, dann, wenn sie in unsere Hände gerieten, zu mild und nachsichtig behandelt habe! Ich habe diese Vorwürfe in jedem einzelnen Fall auch von der Seite aus betrachtet, von der aus sie berechtigt schienen, habe aber stets gefunden und finde auch heute noch, daß mein Verhalten richtig war. Es ist ein großer Unterschied zwischen Rache und Strafe.

Ein rachsüchtiger Mensch ist oft kein guter Mensch; er handelt nicht nur unedel, sondern verwerflich; er greift, ohne dazu irgendein Recht zu besitzen, der göttlichen und der menschlichen Gerechtigkeit vor und läßt dadurch, daß er seiner Selbstsucht, seiner Leidenschaft die Zügel überwirft, nur merken, wie verächtlich schwach er ist. Ganz anders steht es um die Strafe; sie ist eine ebenso natürliche wie unausbleibliche Folge jeder Tat, die von den Gesetzen und von der Stimme des Gewissens verurteilt wird. Nur darf nicht jedermann, auch nicht einmal der, an dem sie begangen wurde, denken, daß er zum Richter berufen sei. Sie kann in dem einen Fall unerlaubt sein, in dem anderen leicht den Charakter eines verwerflichen Racheaktes annehmen. Welcher Mensch ist so rein, so frei von Schuld und sittlich so erhaben, daß er sich, ohne von der Staatsgewalt dazu berufen zu sein, zum Richter über die Taten seines Nächsten aufwerfen darf?

Dazu kommt, daß man sich wohl hüten soll, den, der einen Fehler, eine Sünde, ein Verbrechen begeht, für den allein Schuldigen zu halten. Man forsche nach der Vorgeschichte jeder bösen Tat! Sind nur körperliche und geistige Mängel angeboren? Können es nicht auch sittliche sein? Sodann bedenke man wohl, welche Macht in der Erziehung liegt! Ich meine da die Erziehung im weiteren Sinne, nicht bloß die Einwirkung der Eltern, Lehrer und Verwandten. Es sind tausend und abertausend Verhältnisse des Lebens, die oft tiefer und nachhaltiger auf den Menschen wirken als das Tun oder Lassen der Personen, die nach landläufiger Ansicht seine Erzieher sind. Ein einziger Abend in einem minderwertigen Theater, das Lesen eines einzigen schlechten Buches, die Betrachtung eines einzigen unsittlichen Bildes können alle Früchte einer guten elterlichen Erziehung in Fäulnis übergehen lassen. Welche Menge, ja Masse von Sünden hat die millionenköpfige Hydra, die wir Gesellschaft nennen, auf dem Gewissen! Und gerade diese Gesellschaft sitzt mit wahrer Wonne zu Gericht, wenn der Krebs, an dem sie leidet, an einem einzelnen ihrer Glieder zum Ausbruch kommt!

Mit welch frommem Augenaufschlag, mit welch abweisendem Nasenrümpfen, mit welcher Angst vor fernerer Berührung zieht man sich da von dem armen Teufel zurück, der das Unglück hatte, daß die allgemeine Krankheit gerade an seinem Körper sichtbar wurde!

„Wenn ich da von den Verhältnissen der „zivilisierten" Gesellschaft spreche, so muß meine Ansicht in bezug auf die sogenannten halb und ganz wilden Völker noch viel milder sein. Der wilde oder verwilderte Mensch, der nie einen rechten, sittlichen Maßstab für sein Handeln besaß oder dem dieser Maßstab abhanden gekommen ist, kann für sein Gebrechen noch weniger verantwortlich gemacht werden als der Sünder, der ins Straucheln kam und fiel, obgleich ihm alle moralischen Stützen unserer vielgerühmten Gesittung zur Verfügung standen.

Ein von den Weißen gehetzter Indianer, der zur Verteidigungswaffe greift, ist des Mitleids, nicht der Peitsche wert. Ein wegen irgendeines Vergehens von der *very moral and virtuous society* für immer ausgestoßener Mensch, der im Wilden Westen Aufnahme findet und dort immer tiefer sinkt, weil es ihm da an allem Halt gebricht, steht als Westläufer zwar unter den strengen blutigen Gesetzen der Prärie, ist aber in meinen Augen der Nachsicht und Entschuldigung bedürftig. Auch Winnetou, der stets großmütige und edeldenkende, versagte solch einem Entarteten die Schonung nie, wenn ich ihn darum bat. Ja, es kam sogar vor, daß er sie aus eigenem Antrieb und Entschluß übte, ohne meine Bitte erst abzuwarten.

Diese Milde hat uns zuweilen in spätere Verlegenheiten gebracht; das gebe ich wohl zu. Aber die Vorteile, die wir mittelbar durch sie erreichten, wogen das reichlich wieder auf. Wer sich uns anschließen wollte, mußte auf die Grausamkeiten und Härten des Westens verzichten und wurde, ohne es eigentlich zu wissen und zu wollen, wenn nicht in Worten, so doch in Taten, ein Lehrer und Verbreiter der Menschenliebe, die er bei uns fand.

Old Wabble war auch einer jener Entarteten, dem wir mehr Nachsicht schenkten, als er verdiente. Hieran war neben der von uns grundsätzlich und allgemein geübten Milde der erste Eindruck schuld, den seine ungewöhnliche Persönlichkeit besonders auf mich gemacht hatte. Sein hohes Alter trug auch dazu bei, und zudem hatte ich in seiner Gegenwart stets ein eigenartiges Gefühl, das mich abhielt, ihn nach seinen Taten und seiner so frech gezeigten Gottlosigkeit zu behandeln. Es war, als ob ich mich nach einem von mir unabhängigen und doch in mir wohnenden Willen richten müsse, der mir verbot, mich an ihm zu vergreifen. Darum hatte ich ihn am Morgen nach dem Mordversuch auf Fenners Farm wieder freigelassen und damit auch nach dem Willen Winnetous gehandelt. Dick Hammerdull und Pitt Holbers waren freilich nicht damit einverstanden, und Treskow als Polizist noch weniger. Doch wurden mir von diesen dreien wenigstens nicht die Vorwürfe gemacht, die ich von dem Besitzer der Farm zu hören bekam; der konnte gar nicht begreifen, daß ein Mensch, vor dessen Kugel mich nur die scharfen Augen des Apatschen errettet hatten, ohne alle Strafe von uns entlassen worden war. Eine solche Dummheit, wie er es nannte, war ihm noch nicht vorgekommen, und er schwur, daß er die Rache in seine Hände nehmen und Old Wabble wie einen Hund niederschießen werde, wenn der Alte es wagen sollte, sich noch einmal auf der Farm blicken zu lassen. Im übrigen aber zeigte Fenner uns auch heute, wie willkommen ihm unser Besuch gewesen war; er versah uns beim Abschied so reichlich mit Mundvorrat, daß wir wenigstens für fünf Tage zu essen hatten und also ebensolange davon befreit waren, unsere Zeit auf das Fleischmachen durch die Jagd zu verwenden. Was das bedeutet, merkt man erst dann, wenn man wegen der Nähe von Feinden nicht schießen darf, also entweder hungern muß oder Gefahr läuft, sich zu verraten.

Eigentlich hätten wir gleich nach dem Aufbruch von der Farm Old Wabbles Spur suchen müssen. Wir kannten jetzt seine Gehässigkeit und hatten allen Grund, uns über seine weiteren Absichten zu unterrichten. Aber wir wollten Old Surehand so schnell wie möglich einholen, denn wir hatten den „General" und Toby Spencer vor uns, die mit ihren Leuten auch hinauf nach Colorado ritten, und so mußte uns der alte „König der Cowboys" jetzt weniger wichtig sein.

Da der Republican River hinter Fenners Farm einen großen Bogen beschreibt, den wir abschneiden wollten, verließen wir seine Nähe und ritten unmittelbar in die Rolling Prairie hinein, um den Fluß später wieder zu erreichen.

Wir sahen da die Spuren der Cowboys, die während der letzten Nacht nach Old Wabble und seinen Begleitern gesucht hatten, ohne sie zu finden. Später hörten diese Fährten auf, und wir fanden bis gegen Abend kein Anzeichen eines menschlichen Wesens mehr.

Um diese Zeit mußten wir auf das andere Ufer des Flusses hinüber, und obgleich der Republican River, wie alle Flüsse von Kansas, breit und seicht ist und also fast überall unschwer übersetzt werden kann, hatte uns Winnetou doch nach einer Furt zu lenken gewußt. Sie war so seicht, daß das Wasser in seiner ganzen Breite den Pferden nicht bis an den Leib reichte.

Am anderen Ufer angekommen, durchquerten wir den Saum des Gebüsches, das sich am Fluß hinzog, und gelangten dann wieder auf die offene Prärie. Kaum hatten wir das Gesträuch hinter uns, so erblickten wir eine Spur, die in einer Entfernung von vielleicht fünfhundert Schritt neben dem Strom herlief. Dick Hammerdull deutete mit dem Finger darauf und sagte zu seinem hageren Freund:

„Siehst du den dunklen Strich da drüben im Gras, Pitt Holbers, altes Coon? Was meinst du, was das ist? Bloß ein Gedankenstrich, oder eine menschliche Fährte?"

„Wenn du meinst, daß es eine Fährte ist, so habe ich nichts dagegen, lieber Dick", erwiderte der Gefragte in seiner trockenen Weise.

„Ja, so ist es. Wir müssen hin, um zu sehen, woher sie kommt und wohin sie führt."

Er glaubte, daß wir derselben Ansicht seien und hinreiten würden; Winnetou aber lenkte, ohne ein Wort zu sagen, nach rechts und führte uns, ohne sich um die Spur zu kümmern, an dem nahen Ufer entlang. Hammerdull konnte das nicht begreifen und wandte sich deshalb an mich:

„Warum wollt Ihr denn nicht hin, Mr. Shatterhand? Wenn man im Wilden Westen eine unbekannte Fährte sieht, muß man sie doch lesen; die Sicherheit gebietet das!"

„Allerdings", nickte ich zustimmend.

„Also! Wir müssen unbedingt erfahren, welche Richtung sie hat!"

„Von Ost nach West."

„Wieso von Ost nach West? Das kann kein Mensch wissen,

bevor er sie genau untersucht hat. Sie kann auch von West nach Ost gehen."

„*Pshaw!* Sie läuft von Ost nach West und nicht anders. Wir haben jetzt einige Tage lang den Wind aus West gehabt, und ihr könnt Euch überzeugen, daß infolgedessen alles Gras mit den Spitzen nach Osten liegt. Jeder gute Westmann sollte wissen, daß eine Fährte mit diesem Strich nicht so deutlich ist wie eine gegen ihn. Die Spur da drüben ist wenigstens fünfhundert Schritt entfernt; daß wir sie trotz dieser weiten Entfernung sehen, ist ein Beweis, daß sie gegen den Strich, also von Osten nach Westen geritten ist."

„*The devil*, das ist scharf gedacht! Darauf wäre ich wirklich nicht gekommen! Meinst du nicht auch, Pitt Holbers, altes Coon?"

„Wenn du denkst, daß ich dich für dumm genug halte, nicht auf diesen pfiffigen Gedanken zu verfallen, so hast du recht", nickte Holbers.

„Recht oder nicht, das bleibt sich gleich. Jedenfalls hast du die Klugheit auch nicht schockweise von den Bäumen geschüttelt! Aber, Mr. Shatterhand, wir müssen die Fährte dennoch untersuchen, denn es gilt, zu erfahren, von wem und von wieviel Personen sie kommt."

„Warum deshalb fünfhundert Schritt weit von unserer Richtung weichen? Ihr seht doch, daß wir sehr bald mit ihr zusammentreffen werden!"

„Richtig! Auch daran habe ich nicht gedacht. Da hat man sich so viele Jahre lang für einen guten Westmann gehalten und muß nun hier am alten Republican River einsehen, daß man noch viel zu lernen hat! Ist das nicht wahr, Mr. Shatterhand?"

„Lobenswerte Selbsterkenntnis! Aber wer seine Fehler und Mängel erkennt, befindet sich ja schon auf dem Weg der Besserung."

Wir hatten uns noch nicht weit von der Furt entfernt, so machte der Fluß einen scharfen Winkel nach Norden und gab die Prärie nach Westen frei. Ein grüner Streifen, der aus dieser Richtung kam und im Norden auf den Buschsaum des Republican River stieß, ließ einen kleinen Wasserlauf vermuten, der sich rechts, weit von uns, mit dem Fluß vereinigte. Dieser Bach wand sich in vielen Krümmungen seinem Ende zu. Der äußerste Punkt des letzten Bogens, den er schlug, war durch ein Wäldchen bezeichnet, das, vielleicht eine halbe Stunde weit, uns gegenüberlag. Wir hielten an, denn die Fährte, von der wir gesprochen hatten, kam plötzlich von links herüber an die Ecke des Flusses, wo wir uns befanden. Es war die Spur eines einzelnen Reiters, der hier eine kurze Zeit gehalten hatte. Er war nicht abgestiegen. Die Stapfen der Vorderhufe seines Pferdes bildeten einen Halbkreis, auf dessen Mittelpunkt die Hinterhufe gestanden hatten. Daraus war zu schließen, daß der aus Osten gekommene Mann sich hier nach den drei anderen Himmelsrichtungen umgesehen, also wohl irgend etwas gesucht hatte. Darauf war er in schnurgeradem Galopp nach dem vorhin erwähnten Wäldchen geritten. Folglich mußte hier der Ort sein, den er gesucht hatte. Dieser Gedanke lenkte unsere Blicke in die angegebene Richtung.

Eigentlich konnte es uns gleichgültig sein, wer der Reiter gewesen war, und zunächst bot das Wäldchen auch gar keinen Grund zu besonderer Aufmerksamkeit; aber die Fährte war kaum eine halbe Stunde alt, und das war für uns Grund genug, Vorsicht walten zu lassen.

„Uff! Wo-uh-ke-za!" ließ sich da der Apatsche hören, während er den Arm hob, um einen ganz bestimmten Punkt des Wäldchens zu bezeichnen.

„Wo-uh-ke-za" ist ein Dakota-Wort und bedeutet eine Lanze. Warum bediente sich Winnetou nicht des betreffenden Apatschenwortes? Ich sollte die Ursache bald erfahren und da wieder einmal, wie schon oft, bemerken, was für scharfe Augen er besaß. Die Richtung seines ausgestreckten Armes folgend, erblickte ich am Rand des Wäldchens einen Baum, der einen seiner Äste weit vorstreckte; auf diesem Ast war senkrecht eine Lanze befestigt; das sah auch ich. So weit von uns entfernt, glich sie einem Bleistiftstrich am Himmel, den die untergehende Sonne rot gefärbt hatte. Wären wir nicht durch die Fährte auf das Wäldchen aufmerksam gemacht worden, so hätte keiner von uns diese Lanze bemerkt. Sie mußte jedem entgehen, der nicht ganz nah am Wäldchen vorüberkam. Als Dick Hammerdull von ihr hörte, sagte er:

„Ich kann sie nicht erkennen; aber wenn es wirklich so ein Spieß ist, wie ihr denkt, so weiß jedermann, daß Lanzen nicht auf Bäumen wachsen. Es muß also ein Zeichen sein!"

„Das Zeichen eines Dakota", nickte Winnetou.

„So ist es eine Dakota-Lanze?" fragte der Dicke erstaunt.

„Ja; nur weiß ich aber noch nicht, von welchem Stamm der Dakota."

„Ob Stamm oder nicht, das bleibt sich gleich! Es ist schon überhaupt ein staunenswertes Wunder, daß es Augen gibt, die auf eine Meile hin diese Lanze so genau erkennen. Die Hauptsache ist die Frage, ob wir etwas mit ihr zu schaffen haben."

Da diese Worte an mich gerichtet waren, so klärte ich ihn auf:

„Sie kann uns natürlich nicht gleichgültig sein. Es hausen außer den Osagen hier keine Dakota, und weil wir wissen, daß die Osagen jetzt die Kriegsbeile ausgegraben haben und diese Lanze ein Zeichen für irgend jemand bildet, so müssen wir die Bedeutung dieses Zeichens kennenlernen."

„So reiten wir hinüber?"

Er wollte seine alte Stute in Bewegung setzen; ich griff ihm aber in die Zügel und warnte:

„Wollt Ihr Eure Haut zu Markte tragen? Die Lanze hat als Zeichen wahrscheinlich zu bedeuten, daß Osagen da drüben stecken und auf jemand warten oder vielmehr gewartet haben; der Reiter, dessen Spuren wir hier sehen, ist zu ihnen hinübergeritten und scheint vorher nach der Lanze ausgeschaut zu haben. Wenn wir geradenwegs seiner Fährte folgen, müssen wir gesehen werden."

„Meint ihr denn, daß man uns noch nicht gesehen hat?"

„Ja, das meine ich. Wir stechen von dem Gesträuch hinter uns nicht im geringsten ab, können also noch nicht bemerkt worden sein. Dennoch müssen wir schleunigst von hier fort. Kommt also; ihr seht, daß Winnetou schon voran ist!"

Der Apatsche hatte unsere Rede gar nicht beachtet und war, sich vorsichtigerweise nordwärts wendend, fortgeritten. Wir folgten ihm, bis wir das Wäldchen aus den Augen verloren hatten, und wandten uns dann nach Westen, um den Bach zu erreichen. Dort angekommen, brauchten wir nur flußaufwärts zu reiten, um im Schutz der Büsche von Norden her an das Wäldchen zu gelangen. Da hielt Winnetou an, stieg vom Pferd, gab mir seine Silberbüchse aufzuheben und sagte:

„Meine Brüder werden hier warten, bis ich wiederkomme und ihnen sage, wen ich am Baum der Lanze gesehen habe!"

Er beabsichtigte somit, als Kundschafter nach dem Wäldchen zu gehen, und kroch in das Gesträuch, um die Lösung seiner nicht leichten Aufgabe anzutreten. Dergleichen Obliegenheiten nahm er am liebsten selbst in die Hand, und man hatte auch allen Grund, sie ihm zu überlassen. Wir stiegen ab und trieben unsere Pferde in das Gebüsch bis an den Bach, wo sie trinken konnten. Dann setzten wir uns nieder, um auf die Rückkehr des Apatschen zu warten. Seine Abwesenheit konnte, falls wirklich Osagen in dem Wäldchen waren, mehrere Stunden dauern. Doch war höchstens eine halbe vergangen, als er wieder bei uns erschien und meldete:

„Ein Bleichgesicht sitzt unter dem Baum der Lanze und wartet auf die Rückkehr eines roten Kriegers, der einen halben Tag lang dort gewesen und dann fortgeritten ist, um Fleisch zu machen."

Mir genügten diese Angaben, die den großen Scharfsinn des Apatschen bestätigten, vollständig. Dick Hammerdull aber, dem sie nicht ausführlich genug erschienen, erkundigte sich:

„Ist der Häuptling der Apatschen mitten drin im Wäldchen gewesen?"

Winnetou nickte. Der Dicke fuhr fort:

„Er hat also keinen Indianer gesehen?"

Winnetou schüttelte den Kopf.

„Wer mag wohl der Weiße sein, der unter dem Baum sitzt?"

„Old Wabble", entgegnete der Apatsche kurz.

„*Zounds!* Was mag der alte Cowboy dort wollen?"

Winnetou zuckte die Achsel; dann fragte Hammerdull weiter:

„Was für ein Indianer ist es wohl, auf den Old Wabble wartet?"

„Matto Schahko, der Kriegshäuptling der Osagen."

„Matto Schahko? Kenne den Kerl nicht. Habe noch nie von ihm gehört. Kennt ihn der Häuptling der Apatschen?"

Winnetou nickte wieder. Er ließ sich nie gern in dieser Weise ausfragen und ich wartete mit stillem Vergnügen auf den Zeitpunkt, an dem seine Geduld zu Ende gehen würde. Der kleine Trapper aber setzte seinen Erkundigungen neugierig fort:

„Ist der Rote ein tapferer Kerl?"

Diese Frage war höchst überflüssig. Matto Schahko heißt „sieben Bären"; es sind da Grizzlies gemeint. Wer sieben Graue Bären erlegt hat und ohne alle Begleitung den Kriegspfad betritt, muß Mut besitzen. Darum beantwortete Winnetou diese Frage nicht, und dies war für Hammerdull Grund, sie zu wiederholen. Als er auch hierauf keine Antwort bekam, fragte er:

„Warum spricht Winnetou nicht weiter? Es ist doch vorteilhaft zu wissen, mit wem man es zu tun hat. Darum habe ich meine Frage zweimal ausgesprochen."

Da wandte ihm Winnetou, der bisher vor sich hin geblickt hatte, sein Gesicht voll zu und entgegnete mit jenem milden und doch so abweisenden Ton, den ich nur bei ihm gehört und gefunden habe:

„Warum hat mein Bruder Old Shatterhand micht nicht gefragt? Warum ist er still gewesen? Man soll erst denken und dann sprechen. Zum Denken gehört nur ein einziger Mann, zum Sprechen sind aber wenigstens zwei nötig. Mein weißer Bruder Hammerdull muß sehr viel Gehirn haben und ein guter Denker sein; wenigstens ist er dick genug dazu!"

Ich sah, daß der Zurechtgewiesene zunächst zornig auffahren wollte; aber die Hochachtung, die er Winnetou widmete, veranlaßte ihn, sich zu beherrschen, und so rechtfertigte er sich in ruhigem Ton:

„Ob dick genug oder nicht, das bleibt sich gleich; nur darf ich so frei sein zu bemerken, daß ich nicht mit dem Bauch denken kann, weil das Gehirn bekanntlich im Kopf zu suchen ist. Habe ich da nicht recht, Pitt Holbers, altes Coon? Sag mir das doch!"

„Nein", antwortete der Gefragte in seiner kurzen Weise.

Es geschah nicht oft, daß der Dünne dem Dicken unrecht gab; darum rief Dick Hammerdull sehr verwundert aus:

„Nicht? Ich habe nicht recht? Warum nicht?"

„Weil du Fragen ausgesprochen hast, die vermuten lassen, daß du das Gehirn allerdings nicht im Kopf, sondern in der Körpergegend hast, wo bei anderen, richtig gebauten Leuten die Milz oder die Leber liegt."

„Was? Du willst mich foppen? Höre, Pitt Holbers, altes Coon, wenn du dich auf diese schlechte Seite legst, so kann es leicht . . ."

Ich unterbrach ihn durch einen Wink meiner Hand, der ihm Schweigen gebot, denn Winnetou hatte sein Silberbüchse genommen und den Zügel seines Pferdes ergriffen, um die Stelle zu verlassen, wo wir uns befanden. Er sah es gar nicht ungern, wenn Dick und Pitt sich halb scherz- und halb ernsthaft miteinander stritten; aber jetzt gab es Wichtigeres zu tun. Wir nahmen unsere Pferde und folgten ihm hinaus an den Rand des Gebüsches. Er führte uns, ohne in den Sattel zu steigen, daran entlang, bis wir in die Nähe des Wäldchens gelangt waren; dort bogen wir wieder in das Gesträuch ein und der Häuptling sagte, seine Stimme dämpfend:

„Old Shatterhand wird mit mir gehen. Die anderen weißen Brüder bleiben hier, bis ein Pfiff dreimal erschallt. Dann kommen sie nach dem Baum der Lanze geritten, wo sie uns mit zwei Gefangenen finden werden."

Das war mit solcher Gewißheit gesagt, als ob er das, was geschehen würde, ganz genau vorherbestimmen könne. Er legte seine Büchse ab, ich meine beiden Gewehre ebenfalls und dann folgten wir, ohne das Buschwerk wieder zu verlassen, dem Bach, der uns, seinem Lauf aufwärts, nach dem Wäldchen führen sollte.

Die Dämmerung brach herein, und da wir uns im Dickicht befanden, war es um uns dunkler als draußen auf der Prärie. Unser Vordringen ging ohne das geringste Geräusch vor sich. Wir erreichten die Stelle, wo die Ufer des Baches nach rechts verliefen und wir das Wäldchen vor uns hatten. Es gab kein Unterholz, und das Anschleichen war somit bequemer. Von Stamm zu Stamm schlüpfend, näherten wir uns dem Baum, auf dessen Ast wir die Lanze gesehen hatten. Da er am Rand des Gehölzes stand, wo es wieder Büsche gab, war es dort heller als bei uns hinter dem dichten Wipfeldach, und so konnten wir, ohne selbst bemerkt zu werden, sehen, wer sich an dem Signalbaum befand.

Dort gab es einen alten, verlassenen Kaninchenbau, der einen kleinen, aber doch über meterhohen Hügel bildete; bei ihm saß der einstige „König der Cowboys". Sein Pferd weidete draußen auf der Prärie, ein Beweis, daß Old Wabble sich hier an diesem Ort sicher fühlte; wäre dies nicht der Fall gewesen, so hätte er sein Tier innen im Gehölz versteckt, wo wir ein zweites Pferd erblickten, das mit den Zügeln an einem Baum angebunden war. Es war indianisch aufgezäumt und, soweit wir bei der zunehmenden Dunkelheit sehen konnten, ein vorzüglich gebauter dunkelbrauner Hengst. Zwischen Haut und Sattel lag – eine Seltenheit für ein Indianerpferd – eine dunkle Lederdecke mit ausgeschnittenen Figuren, die, durch untergelegtes weißes Leder hervorgehoben, sieben Bären darstellten. Das war der Grund, daß Winnetou mit solcher Bestimmtheit hatte sagen können, daß Old Wabble auf Matto Schahko warte; denn nur diesem, dessen Namen „sieben Bären" bedeutete, konnte der Hengst gehören.

Die Umstände machten es zweifellos, daß der Häuptling nur fortgegangen war, um irgendein Wild zu beschleichen; der Mundvorrat war ihm ausgegangen. Daß er das wertvolle Pferd zurückgelassen hatte, deutete darauf hin, daß auch er diese Gegend und das Wäldchen für vollständig sicher hielt. Bei Winnetou und mir aber wäre eine solche Sorglosigkeit ausgeschlossen gewesen. Daß Old Wabble hierhergekommen war und nun so ruhig auf ihn wartete, ließ auf ein ganz besonderes Einvernehmen zwischen beiden schließen. Von welcher Art das war, läßt sich leicht erraten. Old Wabble hatte in früheren Zeiten den Beinamen „Indianerschinder" getragen und war als solcher von allen Roten gehaßt und gefürchtet worden; der Häuptling eines roten Stammes konnte daher nur dann mit ihm in Verbindung treten, wenn er davon große Vorteile erwartete. Da die Osagen sich jetzt auf dem Kriegspfad befanden, so konnte es sich nur um irgendeine Teufelei handeln, die wahrscheinlich gegen Weiße gerichtet war. Offenbar war das nicht das erste Zusammentreffen zwischen Matto Schahko und dem Alten, und ich hielt es für wahrscheinlich, daß Old Wabble sich von den Osagen als Spion benutzen ließ. Ihm war dies schon zuzutrauen.

Wenn Winnetou vorhergesagt hatte, daß unsere Gefährten zwei Gefangene bei uns finden würden, so war er überzeugt, daß der Osage nicht lange auf seine Rückkehr warten lassen werde. Dies war auch meine Ansicht, weil von der Erlegung eines Wildes nach eingebrochener Dunkelheit kaum mehr die Rede sein konnte. Als ob er die Richtigkeit dieser Ansicht zu beweisen habe, sahen wir, zwischen den Stämmen hindurch und hinaus auf die Prärie blickend, beim letzten Dämmerlicht einen Indianer, der so sorglos auf das Wäldchen zugeschritten kam, daß er gewiß nicht den Gedanken hegte, es könne sich hier ein feindliches Wesen befinden.

Je mehr er sich uns in dem eigentümlichen Gang, der eine Folge der dünnen, absatzlosen Mokassins ist, näherte, desto deutlicher konnten wir ihn erkennen. Die Osagen sind meist sehr hohe, stattliche Gestalten. Dieser hingegen war nicht groß, aber ungemein breit gebaut und machte trotz der ungewöhnlichen Krümmung seiner Beine und seines Alters – er mochte über fünfzig zählen – den Eindruck eines körperlich außerordentlich kräftigen Menschen. In der einen Hand trug er das Gewehr, in der anderen ein erlegtes Präriehuhn. Als er das Wäldchen fast erreicht hatte, mußte er trotz des jetzt herrschenden Dreivierteldunkels die Fährte des Alten sehen. Er blieb stehen und rief, gegen das Gehölz gerichtet, in leidlich gutem Englisch:

„Wer ist der Mann, der diese Spur machte und sich jetzt unter den Bäumen befindet?"

Winnetou legte mir die Hand auf den Arm, ihn leise drückend, als Ersatz eines mitleidigen Lächelns. Entweder befand sich ein Verbündeter des Osagen im Wäldchen, das dieser dann getrost betreten konnte, oder es war ein Feind darin versteckt, vor dessen Anschlägen ihn die Frage unmöglich schützen konnte. Der alte Cowboy antwortete mit lauter Stimme:

„Ich bin es, Old Wabble, komm herein!"

„Sind noch andere Bleichgesichter bei dir?"

„Nein. Du mußt doch an meiner Spur sehen, daß ich allein gekommen bin!"

Das war nicht richtig. Er konnte auch Gefährten haben, die sich vorher von ihm getrennt und dann von einer entfernten Stelle aus, geradeso wie wir, nach dem Gehölz begeben hatten. Wir wußten, daß Old Wabble sich nicht allein am Republican River befand. Wo waren jetzt seine Begleiter? Durften sie von seiner Zusammenkunft mit dem Osagen nichts wissen, oder hatte er sie aus einem anderen Grund zurückgelassen? Ich hoffte, das zu erfahren.

Matto Schahko kam herein, ging mit tastenden Schritten zu ihm hin, setzte sich bei ihm nieder und fragte:

„Wann ist Old Wabble hier angekommen?"

„Vor fast zwei Stunden", antwortete der Alte.

„Hat er das Zeichen, das wir verabredeten, sofort bemerkt?"

„Nicht gleich. Ich sah mich drüben an der Flußecke um und dachte, daß das Wäldchen hier ein gutes Versteck sein müsse. Darum ritt ich her und sah, als ich näher gekommen war, dann auch die Lanze stecken. Du hast diesen Ort sehr gut gewählt."

„Wir sind hier sicher, denn außer mir und dir befindet sich kein Mensch im weiten Umkreis. Ich weile schon seit gestern hier. Das war der Tag, an dem du kommen wolltest. Weil ich bis heute auf dich warten mußte, ist mein Fleisch zu Ende gegangen, und ich war gezwungen, fortzugehen, um diesen Vogel zu schießen."

Das klang wie ein Vorwurf. Old Wabble erwiderte:

„Der Häuptling der Osagen wird mir nicht zürnen, daß er warten mußte. Ich werde ihm dann sagen, weshalb ich später gekommen bin, und hege die Überzeugung, daß diese Nachricht ihm große Freude bereiten wird; it's clear."

„Ist Old Wabble auf Fenners Farm gewesen?"

„Ja. Wir kamen gestern kurz vor Mittag dort an. Der Besuch der anderen drei Farmen, die ihr auch überfallen wollt, hat uns länger aufgehalten, als wir dachten. Daran, daß ich erst vorhin kommen konnte, trägt ein großer und wichtiger Fang die Schuld, den du machen kannst, wenn du auf meine Vorschläge eingehst."

„Was für einen Fang meint Old Wabble?"

„Davon später! Doch zunächst will ich dir davon berichten, wie ich die vier Farmen, auf die ihr es abgesehen habt, gefunden habe."

Wir hatten uns leise bis an die andere Seite des Kaninchenbaus vorgeschoben und hörten jedes Wort. Aus dem, was wir erlauschten, bekamen wir zunächst die Gewißheit, daß Old Wabble wirklich den Spion der Osagen machte. Es handelte sich um den Überfall und die Beraubung von vier großen Farmen, Fenners Besitztum mit eingerechnet. Es war die alte, leider immer wiederkehrende Geschichte: Die Osagen waren von den Weißen bei den ihnen zukommenden Lieferungen betrogen worden und hatten, um sich einigermaßen zu entschädigen und das nötige Fleisch zu haben, die Rinder einer Farm weggetrieben. Man hatte sie verfolgt und eine Anzahl ihrer Krieger getötet. Nach ihren Anschauungen forderte das ihre Rache heraus, und so wurde am Beratungsfeuer der Kampf gegen die Bleichgesichter beschlossen. Zunächst sollten die vier größten Farmen am Republican River überfallen werden. Da auf diesen aber eine ansehnliche Schar von Cowboys bedienstet war und die Roten diese halbwilden und verwegenen Kerls mehr als alle anderen Gegner fürchteten, mußten Kundschafter ausgesandt werden, um die ungefähre Zahl der Cowboys zu ermitteln. Die Klugheit verbot, Indianern, wenigstens Kriegern des eigenen Stammes, diese Aufgabe zu erteilen. Da führte der Zufall den Roten Old Wabble und seine Begleiter zu. Sie schienen schon früher einmal in Verbindung gestanden zu haben, sonst hätte der Osage dem Alten einen solchen Vorschlag wohl nicht gemacht. Das Übereinkommen lautete dahin, daß die Osagen die Skalpe, Waffen und Herden der Überfallenen bekommen sollten, während Old Wabble für sich und seine Leute alles übrige in Anspruch nahm. Natürlich war es seinerseits nur auf Geld und sonstige Gegenstände abgesehen, die leicht verkauft werden konnten. Wer von beiden, Matto Schahko oder Old Wabble, der eigentliche Halunke war, braucht wohl nicht gesagt zu werden. Wir bemerkten, daß der Häuptling den „König der Cowboys" nicht ein einziges Mal „mein weißer Bruder", sondern stets nur bei seinem Namen nannte, ein Beweis, daß derartige Leute bei den Indsmen auch nicht mehr Achtung genießen, als bei den zivilisierten Bleichgesichtern.

Als Old Wabble seinen Spionenritt begann, waren die Osagen noch nicht mit ihrer „Mobilmachung" zu Ende. Da jedoch die Erkundung der Verteidigungsverhältnisse der vier Farmen von größter Wichtigkeit für das Gelingen war, so hatte sich der Häuptling selbst und allein aufgemacht, um den Bericht des Alten an der Biegung des Republican River entgegenzunehmen. Die Lanze sollte die Stelle bezeichnen, wo Matto Schahko zu treffen war.

Nun hatten sie sich hier im Wäldchen zusammengefunden, und Old Wabble erstattete seinen Bericht dahin, daß die Farmen mit nur geringem Verlust an roten Kriegern wegzunehmen seien. Er machte Vorschläge, die ich übergehen kann, weil infolge unseres Einschreitens die geplanten Überfälle aufgegeben werden mußten. Der Häuptling ging teilweise darauf ein und kam dann auf den ‚wichtigen Fang‘ zurück, den Old Wabble ihm beim Beginn des Gesprächs in Aussicht gestellt hatte. Der alte Cowboy erwiderte in seiner schlauen, berechnenden Weise:

„Der Häuptling der Osagen muß mir einige Fragen beantworten, ehe ich ihm sagen kann, um was es sich handelt. Kennst du den Apatschenhäuptling Winnetou?"

„Diesen Hund? Ich kenne ihn."

„Du nennst ihn einen Hund. Hat er sich dir gegenüber etwa einmal feindlich gezeigt?"

„Mehr als einmal! Wir hatten vor drei Sommern die Kriegsbeile gegen die Cheyennes ausgegraben und in mehreren Kämpfen schon viele ihrer Krieger getötet; da kam der Apatsche und stellte sich neben ihrem Häuptling an ihre Spitze. Er ist feig wie ein Coyote, aber schlau wie tausend alte Weiber. Er tat, als ob er mit uns kämpfen wolle, zog sich aber zurück und war, als wir ihm folgten, plötzlich jenseits des Arkansas verschwunden. Während wir ihn und die entflohenen Kröten der Cheyennes dort suchten, ritt er mit größter Eile zu unseren Wigwams, nahm unsere Herden weg und alles, was daheimgeblieben war, gefangen. Als wir dann ankamen, hatte er aus unseren Lagerplätzen Festungen gemacht, in denen unsere zurückgebliebenen Krieger, Greise, Frauen und Kinder steckten und in denen er mit den Cheyennes stand, uns zu einem Frieden zu zwingen, der ihn keinen Tropfen Blut, uns aber allen Ruhm unserer Tapferkeit gekostet hat. Wollte doch der große Geist geben, daß dieser räudige Pimo einmal in meine Hände geriete!"

Die Kriegstat, von der der Häuptling jetzt erzählte, war ein wahres Meisterstück meines Winnetou gewesen. Ich hatte mich zu jener Zeit leider nicht bei ihm befunden, kannte aber aus seinem Mund alle Einzelheiten dieses geschickten Schachzugs, durch den er die uns befreundeten Cheyennes nicht nur vom gewissen Untergang errettete, sondern sie, obgleich sie viel schwächer als ihre Feinde gewesen waren, zum Sieg geführt hatte. Der Grimm, den Matto Schahko gegen ihn hegte, war wohl zu begreifen.

„Warum habt ihr euch noch nicht an ihm gerächt?" fragte Old Wabble. „Es ist doch so leicht, ihn zu fassen? Er befindet sich nur selten in den Wigwams seiner Apatschen, sondern wird vom bösen Geist immer fortgetrieben, über Savannen und Gebirge. Er liebt es nicht, Begleiter bei sich zu haben: also braucht man da bloß zuzugreifen, wenn man ihn packen will."

„Du redest, ohne über deine Worte nachgedacht zu haben. Eben weil er sich unablässig unterwegs befindet, kann man ihn nicht fassen. Das Gerücht hat uns schon oft den Ort bezeichnet, wo er gesehen worden war; aber wenn wir dann hinkamen, war er stets schon wieder fort. Er gleicht dem Ringer, den man nicht fassen und nicht halten kann, weil er seinen Körper eingefettet hat. Und wenn man einmal glaubt, ihn ganz sicher zu haben, so befindet sich das Bleichgesicht, das Old Shatterhand genannt wird, an seiner Seite. Dieser Weiße ist der größte Zauberer, den es gibt, und wenn er und der Apatsche beieinander sind, so besitzen hundert Wasaji[1] nicht Macht genug, ihn anzugreifen oder festzunehmen."

„Ich werde dir beweisen, daß dies ein Irrtum von dir ist. Du betrachtest diesen Old Shatterhand auch als euren Feind?"

„Uff! Wir hassen ihn noch viel mehr als Winnetou. Der Häuptling der Apatschen ist doch wenigstens ein roter Krieger; Old Shatterhand aber ist ein Weißer, den wir schon deshalb hassen müssen. Er hat schon zweimal den Utahs gegen uns beigestanden; er ist der grimmigste Feind der Ogellallahs, die unsere Freunde und Brüder sind. Er hat mehrere unserer Krieger, als sie ihn festnehmen wollten, lahm geschossen, so daß sie nun wie alte Weiber sind. Das ist schlimmer, als wenn er sie getötet hätte. Dieser Hund sagt nämlich, daß er seinen Feinden nur dann das Leben nehme, wenn er von ihnen dazu gezwungen werde; er gibt ihnen die Kugeln seines Zaubergewehrs entweder in die Knie oder in die Hüfte und nimmt ihnen so für ihr ganzes Leben die Fähigkeit, zu den Kriegern gerechnet zu werden. Das ist entsetzlicher als der langsamste Martertod. Wehe ihm, wenn er einmal in unsere Hände geraten sollte! Aber das wird wohl nie geschehen, denn er und Winnetou gleichen den großen Vögeln, die hoch über dem Meer schweben; sie kommen nie herunter, daß man sie fangen kann."

„Du irrst abermals. Sie kommen sehr oft herunter; ich weiß sogar, daß sie gerade jetzt wieder unten und leicht zu fassen sind."

[1] So nennen sich die Osagen selbst

„Uff! Ist es die Wahrheit, was du sagst? Hast du sie gesehen?"

„Ich habe sogar mit ihnen gesprochen."

„Wo, wo? Sag es mir!"

Er stieß diese Aufforderung rasch und eifrig hervor. Wir hörten, wie begierig er darauf war, seinen heißen Wunsch, sich unserer einmal bemächtigen zu können, in Erfüllung gehen zu sehen. Old Wabble antwortete dagegen um so ruhiger und bedächtiger:

„Ich kann dir behilflich sein, Winnetou, Old Shatterhand und noch drei andere Bleichgesichter zu ergreifen, denn ich weiß, wo sie zu finden sind; aber ich kann dir dieses Geheimnis nur unter einer Bedingung mitteilen."

„So sag, was für eine Bedingung dies ist!"

„Wir nehmen sie alle fünf gefangen; ihr bekommt die drei anderen Weißen und überlaßt mir Old Shatterhand und den Häuptling der Apatschen."

„Wer sind die drei anderen Bleichgesichter?"

„Zwei Westmänner, die Hammerdull und Holbers heißen, und ein Polizist, der sich Treskow nennt."

„Die kenne ich nicht. Wir sollen diese fünf Männer fangen und nur die drei bekommen, die uns gleichgültig sind, dir aber die beiden überlassen, an denen uns so viel gelegen ist? Wie kannst du das von mir verlangen!"

„Ich muß es fordern, weil ich gegen Winnetou und Old Shatterhand eine Rache habe, die so grimmig und unerbittlich ist, daß ich mein Leben dafür geben würde, sie auszuführen!"

„Wir haben nicht geringeren Zorn gegen sie!"

„Das mag sein; aber ich bin es, der sie in der Falle hat, und so gebührt mir der Vorzug, die zu nehmen, die ich will."

Der Häuptling dachte eine kleine Weile nach und sagte dann:

„Wo befinden sie sich?"

„Ganz in der Nähe."

„Uff, uff! Wer hätte das gedacht? Aber hast du sie schon sicher? Befinden sie sich schon in der Falle, von der du sprichst?"

„Ich brauche nur eine Anzahl deiner Krieger, um sie festzunehmen."

„Krieger brauchst du von mir? So hast du sie auch noch nicht fest. Meine Krieger sollen dir zu der Falle behilflich sein, die du diesen Hunden stellen willst; ohne meine Leute würde dir der Fang mißlingen. Wie darfst du da eine so hohe Forderung stellen, und gerade die für dich verlangen, an denen uns am meisten gelegen ist!"

„Weil ihr gar nichts bekommt, wenn du mir nicht den Willen tust."

„Uff! Und was bekommst du, wenn du keine Krieger der Wasaji hast? Nichts, gar nichts! Du verlangst zu viel von mir!"

Sie stritten eine Weile hin und her. Matto Schahko war zu klug, sich übertölpeln zu lassen, und da Old Wabble einsah, daß er auf seine Rache wahrscheinlich ganz verzichten müßte, wenn er nicht von seiner Forderung abließ, so gab er schließlich nach.

„Nun gut! Damit du siehst, daß ich dir entgegenkomme, will ich euch zu den drei Weißen noch Winnetou überlassen; aber Old Shatterhand muß ich unbedingt haben! Er ist es, dessen Rechnung bei mir höher, viel höher angelaufen ist als die des Apatschen, und wenn du mir seine Person verweigerst, so lasse ich lieber alle fünf entkommen. Das ist mein letztes Wort. Nun tue, was du nicht lassen kannst!"

Der Osage zeigte keine große Lust, auf diese Forderung einzugehen; er sagte sich schließlich aber doch, daß es besser sei, sich mit dem, was ihm geboten wurde, zu begnügen, und stimmte deshalb bei:

„Old Wabble soll seinen Willen haben und Old Shatterhand bekommen. Nun will ich aber auch endlich wissen, wo die fünf Männer sich befinden und auf welche Weise wir sie fangen können."

Der alte Cowboy sagte, daß er uns auf Fenners Farm getroffen hatte, hütete sich aber, von der unrühmlichen Lage zu sprechen, in die er dabei gekommen war. Als er seine Erzählung beendet hatte, fügte er hinzu:

„Du weißt nun, warum ich nicht zur rechten Zeit hier bei dir eintreffen konnte; ich mußte alles erfahren, was diese fünf Kerls angeht, und durfte nichts versäumen, was geschehen mußte, wenn dieser Fang uns gelingen soll. Die Cowboys auf der Farm wußten nicht, wie ich mit Winnetou und Old Shatterhand stehe. Einer von ihnen hatte in dem Gebäude erfahren, weshalb diese beiden an den Republican River gekommen sind, und es den anderen gesagt. Ich habe sie ausgehorcht und mich dann, als es dunkel war, ans Fenster geschlichen. Fenner saß mit ihnen in der Stube. Sie erzählten verschiedene ihrer Erlebnisse. Dazwischen fiel zuweilen eine Bemerkung über die Absichten, die sie jetzt verfolgen. Sie wollen nach Colorado hinauf, wohin ihnen ein anderer Weißer, der stets auch ein unerbittlicher Feind der roten Männer war, vorangeritten ist. Sie werden – ich konnte nicht hören, wo – mit ihm zusammentreffen, und dann einen Trupp von Bleichgesichtern überfallen, die . . ."

„Wer ist der Weiße, von dem du sprichst?" unterbrach ihn der Häuptling der Osagen.

„Er wird gewöhnlich Old Surehand genannt."

„Old Surehand? Uff! Diesen Hund haben wir einmal drei Tage lang gejagt, ohne ihn erwischen zu können. Er hat uns dabei zwei Krieger und mehrere Pferde erschossen und ist seitdem nicht wieder in unser Gebiet gekommen. Er meidet diese Gegend, weil er Angst vor unserer Rache hat."

„Da befindest du dich schon wieder im Irrtum. Er war vor einigen Tagen auf Fenners Farm, und weil er von da aus hinauf nach Colorado gezogen ist, muß er durch euer Gebiet geritten sein. Er scheint sich also nicht vor euch zu fürchten."

„So muß er vom bösen Geist die Gabe bekommen haben, sich unsichtbar zu machen! Dafür aber soll er uns, wenn er nicht über das große Gebirge geht, bei seiner Rückkehr in die Hände fallen. Er bleibt uns also sicher. Er wird aus Furcht vor uns nur bei Nacht geritten sein, sonst hätten wir ihn gesehen."

„Selbst wenn dies der Fall gewesen wäre, hättet ihr am Tage seine Spur sehen müssen. Furcht kennt dieser Kerl nicht. Wie wenig man sich überhaupt vor euch fürchtet, das könnt ihr wieder daraus erkennen, daß Winnetou und Old Shatterhand, eure Todfeinde, hierhergekommen sind, obgleich sie wissen müssen, daß ihr die Kriegsbeile ausgegraben habt."

„Schweig! Das tun sie nicht aus Mangel an Furcht vor uns, sondern weil der große Geist sie verblendet hat, um sie uns in die Hände zu treiben. Die Hauptsache ist, zu wissen, wo sie sich befinden und welchen Weg sie einschlagen wollen."

„Meinst du, daß ich zu dir komme, ohne dies erfahren zu haben? Ich habe meine Maßregeln so gut getroffen, daß sie uns nicht entgehen können. Wie lange sie auf Fenners Farm geblieben sind, das weiß ich allerdings nicht, denn ich mußte leider fort; sicher aber ist, daß sie heute von dort aufgebrochen sind, weil sie Old Surehand einholen wollen. Sie werden selbstverständlich dem Fluß folgen, und weil sie an das andere Ufer übersetzen müssen, habe ich an den Stellen, die sich besonders dazu eignen, je einen meiner Begleiter als Wächter zurückgelassen. Dies ist auch der Grund, weshalb ich allein hier angekommen bin. Diese Wächter haben die Weisung, den Flußübergang der fünf Halunken abzuwarten, ihnen heimlich zu folgen und dann hierherzueilen, um uns zu melden, wohin sie geritten sind. Sag, ob das nicht schlau von mir gewesen ist!"

„Old Wabble hat klug gehandelt!" stimmte der Osage bei.

Wir beiden Lauscher waren da freilich anderer Meinung. Der alte *king of the cowboys* hatte im Gegenteil, als er annahm, daß wir dem Fluß folgen würden, einen großen Pudel geschossen. Wir hatten, wie bereits erwähnt, den Bogen, den der Republican River machte, in gerader Linie abgeschnitten und waren seinen Wächtern weit vorausgekommen. Jetzt konnten sie auf uns warten, solange es ihnen beliebte, und an ihrer Stelle sollte Old Wabble uns zu sehen bekommen.

„Der Häuptling der Osagen", fuhr Old Wabble fort, „wird zugeben, daß ich alles getan habe, was ich tun konnte. Nun ist nur noch nötig, daß deine Krieger zur Stelle sind, wenn sie gebraucht werden."

„Ich werde sofort aufbrechen, sie zu holen", sagte Matto Schahko.

„Wo befinden sie sich? Sind sie weit von hier?"

„Sie haben den Befehl, sich am Wara-tu[1] zu versammeln, das am großen Pfad der Büffel liegt. Dieser Ort ist von den Flüssen, denen die Bleichgesichter gern folgen, so weit entfernt, daß alle meine Krieger dort zusammenkommen können, ohne von einem Weißen gesehen zu werden. Also können die Bleichgesichter, die zwar wissen, daß wir die Beile des Krieges ausgegraben haben, nicht ahnen, von welcher Stelle aus und in welcher Richtung sie unseren Angriff zu erwarten haben."

„Ich weiß nicht, wo das Wara-tu liegt. Wie lange mußt du reiten, um hinzukommen?"

„Mein Pferd hat sich ausgeruht und ist der beste Renner der Wasaji. Ich kann lange vor Tagesanbruch dort sein und dir bis Mittag so viele Krieger bringen, wie zur Gefangennahme der vier Weißen und des Apatschen nötig sind."

„Wieviel werden das wohl sein?"

„Zwanzig sind mehr als genug."

„Das glaube ich nicht! Ja, wenn der verdammte Henrystutzen Old Shatterhands nicht wäre, der von euch für eine Zauberflinte gehalten wird! Ich weiß zwar, daß von einem Zauber da keine Rede ist, aber dieser Stutzen hat denselben Wert wie zwanzig oder dreißig gewöhnliche Gewehre. Dir kann ich es sagen, daß ich Old Shatterhand den Stutzen einmal gestohlen

[1] Regenwasser

64

habe; es ist mir aber nicht gelungen, einen einzigen Schuß daraus zu tun. Der Bau ist so geheimnisvoll, daß ich mir damals vergeblich den Kopf damit zerbrochen habe. Es war keine Feder, keine Schraube in Bewegung zu setzen."

„Uff, uff! Du hast ihm das Gewehr gestohlen und es nicht behalten?"

„Ja. Du magst dich zwar mit Recht darüber wundern, daß ich mich zwingen ließ, es wieder herzugeben; aber es war damals geradeso, als ob alle Teufel gegen mich wären; *it's clear.* Ich hätte es zerschlagen und zerbrechen sollen. Ich habe diesen Gedanken auch wirklich gehabt, aber der General wollte nicht. Dieser Schuft hatte die Absicht, das Gewehr für sich zu behalten, und so gab er es nicht zu, daß ich . . ."

Er hielt mitten im Satz inne; es mochte ihm einfallen, daß es besser sei, von jener für ihn so schlecht abgelaufenen Begebenheit zu schweigen. Darum fragte der Häuptling:

„Old Wabble spricht von einem General. Warum läßt er seine Rede so plötzlich zu Ende gehen?"

„Weil nichts dabei herauskommt. Es gibt Namen, die man am liebsten gar nicht in den Mund nimmt; aber ich hoffe, daß dieser General mir vor meinem Tode noch einmal in die Hände läuft. Dann soll er zehnmal mehr Hiebe bekommen, als damals in Helmers' Home, wo er die Niederträchtigkeit beging, zu verraten, daß ich – pshaw! Also der Häuptling der Osagen will jetzt fortreiten, um zwanzig Krieger zu holen? Die genügen nicht, es müssen wenigstens fünfzig sein; *it's clear.*"

Der Häuptling hatte vorhin von nur zwanzig gesprochen, um nicht furchtsam zu scheinen; jetzt stimmte er schnell bei:

„Old Wabble muß wissen, was er sagt. Wenn er denkt, daß wir fünfzig Krieger haben müssen, so soll er seinen Willen haben. Ich werde fortreiten, um sie zu holen."

„Und ich soll hierbleiben, bis du zurückkehrst? Wäre es nicht besser, wenn ich mit dir ritte?"

„Nein. Du mußt hierbleiben, um deine Leute zu empfangen. Sie kennen die Stelle, an der du dich befindest, nicht genau; darum ist es notwendig, daß du ein großes Feuer anzündest, das weithin leuchtet."

„Das darf ich nicht, denn Old Shatterhand und Winnetou würden es sehen, wenn sie kämen. Besser ist es, daß . . ."

Er konnte nicht weitersprechen, denn er wurde in diesem Augenblick von Winnetou mit beiden Händen am Hals gepackt. Matto Schahko war nämlich aufgestanden und zu seinem Pferde getreten, um es loszubinden; darum war die Zeit zum Handeln für uns gekommen. Während der Apatsche Old Wabble auf sich nahm, huschte ich hinter dem Häuptling her, richtete mich hinter ihm auf, nahm ihn mit der linken Hand beim Genick und versetzte ihm mit der rechten Faust meinen Jagdhieb, daß er zusammenknickte und zu Boden fiel. Ich trug ihn nach der Stelle, wo er gesessen hatte, und wo Winnetou eben mit Old Wabble fertig geworden war. Es dauerte nicht zwei Minuten, so waren sie gefesselt, und Winnetou ließ drei scharfe Pfiffe als das verabredete Zeichen hören. In kurzer Zeit kamen unsere drei Kameraden mit unseren Pferden und Gewehren; die beiden Gefangenen, die sich noch im Zustand der Betäubung befanden, wurden quer über ihre Tiere gelegt und dort wie Säcke festgebunden. Dann verließen wir das Wäldchen, wo wir wegen der Begleiter Old Wabbles nicht bleiben durften. Wenn auch nur einer von ihnen zum „Baum der Lanze" fand, ohne daß wir es bemerkten, so konnten wir in die größte Gefahr geraten. Darum ritten wir zunächst einige Zeit am Bach aufwärts, überschritten ihn dann und hielten in die Prärie hinein, bis wir eine kleine vereinzelte Buschinsel erreichten, wo wir haltmachten. Der Boden war hier feucht und von den Büffeln ziemlich tief ausgewälzt, so daß wir es wagen konnten, zwischen den Sträuchern auf dem Grund der Vertiefung ein kleines Feuer anzubrennen, dessen Schein nicht hinaus auf die Prärie drang.

Als wir die beiden Gefangenen von den Pferden gebunden hatten und neben dem Feuer niederlegten, war die Betäubung längst von ihnen gewichen. Sie hatten unterwegs geschwiegen; als sie nun unsere Gesichter sahen, sagte zwar der Häuptling auch jetzt kein Wort, aber Old Wabble zerrte erschrocken an seinen Fesseln.

„Donnerwetter, da sind ja die frommen Hirten wieder, die diesmal nicht ein, sondern zwei Lämmlein auf die Weide führen! Was fällt euch denn ein, mich wieder festzunehmen! Haben euch die feurigen Kohlen doch gereut, die ihr euch einbildet, mir aufs alte, graue Haupt gelegt zu haben?"

Winnetou war zu stolz, um eine Antwort zu geben; ich folgte seinem Beispiel. Aber Dick Hammerdull wußte, was der Alte gegen uns geplant hatte, denn ich hatte zu ihm und den beiden anderen unterwegs davon gesprochen; er war voller Zorn auf Old Wabble, hielt es für feig, die höhnenden Worte ruhig hinzunehmen, und antwortete deshalb:

„Laßt es euch doch nicht einfallen, euch Schäflein zu nennen! Ihr seid ärger als die schlimmsten Raubtiere, die nur töten, weil sie leben müssen! Da ein Feuer brennt, habe ich große Lust, Euch wirkliche glühende Kohlen auf Eure alte Perücke zu legen. Ihr braucht gar nicht viele Worte zu machen, so tue ich es; darauf könnt Ihr Euch verlassen!"

„Das würde der fromme Shatterhand nicht dulden!" lachte der greise Cowboy.

„Ob er es duldet oder nicht, das ist ganz gleich. Wenn gestern Euer Maß noch nicht voll war, so ist es heute am Überlaufen, und wenn Ihr meint, Eure Lage durch Frechheit verbessern zu können, so befindet Ihr Euch in einem Irrtum!"

„Wirklich? So laßt Euch wenigstens fragen, mit welchem Recht ihr uns als Gefangene betrachtet und behandelt!"

„Fragt nicht so dumm, alter Sünder! Old Shatterhand und Winnetou haben im Wäldchen hinter euch gelegen und jedes eurer Worte gehört. Wir wissen also genau, was ihr mit uns vorhattet, und denken, wir haben allen Grund, euch unschädlich zu machen!"

Diese Mitteilung ließ den Mut des alten Wabble sinken. Wenn wir wußten, daß man uns hatte gefangennehmen wollen, um uns zu töten, so reichte selbst seine Frechheit nicht aus, der Angst vor unserer Rache die Waage zu halten. Zwar hatte ich ihm seinen Mordanschlag auf mich verziehen, und es war ja immerhin möglich, daß ich mich noch einmal zur Verzeihung geneigt zeigte, falls es sich nur um mich selbst handelte; aber sein heutiger Plan war gegen uns alle gerichtet gewesen, und so sah der Cowboy wohl ein, das es unmöglich war, durch Hohn ferner etwas zu erreichen. Er sprach also nicht weiter, und so mußte auch Dick Hammerdull schweigen.

Nun geschah etwas, was mir abermals bewies, wie geistesverwandt mir der Häuptling der Apatschen war, und mit welcher wunderbaren Übereinstimmung sich unsere Gedanken zu begegnen pflegten. Gleich als wir das Wäldchen verließen, hatte ich an Fenner und an die anderen Farmer gedacht, die überfallen werden sollten. Diese waren ahnungslos; sie mußten gewarnt werden. Zwar war der Häuptling der Osagen in unsere Hände geraten und wir konnten erwarten, daß dadurch die Ausführung seiner räuberischen Pläne einen Aufschub erleiden werde; aber wir waren so wenig Herren der gegenwärtigen Verhältnisse und auch unserer Zeit, daß stündlich ein unvorhergesehenes Ereignis eintreten konnte, durch das uns der Vorteil, den wir errungen hatten, wieder entrissen wurde. Der geplante Überfall war jetzt aufgeschoben, keineswegs aber ganz aufgehoben, und so mußte wenigstens Fenner benachrichtigt werden.

Er konnte die Warnung dann weiterschicken. Aber wer sollte ihn benachrichtigen? Treskow keinesfalls. Hammerdull und Holbers waren zwar tüchtige Westmänner, aber etwas so Wichtiges mochte ich doch keinem von ihnen anvertrauen. Also blieben nur Winnetou und ich. Mir war es lieber, wenn der Apatsche die Botschaft übernahm. Denn er paßte weniger als ich zu den drei Gefährten, mit denen er ohne meine Vermittlung hätte zusammen sein müssen, wenn ich nach Fenners Farm geritten wäre. Ich sah, daß er Matto Schahkos Pferd mit scharfen Kennerblicken abschätzte. Nun stand er auf, ging zu dem Tier hin, griff in die Satteltaschen, warf alles heraus, was sie enthielten, steckte mehrere Stücke Fleisch hinein, warf seine Silberbüchse über und wandte sich dann mit der Frage an mich:

„Was sagt mein Bruder zu diesem Osagenhengst?"

„Seine Lunge ist gesund", antwortete ich; „seine Sehnen dauern aus, und seine Beine gleichen den Läufen der Antilope. Der Rappe meines roten Bruders mag sich für den Ritt nach Colorado Kräfte sammeln; ich werde ihn unter meine besondere Aufsicht nehmen, und so mag Winnetou diesen Dunkelbraunen besteigen, der ihn schnell hin- und wiederbringen wird."

„Uff! Mein Bruder Shatterhand weiß, wohin ich will?"

„Ja. Wir werden hier liegenbleiben und warten. Du kommst morgen wieder, ehe die Sonne untergeht."

„Howgh! Mein Bruder lebe wohl!"

Er schwang sich in den Sattel und ritt von dannen. Er wußte, daß er mir nichts weiter zu sagen brauchte, am allerwenigsten aber Verhaltungsmaßregeln zu erteilen hatte. Anders freilich stand es mit meinen drei Kameraden, die mich, kaum daß er fort war, nach Zweck und Ziel seines nächtlichen Ritts fragten. Ich teilte ihnen das Nötigste leise mit; denn die Gefangenen brauchten nicht zu erfahren, daß die Besitzer der bedrohten Farmen gewarnt werden sollten. Hierauf aßen wir. Dann verteilte ich die Wachen, und zwar so, daß ich bis nach Mitternacht schlafen konnte. Die Zeit zwischen da und dem Morgen ist im Prärieleben stets kritisch; da wollte ich munter sein, weil ich mir mehr traute als den Kameraden.

Nachdem ich meinen drei Genossen größte Aufmerksamkeit für die Gefangenen und das Feuer eingeschärft hatte, legte ich mich nieder und schlief augenblicklich ein. Es gab ja keine Sorge, die mir den Schlaf hätte verscheuchen können. Ich schlief so lange, bis mich Dick Hammerdull weckte, der die dritte Wache hatte. Ich fand alles in Ordnung und stieg, während mein Vormann sich niederlegte, aus der Vertiefung heraus, um außerhalb der Büsche auf und ab zu schreiten. Dabei überlegte ich mir, was mit den beiden Gefangenen geschehen sollte.

An das Leben wollte ich ihnen nicht, obgleich wir durch die Gesetze der Savanne voll berechtigt waren, sie für uns und anderer unschädlich zu machen. Aber durfte ihr Mordanschlag ganz ohne Ahndung bleiben? Und wenn nicht, welche Strafe sollten wir für sie wählen? Es kam mir der Gedanke, sie so weit mit uns hinauf nach Colorado zu nehmen, daß inzwischen die geeignete Zeit zum Überfall der Farmen verstreichen mußte; aber es gab dagegen gewichtige Bedenken. Die Gegenwart zweier gefesselter Menschen mußte uns sehr aufhalten und in vielen Beziehungen unbequem werden. Am besten war es, ich ließ diese Gedanken für einstweilen fallen und wartete, welche Meinung Winnetou äußern würde.

Den Ort, wo sich die Osagen jetzt befanden, kannte ich genau; ich war mit Winnetou schon wiederholt dort gewesen. Die im Herbst nach Süden und im Frühjahr wieder nach Norden ziehenden Büffelherden pflegten immer dieselben Wege einzuhalten, Wege, die stellenweise tief ausgetreten wurden und während des ganzen Jahres kenntlich blieben. An einem solchen Büffelpfad lag das Wara-tu, zu deutsch „Regenwasser". Es war eine Stelle, ähnlich der, wo wir uns jetzt befanden, nur daß sie weit mehr Gebüsch und Graswuchs hatte und viel tiefer lag, so daß sich das Regenwasser sammeln konnte, ohne selbst in der heißen Jahreszeit ganz zu verdunsten. Winnetou hatte uns absichtlich nach dem Ort geführt, an dem wir lagerten; denn dieser lag genau in der Richtung, die von dem Wäldchen, wo wir die Gefangenen gemacht hatten, nach dem Wara-tu führte. Er schien gewillt zu sein, das „Regenwasser" nach seiner Rückkehr einmal, wenn auch nur von weitem, in Augenschein zu nehmen.

Die Nacht verging, und der Morgen brach an; ich weckte dennoch die Gefährten nicht, sondern ließ sie weiterschlafen. Wir hatten ja nichts vor und konnten die Kräfte, die der Schlaf uns brachte, später wahrscheinlich gut gebrauchen. Als sie erwacht waren, aßen wir als Morgenbrot ein Stückchen Fleisch. Die Gefangenen bekamen nichts; eine Hungerkur von einigen Tagen konnte solchen Menschen nicht schaden. Dann legte ich mich wieder zum Schlafen nieder, und so verging uns der Vor- und auch der Nachmittag unter abwechselndem Schlafen und

Wachen, bis gegen Abend, wie ich gestern vorausgesetzt hatte, Winnetou zurückkehrte. Er war gegen zwanzig Stunden unterwegs gewesen, hatte keinen Augenblick geschlafen und sah doch so frisch und munter aus, als ob er sich ebenso ausgeruht hätte wie wir. Auch der Dunkelbraune, den er geritten hatte, schien nicht überanstrengt zu sein, und ich sah, mit welch befriedigtem, ja stolzem Blick sein bisheriger Besitzer, der Häuptling der Osagen, dies bemerkte. Ich hatte mir vorgenommen, seinen Stolz in Wut zu verwandeln. Nach den Gesetzen der Savanne gehört der Gefangene nebst allem, was er bei sich hat, dem, in dessen Hände er gefallen ist. Wir brauchten gute Pferde. Winnetous und mein Rappe waren vorzüglich. Dick Hammerdulls Stute war zwar grundhäßlich, aber stark und ausdauernd; er wäre auch nicht dazu bereit gewesen, sich von ihr zu trennen. Treskows Pferd war unter denen, die uns zur Verfügung gestanden hatten, das beste gewesen, hatte sich aber schon in der kurzen Zeit bis heute als ungenügend erwiesen. Dasselbe war mit dem Gaul von Pitt Holbers der Fall. Wir hatten das zwar noch nicht zu beklagen gehabt; aber wenn einmal der Fall eintreten sollte, daß die Erreichung eines wichtigen Zwecks oder gar unsere Rettung von der Schnelligkeit unserer Pferde abhing – und das war kaum zu vermeiden –, so hatten wir in den beiden genannten Pferden zwei Hemmnisse, die uns verderblich werden konnten. Matto Schahko sollte seinen Dunkelbraunen nicht wiederbekommen.

Winnetou sprang vom Pferd, nickte uns grüßend zu und setzte sich neben mich. Wir wechselten die Blicke und wußten nun ohne Worte, woran wir waren; er hatte seine Warnung glücklich nach Fenners Farm gebracht, und hier bei uns war nichts Erwähnenswertes vorgekommen; dies hatten wir uns durch einen Wechselblick gesagt; Worte waren also unnötig. Treskow, Hammerdull und Holbers freilich sahen ihn erwartungsvoll an; sie waren enttäuscht, daß er nichts sagte, wagten aber doch nicht, ihn mit Fragen zu belästigen.

Wenn er über seinen soeben beendeten Ritt jedes Wort für überflüssig hielt, so kannte ich ihn doch gut genug, um zu wissen, daß in anderer Beziehung sein Schweigen nicht lange dauern würde. Wir mußten wissen, wie es mit den am „Regenwasser" lagernden Osagen stand. Wie viele waren es? Und vielleicht konnte man sie auch Fenners wegen auf irgendeine Weise wissen lassen, daß die Bleichgesichter vor dem Überfall gewarnt worden waren. Jedoch lag dieser Ort nicht in der Richtung, die wir auf dem Weg nach Colorado einzuschlagen hatten. Auch konnten wir, wenn wir die Osagen beschleichen wollten, die beiden Gefangenen nicht mit bis in die Nähe dieser Roten nehmen, wo wir mit der Möglichkeit zu rechnen hatten, daß sie uns wieder abgenommen würden. Diese Angelegenheit mußte Winnetou ebenso beschäftigen wie mich, und so war ich überzeugt, recht bald darüber eine Äußerung von ihm zu hören. Ich hatte mich darin auch nicht geirrt, denn er saß noch keine fünf Minuten neben mir, so fragte er:

„Mein Bruder Scharlih hat gut ausgeruht. Ist er bereit, jetzt gleich nach dem Wara-tu zu reiten?"

„Ja", erwiderte ich.

„Wir nehmen die Gefangenen bis an die Grenze von Colorado mit, müssen aber wissen, wie es hinter uns mit den Kriegern der Osagen steht. Das wird mein Bruder zu erfahren trachten."

„Reitet mein Bruder Winnetou mit ihnen von hier aus auf geradem Weg fort?"

„Ja –; sobald das hungrige Pferd des Osagen Gras gefressen hat."

„Will Winnetou nicht lieber warten bis morgen früh? Er hat die ganze Nacht nicht schlafen können, und wir wissen nicht, ob die nächste Nacht uns Ruhe bringen wird."

„Der Häuptling der Apatschen ist gewohnt, nur dann zu schlafen, wenn er Zeit hat."

„Gut, wie du willst! Wo treffen wir uns?"

„Mein Bruder Scharlih kennt das große Loch, das die Dakota Wing-kan[1], die Schwarzfüße Kih-pe-ta-kih[1] nennen?"

„Ja. Es wird so genannt, weil es die Gestalt eines sitzenden alten Weibes hat. Willst du mich dort erwarten?"

„Ja. Da du einen Umweg machen mußt und auch Zeit zur Beobachtung der Osagen brauchst, werden wir eher dort ankommen als du und Hammerdull."

„Hammerdull? Der soll mit? Denkt mein Bruder, daß diese Begleitung nötig ist?"

„Ja, doch nicht der Zahl der Osagen wegen. Aber es ist leicht möglich, daß Old Shatterhand einen Gehilfen braucht, und wenn es auch nur wäre, um sein Pferd zu bewachen, das er doch nicht so weit mitnehmen kann, wie er sich vorwagen muß. Gibt mir mein Bruder Scharlih recht?"

„Ja, obgleich ich wohl weiß, daß mehr deine Liebe als deine Sorge mir diesen Begleiter an die Seite stellt."

[1] Beides bedeutet „alte Frau"

Er sah sich durchschaut und nickte lächelnd. Dann wandte er sich an den gefangenen Häuptling der Osagen, mit dem er bis zu diesem Augenblick noch kein Wort gesprochen hatte:

„Matto Schahko mag meine Frage beantworten: Ihr habt vier Farmen der Bleichgesichter überfallen wollen?"

Der Osage antwortete nicht, und so wiederholte Winnetou die Frage. Als er auch hierauf keine Antwort bekam, sagte er:

„Der Häuptling der Osagen hat solche Angst vor dem Häuptling der Apatschen, daß ihm die Worte im Mund stekkenbleiben."

Er erreichte seinen Zweck, denn Matto Schahko fuhr ihn zornig an:

„Ich, der oberste Häuptling der Wasaji, habe sieben Graue Bären mit dieser meiner Hand getötet; mein Name sagt es jedem, der es hören will. Wie kann ich mich da vor einem Kojoten fürchten, der zum Volk der Pimo gehört?"

Das Wort Pimo war hier als Schimpfwort gegen Winnetou gebraucht; dieser blieb trotzdem ruhig und fuhr fort:

„Matto Schahko wird nicht zugeben, daß er beabsichtigt hat, die Farmen zu überfallen?"

„Nein. Ich gebe es nicht zu; es ist nicht wahr."

„Wir wissen dennoch, daß es so ist, denn wir haben hinter euch gelegen, ehe du mit dem Präriehuhn kamst, und dann jedes Wort vernommen. Deine Lanze ist auf dem Ast steckengeblieben. Sie soll denen, die sie später sehen, verkünden, wie dumm ein Mensch sein kann, der sich einen Häuptling nennt. Winnetou hat noch nie gehört, daß jemand, der sich verstecken will, sein Versteck mit einem Zeichen versieht, das jedem anderen sagt: hier hat sich jemand verborgen. Du brauchst den Überfall der Farmen nicht einzugestehen, denn er wird nicht stattfinden können. Ich bin gestern abend fortgeritten und habe die Bleichgesichter gewarnt. Sie würden die Hunde der Osagen, wenn sie ja noch kämen, mit Peitschen erschlagen. Ich habe auch gesagt, daß Old Wabble dein Spion gewesen ist. Wenn er sich noch einmal auf den Farmen sehen läßt, bekommt er keine Kugel, sondern einen Strick um den Hals, wie es sich für einen Spion geziemt."

Der Osage antwortete nicht, doch sah man es ihm an, wie grimmig er darüber war, daß Winnetou seine Pläne verraten hatte. Der alte König der Cowboys aber rief:

„Ich ein Spion? Das ist die größte Lüge, die es gibt! Wenn Winnetou mich als Spion bezeichnet, so ist er ein Schuft!"

Der Geschmähte antwortete nicht. Mir aber war diese Frech-

heit denn doch zu groß, als daß ich sie ungestraft hätte hingehen lassen können. Ich gab aber Holbers einen Wink.

„Pitt, schnürt ihm die Fesseln so fest um die Gelenke, daß er
schreien muß, und macht sie nicht eher wieder locker, als bis
er um Gnade wimmert!"

Pitt Holbers wollte gehorchen, doch Winnetou, der edle, verbot es ihm mit den Worten:

„Es soll nicht geschehen! Dieser Mann kann mich nicht beleidigen. Seine Tage sind ihm nur noch spärlich zugezählt; er
steht der Grube, die ihn verschlingen wird, viel näher, als er
denkt, und einen Sterbenden soll niemand quälen!"

„Ah!" lachte der Alte höhnisch. „Jetzt fängt sogar der Rote
zu predigen an! Und wenn die Grube sich jetzt hier vor mir
öffnete, ich würde sie nicht fürchten, sondern lachen. Das Leben ist nichts; der Tod ist nichts, und euer Jenseits ist der
größte Schwindel, von klugen Pfaffen für Kinder und für alte
Weiber ausgedacht! Ich habe es euch schon einmal gesagt, und
ich denke, daß ihr euch meiner Worte noch erinnern werdet:
Ich bin ins Leben hineingehinkt, ohne um Erlaubnis gefragt zu
werden, und der Teufel soll mich holen, wenn ich nun meinerseits beim Hinaushinken irgendwen um Erlaubnis frage! Ich
brauche dazu weder Religion noch Gott!"

Ja, er hatte diese Worte, ganz dieselben Worte schon einmal
gesagt; ich erinnerte mich genau an sie. Und wie es mir damals
vor ihm förmlich gegraut hatte, so auch jetzt, da ich sie wieder
hören mußte. Ich wandte mich ab und trat zu Dick Hammerdull, um ihm so leise, daß die Gefangenen es nicht hören
konnten, mitzuteilen, daß er jetzt mit mir nach dem Wara-tu
reiten solle. Er war sehr erfreut darüber, da er meine Aufforderung als ein Vertrauenszeugnis betrachtete. Wir versahen uns
für einen Tag mit Fleisch und stiegen dann auf unsere Tiere.


*Ein unerwartetes Zusammentreffen*

Als wir den Lagerplatz verließen, stand die Sonne bereits am
Horizont. In einer halben Stunde mußte es dunkel sein. Das
konnte uns aber nicht stören; der Westmann ist gewohnt, keinen Unterschied zwischen Tag und Nacht zu machen, und
wenn er die nötige Übung besitzt, so dienen ihm selbst in
mondloser Nacht die Sterne als Wegweiser, die so untrüglich
sind, daß er sich niemals irren kann. Wie wunderbar ist es,

daß jene Millionen Himmelslichter, die Körper bedeuten, gegen die unsere Erde nur ein winziges Stäublein ist, uns doch als nie irrende Führer durch die pfadlosesten Gegenden und durch die irdischen Nächte dienen! Genau so wahr und ohne Falschheit ist auch der Fingerzeig, mit dem sie den Blick des Sterblichen nach dem Jenseits lenken und die große, angstvolle Frage nach dem späteren Leben mit einem Glück und Ruhe bringenden Ja beantworten.

Die Sonne sank; das Abendrot verglomm; die letzten matten Streifen der Dämmerung verschwanden wie sterbende Hoffnungen am Horizont. Glücklicherweise gibt es einen Osten, der uns Licht und Hoffnung wiederbringt! Es trat die erste, tiefe Dunkelheit des Abends ein, die finsterer als die Nacht selber scheint, weil das Auge sich erst anpassen muß. Ein Städtebewohner hätte vom Pferd steigen und „auf die Sterne warten" müssen, wollte er nicht den Hals wagen. Wir aber flogen im Galopp über die hier nicht mehr „rollende", sondern tischebene Prärie. Unsere geübten Augen waren scharf und die unserer Pferde noch schärfer. Einmal lief mein Rappe, ohne daß ich den Grund sah, einen Bogen; ich ließ ihm den Willen, denn ich wußte wohl, daß er es nicht ohne Veranlassung tat. Wahrscheinlich flogen wir an einer Kolonie von Präriehunden vorüber. Diese Tiere wohnen oft zu Hunderten beisammen und unterhöhlen den Boden derart, daß jeder Reiter, der nicht sein Pferd und sich die Beine brechen lassen will, einen Umweg machen muß. Der Klang der Hufe war hart; es gab kein Gras. Wir befanden uns nun schon im westlichen Teil des Staates Kansas, der kahler, trockener und weniger fruchtbar ist als der östliche.

Es gab keinen Baum und auch sonst keinen Gegenstand, der als Merkmal dienen konnte, und wenn es etwas gegeben hätte, wir hätten es in dieser Finsternis nicht sehen können. In solcher Lage muß man sich nach jenem Sinn richten, der nur Lieblingen der Wildnis angeboren ist, und den noch kein Gelehrter zu erklären vermochte. „Ortssinn" ist nicht bezeichnend genug dafür; „Orientierungssinn" kommt dem Wesen vielleicht schon näher. Ist es Instinkt? Wohl jenes geheimnisvolle, innerliche Schauen, das den Zugvogel den geradesten Weg von Schweden nach Ägypten finden läßt? Ich weiß es nicht; aber so oft ich mich auf dieses verborgene, unbegreifliche Auge verlassen habe, wurde ich von ihm genau ans Ziel geführt.

Dick Hammerdull fragte mich einige Male, ob ich auch den richtigen Weg hier wisse; ich konnte ihm nichts anderes antworten, als daß es in dieser unbewohnten Gegend gar keine Wege gebe; also könne ich weder auf dem richtigen, noch auf einem falschen sein. Er klagte in seiner drolligen Weise:

„Jagt doch nicht so, Mr. Shatterhand! Wollen langsamer reiten! Es ist doch gerade, als ob wir durch eine umgestürzte, meilenlange Feueresse galoppierten. Mein Hals ist auch was wert, und wenn ich mit dem Pferd stürze und ihn mir zerbreche, so habe ich keinen zweiten. Haben wir denn gar so große Eile, Sir?"

„Allerdings. Wir müssen noch lange vor dem Morgenlicht das Wara-tu erreichen. Dieser Ort liegt in einer ziemlich weiten, offenen Ebene, und bei Tag würden die Osagen uns kommen sehen."

„Ob sie uns sehen oder nicht, das bleibt sich gleich; aber beeilen müssen wir uns da allerdings, denn wenn sie uns bemerken, so haben wir den weiten Ritt umsonst gemacht. Pitt Holbers, altes Coon, denkst du . . ."

Ich lachte laut auf. Er hielt mitten in seinem Fragesatz inne und lachte mit. Er war gewohnt, seinen alten Pitt zu Rate zu ziehen, daß er auch jetzt die bewußte Frage an den leider Abwesenden hatte richten wollen.

Später erschien ein Stern und noch einer; zu diesen zweien gesellten sich mehr und immer mehr, bis wir den schönsten Astralhimmel über uns hatten und also aus Dick Hammerdulls „meilenlanger Feueresse" herausgekommen waren. Nun ritt es sich freilich besser als vorher, und das war sehr gut, denn das Gelände war, ohne besondere Wellen zu zeigen, „faltig" geworden, wie der Fachausdruck lautet. Es gab zahlreiche Senken, die so unregelmäßig verliefen, daß wir, immer die gerade Richtung einhaltend, ihnen bald folgen, bald sie durchqueren mußten. Das war anstrengend für unsere Tiere; aber sie hatten sich einen ganzen Tag lang ausgeruht; meinem Hatatitla war nichts anzumerken, und Hammerdulls Stute lief so beharrlich nebenher, als sei sie der Seitenschatten meines Hengstes. Zuweilen ließen wir die Tiere auch langsam gehen, und einmal, als wir an ein Wasser kamen, durften sie trinken; doch ritten wir durchschnittlich so schnell, daß Holbers' und Treskows Pferde gewiß zurückgeblieben wären.

So ging Mitternacht vorüber, und die Sterne verschwanden, weil sich der Himmel mit Wolken bedeckte, die immer dichter wurden und ihn ganz umzogen. Es bereitete sich ein Gewitter vor.

„Das hat noch gefehlt!" zürnte Hammerdull. „Es wird wieder

schwarz um uns, schwärzer als vorher. Ich schlage vor, hier anzuhalten und uns niederzusetzen!"

„Warum?"

„Nun, wird der Name Wara-tu nicht mit ‚Regenwasser' übersetzt?"

„Allerdings."

„Gut! Warum also weiterreiten? Wenn wir uns hier mitten in die alte Pärie setzen und einige Zeit warten, bekommen wir so viel Regenwasser, wie wir es nur wünschen können."

„Macht keine schlechten Witze! Mögt Ihr über diesen Umschlag des Wetters schimpfen, mir kommt er sehr gelegen."

„Das begreife, wer da will!"

„Seht Ihr denn nicht ein, daß es uns bei dieser Finsternis viel leichter wird, an die Osagen zu kommen, als wenn es noch so sternenhell wie vorhin wäre?"

„Hm, ja; daran habe ich nicht gedacht. Ihr habt recht, vorausgesetzt, daß Ihr Euch trotz der Dunkelheit zutraut, das Wara-tu überhaupt zu finden."

„Noch eine gute halbe Stunde, so haben wir es."

„Schon? Es muß doch weiter sein! Matto Schahko wollte doch am Abend fortreiten und seine Krieger erst am nächsten Mittag bringen."

„Es stimmt dennoch. Die Stelle, wo wir lagerten, liegt von hier aus eine Stunde näher als der ‚Baum der Lanze'. Der Osage hätte nicht sofort nach seiner Ankunft bei dem Wara-tu wieder aufbrechen können; er mußte wenigstens eine halbe Stunde dort verweilen. Und sodann hätte er mit den schlechteren Pferden seiner Leute den Rückweg nicht so rasch zurücklegen können wie den Hinweg auf seinem schnellen Dunkelbraunen. Das alles hat er in Berechnung gezogen, als er Old Wabble sagte, wie lange er ausbleiben würde. Nehmt dazu, wie wir beide geritten oder vielmehr gejagt sind, so werdet Ihr Euch nicht wundern, wenn ich Euch sage, daß wir nur noch zwei Meilen[1] haben, bis wir am Ziel sind."

„Well – wenn wir es finden und bei dieser ägyptischen Sonnen-, Mond- und Sternenfinsternis nicht darüber hinausreiten!"

„Habt keine Sorge, lieber Dick! Ich kenne mich hier aus."

„Ob Ihr Euch auskennt oder nicht, das bleibt sich gleich, wenn Ihr Euch nur zurechtfindet!"

Ich sprach zu ihm mit großer Sicherheit; es mußte sich bald zeigen, ob ich mir nicht zuviel zugetraut hatte. Es galt, ein

---

[1] engl. Meile = 1,609 km

langgestrecktes, breites, muldenförmiges Tal zu durchqueren; wenn wir nicht darauf trafen, hatten wir uns verritten. Schon wollte ein Zweifel in mir aufsteigen; da begann der Boden sich ziemlich rasch zu senken. Wir stiegen ab und führten, der Senkung folgend, unsere Pferde. Unten angekommen, saßen wir wieder auf, ritten quer über die Mulde und dann drüben die Lehne hinauf. Nun konnte ich in frohem Ton sagen:

„Wir sind so genau und richtig geritten, als ob wir den hellsten Sonnenschein gehabt hätten. Jetzt noch fünf Minuten lang Galopp über eine glatte, ununterbrochene Ebene, und wir stoßen mit der Nase genau an das Wara-tu."

„Bitte, nehmt die Eurige dazu, Sir! Ich habe meine Nase zu ganz anderen Zwecken im Gesicht. Übrigens freue auch ich mich unendlich, daß wir bei diesem Mangel aller Laternen nicht an den Nordpol geraten sind. Es gibt viel Gebüsch am Wara-tu?"

„Viel, und sogar einige Bäume."

„Reiten wir ganz hin?"

„Um diese Frage beantworten zu können, muß ich erst auf Erkundung gehen. Wenn es nicht so finster wäre, hätte ich Euch mit den Pferden da hinter uns in der Talmulde lassen und mich allein mühsam anschleichen müssen. Ihr seht, wie gut für uns das Gewitter ist, das den Himmel ganz bedeckt hat und nun bald losbrechen wird. Es ist, als ob es sich bloß unsertwegen zusammengezogen hätte. Reiten wir langsamer; wir müssen jetzt sehr vorsichtig sein!"

Wir zügelten unsere Pferde und waren dann kaum noch eine Minute weitergeritten, so zuckte vor uns ein Wetterleuchten über den Horizont. Da sahen wir ein anscheinend langgezogenes Buschwerk, dem wir uns auf vielleicht fünfhundert Schritte genähert hatten.

„Wir sind am Ziel", sagte ich und stieg aus dem Sattel. „Die Pferde mögen sich legen. Ihr bleibt bei ihnen zurück und nehmt hier meine Gewehre."

„Wollen wir ein Zeichen verabreden, oder werdet Ihr mich sicher finden, Sir?" erkundigte sich Hammerdull.

„Habe ich das Wara-tu gefunden, so finde ich Euch auch. Ihr seid ja dick genug!"

„Jetzt macht Ihr die schlechten Witze, Mr. Shatterhand. Nun habt Ihr das schöne Wara-tu vor Euch. Stoßt mit der Nase an!"

Ich gab meinem Pferd mit der Hand das Zeichen, sich zu legen; es gehorchte, ebenso die Stute Hammerdulls.

Dann schritt ich vorsichtig auf die Büsche zu.

Man denke sich eine schüsselförmige, mit Wasser ziemlich gefüllte Vertiefung von vielleicht fünfzig Meter Durchmesser, rings von teils dicht, teils einzeln stehenden Sträuchern umgeben, aber zwischen dem Wasser und dem Gesträuch einen ziemlich breiten, buschfreien Ring, der sich aus lauter muschelartigen Eindrücken zusammensetzte, die durch das Wälzen der wilden Büffel entstanden waren. Diese Tiere pflegen sich instinktmäßig im weichen Boden zu wälzen, um sich mit einer schlammigen Kruste zu bedecken, die ihnen Schutz vor mancherlei Insekten bietet. Das war das Wara-tu, das ich jetzt zu umschleichen hatte. Umschleichen? Nein; dazu sollte es gar nicht kommen.

Ich erreichte die ersten Büsche mit Leichtigkeit und – roch und hörte zugleich links von mir Pferde. Mich niederduckend, wandte ich mich nach dieser Richtung, denn es ist in solchen Fällen stets geraten, sich auch um die Pferde der Feinde zu kümmern. Sie waren alle angehobbelt, außer einem, das an zwei in die Erde getriebenen Pflöcken hing. Hinter den Büschen brannten mehrere Feuer, deren Schein in der Weise durch eine Strauchöffnung drang, daß er dieses Pferd traf. Das genügte, mir seinen Bau zu zeigen. Es war ein edler, sehr dunkler Rotschimmel, dessen prächtige Mähne so in Knoten und immer kleiner werdende Knötchen geknüpft war, wie ich es bei den Naiini-Komantschen gesehen hatte. Wie kamen die Osagen zu dieser Art und Weise einer Mähnenverzierung? Doch das war jetzt Nebensache; wichtiger fand ich den Umstand, daß keine einzige Wache bei den Pferden war. Diese Indsmen mußten sich sicher fühlen! Ich kehrte, um dem Feuerschein auszuweichen, einige Schritte zurück, legte mich auf die Erde nieder und schob mich dann in das Gebüsch hinein.

Von vier großen Feuern hell beleuchtet, hatten sich wohl über zweihundert Osagen auf dem erwähnten, freien Ring rund um das Wasser gelagert und sahen mit großer Spannung sechs Kriegern zu, die soeben begonnen hatten, den Büffeltanz aufzuführen. Als ich mein Auge rundum gleiten ließ, blieb es an einem der wenigen hier stehenden Bäume haften, an dem ein Indianer lehnte, dessen Gesicht nicht bemalt war. Er war angebunden, also Gefangener. Sein Gesicht war hell erleuchtet. Ich erschrak, als ich es sah, aber nur aus Freude. Dieses Gesicht kannte ich genau; es war das eines lieben Bekannten. Und nun konnte ich mir auch die Anwesenheit des Pferdes mit der fremdgeknüpften Mähne erklären; der Rotschimmel gehörte dem Gefangenen. Diese hohe, breite. volle Gestalt, dieser mar-

kige und doch so leichtbewegliche Gliederbau, dieses kaukasisch gemeißelte Gesicht mit der stolzen, selbstbewußten Ruhe
in den Zügen, das konnte nur einer sein, den ich lange nicht
gesehen, an den ich aber um so öfter gedacht hatte, nämlich
Apanatschka, der junge, edle Häuptling der Naiini-Komantschen!

Was hatte ihn nach Kansas heraufgeführt? Wie war er in die
Hände der Osagen gefallen? Osagen und Komantschen! Ich
wußte, welche unerbittliche Feindschaft zwischen diesen beiden
Völkern herrschte; er war verloren, wenn es mir nicht gelang,
ihn zu retten! Retten? Kein Mensch achtete jetzt auf ihn, denn
aller Augen waren auf die Tänzer gerichtet. Zwei Büsche standen hinter dem Baum, an den er gebunden war, Deckung genug für mich, von hinten nah an ihn zu kommen!

So schnell mir diese Gedanken kamen, so schnell wurden sie
ausgeführt. Ich schob mich aus dem Gesträuch zurück, stand
auf und eilte zu Hammerdull.

„Auf mit den Pferden!" gebot ich ihm. „Setzt Euch auf Eure
Stute! Kommt!"

„Was ist los?" fragte er. „Müssen wir fort?"

„Die Osagen haben einen Gefangenen, den ich kenne, und
den ich befreien muß."

„*Behold!* Wer ist es, Mr. Shatterhand?"

„Das später; kommt nur, kommt!"

Mein Rappe sprang auf mein Zeichen auf; ich nahm ihn
beim Zügel und zog ihn fort. Hammerdull hatte sich trotz seiner Körperfülle schnell in den Sattel geschwungen und folgte
mir. Ich führte ihn nicht dorthin, wo ich gewesen war, sondern
genau nach dem Außenpunkt des Gebüschs, der hinter Apanatschkas Rücken lag.

„Wartet hier! Ich bringe noch ein Pferd."

Mit diesen Worten schnellte ich mich wieder fort. Ich mußte
mich beeilen, denn die Befreiung des Gefangenen hatte zu geschehen, noch ehe der Büffeltanz, der die ganze Aufmerksamkeit der Osagen in Anspruch nahm, zu Ende war. Ich lief nach
der anderen Seite zu dem Rotschimmel, löste ihn von den
Pflöcken und wollte mit ihm fort. Er weigerte sich, blieb stehen
und schnaubte laut. Das konnte mir und meinem Vorhaben
gefährlich werden.

„Minam, kobi, minam, minam[1]" schmeichelte ich ihm und
streichelte ihm den fischglatten Hals.

---

[1] „Komm Hengst, komm, komm!"

Als er die bekannten Laute hörte, gab er sofort den Widerstand auf und ging mit mir.

Gerade kam ich mit ihm bei Hammerdull an, da zuckte der erste Blitz über den Himmel und der erste Donnerschlag krachte.

Nun aber schnell, sonst wurde der Tanz wegen des Gewitters eher beendet!

„Haltet auch dieses Pferd, das der befreite Gefangene besteigen wird", forderte ich den Dicken auf; „sobald ich komme, gebt Ihr mir meine Gewehre!"

„Well! Bringt ihn nur erst und bleibt nicht selber stecken!" antwortete er.

Wieder leuchtete der Blitz und wieder krachte der Donner. Ich drang so rasch und doch so leise wie möglich in das Gebüsch, warf mich zu Boden und schob mich unten an der Erde fort. Noch währte der Tanz, den jetzt alle Osagen mit einem lauten, in der Fistel gebildeten „Pe-teh, Pe-teh, Pe-teh[1]!" begleiteten, wobei sie taktmäßig in die Hände klatschten. Da konnten sie das Rauschen der Zweige nicht hören; ich kam also sehr rasch vorwärts und hinter den Gefangenen. Ich sah kein einziges Auge auf ihn gerichtet; auch er schaute wahrscheinlich dem Tanz zu. Um seine Aufmerksamkeit auf mich zu lenken, berührte ich zunächst seinen Unterschenkel. Er zuckte leicht zusammen, doch nur für einen Augenblick.

„Karbune[2]!" sagte ich so laut, daß er, aber auch nur er allein, es trotz des Gesanges hören konnte.

Er senkte den Kopf – ein nur mir bemerkbares Nicken, zum Zeichen, daß er meine Hand gefühlt und mein Wort verstanden hatte. Er war mit drei Riemen an den Baum gefesselt; einer war um seine Fußgelenke und den Stamm, ein zweiter um seinen Hals und den Stamm geschlungen, während man ihm mit dem dritten die nach rückwärts um den Baum gezogenen Hände zusammengebunden hatte. Geradeso wie jetzt hinter Apanatschka, hatte ich einst hinter Winnetou und seinem Vater Intschu tschuna gesteckt, um sie von den Bäumen loszuschneiden, an die sie von den Kiowas gebunden worden waren[3]. Ich war überzeugt, daß Apanatschka sich nicht weniger klug verhalten würde wie damals die beiden Apatschen, und zog das Messer. Zwei Schnitte genügten, den unteren Riemen und dann auch die Handfessel zu durchschneiden; aber um an den Halsriemen zu kommen, mußte ich aufstehen, und das war gefähr-

---

[1] „Büffel, Büffel, Büffel!"   [2] „Paß auf!"   [3] Siehe Karl May, „Winnetou"

lich, weil ich da gesehen werden konnte, wenn in diesem Augenblick auch nur ein einziger Osage nach dem Gefangenen schaute. Da kam mir der Zufall zu Hilfe. Einer der Tänzer war infolge seiner allzu lebhaften Bewegungen dem Wasser zu nah gekommen; der weiche Uferrand wich unter seinem Fuß, und er fiel in den Tümpel. Ein allgemeines Gelächter erscholl, und alle Augen richteten sich auf den triefenden Büffeldarsteller. Das benutzte ich. Schnell in die Höhe – ein Schnitt – dann ebenso schnell wieder nieder! Niemand hatte mich gesehen.

„Minam! Temakimaar! Nomahiik[1]!" forderte ich ihn in demselben Ton wie vorher auf und kroch einige Schritte zurück.

Ihn scharf im Auge behaltend, sah ich, daß er noch eine kleine Weile stehenblieb; dann duckte er sich plötzlich nieder und huschte zu mir ins Gesträuch. Nun konnte es mir gleichgültig sein, was weiterhin geschah; erwischen sollten sie uns nicht! Ich nahm ihn bei der Hand und zog ihn, jetzt noch in niedergeduckter, kauernder Haltung, mit mir fort. Da erleuchtete der Blitz das ganze Gebüsch; ein schrecklicher Donner ertönte, und mit einemmal klatschte wie ein stürzender See der Regen vom Himmel herab. Mit dem Tanz war es aus; man mußte die Flucht des Komantschen bemerken. Ich richtete mich auf, riß auch ihn empor und zog ihn mit mir fort, durch die Büsche, hinaus zu Hammerdull. Hinter uns schrien, riefen und brüllten hundert Stimmen. Der Dicke reichte mir meine Gewehre, die ich überhängte. Apanatschka sah sein Pferd und sprang, ohne sich einen Augenblick darüber zu verwundern, sogleich in den Sattel. Ich war im Nu auch oben, und dann ritten wir fort, nicht etwa sehr eilig, denn das war nicht nötig, weil der laut aufschlagende Regen die Schritte unserer Pferde gar nicht vernehmlich werden ließ.

Wir ritten nicht nach der Richtung, aus der wir gekommen waren, sondern dahin, wo ich mit Winnetou zusammentreffen sollte, nämlich nach dem Kih-pe-ta-kih, bis wohin wir von dem Wara-tu ungefähr vier gute Reitstunden hatten. Wenn ich mir die Entfernungen genau berechnete und dabei in Betracht zog, daß Winnetou wohl keinen zwingenden Grund gehabt hatte, allzu zeitig von unserem gestrigen Lagerplatz aufzubrechen, erschien es mir als wahrscheinlich, daß wir eher als er bei der „alten Frau" eintreffen würden. Er hatte angenommen, daß uns das Beschleichen der Osagen eine geraume Zeit kosten werde. Und nun hatte sich uns ein Erfolg geboten, über den ich mich

[1] „Komm! Schleiche fort! Gib mir die Hand!"

außerordentlich glücklich fühlte, denn ich hatte Apanatschka da unten im Llano liebgewonnen.

Er hatte mich nicht deutlich sehen können und wußte also noch nicht, wer sein Befreier war. Während ich jetzt mit Dick Hammerdull voranritt und er hinter uns her, strömte der Regen so dicht nieder, daß er nur die Umrisse unserer Gestalten erkennen konnte und sich dicht hinter uns halten mußte, wenn er uns nicht verlieren wollte. Es machte mir Spaß, ihn auch jetzt noch über mich im unklaren zu lassen. Darum bog ich mich zu Hammerdull hinüber und sagte mit unterdrückter Stimme zu ihm:

„Wenn der Fremde fragt, so sagt ihm nicht, wer ich bin!"

„Wer ist er denn?"

„Ein Häuptling der Komantschen. Doch verheimlicht ihm, daß Ihr das wißt, sonst ahnt er, daß ich ihn kenne."

„Darf er erfahren, daß wir zu Winnetou reiten?"

„Nein. Von dem Apatschen dürft Ihr gar nicht sprechen."

„Well! Soll alles ganz richtig verschwiegen werden!"

Die Osagen hatten sich wahrscheinlich alle schnell auf die Pferde geworfen und schwärmten nun trotz des Regens durch die ganze Umgebung des Wara-tu; eigentümlicherweise aber kam uns keiner von ihnen nahe, obgleich wir ziemlich langsam ritten. Es war in dieser vom Himmel stürzenden Wasserflut sehr schwer, nicht in eine falsche Richtung zu geraten. Die Finsternis war, wie man sich auszudrücken pflegt, mit den Händen zu greifen, und soviel und blendend hell auch blitzte, für die Orientierung war das doch nicht günstig, sondern erschwerend, weil der plötzliche Wechsel zwischen tiefer Finsternis und grellem Licht das Auge angreift und der Blitz dann die Gegenstände verzerrt erscheinen läßt. Und dieser suppendicke Regen hielt über zwei Stunden an. Es war da unmöglich, eine Unterhaltung zu führen; wir mußten uns auf die allernötigsten Zurufe beschränken.

Da brauchte ich freilich nicht zu befürchten, daß Apanatschka mich eher erkennen würde, als es in meiner Absicht lag, zumal ich einen anderen Anzug trug, als zu der Zeit, in der er mich kennenlernte, und da ich die sehr breite Krempe meines Hutes so weit heruntergeschlagen hatte, daß ich ganz entstellt sein mußte.

Endlich, endlich hörte der Regen auf; aber die Wolken wichen noch nicht, und es blieb so dunkel wie vorher. Ich trieb mein Pferd an, um vorzeitigen Erkundigungen zu entgehen, und so kam es, daß Apanatschka sich an Dick Hammerdull machte. Sie unterhielten sich. Ich hatte nicht vor, auf ihre Reden zu achten, fing aber doch einige Ausdrücke des Dicken auf, die meine Teilnahme erregten. Darum ließ ich meinen Schwarzen jetzt weniger ausgreifen und horchte hinter mich, doch ohne dies durch meine Haltung zu verraten. Apanatschka bediente sich des zwischen Weißen und Roten gebräuchlichen Mischdialektes, der aus englischen, spanischen und indianischen Wörtern zusammengesetzt ist und von jedem guten Westmann verstanden und gesprochen wird. Er schien eben erst gefragt zu haben, was ich sei, denn ich hörte den Dicken antworten:

„Ein Player[1] ist er, weiter nichts."

„Was ist das, ein Player?"

„Ein Mann, der überall herumzieht und Bären- oder Büffeltänze tanzt, wie du vorhin von den Osagen gesehen hast."

„Uff! Die Bleichgesichter sind doch sonderbare Leute. Die roten Männer sind zu stolz, für andere zu tanzen. Willst du mir sagen, wie sein Name ist?"

„Er heißt Kattapattmattafattgattalattrattascha."

„Uff, uff, uff! Ich werde ihn sehr oft hören müssen, ehe ich ihn nachsprechen kann. Warum spricht das gute Bleichgesicht, das mich gerettet hat, nicht mit uns."

„Weil er nicht hören kann, was wir ihm sagen. Er ist taub!"

„Das tut meinem Herzen leid, weil er den Dank nicht hören kann, den Apanatschka ihm bringen möchte. Hat er eine Squaw, und hat er Kinder?"

„Er hat zwölf Squaws, denn jeder Player muß zwölf Frauen haben, und zweimal zwanzig Söhne und Töchter, die auch alle taub sind und nicht hören."

„Uff, uff! So kann er mit seinen Frauen und Kindern nur durch Zeichen sprechen?"

„Ja."

„So muß er zehnmal zehn und noch viel mehr verschiedene Zeichen haben! Wer soll sich diese alle merken! Er muß ein sehr mutiger Mann sein, daß er sich in die Wildnis wagt, ohne hören zu können, denn die Gefahren, die es hier gibt, werden doppelt so groß, wenn man sich nur auf seine Augen verlassen muß."

Ob Dick Hammerdull, als er mich für taub ausgab, irgendeine bestimmte, lustige Absicht hegte, oder ob ihm diese Behauptung ohne bestimmten Grund auf die Lippen gekommen war, das „blieb sich gleich", wie er sich auszudrücken pflegte,

[1] Schauspieler

denn es trat jetzt ein Umstand ein, durch den sein Humbug offenbar wurde. Es kam mir nämlich trotz des Geräuschs, das durch die Schritte unserer Pferde verursacht wurde, so vor, als ob ich vor uns Hufschlag hörte. Ich hielt sofort an und gebot dem Dicken und Apanatschka, natürlich mit leiser Stimme, ihre Pferde auch zu zügeln. Ja, ich hatte recht gehört: Es näherte sich uns ein Reiter, doch kam er nicht geradewegs auf uns zu. Da entstand die Frage, ob wir ihn vorüberlassen sollten oder nicht. Ich war aus naheliegenden Gründen geneigt anzunehmen, daß es ein Osage sei. Wenn ich mich da nicht täuschte, so konnte er uns als Bote zwischen uns und seinen Kriegern nützlich sein, da diese doch erfahren mußten, daß wir ihren Häuptling ergriffen hatten, und so beschloß ich, ihn gefangenzunehmen.

„Bleibt hier und haltet mein Pferd und die Gewehre," raunte ich den beiden zu, während ich abstieg und Apanatschka meinen Schwarzen und Hammerdull die Gewehre gab. Dann eilte ich nach links hinüber, wo ich, wenn mich mein Gehör nicht täuschte, auf den Nahenden treffen mußte. Er kam; ich duckte mich nieder, ließ ihn so weit vorüber, daß ich einen Anlauf nehmen konnte, holte aus und sprang von hinten auf sein Pferd. Ich hatte, als er an mir vorbeikam, gesehen, daß er ein Indianer war. Der ahnungslose Mann war, als er mich so plötzlich hinter sich fühlte, in einer Weise überrascht, daß er nicht die geringste Bewegung zu seiner Verteidigung machte. Ich nahm ihn so fest bei der Kehle, daß er die Zügel fallen und die Arme sinken ließ. Leider verhielt sich sein Pferd weniger duldsam als er. Es fühlte die plötzlich verdoppelte Last, stieg vorn empor und begann dann zu bocken und mit allen vieren auszuschlagen. Das war für mich keine Kleinigkeit. Ich saß hinter dem Sattel, hatte den Reiter festzuhalten und mußte versuchen, die Zügel zu erwischen. Am Tage wäre das leichter gewesen, aber in der jetzt herrschenden Dunkelheit konnte ich die Zügel nicht sehen und war nur darauf angewiesen, mich zu bemühen, ja nicht abgeworfen zu werden. Da tauchte an meiner Seite eine Gestalt auf, die nach dem Maul des Indianerpferdes griff. Ich machte meine rechte Hand frei und langte nach dem Revolver in meinem Gürtel.

„Ich bin Apanatschka", klang es beruhigend. „Old Shatterhand mag den Osagen abwerfen!"

Er hatte aus dem Stampfen der Hufe gehört, in welcher Lage ich mich befand, war von seinem Pferd gesprungen, hatte Hammerdull die Zügel des meinigen gegeben und sich dann beeilt, mir zu Hilfe zu kommen. Es gelang ihm, den Zaum des Indianerpferdes zu fassen und das Tier zum Stehen zu bringen. Ich ließ den Gefangenen hinabfallen und sprang nach, um ihn sofort wieder zu packen, da seine Bewegungslosigkeit nur eine Finte sein konnte. Er leistete aber auch jetzt keinen Widerstand. Er war nicht etwa besinnungslos; der Schreck schien ihm die Gewalt über sich genommen zu haben.

„Apanatschka hat mich erkannt?" fragte ich den Komantschen.

„Als du mir dein Pferd zum Halten gabst, glaubte ich, deinen Hatatitla zu sehen", antwortete er. „Sodann bemerkte ich, daß dein Gefährte nicht ein, sondern zwei Gewehre von dir empfing, und wenn ich dann noch im Zweifel war, so mußte ich, als ich dich hinter dem roten Krieger sitzen sah, endlich wissen, wer du bist. So einen Sprung pflegen, noch dazu des Nachts, nur Winnetou oder Old Shatterhand zu wagen, obgleich dieser weiße Jäger leider nicht mehr hören kann! Was soll mit dem Gefangenen geschehen?"

„Ich ahne, daß er ein Kundschafter ist, den wir mit uns nehmen müssen."

Wir riefen Hammerdull herbei. Der Indianer bekam jetzt seine Beweglichkeit wieder; er versuchte vergeblich, Widerstand zu leisten und wurde auf sein Pferd gebunden; dann setzten wir den unterbrochenen Ritt fort.

Man denke ja nicht, daß nun, wie es unter Weißen unvermeidlich gewesen wäre, zwischen mir und Apanatschka viel Worte gemacht wurden. Wenn sich zwei Freunde so lange nicht gesehen haben und unter Umständen, wie den heutigen, sich so unerwartet treffen, sollte man meinen, daß zunächst die Herzen in ihr Recht zu treten hätten. Das war ja auch der Fall, aber sie machten von diesem Recht nicht durch überflüssige Worte Gebrauch. Als wir uns wieder in Bewegung gesetzt hatten, lenkte der Naiini-Komantsche sein Pferd dicht an das meinige heran, langte zu mir herüber, ergriff meine Hand und sagte in einem Ton inniger Freude:

„Apanatschka dankt dem großen, guten Manitou, daß er ihm erlaubt hat, den besten unter allen weißen Kriegern wiederzusehen. Old Shatterhand hat mich vom sicheren Tod errettet!"

„Seit ich von meinem jungen Freund, dem tapferen Häuptling der Naiini, scheiden mußte, hat meine Seele stets sich nach ihm gesehnt", antwortete ich. „Der große Geist liebt seine Kinder und erfüllt ihre Wünsche gerade dann, wenn sie es für unmöglich halten!"

Weiter wurde nichts gesprochen, doch ritten wir eng nebeneinander. Bald wich die Nacht dem grauenden Morgen, und ich konnte sehen, daß ich auch auf diesem Ritt die rechte Richtung nicht verfehlt hatte. Das war mir lieb, weil ich gern noch vor Winnetou am Ziel ankommen wollte.

Das Kih-pe-ta-kih liegt im Westen von Kansas, das zur Kreideformation gehört. Dort und im Südwesten wird in neuerer Zeit viel Salz gewonnen. Tritt an einer Stelle das Salz in größerer Menge auf und wird es vom Regen oder von irgendeinem Quellwasser ausgelaugt, so können unterirdische Höhlungen entstehen, deren Decke nachstürzt, weil sie keinen festen Halt besitzt. Diese Einstürze haben gewöhnlich tiefe, senkrechte Wände und sehr scharfe Kanten; sind die Wände dicht, so bildet sich mit der Zeit ein See, der die ganze Vertiefung ausfüllt; sind sie aber porös, so sickert das Wasser durch, und nur der tiefgelegene Boden hält eine Feuchtigkeit fest, die das Entstehen und Gedeihen eines mehr oder minder kräftigen Pflanzenwuchses begünstigt. Hat diese Vegetation erst aus salzbegehrenden Pflanzen bestanden, so siedeln sich später in demselben Grade salzfeindliche Pflanzen an, wie der Salzgehalt des Bodens verschwindet. Liegt eine solche Senkung in einer vollständig ebenen Gegend, so macht sie von weitem einen eigenartigen Eindruck, weil nur die Wipfel der Bäume zu sehen sind, die unten im tiefliegenden Grund Wurzel geschlagen haben. Eine solche Stelle war das Kih-pe-ta-kih. Der von der unfruchtbaren Ebene scharf abgegrenzte, pflanzenreiche Ort zeigte in seinen Umrissen die Formen einer am Boden hockenden Indianer-Squaw.

Die Sonne stieg eben hinter uns am Horizont auf, als wir diese grüne Squaw vor uns erscheinen sahen. Wir erreichten die Stelle an der linken Hüfte der Figur, während Winnetou von rechts her zu erwarten war. Ich ließ aus Vorsicht halten und ging einmal um die ganze Frau herum. Es war keine Spur eines menschlichen Wesens zu sehen, und so führten wir unsere Pferde an einer wenig steilen Stelle auf den Grund hinab, wo wir den Gefangenen von seinem Tier nahmen und an einem Stamm festbanden. Der Rote war wirklich ein Osage. Er hatte sich mit den Kriegsstreifen bemalt und ließ auf keine der an ihn gerichteten Fragen eine Antwort hören.

Ich hätte nun Zeit gehabt, mit Apanatschka über die Erlebnisse zu sprechen, die zwischen unserer Trennung und dem jetzigen Wiedersehen lagen, zog es aber vor, lieber zu warten, bis er selber anfangen würde, davon zu sprechen. Einem solchen Charakter gegenüber durfte ich keine Neugier verraten. Mein dicker Hammerdull war weniger zurückhaltend. Er hatte sich kaum niedergesetzt, so wandte er sich an ihn mit der Frage: „Ich höre, daß mein roter Bruder ein Häuptling der Komantschen ist. Wie konnte es geschehen, daß er in die Gefangenschaft der Osagen geriet?"

Der Gefragte deutete, während ein leises Lächeln über sein Gesicht ging, mit der Hand nach seinen beiden Ohren.

„Hat ein Kampf zwischen dir und ihnen stattgefunden?" erkundigte sich der zudringliche Dicke weiter.

Apanatschka antwortete mit derselben Gebärde. Da wandte sich Hammerdull an mich:

„Er scheint mir nicht antworten zu wollen; fragt Ihr ihn doch einmal, Mr. Shatterhand!"

„Das würde auch vergeblich sein", erwiderte ich. „Ihr seht ja, er kann nicht hören."

Da ging dem Dicken ein Licht auf. Er zog den Mund breit, ließ ein lustiges Lachen hören und sagte:

„Well! So hat er wohl auch zwölf Frauen und zweimal zwanzig Söhne und Töchter wie Ihr?"

„Wahrscheinlich!"

„Da will ich mich nur in acht nehmen, daß ich nicht auch noch taub werde, sonst hören wir alle drei nichts mehr! Es geht so schon still genug hier zu. Habt Ihr nichts für mich zu tun, Sir, damit mir die Zeit nicht gar so lang wird?"

„Doch. Steigt hinauf und schaut nach Winnetou aus! Ich möchte es gern vorher wissen, wenn er kommt."

„Ob Ihr es wißt oder nicht, das ist ganz gleich, aber ich werde es Euch sagen."

Er ging, und nun, als er sich entfernt hatte, schien Apanatschka wenigstens eine Bemerkung für nötig zu halten, um kein für ihn ungünstiges Urteil in mir aufkommen zu lassen. Er ließ einen verächtlichen Blick über den Gefangenen streifen und sagte: „Die Söhne der Osagen sind keine Krieger; sie fürchten die Waffen tapferer Männer und fallen nur über wehrlose Leute her."

„Ist mein Bruder wehrlos gewesen?" fragte ich.

„Ja. Ich hatte nur ein Messer bei mir, weil mir jede weitere Waffe verboten war."

„Ah! Mein Bruder war unterwegs, um sich den heiligen Narak-ecksa[1] zu holen?"

---

[1] Roter Pfeifenton

„So ist es, Apanatschka wurde vom Rat der Alten ausersehen, nach Norden zu reiten, um die heiligen Steinbrüche aufzusuchen. Mein Bruder Shatterhand weiß, daß, solange es rote
Männer gibt, kein Krieger, der von seinem Stamm nach dem
Narak-ecksa ausgeschickt wird, eine andere Waffe als nur das
Messer führen darf. Er hat keinen Pfeil und keinen Bogen, kein
Gewehr und keinen Tomahawk nötig, weil er kein Fleisch, sondern nur Pflanzen essen darf und sich gegen keinen Feind zu
verteidigen braucht; denn es ist verboten, einen Mann, der
nach den heiligen Steinbrüchen reitet, unfriedlich zu behandeln. Apanatschka hat noch nie von einem Fall gehört, daß dieses Gesetz, das bei allen Stämmen Geltung hat, übertreten worden ist. Die Hunde der Osagen aber haben die Schande auf
sich geladen, mich zu überfallen, gefangenzunehmen und zu
fesseln, obgleich ich nur das Messer hatte und ihnen durch das
Wampum des Kalumets bewies, daß ich mich auf dem Weg
der großen Medizin befand".
„Du hast ihnen das Wampum vorgezeigt?"
„Ja. Sie haben es mir abgenommen und ins Feuer geworfen,
von dem es verzehrt worden ist!"
„Unglaublich! So etwas ist allerdings noch niemals vorgekommen! Sie mußten dich, selbst wenn du ihr ärgster Feind
gewesen wärst, als Gast behandeln!"
„Uff! Ich sollte sogar getötet werden!"
„Hast du dich gewehrt, als sie dich ergriffen?"
„Durfte ich das? Hätte ich mich gewehrt, so wäre das Blut
vieler von ihnen geflossen; da ich mich aber auf mein Wampum und die uralten Gesetze verließ, die noch niemand zu
übertreten wagte, bin ich ihnen willig wie ein Kind in ihr Lager
gefolgt. Von nun an darf jedem Osagen, der einem ehrlichen
Krieger begegnet, ins Gesicht gespien werden und . . ."
Er wurde unterbrochen, denn Dick Hammerdull kam und
meldete, daß Winnetou zu sehen sei. Ich wollte den Apatschen
mit dem Naiini-Komantschen überraschen, bat also Apanatschka, hier bei dem Gefangenen zu bleiben, und ging mit
Dick Hammerdull nach der anderen Seite des Kih-pe-ta-kih,
wo die Angemeldeten erscheinen mußten. Ich hatte erwartet,
fünf Personen zu sehen, nämlich Winnetou, Treskow, Holbers,
Old Wabble und Matto Schahko, bemerkte aber zu meiner
Verwunderung, daß sich noch ein Indianer bei ihnen befand.
Als sie näher gekommen waren, sah ich, daß dieser auch auf
das Pferd gebunden war.
Winnetou hatte also noch einen Gefangenen gemacht; die

Kriegsfarben in seinem Gesicht zeigten, daß er ebenfalls ein Osage war.

Ich trat, damit der Apatsche nicht erst Erkundungen machte, so weit vor das Gesträuch, daß er mich erkennen mußte. Er lenkte also gerade auf mich zu, hielt bei uns an und fragte:

„Befindet sich mein Bruder schon vor mir hier, weil ihm etwas Böses begegnet ist?"

„Nein, sondern weil alles schneller und besser ging, als ich denken konnte."

„So geleite er uns zu seinen Pferden! Ich habe ihm sehr Wichtiges zu berichten!"

Matto Schahko hatte diese Worte gehört; ich fing einen triumphierenden Blick auf, den er mir zuwarf, und bemerkte infolgedessen:

„Die Pferde befinden sich auf der anderen Seite; wir werden aber gleich hier unten lagern."

Der scharfsinnige Winnetou ahnte sofort, daß es sich um eine Heimlichkeit handelte; er warf einen kurzen Blick in mein Gesicht und ließ ein befriedigtes Lächeln um seine Lippen spielen. Der Häuptling der Osagen aber machte mir in barschem Ton die Bemerkung:

„Old Shatterhand wird erfahren, was geschehen ist, und mich in kurzer Zeit freilassen müssen!"

Ich antwortete nicht und stieg in die Vertiefung hinab. Die anderen folgten mir, wobei Hammerdull und Holbers die Pferde der beiden Indianer führten. Dabei hörte ich, daß der Dicke zu seinem langen Busenfreund sagte:

„Also bei euch ist etwas Wichtiges passiert, Pitt Holbers, altes Coon?"

„Wenn du denkst, daß es wichtig ist, so hast du es erraten", lautete die Antwort.

„Ob erraten oder nicht, das bleibt sich gleich. So wichtig ist es aber jedenfalls nicht wie das, was . . ."

„Laßt das Plaudern!" unterbrach ich ihn. „Ehe die Reihe zu reden an Euch ist, sind vorher noch andere da!"

Er merkte, daß er im Begriff gestanden hatte, einen Fehler zu begehen und fuhr sich mit dem Handrücken über den Mund. Auf dem Grund des Einsturzes angekommen, banden wir die Gefangenen von den Pferden, legten sie auf den Boden und setzten uns zu ihnen nieder. Winnetou, der nicht wissen konnte, womit ich hinter dem Berge hielt, warf mir heimlich einen fragenden Blick zu, worauf ich die Aufforderung an ihn richtete:

„Mein Bruder lasse mich das Wichtige wissen, was er mir mitzuteilen hat!"

„Soll ich mit offenem Munde sprechen?"

Er meinte damit, ob er ohne alle Rücksicht auf das, was ich noch zu verschweigen hatte, reden könne.

„Ja", nickte ich. „Hoffentlich ist nichts Unangenehmes geschehen!"

„Höchst unangenehm für Euch!" fiel Old Wabble schnell und in höhnischem Ton ein. „Wenn ihr glaubt, uns noch immer fest und sicher in Händen zu haben, so irrt Ihr Euch! Laßt Euch nur von Winnetou sagen, wie die Sachen stehen."

Der Apatsche überwand seinen Stolz und sagte in wegwerfendem Ton:

„Der alte Cowboy hat ein Gift auf seiner Zunge; ich will ihn nicht hindern, es über uns auszuspritzen."

„Ja, es ist ein Gift, woran ihr alle zugrunde gehen werdet, wenn ihr uns nicht sofort die Freiheit gebt; *it's clear!*"

„Unnütze Redensart, uns bange zu machen!" lachte ich.

„Lacht immerhin! Das Lachen wird Euch gleich vergehen, wenn Ihr hört, was während Eurer glorreichen Abwesenheit geschehen ist." Er deutete auf den neu gefangenen Roten und fuhr fort: „Den Kriegern der Osagen dauerte die Rückkehr ihres Häuptlings zu lange; darum sandten sie diesen Mann zu ihm, um den Grund seines langen Bleibens zu erfahren. Er kam nach dem Wäldchen, wo ihr uns überfallen habt; wir waren fort; er folgte aber unserer Spur und entdeckte unseren gestrigen Lagerplatz. Merkt Ihr noch nichts?"

„Ich merke nur, daß er dabei ergriffen wurde."

„Schön! Aber etwas wißt Ihr nicht, nämlich daß er nicht allein gewesen ist. Es war ein zweiter Osage bei ihm, der klüger und vorsichtiger war als er. Dieser entkam und ist nun zurückgeeilt, um einige hundert Verfolger zu holen, die Euch sicher jetzt schon auf den Fersen sind. Ich rate Euch, uns augenblicklich freizulassen; das ist das beste, war ihr tun könnt; denn wenn diese Menge von Osagen kommt und uns noch in euren Händen findet, so werden sie keine Schonung üben, sondern euch auslöschen, wie der Sturm schwache Zündhölzer auszublasen pflegt!"

„Angenommen, daß alles ganz genau so ist, wie Ihr sagt, so befindet Ihr Euch dennoch in unserer Gewalt, und Eure Osagen sind nicht da. Was hindert uns nun, euch auszulöschen, so wie der Wind Zündhölzer ausbläst?"

„Das tut ihr nicht, denn Ihr seid dazu ein viel zu guter und viel zu liebevoller Christ und sagt Euch ganz obendrein wohl auch, daß die Osagen unseren Tod blutig rächen würden."

„So? Hm. Nun will ich Euch und Matto Schahko eine kleine Überraschung bereiten."

Ich flüsterte Dick Hammerdull einige Worte ins Ohr. Er nickte lachend, stand auf und entfernte sich. Alle, selbst Winnetou, obgleich sich dieser gar nichts anmerken ließ, waren gespannt darauf, wen der Dicke bringen würde. Als er nach kurzer Zeit zurückkehrte, führte er unseren gefangenen Osagen am Arm.

„Uff!" rief Matto Schahko erschrocken.

„*Hell and damnation!*" schrie Old Wabble. „Das ist ja der . . ."

Er hielt es geraten, mitten im Satz abzubrechen. Ich winkte Hammerdull, den Roten wieder fortzuführen, weil dieser durch ein Wort die Anwesenheit Apanatschkas verraten konnte, und fragte den alten Cowboy:

„Das war der Rote, der die Hunderte von Osagen bringen sollte. Meint Ihr jetzt noch, daß sie kommen werden?"

„Der Teufel hole Euch!" zischte er mich an.

„Uff!" fiel Matto Schahko ein. „Old Wabble hat ja den Naiini ganz vergessen!"

„Nein!" entgegnete dieser und fügte, wieder zu mir gewandt, hinzu: „Ich habe nämlich noch eine Karte, die Ihr gewiß nicht übertrumpfen könnt, für so klug und weise Ihr Euch immer halten mögt!"

„Die möchte ich kennenlernen!"

„Werde Euch behilflich sein! Ihr erinnert Euch sicher noch mit großem Vergnügen an den Llano, wo Ihr die Ehre hattet, von . . ."

„Von Euch bestohlen zu werden", fiel ich ihm in die Rede.

„Auch richtig, doch wollte ich etwas anderes sagen", lachte er. „Es gab dort einen jungen Naiini-Häuptling. Wie hieß er doch auch gleich?"

„Apanatschka", antwortete ich, mich ahnungslos stellend.

„*Yes*, Apanatschka! Ihr hattet ihn sehr lieb, nicht?"

„Ja."

Er sprach in überlegenem Ton, weil er glaubte, seiner Sache ganz sicher zu sein, und ich ging auf diesen Ton ein, weil ich bemerkte, daß Apanatschka mir in der Rolle, die ich ihm zugedacht hatte, entgegenkam. Hammerdull war, als er den Osagen fortgeführt hatte, nicht wiedergekommen; ich sah an seiner Stelle den Naiini-Häuptling im Gebüsch stehen. Er mochte vermutet haben, daß ich nun auch mit seiner Person eine Überraschung beabsichtigte, und hatte sich herbeigeschlichen, ohne abzuwarten, daß ich ihn holen ließ. Ein Blick in Winnetous Gesicht verriet mir, daß die scharfen Augen des Apatschen ihn auch schon entdeckt hatten.

„Also wirklich?" spottete Old Wabble, „Ihr wollt wahrscheinlich damit sagen, daß Ihr ihn noch heute wie damals als Euren Freund und Bruder betrachtet?"

„Ganz gewiß! Ich würde ihn in keiner Gefahr steckenlassen, und wenn ich mein Leben wagen sollte."

„Schön! Ich kann Euch nun zufälligerweise sagen, daß er sich in der größten Gefahr befindet, die es für ihn geben kann: er ist Gefangener der Osagen."

„Das glaube ich nicht!"

Old Wabble hatte mich erwartungsvoll angesehen; als aber meine Antwort so schnell und in so gleichgültigem Ton erfolgte, versicherte er eifrig:

„Ihr denkt wahrscheinlich, ich mache Euch etwas vor? Fragt den Osagen hier, den Winnetou gestern abend gefangennahm! Er hat uns die Botschaft gebracht, über die wir uns ebensosehr gefreut haben, wie sie Euch ungelegen kommen muß."

„Also ist die Gefangennahme Apanatschkas wohl die Karte, die ich nicht übertrumpfen kann? Ihr seid der Ansicht, daß wir euch gegen ihn auslösen werden?"

„Seht, wie klug Ihr werdet, wenn man Euch mit der Nase an die richtige Stelle stößt! Ihr habt es allerdings erraten."

„So tut es mir um Euretwillen leid, daß es eine Stelle gibt, an die ich nun Eure Nase stoßen muß."

„Was für eine denn?"

„Der Busch, da rechts von Euch. Seid so gut, Eure Nase einmal dorthin zu richten!"

Er wandte den Kopf nach der angegebenen Seite. Apanatschka hatte jedes unserer Worte gehört und verstanden; er schob das Gezweig mit den Armen zur Seite und trat zu uns heraus.

„Nun?" fragte ich. „Wer hat den größten Trumpf?"

Keiner antwortete. Da ertönte die Stimme eines, der nur dann zu sprechen pflegte, wenn sein Busenfreund Dick Hammerdull ihn fragte, nämlich die Stimme des langen Pitt Holbers:

„*Heigh-day*, ist das ein Gaudium! Niemand wird ein- und ausgelöst; Old Wabble hat verspielt!"

Der, dessen Name da genannt wurde, knirschte mit den Zähnen, daß wir es alle hörten, stieß einen gräßlichen Fluch aus und schrie mit vor Wut überschnappender Stimme zu mir herüber:

„Hund, tausendmal verfluchter, Ihr steht mit der Hölle und allen ihren Teufeln im Bunde! Ihr müßt Leben und Seele verschrieben haben, sonst könnte Euch nicht alles so nach Wunsch gelingen! Ich speie vor Euch aus! Ich hasse Euch mit einem Haß, wie ihn noch nie ein Mensch empfunden hat, Euch, hört Ihr, Euch, verdammter Dutchman, Euch!"

„Und ich bedaure Euch aus tiefstem Herzen", antwortete ich ruhig. „Ich habe viele, viele beklagenswerte Menschen kennengelernt, der beklagenswerteste von allen diesen, der seid Ihr! Ihr seid ein so armseliges Menschenkind, daß jedes Auge schmerzt, das gezwungen ist, Euch anzusehen. Macht Euch aus dem Staub!"

Ich ging zu ihm hin, zerschnitt seine Fesseln und wandte mich ab. Wenn ich geglaubt hatte, daß er nun schnell aufspringen und davonlaufen würde, so hatte ich mich geirrt. Ich hörte nämlich, daß er sich langsam und gemächlich erhob; dann fühlte ich seine Hand auf meiner Schulter, und er sagte im Ton hellen Spottes:

„Also das Auge tut Euch weh, wenn Ihr mich ansehen müßt? Darum gebt Ihr mich frei? Bildet Euch nur ja nicht ein, moralisch so unendlich hoch über mir zu stehen! Wenn jener Gott wirklich lebt, an den so fest zu glauben Ihr Euch rühmt, so stehe ich in seinen Augen ebenso hoch wie Ihr, sonst wäre er ein noch schlechterer Kerl als so einer, für den Ihr mich haltet! Er hat mich und Euch geschaffen und in die Welt gesetzt, und wenn ich anders geraten bin als Ihr, so bin nicht ich, sondern er ist schuld daran. An ihn habt Ihr Euch also mit Eurer Entrüstung zu wenden, nicht an mich, und wenn es in Wirklichkeit ein ewiges Leben und ein Jüngstes Gericht gäbe, über das ich aber lache, so hat, weil er mich mit meinen sogenannten Fehlern und Sünden ausstattet, nicht er über mich, sondern ich habe über ihn den Stab zu brechen. Ihr werdet also wohl endlich einsehen, was für kindische, belachenswerte Dummheiten Eure Frömmigkeit und Gottesfurcht sind! Ihr glaubt freilich, aus Güte zu handeln; im Grunde genommen aber treibt Euch nichts als die Erkenntnis, die auch ich hege, nämlich, daß kein Mensch gut und keiner böse ist, weil Gott, der Erfinder der Erbsünde, allein schuld daran wäre. Lebt also wohl, Ihr Mann der Liebe und der Barmherzigkeit! Ich bin trotz Eurer Albernheit heute wieder einmal sehr zufrieden mit Euch. Aber denkt deshalb ja nicht, daß ich, falls wir uns wiedersehen, anders als durch eine Kugel zu Euch reden werde! Wir haben hier auf der Savanne nicht nebeneinander Platz; einer muß fort, und da Ihr so große Scheu und Angst vor Menschenblut habt, so werde ich Euch bei unserem nächsten Wiedersehen die Adern öffnen. Den anderen gilt dasselbe Wort. Mesch'schurs, lebt wohl für die nächsten Tage! Ihr werdet bald von mir zu hören bekommen!"

Es waren den Gefangenen natürlich ihre Waffen abgenommen worden. Das Gewehr Old Wabbles hing am Sattel seines Pferdes, und sein Messer hatte sich Dick Hammerdull in den Gürtel gesteckt. Der alte Cowboy trat zu dem Dicken und streckte die Hand aus, um sein Messer zu nehmen; dieser aber wandte sich ab und fragte:

„Was wollt Ihr da? In meinem Gürtel habt Ihr nichts zu suchen!"

„Ich will mein Messer haben!" erklärte Old Wabble trotzig. „Oder habe ich es mit Dieben zu tun?"

„Nehmt Euer loses Maul in acht, sonst springe ich Euch ins Gesicht, alter Gauner! Ihr kennt die Gesetze der Prärie und wißt also, wem die Waffen eines Gefangenen gehören!"

„Ich bin jetzt nicht mehr Gefangener, sondern frei!"

„Ob frei oder nicht, das geht mich nichts an. Wenn Old Shatterhand Euch die Freiheit wiedergegeben hat, so ist damit noch nicht gesagt, daß Ihr auch Eure Waffen wiederbekommen müßt."

„Behaltet sie und seid verdammt, dicker Mops! Ich werde bei den Osagen ein anderes Messer bekommen!"

Er ging zu seinem Pferd, nahm das Gewehr vom Sattel, hängte es sich über und wollte aufsteigen. Da stand Winnetou auf, streckte die Hand gegen ihn aus und befahl:

„Halt! Das Gewehr wieder hin!"

Es lag in der Haltung und dem Gesicht des Apatschen etwas so Unwiderstehliches, daß Old Wabble, seinem sonstigen Wesen ganz entgegen, gehorchte. Er hängte die Rifle wieder an den Sattel, drehte sich dann aber zu mir um.

„Was soll das heißen? Pferd und Gewehr gehören doch mir!"

„Nein", entgegnete Winnetou. „Wenn mein Bruder Shatterhand dir die Freiheit wiedergab, so hat er dir nur den Ekel zeigen wollen, den jeder Mensch vor dir empfinden muß. Wir stimmen ihm alle bei, denn es graut uns, dich mit der Hand, dem Messer oder einer Kugel zu berühren. Wir überlassen dich der Gerechtigkeit des großen Manitou. Du würdest auch dein Pferd und deine Waffen erhalten, aber da du gedroht hast, uns zur Ader lassen zu wollen, so bekommst du nichts als nur die Freiheit wieder. Du wirst jetzt augenblicklich gehen; bist du aber nach zehn Minuten noch hier in der Nähe zu sehen, so wird dir ein Riemen um den Hals und dann um den Ast eines dieser Bäume gelegt. Ich habe gesprochen. Howgh! Nun augenblicklich fort!"

Old Wabble lachte laut auf, verbeugte sich tief und antwortete:

„Ganz wie ein König gesprochen; nur schade, daß es in meinen Ohren wie Hundebellen klingt! Ich gehe; aber wir sehen uns wieder!"

Er drehte sich um, stieg den an dieser Stelle eingefallenen Rand der Senkung hinauf und verschwand. Als ich ihm der Vorsicht wegen nach kurzer Zeit hinauffolgte, sah ich ihn in seiner schlotternden, wabbelnden Weise langsam über die Ebene schreiten. Ich hatte diesen Mann früher nicht nur wegen seines hohen Alters geachtet, sondern ihn dem Ruf gemäß, in dem er damals stand, auch für einen sehr tüchtigen Westmann gehalten; jetzt aber war meine Ansicht über ihn in beiden Beziehungen ganz anders geworden.

Er wäre, selbst wenn man ihn für einen besseren Menschen hätte halten müssen, als *man of the west* doch für uns unbrauchbar gewesen. Daß ich ihn auch diesmal wieder straflos hatte gehen lassen, war weniger die Folge einer Überlegung, als vielmehr einer augenblicklichen Regung oder Empfindung, eines Ekels gewesen, der es mir unmöglich gemacht hatte, noch ein Wort an ihn zu richten.

Winnetou hatte sich mit meinem Verhalten einverstanden erklärt. Hammerdull und Holbers waren es nicht, das wußte ich; sie wagten nur nicht, mir Vorwürfe darüber zu machen. Treskow aber, dessen juristisches oder polizeiliches Fühlen durch meine wiederholte Milde beleidigt worden war, sagte, als ich wieder zu ihnen hinabgestiegen war:

„Nehmt es mir nicht übel, Mr. Shatterhand, daß ich Euch tadeln muß! Vom christlichen Standpunkt aus will ich gar nicht sprechen, obgleich Ihr auch da nicht richtig gehandelt habt, denn auch das Christentum lehrt, daß jeder bösen Tat die Strafe zu folgen hat; aber versetzt Euch doch einmal an die Stelle eines Kriminalisten, eines Vertreters der weltlichen Gerechtigkeit! Was würde ein solcher sagen, daß Ihr einen Halunken von der Verdorbenheit und Unverbesserlichkeit dieses Fred Cutter immer und immer wieder entkommen laßt? Dieser Mensch hat in seinem Leben schon mehr als hundertmal den

Tod verdient, selbst dann, wenn nur seine Taten als ‚Indianer-töter' in Betracht gezogen werden. Und wenn Ihr sagt, daß uns dies nichts angehe, so ist doch erwiesen, daß er Euch und uns wiederholt nach dem Leben getrachtet und uns auch jetzt wieder mit dem Tod bedroht hat. Was soll nun ein Jurist dazu sagen, daß Ihr Euch förmlich Mühe gebt, ihn der verdienten Strafe zu entziehen? Es ist mir unmöglich, mich in die Gründe Eures Verhaltens hineinzudenken."

„Bin ich Jurist, Mr. Treskow?" antwortete ich.

„Ich glaube nicht."

„Oder gar Kriminalist?"

„Wahrscheinlich nicht."

„Also! Es ist trotzdem gar nicht meine Absicht, ihn der wohlverdienten Strafe zu entziehen, nur will ich weder der Richter noch gar der Henker sein. Ich bin fest überzeugt, daß schon längst der verhängnisvolle weiße Stab über seinem Haupte schwebt, um von einer ganz anderen, mächtigeren und höheren Hand gebrochen zu werden. Es hält mich ein Etwas in mir, dem ich nicht widerstehen kann, davon ab, dem gerechten Walten Gottes vorzugreifen, und wenn Ihr mein Verhalten nicht verstehen könnt, so werdet Ihr doch wenigstens nicht bestreiten, daß es im Innern, in der Seele, im Herzen des Menschen Gesetze gibt, die unübertretbar, unerbittlicher und mächtiger als alle Eure geschriebenen Paragraphen sind."

„Mag sein! Ich bin in dieser Beziehung nun einmal nicht so zartfühlend wie Ihr. Nur muß ich Euch auf die Folgerungen aufmerksam machen, die aus Eurem Gehorsam gegen diese geheimnisvollen und mir unverständlichen innerlichen Gesetze hervorgehen!"

„Wieso hervorgehen? Nennt einen solchen Fall!"

„Ihr habt Old Wabble begnadigt. Was tun wir nun mit dem Häuptling der Osagen, seinem Mitschuldigen? Soll der etwa auch ohne alle Strafe freigelassen werden?"

„Wenn es auf mich ankommt, ja."

„Dann hole der Kuckuck alle sogenannten Gesetze der Savanne, die Ihr nicht gelten laßt, obgleich Ihr ihnen eine so beispiellose Strenge nachrühmt!"

„Ich bin erst an fünfter, sechster Stelle Westmann, zunächst aber Christ. Die Osagen sind von den Weißen betrogen worden; sie haben sich durch den geplanten Überfall schadlos halten wollen; sie sind nach ihren Anschauungen vollständig berechtigt dazu. Sollen wir Matto Schahko nun für die bloße Absicht bestrafen, die noch gar nicht ausgeführt worden ist?"

„Ihr werdet wissen, daß schon der Versuch eines Verbrechens strafbar ist!'

„Hm, der Jurist, wie er im Buch steht!"

„Dazu bin ich berechtigt und verpflichtet, und ich bitte Euch, Euch auf denselben Standpunkt mit mir zu stellen!"

„Schön, das will ich tun! Also angenommen, daß schon der Versuch eines Verbrechens strafbar sei, ist die Absicht des Häuptlings der Osagen, die Farmen zu überfallen und uns zu töten, schon in das Stadium des Versuchs getreten?!"

Er zögerte mit der Antwort und brummte dann:

„Absicht – Absicht – Versuch – vielleicht wenigstens der sogenannte entfernte Versuch – hm, auch dieser nicht! Laßt mich doch endlich mit solchen Haarspaltereien in Ruhe, Mr. Shatterhand!"

„Ah, Euer Standpunkt beginnt zu wackeln! Sagt klar und bestimmt heraus: Ist die bloße Absicht strafbar?"

„Moralisch ja, aber gerichtlich nicht."

„*Well!* Ist also Matto Schahko zu bestrafen?"

Er wand sich hin und her und rief zornig aus:

„Ihr seid der schlimmste Advokat, mit dem es ein Richter zu tun haben kann! Ich mag von der Sache gar nichts mehr wissen!"

„Nur langsam, langsam, Mr. Treskow! Ich bin strenger, als Ihr glaubt. Wenn wir auch die Absicht nicht bestrafen können, so bin ich doch dafür, daß wir Vorsichtsmaßregeln ergreifen, die der Strafe geschwisterlich ähnlich sind."

„Das läßt sich freilich hören! Was schlagt Ihr vor?"

„Jetzt noch nichts. Ich bin nicht der einzige, der da zu sprechen hat."

„Sehr richtig!" stimmte da Dick Hammerdull schnell bei. „Irgendeine Belohnung muß der Rote bekommen: meinst du nicht auch, Pitt Holbers, altes Coon?"

„Hm, wenn du denkst, daß er einen tüchtigen Klaps verdient hat, so sollst du recht haben, lieber Dick", antwortete der Lange.

„So laßt uns beraten, was wir mit ihm tun!" schlug Treskow vor, während er, seine strengste Miene zeigend, sich niedersetzte.

Fesselnd war das Spiel der Gesichtszüge, mit dem Matto Schahko unseren Meinungsaustausch verfolgte. Es war ihm kein Wort entgangen, und so wußte er, in welcher Weise ich mich seiner angenommen hatte. Sein erst so finster blickendes Auge ruhte jetzt mit einem ganz anderen, fast freundlichen

Ausdruck auf mir; es war klar, er empfand Dankbarkeit gegen mich.

Mir konnte das freilich gleich sein, denn nicht persönliche Gefühle hatten mich geleitet, als ich seinetwegen mit Treskow in Meinungsverschiedenheiten geraten war. Als dieser uns jetzt in so ernstem Ton zur Beratung aufforderte, brach der Häuptling der Osagen sein tiefes Schweigen, indem er sich an mich wandte:

„Wird, nachdem die Bleichgesichter gesprochen haben, Old Shatterhand vielleicht bereit sein, auch mich zu hören!"

„Sprich!" forderte ich ihn auf.

„Ich habe Worte vernommen, die ich nicht verstehen kann, weil sie mir fremd sind; um so deutlicher aber hörte ich, daß Old Shatterhand für mich gesprochen hat, während das andere Bleichgesicht gegen mich war. Da Winnetou, der Häuptling der Apatschen, zu dem Streit geschwiegen hat, denke ich, daß er seinem Freund und Bruder recht gibt. Beide sind zwar die Feinde der Wasaji, aber alle roten und weißen Männer wissen, wie gerecht diese beiden berühmten Krieger denken und wie gerecht sie handeln, und so fordere ich sie auf, auch heute gerecht zu sein!"

Weil er jetzt eine längere Pause eintreten ließ und mich ansah, als ob er eine ausführliche Antwort von mir erwarte, erklärte ich ihm:

„Der Häuptling der Osagen täuscht sich nicht in uns; er hat keine Ungerechtigkeit von uns zu erwarten. Ich mache ihn vor allen Dingen darauf aufmerksam, daß wir nicht Feinde der Osagen sind. Wir wünschen, mit allen roten und allen weißen Menschen in Frieden zu leben; wenn uns aber jemand in den Weg tritt, uns wohl gar nach dem Leben trachtet, sollen wir uns da nicht wehren? Und wenn wir dies tun und ihn besiegen, hat dieser Mann dann das Recht, zu behaupten, daß wir seine Feinde seien?"

„Mit diesem Mann hat Old Shatterhand wahrscheinlich mich gemeint. Wer aber ist es, der mit Recht von sich sagen kann, er sei angegriffen worden? Matto Schahko, der Häuptling der Wasaji, möchte fragen, wozu die Bleichgesichter Richter und Gerichte haben?"

„Kurz gesagt, um Recht zu sprechen, um Gerechtigkeit zu üben."

„Wird dieses Recht gesprochen, diese Gerechtigkeit geübt?"

„Ja."

„Glaubt Old Shatterhand, was er da sagt?"

„Ja. Zwar sind die Richter auch nur Menschen, die sich irren können, und deshalb    ."

„Uff, uff!" fiel er mir schnell in die Rede, „darum irren sich diese Richter stets dann, wenn es sich darum handelt, gegen die roten Männer gerecht zu sein! Old Shatterhand und Winnetou haben an tausend Lagerfeuern gesessen und zehnmal tausendmal die Klagen gehört, die der rote Mann gegen den weißen zu erheben hat; ich will weder eine einzige dieser Klagen wiederholen, noch ihnen eine neue hinzufügen; aber ich bin der Häuptling meines Stammes und darf also davon sprechen, was das Volk der Wasaji gelitten und auch jetzt wieder von neuem erfahren hat. Wie oft schon sind wir von den Bleichgesichtern betrogen worden, ohne einen Richter zu finden, der sich unseres guten Rechts erbarmte! Vor jetzt kaum einem Mond ist wieder ein großer Betrug an uns begangen worden, und als wir Gerechtigkeit verlangten, wurden wir verlacht. Was tut der weiße Mann, wenn ihm ein Richter die Hilfe versagt? Er wendet sich an ein höheres Gericht. Und wenn ihn auch dieses im Stich läßt, so macht er seinen eigenen Richter, indem er seinen Gegner lyncht oder Vereinigungen von Leuten gründet, Komitees genannt, die heimlich und gegen die Gesetze Hilfe schaffen, wenn öffentlich und durch die Gesetze keine zu finden ist. Warum soll nicht auch der rote Mann tun dürfen, was der weiße tut? Ihr sagt Lynch, wir sagen Rache. Ihr sagt Komitee, wir sagen Beratung der Alten; es ist ganz dasselbe. Aber wenn ihr euch dann selbst geholfen habt, so nennt ihr das erzwungene Gerechtigkeit, und wenn wir uns selbst geholfen haben, so wird es von euch Raub und Plünderung genannt. Die richtige Wahrheit lautet folgendermaßen: Der Weiße ist der Ehrenmann, der den Roten unaufhörlich betrügt und bestiehlt, und der Rote ist der Dieb, der Räuber, dem vom Weißen stets das Fell über die Ohren gezogen wird. Dabei sprecht ihr ohne Unterlaß von Glaube und von Frömmigkeit, von Liebe und von Güte! Man hat uns kürzlich wieder um das Fleisch, das Pulver und um vieles andere betrogen, was wir zu bekommen hatten. Als wir zum Agenten kamen, ihn um seine Hilfe zu bitten, fanden wir nur höhnisch lachende Gesichter und drohend auf uns gerichtete Flintenläufe. Da holten wir uns Fleisch, Pulver und Blei, wo wir es fanden, denn wir brauchen es, sonst können wir nicht leben. Man verfolgte uns und tötete viele unserer Krieger. Wenn wir jetzt ausgezogen sind, den Tod dieser Krieger zu rächen, wer ist schuld daran? Wer ist der Betrogene und wer der Betrüger? Wer ist der Beraubte und wer der Räuber? Wer ist der Angegriffene und wer der Feind? Old Shatterhand mag mir auf diese Fragen die richtige Antwort geben!"

Er richtete den Blick erwartungsvoll auf mich. Was sollte und konnte ich ihm antworten, nämlich, als ehrlicher Mann antworten? Winnetou entzog mich dieser heiklen Lage, indem er, der bis jetzt Schweigsame, das Wort ergriff:

„Winnetou ist der oberste Häuptling sämtlicher Stämme der Apatschen. Keinem Häuptling kann das Wohl seiner Leute mehr am Herzen liegen als mir das Glück meines Volkes. Was Matto Schahko jetzt sagte, ist mir nichts Neues; ich habe es selbst schon viele, viele Male gegen die Bleichgesichter vorgebracht — ohne allen und jeden Erfolg! Aber muß denn jeder Fisch eines Gewässers, in dem es viele Raubfische gibt, vom Fleisch anderer Fische leben? Muß jedes Tier eines Waldes, eines Gehölzes, in dem Skunks hausen, notwendig auch ein solches Stinktier sein? Warum macht der Häuptling der Osagen keinen Unterschied? Er verlangt Gerechtigkeit und handelt doch selbst höchst ungerecht, indem er Personen befeindet, die nicht die mindeste Schuld an der Ungerechtigkeit tragen, die an ihm und den Seinen verübt worden ist! Kann er uns nur einen Fall, einen einzigen Fall sagen, daß Old Shatterhand und ich die Gegner eines Menschen gewesen sind, ohne daß wir vorher von ihm angegriffen wurden? Hat er nicht im Gegenteil oft und oft erfahren und gehört, daß wir selbst unsere ärgsten Feinde so sehr und so oft schonen, wie uns irgend möglich ist? Und wenn er das bis heute noch nicht gewußt hätte, so wäre es ihm vorhin vor seinen Augen und Ohren gesagt und bewiesen worden, als mein Freund und Bruder Shatterhand für ihn sprach, obgleich Matto Schahko ihm nach dem Leben getrachtet hatte! Was uns der Häuptling der Osagen mitteilen will, das wissen wir schon längst und so gut, daß er kein Wort darüber zu verlieren braucht; aber was wir ihm zu sagen haben, das scheint er noch nicht zu wissen und noch nie gehört zu haben, nämlich, daß man nicht Ungerechtigkeit geben darf, wenn man Gerechtigkeit haben will! Er hatte uns für den Marterpfahl bestimmt, und er weiß, daß wir ihm jetzt den Skalp und das Leben nehmen könnten; er soll beides behalten; er wird sogar seine Freiheit wiederbekommen, wenn auch nicht gleich am heutigen Tag. Wir werden seine Feindschaft mit Güte, seinen Blutdurst mit Schonung vergelten, und wenn er dann noch behauptet, daß wir Feinde der Osagen seien, so ist er nicht wert, daß sein Name von einem roten oder weißen Krieger jemals wieder auf die Lippen genommen wird. Matto Schahko hat vorhin eine lange Rede gehalten, und ich bin seinem Beispiel gefolgt, obgleich weder seine noch meine Worte nötig waren. Nun habe ich gesprochen. Howgh!"

Als er geendet hatte, trat eine lange, tiefe Stille ein. Nicht seine Rede allein, sondern noch viel mehr seine Person und seine Sprech- und Ausdrucksweise brachten diese Wirkung hervor. Ich war außer ihm wohl der einzige, der wußte, daß er nicht bloß zu dem Osagen gesprochen hatte. Seine Worte waren auch an die anderen, besonders an Treskow, gerichtet gewesen. Matto Schahko lag mit unbewegter Miene da; ihm war nicht anzusehen, ob die Entgegnung des Apatschen überhaupt einen Eindruck auf ihn gemacht hatte. Treskow hielt die Augen niedergeschlagen und den Blick wie in Verlegenheit zur Seite gerichtet. Endlich hob er ihn zu mir empor und sagte:

„Es ist eine ganz eigene Sache um Euch und Winnetou, Mr. Shatterhand. Man mag wollen oder nicht, man muß schließlich doch so denken, wie ihr denkt. Wenn ihr den Häuptling der Osagen mit seinen beiden Kerls nun ebenso laufen lassen wollt, wie ihr Old Wabble freigegeben habt, so bin ich es jetzt, der nichts dagegen hat! Ich befürchte nur, daß er uns dann mit seinem Volk nachgeritten kommt, um uns, falls er Glück hat, schließlich doch noch festzunehmen."

„Warten wir das ab! Wenn ich Euch recht verstehe, so haltet Ihr eine Beratung nicht mehr für notwendig?" fragte ich.

„Ist nicht nötig. Tut, was Ihr wollt!"

„Well; so mache ich es kurz! Hört also, was ich im Einvernehmen mit Winnetou bestimme! Matto Schahko reitet mit uns, bis wir annehmen, ihn freigeben zu dürfen; er wird zwar gefesselt sein, doch mit der Rücksicht behandelt werden, die jeder brave Westmann dem Häuptling eines tapferen Volkes schuldig ist. Seine beiden Krieger sind frei; sie mögen nach dem Wara-tu zurückkehren, um den Osagen zu erzählen, was geschehen ist. Sie mögen dort sagen, die Bleichgesichter seien gewarnt worden, und wenn trotzdem der Überfall der Farmen versucht werden sollte, werde der Häuptling von uns erschossen. Macht ihnen die Riemen auf!"

Diese Aufforderung war an Hammerdull und Holbers gerichtet, die ihr bereitwillig nachkamen. Als die beiden Osagen sich frei fühlten, sprangen sie auf und wollten schnell zu ihren Pferden; dem aber wehrte ich ebenso schnell:

„Halt! Ihr werdet nach dem Wara-tu nicht reiten, sondern gehen. Eure Pferde und Gewehre nehmen wir mit. Ob ihr sie wiederbekommt, das hängt von dem Verhalten Matto Schahkos ab. Also geht, und verkündet euren Brüdern, daß Old Shatterhand es gewesen ist, der gestern Apanatschka, den Häuptling der Naiini, befreit hat!"

Es wurde ihnen schwer, diesem Befehl Gehorsam zu leisten. Sie sahen ihren Häuptling fragend an; er forderte sie auf:

„Tut, was Old Shatterhand euch gesagt hat! Sollten die Krieger der Wasaji dann im Zweifel darüber sein, wie sie sich zu verhalten haben, so mögen sie Numbeh grondeh[1] fragen, dem ich den Befehl übergebe. Er wird das Richtige treffen!"

Als er diese Weisung erteilte, nahm ich ihn sein Gesicht scharf in die Augen. Es war undurchdringlich; kein Zug verriet, ob diese Abtretung des Kommandos für uns später Kampf oder Frieden zu bedeuten hatte. Die zwei Freigelassenen stiegen die Böschung hinan und entfernten sich in der Richtung, die auch Old Wabble vorhin eingehalten hatte. Sie gingen auf seiner Spur, und es war vorauszusehen, daß sie ihn bald einholen würden.

Daß ich ihre Pferde zurückbehalten hatte, war aus mehreren Gründen geschehen. Wären sie beritten gewesen, so hätten sie das Wara-tu viel schneller als zu Fuß erreicht, und die zu erwartende Verfolgung hätte einige Stunden eher beginnen können; wir gewannen also Zeit. Ferner waren sie als Boten, die schnell und weit zu reiten hatten, mit sehr guten Pferden versehen gewesen, und gerade solche Tiere konnten wir brauchen. Auch ihre Waffen konnten uns von Nutzen sein. Apanatschka, der, wie bereits erwähnt, nur mit einem Messer versehen gewesen war, bekam das Gewehr Matto Schahkos. Er gab sein ursprüngliches Vorhaben, nach den heiligen Steinbrüchen zu reiten, einstweilen auf und entschloß sich dafür, uns hinab nach Colorado zu begleiten. Da wir fast mit Sicherheit annehmen mußten, daß die Osagen, sobald die beiden Boten sie von der Gefangenschaft ihres Häuptlings benachrichtigten, sofort nach dem Kih-pe-ta-kih kommen und uns von da aus folgen würden, um ihn zu befreien, durften wir hier nicht länger verweilen. Matto Schahko wurde auf sein Pferd gebunden, doch in so schonender Weise, wie die Verhältnisse es uns erlaubten. Pitt Holbers und Treskow bestiegen die beiden Osagenpferde; die anderen wurden als Packtiere benutzt, und so verließen wir die „alte Frau", bei der uns eine nur so kurze Rast vergönnt gewesen war.

---

[1] „Lange Hand"

Im weiteren Verlauf unseres Rittes hielten wir uns genau westlich, etwa im gleichen Abstand vom Republican River im Norden und vom North Fork des Solomon River im Süden. Dabei befanden wir uns zwischen zwei Übeln, von denen das eine vor und das andere hinter uns lag.

Das vor uns liegende bestand aus der Truppe des „Generals", von der wir bald eine Spur zu finden hofften, das hinter uns aus den Osagen, deren Kommen mehr als wahrscheinlich war. Keins dieser beiden Übel aber war geeignet, uns in große Unruhe zu versetzen. Daß es noch ein drittes, uns viel näherliegendes, geben könnte, das ahnten wir nicht, obgleich wir ihm entgegengingen.

Wir hätten, um die Osagen irrezuführen, uns für einige Zeit südlich wenden können; aber einesteils hatten wir vor diesen Indsmen keine Angst, und andernteils wäre durch einen solchen Umweg die Zeit unseres Zusammentreffens mit Old Surehand weiter hinausgeschoben worden, als wir wünschten. Darum behielten wir die westliche Richtung bis zum Nachmittag des nächsten Tages bei, wo wir eine Begegnung hatten, die uns veranlaßte, unserer ursprünglichen Absicht entgegen doch nach Süden einzubiegen.

Wir trafen nämlich auf drei Reiter, von denen wir erfuhren, daß eine sehr zahlreiche Bande von Tramps durch die ganze vor uns liegende Gegend schwärme. Die Männer waren einem Teil dieser Bande in die Hände gefallen und vollständig ausgeraubt worden. Der eine von ihnen zeigte mir auch eine nicht ungefährliche Schußwunde, die er bei der Gelegenheit in den Oberschenkel erhalten hatte. Wer von Tramps gehört oder gar sie persönlich kennengelernt hat, der wird es begreiflich finden, daß wir keine Lust hatten, solchen Menschen zu begegnen, vor denen jeder brave Westmann sich wie vor Ungeziefer hütet, weil er es für eine Schande hält, seine Kraft mit der ihrigen zu messen.

Wie der geübteste und eleganteste Florettfechter gegen die Düngergabel eines rüden Stallknechts unmöglich aufkommen kann, so hütet sich jeder ehrliche Prärieläufer, mit diesen von der Gesellschaft für immer Ausgestoßenen in Berührung zu kommen, nicht etwa aus Furcht, sondern aus Abscheu vor der Gemeinheit ihres Auftretens.

So schwenkten wir kurz entschlossen nach Süden ab und gingen schon gegen Abend über den Nordarm des Solomon River, an dessen rechtem Ufer wir für die Nacht Lager machten.

Hier war es, wo Apanatschka sein bisheriges Schweigen brach und mir erzählte, was er nach unserer Trennung im Llano estacado erlebt hatte.

Sein Ritt mit Old Surehand nach Fort Terret war, wie bereits erwähnt, ohne Erfolg gewesen, da sie dort den gesuchten Dan Etters nicht gefunden hatten; es gab dort überhaupt keinen Menschen, der diesen Namen einmal gehört oder dessen Träger gar persönlich gesehen hatte. Als Apanatschka dies erzählte, sagte ich:

„So ist meine damalige Voraussage also eingetroffen. Ich traute dem sogenannten ‚General‘ nicht; es kam mir gleich so vor, als ob er Old Surehand über diesen Etters täuschen wollte. Er hatte irgendeine bestimmte Absicht dabei, die ich leider nicht erraten konnte. Es schien mir, als ob er das Verhältnis Old Surehand zu Etters genauer kenne, als er merken lassen wollte. Ich machte unseren Freund darauf aufmerksam; er wollte es aber nicht glauben. Hat er mit meinem roten Bruder Apanatschka vertraulich darüber gesprochen?"

„Nein."

„Er hat gar keine Äußerung darüber fallen lassen, warum er so eifrig nach diesem Etters suchte?"

„Keine."

„Und dann habt ihr euch am Rio Pecos getrennt und du bist zu deinem Stamm heimgekehrt?"

„Ja; ich bin nach dem Kaam-kulano geritten."

„Wo deine Mutter dich gewiß mit Freude empfing?"

„Sie erkannte mich im ersten Augenblick und nahm mich liebreich auf; dann aber ging ihr Geist wieder von ihr fort", antwortete er trüb.

Dennoch fragte ich, ohne auf die Stimmung Rücksicht zu nehmen.

„Erinnerst du dich noch der Worte, die ich aus ihrem Mund gehört hatte?"

„Ich kenne sie. Sie sagte sie ja stets."

„Und glaubst du noch heute so wie damals, daß diese Worte zur indianischen Medizin gehören?"

„Ja."

„Ich habe es nie geglaubt und glaube es auch jetzt noch nicht. Es wohnen in ihrem Geist Bilder von Personen und

Ereignissen, die nicht deutlich werden können. Hast du denn niemals einen Augenblick bei ihr bemerkt, in dem diese Bilder heller wurden?"

„Nie. Ich bin nicht oft mit ihr zusammen gewesen, denn ich mußte mich nach meiner Heimkehr bald von ihr trennen. Die Krieger der Naiini, und besonders Vupa-Umugi, ihr Häuptling, konnten es mir nicht verzeihen, daß mein weißer Bruder Shatterhand mich für würdig erachtet hatte, die Pfeife der Freundschaft und der Treue mit mir zu rauchen. Sie machten mir das Leben im ‚Tal der Hasen' schwer, und so ging ich fort."

„Wohin?"

„Zu dem Komantschenstamm der Pohonim."

„Wurde mein Bruder sofort von ihnen aufgenommen?"

„Uff! Ich war zwar der jüngste Häuptling der Naiini gewesen, aber es hatte keinen Krieger gegeben, der mich besiegen konnte. Darum sprach keine einzige Stimme gegen mich, als die Männer der Pohonim über meine Aufnahme berieten. Jetzt bin ich der oberste Häuptling dieses Stammes."

„Das höre ich gern; das macht mir Freude. Konntest du deine Mutter nicht von den Naiini weg und zu dir nehmen?"

„Ich wollte es tun, aber der Mann, dessen Squaw sie ist, gab es nicht zu."

„Der Medizinmann? Du nennst ihn nicht deinen Vater, sondern den Mann, dessen Squaw sie ist. Es ist mir schon damals aufgefallen, daß du ihn nicht lieben kannst."

„Ich konnte ihm mein Herz nicht geben, jetzt aber hasse ich ihn, denn er verweigerte mir die Squaw, die mich geboren hat."

„Weißt du genau, daß sie deine Mutter ist?"

Er warf mir einen Blick der Überraschung zu und sagte:

„Warum fragst du so? Ich bin überzeugt, daß mein Bruder Shatterhand nie ein Wort sagt, zu dem er keinen Grund hat; darum wird er auch gewiß eine Ursache haben, mir diese sonderbare Frage vorzulegen."

„Die habe ich allerdings; aber sie ist nicht eine Frucht der Überlegung, sondern die Folge einer Stimme, die ich schon früher in meinem Innern gehört habe und auch noch heute höre. Will mein Bruder Apanatschka mir Antwort geben?"

„Wenn Old Shatterhand fragt, werde ich antworten, auch ohne zu begreifen, warum er gesprochen hat. Die Squaw, von der wir reden, ist meine Mutter; ich habe das nie anders gewußt und ich liebe sie."

„Und sie ist wirklich die Squaw des Medizinmanns?"

Er erwiderte abermals im Tone der Verwunderung:

„Diese Frage verstehe ich gleichfalls nicht. Man hat beide, so lange ich es weiß, für Mann und Weib gehalten."

„Und bist auch du überzeugt, daß er dein Vater ist?"

„Man hat ihn stets meinen Vater genannt."

„Er selbst auch? Denk genau darüber nach!"

Er senkte den Kopf, schwieg eine Weile, hob ihn dann mit einer raschen Bewegung und sagte:

„Uff! Jetzt fällt mir zum erstenmal auf, daß er mich niemals, kein einziges Mal Itue genannt hat."

„Aber deine Mutter hat Nertuah zu dir gesagt?"

„Auch nicht!"

Die Ausdrücke für „mein Sohn" sind nämlich bei den meisten Indianerstämmen verschieden, je nachdem sie von dem Vater oder der Mutter angewandt werden. Im vorliegenden Fall wird Itue vom Vater, Nertuah aber von der Mutter gebraucht. Apanatschka fuhr fort:

„Beide haben stets nur Unoso[1] zu mir gesagt, und nur die Mutter nannte mich allerdings zuweilen Nertuah, aber nur dann, wenn sie mit anderen von mir sprach."

„Sonderbar, höchst sonderbar! Nun möchte ich nur noch wissen, ob er sie I-vuete[2] und sie ihn I-vouschingwa[3] zu nennen pflegte."

Er sann wieder eine Weile nach und antwortete dann:

„Es ist mir, als ob sie sich zur Zeit meiner frühesten Kindheit so genannt hätten; seither aber habe ich diese Worte nicht wieder von ihren Lippen gehört."

„So haben sie also seit jener Zeit stets nur die Namen Tibotaka und Tibo-wete gebraucht?"

„Ja."

„Und du hältst diese Worte für Medizinausdrücke?"

„Ja. Der Vater sagte stets, daß sie Medizin seien. Sie müssen es auch sein, denn kein einziger roter oder weißer Mann weiß, was das Wort Tibo zu bedeuten hat. Oder sollte mein Bruder Shatterhand es wissen?"

Ich wußte es allerdings auch nicht. Zwar mußte ich an die französischen Namen Thibaut und Thibault denken, aber es schien mir doch zu gewagt, das freilich fast gleichklingende Wort Tibo damit in Beziehung zu bringen. Ich wollte eine entsprechende Antwort geben, kam aber nicht dazu, weil mir, und zwar zu gleicher Zeit und mit gleicher Eile, zwei Personen zu-

---

[1] „Du"  [2] Meine Squaw  [3] Mein Mann

vorkamen, die dem ersten Teil unseres Zwiegesprächs keine Aufmerksamkeit gewidmet hatten, dann uns aber, sobald sie von mir die Namen Tibo-taka und Tibo-wete hörten, um so mehr Teilnahme schenkten.

Es wird noch erinnerlich sein, daß ich damals im Llano estacado Apanatschka versprechen mußte, die geheimnisvollen Worte keinem Menschen mitzuteilen; ich hatte mein Versprechen so treu gehalten, daß ich sogar gegen Winnetou verschwiegen war. Darum erregte es meine Verwunderung, als er uns jetzt in die Rede fiel:

„Tibo-taka und Tibo-wete? Diese Worte kenne ich!"

Und noch hatte er nicht ganz ausgesprochen, so rief auch der Häuptling der Osagen:

„Tibo-taka und Tibo-wete kenne ich! Sie sind im Lager der Wasaji gewesen und haben uns viele Felle und die besten Pferde gestohlen."

Apanatschka war ebenso erstaunt wie ich. Er wandte sich zunächst an Winnetou:

„Woher kennt der Häuptling der Apatschen diese Worte? Ist er, ohne daß ich es erfahren habe, im Lager der Naiini gewesen?"

„Nein; aber Intschu tschuna, mein Vater, hat einen Mann und ein Weib getroffen, die Tibo-taka und Tibo-wete hießen. Er war ein Bleichgesicht, sie eine Indianerin."

„Wo hat er sie getroffen? Wo ist das gewesen?"

„Am Rande des Estacado. Sie und ihre Pferde waren dem Tod des Verschmachtens nahe, und die Frau hatte einen kleinen Knaben in ihr Tuch gewickelt. Mein Vater, der Häuptling der Apatschen, hat sich ihrer angenommen und sie zum nächsten Wasser geführt, um sie zu speisen und zu tränken, bis sie sich erholten. Dann wollte er sie zur nächsten Ansiedlung der Bleichgesichter bringen; sie aber baten ihn, ihnen lieber zu sagen, wo die Komantschen zu finden seien. Er ritt mit ihnen zwei Tage weit, bis er die Spuren von Komantschen entdeckte. Da diese seine Todfeinde waren, mußte er umkehren. Er gab ihnen aber Fleisch und einen Kürbis voll Wasser mit und erteilte ihnen eine so genaue Anweisung, daß sie die Komantschen finden mußten."

„Wann hat sich das ereignet?"

„Vor langer Zeit, als ich noch ein kleiner Knabe war."

„Was hat mein Bruder sonst noch über diese beiden Personen und ihr Kind erfahren?"

„Daß die Frau ihre Seele verloren hatte. Ihre Reden sind verworren gewesen, und wo es ein Gebüsch gab, da nahm sie einen Zweig, um ihn sich um den Kopf zu winden. Das ist alles, was mein Vater mir über diese Begegnung erzählt hat."

Der Apatsche bekräftigte durch eine Handbewegung, daß er nichts mehr zu sagen habe, und fiel dann in seine frühere Schweigsamkeit zurück. Da ergriff Matto Schahko eifrig das Wort:

„Aber ich kann noch mehr sagen; ich weiß mehr von diesen Dieben, als Winnetou, der Häuptling der Apatschen, wissen kann!"

Apanatschka wollte weitersprechen; ich winkte ihm aber, zu schweigen. Jedenfalls war er der kleine Knabe gewesen, und da der Mann und die Frau, die als seine Eltern galten, von dem Osagen des Diebstahls geziehen wurden, wollte ich eine voraussichtliche große Beleidigung dadurch verhüten, daß ich an seiner Stelle das Wort ergriff:

„Matto Schahko, der Häuptling der Osagen, mag uns erzählen, was wir über die Personen, die wir meinen, von ihm hören können! Es wird wahrscheinlich nicht viel Gutes sein."

„Old Shatterhand hat recht; es ist nichts Gutes", nickte er. „Es kam vor vielen Sommern ein Mann zu uns, der sich Raller nannte und die Kleidung der Offiziere trug; er sei der Bote des großen Weißen Vaters in Washington[1]. Es war damals ein neuer Weißer Vater gewählt worden, der angeblich diesen Boten zu uns schickte, um uns sagen zu lassen, daß er die roten Männer liebe, daß er Frieden mit ihnen halten und besser für sie sorgen wolle als die früheren Weißen Väter, die nicht gut und ehrlich gegen sie gewesen seien. Das gefiel den Kriegern der Wasaji wohl, und sie nahmen den Boten als Freund und Bruder auf und behandelten ihn mit größerer Ehrfurcht und Aufmerksamkeit, als sie selbst ihrem größten und ältesten Häuptling zu erweisen gewohnt waren. Er schloß einen Vertrag mit ihnen: sie sollten ihm Felle und Häute liefern, wofür er ihnen schöne Waffen, Pulver, Blei, Messer und Tomahawks, fertige Anzüge und auch prächtige Kleider und Schmucksachen für die Squaws versprach. Er gab ihnen zwei Wochen Zeit, diesen Vertrag zu überlegen, und ritt fort. Schon vor dieser Frist kehrte er zurück und brachte einen weißen Mann, eine sehr schöne, junge, rote Squaw und einen kleinen Knaben mit. Der Weiße trug den Arm in der Binde; er war durch einen Schuß verwundet worden; doch zeigte die Untersuchung, daß die

---

[1] Präsident der Vereinigten Staaten

Wunde in guter Heilung stand. Das junge Weib war seine Squaw und der Knabe sein Sohn. Der schöne Körper der Squaw war leer, denn der Geist hatte ihn verlassen. Sie sprach von Tibo-taka, von Tibo-wete und wand sich Zweige um den Kopf. Auch von einem Wawa Derrick redete sie zuweilen. Wir wußten nicht, was sie damit meinte, und auch der Weiße, dessen Squaw sie war, sagte, daß er ihre Reden nicht verstehe. Sie wurden bei uns aufgenommen, als ob sie Bruder und Schwester der Wasaji seien; dann ging Raller wieder fort."

Matto Schahko machte hier eine Pause; ich benutzte sie, ihn zu fragen:

„Wie war das Verhalten der beiden Weißen zueinander? Ließ es auf Freundschaft oder nur auf gewöhnliche Bekanntschaft schließen?"

„Sie waren Freunde, solange sie glaubten, beobachtet zu sein; hielten sie sich aber für unbemerkt, so zankten sie sich."

„Hatte der Mann der Squaw vielleicht ein Merkmal oder ein Kennzeichen an seinem Körper?"

„Nein, aber der Offizier, der sich Raller nannte, hatte eins; es fehlten ihm zwei Zähne."

„Wo?" fragte ich rasch.

„Oben vorn, rechts und links einer."

„Ah, Etters!" rief ich aus.

„Uff! Das war Dan Etters!" ließ sich auch der sonst so stille Winnetou vernehmen.

„Etters?" fragte der Häuptling der Osagen. „Ich glaube nicht, diesen Namen je einmal gehört zu haben. Hat der Mann so geheißen?"

„Ursprünglich wohl nicht. Er war oder ist ein großer Verbrecher, der viele falsche Namen getragen hat. Wie wurde denn der andere, der verwundete Weiße von ihm genannt? Raller muß doch einen Namen genannt haben, wenn er mit ihm sprach oder ihn gar rief."

„Wenn sie einig waren, nannte er ihn Lo-teh; aber wenn sie glaubten, allein zu sein, und sich zankten, sagte er sehr oft zornig E-ka-mo-teh zu ihm."

„Ist das kein Irrtum? Hat der Häuptling der Osagen sich diese beiden Namen gut gemerkt? Haben sie sich während der langen Zeit, die inzwischen vergangen ist, nicht vielleicht in seinem Gedächtnis verändert?"

„Uff" rief er aus. „Matto Schahko pflegt sich die Namen von Menschen, die er haßt, so zu merken, daß sie ihm bis zu seinem Tod unverändert im Kopf bleiben."

Ich stemmte unwillkürlich den Ellbogen auf das Knie und legte den Kopf in die Hand. Es war mir ein Gedanke gekommen, kühn und doch so naheliegend; ich zögerte, ihn auszusprechen. Winnetou sah mich an, ließ ein Lächeln um seine Lippen gleiten und sagte:

„Meine Brüder mögen Old Shatterhand genau betrachten! Gerade so wie jetzt pflegt er auszusehen, wenn er eine wichtige Fährte entdeckt hat."

Ich war mir gar nicht bewußt, besonders geistreich dreingeschaut zu haben; ich weiß vielmehr, daß ich, wenn sich die Seele zum Nachdenken zurückzieht, eigentlich ein recht dummes Gesicht zu machen pflege. Dies mochte Dick Hammerdull auch finden, denn er sagte zu Winnetous Bemerkung:

„Es scheint gerade das Gegenteil der Fall zu sein: Mr. Shatterhand sieht aus, als ob er eine wichtige Spur nicht gefunden, sondern sie soeben ganz und gar verloren hätte. Meinst du nicht auch, Pitt Holbers, altes Coon?"

„Hm!" brummte der Lange, ergriff aber in seiner trockenen Weise meine Partei. „Wenn du denkst, daß dein Gesicht gescheiter aussieht als das seinige, so bist du der leibhaftige Hornfrosch, der sich für ein lebendiges Götterbild hält!"

„Schweig!" fuhr ihn der Dicke an. „Was verstehst denn du von den Göttern und ihren Bildern? Mich mit einem Hornfrosch zu vergleichen! Das ist eine Majestätsbeleidigung, für die du wenigstens zehn Jahre *Eastern penitentiary*[1] bekommen solltest!"

„Schweig du selbst!" entgegnete Pitt Holbers. „Die Majestätsbeleidigung wurde nicht von mir, sondern von dir begangen, als du das Gesicht Old Shatterhands mit dem deinigen verwechseltest. Nicht er, sondern du siehst geradeso aus, als ob du nicht nur eine Spur verloren, sondern überhaupt niemals eine gefunden hättest. Du bist zwar mein Freund, aber Mr. Shatterhand lasse ich auch von dir nicht ungestraft beleidigen!"

Ich belohnte ihn mit einem dankbaren Blick, obgleich ich Dick Hammerdull nicht ernst genommen hatte, und sagte, zu Winnetou und Matto Schahko gewandt:

„Ich befinde mich wahrscheinlich im Irrtum, aber es ist mir ein Gedanke gekommen, den ich nicht so ohne alle Prüfung von mir weisen möchte. Ich glaube nämlich jetzt zu wissen, was das geheimnisvolle Wort Tibo bedeutet. Es kommt dabei nur darauf an, daß der Häuptling der Osagen die beiden Na-

---

[1] Strenges Isoliergefängnis in Philadelphia

men, die er vorhin nannte, richtig behalten hat. Der erste hieß
Lo-teh. Es ist eine Eigentümlichkeit der Sprache Matto Schahkos, daß er den ersten Laut dieses Wortes halb wie L und halb
wie R aussprach. Wahrscheinlich hat er ‚Lothaire‘ gemeint, ein
Wort, das ein französischer Vorname ist."

„Ja, ja!" fiel der Osage ein. „So klang dieser Name, wenn er
von Raller ausgesprochen wurde."

„Gut! Dann bedeutet der zweite Name E-ka-mo-teh jedenfalls das französische Wort Escamoteur, das einen Juggler,
einen Taschenspieler bedeutet, der große Gewandtheit darin
besitzt, Gegenstände auf unbegreifliche Weise verschwinden
und wieder erscheinen zu lassen."

„Uff, uff, uff!" rief Matto Schahko aus. „Ich höre, daß Old
Shatterhand sich auf der richtigen Spur befindet!"

„Wirklich?" fragte ich erfreut. „Hat der verwundete Weiße
vielleicht damals die Osagen mit derartigen Künsten unterhalten?"

„Ja, das hat er getan. Er ließ alles, alles kommen und verschwinden, wie es ihm gefiel. Wir haben ihn für einen so großen Medizinmann gehalten, wie bei den roten Männern keiner
gefunden werden konnte. Alle Männer und Frauen, alle Knaben und Mädchen haben ihm mit Erstaunen, oft mit Entsetzen
zugesehen."

„Gut! So will ich den Häuptling der Apatschen an einen
Mann erinnern, von dem auch er erzählen hörte. Ich weiß, daß
in seiner und meiner Gegenwart von einem einst hochberühmten und dann plötzlich verschollenen Escamoteur erzählt worden ist, von dessen Kunststücken man behauptete, daß sie
nicht nur unvergleichlich, sondern geradezu unerreichbar seien.
Er wurde, wie Winnetou sich erinnern wird, nicht anders als
Mr. Lothaire, *the king of the conjurers,* genannt."

„Uff!" stimmte der Apatsche bei. „Von diesem haben wir
wiederholt erzählen hören, in den Forts und an den Lagerfeuern."

„Und weiß mein Bruder noch, weshalb dieser Mann verschwinden mußte?"

„Ja. Er hatte falsches Geld gemacht, sehr viel falsches Geld,
und, als er festgenommen werden sollte, zwei Polizisten nieder-
geschossen und einen verwundet."

„Nicht bloß das!" fiel da Treskow ein. „Ich kenne, wenn
auch nicht die Person, so doch den Fall genau; er wurde in Be-
amtenkreisen oft erwähnt, weil er höchst lehrreich für jeden
Polizisten ist. Dieser Lothaire hat sich nämlich der Verfolgung

wiederholt auf eine so geschickte Weise entzogen und dabei noch weitere Mordtaten verübt, daß sein Fall uns als Unterrichtsgegenstand zur Belehrung dienen mußte. Er stammte, ich weiß nicht mehr, aus welcher französischen Kolonie, wo er sich auch nicht mehr sehen lassen durfte. Wenn ich mich nicht irre, war er ein Kreole aus Martinique und ist zuletzt in Bents Fort oben am Arkansas gesehen worden."

„Das stimmt; das stimmt und wird noch besser stimmen lernen!" gab ich zu. „Lothaire war nur sein Vorname. Es kommt ja häufig vor, daß derartige Leute ihren Vornamen als Künstlernamen wählen. Sagt, Mr. Treskow, ist es Euch wohl möglich, Euch auf seinen vollständigen Namen zu besinnen?"

„Er hieß – er hieß – hm, wie hieß er nur? Es war auch ein echt französischer Name, und wenn – ach, jetzt fällt er mir ein! Er hieß Lothaire Thibaut und – *Zounds!* Da haben wir ja das Tibo, das, wie ich vorhin hörte, so lange vergeblich gesucht worden ist!"

„Ja, wir haben es! Taka ist der Mann und Wete die Frau; Thibaut Taka und Thibaut Wete sind Herr und Frau Thibaut. Die Frau des Medizinmannes sagte, wenn sie sich vollständig nannte: Tibo-wete-elen. Was hat dieses Elen zu bedeuten?"

„Sollte der Vorname Ellen gemeint sein?"

„Möglich. Wenn die Frau des Medizinmannes sich nicht in ihrem Wahnsinn mit einer anderen verwechselt, sondern die wirkliche Thibaut Wete Ellen ist, so ist sie eine getaufte Indianerin vom Stamme der Moqui."

„Warum der Moqui?"

„Weil sie auch von ihrem Wawa, das ist Bruder Derrick, spricht; Taka, Wete und Wawa aber sind Worte, die der Moqui-Sprache angehören. Thibaut Taka war ein berühmter Taschenspieler und verschwand bei den Indianern, weil er sich bei den Weißen nirgends mehr sehen lassen durfte. Ihm, dem geschickten Escamoteur, mußte es leicht sein, Medizinmann der Roten zu werden und bei ihnen großes Ansehen zu gewinnen."

„Aber die Farbe, die Indianerfarbe?"

„*Pshaw!* Für einen solchen Künstler eine Kleinigkeit! Ich bin jetzt beinahe überzeugt, daß Tibo-taka und Tibo-wete nicht Mann und Frau sind. Und sollten sie es dennoch sein, so möchte ich wenigstens behaupten, daß Apanatschka nicht der Sohn der beiden ist, wenigstens nicht der Sohn des Taschenspielers, von dem er auch nie als Sohn behandelt wurde."

Der Komantsche hatte unseren Folgerungen die größte Aufmerksamkeit geschenkt. Es verstand sich von selbst, daß ihm jedes Wort von höchster Wichtigkeit war. In seinem Gesicht wechselten die Ausdrücke widersprechender Gefühle. Daß der Medizinmann nicht sein Vater, ja, daß der ein Verbrecher sein sollte, berührte ihn weniger, als daß ich ihm auch die Mutter rauben wollte; ich sah, daß es ihn drängte, mir darin zu widersprechen, gab ihm aber einen wohlgemeinten Wink zu schweigen und wandte mich wieder an Matto Schahko:

„Wir haben den Häuptling der Osagen in seiner Erzählung unterbrochen und bitten ihn, jetzt fortzufahren. Der Weiße, der sich Raller nannte, hat den Vertrag, den er mit euch abschloß, nicht gehalten?"

„Nein, denn er war ein Betrüger wie alle Bleichgesichter, Old Shatterhand und nur noch einige ausgenommen. Die Krieger der Wasaji aber hielten ihm ihr Wort. Sie suchten die Jagdgruben auf, in denen sie ihre Felle und Pelze aufbewahrt hatten, und brachten sie ihm in das Lager."

„Wo befand sich das zu jener Zeit?"

„Am Fluß, den die Weißen den Arkansas nennen."

„Ah, und am Arkansas ist Thibaut zuletzt gesehen worden. Das stimmt auffällig. Waren es viele Häute?"

„Viele, sehr viele Pakete! Ein ganz großer Kahn wurde voll. Wir haben ihn dem Bleichgesicht aus Holzstangen und Fellen gebaut. Allein an Fuchspelzen waren es weit über zehn mal zehn Bündel, das Bündel zu zehn Dollar gerechnet, die anderen Felle, die zusammen noch viel mehr kosteten, gar nicht mitgezählt."

„Solch eine Menge? Er hat sie doch unmöglich weit fortschaffen können, sondern bald verkaufen müssen. Wohin wollte er sie bringen?"

„Nach Fort Dodge."

„Ah! Das liegt am Arkansas, wo ihn die große und sehr belebte Cimarron-Straße kreuzt. Da gibt es reichen Verkehr, und es sind stets Pelzhändler mit bedeutenden Kapitalien da, die solche Summen zu jeder Zeit bezahlen können. Aber es gibt da auch eine zahlreiche Garnison. Daß er sich überhaupt und nun gar mit der Ausführung eines solchen Betrugs dorthin wagte, war eine Frechheit, die ihresgleichen sucht. Es war sehr unvorsichtig von euch, ihm diese Waren anzuvertrauen. Ich vermute, daß ihr ihn nicht fortgelassen habt, ohne ihm Begleitung mitzugeben?"

„Old Shatterhand hat es erraten. Da er ein Abgesandter des großen Weißen Vaters war, glaubten wir, nicht unvorsichtig zu sein, wenn wir ihm Vertrauen schenkten. Wir mußten ihm

auch schon deshalb glauben und vertrauen, weil er uns selbst
aufforderte, ihn nach Fort Dodge zu begleiten, wo wir die Bezahlung in Waren ausgeliefert bekommen sollten."

„Wieviel Osagen bekam er mit?"

„Sechs; ich war selbst dabei."

„Hatten so viele Männer in dem Boot Platz? Wohl schwer-
lich!"

„Er nahm zwei Mann zur Hilfe beim Rudern mit in den
Kahn. Die anderen vier mußten zu Pferd dem Fluß folgen. Um
gleichen Schritt mit dem schnellschwimmenden Fahrzeug halten zu können, war es notwendig, die besten Pferde auszusuchen."

„Wie pfiffig ausgedacht! Ich bin überzeugt, daß er es auch
auf diese Pferde abgesehen hatte."

„Old Shatterhand hat auch hier das Richtige getroffen. Es
war zur Zeit, wo der Fluß viel Wasser und gute Strömung hat;
darum erreichte der Kahn das Fort einen Tag früher als wir mit
den Pferden. Wir kamen abends so spät an, daß wir kurz vor
Torschluß das Fort betraten; wir hatten zwei Männer bei den
Pferden draußen gelassen. Dann war das Tor zu, und wir durften nicht mehr hinaus. Raller gab uns zu essen und dazu so
viel Feuerwasser, wie wir haben wollten. Wir tranken, bis wir
einschliefen. Als wir erwachten, war es schon Abend des nächsten Tages. Raller war fort; der andere Weiße mit seiner
Squaw und dem Kind war fort; unsere Pferde waren auch fort
und mit ihnen die beiden Krieger, die sie hatten bewachen sollen. Als wir uns erkundigten, hörten wir, das Raller die Felle
schon vor unserer Ankunft verkauft und bezahlt bekommen
hatte. Sobald der Schlaf des Feuerwassers über uns gekommen
war, hatte er für sich und das andere Bleichgesicht mit Squaw
und Kind das Tor öffnen lassen und war dann nicht mehr gesehen worden. Nun war es wieder Nacht, so daß wir nicht
nach seiner Fährte suchen konnten. Wir waren sehr zornig und
verlangten unsere Felle, die noch in dem Kahn am Ufer lagen.
Die Soldaten und andere Bleichgesichter lachten uns aus. Als
wir hierauf noch mehr ergrimmten, wurden wir eingesperrt und
erst nach drei Tagen, an denen wir weder Essen noch Wasser
erhielten, wieder freigelassen. Die Spuren der Betrüger waren
nun nicht mehr zu sehen. Wir suchten dennoch und fanden die
Leichen der beiden Krieger, von denen die Pferde bewacht
worden waren, im Gebüsch des Flusses liegen. Sie waren vor
dem Fort erstochen und dann dorthin geschafft und versteckt
worden."

„Habt ihr diesen Mord im Fort gemeldet?"

„Wir taten es, aber man ließ uns nicht hinein; man drohte, uns sofort wieder einzusperren, falls wir es wagen sollten, durch das Tor zu schreiten. Der Jagdertrag eines vollen Jahres und eines ganzen Stammes war verloren; wir hatten zwei Krieger und die Pferde eingebüßt. Anstatt uns die erbetene Hilfe zu leisten, wollte die Obrigkeit der Weißen uns gefangennehmen. Raller, der Mörder und Betrüger, war kein Bote des Weißen Vaters gewesen, und weil wir keine Pferde hatten und eingesperrt gewesen waren, konnten wir ihm nicht folgen, um ihn zu bestrafen. Das ist die Gerechtigkeit der Bleichgesichter, die von Liebe, Güte, Frieden und Versöhnung reden und sich Christen, uns aber Heiden nennen! Jetzt weiß Old Shatterhand, was ich über Tibo-taka und Tibo-wete zu sagen habe."

Ich mußte mich als Weißer jeden Urteils über das, was er erzählt hatte, enthalten und konnte ihm nur die allgemeine, nichtssagende Antwort geben:

„Der Häuptling der Osagen hat bereits gehört, daß ich keine Rasse für besser als die andere halte; es gibt bei allen Völkern und in allen Ländern gute und böse Menschen. Hat Matto Schahko vielleicht später wieder eine Begegnung mit einem dieser beiden Bleichgesichter gehabt?"

„Nein. Seit jener Zeit habe ich heute die Namen Tibo-taka und Tibo-wete zum erstenmal wieder vernommen. Wir haben nach dem Mann mit den zwei Zahnlücken überall und unablässig geforscht, doch alle Nachfragen und Erkundigungen sind vergeblich gewesen. Es sind inzwischen weit über zwanzig Sommer und Winter vergangen, und so haben wir angenommen, daß er nicht mehr lebt. Sollte ihn aber der Tod noch nicht ergriffen haben, so bitte ich den großen Manitou, ihn in unsere Hände zu führen; denn Manitou ist gütig und gerecht, die Bleichgesichter aber sind es nicht, obgleich sie sich seine Lieblingskinder nennen."

Es trat eine lange Pause ein, denn keiner von uns Weißen fühlte sich imstande, die Anklage des Osagen zu entkräften oder gar zu widerlegen. Habe ich mich jemals in Verlegenheit befunden, so war es dann, wenn ich gezwungen war, die Vorwürfe, die der weißen Rasse von Angehörigen anderer Nationen gemacht wurden, schweigend hinzunehmen. Alles, was man dagegen sagen könnte, hat ja doch keinen Erfolg, wenigstens keinen augenblicklichen. Das Beste, was man hier tun kann, ist, durch den eigenen Lebenswandel den Beweis zu führen, daß derartige Anschuldigungen wenigstens die eigene Person nicht treffen. Wollte ein jeder so handeln, so würden sie gewiß und bald zum Schweigen kommen.

Das jetzt beendete Gespräch mußte von uns allen am meisten Apanatschka berührt haben. Er hatte wahrscheinlich viele Fragen und Entgegnungen vorzubringen, war aber infolge meines Winks so klug, zu schweigen. Es war Matto Schahko gegenüber nicht geraten, sein nahes Verhältnis zu Tibo-taka noch näher und ausführlicher in Erwähnung zu bringen, als es schon geschehen war. Ich fühlte ohnehin große Befriedigung darüber, daß der Osage nicht auf den Gedanken kam, sich nach dem Zusammenhang zwischen Tibo-taka und dem Medizinmann der Komantschen zu erkundigen.

Was Raller, den angeblichen Abgesandten des „großen Weißen Vaters", betraf, so wollte sich in mir eine Ahnung geltend machen, deren Berechtigung mir allerdings zweifelhaft erschien. Als Matto Schahko davon sprach, daß Raller sich für einen Offizier ausgegeben hatte, war mir nämlich Douglas, der „General", eingefallen. Es gab keinen stichhaltigen Grund, diese Personen in so nahe Beziehung zueinander zu bringen. Sie waren beide Verbrecher; sie hatten sich unberechtigterweise einen militärischen Grad beigelegt; das war alles, und lange noch nicht genug, um annehmen zu können, daß sie ein und dieselbe Person seien, und doch wurden sie in meinem Innern, in meiner Vorstellung nach und nach so zusammengewoben, daß sie schließlich nicht mehr zwei Figuren, sondern eine einzige bildeten. Das Seelenleben des Menschen ist ja reich an geheimnisvollen Gesetzen, Kräften und Erscheinungen, deren Wirkungen wir oft achtlos an uns vorübergehen lassen; aber wer so viel bei seinen Büchern gesessen und getüftelt hat wie ich, wer so viele Nächte unter dem Dach des Urwalds oder unter dem Himmel der Wüste, der Savanne lag und tiefe Einkehr in sich hielt, der lernt, auf die Regungen und Stimmen seines Innern aufmerksam zu sein, und schenkt ihnen gern das Vertrauen, das sie verdienen.

Daß ich mit allen diesen Personen und Verhältnissen Old Surehand in Beziehung, und zwar in die engste Beziehung, brachte, versteht sich von selbst. Jedenfalls war er es, der im Mittelpunkt des Geheimnisses stand und den Schlüssel dazu, jetzt noch ohne es zu wissen, in Händen hielt. Darum nahm ich mir vor, meine Ahnungen noch für mich zu behalten und sie erst nach unserem Zusammentreffen mit ihm auszusprechen. Diesen Gedanken hing ich, als wir uns zur Ruhe gelegt hatten, noch lange nach, ehe ich einschlief. Früh dann, beim Aufbruch, waren sie fest in mir geworden, und ich legte mir nur noch die eine Frage vor, wer unter Wawa Derrick gemeint sein könne.

Es war eine vollständig baum- und strauchlose Gegend, durch die wir nun kamen. Wir befanden uns zwischen dem Nord- und Südarm des Solomon River auf einer mit Büffelgras bewachsenen Prärie.

Am Nachmittag kamen wir dem Südarm näher und sahen da einen einzelnen Reiter, der weit vor uns quer über unsere Richtung aus Norden kam. Wir hielten sofort an und stiegen ab, um uns von ihm nicht sehen zu lassen; aber er hatte uns schon bemerkt und hielt auf uns zu. Darum saßen wir wieder auf und ritten ihm entgegen.

Als wir uns ihm so weit genähert hatten, daß wir ihn deutlich erkennen konnten, stellte es sich heraus, daß er ein Weißer war. Er stutzte und hielt an, als er entdeckte, daß unser Trupp aus Leuten von zweierlei Farbe bestand; denn das ist stets geeignet, Verdacht zu erwecken. Das Gewehr schußfertig in den Händen, sah er uns entgegen. Als wir uns ihm bis auf ungefähr dreißig Pferdelängen genähert hatten, hob er das Gewehr und forderte uns auf zu halten, widrigenfalls er schießen werde. Diese Drohung war etwas für unseren dicken Hammerdull; er trieb ihr zum Trotz seine Stute weiter und rief dabei dem Fremden lachend zu:

„Macht keine dummen Witze, Sir! Oder solltet Ihr Euch wirklich einbilden, daß wir uns vor Eurer Gartenspritze fürchten werden? Tut sie weg und seid gemütlich, denn wir sind es auch!"

Das volle Gesicht des Kleinen strahlte allerdings eine herzliche Freundlichkeit aus, der weder der Reiter noch sein Pferd widerstehen konnten; denn dieses ließ ein vergnügtes Wiehern hören, und er antwortete, während er sein Gewehr sinken ließ:

„Diesen Gefallen kann ich Euch schon tun. Übrigens bilde ich mir über euch vorläufig gar nichts ein, weder etwas Gutes noch etwas Böses, obgleich ihr zugeben werdet, daß ich allen Grund habe, Verdacht gegen euch zu hegen."

„Verdacht? Warum?"

„Weiße und Rote gehören nicht zusammen, und wenn man sieht, daß diese zwei Farben sich einmal vertragen, hat man gewöhnlich die Kosten dieses Schauspiels zu bezahlen."

„Vertragen? Seht Ihr denn nicht, daß einer der Indianer gefangen ist?"

„Um so schlimmer, daß ihr den anderen nicht auch einige

Riemen angelegt habt. Der Gefangene scheint eine Leimrute zu sein, an der man klebenbleiben soll!"

„Ob Ihr klebenbleibt oder nicht, das bleibt sich gleich; aber los kommt Ihr nicht. Wir wollen wissen, wer Ihr seid und zu welchem Zweck Ihr Euer Pferd hier in dieser alten Prärie spazierenreitet."

„Spazieren? Danke! Es war kein angenehmer Ritt, den ich hinter mir habe. Aber ehe ich euch Bescheid gebe, will ich erst wissen, wer ihr seid!"

„Ah so! Bin sofort bereit, Euch gehorsamst zu Diensten zu stehen!" Und mit der Hand der Reihe nach auf sich und uns zeigend, fuhr er fort: „Ich bin der Kaiser von Brasilien, wie Ihr mir ja gleich angesehen haben werdet. Der ungefesselte Indianer hier ist einer der Heiligen Drei Könige aus dem Morgenland, von denen bekanntlich der erste weiß, der zweite rot und der dritte schwarz gewesen ist; dieser hier wird also wohl der zweite sein. Der Mann mit dem großen und dem kleinen Gewehr" — er deutete dabei auf mich — „ist Bileam, der Euch wohl bald zum Sprechen bringen wird. Der Weiße neben ihm" — er meinte Treskow — „ist ein verwunschener Prinz aus Marokko, an dessen Seite Ihr seinen Hofnarren seht . . ."

Da er bei dem Wort Hofnarr auf Pitt Holbers zeigte, fiel ihm dieser kräftig in die Rede:

„Halt den Schnabel, alte Spottdrossel! Du gebärdest dich ja, als ständest du vor einer Menagerie, deren Bestien du diesem Fremden zeigen müßtest!"

„Ob Bestien oder nicht, das bleibt sich gleich, wenn ich nur etwas zu zeigen habe. Meinst du etwa, Pitt Holbers, altes Coon, daß ich ihm eure Namen nennen soll? Da kennst du weder mich noch die Gesetze des Westens. Er ist allein; wir sind ein ganzer Trupp. Also hat er immer zuerst zu antworten, nicht aber wir, und wenn er das nicht augenblicklich tut, renne ich ihm mein Gewehr in den Leib oder reite ihn einfach über den Haufen."

Er meinte das natürlich nur im Scherz. Mochte nun der Fremde dies so nehmen oder nicht, er warf einen verächtlichen Blick auf die alte, haarlose Stute Hammerdulls und ließ ein lautes Lachen hören.

„*Lack-a-day!* Mit dieser Pfefferkuchenziege soll ich umgeritten werden? Der würden doch sofort alle Knochen auseinanderfallen! Versucht es doch einmal! *Come on!*"

Der Dicke hielt so große Stücke auf sein Pferd, daß ihn nichts so schnell in Harnisch bringen konnte, wie wenn man sich über dessen häßliches Äußere lustig machte. So auch hier. Seine gute Laune war wie weggeblasen, und kaum hatte der Fremde die Aufforderung ausgesprochen, so ertönte die zornige Antwort:

„Sogleich, sogleich! *Go on!*"

Die Stute hörte das bekannte Wort; sie fühlte den Schenkeldruck und die Zügelhilfe und gehorchte augenblicklich. Sie rannte mit einem Satz, den ihr jeder, der sie nicht kannte, nie zugetraut hätte, das Pferd des Fremden an, das zunächst ins Straucheln kam und nach einem zweiten Angriffssprung der Stute sich hinten niedersetzte. Das geschah so rasch und unerwartet für den Reiter, daß er, ohne Zeit zum Ausweichen zu finden, die Bügel verlor und aus dem Sattel flog. Nun war die Reihe zu lachen an Dick Hammerdull. Er warf seine kurzen, dicken Arme triumphierend in die Luft und rief:

„*Heigh-day!* Da fliegt er hin, der Pfefferkuchenmann! Wenn er nur nicht zerbrochen ist! Hat das die alte Ziege nicht gut gemacht, Pitt Holbers, altes Coon?"

Der Lange antwortete mit seinem gewöhnlichen Gleichmut:

„Wenn du denkst, daß sie dafür einen Sack voll Hafer verdient hat, so magst du recht haben, lieber Dick."

„Ob Hafer oder nicht, das bleibt sich gleich; es gibt hier leider nur Gras zu fressen!"

Der Fremde rappelte sich empor, hob sein Gewehr auf, das ihm entfallen war, und stieg mißmutig wieder in den Sattel. Um aus dem derben Scherz nicht völlig Ernst werden zu lassen, richtete nun ich selbst das Wort an ihn:

„Ihr seht, es kann selbst dem besten Cowboy einmal geschehen, daß er ein fremdes Pferd unter- und das seinige überschätzt. Ganz ebenso scheint Ihr Euch auch in den Reitern geirrt zu haben. Daß ein Roter unser Gefangener ist, gibt für Euch keinen Grund, uns für Leute zu halten, denen Ihr nicht trauen dürft. Wir sind ehrliche Westmänner, und da wir wissen, daß dort oben im Norden, woher Ihr kommt, sich Tramps herumtreiben, die wir vermeiden wollen, so möchten wir so ungefähr wissen, wer und was Ihr seid."

Daß er ein Cowboy war, sagte mir seine Kleidung und Ausrüstung. Er antwortete jetzt bereitwillig:

„Diese Tramps sind es eben, derentwegen ich euch mißtraute und eigentlich noch jetzt mißtrauen muß."

„Hm, mag sein! Ich hoffe, Euer Vertrauen sogleich zu gewinnen, falls Euch nämlich der Name Winnetou nicht unbekannt ist."

„Winnetou? Wer sollte diesen Namen nicht kennen!"

„Wißt Ihr, wie er gewöhnlich gekleidet und bewaffnet ist?"

„Ja. Er geht in Leder, mit einer Saltillo-Decke um die Hüften, das Haar lang herab, und die Silberbüchse an . . ."

Er hielt inne, musterte den Apatschen einen Augenblick, schlug sich dann mit der Hand an die Stirn und rief:

„Wo hatte ich doch nur meine Augen! Das ist er ja selbst, der berühmte Häuptling der Apatschen! Nun ist ja alles gut. Ihr anderen mögt meinetwegen sein, wer ihr wollt. Wo Winnetou dabei ist, da gibt es nur Ehrlichkeit und keine Schelmerei. Jetzt weiß ich, daß ich euch alles sagen darf, was ihr von mir wissen wollt. Ich bin nämlich bedienstet auf Harbours Farm und heiße Bell."

„Wo liegt diese Farm?"

„Zwei Meilen südwärts von hier am Fluß."

„Die kann erst seit kurzem gegründet sein. Früher hat. es keine da gegeben."

„Das ist richtig. Harbour ist erst seit zwei Jahren hier."

„Er muß ein mutiger Mann sein, daß er es gewagt hat, sich in dieser Einsamkeit niederzulassen."

„Auch wieder richtig. Wir fürchten uns nicht. Mit den Indsmen sind wir bisher fertig geworden; die Tramps aber sind ernster zu nehmen. Als wir hörten, daß sich eine solche Schar oben am North Fork herumtreibt, bin ich hingeritten, um zu erfahren, was sie vorhaben. Ich weiß jetzt, daß wir uns nicht zu sorgen brauchen, denn sie haben es auf Nebraska abgesehen. Wollt ihr heute noch weit, Mesch'schurs?"

„Wir reiten noch eine Stunde, ehe wir an einer passenden Stelle Lager machen."

„Wollt ihr denn nicht lieber auf unserer Farm einkehren, als daß ihr im Freien bleibt?"

„Wir kennen den Besitzer nicht."

„Ich sage euch, er ist ein Gentleman durch und durch und dazu ein großer Verehrer von Winnetou, den er schon einigemal gesehen hat. Er erzählt oft von ihm und von Old Shatterhand, die mit ihren beiden herrlichen Rappen . . ."

Er hielt wieder inne, warf einen Blick auf mein Pferd, das er noch gar nicht beachtet zu haben schien, und fuhr dann schnell und in freudigem Ton in seiner Rede fort:

„Da spreche ich von Old Shatterhand und sehe einen Rappen, der dem Winnetous gleicht wie ein Ei dem anderen! Ihr habt zwei Gewehre, Sir. Am Ende den Bärentöter und den Henrystutzen? Ihr seid wohl gar Old Shatterhand?"

„Allerdings."

„Dann, Sir, dann müßt Ihr meine Bitte erfüllen und mit mir zu Harbour kommen! Ihr glaubt gar nicht, welche Freude ihr ihm und seinen Leuten damit machen würdet! Ein Nachtlager in einer Farm ist doch jedenfalls angenehmer als eins auf offener Prärie und unter freiem Himmel. Eure Pferde finden ein gutes Futter, das sie vielleicht nötig haben, und ihr, na, ihr werdet auch ein besseres Essen haben, als ihr da in der Savanne finden könnt."

Der Mann bat so herzlich; seine Einladung war ehrlich gemeint, und er hatte recht. Unseren Pferden war ein kräftiges Körnerfutter zu gönnen, und uns bot die Farm Gelegenheit, unseren fast auf die Neige gegangenen Mundvorrat ebenfalls zu erneuern.

Ich warf Winnetou, um seine Ansicht kennenzulernen, einen fragenden Blick zu; er antwortete mit einem Senken der Augenlider und richtete dann seinen Blick auf den Osagen. Ich verstand diese stumme Weisung und sagte zu dem Cowboy:

„Ihr seht, daß wir einen Gefangenen haben. Es ist uns von großer Wichtigkeit, daß er uns nicht entkommt. Können wir darauf rechnen, daß man auf der Farm nichts unternehmen wird, ihn zu befreien?"

„Ich versichere Euch, Sir", antwortete er, „daß er euch bei uns genau so sicher ist wie im tiefsten Verlies einer alten Ritterburg! Und eure Ankunft wird den heutigen Tag zum Festtag für Mr. Harbour machen."

Wir standen also im Begriff, die Stelle, an der wir gehalten hatten, wieder zu verlassen. Matto Schahko war mit den Füßen an sein Pferd gebunden, konnte es aber mit den Händen lenken, weil wir ihm die Arme freigelassen hatten. Er hielt es zurück und zögerte, uns zu folgen. Über den Grund zu diesem Verhalten befragt, erklärte er uns:

„Der Häuptling der Wasaji wünscht Old Shatterhand und Winnetou etwas zu sagen, bevor wir weiterreiten."

„Er mag sprechen!" forderte ich ihn auf.

„Ich weiß, ihr trachtet mir nicht nach dem Leben, sondern werdet mich freilassen, sobald wir so weit geritten sind, daß es mir unmöglich wird, schnell heimzukehren und euch mit meinen Kriegern zu verfolgen. Ich habe Numbeh grondeh den Befehl über die Söhne der Wasaji erteilt, weil ich nicht wollte, daß sie euch folgen sollten. Er war gegen den Kampf und gegen den Überfall auf die Bleichgesichter; daß ich gerade ihm den Befehl überlassen habe und ihm dabei sagen ließ: ‚er werde schon wissen, was er zu tun habe', wird ihn meinen Willen erraten lassen, daß er von allen Feindseligkeiten absehen soll. Werden Old Shatterhand und Winnetou mir diese meine Worte glauben?"

„Wir schenken dir weder Vertrauen noch Mißtrauen; wir werden dich prüfen. Ein Feind wird nicht so schnell zum Freund!"

„So hört, was ich euch jetzt noch sage! Wenn ich jetzt die Freiheit von euch zurückerhielte, ich würde doch nicht von euch gehen."

„Uff!" antwortete Winnetou.

„Der Häuptling der Apatschen mag sich wundern; es ist doch so, wie ich gesprochen habe: ich würde wirklich mit euch weiterreiten. Es wurde gestern abend gesagt, Tibo-taka sei jetzt Medizinmann der Naiini. Ich habe dazu geschwiegen, um darüber nachzudenken. Heute bin ich zum Entschluß gekommen: ich werde mit euch reiten, auch wenn ich frei geworden bin, denn ich will mir die Freundschaft von Apanatschka, dem Häuptling der Komantschen, erwerben."

„Warum das?"

„Wenn er mein Freund geworden ist, wird er mir behilflich sein, den Medizinmann der Naiini in meine Hand zu bekommen."

Da warf Apanatschka die Hand wie zum Schwur empor und rief aus:

„Nie werde ich das tun, niemals!"

Ich streckte meine Hand gegen ihn aus und rief in demselben Ton:

„Du wirst es tun!"

„Niemals!" behauptete er. „Ich hasse ihn, aber er ist mein Vater!"

„Er ist es nicht."

„So ist doch seine Squaw meine Mutter!"

„Wer weiß? Du bist ein geraubtes Kind. Tibo-taka und Etters sind die Räuber; das steht bei mir fest. Ich glaube, Tibowete ist mitschuldig an dem Raub. Gern bin ich bereit, mit dir und dem Häuptling der Osagen zu den Naiini zu reiten, um endlich den Medizinmann dieser Indianer zu entlarven. Jetzt wollen wir nicht mehr darüber sprechen, sondern lieber weiterreiten!"

Der Cowboy setzte sich als Führer an unsere Spitze, und wir folgten ihm. Schon nach einer halben Stunde ersahen wir aus dem kräftigeren Pflanzenwuchs, daß wir uns dem Fluß näherten. Sträucher und Bäume traten auf, erst vereinzelt, dann in Gruppen, zwischen denen Rinder, Pferde und Schafe weideten. Wir erblickten sogar mehrere große Maisanpflanzungen und andere Felder, und dann lag das Gebäude vor uns, das uns heute beherbergen sollte.

Als ich es sah, wäre ich, einer unbestimmten Regung folgend, am liebsten umgekehrt. Es lag da, ganz ähnlich wie Fenners Farm, nur sehr viel westlicher und an einem anderen Fluß. In Fenners Farm hatte mir der Tod gedroht, und hier durchfuhr mich ein, ich möchte sagen, warnendes Empfinden, das mich, wenn ich ihm gehorchen wollte, am Betreten des Hauses hindern mußte. Ich schrieb die Schuld der gleichen Lage der Farmen zu. Wenn man an einem Ort etwas Unangenehmes erlebt oder gar eine Gefahr bestanden hat und kommt dann an einen anderen Ort, der dem ersten ähnlich sieht, so ist es freilich begreiflich, wenn da infolge der bösen Erinnerung ein Gefühl aufsteigt, das zur Umkehr mahnt.

Bell, der Cowboy, war uns eine Strecke vorausgeritten, um unsere Ankuft anzumelden. Darum fanden wir den Besitzer der Farm zu unserem Empfang bereit. Seine Familie bestand aus ihm, seiner Frau, drei Söhnen und zwei Töchtern, lauter kräftigen, sehnigen Hinterwaldsgestalten, denen man es ansah, daß sie sich vor einigen Indianern nicht zu fürchten brauchten. Wir merkten es diesen sieben Personen an, daß wir ihnen wirklich willkommen waren. Ihre Freude war aufrichtig und hatte sich auch den Hands[1] mitgeteilt, die vor dem Haus standen, neugierig, den berühmten Häuptling der Apatschen kennenzulernen.

Die Farm glich mehr einer südlichen Hazienda, nur daß sie ganz aus Holz gebaut war; Steine sind am Solomon River eine Seltenheit. Die weite, aus starken, hohen Planken bestehende Umzäunung schloß einen großen Raum ein, an dessen Nordseite das Wohnhaus stand. Die Südseite war zum Schutz für das Vieh mit einem Dach versehen. An den beiden anderen Seiten lagen die einfachen Wirtschaftsbauten und die Aufenthaltsräume für das Gesinde und die gewöhnlichen Gäste. Außerhalb der Umzäunung gab es einige Korrals für die Pferde, Rinder und Schafe, dabei einen besonderen für die Reitpferde Harbours und seiner Familienmitglieder. In dieser Umfriedung wurden auch unsere Pferde untergebracht und auf Winnetous und meinen Wunsch von zwei Peons[2] bewacht. Wir wollten sie der Gefahr, gestohlen zu werden, nicht aussetzen, der sie auf Fenners Farm kaum entgangen waren. Das Wohn-

[1] Dienerschaft   [2] Pferdeknechte

haus bestand aus drei Räumen. Die eine, vordere Hälfte, die über die ganze Breite des Hauses, die Tür abgerechnet, ging, umschloß das Wohnzimmer. Es hatte drei Fenster, die mit Glasscheiben versehen waren. Die Möbel waren mit eigener Hand einfach und dauerhaft hergestellt. Jagdtrophäen und Waffen hingen rundum an den Wänden. Die hintere Breite des Hauses nahmen dann die Küche und die Schlafstube ein, die an uns abgetreten werden sollte. Wir nahmen das aber nicht an und erklärten, uns später bei offenen Fenstern im Wohnzimmer niederlegen zu wollen.

Nachdem der herzliche Empfang vorüber war und die Peons die Pferde unter unseren Augen in dem erwähnten Korral untergebracht hatten, erforderte es unsere Sicherheit, zu fragen, ob außer den Bewohnern der Farm noch andere Leute anwesend seien. Der Besitzer gab uns zur Antwort:

„Es kam vor einer Stunde ein Arzt mit einer Kranken an, die er nach Fort Wallace zu begleiten hat."

„Woher kommen sie?" erkundigte ich mich.

„Aus Kansas City. Sie leidet an einem unheilbaren Übel und will zu ihren Anverwandten zurück. Ihre Krankheit ist krebsartig und hat das Gesicht so zerstört, daß sie einen dichten Schleier tragen muß. Sie kamen ohne Begleitung auf zwei Pferden mit einem Packpferd."

„So ist der Arzt entweder ein sehr kühner oder ein sehr unvorsichtiger Mann. Ich bedaure die Dame, eine so lange Reise im Sattel zurücklegen zu müssen. Es gibt doch andere Gelegenheiten!"

„Das sagte ich dem Arzt auch, aber er antwortete mir ganz richtig, die häßliche und jeden Mitreisenden abstoßende Krankheit seiner Pflegebefohlenen habe ihn leider zu diesem einsamen Ritt gezwungen."

„Dagegen gibt es freilich nichts zu sagen. Wann wollen sie fort?"

„Morgen früh. Sie waren beide sehr ermüdet, haben schnell etwas gegessen und sich dann in das Seitenhaus führen lassen, um zu schlafen. Ihre Pferde sind hinten im Hof untergebracht worden."

Da vor dem Haus keine Sitze angebracht waren, gingen wir in die Stube, wo uns schnell ein tüchtiges Essen aufgetragen wurde. Der Wirt nebst Frau und Kindern mußten sich zu uns setzen, und während wir aßen, kam bald eine Unterhaltung von der Art zustande, die man mit dem Wort Lagerfeuergespräch zu bezeichnen pflegt. Der Häuptling der Osagen saß mit bei uns, zwischen Winnetou und mir, und zwar als einstweilen freier Mann, denn wir hatten ihm alle Fesseln abgenommen. Er nahm das mit stolzem Dank als einen Beweis unseres Vertrauens hin, und ich war überzeugt, daß er uns keine Veranlassung geben werde, diese Maßregel, mit der freilich Treskow nicht einverstanden war, zu bereuen.

Als es draußen dunkel zu werden begann, wurde eine große Lampe angezündet, die den ganzen, ausgedehnten Raum erleuchtete. Und wie überall traulicher Lampenschein die Lippen öffnet und die Zungen löst, so wurde auch unser Gespräch von Viertelstunde zu Viertelstunde angeregter. Es wurden Erlebnisse und Begebenheiten erzählt, die der geistreichste Schriftsteller sich nicht ersinnen könnte, denn das Leben ist und bleibt der phantasiereichste Dichter. Besonders war es wieder Dick Hammerdull, der durch seine drastische Darstellungsweise uns alle zum Lachen zwang; das konnte aber die eine, große Lücke nicht schließen, auf deren Ausfüllung der Farmer und seine Angehörigen vergeblich hofften: sie wünschten, daß auch Winnetou etwas aus seinem reichbewegten Leben erzählen möge, doch fiel es dem schweigsamen Apatschen nicht ein, zur bloßen Unterhaltung anderer die Rolle des Erzählers zu übernehmen. Zwar war ihm auch die Gabe der Rede im höchsten Grade verliehen, aber er schöpfte nur dann aus diesem reichen Quell, wenn es die Notwendigkeit erforderte und es sich um Wirkungen handelte, die außer ihm kein anderer zu erzielen vermochte. Dann aber war seine bilderreiche, gewaltige Rede mit einem mächtig dahinbrausenden Strom zu vergleichen, der jede andere Logik mit sich fortriß.

Auch Harbour erzählte sehr fesselnd. Er war in früherer Zeit weit in den Staaten herumgekommen, hatte viel Seltsames erlebt und endlich nach langem Hoffen sein Glück durch eine gelungene und, wie ich hinzufüge, ehrliche Spekulation gemacht. Hierauf war er so klug gewesen, das abenteuerliche Leben aufzugeben und sich zunächst versuchsweise anderwärts und vor zwei Jahren endgültig hier am Solomon River ein festes Heim zu gründen.

Was mir am meisten an ihm gefiel, das war sein heiteres, festes Gottvertrauen, das ihn überallhin begleitet hatte und nie von ihm gewichen war. Ebenso freute es mich von ihm, daß er nicht die hier landläufige Ansicht über die indianische Rasse hatte. Er brachte zahlreiche Beispiele von roten Männern, deren Charakter und Lebensführung jedem Weißen hätten als Muster dienen können.

Und als Treskow dennoch behauptete, daß die Indianer unfähig zur Zivilisation seien, wurde er zornig und richtete die allerdings schwerwiegende Frage an ihn:

„Was versteht Ihr denn eigentlich unter Zivilisation? Sagt mir doch einmal, was sie dem roten Mann gebracht hat! Etwas Gutes bestimmt nicht; das liegt auf der Hand. Nein, ich mag nichts von einer Zivilisation wissen, die sich nur von Länderraub ernährt und im Blut watet! Wir wollen da gar nicht etwa nur von der roten Rasse reden, o nein! Schaut in alle Erdteile, mögen sie heißen, wie sie wollen! Wird da nicht überall und allerwärts gerade von den Zivilisiertesten der Zivilisierten ein fortgesetzter Raub, ein gewaltiger Länderdiebstahl ausgeführt, durch den Reiche gestürzt, Nationen vernichtet und Millionen und aber Millionen von Menschen um ihre angestammten Rechte betrogen werden? Und das alles im Namen der Zivilisation, des sogenannten Fortschritts! Ist es da ein Wunder, daß die unterdrückten und entrechteten Völker für solche Segnungen danken?"

Der wackere Farmer lehnte sich in seinen Stuhl zurück und schwieg. Niemand wagte es, auch nur eine Silbe der Entgegnung vorzubringen. Der erste, der die eingetretene Stille unterbrach, war mein sonst so zurückhaltender Winnetou. Er griff nach der Hand Harbours, um sie herzlich zu drücken, und sagte:

„Mein weißer Bruder hat genau die Worte gesprochen, die in meiner Seele zu lesen sind. Seine Rede war die Rede eines wahren Priesters der Christen. Aus welcher Quelle hat er die Gedanken geschöpft, die leider die Gedanken nur weniger Bleichgesichter sind? Ich bitte ihn, mir dies zu sagen!"

„Dieser Quell entsprang dem Herzen nicht eines weißen, sondern eines roten Mannes, der allerdings ein Priester und Verkünder des wahren Christentums war. Von allen weißen Lehrern und Rednern, die ich hörte, kann sich kein einziger mit ihm vergleichen. Ich traf ihn zum erstenmal in Arizona am Rio Puerco. Die Navajos hatten mich gefangengenommen und für den Marterpfahl bestimmt; da erschien er unter ihnen und richtete eine so gewaltige Rede an sie, daß sie mich freigaben, als seine letzten Worte kaum verklungen waren. Er war ein großer Geist und auch an Körper ein wahrer Goliath, der sich selbst vor dem Grauen Bären nicht fürchtete."

„Uff! Das ist kein anderer Mann als I-kwehtsi'pa gewesen!"

„Nein. Der Häuptling der Apatschen wird sich irren. Er wurde von den Navajos Sikis-sas genannt."

„Das ist derselbe Name. Er war ein Moqui, und die zwei Namen bedeuten in beiden Sprachen dasselbe, nämlich Großer Freund. Von den Weißen in Neu-Mexiko und anderen spanisch sprechenden Leuten wurde er Padre Diterico genannt."

„Das stimmt; das stimmt! Also Winnetou hat ihn auch gekannt?"

„Nein. Aber Intschu tschuna, mein Vater, war sein Freund und hat mir oft von ihm erzählt. Seine Seele gehörte dem großen, guten Manitou, sein Herz der unterdrückten Menschheit und sein Arm jedem weißen oder roten Mann, der sich in Gefahr befand oder sonst der Hilfe bedurfte. Seine Augen strahlten nur Liebe; seinem Wort konnte kein Mensch widerstehen, und alle seine Gedanken waren nur darauf gerichtet, Glück und Heil um sich her zu verbreiten. Er war Christ geworden und hatte zwei Schwestern, die er auch zu Christinnen machte. Der gütige Manitou hatte diesen Schwestern große Schönheit verliehen, und viele, viele Krieger setzten ihr Leben daran, sich ihre Liebe zu erringen, doch war das stets vergeblich. Die ältere wurde Tahua[1] und die jüngere Tokbela[2] genannt. Sie waren einst mit ihrem Bruder verschwunden, ohne daß jemand wußte wohin, und kein Mensch hat sie jemals wiedergesehen."

„Kein Mensch, wirklich keiner?" fragte der Farmer.

„Keiner!" antwortete Winnetou. „Mit dem ‚Himmel' und der ‚Sonne' gingen die Hoffnungen der roten Krieger verloren, und in I-kwehtsi'pa ist dem Christentum ein Prediger verschwunden, wie es von einem Meer bis zum anderen kaum wieder einen gegeben hat. Er war ein Freund und Bruder, ein treuer Berater von Intschu tschuna, meinem Vater. Dieser hatte ihn tief in sein Herz geschlossen und hätte viel darum gegeben und gewiß sein Leben dafür gewagt zu erfahren, was für ein Unfall die drei Geschwister hinweggerafft hat; denn nichts anderes als ein Unglück kann schuld daran sein, daß sie verschwunden und nicht wiedergekehrt sind."

Der Farmer war den Worten Winnetous mit großer, auffälliger Aufmerksamkeit gefolgt; jetzt fragte er:

„Wenn der frühere Häuptling der Apatschen so große Opfer dafür gebracht hätte, würde auch der jetzige dazu bereit sein?"

„Ja, ich bin bereit, im Namen und im Geist meines Vaters zu handeln, dessen Seele den Großen Freund liebte."

„So ist es ein wunderbarer, glücklicher Zufall, der Winnetou

[1] Sonne   [2] Himmel, beides Moquisprache

heute zu mir führte. Ich bin nämlich imstande, Auskunft zu erteilen."

Um die große Wirkung dieser Worte zu bezeichnen, brauche ich nur zu sagen, daß Winnetou, dieses Muster von Ruhe und Beherrschung aller seiner Regungen, von seinem Stuhl nicht etwa aufstand, sondern aufschnellte, wie von einer Spannfeder emporgetrieben, und wie atemlos ausrief:

„Auskunft geben? Über I-kwehtsi'pa, über Padre Diterico, den wir alle verloren glaubten? Ist das wahr? Ist das möglich? Das kann nur auf einem Irrtum, einer Täuschung beruhen!"

„Es ist keine Täuschung. Ich kann sichere Auskunft erteilen, aber leider keine so erfreuliche, wie ich wohl wünschte. Er lebt nicht mehr."

„Uff! Er ist tot?"

„Ja. Er wurde ermordet. Sonst weiß ich nichts von allem, was zwischen seinem Verschwinden und seinem Tod geschehen ist; ich kann nicht einmal sagen, wie er ermordet wurde, und wer sein Mörder ist."

Da gab sich Winnetou einen Ruck, daß sein hinten lang herabfallendes, prächtiges Haar nach vorn über seine Achsel flog und ihm wie ein Schleier das Gesicht bedeckte.

„Uff, uff!" ertönte es aus diesem Schleier heraus. „Ermordet ist er worden, ermordet! Ein Mörder hat uns um das kostbare Leben I-kwehtsi'pas gebracht! Beweise es!"

Der Apatsche warf sein Haar jetzt mit beiden Händen nach hinten zurück. Seine Augen glühten, und sein Mund war sehr weit geöffnet, als wollte er die Antwort des Farmers förmlich trinken.

„Ich habe sein Grab gesehen", sagte dieser. „Hört mir zu!"

Winnetou sank langsam in den Stuhl zurück und holte laut und tief Atem.

Harbour nahm einen Schluck aus der Teetasse, die er vor sich stehen hatte und erkundigte sich:

„Ist der Häuptling der Apatschen schon einmal oben in dem Park von San Luis gewesen und ist ihm die Gegend der Foam Cascade bekannt?"

„Ja."

„Kennt er den lebensgefährlichen Bergpfad, der von da aus nach dem Devils Head führt?"

„Ich kenne weder den Weg noch das Devils Head, werde aber beides gewiß finden. Howgh!"

„Dort oben war es, wo ich den Entschluß faßte, dem Wilden Westen und dem wilden Leben zu entsagen. Ich war verheiratet und hatte schon meine beiden ältesten Boys hier, die damals freilich noch unwichtige kleine Kerle waren. Auch hatten wir unser gutes Auskommen; aber wen das Leben des Westens einmal gepackt hat, den gibt es nicht leicht wieder her, und so kam es, daß ich Frau und Kinder verließ – Gott sei Dank, zum letztenmal! – und mich einigen Männern anschloß, die hinauf zum Colorado wollten, um dort nach Gold zu prospekten[1]. Wir kamen auch glücklich hinauf, aber je weiter, desto mehr sehnte ich mich nach Weib und Kindern zurück. Ich sah jetzt ein, daß es nicht dasselbe ist, ob man als lediger oder als verheirateter Mann dort im Gebirge herumklettert und sich auf hundert Gefahren gefaßt machen muß. Wir waren ursprünglich vier Mann gewesen, aber nur zu dritt hinaufgekommen, weil uns einer schon am Fuß der Mountains aus Kleinmut verlassen hatte. Ich will keine lange Geschichte erzählen, sondern mich kurz fassen. Wir suchten unter unbeschreiblichen Anstrengungen und Entbehrungen über zwei Monate lang, ohne eine Spur von Gold zu finden; da stürzte der von uns, der sich am besten aufs Prospekten verstand, von einem Felsen und brach den Hals. Nun waren wir nur noch zwei und dazu überzeugt, daß wir nun noch weniger finden würden als vorher, das heißt: früher nichts und jetzt wahrscheinlich gar nichts. Das traf auch richtig ein. Wir hatten kein Glück in der Jagd und hungerten darum viel. Unsere Anzüge zerrissen, und die Stiefel fielen von den Füßen. Es war ein Elend, wie es schöner nicht im Buch stehen kann. Ich wurde schwach, mein Kamerad noch viel schwächer und schließlich gar krank. Das war sehr schlimm für ihn, denn es kostete ihn das Leben. Es hatte mehrere Tage lang geregnet, und wir mußten über ein Wildwasser, das bedenklich angeschwollen war. Ich wollte warten, bis es sich verlaufen hatte; er aber glaubte, glücklich hinüberzukommen, und so mußte ich ihm den Willen tun. Er wurde mit fortgerissen. Nach langem Suchen fand ich ihn ertrunken und zerschmettert in tiefem Grund unten. Ich begrub ihn, wie wir den anderen auch begraben hatten: drei Fuß tief, mit kalter Erde und einem warmen, gutgemeinten Gebet bedeckt. Dann war ich ganz allein und hatte keine andere Wahl mehr, als die halbnackten, wundgelaufenen und aufgerissenen Füße heimwärts zu lenken. Ich kam mit meinen geschwächten Kräften nur sehr langsam vorwärts und war zum Sterben matt, als ich nach einigen Tagen das Devils Head erreichte. Ich war zwar noch nie dagewe-

[1] Trapper- und Digger-Ausdruck für Gold suchen

sen, wußte aber, wo ich mich befand. Der Felsen ist nämlich in seiner Form einem Teufelskopf so ähnlich, als ob an dieser Stelle der Statan einem Bildhauer Modell gesessen hätte. Ich warf mich in das feuchte Moos nieder und war völlig verzweifelt. Wasser gab es ja, aber zu essen hatte ich nichts, denn mein Gewehrschloß war entzwei; es war mir unmöglich, ein Wild zu erlegen, und so hatte ich schon seit zwei Tagen keinen Bissen über die Lippen gebracht. Die Mattigkeit überwältigte mich, und ich schloß die Augen, um zu schlafen und vielleicht nicht wieder aufzuwachen. Aber ich öffnete sie noch einmal, ohne daß ich es eigentlich wollte. Ich hatte mich inzwischen auf die Seite gedreht, und so fiel mein müder Blick auf eine andere Stelle des Felsens. Es gab da Buchstaben, die mit dem Messer oder einem ähnlichen Werkzeug eingegraben worden waren. Das regte mich an. Es war mir, als ob ich plötzlich wieder Kräfte bekommen hätte; ich stand auf und ging hin, die Schrift zu lesen. Nun sah ich, daß es nicht nur Buchstaben, sondern auch Figuren gab. Von einigen wußte ich nicht, was sie zu bedeuten hatten, doch waren es menschliche Figuren, die über und rechts und links von einem in den Fels gemeißelten Kreuze standen. Unter diesem Kreuz war deutlich zu lesen: ‚An dieser Stelle wurde der Padre Diterico von J. B. aus Rache an seinem Bruder E. B. ermordet.‘ Darunter war eine Sonne zu sehen, von der links ein E und rechts ein B stand.“

Als der Erzähler bis hierher gekommen war, wurde er von Winnetou unterbrochen:

„Kennt mein Bruder Harbour vielleicht einen Menschen, dessen Namen mit den Buchstaben J. B. beginnen?“

„Solcher Leute wird es wahrscheinlich tausende geben; ich kenne keinen bestimmten.“

„Wo war das Grab? Im harten Fels doch nicht?“

„Nein, sondern dicht daran. Der Hügel war mit Moos bewachsen und schien gepflegt zu sein.“

„In der Einöde da oben? Uff!“

„Das ist noch gar nicht verwunderlich. Unbegreiflich aber ist, was mir dann geschah. Ihr könnt Euch denken, Mesch'schurs, wie mir zumute wurde, als ich hier so unerwartet das Grab des Paters fand. Meine Schwäche kehrte verdoppelt zurück; ich stieß einen Schrei aus und fiel um. Als ich wieder erwachte, war fast ein ganzer Tag vergangen, denn es war der Vormittag des nächsten Tages. Ich konnte vor Mattigkeit und Hunger kaum aufstehen. Ich schleppte mich zur nahen Quelle und trank; dann kroch ich in das Gebüsch, wo ich zum Glück ein paar eßbare Mushrooms[1] fand, die ich so verzehrte, wie sie waren; dann schlief ich wieder ein. Als ich abermals erwachte, war der Abend nahe; neben mir lag ein halbes, gebratenes Big-horn[2]. Wer hatte es hingelegt? Das war gewiß eine nicht un-wichtige Frage; aber ich legte sie mir nicht mehr als einmal vor, dann griff ich zu und aß, und aß, bis ich satt war und abermals einschlief. Erst am nächsten Morgen erwachte ich gestärkt wieder. Der Rest des Fleisches lag noch da. Ich ver-steckte es und machte mich auf, nach dem Geber zu suchen; aber ich fand keine Spur, und auch all mein Rufen war um-sonst. Da kehrte ich zum Grab zurück, nahm das Fleisch aus dem Versteck und machte mich auf den Weg, der hinunter nach der Foam Cascade führt. Es ist sehr gefährlich; ich legte ihn aber glücklich zurück und fand am folgenden Tag, eben als mein Fleisch auf die Neige gegangen war, einen Jäger, der sich meiner annahm. Wie ich dann vom Park herunter und heimge-kommen bin, das ist hier Nebensache. Die Hauptsache habe ich erzählt, und der Häuptling der Apatschen wird meiner Be-hauptung, daß der Padre Diterico ermordet worden ist, Glau-ben schenken."

Winnetou hielt den in die Hand gestützten Kopf tief gesenkt, so daß ich sein Gesicht nicht beobachten konnte; als er ihn dann hob, sah ich noch immer den Ausdruck des Zweifels in seinen Zügen liegen. Er richtete einen fragenden Blick auf mich, und ich antwortete auf diese stille Aufforderung:

„Meines Dafürhaltens unterliegt es keinem Zweifel, daß der Mord wirklich geschehen ist."

„So glaubt mein Bruder Shatterhand an das Grab und an die Schrift?" fragte der Apatsche.

„Ja. In dem Grab liegt der, den du meinst!"

„So hat mein Bruder Shatterhand wohl noch besondere Be-weise? Winnetou sieht ihm an, daß er nachdenkt und Berech-nungen macht. Beziehen sie sich vielleicht auf das Grab im Gebirge?"

„Ja. Unser gastfreundlicher Mr. Harbour hat mir weit mehr erzählt, als er ahnt. Ich habe endlich den so lange vergeblich gesuchten Wawa Derrick gefunden. Es ist I-kwehtsi'pa."

„Uff!"

„Du wirst dich noch mehr wundern über das, was ich dir weiter sage. Tokbela, die jüngere Schwester des Padre, ist Tibo-wete, die Squaw des Medizinmanns der Naiini." – „Uff!"

[1] Pilzart   [2] Dickhornschaf

131

„Und ferner kann ich dir sagen, daß Tahua, die ältere Schwester des Padre, vielleicht auch noch lebt."

„Deine Gedanken können Wunder tun; sie wecken Tote auf!"

„Du hast gehört, daß unter der Grabinschrift eine Sonne eingemeißelt war. Die ältere Schwester hieß Tahua, das ist Sonne; sie hat das Grab errichtet und das Mal hergestellt, also noch gelebt, als er ermordet worden war."

„Uff! Dieser Gedanke ist so einfach und richtig, daß ich mich wundere, nicht selbst darauf gekommen zu sein! Und das halbe, gebratene Bighorn war von Tahua?"

„Ja. Jeder Geber des Fleisches, der nicht zu dem Grab, also zu dem Mord, in Beziehung steht, hätte sich unbedenklich zeigen dürfen; dieser aber hat sich nicht sehen lassen, folglich steht er in irgendeinem Verhältnis zu der verbrecherischen Tat."

„Man könnte doch auch annehmen, daß der Mörder es gewesen sei, denn dieser ist es, der sich am allerwenigsten am Schauplatz des Verbrechens zeigen darf", warf Treskow ein. „Man weiß, daß ein Mörder immer wieder nach dem Ort seiner Tat gezogen wird."

„Das gebe ich zu; aber der Spender oder die Spenderin des Fleisches verrät ein barmherziges Gemüt, ein mildtätiges Herz. Wie stimmt das mit den Eigenschaften überein, die man einem Mörder zuschreiben muß und die ganz entgegengesetzter Art sind?"

„So meint Old Shatterhand wirklich, daß es Tahua gewesen ist?" entgegnete jetzt wieder Winnetou. „Welchen Grund hätte sie, so im Verborgenen zu leben, da sie doch weiß, wie viele Freunde sich in der fernen Heimat um sie grämen?"

„Das ist ein streng gehütetes Geheimnis, das ich jetzt noch nicht ergründen kann. Es braucht aber nicht notwendig eins zu sein. Gerade weil ein Mörder gewöhnlich zum Schauplatz seiner Tat zurückgezogen wird, bleibt sie an Ort und Stelle, um ihn da zu erwarten! Vielleicht auch ist sie nicht in die Heimat zurückgekehrt, weil sie von ihrer Familie mit Gewalt zurückgehalten wird?"

„Familie? Meint mein Bruder, daß sie etwa verheiratet sein könnte?"

„Warum nicht? Wenn die jüngere Schwester die Squaw eines Mannes ist, kann die ältere doch noch viel eher geheiratet haben!"

„Ja; aber es gibt einen Umstand, der Eure Berechnungen zuschanden macht, so scharfsinnig sie auch sind", warf Treskow ein.

„Welcher ist das?"

„Harbour ist ein Freund des Padre gewesen; er hat auch seine Schwester gekannt und sie ihn ebenso. Nicht?"

„Ja."

„Er ist am Grab vor Hunger umgesunken und hat aus einer unbekannten Hand Fleisch bekommen. Wenn Tahua, die Schwester des Padre, es gewesen wäre, die es ihm gegeben hat, so hätte sie sich vor ihm, ihrem Freund, nicht versteckt, sondern im Gegenteil persönlich in Schutz genommen und verpflegt."

„Sie fürchtete, von Harbour erkannt zu werden, und wünschte dies zu vermeiden."

„Aber eine schwache Squaw wird doch nicht ein so einsames, beschwerliches und verlassenes Leben da oben in den Rocky Mountains führen!"

„Ist sie allein oben? Ist nicht gerade in dieser Beziehung ein großer Unterschied zwischen einer abgehärteten Indianerin und einer weißen Frau?"

„Das stimmt. Ihr habt für alle meine Entgegnungen eine Antwort, die ich gelten lassen muß."

„Und dennoch spreche ich weniger Behauptungen als vielmehr Vermutungen aus. Unser Ziel ist ja bis heute die Foam Cascade gewesen. Kommen wir hinauf, so besuchen wir das Grab, und dann wird es sich wahrscheinlich finden, welche meiner Gedanken richtig und welche falsch gewesen sind."

„Ja, wir suchen das Grab auf", pflichtete mir Winnetou bei. „Wir müssen und werden Spuren des Mordes und des Mörders finden, selbst nach so langer Zeit. Wehe ihm, wenn wir ihn fassen! Ich habe meinem Bruder Shatterhand nie widersprochen, wenn er seinen milden Sinn walten ließ; hier aber kenne ich keine Gnade!"

Diese Worte zeigten wieder einmal, welch ein wunderbarer, unvergleichlicher Mensch Winnetou war. Er war überzeugt, noch nach mehr als zwanzig Jahren eine Spur des Mörders zu entdecken. Ich traute ihm das zu, obwohl andere darüber lächeln mögen. Selbst wenn sich alle anderen Nachforschungen als vergeblich erwiesen, hätte man sich durch das Öffnen des Grabes einen Fingerzeig verschaffen können. Glücklicherweise war es mir möglich, seine Absichten schon jetzt durch einige weitere Bemerkungen zu unterstützen:

„Auch ich bin in diesem Fall bereit, die größte Strenge walten zu lassen. Ich hege übrigens die feste Überzeugung, daß wir das Grab nicht vergeblich besuchen werden. Einer der Mörder ist schon auf dem Weg hinauf."

„Uff! Wer ist das?"

„Douglas, der sogenannte General."

„Uff, uff! Dieser Mensch soll auch am Mord da oben beteiligt gewesen sein? Wie kommt Old Shatterhand auf diesen Gedanken?"

Es wird noch in Erinnerung sein, daß der „General" damals in Helmers' Home einen Ring verloren hatte, der mir übergeben worden war. Ich hatte ihn an meinen Finger gesteckt und trug ihn noch heute. Jetzt zog ich ihn herunter und reichte ihn dem Apatschen mit den Worten hin:

„Mein Bruder wird diesen Ring noch von Helmers' Home her kennen. Er mag die Buchstaben betrachten, die auf der Innenseite zu lesen sind."

Er nahm den Ring in Augenschein und sah E. B. 5. VIII. 1842. Dann gab er ihn dem Farmer und sagte:

„Damit unser Bruder Harbour erfahre, daß wir schon jetzt auf der Fährte der Mörder sind, mag er einmal diese Schrift mit der am Felsen des Grabes vergleichen!"

Der Angeredete folgte dieser Aufforderung und rief aus:

„Das ist ja ganz dasselbe E. B., das ich dort an jenem Felsen sogar zweimal gefunden habe! Und der Name des Mörders hatte auch ein B., das zwar noch einen ..."

Was er weiter sagte, hörte ich nicht; ich gab nicht acht darauf, weil meine Aufmerksamkeit von etwas anderem in Anspruch genommen wurde. Der Farmer saß nämlich zwischen mir und dem einen Fenster; da meine Augen auf ihn gerichtet waren, kam auch dieses Fenster in meinen Gesichtskreis, und da erblickte ich den Kopf eines Mannes, der draußen stand und hereinsah. Sein Gesicht war hell, wie das eines Weißen, und wollte mir bekannt vorkommen. Diesen Mann hatte ich gewiß schon einmal gesehen, nur fiel mir nicht gleich ein, wo dies gewesen war. Eben wollte ich die Anwesenden auf den unberufenen Lauscher aufmerksam machen, als der neben mir sitzende Matto Schahko hastig den Arm ausstreckte und mit schallender Stimme schrie:

„Tibo-taka! Da draußen am Fenster steht Tibo-taka!"

Alle, die diesen Namen kannten, sprangen auf. Ja, es war der Medizinmann der Naiini! Sein Gesicht sah heute nicht rotbraun aus, sondern hell, wie das eines Weißen. Das war der Grund, daß ich ihn nicht sofort erkannt hatte. Ein solcher Feind am

Fenster und wir hier in der Stube, alle hell beleuchtet! Der Schuß des alten Wabble auf Fenners Farm fiel mir ein, und ich rief:

„Das Licht schnell aus! Er könnte schießen!"

Noch hatte ich diese Warnung nicht ganz ausgesprochen, so klirrte die zerbrechende Fensterscheibe, und die Mündung eines Gewehrs erschien. Mit einem Satz sprang ich nach der nächsten, mich schützenden Ecke an der Außenwand; da krachte auch schon der Schuß, der offenbar mir gegolten hatte. Die Kugel schlug über meinem Stuhl in die Küchenwand. Das Gewehr war schnell wieder zurückgezogen worden; ich eilte zur Lampe und löschte sie aus, so daß die Tür im Dunkel lag, schnellte mich zu ihr hin, öffnete sie, zog einen Revolver aus dem Gürtel und blickte hinaus. Es war zur Zeit noch kein Stern aufgegangen, draußen alles stockfinster und also niemand zu sehen. Hören konnte ich von draußen auch nichts, weil die Anwesenden einen unbeschreiblichen Lärm machten, den Winnetou vergeblich zum Schweigen zu bringen suchte. Er kam zu mir, warf einen schnellen Blick in die dunkle Nacht hinaus und forderte mich dann auf:

„Nicht hier bleiben, sondern viel weiter hinaus!"

Wenn der Medizinmann ein gescheiter Kerl gewesen wäre, hätte er seinen Platz nicht verlassen, sondern ruhig gewartet, bis ich an der Tür erschien, und dann den zweiten Schuß auf mich abgegeben. So aber war er gleich nach dem ersten vergeblichen Schuß ausgerissen. Als ich mich mit Winnetou in schnellstem Lauf so weit vom Haus entfernt hatte, daß uns der Lärm darin nicht mehr stören konnte, legten wir uns nieder, die Ohren an der Erde, und horchten. Wir vernahmen deutlich den schnellen Hufschlag dreier Pferde, die sich von der Farm westwärts entfernten.

Drei Pferde? Der Medizinmann war also nicht allein hier auf der Farm gewesen? Wie hatte er es überhaupt ermöglichen können, von so weit südlich her durch das Gebiet feindlicher Indianerstämme hier herauf nach Kansas zu kommen? Welchen Grund, welchen Zweck hatte dieser ebenso weite wie beschwerliche Ritt?

Gewohnt, jedes Vorkommnis mit einem schnellen, aber trotzdem gründlichen Blick ganz zu umfassen, um danach ohne Zaudern meine Bestimmungen treffen und etwaigen Gefahren im voraus erfolgreich begegnen zu können, ließ ich diese und noch andere Fragen rasch prüfend an mir vorübergehen, und Winnetou schien das gleiche zu tun. Er war ebenso schnell fer-

tig wie ich, denn die Hutschläge waren noch nicht ganz verklungen, also nur wenige Augenblicke zwischen Beginn und
Ende unseres Nachdenkens vergangen, da sagte er:

„Tibo-taka ist ein Bleichgesicht geworden, ein weißer Arzt,
der ein krankes Krebsgesicht hinauf nach Fort Wallace bringen
will. Was sagt mein Bruder Shatterhand dazu?"

„Daß du richtig geraten hast. Die kranke Lady ist Tibo-wete,
seine wenigstens körperlich gesunde Frau, die er für krank aus-
gibt, um ihr Gesicht mit einem Schleier verhüllen zu können,
damit man nicht sehe, daß ein Weißer mit einer Roten reitet.
Sie wollen natürlich nicht nach Fort Wallace, sondern mit dem
‚General' hinauf nach Colorado. Wir werden die Mörder am
Grab des Ermordeten treffen. Komm herein, den Farmer zu
fragen!"

Wir gingen nach dem Hause zurück; da kamen nun erst alle,
die in der Stube gewesen waren, mit ihren Waffen in den Händen heraus.

Es erregte meine Befriedigung, daß Matto Schahko mit bei
unserer Gruppe stand. Er hätte die Gelegenheit benutzen und
entfliehen können. Daß er das nicht getan hatte, war ein sicherer Beweis, daß er es ernst mit seinem Vorhaben meinte, freiwillig mit uns zu reiten. Ich trat zu ihm und sagte:

„Von diesem Augenblick an ist der Häuptling der Osagen
frei; unsere Riemen werden seine Glieder nicht wieder berühren, und er kann nun gehen, wohin er will."

„Ich bleibe bei euch!" antwortete er. „Apanatschka sollte
mich zu Tibo-taka führen; nun dieser selbst gekommen ist,
kann er mir auf keinen Fall entgehen. Werdet ihr ihm folgen?"

„Unbedingt! Du hast ihn sofort erkannt?"

„Ja. Ich würde ihn nach tausend Sonnen wiedererkennen.
Was will er hier in Kansas? Warum kommt er des Nachts an
diese Farm geschlichen?"

„Er ist nicht herangeschlichen, sondern er hat sich fortge-
schlichen, allerdings mit einem lauten, glücklicherweise erfolg-
losen Knall. Ich werde dir das sofort beweisen."

Um dies zu tun, wandte ich mich an den Farmer, der in meiner Nähe stand:

„Ist der Arzt mit dem kranken Weib noch hier?"

„Nein", antwortete er. „Bell, der Cowboy, sagte, daß er fort
sei."

„Dieser Mann war kein Arzt, sondern ein Medizinmann der
Naiini, und die Frau war seine Squaw. Hat jemand von euch
mit diesem Weib gesprochen?"

„Nein; aber ich habe sie sprechen hören. Sie verlangte von dem angeblichen Arzt ein Myrtle-wreath; da führte er sie schnell aus der Stube nach dem Hinterhaus."

„Er hat doch erst morgen fortgewollt. Wie ist er auf den Gedanken gekommen, diesen Entschluß zu ändern?'

Da schob sich der Cowboy herbei und sagte:

„Darüber kann ich Euch die beste Auskunft erteilen, Mr. Shatterhand. Der Fremde kam in den Hof, um nach seinen Pferden zu sehen. Er hörte das laute Lachen in der Stube, wo Mr. Hammerdull eben eine seiner lustigen Geschichten erzählte, und fragte mich, was für Leute sich drin befänden. Ich sagte es ihm und merkte trotz der Dunkelheit, daß er erschrak. Wir gingen miteinander nach der Vorderseite des Hauses, wo er von weitem durch das Fenster in die Stube sah. Dann teilte er mir, nachdem er mir einige Dollar geschenkt hatte, im Vertrauen mit, daß er hier nun sehr überflüssig sei, denn er habe Euch vor kurzem in Kansas City einen schweren Geldprozeß abgewonnen, dessentwegen ihm von Euch blutige Rache geschworen worden sei. Darum fühle er sich hier seines Lebens nicht sicher und wolle lieber heimlich fort. Der arme Teufel hatte so große Angst; er tat mir leid, und so half ich ihm dazu, heimlich aus dem Hof zu kommen. Ich öffnete ihm die hintere Fenz und ließ ihn und die Frau mit dem Packpferd hinaus. Er muß die drei Pferde dann in passender Entfernung angepflockt und sich zurückgeschlichen haben."

„Anders nicht. Mr. Bell, Ihr habt einen großen Fehler begangen, könnt aber nichts dafür, denn Ihr wußtet nicht, daß der Mann ein Verbrecher ist. Hat er nur von mir gesprochen?"

„Ja."

„Nicht auch von dem jungen roten Krieger hier, den wir Apanatschka nennen?"

„Kein Wort!"

„Well! Ich möchte jetzt gern den Raum sehen, worin er sich mit der Frau aufgehalten hat."

Der Cowboy zündete eine Laterne an und führte mich durch den Hof in das sehr niedrige Gebäude, das nur aus den vier Mauern und dem platten Dach bestand, also ein einziges Gelaß enthielt.

Ich glaubte nicht etwa, daß er in einer solchen Gefahr, wie sie ihm gedroht hatte, so unvorsichtig gewesen wäre, etwas für uns Wichtiges liegenzulassen oder zu verlieren; ich wollte nur in gewohnter Weise nichts von alledem versäumen, was in solchen Fällen von der Vor- und Umsicht vorgeschrieben wird, fand auch wirklich nichts. Doch hatte ich meine Schuldigkeit getan und begab mich also befriedigt nach der Stube, in der die anderen jetzt wieder alle beisammensaßen und sich über den Zwischenfall unterhielten.

Wenn ich sage ‚befriedigt', so hat das seinen guten Grund. Ich war, gerade wie auf Fenners Farm, auch heute dem Tode wie durch ein Wunder entgangen. Die innere Stimme, die mich bei unserer Ankuft hier gewarnt hatte, war ganz gewiß die Stimme meines Schutzengels gewesen. Ich war ihr nicht gefolgt und von ihm doch gerettet worden, weil er im Augenblick der Gefahr mir das Auge nach jenem Fenster lenkte. Die Ähnlichkeit des heutigen Ereignisses mit dem auf Fenners Farm war sonderbar.

Nun fehlte nur noch ein Überfall auf unsere Pferde oder gar auf uns selbst; dann würden die beiden Abende einander ganz gleich sein!

Schüttelt vielleicht jemand lächelnd den Kopf darüber, daß ich von meinem Schutzengel rede? Lieber Zweifler, ich schmeichle mir ganz und gar nicht, dich zu meiner Ansicht, zu meinem Glauben zu bekehren, aber du magst sagen, was du willst, den Schutzengel beweist du mir doch nicht hinweg. Ich bin sogar felsenfest überzeugt, daß ich nicht nur einen, sondern mehrere habe, ja, daß es Menschen gibt, die sich im Schutz sehr vieler solcher himmlischer Hüter befinden. Mag man mich immerhin auslachen; ich habe den Mut, es ruhig hinzunehmen; aber während ich hier an einem Tisch sitze und diese Zeilen niederschreibe, bin ich vollständig überzeugt, daß meine Unsichtbaren mich umschweben und mir, schriftstellerisch ausgedrückt, die Feder in die Tinte tauchen. Und wenn, was zuweilen der Fall ist, ein Leser, der in die Irre ging, durch eins meiner Bücher auf den richtigen Weg gewiesen wird, so kommt sein Schutzengel zu dem meinigen, und beide freuen sich über die glücklichen Erfolge ihres Einflusses, unter dem ich schrieb und der andere las.

Das sage ich nicht etwa in selbstgefälliger Überhebung, o nein! Wer da weiß, daß er sein Werk nur zum geringsten Teil sich selbst verdankt, der kann nicht anders als demütig und bescheiden sein. Ich trete mit dieser meiner Anschauung nur deshalb vor die Öffentlichkeit, weil in unserem Zeitalter nur selten jemand zu sagen wagt, daß er mit diesem Leugnen und Verneinen nichts zu schaffen habe.

Wie tröstlich und beruhigend, wie ermunternd und anspornend ist es, zu wissen, daß Gottes Boten stetig um uns sind!

Und welch große sittliche Macht liegt in diesem Glauben! Wer überzeugt ist, daß unsichtbare Wesen ihn umgeben, die jeden seiner Gedanken kennen, jedes seiner Worte hören und alle seine Werke sehen, der wird sich gewiß hüten, das Mißfallen dieser Gesandten des Richters aller Welt auf sich zu ziehen. Ich gebe diesen in Mißachtung geratenen sogenannten Kinder-, Ammen- und Märchenglauben nicht für alle Schätze dieser Erde hin!

„Schutzengel? Lächerlich!" sagte einst ein sehr gelehrter und weitgereister Herr zu mir, dessen Namen man in einigen Erdteilen kannte und auch heute noch kennt. „Haben Sie einen? Haben Sie ihn gesehen, ihn gehört, mit ihm gesprochen? Zeigen Sie ihn mir, dann will ich glauben, daß er wirklich besteht!" Ein Jahr später traf ich ihn in Tirol. Nach der kurzen, herzlichen Begrüßung war sein erstes, wie mir schien, ganz unbegründetes Wort: „Es gibt welche; ich weiß es jetzt, auch ich habe einen!" – „Was?" fragte ich erstaunt. – „Schutzengel meine ich. Sie besinnen sich wohl noch unseres letzten Gesprächs?" – Er war in den Bergen gewesen und hatte sich, Steine klopfend und Pflanzen suchend, allzu eifrig bis an den höchsten und äußersten Rand eines tief und steil abfallenden Abhangs vorgewagt. Die dünne, lose Erdschicht unter ihm war ins Gleiten gekommen und hatte ihn mit sich über die Kante gerissen. Mit der ganzen Wucht des hohen und jähen Falls an den Vorstößen, Rändern und Spitzen der Felsen aufschlagend, war er in die Tiefe gestürzt, dann aber plötzlich am Stumpfe einer Latsche hängengeblieben. Der Stumpf hatte sich nur in den Saum des Rockschoßes gebohrt; dieser dünne, schmale Halt konnte jeden Augenblick reißen, ja, es war überhaupt ein Wunder, wenn er nicht zerriß. Und das Wunder geschah: der Saum hielt fest, weit über eine halbe Stunde lang, in so lebensgefährlicher Lage eine wahre Ewigkeit. Der Verunglückte schrie um Hilfe, doch vergeblich; ihm schwindelte vor der Tiefe; vor seinen Augen wurde es schwarz, und in den Ohren klang es wie Paukentöne. Seine Pulse schlugen; seine Glieder zitterten im Fieber; die Todesangst trat ein, und er begann zu beten. Zunächst brachte er es nur zu einem krampfhaften „Herr, in deine Hände befehle ich meinen Geist!". Dann zog sein ganzes Leben, schnell wie im Traum und doch mit greller Deutlichkeit, an ihm vorüber; er lernte sich in diesen kurzen Augenblicken zum erstenmal richtig kennen. Er sah seine Fehlgriffe wie scharfe, schroffe Gletscher ragen und seine Unterlassungen wie bodenlose, hohle Abgründe gähnen; sein Unglaube kam ihm wie ein Krater vor, der ihn verschlingen wollte. Seine Verneinung der Schutzengel fiel ihm ein, und da klammerte er sich mit der Inbrunst der Todesnot an den Gedanken, daß es doch welche gebe. Gott allein konnte retten, retten durch seine Himmelsboten. Der über der Tiefe Hängende betete und betete, bis es ruhiger und immer ruhiger in ihm wurde; es war ihm, als ob er eine Hand auf seiner Stirn fühle; die Angst verschwand und gab der immer fester werdenden Zuversicht Raum, daß die Rettung schon unterwegs sei. Er wußte, daß es kein Hirngespinst war: durch das Kleidungsstück, an dem er hing, überkam ihn das Gefühl, als ob ein unsichtbares Wesen sich über ihm befinde und den Saum des Gewandes an dem Stumpf der Knieholzkiefer festhalte. Da wich auch der Schwindel von ihm; er konnte frei unter sich blicken. Als er das tat, sah er den Wirt des Gasthofs, in dem er für einige Tage wohnte, mit seinem Sohn kommen; beide waren vorzügliche Bergsteiger. Als sie ihn wahrnahmen, riefen sie ihm Mut zu. Der Sohn eilte zurück, um noch mehr Leute und Stricke zu holen, und der Vater kam heraufgestiegen, langsam zwar, aber mit tröstlicher Stetigkeit. Endlich über dem Verunglückten angelangt, warf er ihm die Schlinge eines Stricks zu, durch die er die Arme zu stecken hatte. Das gab nun einen zuverlässigen Halt, der die völlige Ausführung der Rettung gewährleistete, die nach kurzer Zeit auch glücklich zustande kam. Unbegreiflich war, daß der Körper trotz des öfteren Aufschlagens während des tiefen Sturzes außer einigen blauen Hautstellen keine Verletzungen zeigte. Wahrhaft wunderbar aber mußte man die Ursache nennen, die den Wirt zur Hilfe herbeigetrieben hatte. Sein jüngstes Kind nämlich, ein Mädchen von acht Jahren, war aus dem Garten zu ihm hereingekommen und hatte ihm gesagt, der Mann, der immer Blumen suche, sei vom Berg gefallen und in der Mitte hängengeblieben. Die betreffende Seite des Berges lag aber vom Dorf ab, so daß sie von da und von dem Garten aus gar nicht gesehen werden konnte, und weiter als in den Garten war das Kind nicht gekommen. Auf Befragen des Vaters hatte es gesagt, daß es den Mann habe um Hilfe rufen hören; die Entfernung war aber so groß, daß Hilferufe unvernehmbar bleiben mußten. Als der Vater die Bitte des Kindes nicht hatte erfüllen wollen, war dieses in ein so jämmerliches Schluchzen und Wehklagen ausgebrochen und hatte so lange geweint, bis er, nur um es zu beruhigen, mit dem Sohn nach der Unglücksstelle aufgebrochen war. Der Gerettete ist noch heute fest überzeugt, daß er sein Leben zwei Schutzengeln verdanke; er behauptet, der eine habe ihn festgehalten und der andere das Kind zum Wirt geschickt.

Die Frage, ob ich meinen Schutzengel gesehen und gehört habe, kann mich nicht in Verlegenheit bringen. Ja, ich habe ihn gesehen, mit dem geistigen Auge; ich habe ihn gehört, in meinem Innern; ich habe seinen Einfluß gefühlt, und zwar unzählige Male. Bin ich etwa besonders veranlagt dazu? Gewiß nicht! Es ist wohl jedem Menschen gegeben, das Walten seines Schutzengels zu bemerken; das einzige Erfordernis dazu ist, daß man sich selbst genau kennt und sich selbst unter steter Aufsicht hält. Nur wer die richtige Selbstkenntnis besitzt und auf sich acht hat, kann unterscheiden, ob ein Gedanke ihm eingegeben wurde oder aus seinem eigenen Kopf stammt, ob eine Empfindung, ein Entschluß in ihm selbst oder außerhalb seines geistigen Ichs entstand. Wieviel Menschen aber besitzen diese genaue Selbstkenntnis?

Wie oft bin ich zu einer bestimmten Handlung fest und unerschütterlich entschlossen gewesen und habe sie dennoch ohne jeden sichtbaren oder in mir liegenden Grund unterlassen! Wie oft habe ich im Gegenteil etwas getan, was nicht im entferntesten in meinem Wollen lag! Wie oft ist mein Verhalten ganz plötzlich und ohne alle Absicht ganz anders geworden, als es in der Logik meines Wesens begründet gewesen wäre! Das war das Ergebnis eines Einflusses, der mir von außen her kam und stets die besten Folgen hatte, sobald und sooft er sich geltend machte.

Wie oft habe ich nach einem von mir selbst herbeigeführten Ereignis dennoch voller Verwunderung dagestanden, wie oft nach einem von mir angestrebten Erfolg dennoch sagen müssen: „Das habe nicht ich, sondern das hat Gott getan!" Wie oft hat eine mir ganz fremdartige Idee meine Gedankenfolge unterbrochen und sie in eine mir bisher ganz unbekannte Richtung gelenkt! Wie oft bin ich vor Personen, die mir sympathisch waren, und vor Verhältnissen und Lagen, die ich geradezu herbeigesehnt hatte, durch einen – ich will mich so ausdrücken – geistigen Anhauch gewarnt worden, der sich dann, wenn ich mich von ihm leiten ließ, als begründet erwies! Wie oft habe ich Lebenslagen, an die nach menschlichem Ermessen in meinem ganzen Leben nicht zu denken war, voraus empfunden, voraus durchlebt und dann, wenn sie sich genau nach diesem Seelenbild einstellten, zu meinem dankbaren Erstaunen einsehen müssen, daß mit diesem Vorausgefühl mein Vorteil, ja mein Heil bezweckt gewesen war.

Was für eine von meiner Wesensart vollständig getrennte Kraft, was für eine außer mir liegende Macht kann es aber wohl gewesen sein, die so in, mit und über mir waltete, mich mahnte, warnte und als sogenanntes böses Gewissen strafte, wenn sie mich unaufmerksam oder gar ungehorsam gefunden hatte? Weder Instinkt kann es sein noch Zufall, sondern Gottes Engel ist es, der mir vom Herrn der Heerscharen beigegeben wurde, mein Führer, Mahner und Berater zu sein. Als ich in meiner Schülerzeit durch den vielgenannten „Zufall", den es für mich nicht gibt, aus einer großen Gefahr gerettet worden war, schrieb ich einige Zeilen in mein Tagebuch, die noch unter dem Eindruck der Todesangst entstanden sind und nicht dichterisch abgefeilt wurden:

> Es gibt so wunderliebliche Geschichten,
> die bald von Engeln, bald von Feen berichten,
> in deren Schutz wir Menschenkinder stehn.
> Man will so gern den Worten Glauben schenken
> und tief in ihren Zauber sich versenken;
> denn Gottes Odem fühlt man daraus wehn.

> So ist's in meiner Kindheit mir ergangen,
> in der so oft ich mit erregten Wangen
> auf solcherlei Erzählungen gelauscht.
> Dann hat der Traum die magischen Gestalten
> in stiller Nacht mir lebend vorgehalten,
> und ihre Flügel haben mich umrauscht.

> Fragt auch der Zweifler, ob's im Erdenleben
> wohl könne körperlose Wesen geben,
> die für die Sinne unerreichbar sind:
> Ich will die Jugendbilder mir erhalten
> und glaub' an Gottes unerforschlich Walten,
> wie ich's vertrauensvoll geglaubt als Kind.

Ich weiß, daß ich als Schriftsteller mit diesen achtzehn Zeilen vielleicht eine Sünde begehe; aber ich meine, in der letzten Viertelstunde nicht geschriftstellert, sondern als Mensch, als wohlmeinender Freund zu meinen Lesern gesprochen zu haben, und Reime aus der Knabenzeit eines Freundes pflegt man doch überall mit kritikloser Güte und mild lächelnder Nachsicht aufzunehmen.

Also mein Schutzgeist hatte mich bei Harbour ganz so wie

auf Fenners Farm vom Tod errettet, und ich saß nun wieder auf dem Stuhl, auf dem mich die Kugel des Medizinmanns hatte treffen sollen. Die Gemüter hatten sich noch nicht beruhigt, und der Zwischenfall wurde mit, ich möchte sagen, urwüchsiger Lebhaftigkeit besprochen. Den größten Anteil an dem unerwarteten Auftreten von Tibo-taka und Tibo-wete mußte natürlich Apanatschka haben, der beide für seine Eltern gehalten hatte und trotz meiner Widerlegung wohl auch jetzt noch dafür hielt. Außer Winnetou und mir sprachen alle auf ihn ein, doch ohne eine andere Antwort als ein stilles Kopfschütteln von ihm zu erhalten. Mir und dem Häuptling der Apatschen war das verständlich. Was hätte er auch sagen sollen? Wir waren alle auf das Tibo-Paar nicht gut gesinnt; er konnte sie weder verteidigen, noch lagen für ihn die nötigen Beweise vor, sich von ihnen loszusagen; also konnte er nichts anderes und besseres tun als schweigen.

Die anderen ergingen sich in hunderterlei Vermutungen über den Ritt des Medizinmannes und seiner Frau hierher nach Kansas. Sie tauschten ihre Meinungen aus über den Zweck und das Ziel dieses Rittes. Es machte Winnetou und mir Spaß, zu sehen und zu hören, wie sie ihren Scharfsinn anstrengten und sich miteinander stritten und dabei einer den anderen auf den Irrweg führen wollte, auf dem er sich selbst befand. Wir hielten es nicht für notwendig, sie so weit aufzuklären, wie wir selbst es waren, und so mußten sie sich endlich mit unserer Versicherung begnügen, daß wir morgen dem Medizinmann folgen und also bald Aufklärung bekommen würden über alles, was uns heute noch unklar war.

Da wir frühzeitig fortwollten, wurden in der Stube die Lager für uns bereitet. Ich traute Tibo-taka doch nicht recht; es war immerhin möglich, daß er auf den Gedanken kam, während der Nacht zurückzukehren und irgend etwas für uns Schädliches auszuführen. Darum wollte ich den Postendienst unter uns heute in derselben Weise ausgeführt wissen, wie er gebräuchlich war, wenn wir des Nachts im Freien lagerten; Harbour aber sträubte sich dagegen und sagte:

„Nein, Sir, das dulde ich nicht. Ihr seid unterwegs und wißt nicht, was euch begegnen kann. Es kann sein, daß ihr eine ganze Reihe von Nächten nicht ruhig schlafen könnt; schlaft euch also heute hier bei mir tüchtig aus! Ich habe Cowboys und Peons, die den Wachdienst gern für die große Ehre, euch gesehen zu haben, übernehmen werden."

„Wir sind Euch dankbar für dieses Anerbieten, Mr. Harbour", antwortete ich. „Wir nehmen es an, doch unter der Voraussetzung, daß diese Leute ihrer Aufgabe mit größter Umsicht obliegen."

„Das ist doch selbstverständlich. Wir wohnen und leben hier in einer Art von Halbwildnis und sind es gewohnt, aufmerksam zu sein. Übrigens handelt es sich ja nur um einen einzigen Menschen, der noch dazu aus Angst vor euch heimlich ausgerissen ist; seine Squaw ist gar nicht zu rechnen; dem würden meine Leute, falls er so frech wäre zurückzukehren, das Fell so aushauen, daß kein Gerber daran noch Arbeit finden würde. Ihr könnt euch also ruhig schlafen legen."

Das taten wir dann auch; vorher aber ging ich noch einmal hinaus in den Korral, um nach den Pferden zu sehen.

Der Farmer hatte wohl nicht unrecht; es handelte sich nur um den Medizinmann, der übrigens auch schon durch die Anwesenheit seiner Frau verhindert wurde, etwas gegen uns auszuführen; aber es lag eine Unruhe in mir, die mich am Einschlafen hinderte. Es drängte sich mir wieder und immer wieder der Vergleich des heutigen Tages mit dem Tag auf Fenners Farm auf, und ich kam dabei wieder und immer wieder auf den Gedanken: nun fehlt bloß noch ein Überfall!

So kam es, daß ich spät einschlief und dann von einem quälenden Traum, dessen Inhalt mir heute nicht mehr erinnerlich ist, so beängstigt wurde, daß ich froh war, als ich wieder aufwachte. Ich stand auf und ging leise, um keinen der Schläfer zu wecken, hinaus. Die Sterne schienen; man konnte ziemlich weit sehen. Ich ging wieder nach dem Korral, in dem zwei Peons Wache hatten.

„Ist alles in Ordnung?" fragte ich, als ich die Gattertür hinter mir wieder zugezogen hatte.

„Ja", wurde mir geantwortet.

„Hm! Mein und Winnetous Rappe pflegen des Nachts zu liegen; jetzt stehen sie; das gefällt mir nicht."

„Sie sind eben erst aufgestanden, wohl weil Ihr gekommen seid."

„Deshalb gewiß nicht. Wollen einmal sehen!"

Ich ging zu den beiden Pferden. Sie hielten die Köpfe nach dem Hause gerichtet; ihre Augen leuchteten beunruhigend, und nun sie mich kommen sahen, schnaubten beide. Das war eine Folge ihrer sorgfältigen Erziehung. Sie waren gewöhnt, sich in Abwesenheit ihrer Herren selbst beim Nahen einer Gefahr lautlos zu verhalten, waren ihre Herren aber da, diese Gefahr ihnen durch Schnauben anzuzeigen. Sie hatten eine Gefahr gewittert und waren aufgestanden, aber still gewesen, weil ich mich nicht bei ihnen befand; nun ich aber da war, warnten sie mich. Ich ging zu den Wächtern zurück und sagte:

„Es liegt etwas in der Luft; was, das weiß ich nicht. Nehmt euch in acht! Es sind Menschen in der Nähe des Hauses, ob Freunde oder Feinde, das wird sich zeigen. Man sieht sie nicht; sie haben sich versteckt; Freunde aber brauchen sich nicht zu verbergen. Entweder stecken sie dort hinter den Büschen, oder sie liegen schon näher im hohen Gras."

„Teufel! Doch nicht etwa die Tramps, derentwegen Bell nach dem North Fork des Solomon River geritten ist?"

„Das wird sich zeigen. Es ist besser, selbst die erste Note zu spielen, als zu warten, bis der Feind beginnt, den Bogen zu streichen. Ah, dort, genau der Haustür gegenüber, hob sich jetzt etwas aus dem Gras; ich kann also nicht in die Stube, werde aber die Gefährten wecken. Habt ihr eure Gewehre?"

„Ja, dort lehnen sie."

„Nehmt sie, um den Eingang zu verteidigen; schießt aber nicht eher, als bis ich es euch sage!"

Ich legte beide Hände hohl an den Mund und ließ dreimal den Schrei des Kriegsadlers erschallen, so laut, daß er gewiß eine halbe englische Meile weit zu hören war. Nur Sekunden später ertönte derselbe Schrei auch dreimal drin in der Stube. Das war die Antwort Winnetous, der die warnende Bedeutung meines Schreies sehr gut kannte. Ebenso kurze Zeit darauf sah ich viele dunkle Gestalten aus dem Gras aufspringen, und die Luft erzitterte unter einem Geheul, in dem ich das Angriffszeichen der Cheyenne-Indianer erkannte.

Was wollten diese hier? Warum waren sie aus dem Quellgebiet des Republican River so weit nach Osten gekommen? Sie wollten die Farm überfallen, hatten also ihre Kriegsbeile auch ausgegraben, ganz wie die Osagen. Wir hatten sie nicht zu fürchten, denn wir standen nicht nur in Frieden mit ihnen, sondern waren sogar ihre Freunde.

Man braucht sich nur daran zu erinnern, was Matto Schahko dem alten Wabble unter dem „Baum der Lanze" von Winnetou erzählte. Dieser hatte sich an die Spitze der Cheyennes gestellt und mit ihnen das Lager der Osagen erobert; sie waren ihm also Dank schuldig. Ich war zwar nicht dabei gewesen, aber es konnte doch kein Indianer Winnetous Freund und dabei der Feind Old Shatterhands sein. Also war ich sofort beruhigt, als ich aus dem Kriegsgeheul erkannte, daß die Angreifer Cheyennes waren.

Eigentümlich war es, daß sie nicht vor allen Dingen nach Indianerart über die Pferde herfielen. Der Angriff schien einstweilen nur gegen das Haus gerichtet zu sein, was auf eine ganz besondere Ursache schließen ließ. Wir brauchten den Korral nicht zu verteidigen, denn kein einziger Roter kam herbei; ich sah sie alle vor dem Haus stehen. Sie hatten jedenfalls beabsichtigt, sich heimlich nach der Tür zu schleichen, diese einzuschlagen und dann in das Gebäude einzudringen, waren aber durch meinen Adlerschrei daran verhindert worden, weil durch ihn die Bewohner geweckt worden waren. Der Überfall war mißlungen.

Ich war neugierig auf das, was nun geschehen würde. Sie konnten nicht in das Haus und waren so unvorsichtig, davor stehenzubleiben. Dachte denn keiner von ihnen daran, daß die darin befindlichen Männer durch das Fenster schießen würden? Sie bildeten, noch immer heulend und brüllend, vor der Front des Gebäudes einen Halbkreis, der von einer Ecke bis zur anderen reichte. Als dies geschehen war, trat tiefe Stille ein. Wie ich meinen Winnetou kannte, war ich überzeugt, daß er jetzt sprechen würde. Und wirklich, es geschah. Er hatte die Tür geöffnet, war furchtlos hervorgetreten und rief mit seiner sonoren Stimme:

„Es ertönt das Kriegsgeschrei der Cheyennes. Hier steht Winnetou, der Häuptling der Apatschen, der die Pfeife der Freundschaft und des Friedens mit ihnen geraucht hat. Wie heißt der Anführer der Krieger, die ich vor mir sehe?"

Von der Mitte des Halbkreises her antwortete eine Stimme:

„Hier ist Mahki Moteh[1], der Anführer der Cheyennes."

„Winnetou kennt alle hervorragenden Krieger der Cheyennes, doch befindet sich darunter keiner, der Mahki Moteh heißt. Seit wann ist derjenige, der sich so nennt, ein Häuptling der Seinen?"

„Das braucht er nur dann zu sagen, wenn es ihm beliebt!"

„Beliebt es ihm nicht? Hat er sich seines Namens, oder hat dieser Name sich seiner zu schämen? Warum kommen die Cheyennes unter Kriegsgeschrei an dieses Haus? Was wollen sie hier?"

„Wir wollen Matto Schahko, den Häuptling der Osagen, haben."

„Uff! Woher wissen sie, daß dieser sich hier befindet?"

„Auch das brauchen wir nicht zu sagen."

[1] Eisernes Messer

146

„Uff, uff! Die Cheyennes scheinen nur brüllen, aber nicht reden zu können! Winnetou ist gewöhnt, Antwort zu bekommen, wenn er fragt. Gebt ihr ihm keine, so tritt er in das Haus zurück und wartet ruhig ab, was dann geschieht!"

„Wir werden das Haus erstürmen, denn wir verlangen Matto Schahko, den Osagen. Gebt ihn heraus, so ziehen wir weiter!"

„Es wird für die Cheyennes besser sein, wenn sie gleich weiterziehen, ohne abzuwarten, ob sie ihn bekommen!"

„Wir gehen nicht eher fort, als bis wir ihn haben. Wir wissen, daß Winnetou und Old Shatterhand sich in diesem Haus befinden; auch ist ein junger Krieger darin, der Apanatschka heißt; er soll uns ebenfalls ausgeliefert werden."

„Wollt ihr Matto Schahko töten?"

„Ja."

„Und Apanatschka auch?"

„Nein; es wird ihm nichts geschehen. Es ist jemand hier, der mit ihm reden will. Dann kann er gehen, wohin es ihm beliebt."

„Er wird nicht kommen, und Matto Schahko auch nicht."

„Winnetou ist mit Blindheit geschlagen. Sieht er nicht, daß hier über achtmal zehn Krieger stehen? Was können alle, die sich im Haus befinden, gegen uns machen, wenn wir es erstürmen? Sie werden alle miteinander des Todes sein. Wir geben dem Häuptling der Apatschen eine Stunde Zeit, sich mit Old Shatterhand zu beraten; ist diese vergangen, ohne daß Matto Schahko und Apanatschka uns ausgeliefert worden sind, so werdet ihr alle sterben müssen. Howgh!"

Ehe Winnetou hierauf antworten konnte, geschah etwas, was wohl weder er noch der Anführer der Cheyennes erwartet hatte, und das kam von mir. Die ganze Art und Weise der mißglückten Überrumpelung der Farm ließ erraten, daß wir es mit unerfahrenen Leuten zu tun hatten. Den Angriff nur gegen die Vorderfront des Hauses zu richten, ohne es ganz einzuschließen, sich dann in einem Bogen hinzustellen und unseren Kugeln auszusetzen, das waren Fehler, über die man nur lächeln konnte. Daß diese achtzig Indianer auch auf den Apatschen keinen Eindruck machten, ersah ich daraus, daß er sie nur „Cheyennes", nicht aber „Krieger der Cheyennes" nannte; ich kannte da meinen Winnetou nur zu gut. Sollten wir solche Leute so behandeln, wie man alte, erfahrene Krieger behandelt? Das fiel mir gar nicht ein; sie sollten sich nicht rühmen dürfen, von uns für vollgültig betrachtet worden zu sein. Darum schlüpfte ich, von ihnen unbemerkt, aus der Pforte des Korrals, legte mich nieder und kroch im Rücken des Halbkreises so weit durch das Gras, bis ich mich hinter der Stelle befand, wo das Eiserne Messer stand.

Das konnte schnell geschehen und wurde mir leicht, weil die Roten jetzt alle zum Haus blickten und keine Obacht auf das hatten, was hinter ihnen vorging. Als Mahki Moteh sein letztes Wort, das gebieterische „Howgh!" aussprach, stand ich auf, schnellte mich vorwärts, so daß ich den Halbkreis erreichte, brach durch die Reihe der Indianer und stand dann neben dem Anführer, bevor sie in ihrer Überraschung hatten daran denken können, es zu verhindern. Ehe Winnetou dort an der Tür das lächerliche Ultimatum verdientermaßen zurückweisen konnte, rief ich mit lauter Stimme:

„Zu hören, was wir beschließen, dazu bedarf es keiner Stunde Zeit; die Cheyennes sollen es gleich erfahren."

Mein plötzliches Erscheinen im Innern des Halbkreises mitten unter ihnen rief eine große Aufregung hervor; ohne mich darum zu kümmern, fuhr ich fort:

„Hier steht Old Shatterhand, dessen Namen die Cheyennes alle kennen werden. Ist einer unter ihnen, der es wagen will, die Hand gegen mich zu erheben, so trete er zu mir heran!"

Was ich beabsichtigt hatte, das geschah: die Aufregung machte einer vollständigen, lautlosen Stille Platz. Mein scheinbar kühnes, ja verwegenes Erscheinen hatte sie bloß überrascht; meine Herausforderung aber verblüffte sie. Ich nutzte diesen Eindruck ohne Zögern aus, erfaßte den Anführer bei der Hand und sagte:

„Mahki Moteh mag augenblicklich hören, was wir zu tun entschlossen sind; er komme mit!"

Seine Hand festhaltend, ging ich dem Haus zu. Das war schon nicht mehr Mut zu nennen, sondern Frechheit; aber sie hatte ihre Wirkung: sie verwirrte ihn so, daß es ihm gar nicht einfiel, mir Widerstand entgegenzusetzen. Er ging willig wie ein Kind mit mir bis hin zu Winnetou, der noch am offenen Eingang stand und den Cheyenne bei der anderen Hand ergriff. Halb zogen und halb schoben wir ihn hinein und schlossen dann die Tür hinter uns zu.

„Schnell Licht, sehr schnell, Mr. Harbour!" rief ich in den dunklen Raum hinein. Ein Zündholz leuchtete auf; die Lampe wurde angesteckt, und nun konnten wir das Gesicht des Eisernen Messers sehen. Es machte auf uns, wie man mir glauben wird, in diesem Augenblick nicht etwa durch geistreiches Aussehen Eindruck.

Das war alles so schnell gegangen, daß die Cheyennes draußen erst jetzt einsahen, welchen Fehler sie gemacht hatten. Wir hörten sie schreien und rufen, kümmerten uns aber nicht darum, denn solange sich ihr Anführer bei uns befand, durften sie nicht daran denken, etwas Feindliches gegen uns vorzunehmen. Ich schob ihn zu einem Stuhl hin und forderte ihn auf:

„Mahki Moteh mag sich zu uns setzen! Wir sind Freunde der Cheyennes und freuen uns, ihn als Gast bei uns zu sehen."

Auch das kam ihm so sonderbar vor, daß er sich ohne Weigern niedersetzte. Er, der mit achtzig Männern gekommen war, die Farm zu überfallen, befand sich zehn Minuten nach dem ersten Kriegsgeheul in deren Innern, aber nicht als Sieger, sonder in unserer Gewalt, und mußte es sich gefallen lassen, ironisch als unser Gast bezeichnet zu werden. Ich hatte durch meine Unverfrorenheit alles Blutvergießen verhütet und den Ernst der Lage fast ins Lächerliche verwandelt.

Wie freute ich mich im stillen über die Anerkennung Winnetous! Er sprach sie nicht in Worten aus, aber sie war in seinem Gesicht und in dem Blick zu lesen, den er mit inniger Wärme auf mich gerichtet hielt. Dieser Blick machte auch mir das Herz warm. Ich gab ihm die Hand und sagte:

„Ich lese in der Seele meines Bruders und will ihm nur das eine sagen, daß er mein Lehrer und ich sein Schüler war!"

Er drückte mir die Hand und schwieg. Es bedurfte aber auch keines Wortes, denn ich verstand ihn doch. Was war er doch für ein Mann, besonders wenn man ihn mit dem Cheyenne verglich, der so verlegen bei uns saß, daß er fast nicht wagte, die Augen aufzuschlagen! Matto Schahko hatte sich direkt ihm gegenübergesetzt, hielt das Auge finster auf ihn gerichtet und fragte:

„Kennt mich der Anführer der Cheyennes? Ich bin Matto Schahko, der Häuptling der Wasiji, dessen Auslieferung er gefordert hat. Was werden wir mit ihm tun?"

Auf die versteckte Drohung, die in diesen Worten lag, antwortete der Gefragte:

„Old Shatterhand hat mich Gast genannt!"

„Das hat er getan, aber nicht ich! Du hattest mich für den Tod bestimmt; ich habe also das Recht, nun dein Leben zu fordern."

„Old Shatterhand wird mich schützen!"

Das war eine mittelbar an mich gerichtete Aufforderung, die ich in strengem Ton beantwortete:

„Das wird ganz darauf ankommen, wie du dich jetzt verhältst! Erteilst du mir die Auskunft, die ich von dir verlange, der Wahrheit gemäß, so bleibst du unter meinem Schutz, sonst aber nicht. Ihr habt heute einen weißen Mann mit einer roten Squaw getroffen?"

„Ja."

„Dieser Mann hat euch mitgeteilt, daß wir uns hier befinden, und daß Matto Schahko bei uns ist?"

„So ist es."

„Er hat für diesen Dienst die Auslieferung Apanatschkas der hier neben dir sitzt, verlangt. Was wollte er mit dem Häuptling der Naiini tun?"

„Das weiß ich nicht, denn ich habe ihn nicht gefragt, weil uns dieser fremde Krieger gleichgültig ist."

„Wo befindet sich der weiße Mann?"

„Er ist draußen bei meinen Kriegern."

„Aber seine Squaw doch nicht mit?"

„Nein, sie ist da, wo wir die Pferde gelassen haben."

Ehe ich weitersprechen konnte, ergriff Winnetou das Wort:

„Ich bin wiederholt bei den Cheyennes gewesen, habe aber Mahki Moteh nie gesehen. Wie kommt das?"

„Wir gehören dem Stamme der Sibi-Cheyennes an, die der Häuptling der Apatschen noch nie aufgesucht hat."

„Ich weiß, was ich wissen wollte. Mein Bruder Shatterhand mag weitersprechen!"

Dieser Aufforderung folgend, legte ich dem Cheyenne jetzt die Frage vor:

„Ich sehe, daß ihr die Tomahawks des Krieges ergriffen habt. Gegen wen ist euer Zug gerichtet?"

Er zögerte mit der Antwort; schließlich aber gestand er:

„Gegen die Osagen."

„Ah, ich errate! Ihr hattet gehört, daß die Osagen ihr Lager verlassen haben, um gegen die Bleichgesichter zu ziehen, und wolltet die Gelegenheit benutzen, das verlassene Lager zu überfallen?"

„Ja."

„So seid froh, daß ihr uns hier getroffen habt! Die Osagen sind umgekehrt; sie befinden sich wieder daheim und hätten euch, da ihr nur achtzig Mann zählt, die Skalpe genommen. Die Begegnung mit uns ist ein großes Glück für euch; sie rettet euch oder doch vielen von euch das Leben. Was gedenkt ihr denn jetzt zu tun?"

„Wir nehmen Matto Schahko mit uns fort. Apanatschka könnt ihr meinetwegen behalten."

„Laß dich nicht auslachen! Du bist mein Gefangener; das

weißt du sehr wohl. Und glaubst du, daß wir uns vor deinen achtzig Leuten fürchten? Die Sibi-Cheyennes sind als Leute bekannt, die nichts vom Kampf verstehen."

„Uff!" fuhr er zornig auf. „Wer hat dir diese Lüge gesagt?"

„Es ist keine Lüge; das habt ihr heute bewiesen. Euer Angriff war so ungeschickt ausgeführt, daß man euch für kleine Knaben halten möchte. Und dann habe ich mitten unter euch gestanden, ohne daß es einen einzigen gab, der mich anzurühren wagte. Hierauf bist du an meiner Hand wie ein folgsames Kind mit ins Haus gegangen. Wenn wir das ruchbar machen, wird ein großes Gelächter über alle Höhen und alle Savannen gehen, und die anderen Stämme der Cheyennes werden sich von euch lossagen, weil sie sich eurer schämen müssen. Du hast zu wählen. Willst du Kampf, so erschießen wir dich hier, sobald draußen von deinen Leuten der erste Schuß fällt. Eure Kugeln tun uns nichts, weil uns die Wände schützen; sieh aber unsere Waffen an; du kennst jedenfalls . . ."

„Pshaw!" unterbrach mich da Winnetou, während er sich von seinem Sitz erhob und zu dem Eisernen Messer hintrat. „Warum so lange Reden! Wir werden gleich mit den Cheyennes fertig sein!"

Er riß den Medizinbeutel, den Mahki Moteh auf der Brust hängen hatte, mit einem schnellen Griff los. Der Cheyenne sprang mit einem Angstschrei auf, um ihm die Medizin wieder zu entreißen; ich drückte ihn auf den Stuhl nieder, hielt ihn dort fest und sagte:

„Bleib sitzen! Wenn du gehorchst, bekommst du deine Medizin wieder, sonst aber nicht!"

„Ja, nur wenn er gehorcht", stimmte Winnetou bei. „Ich will, daß die Cheyennes friedlich heimkehren. Tun sie das, so soll ihnen nichts geschehen, und niemand wird erfahren, daß sie sich hier wie kleine Kinder benommen haben. Geht Mahki Moteh aber nicht darauf ein, so werfe ich seine Medizin augenblicklich in den Herd, um sie zu verbrennen, und dann werden unsere Gewehre zu sprechen beginnen. Howgh!"

Wer da weiß, was die Medizin für jeden Roten, zumal für einen Häuptling, zu bedeuten hat, und welche Schande es ist, sie zu verlieren, der wird sich kaum darüber wundern, daß der Cheyenne, wenn auch nach längerem Sträuben, sich in die Forderung des Apatschen fügte.

„Auch ich habe eine Bedingung zu stellen", erklärte Treskow.

„Welche?" fragte ich.

„Die Cheyennes müssen Tibo-taka und Tibo-wete auslie-
fern!"

„Das zu fordern würde der größte Fehler sein, den wir begehen könnten. Übrigens bin ich überzeugt, daß der Medizinmann gar nicht mehr draußen ist. Er hat, sobald ich den
Häuptling in Beschlag nahm, sofort gewußt, was die Glocke
schlägt, und sich schnell aus dem Staub gemacht. Und das ist
mir nur lieb; weshalb, das werdet ihr schon erfahren."

Über den Friedensschluß mit den Cheyennes zu erzählen,
würde zu weit führen; es genügt, zu wissen, daß sie schließlich
froh waren über das unblutige Ende ihres fehlerhaften Überfalls der Farm. Sie ritten um die Mitte des Vormittags fort, und
als darauf eine Stunde vergangen war, brachen wir auf, Matto
Schahko, der seine Waffen wiederbekommen hatte, als freier
Mann. Er war grimmig erzürnt darüber, daß der Medizinmann
uns wieder entwischt war; Dick Hammerdull aber, der stets
heitere, tröstete ihn:

„Der Häuptling der Osagen mag ihn immer laufen lassen;
wir kriegen ihn schon wieder, denn wer gehängt werden soll,
der wird gehängt; das ist ein wahres Sprichwort."

„Er soll nicht gehängt werden, sondern eines zehnfachen Todes sterben!" knurrte der Osage.

„Ob einfach sterben, ob doppelt oder sechsfach, das bleibt
sich gleich; er wird aber doch gehängt. Für so einen Kerl gibt
es keinen schöneren Tod als den durch den Strick. Nicht wahr,
Pitt Holbers, altes Coon?"

„Yes, lieber Dick", antwortete der Lange. „Du hast doch immer recht!"


*Der Geheimnisvolle*


Einen Tag nachdem wir Harbours Farm verlassen hatten, war
uns das Unglück beschieden, daß Treskows Pferd stürzte und
den Reiter abwarf. Es sprang rasch wieder auf, rannte fort und
schleifte Treskow, der mit einem Fuß im Bügel hängengeblieben war, neben sich her. Zwar waren wir schnell zur Hand, das
Tier zu halten, aber doch schon zu spät, um zu verhüten, daß
er mit dem Huf einen Schlag erhielt, der ihn glücklicherweise
nicht am Kopf, sondern an der Schulter traf. Die Wirkung dieses Schlages äußerte sich, wie dies zwar selten, aber doch zuweilen vorkommt, nicht nur auf der getroffenen Stelle, sondern

auch auf der ganzen linken Körperhälfte. Der Verletzte war auf ihr wie gelähmt; er konnte sogar das Bein kaum bewegen, und es zeigte sich als unmöglich, ihn wieder aufs Pferd zu bringen. Wir konnten nicht weiterreiten.

Zum Glück gab es in der Nähe ein Wasser, wohin wir ihn brachten. Wir waren nun gezwungen, dort Lager zu machen! Auf wie lange, das mußte abgewartet werden.

Winnetou untersuchte ihn. Weder das Schulterblatt noch irgendein Knochen waren verletzt; doch war die getroffene Stelle stark geschwollen und hatte eine dunkle Färbung angenommen. Wir konnten uns nur mit kalten Umschlägen und mit einer Massage behelfen, die sich außerordentlich schmerzhaft zeigte, zumal Treskow keine widerstandsfähige Natur besaß. Er gehörte eben nicht zu den Westmännern, die in der Schule der Wildnis gelernt haben, Schmerzen lautlos zu ertragen.

Er wimmerte bei jeder Berührung und Bewegung; wir kehrten uns aber nicht daran und hatten den Erfolg, daß die Lähmung wich, und er schon am nächsten Tag den Arm und das Bein zu bewegen vermochte. Nach weiteren zwei Tagen hatte sich die Geschwulst fast gesetzt, und die Schmerzen waren soweit gewichen, daß wir weiterreiten konnten.

Wir hatten durch diesen leidigen Fall drei volle Tage eingebüßt, eine Zeit, die wir unmöglich einbringen konnten. Unsere Absicht, Old Surehand vor seiner Ankunft oben im Park noch einzuholen, mußten wir nun aufgeben. Diese Erwägung beunruhigte mich. Wenn ihm nur wenigstens bekannt gewesen wäre, daß der „General" auch hinauf wollte, und zwar zu derselben Zeit und nach demselben Park, so hätte er sich vor ihm in acht nehmen können; aber er wußte das nicht. Auch dem alten Wabble traute ich nicht. Ich wußte freilich nicht, wohin der alte König ·der Cowboys mit seinen Begleitern eigentlich gewollt hatte, und konnte nur unbestimmte Ahnungen darüber hegen; aber nach dem, was geschehen war, mußte ich annehmen, daß er uns der Rache wegen folgte. Der Umstand, daß wir sein Pferd behalten hatten, konnte daran nichts ändern, sondern die Ausführung dieses Vorhabens höchstens verzögern; und diese Verzögerung konnten wir nicht mehr in Anschlag bringen, weil unsere dreitägige Versäumnis ihm Gelegenheit gegeben hatte, den ihm abgewonnenen Vorsprung einzuholen. Ebenso mußte ich an Tibo-taka denken. Das Ziel seines Ritts war uns eigentlich unbekannt; daß er nach Fort Wallace wolle, war jedenfalls eine Lüge gewesen. Ebenso wie Winnetou nahm ich an, der weiße Medizinmann sei auf irgendeinem, uns noch unbekannten Weg von dem „General" aufgefordert worden, nach Colorado zu kommen und dort an einem bestimmten Punkt mit ihm zusammenzutreffen. Ein einzelner Mann, der noch dazu durch die Anwesenheit seiner Frau an jeder freien Bewegung gehindert wurde, war eigentlich nicht zu fürchten; aber dem Bösen ist das Glück oft scheinbar günstiger als dem Guten, und so schien es geraten, auch diesen Menschen mit in Berechnung zu ziehen.

Wir waren also auf unserem weiteren Ritt sehr vorsichtig und kamen über die Grenze hinüber und ein gutes Stück nach Colorado hinauf, ohne irgendwelche Belästigungen erfahren oder eine Spur der erwähnten Personen entdeckt zu haben.

Jetzt befanden wir uns in der Nähe des Rush Creek, und Winnetou kannte da ein altes, längst vergessenes Camp, das wir gegen Abend erreichen wollten. Dieser Platz hatte nach der Beschreibung des Apatschen einen nie versiegenden Quell und war mit einer Steinumwallung umgeben, die guten Schutz ge- währte, obgleich sie nicht eine Mauer bildete, sondern in der Weise aufgeschichtet war, wie die Landleute mancher Gegen- den die in ihrem Acker gefundenen Steine rund um diesen aufeinanderlegen. Für den Westmann bietet ein solcher Wall, auch wenn er nicht hoch ist, eine stets willkommene Deckung gegen etwaige Angriffe.

Kurz nach Mittag entdeckten wir eine Fährte von gegen zwanzig Reitern, die aus Nordost herüberkam und auch nach dem Rush Creek zu gehen schien. Die Spuren zeigten, daß die Pferde Hufeisen trugen; dieser Umstand und die schlechte und oft unterbrochene Ordnung, die von den Männern eingehalten war, ließen vermuten, daß sie Weiße waren. Wir wären dieser Fährte gefolgt, auch wenn sie nicht so genau in unsere Rich- tung geführt hätte; man muß im Wilden Westen stets wissen, was für Menschen man vor sich hat. Daß sie hinauf in die Berge wollten, war für uns selbstverständlich, zumal man ge- rade damals von bedeutenden Gold- und Silberfunden sprach, die in den Mountains gemacht worden seien. Wahrscheinlich hatten wir da vor uns die Fährte einer Gesellschaft jener Aben- teurer, die sich infolge solcher Gerüchte schnell zusammenfin- den und dann ebenso rasch wieder auseinandergehen, verwe- gene und gewissenlose Gesellen, die vom Leben alles erwarten und sich doch sehr wenig daraus machen, wenn sie nichts be- kommen.

Die Fährte war wenigstens fünf Stunden alt; wir hatten also Grund anzunehmen, daß wir heute mit diesen Leuten nicht zusammentreffen würden. Wir folgten ihr daher ohne alle Besorgnis, bis wir an eine Stelle kamen, wo die Leute angehalten hatten. Mehrere leere Konservenbüchsen, die man weggeworfen und dann unvorsichtig liegengelassen hatte, verrieten, daß an diesem Ort Mittag gehalten worden war. Auch eine leere Flasche lag da. Wir waren abgestiegen, um die Stelle genau zu untersuchen, fanden aber nichts, was uns zu ungewöhnlichen Befürchtungen Veranlassung geben konnte. Dick Hammerdull hob die Flasche auf, hielt sie gegen das Licht, sah, daß sich noch ein Schluck darin befand, setzte sie an den Mund und warf sie schnell wieder fort. Sprudelnd und Gesichter schneidend rief er aus:

„Pfui! Wasser, abgestandenes, altes, halbwarmes Wasser! Hatte mir eingebildet, einen Schluck guten Brandy zu finden! Das können keine Gentlemen sein! Wer eine Flasche bei sich hat und nur Wasser darin, der kann keine Ansprüche auf meine Achtung haben, der ist ein ganz gewöhnlicher Mensch! Meinst du nicht auch, Pitt Holbers, altes Coon?"

„Hm!" brummte der Lange. „Wenn du Schnaps erwartet hast, so kannst du mir in der Seele leid tun, lieber Dick. Denkst du denn, daß dir hier im Westen jemand eine volle Brandyflasche her vor die Nase legt?"

„Ob voll oder leer, das bleibt sich gleich, wenn nur etwas darin ist. Aber Wasser, das ist geradezu schändlich an mir gehandelt!"

Der klügste Mann begeht zuweilen eine Dummheit, und vielleicht gerade dann, wenn er alle Veranlassung hat, klug zu sein. So auch wir! Daß wir nämlich diese Flasche unbeachtet ließen, war eine unverzeihliche Nachlässigkeit. Die leeren Konservenbüchsen hatten ja nichts zu sagen; aber die Flasche hätte unsere Aufmerksamkeit erregen müssen. Hätte sich Branntwein darin befunden, nun, so wäre er eben ausgetrunken und die Flasche dann fortgeworfen worden; aber es war Wasser darin gewesen, Wasser! Man hatte sie also nicht des Brandys wegen, sondern als Wasserflasche mitgenommen, sie als Feldflasche benutzt, die man füllt und in die Satteltasche schiebt, um da, wo es kein Wasser gibt, seinen Durst löschen zu können. Im Wilden Westen war damals eine Flasche eine Seltenheit; sie wurde nicht weggeworfen, sondern aufgehoben. Auch diese hier war nicht weggeworfen, sondern vergessen worden. Wenn der Besitzer den Verlust bemerkte und umkehrte, sie zu holen, so mußte er uns entdecken. Das war es, was wir uns hätten denken sollen, und woran wir doch nicht dachten.

Die Leute hatten an dieser Stelle über drei Stunden gelagert; die Fährte war in ihrem weiteren Verlauf nicht zwei Stunden alt; wir folgten ihr dennoch vielleicht eine halbe Stunde lang über eine grasige Savanne, bis wir am Horizont und zu beiden Seiten Buschwerk sahen, hinter dem rechts eine bewaldete Höhe lag, ein Vorberg des Big Sandy-Tals, über dessen Creek wir heute früh gekommen waren. Winnetou deutete nach dieser Höhe.

„Dort an dem Berg müssen wir vorüber, wenn wir nach dem Camp wollen. Meine Brüder mögen mir folgen!"

Er lenkte nach rechts ab.

„Und die Fährte hier?" fragte ich.

„Morgen werden wir sie wiedersehen."

Seine Berechnung war ganz richtig; wir wären früh zu ihr zurückgekehrt, wenn wir nicht die Unterlassungssünde mit der Flasche begangen hätten. Ahnungslos folgten wir ihm, der selbst nicht ahnte, wie verhängnisvoll das Camp uns werden sollte.

Immer durch Buschland reitend, kamen wir nach einer Stunde an dem erwähnten Berg vorüber, hinter dem sich eine Höhe nach der anderen aufbaute oder kulissenartig vorschob. Wir folgten dem Apatschen zwischen sie hinein und kamen gegen Abend in ein breites, sanft ansteigendes Tal, aus dessen Mitte uns ein stiller Weiher entgegenglänzte; in seinem Abfluß spielten zahllose kleine, silberhelle Fischchen. Schattige Bäume standen, bald einzeln, bald in Gruppen, ringsumher, und hinter dem Teich sahen wir Steinanhäufungen, die von weitem wie die Ruinen eines früher bewohnten Orts erschienen.

„Das ist das Camp, das ich meine", erklärte Winnetou. „Hier sind wir sicher vor jedem Überfall, wenn wir einen Posten an den Eingang zum Tal stellen."

Er hatte recht. Es konnte kaum einen Ort geben, der sich besser zum sicheren Lager eignete als dieses Camp. Wir ritten, infolge des weichen Bodens beinahe unhörbar, einer hinter dem anderen an dem Weiher hin; da hielt Winnetou, der voran war, plötzlich sein Pferd an, hob den Finger, um Schweigen zu gebieten, und lauschte.

Wir folgten seinem Beispiel. Jenseits der Steine erklangen Töne, die in der Entfernung, in der wir uns befanden, allerdings nur von einem scharfen Ohr gehört werden konnten. Der Apatsche stieg ab und gab mir ein Zeichen, dasselbe zu tun. Wir ließen unsere Pferde bei den Gefährten zurück und schlichen uns leise zu den Steinen hin. Je näher wir ihnen kamen, desto deutlicher wurden die Klänge. Es war eine hohe männliche Bariton- oder eine sehr tiefe weibliche Altstimme, die in Indianersprache langsam und klagend ein Lied sang. Das war nicht eine Indianerweise, aber auch keine Melodie nach unseren Begriffen; das lag vielmehr in der Mitte zwischen beiden, als hätte ein Roter sich der Sangesweise der Bleichgesichter anbequemt und sie in die Sprache und den eigenartigen Ausdruck der Indianer übertragen. Es war ein Sang, der sich, dem Sänger fast unbewußt, aus der Seele löst, um ebenso ins Geheimnisvolle zu verklingen, wie er aus dem Geheimnisvollen erklungen ist.

Wir schoben uns näher und näher, bis wir eine schmale Bresche im Steinwall erreichten, durch die wir schauen konnten.

„Uff, uff!" sagte Winnetou, vor Überraschung beinahe laut.

Die Steine bildeten eine von Bäumen beschattete und mit einigen Büschen besetzte Umwallung von vielleicht vierzig Meter Durchmesser, deren Boden von hohem fettem Gras bewachsen war. Am Rand dieser Umwallung, ganz nahe bei der Bresche, an der wir lagen, saß – Winnetou, der Häuptling der Apatschen!

Ja, in etwas größerer Entfernung hätte man den Indianer darin für Winnetou halten müssen. Sein Kopf war unbedeckt. Er hatte seine langen, dunklen Haare in einen Schopf gebunden, von dem sie ihm jetzt, da er saß, über den Rücken bis auf die Erde niederfielen. Sein Jagdrock und seine Leggins waren aus Leder gefertigt; dazu trug er Mokassins. Um die Hüften hatte er sich eine bunte Decke geschlungen, in der nur ein Messer steckte. Neben ihm lag ein Doppelgewehr. Am Halse hingen an Schnüren und Riemen verschiedene notwendige Gegenstände, doch darunter keiner, den man für eine Medizin hätte halten können.

War das nicht alles fast genauso wie bei Winnetou? Freilich war der Indianer da drin älter als der Apatsche. Seine Gesichtszüge waren ernst und streng, hatten aber doch etwas an sich, was mir frauenhaft weich vorkam. Alles in allem war ich im ersten Augenblick erstaunt über die Ähnlichkeit mit Winnetou gewesen, und nun dieses Erstaunen vorüber war, bemächtigte sich meiner ein Gefühl, das ich nicht beschreiben kann. Ich befand mich vor etwas Rätselhaftem, vor einem verschleierten Bild, dessen Schleier nicht zu sehen war.

Der Rote sang noch immer halblaut fort. Wie stimmte aber das weiche, tief empfundene Weh des Liedes zu dem kühnen,

energischen Schnitt seines Gesichts? Wie war der harte, unerbittliche Zug, der seine Lippen umlagerte, mit dem wunderbaren, milden Glanz seiner Augen in Einklang zu bringen, der
Augen, von denen ich behaupten möchte, daß sie gewiß und
wahrhaftig schwarz gewesen seien, während es sonst niemals
wirklich schwarze Augen gibt? Dieser Rote war nicht das, was
er schien, und schien nicht das, was er war. Hatte ich ihn
schon gesehen? Entweder nirgends oder hundertmal! Er war
mir ein Geheimnis, aber inwiefern und warum, das vermochte
ich nicht zu sagen.

Winnetou hob die Hand in die Höhe und flüsterte:

„Kolma Puschi!"

Auch seine Augen hatten sich erweitert, um den fremden
Indianer mit einem Blick zu umfassen, wie ich selten einen
Blick aus den Augen des Häuptlings der Apatschen gesehen
hatte.

Kolma Puschi! Also hatte ich richtig geahnt: Wir sahen eine
rätselhafte, eine wirklich rätselhafte Persönlichkeit vor uns. Es
gab oben in den hohen Parks einen Indianer, den kein Mensch
näher kannte, der zu keinem Volk gehörte, und der stolz jeden
Umgang von sich wies. Er jagte bald hier und bald dort, und
wo man ihn sah, da verschwand er ebenso schnell, wie er gekommen war. Nie hatte er sich einem roten oder weißen Menschen feindlich gezeigt, aber es konnte sich auch niemand rühmen, ihn auch nur einen Tag lang zum Gefährten gehabt zu
haben. Einige hatten ihn zu Pferd, einige nur zu Fuß gesehen,
stets aber hatte er den Eindruck eines Mannes gemacht, der
seine Waffen zu führen verstand, und mit dem nicht zu spaßen
ist. Seine Person galt den Indianern und den Weißen als für
alle Fälle neutral, als unverletzlich; ihn feindlich zu behandeln,
hätte nichts anderes geheißen, als den großen Manitou in Zorn
zu versetzen und seine Rache heraufzubeschwören. Gab es
doch Indianer, die behaupteten, dieser rote Mann sei kein
Mensch mehr, sondern der Geist eines berühmten Häuptlings,
den Manitou aus den Ewigen Jagdgefilden zurückgeschickt
habe, um nachzuforschen, wie es seinen roten Kindern ergehe.
Man fand keinen Menschen, der seinen Namen hatte erfahren
können, und da man doch für jeden Gegenstand und für jede
Person einen Namen haben muß, so hatte man ihn seiner
nachtschwarzen, tiefdunklen Augen wegen Kolma Puschi[1] oder
Tokvi Puy[2] genannt. Wer aber ihm diesen Namen gegeben,

---

[1] Moqui-Sprache  [2] Utah-Sprache; beides bedeutet Dunkelauge, Schwarzauge

ihn zum erstenmal ausgesprochen und weitergetragen hatte, das wußte freilich niemand. Also diesen geheimnisvollen Indianer hatten wir jetzt vor uns. Winnetou kannte ihn nicht, hatte ihn auch noch nicht gesehen, behauptete aber doch sofort, daß es Kolma Puschi sei.

Es fiel mir nicht ein, an der Wahrheit dieser Behauptung zu zweifeln, denn jeder, der diesen Roten vor die Augen bekam und vorher auch nur einmal von Kolma Puschi gehört hatte, mußte sich nach dem ersten Blick sagen, daß er dieser und kein anderer sei.

Wir hatten keine Veranlassung, ihn lange zu belauschen; und da wir unsere Gefährten nicht warten lassen wollten, erhoben wir uns von der Erde und machten dabei absichtlich ein Geräusch. Schnell wie ein Blitz griff er nach seinem Gewehr, richtete drohend die Läufe auf uns, ließ die Hähne knacken und rief fragend:

„Uff! Zwei Männer! Wer?"

Das war ebenso kurz, wie es gebieterisch klang. Winnetou öffnete schon den Mund, um zu antworten; da ging mit dem Fremden eine plötzliche Veränderung vor. Er ließ sein Gewehr, es mit der einen Hand am Oberlauf haltend, mit dem Kolben zu Boden sinken, breitete den anderen Arm wie bewillkommnend aus und rief:

„Intschu tschuna! Intschu tschuna, der Häuptling der Apa – doch nein! Das ist nicht Intschu tschuna; das kann nur Winnetou sein, sein Sohn, sein noch viel größerer, noch berühmterer Sohn!"

„Du hast Intschu tschuna, meinen Vater, gekannt?" fragte Winnetou, während wir langsam durch die Bresche in den Kreis traten.

Es war, als besinne sich der Geheimnisvolle, ob er es leugnen oder zugeben solle. Da jenes aber nun nicht mehr möglich war, antwortete er:

„Ja, ich habe ihn gekannt; ich habe ihn gesehen, einmal oder zweimal, und du bist sein Ebenbild."

Seine Stimme hatte einen weichen und doch kräftigen, entschiedenen Ton; sie war fast noch sonorer, noch klangreicher als die des Apatschen und hatte eine höhere, beinahe weibliche Lage.

„Ja, ich bin Winnetou; du hast mich erkannt. Und du wirst Kolma Puschi genannt?"

„Kennt mich Winnetou?"

„Nein; ich habe dich noch nie gesehen; ich errate es. Erlaubt

uns Kolma Puschi, von dem wir stets nur Gutes hörten, an sei·
ner Seite Platz zu nehmen?"

Der Genannte richtete seine Augen nun auch auf mich.
Nachdem er einen scharf forschenden Blick über mich hatte
gleiten lassen, antwortete er:

„Auch ich habe nur Gutes von Winnetou gehört. Ich weiß,
daß oft ein Bleichgesicht bei ihm ist, das noch nie eine böse
Tat begangen hat und Old Shatterhand genannt wird. Ist das
dieser Weiße?"

„Er ist es", nickte Winnetou.

„So setzt euch nieder und seid Kolma Puschi willkommen!"

Er gab uns seine Hand, die mir ungewöhnlich klein vorkam.
Winnetou machte ihm die Mitteilung:

„Wir haben Gefährten bei uns, die draußen am Wasser warten. Dürfen auch sie herbeikommen?"

„Der große Manitou hat die Erde für alle guten Menschen
geschaffen; es ist hier Platz genug für alle, die euch begleiten."

Ich ging, um die Gefährten zu holen. Die Umwallung hatte
auf der anderen Seite einen breiteren Eingang als die Bresche,
durch die wir gestiegen waren; als wir da hindurch in den
Kreis gelangten, saßen Winnetou und Kolma Puschi nebeneinander unter einem Baum. Der Indianer sah uns erwartungsvoll
entgegen. Sein Auge glitt über die Nahenden mit dem gewöhnlichen Anteil hinweg, den man für Unbekannte zeigt, mit denen man für kurze Zeit zu verkehren hat; als es aber auf Apanatschka fiel, der zuletzt hereingeritten kam, blieb sein Blick
wie festgebannt an ihm hängen. Es riß ihn — wie eine unsichtbare Gewalt — mit einem Ruck vom Boden auf; er tat, den
Blick keine Sekunde von ihm wendend, mehrere Schritte auf
Apanatschka zu, blieb dann stehen, verfolgte jede seiner Bewegungen mit unbeschreiblicher Spannung, trat dann sehr schnell
auf ihn zu und fragte fast stammelnd:

„Wer — wer bist du? Sag — sag es mir!"

Der Gefragte antwortete mit gleichgültiger Freundlichkeit:

„Ich bin Apanatschka, der Häuptling der Pohonim-Komant-
schen".

„Und was — was willst du hier in Colorado?"

„Ich wollte nach Norden, um die heiligen Steinbrüche zu
besuchen, und traf dabei auf Winnetou und Old Shatterhand,
die in die Berge wollten. Da habe ich meinen Pfad geändert
und bin mit ihnen geritten."

„Uff, uff! Häuptling der Komantschen! Es kann nicht sein; es
kann nicht sein!"

Er starrte Apanatschka noch immer so forschend an, daß dieser sagte:

„Kennst du mich? Hast du mich schon einmal gesehen?"

„Ich muß, ich muß dich gesehen haben, doch wird es wohl im Traum gewesen sein, im Traum meiner Jugend, die schon längst vergangen ist."

Er gab sich Mühe, seine Aufregung zu beherrschen, reichte ihm die Hand und fuhr fort:

„Sei auch du mir willkommen! Es ist heute ein Tag wie wenig Tage sind!"

Er kehrte zu Winnetou zurück, bei dem ich inzwischen Platz genommen hatte, und ließ sich, Apanatschka immer noch betrachtend, auf seinem früheren Sitz nieder, als ob er sich noch heute im „Traum seiner Jugend" befände. Ein solches Verhalten ist bei einem Indianer eine Seltenheit, die nicht unbeachtet bleiben kann. Sie fiel Winnetou nicht weniger auf als mir, doch ließen wir uns nicht anmerken, wie spannend die Szene für uns beide gewesen war.

Die Pferde wurden zur Tränke geführt und dann mit grünem Laubwerk versorgt. Zwei Mann sammelten Dürrholz zum Feuer, das angesteckt wurde, sobald es dunkelte, und um dieselbe Zeit ging Pitt Holbers fort, um als erster am Taleingang Posten zu stehen. Er sollte von Treskow abgelöst werden, worauf wir nach der gewöhnlichen Reihe folgen wollten.

Wir saßen bald alle in einem weiten Kreis, in dem das Feuer brannte. Wir waren mit Mundvorrat versehen und teilten Kolma Puschi davon mit, da wir glaubten, daß er nichts zu essen habe.

„Meine Brüder sind freundlich zu mir", sagte er; „aber ich könnte ihnen auch Fleisch geben, daß sie alle satt würden."

„Wo hast du es?" fragte ich.

„Bei meinem Pferd."

„Warum hast du es nicht mit hierher genommen?"

„Weil ich nicht hierbleiben, sondern weiterreiten wollte. Es steht an einem Ort, wo es sicherer ist als hier."

„Hältst du dieses Camp nicht für sicher?"

„Für einen einzelnen nicht; da ihr aber so zahlreich seid, daß ihr Wachen ausstellen könnt, habt ihr garantiert kaum etwas zu befürchten."

Ich hätte dieses Gespräch gern fortgesetzt; er verhielt sich aber so einsilbig, daß ich davon abließ. Natürlich fragte er, wohin wir wollten. Als er erfuhr, der Park von San Luis sei unser Ziel, wurde er noch schweigsamer als vorher; das konnte uns weder auffallen noch beleidigen. Im Wilden Westen ist der Mensch selbst gegen gute Bekannte vorsichtiger als anderswo. Nur Dick Hammerdull war unzufrieden, daß von diesem fremden Indianer so wenig zu erfahren war; er wollte mehr ermitteln und fragte ihn in seiner vertraulichen Weise:

„Mein roter Bruder hat gehört, daß wir von Kansas heraufgekommen sind. Dürfen wir nun wissen, woher er gekommen ist?"

„Kolma Puschi kommt von daher und von dorther; er ist wie der Wind, der alle Wege hat", lautete die unbestimmte Antwort.

„Und wohin wird er von hier aus gehen?"

„Dahin und dorthin, wohin sein Pferd die Schritte lenkt."

„Well! Ob dahin oder ob dorthin, das bleibt sich gleich; aber man muß doch wenigstens wissen, wohin das Pferd zu laufen hat! Oder nicht?"

„Wenn Kolma Puschi es weiß, ist es genug."

„Oh! Ich brauche es also nicht zu wissen? Das ist nicht nur aufrichtig, sondern sogar grob! Meinst du nicht auch, Pitt Holbers, altes . . ."

Er bemerkte, daß Holbers jetzt nicht da war, und verschluckte also das letzte Wort seiner Frage. Kolma Puschi wandte sich vollständig zu ihm hin und sagte in ernstem Ton:

„Das Bleichgesicht, das Hammerdull genannt wird, nennt mich grob. War es vorher fein und höflich, mir den Mund öffnen zu wollen, wenn ich es liebe, daß er geschlossen bleibt? Wer sein Ziel verschweigt, dem kann die Gefahr nicht vorauseilen, um ihn dort zu überfallen. Das mag Hammerdull sich merken!"

„Danke!" lachte der Zurechtgewiesene. „Schade, Mr. Kolma Puschi, daß Ihr kein Schulmeister geworden seid! Die Begabung hättet Ihr dazu! Übrigens war es nicht böse von mir gemeint. Ihr gefallt mir außerordentlich, und ich würde mich freuen, wenn Euer Weg derselbe wie der unsere wäre. Darum habe ich gefragt."

„Daß mein dicker weißer Bruder es nicht bös gemeint hat, weiß ich, sonst hätte ich ihm überhaupt nicht geantwortet. Ob mein Weg derselbe ist, das wird sich finden. Howgh!"

Damit war die Unterhaltung zu Ende. Weil wir am anderen Morgen sehr zeitig aufbrechen wollten, legten wir uns bald schlafen; das war, als Pitt Holbers, der von Treskow abgelöst worden war, wieder in das Lager kam.

Wie lange ich geschlafen hatte, weiß ich nicht; ein vielstimmiges Brüllen weckte mich, und als ich die Augen öffnete, geschah es nur, um einen Augenblick lang einen vor mir stehenden Menschen zu sehen, der mit dem Gewehrkolben ausholte. Ehe ich eine Bewegung machen konnte, traf mich der Hieb, und es war aus mit mir – glücklicherweise nicht für immer.

Lieber Leser, bist du eine so empfindsame Natur, daß du mir nachfühlen kannst, wie es ist, wenn man aus einer tiefen Betäubung erwacht und dabei zu der freundlichen Erkenntnis kommt, daß man einen Dummkopf besitzt, der so unbedachtsam gewesen ist, einen niedersausenden Gewehrkolben aufzufangen? Ich sage mit Absicht „einen Dummkopf", denn dümmer als nach einem solchen Hieb kann es keinem menschlichen Kopf sein! Zunächst fühlt man ihn gar nicht; man lebt nur bis zum Hals herauf und kommt erst nach und nach durch ein gewisses Summen und Brummen zu der Einsicht, daß man nicht gänzlich geköpft, sondern nur an den obersten Teil des Körpers geschlagen worden ist. Daß dieser Teil der Kopf ist, wird einem nicht sogleich, sondern erst dann – nicht klar, sondern einstweilen noch unklar, wenn das Brummen sich in ein Drücken und Schrauben verwandelt, als ob der in eine Weinpresse gespannte Schädel mit einem halben oder auch ganzen Gros Pfropfenzieher bearbeitet werde. Im nächsten Stadium bringt jeder Pulsschlag, der das Gehirn mit Blut versorgt, das Gefühl hervor, als ob man mit dem Kopf unter den Stampfen einer Ölmühle oder eines Hammerwerks liege, und dazwischen wühlen Löwenkrallen im Wohnsitz des Verstands herum. Ich sehe ein, daß es eines klugen Menschen unwürdig ist, den Zustand zu beschreiben, in dem man sich nach einem solchen Hieb befindet; ich will nur sagen: dumm, im höchsten Grade dumm!

So erging es mir. Nachdem ich die oben beschriebenen Grade durchgemacht hatte, bekam ich alle möglichen Farben vor die Augen, und die Brandung von hundert Meeresküsten tobte mir in den Ohren. Ich konnte weder sehen noch hören und tat, was in diesem Fall das Beste und Allergescheiteste war: ich fiel in die Betäubung zurück.

Als ich dann zum zweitenmal zu mir kam, fühlte ich mich zu meiner Freude im leidlichen Besitz meiner körperlichen und geistigen Fähigkeiten; nur vermochte ich noch nicht ganz genau zu unterscheiden, ob mir zwischen und aus den Schultern ein Kopf oder ein Gewehrkolben gewachsen war. Ich machte von meinen Fähigkeiten sofort Gebrauch, indem ich zunächst die Augen öffnete. Das, was ich sah, war nicht sehr tröstlich zu nennen. Ein großes, helles Feuer brannte, und vor mir saß Old Wabble, der seine haßerfüllten Augen auf mich gerichtet hielt.

„Ah, endlich, endlich!" rief er aus. „Habt Ihr ausgeschlafen, Mr. Shatterhand? Von mir geträumt, nicht wahr? Ich bin überzeugt, Euch im Traum als Engel erschienen zu sein, und bin gern bereit, diese Rolle jetzt weiterzuspielen; *it's clear!* Als was für einen Engel werdet Ihr mich da wohl kennenlernen? Als Rache- oder Rettungsengel?"

„*Pshaw!*" antwortete ich. „Ihr habt zu keinem von beiden das Geschick."

Es fuchste mich gewaltig, diesem Menschen antworten zu müssen; aber ein stolzes Schweigen wäre falsch gewesen. Ich ließ meine Augen rundum schweifen. Wir waren alle gefangen, selbst Treskow, der Wache gestanden hatte. Wahrscheinlich war er nicht aufmerksam genug gewesen und hatte sich überrumpeln lassen. Alle waren gefesselt. Links von mir lag Winnetou, rechts der dicke Hammerdull. Von den zwanzig Kerlen, die rund um uns saßen, kannte ich außer Old Wabble keinen. Das waren die Leute, deren Fährte wir heute gesehen hatten. Wie kamen sie hierher nach diesem Camp? Sie waren uns doch vorausgewesen und hatten sich links gehalten, während wir rechts abgeritten waren! Da fiel mir die Wasserflasche ein, und es wurde mir mit einemmal klar, was für einen Fehler wir begangen hatten.

Der alte König der Cowboys hatte sich genau vor mich hingesetzt. Die Freude, mich gefangen zu haben, lachte höhnisch aus jeder Runzel und Falte seines verwitterten Gesichts. Das schlangengleich in einzelnen Strähnen von seinem Kopf fallende lange, graue Haar verlieh ihm das Aussehen einer greisenhaften, männlichen Eumenide oder Gorgone, aus deren krakenähnlichen Fangarmen kein Entrinnen ist. Die oft wechselnde Beleuchtung des bald hoch aufflackernden und bald zusammensinkenden Feuers gab ihm etwas so abenteuerlich Phantastisches und ließ seine langgliedrige, wabbelnde Gestalt so wunderlich erscheinen, daß ich hätte glauben mögen, mich in einer Märchenszene zu befinden, wenn mir nicht so sehr bewußt gewesen wäre, daß ich es leider nur mit nackter, unpoetischer Wirklichkeit zu tun hatte.

Er nahm meine Antwort als das, was sie war, nämlich eine Verhöhnung, und fuhr mich zornig an:

„Seid nicht so frech, sonst schnalle ich Euch die Fesseln so fest, daß Euch das Blut aus der Haut spritzt! Ich habe keine Lust, mich von Euch lächerlich machen und beleidigen zu lassen. Ich bin kein Indianer! Versteht Ihr, was ich damit sagen will?"

„Ja, daß Ihr überhaupt nicht zu den Wesen gehört, die man Menschen nennt!"

„Zu welchen denn?"

„Steigt so weit wie möglich im Tierreich hinunter und sucht Euch da das häßlichste, gemiedenste Geschöpf heraus, so habt Ihr, was Ihr seid!"

Er ließ ein heiseres Lachen hören und rief:

„Der Kerl ist wirklich so albern, daß er mich nicht verstanden hat! Ich habe gesagt, Ihr sollt bedenken, daß ich kein Indianer bin. Die Roten schleppen ihre Gefangenen lange Zeit mit sich herum, um sie nach ihren Weideplätzen zu bringen; sie füttern sie gut, um sie zum Aushalten vieler Qualen kräftig zu machen. Dadurch wird, wie ich in Eurer Gesellschaft selbst erfahren habe, den Gefangenen Gelegenheit geboten, einen zur Flucht günstigen Augenblick abzuwarten. Wer keine Hoffnung zum Entkommen hat und schnell und schmerzlos sterben will, der pflegt darum das alte, abgegriffene Mittel anzuwenden, die Indsmen, in deren Hände er geraten ist, so zu beleidigen, daß sie sich im Zorn darüber vergessen und ihn augenblicklich töten. Wenn Ihr etwa glaubt, zwischen diesem Entweder und diesem Oder wählen zu können, so seid Ihr im Irrtum. Ihr findet bei mir keine Gelegenheit zur Flucht, weil es mir gar nicht einfallen kann, Euch lange mit mir herumzuzerren; aber Ihr bringt mich auch nicht so weit, Euch rasch die Kugel oder das Messer zu geben und auf den Genuß zu verzichten, den ich haben werde, wenn Ihr so recht hübsch langsam aus diesem Leben in Eure berühmte Seligkeit hinüberschmachtet. Könnt Ihr Euch noch besinnen, was Ihr mir während jenes nächtlichen Ritts durch den Llano estacado alles vom ewigen Leben vorgefaselt habt?"

Ich antwortete nicht, und er fuhr fort:

„Nach Eurer Ansicht muß es da drüben so wundervoll sein, daß es mich als Eurem besten Freund, der ich doch jedenfalls bin, von Herzen jammert, Euch hier im Erdenleben schmachten zu sehen. Ich werde Euch also die Türe Eures Paradieses öffnen und durch einige kleine Unbehaglichkeiten, die ich Euch dabei bereite, dafür sorgen, daß Euch die jenseitigen Herrlichkeiten um so vollkommener erscheinen."

„Habe nichts dagegen", bemerkte ich in möglichst gleichgültigem Ton.

„Davon bin ich überzeugt! Darum hoffe ich, daß Ihr mir für

die Liebe, die ich Euch damit erweise, einen Gefallen tut. Ich möchte nämlich gar zu gern wissen, wie es da drüben ist. Wolltet Ihr mir nach Eurer seligen Abreise einmal als Geist oder Gespenst erscheinen, um mir Auskunft zu erteilen, so würde mich das zu großer Dankbarkeit verpflichten, und Ihr könntet meinerseits des herzlichsten Willkommens sicher sein. Wollt Ihr das tun, Mr. Shatterhand?"

„Gern! Ich werde sogar noch mehr tun, als Ihr verlangt; ich werde noch vor meinem Tod über Euch kommen, und zwar in einer Weise, daß Ihr tausend Gespenster anstatt nur eines sehen werdet!"

„*Well*, darüber sind wir also einig", sagte er. „Ihr seid freilich ein Kerl, der nie den Mut verliert; aber wenn Ihr jetzt noch irgendwelche Hoffnung hegt, so kennt Ihr Fred Cutter schlecht, den man Old Wabble nennt. Ich habe mir vorgenommen, meine Rechnung mit Euch abzuschließen, und der Strich, den ich darunter mache, wird ein Strich durch Euer Leben sein. Denn, mein Bester, Ihr habt gestern nachmittag einen Pudel sondergleichen geschossen, nicht wahr?"

„*Pshaw*, eine Flasche, weiter nichts!"

„Richtig! Ja, die Flasche, die ist verhängnisvoll für Euch geworden! Es ist schon mancher an der Flasche, nämlich an deren Inhalt, zugrunde gegangen; aber daß jemand durch eine leere Flasche nach den Ewigen Jagdgründen befördert wird, das ist wohl noch nicht dagewesen! Habt Ihr denn nicht daran gerochen?"

Da antwortete Dick Hammerdull an meiner Stelle:

„Ist uns nicht eingefallen. Denkt Ihr denn wirklich, daß wir etwas, was Ihr in den Händen gehabt habt, an unsere Nase bringen?"

„Sehr schön gesprochen, Dicker; aber die Lust zum Scherzen wird Euch noch vergehen! Ihr habt die Pulle für eine weggeworfene Schnapsflasche gehalten; sie war aber meine Wasserflasche, die ich vergessen hatte. Wenn Ihr wißt, was ein Schluck Wasser da, wo es keins gibt, zu bedeuten hat, so werdet Ihr Euch nicht darüber wundern, daß ich sofort halten ließ und zurückritt, als ich den Verlust bemerkte. Als ich den Rand der Prärie erreichte, auf der wir mittags gelagert hatten, sah ich euch und erkannte euch nicht gleich. Ihr rittet aber weiter und kamt mir dadurch näher; da nahm ich freilich zu meiner Freude wahr, daß ich die Gentlemen vor mir hatte, die ich suchte. Ich jagte also sofort zurück und holte meine Leute. Wir folgten euch bis an dieses Tal, wo euer Posten so entgegenkommend war, sich von uns überfallen zu lassen. Wir schlichen zu Fuß herein und umzingelten euch. Ihr schlieft den Schlaf der Gerechten und träumtet von so vortrefflichen Dingen, daß es mir unendlich leid tut, euch aufgeweckt zu haben. Wir bieten euch auf eurem weiteren Ritt unsere Gesellschaft an. Mr. Shatterhand wird sich leider nicht daran beteiligen können, da er im Begriff steht, abzureisen. Er wird in diesem schönen Tal, sobald es Tag geworden ist, die Himmelsleiter besteigen und also verhindert sein, an unserer Seite zu . . ."

„Schwatzt nicht so lange und so unnützes Zeug!" fiel ihm da einer in die Rede, der mit übereinandergeschlagenen Armen am Stamm eines Baumes lehnte. „Was geschehen soll, das kann geschehen, ohne daß man vorher darüber viele Worte macht. Was Ihr mit Old Shatterhand abzuschließen habt, geht uns nichts an; die Hauptsache ist für uns das Versprechen, das Ihr uns gegeben habt."

„Das werde ich halten!" antwortete Old Wabble.

„So macht, daß Ihr darauf zu sprechen kommt! Wir wollen wissen, woran wir sind."

„Das wißt ihr schon!"

„Nein. Bevor Ihr nicht mit Winnetou gesprochen habt, hat alles andere keinen Wert für uns. Ihr habt uns da unten in Kansas aus den besten Geschäften gerissen; nun, da wir die Kerls gefangen haben, wollen wir vor allen Dingen erfahren, ob die Hoffnungen, die Ihr uns gemacht habt, in Erfüllung gehen können. Wendet Euch an Winnetou, schwatzt aber nicht so lange mit Old Shatterhand! Der Apatsche ist doch wohl der Mann, den wir brauchen!"

„Nur langsam, Mr. Redy, langsam! Wir haben so viel Zeit, daß Ihr das wohl erwarten könnt."

Also Redy hieß der Mann, der am Baum stand! Ich vermutete, da er von Kansas und den dortigen guten Geschäften gesprochen hatte, daß die Leute, die uns überfallen hatten, zu den Tramps gehörten, denen wir da unten so geflissentlich ausgewichen waren. Redy war anscheinend der Anführer dieser Truppe und von Old Wabble veranlaßt worden, mit ihm zu reiten, um uns zu verfolgen — unter welchen Voraussetzungen und Bedingungen, das war noch zu erfahren.

Unsere Lage war schlimm. Die Kerls, in deren Händen wir uns befanden, waren mehr zu fürchten als eine heruntergekommene Indianerhorde. Und von uns allen war ich derjenige, der die schlechtesten Aussichten hatte. Ich sollte hier ermordet werden und war überzeugt, daß Old Wabble, wenn nicht ein für mich günstiger Umstand eintrat, seine Drohung ausführen würde. Mein Leben hing diesmal an einem Haar.

Redy näherte sich dem Apatschen und sagte zu ihm:

„Mr. Winnetou, die Sache ist nämlich die, daß wir ein Geschäft mit Euch haben. Hoffentlich weigert Ihr Euch nicht, darauf einzugehen!"

Winnetou sah ebenso wie ich ein, daß Schweigen nicht am Platz war. Wir mußten uns über die Absichten dieser Menschen klarwerden und also mit ihnen reden. Darum antwortete der Apatsche:

„Was für ein Geschäft meint das Bleichgesicht?"

„Ich will es kurz machen und aufrichtig sein. Old Wabble hat eine Rache gegen Old Shatterhand, die er sich nicht getraute, allein auszuführen. Er kam zu uns und forderte uns auf, ihm zu helfen. Wir waren bereit dazu, doch nur unter der Bedingung, daß ein guter Lohn für uns abfällt. Er versprach uns Gold, viel Gold dafür. Hoffentlich habt Ihr mich verstanden?'

„Uff!"

„Ich weiß nicht, was Ihr mit diesem Uff sagen wollt, hoffe aber, es bedeutet eine Zustimmung. Es sind hier in Colorado sehr schöne Placers entdeckt worden. Wir wollten, wenn wir in Kansas fertig waren, auch herauf, um zu prospekten; das ist aber eine sehr trügerische Sache. Wer nichts findet, bekommt eben nichts und zieht mit langer Nase ab. Da hat uns aber Old Wabble auf einen kostbaren Gedanken gebracht: Ihr, Mr. Winnetou, wißt gewiß viele Stellen, wo Gold zu finden ist?"

Winnetou erwiderte langsam:

„Es gibt rote Männer, die Plätze kennen, an denen Gold in Menge liegt."

„Ihr werdet uns einen solchen Platz zeigen!"

„Die roten Männer pflegen solche Stellen nicht zu verraten."

„Wenn man sie aber zwingt?"

„So sterben sie lieber."

„*Pshaw!* Es stirbt sich nicht so leicht!"

„Winnetou hat nie den Tod gefürchtet!"

„Nach allem, was ich von Euch gehört habe, glaube ich das. Aber es handelt sich diesmal nicht nur um Euch, sondern um alle Eure Begleiter. Old Shatterhand muß sterben; das ist nicht zu ändern, weil wir es Old Wabble versprochen haben; aber Euch und die anderen könnt Ihr dadurch retten, daß Ihr uns ein gutes Placer entdeckt."

Winnetou schloß zum Zeichen, daß er nachdenken wolle, die Augen. Es trat eine Pause ein. Er kannte Goldlager, ja; aber selbst die ärgste Drohung hätte ihn nicht vermocht, eins zu verraten. Er mußte die Tramps täuschen und sich willig zeigen. Es galt für ihn zweierlei; erstens mich, dessen Tod eine fest beschlossene Sache war, zu retten, und zweitens Zeit zu gewinnen, um einen für unsere Befreiung günstigen Umstand abzuwarten.

„Nun, wann bekomme ich Antwort?" fragte Redy, als ihm die Pause zu lang wurde.

„Die Bleichgesichter werden kein Gold bekommen", sagte Winnetou, als er jetzt die Augen wieder aufschlug.

„Warum? Du weigerst dich also, ein Placer zu verraten?"

„Nein. Winnetou weiß nicht nur ein Placer, sondern eine große, reiche Bonanza. Er würde euch die Stelle sagen, wenn es ihm möglich wäre."

„Wie? Du weißt eine Bonanza und kannst sie uns nicht zeigen? Das ist kaum glaublich!"

„Winnetou trachtet nicht nach dem Besitz des Goldes. In Colorado kennt er nur einen Fundort; das ist diese Bonanza; sie ist unermeßlich reich. Aber ich kann euch nicht führen, da mir ihre Lage nicht genau bekannt ist."

„Go to hell! Eine unermeßlich reiche Bonanza, aber ihre Lage ist dir nicht genau bekannt! Das ist nur bei einem Indianer möglich. Kannst du denn nicht wenigstens sagen, in welcher Gegend es ungefähr ist?"

„Das weiß ich wohl. Es ist am Squirrel Creek. Mein Bruder Shatterhand und ich hatten uns getrennt, um zwei verschiedene Spuren zu verfolgen. Wir trafen uns nach einigen Tagen glücklich an dem verabredeten Ort. Da berichtete mir Old Shatterhand, daß wir die von ihm verfolgte Spur nicht zu fürchten brauchten. Seine Rückkehr hatte sich verspätet, da er unterwegs eine Bonanza hatte unsichtbar machen müssen. Nur einige Probestücke brachte er mit."

„Probestücke! Wie groß – wie groß?" fragte Redy, und alle lauschten andächtig.

„Bis zur Größe eines Taubeneis. Manche waren auch noch größer!"

„Donnerwetter! Da liegen ja Millionen, viele Millionen beisammen! Und die habt ihr liegenlassen?!"

„Warum sollten wir das Gold mitnehmen?"

„Warum? Warum ihr es hättet mitnehmen sollen? Hört, ihr Männer, diese Menschen finden eine riesenhafte Bonanza, und da fragt der Mann, warum sie das Gold hätten mitnehmen sollen!"

Ein allgemeines Murmeln des Erstaunens antwortete. Man kann sich überhaupt denken, mit welcher Aufmerksamkeit die Leute den Worten des Apatschen folgten. Es fiel ihnen gar nicht ein, an der Wahrheit seiner Angaben zu zweifeln. Ich meinerseits war überzeugt, daß er auch jetzt keine Lüge sagte; es gab jedenfalls eine solche reichhaltige Bonanza, doch lag sie wahrscheinlich nicht am Squirrel Creek, sondern ganz anderswo.

„Warum wundert sich der weiße Mann so sehr?" fragte der Apatsche. „Es sind überall Placers vorhanden, wo Winnetou und Old Shatterhand sich Gold holen können. Wenn sie welches brauchen, suchen sie das Placer auf, das ihnen zu der betreffenden Zeit am nächsten liegt. Jetzt wollten wir hinauf nach dem Squirrel Creek, um dort einige Taschen voll zu holen."

„Ah! Ihr wolltet welches holen! Das haben wir uns doch gedacht, daß ihr nur aus diesem oder ähnlichen Grund hinauf in die Berge wolltet! Aber – wie stimmt das? Du hast ja gesagt, daß du nicht weißt, wo die Bonanza liegt!"

„So ist es; aber Old Shatterhand, mein Bruder, hat sich die Stelle gemerkt."

Jetzt war es heraus, was er hatte sagen wollen und was mich vom Tode erretten sollte. Wenn sie die Bonanza haben wollten, deren Lage ich allein genau kannte, mußten sie mein Leben schonen. Er war natürlich so klug, diese Worte zu betonen, daß ihre Absichtlichkeit nicht erraten wurde. Daß er den gewollten Zweck erreichte, zeigte sich auf der Stelle, denn Redy rief schnell aus:

„Das ist ja ganz dasselbe! Ob Winnetou oder Old Shatterhand diese Stelle genau kennt, das macht gar keinen Unterschied, da beide unsere Gefangenen sind. Kann Winnetou uns nicht hinführen, so wird Old Shatterhand unser Führer sein!"

„Das sagt Ihr, ohne mich zu fragen, Mr. Redy?" fragte Old Wabble. „Ich denke, Old Shatterhand soll noch heute, und zwar in diesem Tal, sterben!"

„Soll? Nein, sondern er sollte; nun aber wird er leben bleiben und uns zu der Bonanza führen."

„Das gebe ich nicht zu!"

„Ich glaube, Ihr habt den Verstand verloren, alter Wabble! Wollt Ihr auf die Bonanza verzichten? *By Jove,* Ihr seid wirklich wahnsinnig geworden!"

„Durchaus nicht! Ich habe euch angeworben, mir Old Shatterhand zu fangen; dafür habe ich euch den Rat gegeben, Winnetou zu zwingen, euch ein Placer zu zeigen. Die Bonanza würde also euch allein gehören und nicht auch mir mit. Aber einer Sache wegen, woran ich keinen Anteil habe, gebe ich Old Shatterhand, nachdem wir ihn so glücklich erwischt haben, nicht wieder her. Wenn ich ihn nicht heute noch töte, wird er fliehen, ausreißen!"

Da schlug Redy ein lautes Gelächter auf und rief:

„Ausreißen, uns ausreißen! Habt ihr es gehört, ihr Leute, ein Mann, der unser Gefangener ist, soll uns entfliehen, soll ausreißen können!"

Sie stimmten alle in sein Lachen ein; Old Wabble aber schrie zornig:

„Wie dumm ihr seid, die ihr mich dumm genannt habt! Wenn ihr euch einbildet, diesen Kerl festhalten zu können, so könnt ihr mir leid tun! Der zersprengt mit seinen Fäusten eiserne Ketten, und wenn er mit Gewalt nichts ausrichtet, so legt er sich auf die List, worin er Meister ist."

„Eiserne Ketten haben wir nicht und brauchen wir nicht; lederne Riemen sind viel besser! Und List! Ich möchte den Menschen sehen, der zwanzig solchen Männern, wie wir sind, durch List entkommt! Und wenn er es noch so pfiffig anfängt, vierzig Augen bewachen ihn; was da das eine nicht sieht, das sieht das andere. Der listigste Anschlag, den er versuchen könnte, würde von uns entdeckt werden."

„Es ist wirklich lächerlich, was manche Menschen sich einbilden! Habt ihr denn nicht gehört, wie oft er bei den Indianern gefangen war, wie oft er ihnen wieder und immer wieder entkommen ist?"

„Wir sind keine Indianer!"

„Aber Weißen ist es ebenso ergangen! Ich sage euch, dieser Schurke macht alles möglich, was anderen Menschen nicht gelingen würde! Den muß man erschießen, gleich nachdem man ihn ergriffen hat. Wenn man das nicht tut, läuft er einem wie Wasser aus den Händen! Ich kenne das, denn ich bin lange Zeit mit ihm geritten!"

„Ihr macht aus der Mücke einen Elefanten. Nochmals wiederhole ich: ich möchte den Menschen sehen, der mir entflieht, wenn ich ihn festhalten will! Es bleibt dabei; er führt uns nach der Bonanza!"

„Und ich gebe das nicht zu!"

Sie standen sich wie kampfgerüstet gegenüber, Old Wabble, der Spötter, der Leugner, der Lästerer, und Redy der gewalttätige Anführer der Tramps, der sich ohne Skrupel hatte dingen lassen, mich zu fangen und dem Mörder zu übergeben. Es war ein spannender Augenblick, so spannend, daß ich vergaß, daß es mein Leben war, um das sie sich stritten. Es kam aber nicht zu Tätlichkeiten.

Redy legte dem alten Wabble die Hand auf die Achsel und sagte in drohendem Ton:

„Glaubt Ihr denn wirklich, daß ich danach frage, ob Ihr es zugeben werdet?"

„Ich hoffe es! Oder wollt Ihr mich um Old Shatterhand betrügen, wollt Ihr wortbrüchig werden?"

„Nein. Wir halten Wort. Wir haben Euch versprochen, Old Shatterhand zu fangen und ihn Euch auszuliefern. Gefangen haben wir ihn, und ihr könnt versichert sein, wir werden ihn Euch auch übergeben, aber nur nicht heute!"

„Hol Euch der Teufel mit Euerm Versprechen! Ihr werdet es doch nicht halten können!"

„Wir halten es. Und wenn Ihr es etwa verhindern wolltet, daß wir ihn mitnehmen, so schaut Euch hier im Kreis um! Wir sind zwanzig Mann!"

„Ja, darauf fußt Ihr freilich!" schrie der Cowboy ergrimmt. „Es ist am besten, ich frage gar nicht viel, sondern ich schieße ihm eine Kugel in den Kopf. Da hat aller Streit ein Ende!"

„Das wagt ja nicht! Wenn Ihr Old Shatterhand erschießt oder ihn nur im geringsten verletzt, so ist Euch im nächsten Augenblick eine Kugel von mir sicher."

„Ihr wagt es, mir zu drohen?"

„Wagen? Dabei ist gar nichts gewagt! Wir sind mit Euch gezogen und wollen gute Kameradschaft mit Euch halten. Aber es handelt sich um eine Bonanza, die wahrscheinlich Millionen wert ist. Da frage ich den Teufel nach Euerm Leben, wenn Ihr uns um diese Masse von Gold bringt! Also, daß Ihr es wißt: Old Shatterhand reitet mit uns, und wenn Ihr ihn auch nur so wenig verletzen solltet, daß ein Ritz in seiner Haut entsteht, lauft ihr die Himmelsleiter hinan, auf die Ihr ihn stellen wolltet!"

„Ihr droht mir mit dem Tod! Ist das die Kameradschaft, von der Ihr redet?"

„Ja, das ist sie! Oder ist es kameradschaftlich von Euch, wenn Ihr uns um die Bonanza bringen wollt?"

„Nun gut, so muß ich mich fügen, doch nicht, ohne eine Bedingung zu stellen. Ich will dann, wenn die Bonanza gefunden wird, auch an ihr teilhaben, *it's clear!*"

„*Well!* Einverstanden! Ihr seht also, daß wir es gut mit Euch meinen!"

„Das könnt ihr auch, denn wenn ihr solche Klumpen Gold bekommt, so habt ihr das niemandem als nur mir zu verdanken. Übrigens werde ich mich wegen Shatterhand nicht auf euch, sondern auf mich selbst verlassen."

Und sich zu mir wendend, fuhr er in höhnischem Ton fort:

„Ich habe nämlich ein vortreffliches Mittel, Euch von der Flucht abzuhalten."

Er deutete auf den Henrystutzen und den Bärentöter und fügte hinzu:

„Ohne diese Gewehre reißt Ihr uns sicherlich nicht aus! Ich kenne Euch und weiß, daß Ihr sie auf keinen Fall aufgebt. Ich habe sie ja schon einmal besessen, leider nur für kurze Zeit. Nun sind sie für immer mein! Rechnet ja nicht, daß der Tod Euch so fern ist! Oder steht Ihr etwa mit dem Himmel in so gutem Einvernehmen, daß er Euch, wenn Ihr drüben gebraucht werdet, einen Eilboten schickt, um Euch gehorsamst einzuladen, Euch an der Seligkeit zu beteiligen?"

„Lästert nicht! Ich bin zum Tod noch nicht reif, weil ich noch viel zu wirken habe."

„Oh! Und da denkt Ihr, der liebe Gott wartet, bis Ihr fertig seid? Ein sehr gefälliger Gott; das muß ich sagen! Nicht?"

Er erhielt keine Antwort. Da stieß er mich mit dem Fuß an.

„Wollt Ihr wohl reden, wenn ich frage! Es ist eine große und ganz unverdiente Ehre für Euch, wenn Old Wabble mit Euch spricht! Als Ihr mich ohne Pferd und Gewehr aus dem Kih-pe-ta-kih fortschicktet, dachtet Ihr wohl nicht, daß ich Euch so bald fassen würde? Ich ging zu den Osagen. Da bekam ich ein anderes Pferd und eine andere Flinte; aber die Kerls hatten keinen Unternehmungsgeist. Dieser Numbeh grondeh, dem der Befehl übergeben worden war, hatte keine Lust, euch zu folgen; er stellte sogar lächerlicherweise alle Feindseligkeiten gegen die Bleichgesichter ein und zog mit seinen Kriegern heim. Deshalb ritt ich zu den Tramps und verpflichtete mir, wie Ihr gehört habt, hier diese Gentlemen, natürlich auf eure Kosten! Jetzt habe ich mein Pferd und Gewehre dazu. Ihr seid nun nichts mehr in meinen Augen und nur noch diese Fußtritte wert!"

Er stieß mir und dann auch Winnetou den Fuß mit aller Kraft gegen den Leib. Schon hob er ihn, um auch Hammerdull einen Tritt zu versetzen, ließ ihn aber wieder sinken; der Dicke war ihm ja gleichgültiger als wir. Hammerdull aber sagte, als Old Wabble sich abwandte, in seiner drolligen Weise, die er auch in der schlimmsten Lage nicht aufgab:

„Das war Euer Glück, verehrtester Mr. Wabble!"

„Was?" fragte der Alte.

„Daß Ihr den Fuß zurückgezogen habt."

„Warum?"

„Weil ich gerade am Leibe höchst empfindlich bin."

„Das wollen wir doch gleich sehen!"

Er gab ihm einen derben Tritt. Der Dicke war trotz seines Leibesumfangs ein sehr behendes und gewandtes Kerlchen. Ihm waren, wie auch uns, die Füße zusammen- und die Hände auf den Rücken gebunden worden. Indem er die Knie beugte und die Füße an den Leib zog und dabei die Hände unter dem Rücken gegen die Erde stemmte, schnellte er sich wie eine Feder auf und fuhr Old Wabble mit dem Kopf an den Leib. Der Stoß war so kräftig, daß Hammerdull auf seinen Platz zurückstürzte, der alte Cowboy aber hintenüber und in das Feuer flog. Er sprang zwar schnell wieder auf, aber der kurze Augenblick hatte doch genügt, ihm die Hälfte seiner langen weißen Haarmähne zu rauben und die Bekleidung seines Oberkörpers anzusengen.

Ein allgemeines Gelächter erscholl. Darüber ergrimmt, richtete Old Wabble seinen Zorn nicht gegen Hammerdull, sondern gegen die Tramps, die sich über ihn lustig machten. Während er eine geharnischte Strafpredigt gegen sie losdonnerte, wandte sich der Dicke an Pitt Holbers:

„War das nicht fein gemacht? Hast du nicht deine Freude daran, alter Pitt?"

„Hm, wenn du denkst, daß es ein guter Streich war, so hast du recht!" antwortete sein langer Freund in seiner wohlbekannten, trockenen Weise.

„Glaubt dieser Mensch, mir einen Fußtritt versetzen zu können, ohne daß ich mich wehre! Was sagst du dazu?"

„Ich hätte ihn auch ins Feuer geworfen!"

„Ob ins Feuer oder nicht, das bleibt sich gleich, denn hineingeflogen ist er doch!"

Nun erst kam Old Wabble herbei, um sich an dem Dicken zu rächen, Redy aber hielt ihn davon ab, indem er sagte:

„Laßt die Leute in Ruhe, so wird Euch so etwas nicht wieder geschehen! Old Shatterhand gehört Euch; die anderen aber sind unser, und ich will nicht, daß sie unnütz mißhandelt werden."

„Ihr seid doch plötzlich recht menschenfreundlich geworden!" knurrte der Alte.

„Nennt es, wie Ihr wollt! Diese Männer müssen mit uns reiten, und ich kann mich nicht mit verletzten und zerstoßenen Menschen schleppen. Wir haben übrigens mehr zu tun, als uns hier mit ihnen herumzuzanken, denn wir wissen ja noch gar nicht, wo sie ihre Pferde haben. Sucht nach ihnen!"

Die Pferde waren aus der Umwallung ins Freie gebracht und dort angepflockt worden; sie wurden bald gefunden. Die Tramps hatten schon gegessen, während ich in der Betäubung lag, und wollten nun noch bis zum Morgen schlafen. Redy bestimmte zwei Männer zum Wachen, und dann legte man sich nieder. Old Wabble hatte den mir höchst unangenehmen Gedanken, sich zwischen mich und Winnetou hineinzuschieben und meinen Arm mit dem seinigen durch einen besonderen Riemen zu verbinden. Diese große Vorsicht des Alten war geeignet, Gedanken an Flucht in mir nicht aufkommen zu lassen.

Und doch dachte ich an Flucht, und wie sehr!

Es gibt kaum eine Lage, die so schlimm ist und den Menschen so fest umfängt, daß er nicht aus ihr befreit werden könnte, durch eigene Kraft oder, wo das nicht möglich ist, durch fremde Hilfe. Auch jetzt verzweifelte ich keineswegs. War doch schon der augenblickliche Tod, den Old Wabble für mich bestimmt hatte, an mir vorübergegangen! Bis zum Squirrel Creek hatten wir einen weiten Ritt; warum sollte sich uns bis dorthin nicht eine Gelegenheit zum Entkommen bieten? Übrigens richtete ich meinen Blick gar nicht so weit hinaus, sondern vielmehr ganz in die Nähe. Ich hegte eine Hoffnung, eine Hoffnung, deren Name indianisch war, nämlich: Kolma Puschi.

Wenn man mich fragt, warum dieser Name seit der Zeit, in der wir uns schlafen legten, nicht wieder genannt worden ist, so antworte ich: Kolma Puschi war nicht mehr da. Als ich aus der Ohnmacht erwachte, war es mein erstes gewesen, mich umzusehen, und da hatte ich sogleich bemerkt, daß der geheimnisvolle Indianer nicht mehr anwesend war.

Wo befand er sich?

Zunächst wollte ein böser Verdacht in mir aufsteigen: Stand er vielleicht mit den Tramps in Verbindung? Dieses Mißtrauen mußte ich aber gleich wieder zurückweisen. Der Ruf Kolma Puschis ließ eine Beziehung zu derartigen Menschen als unmöglich erscheinen.

Da gab es eine zweite Frage: Hatte er die Tramps kommen hören und bei ihrer Annäherung sich schnell aus dem Staub gemacht? Auch das konnte ich ihm nicht zutrauen. Nein, seine Entfernung mußte eine andere Ursache haben.

Er war von Dick Hammerdull gefragt worden, ob er mit uns reiten wolle, und hatte geantwortet, daß er sich dies erst überlegen werde. Er hatte sein Pferd nicht hier, sondern irgendwo anders stehen und sich, als wir eingeschlafen waren, heimlich entfernt, um entweder das Tier zu holen oder überhaupt nicht wiederzukommen. In diesem Fall war seine Entfernung deshalb ohne Abschied geschehen, um allen zudringlichen Fragen und Erkundigungen aus dem Weg zu gehen; er hatte ja in der kurzen Zeit unseres Beisammenseins wiederholt gezeigt, daß ihm dergleichen Nachforschungen unangenehm seien.

Falls er fortgegangen war, um nicht wiederzukommen, hatten wir nichts von ihm zu erwarten; hatte er aber nur sein Pferd holen wollen, so war dies kurz vor der Zeit des Überfalls geschehen, und er hatte bei seiner Rückkehr infolge des Lärms, den die Tramps machten, sich gleich denken müssen, es sei etwas vorgekommen, was zur Vorsicht mahne. Dann hatte er sich höchstwahrscheinlich herbeigeschlichen, die Veränderung entdeckt und alles, was geschah und gesprochen wurde, belauscht. War er nun der Mann, für den ich ihn infolge seines Rufes hielt, so mußte er unbedingt den Entschluß gefaßt haben, sich unser anzunehmen, und zwar um so mehr, als er nicht nur große Freude über seine Begegnung mit Winnetou, sondern auch eine noch viel regere, wenn auch geheimnisvolle Teilnahme für Apanatschka gezeigt hatte. Personen, für die man so lebhaft empfindet, läßt man nicht in einer Lage stecken, wie die unsrige war.

Wenn diese Überlegung richtig war, steckte Kolma Puschi jetzt hier in der Nähe, und ich konnte, sobald die Tramps eingeschlafen waren, irgendein Zeichen von ihm erwarten; es läßt sich also denken, daß ich mich in einer starken Spannung befand.

Es widerfuhr mir die Freude, daß diese Erwartungen nicht getäuscht wurden. Die beiden Wächter saßen diesseits und jenseits des Feuers, das sie unterhielten; der jenseitige legte sich später um; er mochte müde sein; der diesseitige kehrte mir den Rücken zu und deckte, da unsere drei Plätze in einer geraden Linie lagen, mich vor den Augen des anderen. Das war ein günstiger Umstand, von dem ich hoffte, der Indianer werde ihn ausnutzen.

Es strich jetzt ein Wind durch das Tal, der die Büsche und Bäume bewegte, daß sie rauschten. Dieses Rascheln mußte das Geräusch, das ein heimlich herankriechender Mensch verursachte, unhörbar machen.

Zuweilen den Kopf hebend, beobachtete ich den Kreis der Schläfer und war nach einer halben Stunde überzeugt, daß außer den Wächtern, Winnetou und mir kein Mensch mehr munter war.

Als ich gerade dachte; jetzt käme er zur besten Zeit, wenn er überhaupt kommen kann und will – da bemerkte ich rechts hinter mir eine leise, langsame Bewegung. Es schob sich ein Kopf zu mir heran; es war der Erwartete.

„Old Shatterhand mag sich nicht bewegen!" flüsterte er mir zu. „Hat mein weißer Bruder an mich gedacht?"

„Ja", antwortete ich ebenso leise.

„Kolma Puschi wollte eigentlich hin zu Winnetou, hätte aber dort bei ihm keine Deckung gehabt. Darum kroch ich zu Old Shatterhand, wo wir uns im Rücken der Wache befinden. Mein weißer Bruder mag mir sagen, was er wünscht; ich bin bereit, es zu hören!"

„Willst du uns befreien?"

„Ja, sobald es Old Shatterhand bestimmt; er wird den Zeitpunkt am besten wissen."

„Hier noch nicht. Wir müssen die Gefährten auch gleich losmachen können. Aber wird mein roter Bruder uns folgen wollen?"

„Gern. So lange und so weit, bis ihr frei seid."

„Hast du vielleicht gehört, was gesprochen worden ist?"

„Ja. Kolma Puschi lag hinter den Steinen und hörte alles. Die Weißen wollen die Bonanza vom Squirrel Creek?"

„Kennt mein roter Bruder den Squirrel Creek?"

„Es sind mir hier alle Gegenden bekannt."

„Gibt es auf dem Weg nach diesem Creek vielleicht einen passenden Ort zu unserer Befreiung heute abend? Es müssen da viel mehr Bäume und Büsche stehen als hier, wo wir nur schwer an die Wächter kommen können und ein einziger Blick von ihnen genügt, uns alle zu übersehen."

„Kolma Puschi kennt einen solchen Ort, den ihr zur passenden Zeit erreichen könnt, so daß es nicht auffällig ist, wenn ihr dort anhaltet. Aber werden die weißen Männer euch dorthin folgen?"

„Gewiß. Sie scheinen in dieser Gegend unbekannt zu sein, und wenn wir sie nach dem Squirrel Creek bringen sollen, sind sie unbedingt gezwungen, sich unserer Führung anzuvertrauen."

„So mag Old Shatterhand von hier aus genau nach Westsüdwest reiten und über den Rush Creek gehen. Er hat dann diesem Fluß am anderen Ufer so lange zu folgen, bis er die Stelle erreicht, wo der Northfork und der Southfork dieses Creek zusammenfließen. Von da aus geht es um den letzten

Bogen des Southfork herum und hierauf nach Westnordwest über eine langsam ansteigende Prärie, auf der oft Gesträuch zu finden ist, nach einer schon von weitem sichtbaren Felsenhöhe, an deren Fuß mehrere Springs[1] aus der Erde fließen. Auf dem Felsen und um die Springs stehen viele Bäume. Die nördlichste dieser Quellen ist der Ort, wo ihr lagern sollt."

„Gut; ich werde diesen Spring finden."

„Und Kolma Puschi wird auch hinkommen. Was hat Old Shatterhand mir noch zu sagen?"

„Jetzt nichts, weil ich nicht weiß, wie sich die Einzelheiten unseres Lagers heute abend gestalten werden. Hoffentlich wirst du dich zu uns heranwagen können, dann aber nur zu Winnetou oder mir, weil keiner von den anderen das nötige Geschick besitzt, die Hilfe, die du uns leistest, augenblicklich und tatkräftig auszunützen."

„So kann ich jetzt verschwinden?"

„Ja. Ich danke meinem roten Bruder Kolma Puschi und bin, sobald wir frei geworden sind, bereit, für ihn in jeder Not mein Leben zu wagen."

„Der große Manitou lenkt die Schritte seiner Kinder wunderbar; darum ist es möglich, daß Kolma Puschi auch einmal der Hilfe Old Shatterhands und Winnetous bedarf. Ich bin euer Freund, und ihr mögt meine Brüder sein!"

Er schob sich geräuschlos zurück, wie er gekommen war Auf der anderen Seite Old Wabbles ertönte jetzt das halblaute Räuspern der Apatschen; das mir galt. Er wollte mir damit sagen, er habe Kolma Puschis Besuch beobachtet. Ihm, dessen Sinne von einer unvergleichlichen Schärfe waren, hatte das freilich nicht entgehen können.

Wir waren beide befriedigt und wußten, daß unsere jetzige Lage nicht von langer Dauer sein würde; wir konnten ruhig einschlafen. Vorher aber gingen mir allerlei Gedanken über Kolma Puschi im Kopf herum. Er sprach ein fast geläufiges Englisch; er hatte sich der Ausdrücke Westsüdwest und Westnordwest bedient. was mir noch bei keinem Indianer vorgekommen war. Woher kam diese Geläufigkeit bei ihm, der mit niemanden verkehrte und ein so sehr einsames, abgeschlossenes Leben führte? Ließ das auf einen früheren, engeren Umgang mit den Weißen schließen? Wenn ja, so war er jedenfalls durch schlimme Erfahrungen von ihnen zurück und in die Ab geschiedenheit gestoßen worden, in der er jetzt lebte.

[1] Quellen

Als ich am Morgen erwachte, waren die Tramps dabei, die Beute zu verteilen; sie betrachteten alles, was sie uns abgenommen hatten, als ihr gutes Eigentum. Old Wabble hatte meine Sachen; Redy nahm Winnetous Silberbüchse für sich, ohne daran zu denken, daß diese ihn später überall, wo man sie in seinen Händen sah, als Räuber und Mörder, wenigstens aber als Dieb verraten müsse. Auch den Hengst Iltschi des Apatschen bestimmte er für sich und gab Old Wabble den guten Rat:

„Den anderen Rapphengst, den jedenfalls Old Shatterhand geritten hat, sollt Ihr bekommen, Mr. Cutter. Ihr könnt daraus ersehen, daß ich es gar nicht übel mit Euch meine."

Old Wabble aber schüttelte den Kopf und antwortete:

„Danke sehr; ich mag ihn nicht!"

Er wußte wohl, warum. Er hatte meinen Hatatitla kennengelernt.

„Warum nicht?" fragte Redy erstaunt. „Ihr seid doch ein noch besserer Pferdekenner als ich und müßt wissen, daß kein anderes Tier mit diesen beiden Rappen zu vergleichen ist."

„Das weiß ich freilich, nehme aber doch lieber diesen hier."

Er deutete dabei auf Matto Schahkos Pferd. Redy bestimmte also einen anderen, der das meinige bekommen sollte. Ebenso ging es mit unseren anderen Pferden, die alle besser waren als die der Tramps, die alte Stute Dick Hammerdulls ausgenommen, die niemand haben wollte.

Ich freute mich schon auf die Szene, die aus der Verteilung der Pferde folgen mußte; unsere braven Hengste litten ja keinen fremden Menschen im Sattel.

Unser Mundvorrat war uns auch abgenommen worden. Es wurde gegessen; auch wir bekamen ein freilich unzureichendes Frühstück; man tränkte die Pferde, und dann sollte aufgestiegen und fortgeritten werden. Wir wurden auf die Gäule gebunden, die Hände nach vorn, so daß wir die Zügel halten konnten. Nun führte man die Beutepferde vor.

Die Osagenpferde machten denen, die sie reiten wollten, nicht viel zu schaffen; schlimmer schon war es mit Apanatschkas dunklem Rotschimmel; er ging, kaum daß der Reiter aufgestiegen war, sofort durch, und es dauerte lange, bis Mann und Roß zurückkehrten. Jetzt stieg Redy auf Winnetous Iltschi. Dieser ließ das so ruhig geschehen, als ob er der allerfrömmste Rekruten- und Manegegaul wäre. Schon wollte der Tramp es sich recht gemütlich im Sattel machen, da flog er in einem weiten Bogen durch die Luft; und gar nicht weit davon ertönte ein lauter Schrei: mein Hatatitla hatte seinen Kerl ebenso pünktlich hinabbefördert.

Die beiden Gestürzten standen fluchend auf und sahen zu ihrer Verwunderung die Rappen so unbeweglich dastehen, als ob gar nichts geschehen sei; sie schwangen sich also wieder auf, wurden aber sofort zum zweitenmal abgeworfen. Es wurde noch ein dritter Versuch gemacht, doch mit demselben Mißerfolg. Old Wabble hatte heimlich kichernd zugesehen; jetzt brach er in ein lautes Lachen aus und rief dem Anführer zu:

„Nun wißt Ihr wohl, Mr. Redy, warum ich den schwarzen Teufel nicht haben wollte? Diese Rappen sind so dressiert, daß sich selbst der beste Reiter der Welt keine Minute auf ihnen halten kann."

„Warum sagt Ihr mir das jetzt erst?!"

„Weil ich Euch das Vergnügen gönnen wollte, auch einmal mit dem Erdboden Bekanntschaft zu machen. Seid Ihr zufriedengestellt?"

„Der Teufel hole Euch! Lassen sie denn wirklich niemanden oben? Was ist da zu tun?"

„Wenn Ihr nicht unterwegs verschiedene Ärgernisse haben wollt, so setzt einstweilen ihre früheren Besitzer darauf! Später kann man ja versuchen, ob die Racker gefügig zu machen sind."

Dieser Rat wurde befolgt. Wir bekamen unsere Pferde, auch Apanatschka das seine, und dann wurde aufgebrochen. Als wir dem Taleingang zuritten, kam Redy an meine Seite und sagte:

„Ich denke, daß es Euch nicht in den Sinn kommt, durch Widersetzlichkeit Eure Lage zu erschweren! Kennt Ihr den richtigen Weg?"

„Ja."

„Wohin geht es heute?"

„Nach einem Spring, jenseits des Rush Creek "

Er hielt es für selbstverständlich, daß ich den Führer machte; denn nach der Aussage des Apatschen hatte ich mir ja die Lage der Bonanza gemerkt. Mir war das lieb. Um nun zu wissen, wie es mit den Ortskenntnissen der Tramps stand, erkundigte ich mich:

„Ihr kennt doch wohl die Gegend nach dem Squirrel Creek hinauf?"

„Nein."

„Oder einer Eurer Leute?"

„Auch nicht."

„So mag Winnetou Euch den Weg zeigen."

„Der weiß doch die Stelle nicht genau, wo das Gold liegt."

„Und Ihr seid der Ansicht, ich werde sie Euch wirklich zeigen? Sonderbarer Mensch, der Ihr seid!"

„Wieso?"

„Was habe ich davon, wenn ich Euch zu dem Gold verhelfe? Nichts, gar nichts! Der Tod ist mir zugesprochen; es geht mir ans Leben, ob Ihr die Bonanza bekommt oder nicht. Denkt Ihr da, es macht mir Vergnügen, euch alle dafür, daß ihr uns überfallen und ausgeraubt habt und daß ich ermordet werde, zu Millionären zu machen?"

„Hm!" brummte er, ohne weiter etwas zu sagen.

„Ihr scheint die Sache noch gar nicht von dieser Seite betrachtet zu haben?"

„Freilich nicht; aber Ihr habt Rücksicht auf Eure Kameraden zu nehmen. Wenn wir die Bonanza nicht bekommen, müssen sie alle sterben!"

„Was geht das mich an, da ich sterben muß? Wer nimmt Rücksicht auf mich? Was habe ich, wenn ich tot bin, davon, daß die anderen leben?"

„*Hang it all!* Ihr werdet doch nicht so grausam mit ihnen sein!"

„Ich? Grausam? Ihr seid ein lustiger Kerl! Spricht der Mensch von Grausamkeit und ist es doch selbst, der sie ermorden will, falls er das Gold nicht bekommt!"

Er sah einige Zeit vor sich nieder und sagte dann:

„*Well*, wollen aufrichtig miteinander reden! Ist Euch wirklich der Gedanke gekommen, uns die Lage des Placers zu verheimlichen? Das würde unbedingt zum Tod Eurer Kameraden führen und außerdem auch Euer Schaden sein."

„Wieso der meinige?"

„Weil es noch gar nicht sicher ist, daß ich Euch dem alten Wabble ausliefere."

„Ah!" dehnte ich verwundert.

„Ja", nickte er. „Zufällig reitet er da vorne und hört also nicht, was ich mit Euch spreche. Wenn Ihr uns die Bonanza zeigt, und wenn sie so reich ist, wie Winnetou sie beschrieben hat, bin ich imstande, nicht nur Eure Gefährten, sondern auch Euch freizulassen."

„Wirklich? Wollt Ihr es mir versprechen?"

„Fest versprechen kann ich es leider nicht."

„So nützt mir Eure ganze Rede nichts. Ich will wissen, woran ich bin!"

„Sie nützt Euch doch! Es kommt auf den Reichtum der Bonanza an. Sind wir in dieser Beziehung zufrieden, so werdet auch Ihr mit mir zufrieden sein."

„Was aber wird Old Wabble dazu sagen?"

„Das geht Euch nichts an; den überlaßt nur mir! Wenn es ihm einfällt, mir Scherereien zu machen, so jage ich ihn einfach zum Teufel."

„Das geht aber nicht an; er soll ja Teilhaber der Bonanza sein."

„Unsinn! Habt Ihr denn nicht gemerkt, daß ich ihm das nur weisgemacht habe? Ich bin nicht so dumm, ihm mein Wort zu halten!"

Er war dennoch dumm. Wenn er dem alten Wabble sein Wort brach, wie konnte ich da annehmen, er werde das mir gegebene Versprechen halten! Es fiel ihm gewiß gar nicht ein, mich, wenn er die Bonanza hatte, freizulassen. Ja, noch mehr: da es keine Zeugen seiner an uns verübten Gewalttat geben durfte, konnten auch meine Begleiter ihres Lebens nicht mehr sicher sein. Er wollte sich nur jetzt meiner Bereitwilligkeit versichern; hatte er dann das Placer, so kam es ihm auf einen Wortbruch und auf ein weiteres Verbrechen nicht an.

Was mich dabei am meisten empörte, war, daß dieser freche Patron es wagte, gegen mich einen so vertraulichen Ton anzuschlagen.

„Nun, habt Ihr es Euch überlegt?" erkundigte er sich nach einer Weile. „Was wollt Ihr tun?"

„Sehen, ob Ihr mir Wort halten werdet."

„Mir das Placer also zeigen?"

„Ja."

„Well! Ihr könnt ja auch gar nichts Klügeres tun. Übrigens könnte es, selbst wenn ich mein Wort bräche, Euch dann, wenn Ihr tot seid, ganz gleich sein, ob wir das Gold haben oder ob es in der Erde liegenbleibt."

Das war ein wunderbar befriedigender Abschluß dieses Gesprächs! Ja, da konnte und mußte es mir allerdings gleichgültig sein! Glücklicherweise hatte ich dabei die eine große Genugtuung, daß es am Squirrel Creek gar kein Placer gab, und daß also nicht ich, sondern er der Betrogene sein würde.

Er hatte sich noch nicht lange von mir entfernt, so bekam ich Gelegenheit, ein beinahe ebenso spannendes Gespräch zu hören. Hinter mir ritten nämlich Dick Hammerdull und Pitt Holbers mit einem Tramp zwischen sich. Man nahm es mit der Reihenfolge und der Bewachung nicht so überaus streng; wir waren ja gefesselt und nach der Meinung der Tramps also nicht imstande zu entfliehen; darum durften wir nach unserem Geschmack reiten. Die beiden „Toasts" unterhielten sich mit ihrem Begleiter; das heißt, Dick Hammerdull sprach mit ihm, und Pitt Holbers gab dann, wenn er gefragt wurde, eine trokkene Antwort dazu. Solange Redy neben mir ritt, hatte ich auf das, was hinter mir gesprochen wurde, nicht achtgeben können; jetzt hörte ich Dick sagen:

„So glaubt ihr also wirklich uns ganz fest zu haben?"

„Ja", antwortete der Tramp.

„Unsinn! Wir reiten ein bißchen mit euch spazieren. Das ist alles."

„Und seid gefesselt!"

„Zu unserem Vergnügen!"

„Danke für das Vergnügen! Und dazu ausgeraubt!"

„Ja, ausgeraubt! Es ist traurig!" lachte der Dicke.

Er und Pitt hatten nämlich vor unserem Aufbruch nach dem Westen ihr Geld eingenäht; darum lachte er jetzt.

„Wenn euch das so lächerlich vorkommt, ist's ja gut für eure Laune", sagte der Tramp ärgerlich. „Ich an eurer Stelle würde viel ernster sein!"

„Ernst? Was für einen Grund hätten wir denn, die Köpfe hängenzulassen? Wir befinden uns heute so wohl wie stets und immer."

Da stieß der Tramp einen Fluch aus und rief:

„Das ist nichts als Galgenhumor! Ihr ahnt doch wohl, welchem Schicksal ihr entgegengeht!"

„Nicht daß ich wüßte! Welches berühmte Schicksal ist es denn?"

„Ihr werdet ausgelöscht werden."

„*Pshaw!* Das tut nichts; das tut sogar gar nichts, denn wenn wir ausgelöscht werden, so brennen wir uns ganz gemütlich wieder an!"

„Verrückt, geradezu verrückt!"

„Verrückt! Hört, wenn einer von uns dreien verrückt ist, so seid Ihr es. Ich bin zwar ein dicker Kerl, dennoch aber schlüpfe ich Euch durch die kleinste Masche davon. Pitt Holbers hier, der Lange, ist gar nicht festzuhalten; er ragt mit seiner Nase hoch über eure Schranken und Netze hinaus. Von Winnetou und Old Shatterhand will ich gar nicht erst reden. Ich erkläre Euch hiermit mit größter Feierlichkeit, die Ihr von mir verlangen könnt: wir werden euch davonfliegen, ehe ihr es denkt. Dann steht ihr da und sperrt die Mäuler auf. Oder wir fliegen nicht davon, sondern machen es noch besser, viel besser: wir drehen den Spieß um und nehmen euch gefangen. Dann klappen Euch die Mäuler wieder zu. Länger als höchstens einen Tag bei Euch zu sein, das wäre eine Schande, die ich bei meinem zarten Körperbau nicht überleben könnte. Wir brechen aus! Nicht war, Pitt Holbers, altes Coon?"

„Hm!" brummte der Lange. „Wenn du denkst, daß wir es tun werden, so hast du recht, lieber Dick. Wir werden ausbrechen!"

„Uns entfliehen, uns entkommen?" lachte der Tramp höhnisch. „Ich sage euch, wir halten euch so fest und so sicher, wie auch ich zufällig Holbers heiße!"

„Ah, auch Holbers? Schöner Name! Nicht? Heißt Ihr auch Pitt?"

„Nein. Mein Vorname ist Hosea. Interessiert euch das vielleicht?"

„Hosea? Uff. Natürlich interessiert es uns!"

„Ihr schreit ‚Uff'! Hat Euch mein Vorname weh getan?"

Anstatt ihm diese Frage zu beantworten, wandte Dick sich an Holbers:

„Hast du es gehört, Pitt Holbers, altes Coon, daß dieser Mann den schönen, frommen und biblischen Namen Hosea hat?"

„Wenn du denkst, daß ich es gehört habe, so ist das richtig", antwortete der Gefragte.

„Was sind das für geheimnisvolle Redensarten?" fragte da der Tramp. „Stehen sie etwa mit mir, mit meinem Namen in Verbindung?"

„Wie es scheint, ja. Sagt einmal, ob es in Eurer Familie noch ähnliche Bibelnamen gibt?"

„Es gibt noch einen: Joel."

„Uff, wieder einer von den Propheten! Euer Vater scheint ein sehr frommer, bibelfester Mann gewesen zu sein!"

„Nicht daß ich wüßte. Er war ein sehr gescheiter Kerl, der sich von den Pfaffen nichts weismachen ließ, und ich bin nach ihm geraten."

„So war aber wohl Eure Mutter eine gläubige Frau?"

„Leider ja."

„Warum leider?"

„Weil sie mit ihrem Beten und Plärren dem Vater das Leben so verbittert hat, daß er sich gezwungen sah, es sich durch den Brandy zu versüßen. Ein kluger Mann kann es eben unmöglich bei einer Betschwester aushalten; er läßt sie daheim sitzen und geht ins Wirtshaus. Das ist das Beste, was er tun kann!"

„Ah! Er hat es sich wohl so lange versüßt, bis es ihm zu süß wurde?"

„Ja; er bekam es überdrüssig, und als er eines schönen Tages sah, daß er einen Strick zuviel besaß, der zu nichts anderem zu gebrauchen war, hängte er ihn an einen Nagel, machte eine Schlinge und steckte den Kopf hinein, und zwar so lange, bis er abgeschnitten wurde."

Es zuckte mir in den gefesselten Händen, als ich diesen Kerl hinter mir in dieser zynischen Weise vom Tod seines selbstmörderischen Vaters sprechen hörte. Hammerdull hütete sich, eine hier freilich sehr unnütze sittliche Entrüstung zu zeigen und etwa zu sagen, daß sich selbst der verkommenste Indianer schämen würde, derart von seinem toten Vater zu reden; er verfolgte den heimlichen Zweck dieses Gesprächs weiter, indem er lachend fortfuhr:

„*Well!* Um aber wieder auf Eure Mutter zu kommen, so möchte ich gern wissen, ob sie außer ihrer Frömmigkeit nicht auch noch andere Eigenschaften besessen hat, die Euch im Gedächtnis geblieben sind."

„Andere Eigenschaften? Ich verstehe Euch nicht. Wie meint Ihr das?"

„Nun, so in erzieherischer Beziehung. Fromme Leute pflegen streng zu sein."

„Ach so!" lachte der Tramp, der von dem Gedankengang Hammerdulls keine Ahnung hatte. „Leider ist das richtig, was Ihr sagt. Wenn sich alle braunen und blauen Flecke, die Euch dies beweisen könnten, noch auf meinem Rücken befänden, könnte ich mich vor Schmerz nicht auf meinem Pferd halten."

„Ach, so war ihre Erziehungsweise also sehr eindringlich?"

„Ja, sie drang oftmals durch die Haut."

„Auch bei Joel, Euerm Bruder?"

„Ja."

„Lebt der noch?"

„Freilich; der denkt gar nicht daran, schon tot zu sein!"

„Wo befindet er sich gegenwärtig, mit den schönen Erinnerungen auf dem Rücken und höchstwahrscheinlich auch auf anderen Körperteilen?"

„Hier bei uns. Seht nur nach vorn! Der neben Redy reitet, der ist's."

„Zounds! Es sind also beide Propheten da? Hosea und Joel, alle zwei? Was sagst zu dazu, Pitt Holbers, altes Coon?"

„Nichts", antwortete der Lange noch kürzer, als er gewöhnlich zu antworten pflegte.

„Was habt Ihr denn eigentlich mit mir und meinem Bruder?" erkundigte sich der Tramp, dem dieses Gespräch nun endlich doch auffiel.

„Das werdet Ihr wahrscheinlich bald erfahren. Sagt mir vorher nur erst, was Euer Vater gewesen ist!"

„Alles mögliche, was ein Mann sein kann, der sich über sein Weib so ärgern muß."

„Das heißt wahrscheinlich: alles und nichts. Ich meine aber, was er war, als er eines Tages fand, daß er den betreffenden Strick übrig habe."

„Da hatte er vor kurzem ein Heiratsbüro gegründet."

„Sonderbar! Jedenfalls um andern auch einen Teil Ärger zukommen zu lassen? Das war für das Allgemeinwohl ja sehr hübsch von ihm!"

„Ja, die Absicht war gut, der Erfolg aber schlecht. Er wandte schließlich dem Leben, das ihm nichts zu essen bot, den Rücken."

„Feiner Kerl! Im höchsten Grad gentlemanlike! Wenn ich ihn hier hätte, konnte sein Rücken bald in denselben Erinnerungen schwelgen wie der Eurige! Frau und Kinder feige zu verlassen! Pfui Teufel!"

„Schwatzt nicht so dummes Zeug! Als er fort war, ging es uns besser."

„Richtig! Wenn der Mann das Geld nicht mehr vertrinken kann, das die Frau verdient, geht es der Witwe und den Waisen besser!"

„Hört, wie kommt Ihr zu dieser Rede? Meine Mutter war allerdings die eigentliche Verdienerin."

„Ja; sie arbeitete wie ein Pferd!"

„Woher wißt Ihr das?"

„Sie lebte und wohnte in dem kleinen Smithville, Tennessee, als ihr Mann, Euer lieber Vater, damals von sich selbst aufgehängt wurde . . ."

„Richtig! Aber sagt, woher Ihr das alles . . ."

„. . . und ist nachher mit ihren Kindern nach dem Osten gezogen", unterbrach ihn Dick Hammerdull unbeirrt.

„Auch das stimmt! Nun teilt mir endlich . . ."

„Wartet nur! Sie hat so gearbeitet und so viel verdient, daß sie sogar einen kleinen, blutarmen Neffen zu sich nehmen und aufziehen konnte, der nachher, als ihm ihre strenge Erziehungsweise zu schmerzlich wurde, eines schönen Sommertags verschwand. Ist es so oder nicht?"

„Es ist so. Mir unbegreiflich, woher Ihr das alles wißt!"

186

„Ihr hattet auch eine Schwester? Wo ist sie?"

„Sie ist jetzt tot."

„So seid Ihr und Euer ehrenwerter Prophet Joel die einzigen Erben Eurer Mutter gewesen?"

„Erben? Zum Teufel! Ein paar hundert Dollar waren übrig, weiter nichts. Was konnten wir mit denen anderes machen, als sie vertrinken!"

„*Well!* Ihr scheint wirklich genau nach Eurem Vater geraten zu sein! Hütet Euch vor dem Strick, der ihm so gefährlich wurde! Was meinst du, Pitt Holbers, altes Coon? Sollen sie es bekommen?"

„Hm", brummte der Gefragte verdrießlich, „ich tue, was du willst, lieber Dick."

„*Well!* So bekommen sie es nicht! Bist du damit einverstanden?"

„*Yes;* sie sind es nicht wert."

„Ob sie es wert sind oder nicht, das bleibt sich gleich; aber es wäre geradezu eine Affenschande, wenn sie es bekämen!"

„Was habt ihr nur für Heimlichkeiten? Von wem sprecht ihr eigentlich?" erkundigte sich der Tramp.

„Von Hosea und Joel", antwortete Hammerdull.

„Also von mir und meinem Bruder? Wir beide sind es, die etwas nicht bekommen sollen?"

„Ja."

„Was? Der Teufel mag euch begreifen!"

„*Pshaw!* Unser Vermögen! Viele, viele Tausende von Dollars haben wir zusammengetan, um sie Euch und Euerm vortrefflichen Joel zu schenken; jetzt aber sind wir zu dem Entschluß gekommen, daß ihr nichts, gar nichts, aber auch nicht einen einzigen Cent davon erhalten sollt."

Ich sah mich nicht um, aber ich konnte mir das erstaunte Gesicht des Tramps vorstellen. Es verging eine ganze Weile, bis ich ihn fragen hörte: „Euer — Vermögen sollten — sollten wir — bekommen? Ihr wollt Unsinn mit mir treiben!"

„Fällt mir nicht ein!"

Er schien in den Gesichtern der beiden „Toasts" zu forschen, denn es verging eine lange Pause, bis ich ihn in erstauntem Ton sagen hörte:

„Ich weiß wahrhaftig nicht, woran ich mit euch bin! Ihr macht so ernsthafte Gesichter, und doch kann es nichts als nur dummer Spaß sein!"

„So will ich Euch aufklären. Ihr habt uns doch Euern Familiennamen gesagt!"

„Ja, Holbers."

„Und mein Freund heißt?"

„Auch so."

„Und sein Vorname?"

„Pitt, wie ich gehörte habe. Pitt Holbers. Das ist ganz – ah, ah!"

Er hielt inne. Ich hörte ihn halblaut durch die Zähne pfeifen, und dann fuhr er hastig fort:

„Pitt, Pitt, Pitt – so hieß doch auch der junge, der Vetter, den die Mutter zu sich nahm und – *Hell and damnation!* Wäre es möglich? Ist dieser ewig lange Mensch hier vielleicht jener kleine Pitt?"

„Er ist es! Endlich habt Ihr die Hand an der richtigen Türklinke! Das hat viel Mühe und Arbeit gekostet, ehe Ihr darauf gekommen seid! Ihr dürft Euch auf Eure Klugheit nichts einbilden!"

Diese Beleidigung überhörend, rief der Tramp:

„Was? Wirklich? Ihr seid der dumme Pitt, der sich für uns alle immer so gutwillig von der Mutter prügeln ließ? Dem diese Stellvertretung endlich so weh tat, daß er die Flucht ergriff?"

Pitt mochte nur mit dem Kopf nicken; ich hörte kein Wort.

„Das ist doch toll!" fuhr sein Vetter fort. „Und jetzt sehe ich Euch als unseren Gefangenen wieder!"

„Den ihr ermorden wollt!" fügte Hammerdull hinzu.

„Ermorden? Hm! Davon wollen wir jetzt nicht reden. Erzählt mir jetzt lieber, Pitt, wohin Ihr damals gelaufen seid und was Ihr seit jener Zeit bis jetzt getrieben habt! Ich bin neugierig darauf!"

Pitt hustete einige Male und sagte dann, ganz und gar nicht in der trockenen Weise, in der er sonst zu sprechen pflegte:

„Also so seid ihr heruntergekommen! Menschen seid ihr geworden, die ihre Ehre, ihren Ruf so weit von sich geworfen haben, daß sie sich nicht schämen, unter die Tramps gegangen zu sein! Ich muß leider zugeben, der Sohn vom Bruder eures Vaters zu sein, kann aber zu meiner Rechtfertigung sagen, daß nicht ich diese Verwandtschaft zu verantworten habe. Es macht mir große Freude, sagen zu können, daß ich gegen meinen Willen euer Verwandter bin."

„Oho!" fiel der Tramp zornig ein. „Ihr wollt Euch meiner schämen? Aber geschämt habt Ihr Euch nicht, Euch von uns ernähren zu lassen?"

„Von euch? Doch nur von eurer Mutter. Und das, was sie

mir gab, habe ich mir redlich abverdienen müssen. Während ihr tolle Streiche verübtet, mußte ich arbeiten, daß mir die Schwarte krachte; nebenbei erhielt ich die Prügel für euch, so ungefähr als das, was man den Nachtisch nennt. Zu danken habe ich euch also nicht das geringste. Dennoch wollte ich euch eine große Freude machen. Wir suchten euch, um euch unsere Ersparnisse zu schenken, denn wir sind Westmänner, die kein Geld brauchen. Ihr wärt reich dadurch geworden. Nun wir euch aber als Tramps, als elende, herabgekommene Subjekte finden, soll mich unser Herrgott behüten, das viele schöne Geld, mit dem wir bessere und würdigere Menschen glücklich machen können, in eure Hände zu legen. Wir haben uns seit unserer Kindheit hier zum erstenmal wiedergesehen und sind auch sofort wieder geschiedene Leute. Ich wünsche von ganzem Herzen, daß ich niemals wieder den Ärger und die Kränkung haben möge, mit euch zusammenzutreffen!"

Der sonst so wortkarge Pitt Holbers hatte diese lange Rede so fließend gehalten, daß ich mich schier wunderte. Das Verhalten des feinsten Gentleman hätte nicht besser sein können als das seinige. Das erkannte Dick Hammerdull dadurch an, daß er ihm, ohne eine Pause eintreten zu lassen, eiligst zustimmte:

„Recht so, lieber Pitt, recht so! Du hast mir ganz aus der Seele gesprochen. Wir können bessere Menschen damit glücklich machen."

Einem Fremden hätte der Tramp jedenfalls in anderer Weise geantwortet, nun er aber wußte, daß Pitt sein Verwandter sei, zog er den Spott dem Zorn vor und lachte höhnisch.

„Wir sind gar nicht neidisch auf die guten, die besseren Menschen, die euer Geld bekommen sollen. Die paar Dollar, die ihr zusammengewürgt haben werdet, brauchen wir nicht. Wir werden ja Millionen besitzen, sobald wir die Bonanza gefunden haben!"

„Wenn ihr sie findet!" kicherte Hammerdull. „Ich sehe schon, wie Old Shatterhand mit dem Zeigefinger auf die Erde deutet und zu euch sagt: Da liegen sie, Klumpen über Klumpen, einer immer größer als der andere. Seid doch ja so gut und nehmt sie heraus! Einen größeren Gefallen könnt ihr uns armen Gefangenen gar nicht tun! Dann schießt ihr uns alle über den Haufen, damit wir nichts verraten können, packt die Millionen zusammen, kehrt nach dem Osten zurück, bringt sie auf die Bank, lebt von den Zinsen herrlich und in Freuden wie der reiche Mann im Evangelium, und laßt alle Tage Pflaumenkuchen für eure Schnäbel backen. So denke ich mir das, und so wird es auch geschehen. Meinst du nicht auch, Pitt Holbers, altes Coon?"

„Ja, besonders das mit dem Pflaumenkuchen wird seine Richtigkeit haben", antwortete Pitt, jetzt wieder in seiner trockenen Weise.

„Redet nicht so dummes Zeug!" fuhr Hosea die beiden Freunde an. „Es ist doch nur der grimmige Ärger, der Neid, der aus euch spricht! Wie gern möchtet ihr doch die Bonanza für euch haben!"

„Oh, die gönnen wir euch von ganzem Herzen! Wir freuen uns schon auf die Augen, die ihr machen werdet, wenn wir an Ort und Stelle sind. Ich habe nur ein großes Bedenken bei dieser ganzen Geschichte."

„Welches?"

„Daß ihr vor lauter Wonne das Zugreifen vergessen werdet."

„Wenn es nur das ist, so zerbrecht Euch ja nicht den Kopf darüber. Jetzt aber muß ich hin zu meinem Bruder, um ihm zu sagen, daß ich den Pitt gefunden habe, der damals durchgebrannt ist!"

Er trieb sein Pferd vorwärts und ritt an mir vorüber nach der Spitze des Zuges, wo sich Joel, der brüderliche Schuft, befand.

„Hättest du das gedacht?" hörte ich Hammerdull hinter mir fragen.

„Nein!" antwortete Pitt kurz.

„Saubere Verwandtschaft!"

„Bin großartig stolz auf sie!"

„Höchst ärgerlich!"

„O nein! Ich ärgere mich nicht, weil sie mir gleichgültig sind."

„Ach, das meine ich nicht! Aber unser Geld. Wem schenken wir es nun? Ich mag nicht reich sein; ich mag nicht auf dem Geldsack hocken und vor Angst darüber, daß er mir gestohlen werden könnte, den schönen, gesunden Schlaf einbüßen."

„Ja, nun können wir uns wieder die Köpfe zerbrechen!"

„Wieder von vorn anfangen, darüber nachdenken, wer uns das Geld abnehmen wird! Es ist eine dumme, eine ganz dumme Geschichte!"

Da wandte ich den Kopf und sagte:

„Macht euch doch keine unnötige Sorge!"

Sie kamen sofort zu mir heran, und der Dicke fragte:

„Wißt Ihr vielleicht jemand, den wir beschenken können?"

„Hunderte könnte ich euch vorschlagen; das meine ich aber nicht. Habt ihr denn das Geld?"

„Leider nicht. Der „General" hat es; das wißt Ihr doch."

„Also grämt euch jetzt noch nicht! Wer weiß, ob wir ihn fangen!"

„Oh, Ihr und Winnetou seid ja da! Da ist es so gut, als ob wir ihn schon hätten! Habt Ihr gehört, was wir jetzt gesprochen haben?"

„Ja. Ihr seid sehr unvorsichtig gewesen."

„Inwiefern? Hätten wir verschweigen sollen, wer Pitt Holbers ist?"

„Nein. Aber ihr habt getan, als wüßtet ihr ganz genau, daß wir bald frei sein werden. Es wird dadurch leicht ein Verdacht erweckt, der uns sehr hinderlich werden, vielleicht alles verderben kann."

„Hm! Das ist wahr. Aber soll ich diesen Kerls den Gefallen tun, vor Traurigkeit die Nase bis auf den Sattel hinunterhängen zu lassen? Ihr habt doch auch sehr selbstbewußt zu Redy und Old Wabble gesprochen!"

„Aber nicht in so auffälliger Weise, wie ihr jetzt zu diesem Hosea Holbers, der glücklicherweise nicht pfiffig genug ist, um mißtrauisch zu werden. Eure Ironie in Beziehung auf die großen Goldklumpen war höchst gefährlich für uns. Die Tramps müssen bis zum letzten Augenblick glauben, daß ich die Bonanza kenne."

„Ja, aber wann wird dieser letzte Augenblick kommen?"

„Vielleicht schon heute."

„*Huzza!* Ist's wahr? In welcher Weise?"

„Das kann ich jetzt noch nicht genau wissen. Kolma Puschi, der Indianer, wird kommen und mich freimachen."

„Der? Wer hätte das gedacht!"

„Er hat es mir versprochen. Wie ich mich dann, wenn ich frei bin, verhalten werde, das wird sich nach den Umständen richten. Ihr dürft nicht einschlafen, müßt euch aber schlafend stellen. Sagt das nach und nach den Kameraden! Ich will mit ihnen nicht sprechen, weil das Verdacht erregen könnte."

Sie wußten nicht, daß Kolma Puschi heimlich bei mir gewesen war, und fragten mich, woher ich wisse, daß er kommen werde; ich forderte sie aber auf, wieder hinter mir zu reiten und die Sache ruhig abzuwarten. Es war besser, wenn die Tramps mich so wenig wie möglich mit meinen Gefährten sprechen sahen. Die Brüder Holbers hielten jetzt ihre Pferde an, bis sie sich bei Dick und Pitt befanden.

Da zeigte Hosea auf diesen und sagte:

„Das ist er, der Prügelvetter von damals, der jetzt so stolz tut."

Joel warf einen geringschätzenden Blick auf Pitt und antwortete:

„Er wird noch froh sein, wenn wir ihm erlauben, mit uns zu reden! Also Geld hat er uns schenken wollen?"

„Ja, ein ganzes Vermögen sogar!"

„Sieh ihn doch an! Der und ein Vermögen! Die reine Dummpfiffigkeit! Er hat uns ködern wollen. Werden uns freilich hüten, auf so einen kindischen Unsinn hereinzufallen! Komm!"

Sie ritten wieder nach vorn. Dick Hammerdull scherzte:

„Also dummpfiffig sind wir, Pitt Holbers, altes Coon! Das sind zwei Eigenschaften, in die wir uns teilen können. Wenn es dir recht ist, nehme ich die Pfiffigkeit für mich; du bekommst das übrige."

„Bin einverstanden! So muß es unter Freunden sein! Dann hat einer dem anderen sein Kapital geborgt!"

## Vertauschte Rollen

Ich wurde jetzt nach vorn gerufen, um mich als Führer an die Spitze des Zuges zu setzen; denn ich hatte bisher nur hier und da durch ein lautes Wort angegeben, welche Richtung zu nehmen sei. Wir waren ziemlich scharf geritten und nun in die Nähe des Zusammenflusses der beiden Rush Forks gekommen. Die Gegend war wasserreich, und darum wurde die Prärie oft durch größere und kleinere Gruppen von Büschen und Bäumen unterbrochen. Es war also notwendig, daß ich voranritt. Damit mir das aber ja nicht Gelegenheit zur Flucht geben möge, nahmen Redy und Old Wabble mich eng in ihre Mitte. Wir hatten wieder einmal eine solche Bauminsel vor uns, als Old Wabble die Hand ausstreckte und rief:

„Achtung! Wer kommt da? Männer, nehmt euch in acht! Haltet die Gefangenen eng zusammen, denn da kommt einer, der alles daransetzen wird, sie zu befreien!"

„Wer ist's?" fragte Redy.

„Ein guter Freund von Winnetou und Shatterhand. Old Surehand heißt er. Wenigstens möchte ich glauben, daß er es ist."

Es kam ein Reiter hinter dem Wäldchen hervor und in vollem Galopp auf uns zugejagt. Er war noch weit von uns entfernt; wir konnten sein Gesicht nicht erkennen; aber wir sahen sein langes Haar wie einen hinter ihm wehenden Schleier fliegen. Das gab ihm freilich eine große Ähnlichkeit mit Old Surehand; aber ich sah sofort, daß er nicht dessen volle, kräftige Gestalt hatte. Es war Kolma Puschi, der uns entgegenkam. Er wollte uns zeigen, daß er auf dem Platz sei.

Er tat zunächst, als sähe er uns nicht; dann stutzte er, hielt sein Pferd an und betrachtete uns. Hierauf stellte er sich, als ob er zur Seite ausweichen wolle, lenkte aber wieder zurück und wartete auf unsere Annäherung. Als wir so weit gekommen waren, daß wir sein Gesicht erkennen konnten, sagte Old Wabble, hörbar im Ton der Erleichterung:

„Es ist nicht Old Surehand, sondern ein Indianer. Das ist gut! Zu welcher Horde er wohl gehören mag?"

„Dumme Begegnung!" meinte Redy.

„Warum? Viel besser, als wenn es ein Weißer wäre. Braucht sich aber eigentlich auch nicht gerade auf unserem Weg herumzutreiben; *it's clear!* Wir müssen ihn etwas scharf drannehmen, daß es ihm nicht etwa einfällt, uns nachzuspionieren."

Jetzt hatten wir ihn erreicht und hielten an. Er grüßte mit stolzer Senkung seiner Hand und fragte:

„Haben meine Brüder vielleicht einen roten Krieger gesehen, der einen Sattel trägt und sein Pferd sucht, das ihm in dieser Nacht entflohen ist?"

Redy und Old Wabble schlugen ein helles Gelächter an, und der erste antwortete:

„Einen roten Krieger, der einen Sattel trägt! Schöner Krieger!"

„Warum lacht mein weißer Bruder?" fragt der den Tramps unbekannte Indianer ernst und erstaunt. „Wenn ein Pferd entwichen ist, hat man es doch zu suchen!"

„Sehr wahr! Aber wer sein Pferd ausreißen läßt und dann mit dem Sattel hinterherläuft, kann kein berühmter Krieger sein! Ist's etwa ein Kamerad von dir?"

„Ja."

„Habt ihr noch mehr Kameraden?"

„Nein. Während wir in der Nacht schliefen, riß das Tier sich los und war früh nicht mehr zu sehen. Wir brachen auf, nach ihm zu forschen; nun finde ich nicht sein Pferd und auch nicht ihn."

„Nicht sein Pferd und auch nicht ihn! Lustige Geschichte! Ihr scheint ja zwei tüchtige Kerls zu sein. Da muß man wirklich Achtung bekommen. Zu welchem Stamm gehört ihr denn?"

„Zu keinem."

„Also Ausgestoßene. Lumpengesindel! Na, ich will menschlich und barmherzig sein und euch helfen. Ja, wir haben ihn gesehen."

„Wo?"

„So ungefähr zwei Meilen hinter uns. Du brauchst nur auf unserer Fährte zurückzureiten. Er hat uns nach dir gefragt."

„Welche Worte hat der Krieger da gesagt?"

„Sehr schöne, ehrenvolle Worte, auf die du stolz sein kannst. Er fragte, ob wir nicht den stinkigen roten Hund gefunden hätten, den das Ungeziefer durch die Prärie treibt."

„Mein weißer Bruder hat den Krieger falsch verstanden."

„Ah? Wirklich? Wie sollte er anders gesagt haben?"

„Ob die Bleichgesichter nicht den Hund gesehen haben, der das stinkige Ungeziefer durch die Prärie treibt. So werden die Worte gewesen sein, und der Hund wird das Ungeziefer finden."

Er nahm das Pferd vorn hoch — eine leise Bewegung der Schenkel — er flog in einem weiten Bogen durch die Luft und trug ihn dann in schlankem Galopp weiter, auf unserer Fährte hin, wie ihm gesagt worden war. Alle sahen ihm nach, während er sich nicht ein einziges Mal umblickte. Redy murrte:

„Verfluchter, roter Balg! Was mag er wohl gemeint haben. Habt Ihr diese Umdrehung meiner Worte verstanden, Mr. Cutter?"

„Nein", antwortete der alte Wabble. „Indianerwort! Er hat nur etwas sagen wollen und sich selbst dabei nichts gedacht."

„Well! So mag er die zwei Meilen reiten und dann weitersuchen. Ein roter ‚Krieger' mit einem Sattel auf dem Rücken! Armselige Bande, die immer mehr herunterkommt!"

Wir ritten nach diesem kurzen Zwischenspiel weiter. Diese Tramps waren keine Westmänner; aber daß auch Old Wabble die Worte des Roten für bedeutungslos gehalten hatte! Mir an seiner Stelle hätten sie ein solches Mißtrauen eingeflößt, daß ich dem Indsmann gewiß nachgeritten wäre, um ihn zu beobachten. Wer solche Antworten nicht als Warnungen oder Winke nimmt, der ist den Gefahren des Wilden Westens nicht gewachsen.

Wir waren noch nicht weit geritten, als es wieder eine Begegnung gab, und zwar eine für uns sehr wichtige, auf die, wenigstens heute, keiner von uns gefaßt war.

Wir ritten an einem schmalen Buschstreifen hin, der sich wie ein geschlängeltes Band über die Savanne zog, und hatten dessen Ende erreicht, als wir zwei Reiter sahen, die mit einem Packpferd, von rechts herüberkommend, auf uns stoßen mußten. Da sie uns auch schon gesehen hatten, gab es kein Verbergen, weder von ihrer noch von unserer Seite. Wir ritten also weiter und sahen, daß der eine Reiter sein Gewehr zur Hand nahm, wie es immer geschieht, wenn es sich um ein Zusammentreffen mit Fremden handelt.

Als wir von ihnen ungefähr noch dreihundert Schritte entfernt waren, hielten sie an, offenbar in der Absicht, uns vorüber zu lassen, ohne von uns angeredet zu werden. Old Wabble aber sagte:

„Die wollen von uns nichts wissen, also reiten wir hin zu ihnen!"

Dies geschah. Wir waren nur eine kurze Strecke weitergeritten, da hörte ich hinter mir mehrere laute Ausrufe.

„Uff, uff!" ertönte Matto Schahkos Stimme.

„Uff!" rief nur einmal Apanatschka, aber um so ausdrucksvoller. Seine Überraschung mußte groß sein.

Jetzt sah ich schärfer hin, als ich es bisher getan hatte und — war ebenso erstaunt wie die beiden. Der Reiter mit dem Gewehr in der Hand war nämlich der weiße Medizinmann der Naiini-Komantschen, unser vielbesprochener Tibo-taka, und der andere konnte niemand als nur seine rote Squaw, die geheimnisvolle Tibo-wete, sein.

Ein Packpferd hatten sie ja auf Harbours Farm auch bei sich gehabt.

Als der Medizinmann sah, daß wir auf ihn zukamen, wurde er unruhig, doch nur für einige Augenblicke; dann trieb er uns sein Pferd entgegen und rief, die Hand durch die Luft schwenkend:

„Old Wabble, Old Wabble! *Welcome!* Wenn Ihr es seid, so habe ich nichts zu fürchten, Mr. Cutter!"

„Wer ist der Kerl?" fragte der alte Cowboy. „Ich kenne ihn nicht."

„Ich auch nicht", antwortete Redy.

„Werden ja sehen, wenn wir bei ihm sind!"

Old Wabble war an seiner ungewöhnlich hageren und langen Gestalt und noch mehr an seinem weit herabhängenden weißen Haar, von dem er freilich gestern die Hälfte durch das Feuer verloren hatte, schon von weitem zu erkennen. Als wir näher kamen, erkannte der Medizinmann auch uns. Er wußte zunächst nicht, ob er fliehen oder bleiben solle; als er aber sah, daß wir gefesselt waren, schrie er plötzlich vor Freude förmlich auf:

„Old Shatterhand, Winnetou, Matto Schahko und – und – und ..." er wollte den Namen seines angeblichen Sohnes doch nicht nennen „ ... und ihre Kerls, alle gebunden? Das ist ja ein wunderbares Ereignis, Mr. Cutter! Wie hat sich das zutragen können? Wie habt Ihr das zustandegebracht?"

Jetzt hatten wir ihn erreicht, und da fragte Old Wabble:

„Wer seid Ihr denn eigentlich, Sir? Ihr kennt mich? Es ist mir zwar, als ob ich Euch auch kennen sollte, aber ich kann mich nicht besinnen."

„Denkt doch an den Llano estacado!"

„Wo und wie und wann denn da?"

„Als wir Gefangene der Apatschen waren."

„Wir! Wer ist damit gemeint?"

„Wir Komantschen."

„Was? Ihr zählt Euch zu den Komantschen?!"

„Damals, ja, aber jetzt nicht mehr."

„Und sagtet soeben, daß Ihr jetzt nichts zu fürchten hättet?"

„Ganz recht! Ihr könnt ja unmöglich Freund meiner Feinde sein, denn Ihr habt damals Old Shatterhands Gewehre gestohlen und seid der Kamerad des Generals gewesen. Und auf Harbours Farm erfuhr ich von Bell, dem Cowboy, daß Ihr wieder einen bösen Zusammenstoß mit Winnetou und Old Shatterhand gehabt hättet. Darum bin ich so erfreut, Euch so unerwartet zu begegnen."

„Well! Das ist ja alles gut, aber ..."

„Besinnt Euch nur!" fiel ihm der gewesene Komantsche in die Rede. „Ich war damals als Indianer freilich rot gefärbt und so ist ..."

„Jetzt besinne ich mich! Ihr seid wohl der damalige Medizinmann der Komantschen?"

„Der bin ich allerdings."

„Ist das möglich? Ein Medizinmann, der, wie ich jetzt sehe, ursprünglich ein Bleichgesicht ist! Merkwürdig, höchst merkwürdig! Das müßt Ihr mir erzählen! Wir werden also hier einen Halt machen, denn das ist ein Abenteuer, wie man selten eins erlebt!"

„Danke, Mr. Cutter, danke sehr! Ich darf mich nicht aufhalten; ich muß weiter, doch hoffe ich, wir sehen uns wieder. Ich muß Euch sagen, daß der heutige Tag der glücklichste meines Lebens ist, denn ich bemerke, daß Leute in Eure Hände geraten sind, die, wenn es auf mich ankäme, auf der Stelle ausgelöscht würden. Haltet sie fest – haltet sie fest!"

Während des bisherigen Redewechsels hatte ich den zweiten Reiter betrachtet. Es war die Squaw, und zwar ohne den Schleier, der auf Harbours Farm ihr Gesicht versteckt hatte. Sie trug zwar Männerkleidung, aber sie war es doch. Das war dieselbe hohe, breitschultrige Gestalt, wie damals im Kaam-kulano. Das war das tiefbraune, durchfurchte und schrecklich eingefallene, fast kaukasisch geschnittene Gesicht, und das waren dieselben trostlosen, starren und doch wild flackernden Augen, bei deren Blick ich an das Irrenhaus gedacht hatte. Sie saß nach Männerart auf dem Pferd, fest und sicher, wie eine geübte Reiterin. Sie lenkte es heran zu uns. Wir hatten unwillkürlich einen Halbkreis um den Medizinmann gebildet, an dessen einem Ende sie bei dem letzten Wort ihres Mannes angekommen war. Dort hielt sie an, ohne zu reden, und richtete den stieren Blick ins Leere. Ich sah zu Apanatschka hin. Er saß, vollständig unbeweglich, wie ein Standbild auf dem Pferd. Für ihn schien niemand vorhanden zu sein als nur sie, die er bisher für seine Mutter hielt. Dennoch machte er nicht den leisesten Versuch, sich ihr zu nähern.

Der Medizinmann hatte mit merkbarem Unbehagen seine Squaw herankommen sehen; doch beruhigte ihn ihre vollständige Teilnahmslosigkeit; er wandte sich wieder an Old Wabble:

„Ich muß, wie ich schon sagte, fort; aber sobald wir uns wiedersehen, werdet Ihr erfahren, warum ich mich so riesig darüber freue, daß Ihr diese Kerls gefangen habt. Was wird mit ihnen geschehen?"

„Das wird sich finden", antwortete der Alte. „Ich kenne Euch zu wenig, um Euch diese Frage beantworten zu können."

„*Well!* Ich bin auch so schon befriedigt, denn ich denke, daß Ihr nicht viele und große Umstände mit ihnen machen werdet. Sie verdienen den Tod, nur den Tod; das sage ich Euch, Ihr könnt keine größere Sünde begehen, als wenn Ihr ihnen das Leben laßt. Daß ich sie hier in Banden sehe, ist zehn Jahre meines Lebens wert. Welch eine Augenweide für mich. Darf ich sie einmal genau betrachten, Mr. Cutter?"

„Warum nicht? Seht sie Euch so lange an, wie es Euch gefällt!"

Der Medizinmann ritt nahe an den Osagen heran, lachte ihm ins Gesicht und sagte:

„Das ist Matto Schahko, der so viele Jahre lang vergeblich getrachtet hat, uns zu entdecken! Armer Wurm! Du, und solche

Leute fangen, wie wir beide waren und noch heute sind! Dazu reicht ja doch dein armseliges bißchen Hirn nicht aus! Das war doch ein prächtiger Streich damals, nicht? So viele und dabei so billige Felle zu kaufen, das ist wohl nie wieder einem Menschen gelungen!"

Der Häuptling erwiderte nichts; aber seine Armmuskeln spannten sich, sein Gesicht färbte sich dunkler und sein Auge heftete sich düster, drohend auf den Gegner.

„Möchtest mich wohl erwürgen?" lachte dieser. „Würge nur zu und ersticke selbst daran!"

Nun wandte er sich an Treskow:

„Das ist wohl der famose Polizist, von dem mir der Cowboy sagte, er sitze in der Stube? Alberner Kerl! Wonach schnüffelst du denn eigentlich? Lächerliche und vergebliche Arbeit! Nur noch einige Wochen, und es ist alles verjährt. Darum kommen wir wieder. Merkst du das nicht?"

„Laßt diese Woche vorübergehen!" antwortete Treskow. „Ihr taucht zu zeitig auf, Monsieur Thibaut."

„*Mon dieu!* Ihr kennt meinen Namen? Ist die Polizei denn plötzlich allwissend geworden? Ich gratuliere, Sir!"

Er ritt zu Apanatschka hin, warf ihm ein kurzes „Tsari[1]" ins Gesicht und hielt dann bei Winnetou an.

„Das ist der Häuptling der Apatschen, überhaupt der berühmteste aller Häuptlinge!" sagte er höhnisch. „Man möchte es gar nicht glauben, was aus solch einem Hundebengel werden kann! Wir kennen uns, nicht wahr? Ich hoffe, du bist diesmal auf dem Weg zu den Ewigen Jagdgründen. Wenn nicht, so hüte dich, mir zu begegnen! Sonst schieße ich dir eine Kugel durch den Kopf, daß die Sonne Gelegenheit bekommt, dir von zwei Seiten ins Gehirn zu scheinen!"

Winnetou blickte auf; seine Züge blieben unbeweglich.

Der Medizinmann aber nutzte die ihm gebotene Gelegenheit bis auf die Neige aus, indem er sein Pferd nun auch zu mir lenkte. Als Weißer war ich nicht verpflichtet, die stoische Unempfindlichkeit Winnetous zu zeigen. Mein Stolz hätte mich wohl veranlassen können, über den einstigen Zauberkünstler hinwegzusehen; aber die Klugheit drängte mir ein anderes Verhalten auf: ich mußte versuchen, ihn zu unvorsichtigen Äußerungen zu bringen; darum wandte ich ihm, als er kam, mein Gesicht zu und sagte in belustigtem Ton:

„Nun wird die Reihe des berühmten Tibo-taka wohl an mich

[1] Hund

kommen? Hier sitze ich, gefesselt wie ich bin. Ihr habt Gelegenheit, Euer Herz einmal vollständig auszuschütten. Fangt also an!"

„*Diable!*" zischte er wütend. „Dieser Kerl wartet gar nicht einmal, bis ich ihn anrede! So eine Frechheit findet doch nicht ihresgleichen! Ja, ich habe mit Euch zu reden, Halunke, und das werde ich freilich gründlich tun. Ihr sitzt mir ganz recht!"

„*Well!* Ich bin bereit, möchte Euch aber, ehe Ihr beginnt, um Euer selbst willen einen wohlgemeinten Rat erteilen."

„Auch das noch? Welchen denn? Heraus damit!"

„Seid nicht unvorsichtig, wenn Ihr mit mir redet. Ihr werdet wahrscheinlich noch von früher wissen, daß ich meine Mucken habe!"

„Ja, die habt Ihr; aber die werden Euch bald ausgetrieben werden. Unterhaltet Euch wohl nicht gar so traulich?"

„Oh, ich unterhalte mich gern, aber nicht mit blödsinnigen Burschen, die nur Stumpfsinn lallen können."

„Mir das, elender Wicht? Denkt Ihr, weil meine Kugel Euch einmal verfehlt hat, kann sie Euch niemals treffen?"

Er richtete sein Gewehr auf mich und spannte den Hahn; da war Redy im Nu bei ihm, stieß ihm die Waffe weg und warnte: „Tut die Flinte weg, Sir, sonst muß ich mich ins Mittel legen! Wer Old Shatterhand verletzt, bekommt von mir eine Kugel!"

„Von Euch? Ah! Wer seid Ihr denn?"

„Ich heiße Redy und bin der Anführer dieser Truppe."

„Ihr? Ich denke, Old Wabble ist es?"

„Ich bin's; das ist genug!"

„Dann entschuldigt, Sir! Ich habe es nicht gewußt. Aber soll man es sich gefallen lassen, wenn man in dieser Weise beleidigt wird?"

„Ich denke, ja! Mr. Cutter hat Euch ohne meine Erlaubnis gestattet, mit diesen Leuten zu reden, und ich habe das bisher geduldet. Wenn sie sich aber Eure Höflichkeiten nicht unerwidert gefallen lassen, so seid Ihr selber schuld. Berühren oder gar verletzen lasse ich sie nicht!"

„Aber reden kann ich mit diesem Mann weiter?"

„Ich habe nichts dagegen."

„Und ich auch nicht", fügte ich hinzu. „Eine Unterhaltung mit einem indianischen Possenreißer ist stets belustigend. Der alte Hanswurst macht mir ungeheuren Spaß!"

Er hob die Hand und ballte sie zur Faust, ließ sie aber wieder sinken und sagte in stolzem Ton:

„*Pshaw!* Ihr sollt mich nicht wieder ärgern! Wärt Ihr doch nicht schon Gefangener und begegnetet mir auf der Prärie! Ich wollte Euch für den damaligen Besuch im Kaam-kulano einen Lohn auszahlen, der alle Eure Begriffe übersteigen würde!"

„Ja; die Eurigen und alle Eure geistigen Mittel scheint dieser Besuch schon überstiegen zu haben! Würdet denn Ihr wohl so etwas fertigbringen? Ich will Euch nicht etwa kränken, Verehrtester, denn wem nichts gegeben ist, dem ist eben nichts gegeben, aber ich denke, daß es bei Euch da oben unter dem Hut nicht dazu ausreichen würde!"

„Donnerrrrr!" knirschte er. „Mir das so gefallen lassen zu müssen! Wenn ich nur könnte, wie ich wollte, so . . .!"

„Ja, ja; es fehlt Euch überall! Nicht einmal den Wawa Derrick habt Ihr allein um die Ecke bringen können; Ihr habt Euch helfen lassen müssen!"

Seine Augen wurden größer; er richtete sie starr auf mich. Er schien mir durch und durch blicken zu wollen, und als ich trotzdem mein unbefangen lächelndes Gesicht beibehielt, rief er aus:

„Was hat Euch denn der verfluchte Kerl, der junge Bender, damals weisgemacht?"

Ah! Bender! Dieser Name fängt mit B an. Ich dachte sofort an die Buchstaben J. B. und E. B. droben am Grabe des ermordeten Padre Diterico. Wer war aber unter dem Namen Bender gemeint? So freilich durfte ich nicht fragen; ich gab meiner Erkundigung also eine andere Fassung, indem ich sie so schnell aussprach, daß er keine Zeit zum vorsichtigen Überlegen fand:

„Damals? Wann denn?"

„Damals im Llano estacado, wo er bei Euch war und mit seinem eigenen Bru . . ."

Er hielt erschrocken inne. Mir ging im kürzesten Teil einer Sekunde, den das menschliche Gehirn noch zu empfinden oder zu messen vermag, ein blitzheller Gedanke auf, und ich setzte seinen unterbrochenen Satz ebenso schnell fort:

„ . . . mit seinem eigenen Bruder kämpfte? *Pshaw!* Was er mir damals sagte, wußte ich schon längst, wußte es noch viel besser als er selbst! Ich hatte schon viel früher Gelegenheit, nach dem Padre Diterico zu forschen!"

„Di – te – ri –?!" dehnte er erschrocken.

„Ja. Solltet Ihr diesen Namen nicht gern aussprechen, so können wir auch I-kwehtsi'pa sagen, wie er in seiner Heimat bei den Moqui genannt wurde."

Zunächst war er wortlos; aber es arbeitete in seinem Gesicht;

er schluckte und druckte und druckte und schluckte wie einer, dem ein übergroßer Bissen im Schlund steckengeblieben ist; dann stieß er einen lauten, heiseren Schrei aus und brüllte:

„Hund, Ihr habt mich jetzt wieder überlistet, wie Ihr uns damals alle überlistet habt! Ihr müßt und müßt und müßt unschädlich gemacht werden. Nehmt das dafür!"

Er riß das Gewehr wieder empor; der Hahn knackte, und ...

Redy spornte sein Pferd wieder heran; er wäre aber doch zu spät gekommen, mich vor der Kugel des Wütenden zu retten, wenn ich mir nicht selbst geholfen hätte. Ich bog mich vor, um die Zügel mit gefesselten Händen ganz vorn und kurz fassen zu können, preßte die Füße in die Weichen des Pferdes und rief:

„Tschah, Hatatitla, tschah[1]!"

Dieser Zuruf, den der Rappe wohl verstand, mußte die Nachteile, die meine Fesseln mir als Reiter brachten, ausgleichen. Der Hengst zog den Körper wie eine Katze zusammen und brachte mich mit einem gewaltigen Satz so eng, daß sich die Pferde streiften, an Thibaut vorüber. Mein Bein traf mit aller Kraft dieses Satzes das seinige und, mitten im Sprung die Zügel fallen lassend, stieß ich ihm die zusammengebundenen Fäuste so in die Seite, daß er, gerade als sein Schuß losging, halb abgestreift und halb abgeschleudert auf der anderen Seite aus dem Sattel und in einem weiten Bogen auf die Erde flog. Es gab in diesem Augenblick unter den Anwesenden außer Winnetou und der Wahnsinnigen kaum einen, der nicht einen Schrei des Schrecks, der Überraschung, der Anerkennung ausgestoßen hätte. Mein prächtiger Hengst aber hatte nur diesen Satz getan, keinen einzigen weiteren Schritt, und stand dann so ruhig, wie aus Erz gegossen, da. Ich drehte mich nach dem Medizinmann um. Er raffte sich auf und holte sein Gewehr, das ihm entfallen war. Seine Augen funkelten vor Wut. Redy nahm ihm die Schußwaffe aus der Hand und zürnte:

„Ich werde Euer Gewehr halten, bis ihr fortreitet, Sir, sonst richtet Ihr noch Unheil an! Ich habe Euch gesagt, daß ich keine Feindseligkeit, wenigstens keine tätliche, gegen Old Shatterhand dulde!"

„Laßt ihn nur; laßt ihn immer!" sagte ich. „Wenn er sich wieder an mich wagt, kommt es noch besser! Ich habe ihn übrigens gewarnt, sich in acht zu nehmen. Der Mensch ist wirklich ganz unheilbar blöde!"

---

[1] „Hoch, Blitz, hoch!"

Da keuchte der vor Wut förmlich Zitternde:

„Tötet Ihr ihn, Mr. Redy? Werdet Ihr ihn töten?"

„Ja", nickte der Gefragte. „Sein Leben ist Old Wabble zugesprochen."

„Gott sei Dank! Sonst hätte ich ihn doch noch erschossen, sobald Ihr mir das Gewehr wiedergabt, auch auf die Gefahr hin, dann von Euch erschossen zu werden. Ihr glaubt gar nicht, was für ein oberster aller Teufel dieser Schurke ist! Da ist selbst Winnetou noch ein Engel dagegen! Also erschießt ihn; erschießt ihn, ja!"

„Was das betrifft, so könnt Ihr sicher sein, daß Euer Wunsch in Erfüllung geht!" versicherte Old Wabble. „Er oder ich. Von uns zweien hat nur einer Platz auf der Erde, und da ich dieser eine bin, so ist er der andere, der weichen muß. Ich schwöre alle möglichen Eide darauf!"

„So macht es nur bald und kurz mit ihm, sonst geht er Euch noch durch!"

Die Squaw war indessen, sich durch nichts, auch durch den Schuß nicht, stören lassend, nach dem Busch geritten, hatte einige Zweige abgebrochen, sie kranzförmig zusammengebunden und sich um den Kopf gelegt.

Jetzt kam sie wieder zurück, lenkte ihr Pferd zum ersten, besten Tramp, der ihr der nächste war, und sagte, nach dem Kopf deutend:

„Siehst du, das ist mein Myrtle-wreath! Dieses Myrtlewreath hat mir mein Wawa Derrik aufgesetzt!"

Da vergaß der frühere Komantsche mich und eilte auf sie zu, aus Angst, daß sie durch ihre Reden eines seiner Geheimnisse verraten könne. Ihr mit der Faust drohend, rief er ihr zu:

„Schweig, Verrückte, mit deinem Unsinn!" Und sich an die Tramps wendend, erklärte er: „Das Weib ist nämlich wahnsinnig und redet Dinge, die einem auch den Kopf verdrehen können."

Er erreichte bei ihnen den Zweck, hatte seine Aufmerksamkeit aber dann gleich auf einen anderen, nämlich auf Apanatschka zu wenden. Dieser hatte bis jetzt die schon beschriebene Ruhe und Unbeweglichkeit einer Bildsäule bewahrt; nun aber ritt er, als er die Squaw sprechen hörte, zu ihr hin und fragte sie: „Kennt mich Pia[1] heut? Sind ihre Augen offen für ihren Sohn?"

Sie sah ihn traurig lächelnd an und schüttelte den Kopf.

---

[1] Komantsche: „Meine Mutter", vom Sohn angeredet

Dennoch fuhr Tibo-taka sofort auf Apanatschka los und herrschte ihn an:

„Was hast du mit ihr zu reden? Schweig!"

„Sie ist meine Mutter", antwortete Apanatschka ruhig.

„Jetzt nicht mehr! Sie ist eine Naiini, und du hast den Stamm verlassen müssen. Ihr geht einander nichts mehr an!"

„Ich bin Häuptling der Komantschen und lasse mir von einem Weißen, der sie und mich betrogen hat, nichts befehlen. Ich werde mit ihr sprechen!"

„Und ich bin ihr Mann und verbiete es!"

„Verhindere es, wenn du kannst!"

Thibaut wagte es nicht, sich an Apanatschka zu vergreifen, obgleich dieser gefesselt war; er wandte sich an Old Wabble:

„Helft mir, Mr. Cutter! Ihr seid der Mann, dem ich Vertrauen schenkte. Er, mein früherer Pflegesohn, ist es, dessentwegen meine Frau wahnsinnig wurde. So oft sie ihn sieht, wird es mit ihr schlimmer. Er mag sie in Ruhe lassen. Also, helft mir, Sir!"

Old Wabble war wohl eifersüchtig darauf, daß Redy sich als Anführer bezeichnet hatte; jetzt bot sich ihm eine willkommene Gelegenheit zu zeigen, daß er auch etwas zu sagen habe; er ergriff diese und wies Apanatschka in befehlendem Ton zurück: „Mach, daß du wegkommst von ihr, Roter! Du hast gehört, daß sie dich nichts angeht. Weg also; pack dich!"

In diesem Ton mit sich sprechen zu lassen, das lag Apanatschka freilich fern. Er maß den alten Cowboy mit einem verächtlichen Blick und fragte dann:

„Wer spricht da zu mir, dem obersten Häuptling der Komantschen vom Stamm der Pohonim? Ist es ein Frosch, der quakt, oder eine Krähe, die schreit? Ich sehe niemand, der mich hindern könnte, mit der Squaw zu sprechen, die meine Mutter war!"

„Oho! Frosch! Krähe! Drück dich höflicher aus, Bursche, sonst wirst du erfahren, wie man einen König der Cowboys zu achten hat!"

Er drängte sich mit seinem Pferd zwischen Apanatschka und die Frau. Der Komantsche wich einige Schritte zurück und lenkte sein Pferd auf die andere Seite; der Alte folgte ihm auch dorthin. Apanatschka ritt weiter; Old Wabble auch. So bewegten sie sich in zwei Kreisen um die Frau, und zwar derart, daß sie den Mittelpunkt bildete, den Cutter stets gegen den Komantschen deckte. Dabei behielten sich die beiden fest im Auge.

„Laß das sein, Cutter" rief Redy diesem zu. „Laßt das Vater und Sohn miteinander abmachen! Euch geht es doch gar nichts an!"

„Ich bin zur Hilfe aufgefordert worden!" antwortete der Alte. „Einen Roten, der noch dazu gefesselt ist, werde ich schon im Zaum halten können!"

„Gefesselt? *Pshaw!* Denkt an Old Shatterhand und den Fremden! Der Rote ist ein ganz anderer Kerl, als Ihr seid."

„Er mag's versuchen!"

„*Well!* Ganz, wie Ihr wollt. Mich soll es nichts mehr angehen!"

Nun waren alle Augen auf die beiden Gegner gerichtet, die sich noch immer auf ihren Kreislinien bewegten. Old Wabble auf der inneren und Apanatschka auf der äußeren. Die Frau hielt ganz geistesabwesend in der Mitte. Tibo-taka stand in der Nähe und war wohl am meisten auf den Ausgang dieser Szene gespannt. Nach einiger Zeit fragte Apanatschka:

„Wird Old Wabble mich endlich zu der Squaw lassen?"

„Nein!" erklärte der Alte.

„So werde ich ihn zwingen!"

„Versuche es doch!"

„Und dabei den alten Indianermörder gar nicht schonen!"

„Ich dich auch nicht!"

„Uff! So behalte die Squaw für dich!"

Er wendet sein Pferd und tat, als ob er seinen Kreis verlassen wolle. Dies war eine Finte; er wollte die Aufmerksamkeit des Alten, wenn auch nur für einen Augenblick, von sich ablenken. Die Entscheidung nahte, Old Wabble ließ sich aber wirklich täuschen. Er wandte sich nach dorthin, wo Redy hielt, und rief in selbstgefälligem Ton:

„Nun, wer hatte recht? Fred Cutter, und sich von einem Roten werfen lassen! Das ist ein Ding der Unmöglichkeit; *it's clear!*"

„Paßt auf; er kommt!" ertönten da die warnenden Stimmen mehrerer Tramps.

Der Alte wandte sich selbst zurück, nicht aber das Pferd. Er sah Apanatschka in gewaltigen Sprüngen auf sich zureiten und schrie vor Schreck laut auf; denn auszuweichen, das war für ihn schon zu spät. Es waren nur wenige Augenblicke, in denen sich dies und das Folgende abspielte. Mein und meines Hatatitla Sprung, vorhin gegen den Medizinmann gerichtet, war nur ein sogenannter *Force- and adroitness*-Sprung gewesen; Apanatschka hatte es anders, viel verwegener vor. Den gellenden

Angriffsschrei der Komantschen ausstoßend, flog er auf den Alten zu und schnellte nahezu quer so über dessen Pferd hinweg, als ob sich gar kein Reiter im Sattel befände. Er wagte sein Leben dabei, weil ihm die Hände zusammengebunden und die Füße an das Pferd gefesselt waren, und weil er an Old Wabble prallen mußte. Doch kam er glücklich hinüber. Als sein Pferd den Boden berührte, hätte es sich beinahe überschlagen – er warf sich schnell nach hinten und riß es dabei vorn empor; es schoß noch eine kleine Strecke fort und wurde dann gehalten. Ich holte tief Atem, denn es war mir um ihn sehr angst gewesen.

Und Old Wabble? Der war mit furchtbarer Wucht aus dem Sattel geprellt; sein Pferd war dabei mit umgerissen worden; es wälzte sich einige Male hin und her und stand dann unbeschädigt wieder auf; er aber blieb besinnungslos am Boden liegen. Es gab eine Aufregung, ein Durcheinander sondergleichen; wir hätten jetzt unschwer die Flucht ergreifen können und wären gewiß auch glücklich entkommen, doch ohne unser Eigentum; darum blieben wir.

Redy kniete bei dem Alten und bemühte sich um ihn. Er war nicht etwa tot und erwachte auch bald aus seiner Betäubung; aber als er dann aufstehen und sich dabei auf die Arme stützen wollte, konnte er es nicht. Er mußte aufgerichtet werden, und als er nun bebend, schlotternd und wabbelnd dastand, fand es sich, daß er nur einen Arm bewegen konnte; der andere hing ihm am Leib herab; er war gebrochen.

„Habe ich Euch nicht gewarnt?" wurde er von Redy angefahren, was freilich das Geschehene nicht ändern konnte. „Nun habt Ihr die Folgen! Was zählt Euer Cowboy-Königstitel, wenn Ihr gegen Euren alten, über neunzigjährigen Körper einen Gegner habt, wie dieser Apanatschka ist!"

„Schießt ihn über den Haufen, den verfluchten Kerl, der mich mit seiner Finte übertölpelt hat!" stieß der Alte grimmig hervor.

„Warum denn gleich erschießen?"

„Ich befehle es! Hört Ihr, ich befehle es! Nun, wird es bald?!"

Es gab aber keinen, der ihm gehorchte. Da schrie und tobte er eine Weile aus vollem Hals, bis er seinerseits von Redy angebrüllt wurde:

„Nun gebt einmal Ruhe, sonst lassen wir Euch stehen und reiten fort! Bekümmert Euch lieber um Euern Arm! Man muß sehen, wie da zu helfen ist!"

Old Wabble sah ein, daß dies das Richtige war, und ließ sich die alte Jacke vom Leibe ziehen, was aber nicht ohne große Schmerzen ging. Nun tasteten Redy und nach ihm andere Tramps an dem Arm herum, wobei der Alte vor Schmerzen bald brüllte und bald stöhnte. Keiner verstand etwas von der Heilkunde. Da wandte sich Redy an uns:

„Hört, Mesch'schurs, ist einer unter euch, der sich auf Wunden und dergleichen versteht?"

„Unser Haus- und Hofarzt ist stets Winnetou", antwortete Dick Hammerdull. „Wenn Ihr an seiner Nachtklingel zieht, wird er sogleich erscheinen."

Da irrte sich der Dicke aber, denn als der Apatsche aufgefordert wurde, den Arm zu untersuchen, erklärte er abweisend:

„Winnetou hat nicht gelernt, Mörder zu heilen. Warum werden wir jetzt, da man unserer Hilfe bedarf, auf einmal Mesch'schurs genannt? Warum sind wir das nicht schon vorher gewesen? Hat der alte Cowboy vorhin seinen Willen durchgesetzt, so mag er auch jetzt tun, was ihm beliebt. Winnetou hat gesprochen!"

„Er ist aber doch ein Mensch!"

Sonderbarer Einwurf vom Anführer dieser Menschen. Winnetou antwortete nicht. Wenn er einmal sagte, daß er gesprochen habe, so war er fest entschlossen und es gab für ihn kein weiteres Wort. Dick Hammerdull bemächtigte sich der Rede:

„Ihr findet auf einmal, daß ein Mensch unter euch ist? Ich denke, daß wir auch keine wilden Tiere sind, die man nach Belieben fangen oder wegschießen kann, sondern Menschen! Werden wir als solche behandelt?"

„Hm! Das ist eine ganz andere Sache!"

„Ob es eine andere oder keine andere ist, das bleibt sich gleich, wenn sie nur eben anders ist! Laßt uns frei, und gebt unsere Sachen alle heraus, so wollen wir den alten Kerl so zusammenleimen, daß Ihr Eure Freude an ihm habt. Übrigens ist kein Geschöpf auf Erden so leicht zu verbinden wie gerade Cutter; er besteht ja nur aus Haut und Knochen. Zieht ihm das Fell herunter und wickelt es ihm um den Knochenbruch, so bleibt noch eine ganze Menge Haut für andere, ihm auch sehr anzuwünschende Brüche übrig! Meinst du nicht auch, Pitt Holbers, altes Coon?"

„Hm, ja", nickte der Lange. „Und wenn es einige hundert wären, ich würde ihm keinen einzigen mißgönnen, lieber Dick."

Cutter stöhnte und wimmerte zum Erbarmen. Die Knochenspitzen stachen ihm, sobald der Arm berührt wurde, ins Fleisch; Redy ging zu ihm hin, kam aber sehr bald wieder und sagte zu mir:

„Ich höre von Old Wabble, daß Ihr auch so etwas wie Chirurgus seid. Nehmt Euch doch seiner an!"

„Ist das sein Wunsch?"

„Ja."

„Und Ihr traut es mir auch wirklich zu, daß ich mich seiner erbarme? Obgleich ich ein von ihm dem Tod geweihter Mann bin?"

„Ja. Vielleicht besinnt er sich noch anders und läßt Euch laufen."

„Schön! Ich höre, daß er der allervortrefflichste Mensch ist, den es nur geben kann. Mich vielleicht, nämlich ‚vielleicht‘ laufen lassen! Wißt Ihr denn nicht, was Ihr mit diesen Worten ausgesprochen habt! Eine Dummheit sondergleichen, eine beispiellose Unverfrorenheit! Habt Ihr denn gar nicht bemerkt, daß wir vorhin alle hätten davonreiten können, wenn es nur unser Wille gewesen wäre? Glaubt Ihr denn wirklich, in uns nur Schafe mit euch herumzuschleppen, die man führt, wohin man will, und schlachtet, wenn es einem beliebt? Wenn ich nun sage, daß ich dem Alten nur dann helfen werde, wenn ihr uns freigebt?"

„Darauf gehen wir natürlich nicht ein!"

„Und wenn ich nur die Forderung stelle, daß ich nicht ermordet, sondern gleich meinen Gefährten hier behandelt werden soll?"

„Vielleicht läßt sich darüber mit ihm reden!"

„Vielleicht! Kann mir mit einem Vielleicht gedient sein?"

„*Well!* Soll ich hingehen und ihn fragen?"

„Ja."

Er verhandelte längere Zeit mit Old Wabble, kam dann zurück und benachrichtigte mich:

„Er hat einen starren Kopf; er bleibt dabei, daß Ihr sterben müßt; lieber will er die Schmerzen ertragen. Er hat einen zu großen Haß auf Euch geworfen."

Das war meinen Gefährten doch zu stark; das hatten sie nicht für möglich gehalten; sie ergingen sich darüber in allen möglichen, aber keinen freundlichen Ausdrücken.

„Ich kann es nicht ändern!" meinte Redy. „Nun werdet Ihr Euch natürlich seiner nicht annehmen, Mr. Shatterhand?"

„Warum nicht? Ihr habt vorhin gesagt, er sei doch auch ein Mensch. Das war falsch. Das richtige ist, daß ich von mir sage:

Ich bin auch ein Mensch und werde menschlich handeln. Ich will also über alles andere hinweg und in ihm nur den Leidenden sehen. Kommt!"

Meine Kameraden wollten mich zurückhalten; Treskow zankte sich geradezu mit mir. Ich ließ sie schließlich aber denken und sagen, was sie wollten, wurde vom Pferd gebunden und ging zu Cutter hin. Er machte die Augen zu, um mich nicht sehen zu müssen. Man hatte mir natürlich die Hände freigegeben. Der Armbruch war ein doppelter und bei seinem Alter fast unheilbar und sehr gefährlich.

„Wir müssen fort von hier", entschied ich, „denn wir brauchen Wasser. Wir haben aber nicht weit, denn der Fluß ist in der Nähe. Reiten wird er können; es ist ja bloß der Arm verletzt."

Cutter ließ eine ganze Reihe von Flüchen hören, und schwor Apanatschka die grauenhafteste Rache zu.

„Ihr seid wirklich kaum noch unter die Menschen zu rechnen!" unterbrach ich ihn. „Reicht denn Euer Verstand wirklich nicht hin, um einzusehen, daß Ihr Euch alles selbst zuzuschreiben habt?"

„Nein; dazu reicht er wirklich nicht!" höhnte er.

„Hättet Ihr den Komantschen nicht herausgefordert, so wärt Ihr nicht durch ihn vom Pferd geritten worden. Und Euer Arm wäre heil geblieben, wenn Ihr mir nicht meine Gewehre genommen hättet."

„Wie kommen die Gewehre mit dem Armbruch in Verbindung?"

„Ich sah ganz deutlich, wie Ihr vom Pferd gerissen wurdet; Ihr hattet sie umhängen; beim Aufschlag auf die Erde kam Euer Arm zwischen sie, und da hatten sie die Wirkung zweier Brechstangen; daher auch der Doppelbruch. Hättet Ihr Euch nicht mit meinem Eigentum befaßt, so wärt Ihr heil vom Boden aufgestanden."

„Das sagt Ihr nur, um mich zu ärgern. *Pshaw!* Jetzt werdet Ihr wieder gebunden, und dann geht es nach dem Fluß. Verdammt sei dieser Fremde mit seinem Weib! Wären sie nicht gekommen, so hätte das alles nicht geschehen können! Und da soll es eine Vorsehung, einen Gott geben, der doch nicht besser auf seine Menschen aufpaßt!"

Also selbst jetzt konnte sich dieser schreckliche Mensch nicht enthalten, Gott zu leugnen oder vielmehr zu lästern! Ich ließ mich bereitwillig wieder anbinden, obgleich ich Gelegenheit gehabt hätte zu entfliehen. Als ich beim alten Wabble stand, war ich vollständig frei. In der Nähe lagen meine Gewehre, noch auf der Erde, und mein Rappe wartete auf mich. Es wäre das Werk einer halben Minute gewesen, mit den Waffen auf das Pferd und dann fortzukommen. Aber was dann? Ich wäre dann dem Zug gefolgt, um die Gefährten des Nachts zu befreien; allein die Tramps hätten das vorausgesehen und sie mit zehnfacher Aufmerksamkeit bewacht. Jetzt aber waren sie ahnungslos, und so mußte uns heute abend unsere Befreiung durch Kolma Puschi viel leichter werden. Darum hatte ich diese Gelegenheit zur Flucht so unbenützt vorübergehen lassen. Apanatschka befand sich neben der Squaw und sprach mit ihr, ohne allen Erfolg. In der Nähe hielt Thibaut und beobachtete sie mit verhaltenem Zorn; er getraute sich nicht, dem Komantschen hinderlich zu sein. Die ihm von mir erteilte Lehre hatte gewirkt. Selbst als ich jetzt zu ihnen hinritt, sagte er nichts, machte sich aber noch näher herbei. Ich hörte zu; es waren die gewöhnlichen Worte, die Apanatschka aus ihr herausbrachte, sonst nichts.

„Ihr Geist ist fort und will nicht wiederkommen!" klagte er. „Der Sohn kann mit seiner Mutter nicht sprechen; sie versteht ihn nicht!"

„Laß es mich einmal versuchen, ob ihre Seele zurückzurufen ist!" forderte ich ihn auf, während ich an ihre andere Seite ritt.

„Nein, nein!" rief Thibaut. „Old Shatterhand darf nicht mit ihr reden; ich dulde das nicht."

„Ihr werdet es dulden!" fuhr ich ihn drohend an. „Apanatschka bewache ihn, und wenn er die geringste drohende Bewegung macht, so reite ihn nieder, aber gleich so, daß er Arme und Beine bricht! Ich helfe mit!"

„Mein Bruder Shatterhand kann sich auf mich verlassen", antwortete Apanatschka; „er mag mit seiner Squaw sprechen, und wenn der weiße Medizinmann nur eine Hand bewegt, wird er im nächsten Augenblick eine unter den Pferdehufen zertretene Leiche sein!"

Er ritt ganz zu Thibaut hin und nahm eine wachsame, drohende Haltung ein.

„Bist du heute im Kaam-kulano gewesen?" fragte ich die Frau.

Sie schüttelte den Kopf und sah mich mit so geistesleeren Augen an, daß dieser Blick mir förmlich weh tat.

„Hast du einen Vo-uschingva[1]?" fragte ich weiter.

[1] Gatte

Sie schüttelte abermals den Kopf.

„Wo ist dein Tchaio[1]?"

Abermaliges Schütteln.

„Hast du deine Kokha[2] gesehen?"

Ganz dasselbe gedankenlose Schütteln wieder überzeugte mich, daß sie für Fragen, die das Komantschenleben betrafen, jetzt unempfänglich war. Ich machte einen anderen Versuch:

„Hast du Wawa I-kwehtsi'pa gekannt?"

„I-kweh-tsi'pa . . ." keuchte sie.

„Ja. I–kweh–tsi–'pa . . ." wiederholte ich jede Silbe mit Betonung.

Da antwortete sie wie im Traum: „I-kwehtsi'pa ist mein Wawa.

Also hatte ich richtig vermutet: Sie war die Schwester des Padre.

„Kennst du Tahua! Ta–hu–a!"

„Tahua war I-kokha[3]."

„Wer ist Tokbela? Tok–be–la!"

„Tokbela nuuh[4]."

Sie war aufmerksam geworden. Die auf ihre Kindheit und Jugend bezüglichen Worte machten Eindruck auf sie. Ihr Geist kehrte in die vor ihrem Irrsinn liegende Zeit zurück und suchte vergeblich Licht in diesem Dunkel. Darin bestand ihr Wahnsinn. Wenn ein Klang aus jener Zeit an ihr Ohr tönte, stieg ihr Geist aus der Tiefe des Vergessens. Ihr Blick war nicht mehr leer; er begann sich zu füllen. Da wir aufbrechen wollten, die Zeit also höchst kostbar war, brachte ich nun gleich die Frage, die heute für mich die wichtigste war:

„Kennst du Mr. Bender?"

„Bender – Bender – Bender" sagte sie mir nach, und plötzlich erschien ein freundliches Lächeln auf ihrem Gesicht.

„Oder Mrs. Bender?"

„Bender – Bender!" wiederholte sie, wobei ihr Auge immer heller, ihr Lächeln immer freundlicher und ihre Stimme immer klarer wurde.

„Vielleicht Tokbela Bender?"

„Tokbela – Bender – bin ich nicht!"

Jetzt sah sie mich voll und mit Bewußtsein an.

„Oder Tahua Bender?"

Da schlug sie die Hände froh zusammen, als ob sie etwas Längstgesuchtes gefunden hätte, und antwortete mit fast wonnigem Lächeln:

[1] Knabe   [2] Ältere Schwester   [3] Meine ältere Schwester   [4] ich bin

„Tahua ist Mrs. Bender, jawohl, Mrs. Bender!"

„Hat Mrs. Bender ein Baby?"

„Zwei Babies!"

„Mädchen?"

„Zwei Babies sind Knaben. Tokbela trägt sie auf den Armen."

„Wie nennst du diese Babies? Die Babies haben Namen!"

„Babies sind Leo und sind Fred."

„Wie groß?"

„Fred so und Leo so!"

Sie deutete mir mit den Händen an, wie hoch die Knaben, vom Sattel an gerechnet, gewesen waren. Der Erfolg meiner Fragen war über alles Erwarten günstig. Ich sah die Augen Thibauts mit mühsam verhaltener Wut auf mich gerichtet, wie die eines blutdürstigen Raubtieres, das im Begriff steht, sich auf seine Beute zu stürzen. Aber Apanatschka wachte!

Leider war es dieser selbst, der meinem Forschen vorzeitig ein Ende bereitete. Die Sorge um die Frau, die er für seine Mutter hielt, drängte ihn, mich zu unterbrechen, und kurz darauf mußte ich wahrnehmen, daß das Gesicht des armen Weibes schon wieder den trostlosen, geistesleeren Ausdruck angenommen hatte wie vor meiner Unterredung mit ihr.

Thibaut scharf im Auge behaltend, näherte sich mir Apanatschka und fragte:

„Der weiße Medizinmann wird sich nun von den Tramps trennen wollen. Er nimmt die Squaw mit. Kann sie nicht mit uns reiten?"

„Nein."

„Uff. Warum sollte sie das nicht können?"

„Apanatschka mag mir erst vorher sagen, warum er den Wunsch hat, daß sie bei uns bleiben soll."

„Weil sie meine Mutter ist."

„Die ist sie nicht."

„Wenn sie es wirklich nicht sein sollte, so hat sie mich doch liebgehabt und mich so gehalten, als ob ich ihr Kind sei."

„Gut! Aber pflegen die Krieger der Komantschen, auch wenn sie Häuptlinge sind, ihre Squaws oder Mütter mitzunehmen, wenn sie so viele, viele Tagesreisen weit reiten und schon vorher wissen, daß sie mancherlei Gefahren zu bestehen haben werden?"

„Nein."

„Warum will Apanatschka diese Squaw bei sich haben? Ich vermute, daß es für ihn einen besonderen Grund dazu gibt."

„Es gibt einen Grund: Sie soll nicht bei dem Bleichgesicht bleiben, das sich für einen roten Mann ausgegeben und die Krieger der Naiini viele Jahre lang damit betrogen hat. Und wohin will der weiße Medizinmann mit der Squaw? Wenn wir ihn mit ihr fortlassen, werde ich die niemals wiedersehen, die ich für meine Mutter gehalten habe!"

„Apanatschka irrt; er wird sie wiedersehen."

„Wann?"

„Vielleicht schon in kurzer Zeit. Mein Bruder Apanatschka mag an alles denken! Der weiße Medizinmann gibt sie nicht her; die Tramps nehmen sie nicht mit, und wir sind gefangen. Wenn Tibo-taka sie aber mit sich nimmt, fällt dies alles fort, und du wirst sie in kurzer Zeit wiedersehen."

„Aber der Ritt ist schwer für sie, und Tibo-taka wird nicht gut und freundlich mit ihr sein."

„Das war er auch im Kaam-kulano nicht; sie ist es also gewohnt. Übrigens ist ihr Geist nur selten bei ihr, und es wird ihr also nicht bewußt, wenn er nicht freundlich mit ihr ist. Und sodann scheint er die weite Reise zu einem Zweck unternommen zu haben, der ihre Gegenwart erheischt; er wird folglich so aufmerksam und sorglich für sie sein, daß sie keinen Schaden nimmt. Mein Bruder Apanatschka mag sie also mit ihm reiten lassen! Das ist bestimmt der beste Rat, den ich ihm geben kann."

„Mein Bruder Old Shatterhand hat es gesagt, und so mag es geschehen; er weiß stets, was für seine Freunde nützlich ist."

Inzwischen hatte man Old Wabble auf sein Pferd gehoben, und nun stieg auch Tibo-taka wieder in den Sattel. Er ritt zum Alten hin, um Abschied zu nehmen.

„Nehmt meinen Dank, Mr. Cutter, daß ihr Euch so kräftig meiner angenommen habt!" sagte er. „Wir werden uns wiedersehen, und dann sollt Ihr so vieles und verschiedenes . . ."

„Seid so gut und schweigt!" unterbrach ihn der Alte, „Euch hat mir der Teufel in den Weg geführt, wenn es überhaupt einen Teufel gibt, was ich gar nicht glaube. Euretwegen ist mir der Arm wie Glas zerschlagen worden, und wenn Euch dieser Teufel, dessen Dasein ich für Euch wünschen möchte, so einige Jahrmillionen lang in der Hölle braten wollte, so würde ich ihn für den einsichtsvollsten Gentleman halten, den es unter allen guten und bösen Geistern gibt."

„Euer Arm tut mir leid, Mr. Cutter. Hoffentlich heilt er schnell und gut. Die schönsten Pflaster habt Ihr ja in Händen."

„Welche wären das?"

„Die Kerle, die Eure Gefangenen sind. Legt täglich ein solches Pflaster auf, so werdet Ihr sehr bald wieder gesund sein."

„Das soll wohl heißen, daß ich täglich einen erschießen soll? *Well!* Der Rat ist gut, und vielleicht befolge ich ihn; am meisten würde es mir dabei Vergnügen gewähren, wenn Ihr die Gewogenheit hättet, das erste Pflaster sein zu wollen; *it's clear.* Macht Euch jetzt aus dem Staub und laßt Euch nicht mehr vor meinen Augen sehen!"

Da ließ der Medizinmann ein höhnisches Gelächter hören und erwiderte:

„Das müssen wir abwarten, alter Wabble. Mir liegt auch nichts daran, mit so einem alten Schurken wie Ihr seid, jemals wieder zusammenzutreffen; aber wenn es doch einmal, natürlich ganz gegen meinen Willen, geschehen sollte, so wird mein Willkommen nicht weniger freundlich sein, als es jetzt Euer Abschied ist. Reitet in die Hölle!"

„Verfluchter Kerl! Schickt ihm doch eine Kugel nach!" brüllte der Alte,

Das fiel niemanden ein. Thibaut ritt, von der Squaw gefolgt, unbelästigt von dannen, nach links hinüber, also in derselben Richtung, die er eingehalten hatte, als er uns vorhin begegnet war.

„Ob wir ihn aber auch wiedersehen werden?" sagte Apanatschka halblaut vor sich hin.

„Sicher", antwortete ich.

„Hat mein weißer Bruder wirklich so bestimmte Gründe, dies zu denken?"

„Ja."

Winnetou, der sich jetzt neben uns befand und die Frage des Komantschen und meine Antwort gehört hatte, fügte hinzu:

„Was Old Shatterhand gesagt hat, wird geschehen. Es gibt Dinge, die man nicht genau vorher wissen kann, aber um so bestimmter vorher fühlt. Dieses Vorgefühl hat er jetzt, und ich habe es auch!"

Meine Gewehre, die Old Wabbles Unfall mit veranlaßt hatten, waren zwei anderen Tramps übergeben worden. Ich mußte mich wieder an die Spitze des Zuges setzen, und bald war der Fluß erreicht, wo wir abstiegen. Während einige Tramps nach einer bequemen Furt suchten, wurde ich wieder vom Pferd genommen, um den alten Wabble zu verbinden. Das nahm geraume Zeit in Anspruch, und ich kann mich nicht rühmen, mein Werk mit allzu großer Zartheit ausgeführt zu haben. Der alte Cowboy heulte oft laut vor Schmerzen und bedachte mich mit Schimpfworten und Redensarten, die ich unmöglich wiedergeben kann.

Als ich mit ihm fertig war und wieder auf dem Pferd saß, war eine Furt gefunden worden. Wir setzten über und folgten auf der anderen Seite dem Wasser, bis wir den Zusammenfluß der beiden Arme erreichten. Wir umritten den Bogen des Southfork und hielten dann west-nordwestlich über die Prärie, von der Kolma Puschi gesprochen hatte. Sie war nicht eben, sondern bildete eine langsam ansteigende, zuweilen mit Senkungen versehene Fläche, die parkähnlich mit Gesträucheilanden bestanden war.

Hier gab es eine Menge wilder Truthühner, von denen die Tramps nach und nach ein halbes Dutzend erlegten; aber wie! Es war die wahre Sauschießerei!

Am Spätnachmittag sahen wir vor uns eine Höhe aufsteigen, gewiß die, an deren Fuß die Quellen lagen, deren nördlichste ich zu suchen hatte. Ich hielt mich jetzt also mehr rechts und erst dann wieder links, als der Berg genau im Süden vor uns lag. Auf diese Weise mußten wir den erwähnten Spring zuerst zu sehen bekommen. Ich war neugierig darauf, ob der Scharfsinn Kolma Puschis sich bewahrheiten und die Lage und Umgebung der Quelle sich für unseren heutigen Zweck eignen werde.

Je näher wir kamen, desto deutlicher sahen wir, daß der Berg bewaldet war und uns einige Ausläufer dieses Waldes entgegenschickte. Es begann schon zu dunkeln, als wir ein kleines Wasser erreichten, dem wir im Galopp entgegenritten, um noch vor Einbruch der Finsternis bei seinem Ursprung anzukommen. Wir langten bei diesem Ziel an, als eben die letzten Schimmer der Dämmerung zu erlöschen begannen. Das war mir lieb, denn nun konnten die Tramps, falls ihnen der Ort nicht gefiel, nicht daran denken, bei finsterer Nacht einen anderen aufzusuchen.

Ob wir uns an dem Spring befanden, den Kolma Puschi gemeint hatte, das wußte ich nicht genau, dachte aber, daß er es sein werde. Er kam unter einem kleinen, mit Moos bedeckten Steingewirr hervor, und zwar an einem engen Grasplatz, der von Bäumen und Sträuchern in drei Abteilungen geteilt wurde. Diese Abteilungen boten zusammen für uns und die Pferde gerade Raum genug, mehr nicht, was unsere Bewachung ungemein erschwerte. Uns konnte dies sehr lieb sein; Old Wabble aber, dem dieser Übelstand keineswegs entging, sagte, als er abstieg, in mißmutigem Ton:

„Dieser Lagerplatz gefällt mir nicht. Wenn es nicht schon so finster wäre, würden wir weiterreiten, bis wir einen besseren fänden."

„Warum sollte er uns nicht gefallen?" fragte Redy.

„Der Gefangenen wegen. Wer soll sie bewachen? Hier brauchen wir drei Wächter auf einmal!"

„*Pshaw!* Wozu wären die Fesseln da? Macht, daß wir sie von den Pferden bringen! Sobald sie liegen, sind sie uns sicher und gewiß!"

„Aber wir müssen doch drei Abteilungen machen. Der Platz zerfällt ja in drei Teile."

„Die Gefangenen kommen alle hier in die mittlere Abteilung; die beiden anderen sind für uns."

„Und die Pferde?"

„Die schaffen wir hinaus ins Freie, wo sie angehobbelt werden. Da genügt ein Wächter für sie und einer für die Gefangenen."

„Ja, wenn wir zwei Feuer anbrennen!"

„Ist auch nicht nötig! Ihr werdet gleich sehen, daß ich recht habe."

Wir wurden von den Pferden genommen, wieder gefesselt und nach der mittleren Abteilung gebracht; dann ließ Redy da, wo die Abteilungen zusammenstießen, ein großes Feuer anbrennen, das allerdings alle drei Teile erleuchtete. Hierüber sehr befriedigt, fragte er den alten Wabble:

„Na, habe ich recht gehabt oder nicht? Es genügt, wie Ihr seht, ein einziger Mann, die Kerls zu bewachen. Das ist alles, was Ihr verlangen könnt."

Der Alte brummte etwas Unverständliches in den Bart und gab sich zufrieden.

Und ich? Nun, ich war auch zufrieden, zufriedener wohl als er, denn das Lager hätte für unsere Zwecke gar nicht besser passen können, zumal bei der Einrichtung, die ihm Redy gegeben hatte.

Ich war in die Mitte der kleinen Lichtung gelegt worden, hatte mich aber sogleich nach deren Rand gewälzt, ein Manöver, das auch von Winnetou ausgeführt und zu unserer Freude von den Tramps gar nicht beachtet wurde.

Wir lagen mit den Köpfen am Rand des Gebüschs, und zwar hatten wir uns eine Stelle gewählt, wo die Sträucher nicht eng nebeneinander standen und es Kolma Puschi wahrscheinlich möglich war, zwischen und unter ihnen bis zu uns hindurchzukriechen.

Der Platz war recht klein; wir alle, die wir zusammengehörten, lagen so eng beieinander, daß wir uns nicht nur berühren, sondern auch durch leise Worte verständigen konnten.

Sehr bald erfüllte der Duft von Truthahnbraten die ganze Luft. Die Tramps aßen, soviel sie konnten; wir aber erhielten – nichts.

„Die Kerls liegen so dicht, daß man gar nicht zwischen ihnen hindurchkommen kann, um sie zu füttern", sagte Old Wabble. „Sie mögen warten bis morgen früh, wenn es Tag geworden ist. Sie werden bis dahin nicht vor Durst und Hunger sterben; it' *clear*!"

Was das Verhungern und Verdursten betrifft, so hatte ich keine Sorge, denn ich war überzeugt, daß wir uns noch während der Nacht satt essen und trinken würden. Dick Hammerdull, der wieder in meiner Nähe lag, nahm das aber nicht so leicht und sagte zornig:

„Ist das ein Benehmen! Nichts zu essen und keinen Schluck Wasser! Wem da die Lust, Gefangener zu sein, nicht vergehen soll, den möchte ich kennenlernen! Meinst du nicht auch Pitt Holbers, altes Coon?"

„Wenn ich nichts bekomme, so meine ich auch nichts", antwortete der Lange. „Hoffentlich hört diese unangenehme Geschichte nun bald auf!"

„Ob sie aufhört oder nicht, das bleibt sich gleich, wenn sie nur ein Ende nimmt. Darf man wissen, was Ihr dazu sagt, Mr. Shatterhand?"

„Wir werden sehr wahrscheinlich noch in dieser Nacht ein gutes Truthahnessen haben", antwortete ich. „Schlaft nur nicht ein, und vermeidet alles, was geeignet sein könnte, den Verdacht der Tramps zu erregen!"

„*Well!* So will ich mich ruhig fügen. Wo noch Hoffnung vorhanden ist, da ist weiter nichts nötig, als daß man diese Hoffnung gemacht bekommt."

Da er sich mit dieser geistreichen Erwägung beruhigte, sagten auch die anderen nichts, und wir hörten neidlos zu, wie gut es den Tramps schmeckte; sehen konnten wir es nicht, desto besser aber mit dem Gehör vernehmen.

Als der erste Wächter, der am Feuer saß, das Turkeyfleisch in nicht sehr appetitlicher Weise mit den Zähnen von den Knochen gerissen und verzehrt hatte, waren auch seine Kameraden mit dem Essen fertig und rüsteten sich zum Schlaf. Der alte Cowboy-König kam zu uns herübergewabbelt und brachte Redy mit; sie wollten nach unseren Fesseln sehen. Als sie sich überzeugt hatten, daß sich diese im gewünschten Zustand befanden, sagte Cutter zu mir:

„Es ist alles in Ordnung, und ich denke, daß Ihr auch ohne Abendessen einen guten Schlaf tun werdet. Träumt recht angenehm von mir!"

„Danke!" antwortete ich. „Ich wünsche Euch ebenfalls einen recht tiefen, wonnesamen Schlaf!"

„Ihr Halunke! Ihr würdet Euch wohl sehr darüber freuen, wenn Fred Cutter rechte Schmerzen auszustehen hätte und nicht schlafen könnte?! Aber Eure Vorfreude wird ins Wasser fallen. Mein alter Körper ist besser und kräftiger, als Ihr denkt. Ich habe eine Bärennatur und möchte das Fieber sehen, das sich an mich wagen könnte. Jedenfalls werde ich viel besser schlafen als Ihr!"

Er lachte hämisch auf und sagte zu dem zweiten Posten, der soeben den ersten abgelöst hatte, in streng warnendem Ton:

„Diesen Kerl da, der soeben gesprochen hat, scheint der Hafer zu stechen. Gib auf ihn besonders acht, und falls er sich nur einmal falsch bewegen sollte, kommst du sofort zu mir, um mich zu wecken!"

Er entfernte sich mit Redy, und der Wächter setzte sich so, daß er mich genau vor Augen hatte, was mir freilich nicht willkommen sein konnte.

Man hatte einen großen Haufen Dürrholz gesammelt und neben dem Feuer aufgestapelt. Um davon zu nehmen und die Flammen zu nähren, mußte der Wächter sich umdrehen. Die kurzen Augenblicke, in denen er dies von Zeit zu Zeit tat, waren die einzigen Pausen, in denen er uns nicht beobachtete, und mußten von uns benutzt werden, falls Kolma Puschi hatte Wort halten und nach dem Spring kommen können. Wenn ich über diesen Punkt besondere Sorge gehabt hätte, so wurde sie bald zerstreut; denn schon als der Posten zum zweitenmal Holz nachlegte, hörte ich hinter mir ein leises Geräusch, ein Mund legte sich nah an mein Ohr und sagte:

„Kolma Puschi ist hier. Was soll ich tun?'‚"

„Warten, bis ich mich auf die andere Seite lege", antwortete ich ebenso leise. „Dann schneidest du mir die Hände frei und gibst mir dein Messer!"

Der Posten drehte sich uns wieder zu, und dasselbe fast unhörbare Rascheln sagte mir, daß Kolma Puschi schnell zurückgekrochen war.

Die Zeit des Handelns war noch nicht gekommen. Wir mußten warten, bis wir annehmen konnten, daß die Tramps alle schliefen. Ich ließ über eine Stunde vergehen, bis mehrfaches Schnarchen, Blasen und wohlbekannte Gaumentöne vermuten ließen, daß niemand außer Old Wabble munter war. Wir wurden durch einen dünnen Buschstreifen von den Schläfern getrennt; ich konnte sie also nicht sehen. Es mischte sich in die beschriebenen Töne zuweilen ein kurzes Ächzen oder Stöhnen; es kam jedenfalls von dem Alten. Sein Arm schmerzte ihn. Sollte ich warten, bis auch er, wenigstens einmal für kurze Zeit, eingeschlafen war? Vielleicht fand er bis zum Morgen keinen Schlaf! Nein; wir durften diese Nacht nicht verstreichen lassen. Glücklicherweise verriet mir sein Stöhnen, daß er jenseits der Sträucher an einer Stelle lag, von der aus er den Posten hüben bei uns nicht sehen konnte.

Ich legte mich also auf die andere Seite und hielt die Hände so, daß sie unserem Reiter so bequem wie möglich lagen. Bald darauf wandte sich der Posten dem Feuer zu. Sofort fühlte ich, wie eine Messerklinge schneidend durch die Riemen ging, und gleich darauf wurde mir das Heft in die Hand gedrückt. Mich rasch aufsetzend, zog ich die Füße an und schnitt dort auch die Riemen durch. Kaum hatte ich mich ebenso schnell wieder niedergelegt und ausgestreckt, so war der Posten mit dem Nachlegen fertig und drehte sich uns wieder zu. Es galt, zu warten; aber ich fühlte mich schon frei.

„Jetzt mich losschneiden!" flüsterte mir Winnetou zu, der meine Bewegungen natürlich beobachtet und deren Erfolg gesehen hatte.

Er legte sich so, daß er mir die Hände zukehrte. Als der Posten das nächste Mal nach dem Dürrholz griff, bedurfte es nur zweier Sekunden, so war auch der Apatsche an Händen und Füßen frei. Unsere Haltung blieb so, als ob wir noch gefesselt wären, und nun raunte ich dem Apatschen zu:

„Jetzt zunächst den Posten! Wer nimmt ihn?"

„Ich", antwortete er.

Es galt, den Mann lautlos, ohne alles Geräusch, unschädlich zu machen. Unsere Kameraden lagen zwischen ihm und uns; man mußte über sie wegspringen. Wenn dabei das geringste Geräusch entstand und er sich umdrehte und um Hilfe schrie, wurde die Befreiung unserer Leute, wie ich sie ausführen wollte, unmöglich. Winnetou war der richtige und unter uns wohl auch der einzige Mann, diese Schwierigkeit zu überwinden. Ich war gespannt auf den entscheidenden Augenblick.

Der Wächter ließ diesmal das Feuer weiter niedergehen als vorher. Endlich wandte er sich von uns ab und dem Holzhaufen wieder zu! Wie ein Blitz fuhr Winnetou in die Höhe und mit einem wahren Panthersprung über unsere Gefährten hinüber. Ihm das Knie in den Rücken legend, faßte er ihn mit beiden Händen um den Hals. Der Mann war vor Schreck steif; er machte keine Bewegung der Abwehr; es war kein Laut, nicht der geringste Seufzer zu hören. Jetzt sprang ich, weil Winnetou keine Hand frei hatte, hinüber und schlug dem Tramp die Faust zweimal an den Kopf. Der Apatsche öffnete langsam und versuchsweise seine Hände; der Kerl glitt mit dem Oberkörper nieder und blieb lang ausgestreckt liegen; rasch wurde er gefesselt und geknebelt. Der erste Teil des Werks war glücklich gelungen!

Unsere Kameraden waren wach geblieben; sie hatten die Überwältigung des Postens gesehen. Da ich nicht reden wollte, winkte ich ihnen mit den Händen Schweigen zu und machte mich dann mit Winnetou an das Lösen ihrer Fesseln, die ich nicht zerschneiden wollte, weil wir sie später mit brauchten, um die Tramps zu binden. Was mich während dieser kurzen Beschäftigung wunderte, war, daß sich Kolma Puschi nicht sehen ließ. War er, der Geheimnisvolle, etwa schon wieder fort? Das mußte sich ja zeigen!

Als alle Befreiten still beieinanderstanden, kroch ich mit dem Apatschen langsam um das Feuer, um nach den Tramps zu sehen. Sie schliefen alle. Auch Old Wabble lag lang ausgestreckt im Gras; er war gefesselt, hatte einen Knebel im Mund, und neben ihm saß Kolma Puschi, unser Erretter! Wir mußten über das Meisterstück, das dieser Rote so geräuschlos vollbracht hatte, staunen.

Er hielt seine dunklen Augen nach der Stelle gerichtet, von der wir, wie er wußte, lauschen würden. Als er uns sah, nickte er uns lächelnd zu. Welch eine Ruhe, Kaltblütigkeit und Sicherheit!

Es galt nun zunächst, uns zu bewaffnen. Da die Tramps auch eng beieinanderlagen, hatten sie zur Vermeidung der Unbequemlichkeiten ihre Gewehre zusammengestellt; wir nahmen sie in der Zeit von einer Minute in unseren Besitz. Ich holte meinen Stutzen und machte ihn schußfertig. Nur Winnetous Silberbüchse lag bei Redy, der sich nicht von ihr hatte trennen wollen. Der Apatsche kroch wie eine Schlange hin und brachte sie an sich; das war auch ein Meisterstück von ihm!

Nun wir alle bewaffnet waren, wurden die Schläfer so umstellt, daß uns keiner entwischen konnte. Dick Hammerdull warf neues Holz in das Feuer; hoch leuchtete es auf.

„Nun erst den Posten draußen bei den Pferden", sagte ich leise zu Winnetou und deutete durch die Büsche.

Kolma Puschi sah meine Handbewegung, kam leise zu uns her und meldete:

„Das Bleichgesicht, das Old Shatterhand meint, liegt gebunden bei den Pferden. Kolma Puschi hat es mit dem Gewehr niedergeschlagen. Meine Brüder mögen einen Augenblick warten, bis ich wiederkomme!"

Er huschte fort. Als er nach wenigen Sekunden zurückkehrte, hatte er eine Menge Riemen in den Händen; er warf sie hin und sagte:

„Kolma Puschi hat unterwegs einen Bock erlegt und sein Fell zu Riemen zerschnitten, weil er glaubte, sie würden hier gebraucht."

Ein außerordentlicher Mann! Winnetou reichte ihm schweigend die Hand, und ich tat dasselbe. Dann konnten wir die nichts ahnenden Schläfer wecken. Dick Hammerdull bat uns, dies tun zu dürfen. Wir nickten ihm zu. Er stieß ein Geheul aus, das der Größe seines weit aufgerissenen Mundes entsprechend war. Die überraschten Kerls sprangen alle auf; sie sahen uns mit angeschlagenen Gewehren stehen und waren vor Schreck bewegungslos. Nur Old Wabble blieb liegen, weil er gefesselt und geknebelt war. Dieses erste Entsetzen benutzend, rief ich ihnen zu:

„*Hands up*, oder wir schießen! *All hands up!*"

*Hands up*, die Hände in die Höhe! Wer diese Worte hört und nicht augenblicklich beide Hände hoch hält, bekommt die Kugel. Es kommt vor, daß nur zwei oder drei verwegene Menschen einen Bahnzug überfallen. Wehe dem Fahrgast, der auf den Ruf „*Hands up!*" nicht unverweilt die Arme hebt! Er wird sofort erschossen. Während einer der Räuber auf diese Weise mit seinem Revolver alle Reisenden in Schach hält, werden diese von dem oder den anderen ausgeplündert und müssen mit hochgehobenen Händen stehenbleiben, bis die Taschen auch des letzten untersucht und geleert worden sind. Dieses „*Hands up!*" trägt allein die Schuld daran, daß viele, wenn sie überrascht worden sind, gegen wendige gar nichts machen können. Selbst der sonst mutige Mann wird lieber die Arme heben, als nach seiner Waffe greifen; denn ehe er sie erlangen kann, hat er die tödliche Kugel im Kopf.

So auch hier. Ich hatte den Befehl kaum zum zweitenmal ausgesprochen, so fuhren alle Hände empor.

„Schön, Mesch'schurs!" fuhr ich fort. „Nun laßt euch sagen·

Bleibt genauso stehen wie jetzt! Denn wer nur eine Hand sinken läßt, bevor wir mit euch allen fertig sind, der fällt tot ins Gras! Ihr wißt, wieviel Schüsse hier mein Stutzen hat. Es kommt mehr als eine Kugel auf jeden von euch! Dick Hammerdull und Pitt Holbers werden euch binden. Es gibt da keine Gegenwehr. Dick, Pitt, fangt an!"

Es war eine ernste Lage, aber doch machte es mir, überhaupt uns allen, innerlich Spaß, diese Leute wie beim Freiturnen oder bei einem Gesellschaftspiel mit hoch erhobenen Armen stehen zu sehen, um ohne alle Gegenwehr zu warten, bis einer nach dem anderen von ihnen an Händen und Füßen gebunden und ins Gras gelegt wurde. Da waren uns freilich die Riemen sehr willkommen, die Kolma Puschi mitgebracht hatte.

Erst als der letzte niedergelegt war, ließen wir die Gewehre sinken. Unser Retter ging mit Matto Schahko fort, um auch den Posten bei den Pferden zu holen. Nachdem dieser gebracht worden war, nahmen wir Old Wabble und auch dem Wächter am Feuer den Knebel aus dem Mund.

Jetzt waren nicht mehr sie, sondern wir die Herren der Lage. Sie fühlten sich so niedergeschlagen, daß keiner von ihnen ein Wort hören ließ; nur Old Wabble stieß zuweilen einen Fluch aus. Um Platz zu bekommen, schoben wir sie so eng wie möglich aneinander; dadurch gewannen wir für uns genügend Raum am Feuer.

Es waren noch zwei ganze Turkeys da, die wir für uns zurichteten. Während dies geschah, konnte Dick Hammerdull es nicht über sich gewinnen, ruhig zu bleiben. Er hatte in berechnender Weise die Gebrüder Holbers nebeneinander gelegt und suchte sie jetzt auf.

„*Good evening*, ihr Vettern!" grüßte er sie in seiner voll drolligen Weise. „Ich gebe mir die Ehre, euch zu fragen, ob ihr noch wißt, was ich euch unterwegs sagte?"

Er bekam keine Antwort.

„Richtig! Es stimmt!" nickte er. „Ich sagte, entweder flögen wir euch davon, und dann ständet ihr mit aufgesperrten Mäulern da; oder wir drehten den Spieß um und nähmen euch gefangen, und dann klappten euch die Mäuler wieder zu. Ist es nicht so, Pitt Holbers, altes Coon? Habe ich das gesagt oder nicht?"

Holbers saß, einen Puter rupfend, am Feuer und antwortete trocken:

„Ja, das hast du gesagt, lieber Dick."

„Also richtig! Wir haben sie gefangen, und nun liegen sie

mit zugeklappten Mäulern da und haben nicht den Mut, sie wieder aufzumachen. Die armen Teufel haben die Sprache verloren!"

„Das haben wir nicht!" fuhr ihn da Hosea an. „Euretwegen verlieren wir die Sprache noch lange nicht; aber laßt uns in Ruhe!"

„Ruhe? *Pshaw!* Ihr habt ja bis jetzt geschlafen! Das plötzliche Erwachen war freilich etwas sonderbar, nicht? Was wolltet ihr doch nur mit euren Händen so hoch droben in der Luft? Es sah aus, als ob ihr Sternsschnuppen fangen wolltet. Ganz eigenartige Stellung!"

„Die Eurige war nicht besser, als wir Euch gestern festgenommen hatten! Ihr konntet da nicht einmal die Hände heben!"

„Das tue ich auch sonst niemals, weil ich kein Schnuppenfänger bin. Übrigens, verehrtester Hosea, nicht so hitzig! Ihr seht ja, wie gefaßt und still Euer lieber Joel ist! Wenn ich ihn richtig beurteile, so denkt er über die Erbschaft meines alten Pitt Holbers nach."

Da brach Joel sein Schweigen auch:

„Er mag behalten, was er hat! Wir brauchen nichts von ihm, dem Prügeljungen, denn wir werden reich sein; wir werden noch..."

Da er innehielt, fuhr Dick Hammerdull, fröhlich lachend fort:

„...noch nach dem Squirrel Creek reiten und die Bonanza holen? Nicht wahr, das wolltet Ihr sagen, Sie Joel, der Prophet?"

„Ja, das werden wir!" schrie der Geärgerte. „Es wird uns nichts auf Erden abhalten können, dies zu tun! Verstanden?"

„Ich denke, wir werden euch davon abhalten, indem wir euch ein wenig erschießen."

„Dann wärt ihr Mörder!"

„Tut nichts! Ihr sagtet mir ja auch, daß ihr uns auslöschen wolltet. Ich war ja freilich der Ansicht, daß wir uns wieder anzünden würden. Meinst du nicht auch, Pitt Holbers, altes Coon?"

„Ich meine nur, daß du den Schnabel halten sollst!" belehrte ihn der Gefragte vom Feuer her. „Diese Kerls sind es ja gar nicht wert, daß du mit ihnen sprichst. Komm lieber her, und rupfe mit!"

„Ob ich mit rupfe oder nicht, bleibt sich ganz gleich; aber ungerupft schmeckt mir der Puter nicht, darum komme ich!" Er setzte sich zu seinem Pitt ans Feuer und half ihm bei der Arbeit.

Kolma Puschi hatte sich inzwischen entfernt. Er war zu seinem irgendwo versteckten Pferd gegangen und brachte das Fleisch, das er heute geschossen hatte, um es uns zu schenken. Dann trat er vor Redy hin und sagte zu ihm:

„Das Bleichgesicht hat heute von einem stinkigen Hund und von Ungeziefer gesprochen. Kolma Puschi antwortete, der Hund werde das stinkige Ungeziefer jagen, bis es gefangen wird!"

Redy knurrte etwas vor sich hin, was man nicht verstehen konnte. Der Indianer fuhr fort:

„Das Bleichgesicht nannte die roten Männer eine armselige Bande, die immer mehr herunterkomme. Wer ist tiefer herabgekommen und wer verachtenswerter, der Weiße, der wie ein räudiger Hund als Tramp das Land durchstänkert, oder der Indianer, der als unausgesetzt Bestohlener und immerfort Vertriebener durch die Wildnis irrt und den Untergang seiner unschuldigen Rasse beklagt? Du bist der Schuft, und ich, ich bin der Gentlemen. Das wollte ich dir sagen, obgleich ein roter Krieger sonst nicht mit Schuften spricht. Howgh!"

Er wandte sich, ohne eine Antwort zu bekommen, von ihm ab und setzte sich zu uns, die wir ihm von Herzen recht geben mußten. Er hatte wenigstens Winnetou und mir ganz aus der Seele gesprochen. Die anderen stimmten ihm für diesen einen vorliegenden Fall bei, im allgemeinen aber wohl kaum. Zu den Verhältnissen, die man aus der Ferne richtiger beurteilt als in der Nähe, gehört das zwischen der roten und weißen Rasse. Der echte Yankee wird nun und nimmermehr seine Schuld am Untergang der Indsmen, am gewaltsamen Tod seines roten Bruders zugeben.

Während wir aßen, lagen die Gefangenen ruhig. Nur zuweilen klang eine leise Bemerkung, die einer dem anderen zuflüsterte, zu uns herüber, ohne daß wir sie verstanden. Es war uns gleichgültig, was sie miteinander sprachen. Old Wabble warf sich wiederholt von einer Seite auf die andere. Seine Seufzer verwandelten sich nach und nach in ein immer häufiger wiederkehrendes und immer lauter werdendes Stöhnen. Er fühlte Schmerzen, wohl durch die Riemen vermehrt, mit denen Hammerdull und Holbers in fester, als eigentlich nötig war, gebunden hatten, nachdem er vorher von Kolma Puschi auf leichtere Weise gefesselt worden war. Endlich rief er uns in ergrimmtem Ton zu:

„Hört ihr denn nicht, was ich für Schmerzen leide! Seid ihr Menschen oder Schinder, die kein Gefühl besitzen?"

Ich machte eine Bewegung, aufzustehen und nachzusehen, ob ich ihm seine Lage ohne Gefahr für uns erleichtern könne; da aber hielt mich Treskow kopfschüttelnd zurück.

„Ich begreife Euch nicht, Mr. Shatterhand! Vermutlich wollt Ihr hin, um ihm die Hölle in ein Paradies zu verwandeln? Ich lasse jede Art erlaubter oder verständiger Menschlichkeit gelten; aber Euer Erbarmen für diesen Menschen ist geradezu eine Sünde!"

„Er ist sehr schlecht, doch immerhin ein Mensch!" warf ich sofort ein.

„Er? *Pshaw!* Denkt an das, was Ihr heute sagtet, als Ihr ihn verbinden wolltet: Ihr hieltet für maßgebend, nicht daß er ein Mensch sei, sondern daß Ihr einer seiet. Ja, Ihr seid ein Mensch, und zwar ein in bezug auf ihn sehr schwacher Mensch. Nehmt mir das nicht übel! Nun geht hin und bindet ihn in der ganzen Menschheit Namen los, wenn ich unrecht habe!"

„Mein Arm, mein Arm!" wimmerte der Alte in kläglichem Ton.

Da rief Hammerdull ihm zu:

„Nun kannst du wohl klagen, alte Schleiereule! Wie steht es da mit deiner Körperstärke, mit deiner großartigen Bärennatur, mit der du vorhin prahltest? Jetzt singst du schon nach Gnade!"

„Nicht nach Gnade!" antwortete Old Wabble. „Nur die Fesseln lockern sollt ihr mir!"

„Ob sie locker sind oder nicht, das bleibt sich gleich, wenn sie dir nur den Spaß gründlich verderben, wie du es verdienst. Jede Sache hat einen Zweck, den sie erreichen muß; die Riemen haben ihn auch!"

Kolma Puschi aß mit uns, ohne dabei ein Wort zu sagen. Er verhielt sich fast noch schweigsamer als Winnetou, und nur einmal, als die Rede auf unser Zusammentreffen mit dem weißen Medizinmann und seiner Squaw kam, sagte er:

„Kolma Puschi ist, nachdem er von dem Bleichgesicht Redy beleidigt worden war, der Fährte seiner Brüder gefolgt, um sich zu überzeugen, ob sie den richtigen Weg geritten seien. Da kam er auf den Platz, wo sie gehalten haben. Er sah die Spur von drei Pferden, die von rechts her auf ihre Fährte stieß und dann nach links weiterführte. War das der weiße Mann mit seiner roten Squaw, von dem ihr jetzt gesprochen habt?"

„Ja", antwortete ich.

„Dieser Weiße ist ein roter Komantsche gewesen. Was hat er als Komantsche hier im Norden zu tun?"

„Das wissen wir nicht."

„Warum hat er die Farbe aus seinem Gesicht entfernt? Warum kommt er nicht als roter, sondern als weißer Mann?"

„Wohl seiner Sicherheit wegen. Als Komantsche würde er hier der Feind aller Bleichgesichter und noch mehr aller Indianer sein."

„Diese Worte scheinen die Wahrheit zu treffen, doch hat Kolma Puschi auch noch andere Gedanken."

„Dürfen wir sie erfahren?"

„Ein roter Krieger darf nur solche Gedanken aussprechen, von denen er weiß, daß sie richtig sind. Ich denke jetzt nach!"

Er zog sein Gewehr an sich und legte sich wie zum Schlafen nieder. Ich nahm das als Zeichen, daß er nicht weitersprechen wolle. Später sah ich freilich ein, wieviel besser es gewesen wäre, wenn ich dieses Gespräch mit ihm fortgesetzt hätte. Dabei wäre mir jedenfalls der Name Thibaut über die Lippen gekommen, ein Name, der eine von mir ungeahnte Wirkung auf ihn hervorgebracht hätte.

Nach dem Essen wurden die Taschen der Gefangenen geleert. Nachdem wir das uns geraubte Eigentum wieder genommen hatten, bekam jeder von ihnen zurück, was uns nicht gehörte. Daß die Tramps dabei nicht überzart behandelt wurden, war nicht zu verhindern. Old Wabble hatte sich in den Besitz aller meiner Sachen gesetzt und war wütend darüber, daß er sie nun wieder hergeben mußte. Größer noch als dieser Zorn aber schienen die Schmerzen zu sein, die er fühlte. Er bat mich wiederholt um Linderung.

Ich war schwach genug, die Vorwürfe Treskows zu scheuen, mochte aber das Jammern endlich doch nicht mehr hören und sagte zu ihm:

„Ich will mich erweichen lassen, wenn Ihr mir meine Fragen beantwortet."

„Fragt, fragt; ich werde reden!" bat er.

„Ihr wolltet mich wirklich töten?"

„Ja."

„Was seid Ihr doch für ein Mensch! Ich bin mir keines einzigen Unrechts bewußt, das ich Euch getan hätte, und doch trachtet Ihr mir nach dem Leben! Noch heute wolltet Ihr lieber alle möglichen Schmerzen tragen, nur mich nicht freigeben. Wie stolz fühltet Ihr Euch im Besitz meiner Gewehre! Ihr meintet, sie nun ‚für immer' zu besitzen, und ich sagte Euch voraus, daß ich sie bald wieder haben würde. Jetzt sind sie wieder mein!"

„Ich wollte, sie lägen mit Euch in der Hölle! Ich habe die paar Stunden, in denen sie mir gehörten, mit einem gesunden Arm bezahlt!"

„Und mit vielen Schmerzen, die Ihr noch erleiden werdet. Denn Ihr dürft nicht etwa denken, daß ihr schon an deren Ende angekommen seid! Gebt Ihr zu, schlecht an mir gehandelt zu haben?"

„Ja doch, ja!"

„Wollt Ihr den jetzigen Weg verlassen und einen besseren betreten?"

„Ja und ja und ja! Macht mir nur die Riemen locker und laßt das verdammte Schulmeistern sein! Ich bin kein Kind!"

„Leider nein! Was Ihr für Schulmeisterei haltet, ist etwas ganz anderes. Auch müßt Ihr Euch hüten, meine Milde für Schwäche zu halten. Ich fühle Mitleid, nichts als Mitleid mit Euch. Ich gebe mich nicht der geringsten Hoffnung hin, durch Worte bessernd auf Euch einwirken zu können. Worte, und seien es die schönsten, ergreifendsten, prallen von Euch ab. Es wird ein ganz anderer, als ich bin, mit Euch reden, nicht durch Worte, sondern durch die Tat. Wenn Ihr dann unter deren Wucht zusammenbrecht, will ich mir sagen können, nichts, aber auch gar nichts zu Eurer Rettung versäumt zu haben. Das ist es, warum ich wieder und immer wieder mit Euch rede. Und nun laßt sehen! Es handelt sich nicht bloß um die Fesseln, sondern mehr noch um die Hitze, die Ihr im Arm habt."

Ich übernahm, während die Gefährten sich schlafen legten, die Wache und benützte diese ganze Zeit, den Arm des Alten mit Wasser zu kühlen.

Kolma Puschi hatte freiwillig die Wache nach mir übernommen. Als ich, um ihn zu wecken, von Old Wabble fortging, hörte ich den Alten hinter mir herbrummen:

„Heulmeier, alberner! Schäfleinshirte!"

Diese Art, mir zu danken, konnte mich nicht beleidigen. Ich hatte auf keinen Erfolg gehofft, und doch tat es mir unendlich leid um den alten Mann.

Als ich geweckt wurde, war es schon eine Stunde Tag. Ein kurzer Umblick genügte, mich zu überzeugen, daß alles in Ordnung war; nur Kolma Puschi vermißte ich. Matto Schahko hatte nach ihm die Wache gehabt. Als ich diesen fragte, antwortete er:

„Kolma Puschi sagte mir, er könne nicht länger bleiben; der

Große Geist rufe ihn fort von hier. Ich soll Old Shatterhand, Winnetou und auch Apanatschka von ihm grüßen und ihnen sagen, daß er sie wiedersehen werde."

„Hast du ihn fortreiten sehen?"

„Nein. Er ging fort. Ich wußte nicht, wo er sein Pferd hatte, und durfte diesen Platz nicht verlassen, weil ich Wächter war. Ich bin aber seiner Spur gefolgt, sobald es hell wurde. Sie führte mich in den Wald, nach der Stelle, an der sein Pferd versteckt gewesen ist. Wenn wir wissen wollen, wohin er geritten ist, werden wir leicht seine Fährte finden. Soll ich gehen, um sie aufzusuchen und euch zu zeigen?"

„Nein. Wäre er unser Feind, müßten wir ihm folgen. Aber er ist unser Freund. Sollten wir das Ziel seines Ritts erfahren, würde er es uns freiwillig gesagt haben. Den Willen eines Freundes muß man achten."

Bevor ich von dem Fleisch frühstückte, das Kolma Puschi zurückgelassen hatte, ging ich hinaus, wo die Pferde angehobbelt waren. Sie standen auf einer Grasbucht zwischen den gestern erwähnten Ausläufern des Waldes; dorthin waren sie bei Tagesanbruch geschafft worden. Von da aus konnte man weit nach Norden sehen, woher wir gekommen waren. Während ich nach dieser Richtung blickte, sah ich drei Punkte, die sich unserem Lager näherten. Sie wurden schnell größer, bis ich zwei Reiter und ein Packpferd erkannte. Sollte es Thibaut mit der Squaw sein, die gestern doch nach Südwest geritten waren? Und wenn diese Vermutung richtig war, welche Gründe konnten ihn wohl bewogen haben, umzukehren und unserer Spur zu folgen?

Ich ging sogleich nach dem Lager, um Winnetou zu benachrichtigen.

„Dieser Mann braucht keine anderen Gründe als nur seinen Haß zu haben", sagte er. „Tibo-taka will wissen, ob Old Shatterhand schon tot ist oder noch lebt. Wir werden uns verstekken."

Wir krochen hinter die Büsche und warteten. Es dauerte nicht lange, so hörten wir die Schritte eines Pferdes. Thibaut hatte die Frau mit dem Packpferd eine kleine Strecke zurückgelassen und kam allein nach der Quelle, um zu erkunden. Er sah Old Wabble und die Tramps gefesselt am Boden liegen und rief erstaunt aus:

„Behold! Sehe ich recht! Ihr seid gebunden? Wo sind denn die Kerls, die gestern Eure Gefangenen waren?"

Old Wabble wußte nicht, daß wir auf das Kommen dieses

Mannes vorbereitet waren und uns nur seinetwegen scheinbar entfernt hatten. Er rief ihm hastig und mit unterdrückter Stimme zu:

„Ihr seid hier? Ah, Ihr! Schnell herunter vom Pferd; schneidet uns los!"

„Losschneiden? Ich denke, Ihr betrachtet mich als Euern Feind!"

„Unsinn! Das war gestern nur so eine Redensart. Macht rasch!"

„Wo sind denn Eure Gefangenen?"

„Sie haben sich in der Nacht befreit und uns dann überrumpelt. Zaudert doch nicht so ewig, sondern macht uns los, nur los!"

„Wo stecken sie denn? Wenn sie nun kommen und mich überraschen!"

„So sind wir, wenn Ihr schnell macht, frei und schlagen sie nieder!"

„*Well!* Dieser Old Shatterhand besonders ist mir im Weg. Er muß unbedingt ausgelöscht werden, sobald man ihn erwischt, keinen Augenblick später, sonst verschwindet er gewiß. Also rasch! Ihr sollt frei sein!"

Er war während dieser Worte vom Pferd gestiegen und zu Old Wabble getreten. Jetzt zog er sein Messer. Da steckte gerade vor seinen Augen Dick Hammerdull den Gewehrlauf aus dem Busch heraus und rief:

„Mr. Tibo-taka, wartet noch ein bißchen! Es wohnen gewisse Leute hier im Gebüsch!"

„Verdammt! Zu spät!" fluchte Old Wabble wütend.

Thibaut wich einige Schritte zurück und sagte:

„Wer steckt da im Gesträuch? Tut Eure Flinte weg!"

„Wer darin steckt, bleibt sich gleich; sie geht aber los, wenn Ihr nicht augenblicklich Euer Messer fallen laßt! Ich zähle nur bis drei. Also, eins – zwei . . ."

Thibaut warf das Messer weg, zog sich so weit zurück, bis er sein Pferd zwischen sich und dem gefährlichen Busch hatte, und rief:

„So tut das Gewehr doch weg! Ich mag mit Euch nichts zu schaffen haben. Ich reite augenblicklich fort!"

„Augenblicklich? Nein, lieber Freund; bleibt noch ein Weilchen da! Es gibt Leute, die Euch gern guten Morgen sagen wollen."

„Wer denn? Und wo?"

„Gleich hinter Euch."

Thibaut drehte sich schnell um und sah uns alle stehen, die wir, während er mit Hammerdull sprach, leise aus den Büschen getreten waren. Ich ging hart zu ihm heran und sagte:

„Also ausgelöscht soll ich werden! Ihr scheint mich halb und halb zu kennen, aber ganz noch nicht. Wie wäre es wohl, Monsieur Thibaut, wenn wir die Rollen wechselten und ich Euch auslöschte?"

„Das werdet Ihr nicht! Ich habe Euch nichts getan!"

„Ihr wolltet mir an das Leben; das genügt. Ihr kennt doch die Gesetze der Prärie!"

„Es war nur Scherz von mir, Mr. Shatterhand!"

„So mache auch ich Scherz mit Euch. Hier liegen noch einige Riemen. Gebt die Hände her! Ihr werdet gefesselt, genau so wie diese Tramps."

„Unmöglich!"

„Das ist nicht nur möglich, sondern es wird gleich wirklich geschehen. Pitt Holbers und Dick Hammerdull, bindet ihn! Wenn er sich weigert, bekommt er eine Kugel. Muß ich erschossen werden, sobald man mich erwischt, so gibt es bei mir auch kein Federlesen. Also rasch!"

Hammerdull war auch herbeigekommen; er und Holbers banden den Mann, der sich nicht getraute, Widerstand zu leisten; wenigstens nicht durch die Tat, in Worten aber sträubte er sich außerordentlich:

„Das ist eine Gewalttat, die Ihr nicht verantworten könnt, Mesch'schurs! Das habe ich wahrlich nicht verdient!"

„Auch nicht damit, daß Ihr Old Wabble gestern den Rat gabt, jeden Tag einen von uns zu erschießen?"

„Das war ja nur ein Scherz!"

„Ihr scheint ein außerordentlicher Spaßvogel zu sein, was auf eine gute Unterhaltung mit Euch schließen läßt. Wir wollen Euch darum bei uns festhalten, und Ihr müßt einsehen, daß dies am besten mit Hilfe dieser Riemen geschieht. Scherz um Scherz; das ist ganz richtig!"

„Aber ich bin nicht allein!"

„Das wissen wir. Draußen wartet Eure Squaw."

„Soll die etwa auch gebunden werden?"

„Nein. Mit Ladies treiben wir keine solchen Scherze. Wir werden sie vielmehr als willkommenen Gast empfangen. Es kommt ganz auf Euer Verhalten an, was wir über Euch bestimmen. Seid Ihr fügsam, habt Ihr vielleicht gar nichts zu befürchten. – Legt ihn allein, nicht hin zu den Tramps!"

„*Well!* Gewalt geht vor Recht. Ich muß mich also fügen!"

Er wurde abseits von den anderen Gefangenen hingelegt, daß er sich mit ihnen nicht unterhalten konnte. Dann verließ ich mit Winnetou das Lager, um die Squaw aufzusuchen. Sie hielt, noch im Sattel sitzend und den Zaum des Saumtiers in der Hand, draußen bei unseren Pferden. Unser Kommen machte nicht den geringsten Eindruck auf sie. Es war, als ob wir gar nicht vorhanden seien.

Wir brachten sie nach der Quelle, wo sie unaufgefordert abstieg und sich neben Thibaut setzte. Daß er gefesselt war, schien sie gar nicht zu bemerken.

Das Packpferd hatten wir draußen gelassen; ich führte auch das Reitpferd wieder hinaus. Er sollte nicht sehen, daß wir sein Gepäck untersuchten. Es war doch möglich, daß wir etwas fanden, was uns von Nutzen war. Als ich zur Quelle zurückkehrte, befand sich Redy mit Treskow in Verhandlung. Dieser hatte wieder einmal seine juristische Anschauung vertreten und sich dabei aufgeregt, während die anderen ruhig wartend saßen. Er rief mir entgegen:

„Denkt Euch nur, Mr. Shatterhand, Redy verlangt, freigelassen zu werden! Was sagt Ihr dazu?"

„In diesem Augenblick nichts. Später werde ich mir denken, was Winnetou denkt."

„Damit drehen wir uns im Kreise. Was denkt Winnetou?"

„Was recht ist."

„Schön! Einverstanden! Das Gesetzesrecht aber sagt, daß . . ."

„*Pshaw!*" unterbrach ich ihn. „Wir sind hier nicht Juristen, sondern zunächst und vor allen Dingen hungrige Leute. Laßt uns essen!"

„Ach, essen! Damit wollt Ihr mir nur ausweichen!"

„Gar nicht! Ich will Euch dabei nur zeigen, was nach meiner Ansicht juristisch ist.

„Nun, was?"

„Gestern abend aßen die Tramps, und wir bekamen nichts; jetzt essen wir, und sie bekommen nichts. Ist das nicht die juristischeste Rechtshandhabung, die sich denken läßt?"

„Hole Euch – der Teufel, möchte ich auch bald sagen! Ich wette meinen Kopf, daß Ihr imstande seid, die Kerle laufen zu lassen!"

„Und ich wette nicht, weiß aber, daß geschehen wird, was richtig ist."

Wir ließen es uns schmecken und teilten mit der Squaw das Beste, was wir hatten; sie nahm es aus den Händen Apanatschkas, ohne ihn zu erkennen. Weiter erhielt niemand etwas. Als

Winnetou und ich fertig waren, gingen wir beide hinaus, um das Gepäck Thibauts zu untersuchen. Das Packpferd hatte Eßwaren, einige Frauengewänder, wenig Wäsche und dergleichen getragen; etwas Besonderes fanden wir da nicht. Beim Pferd der Frau war auch nichts zu entdecken. Wir wandten uns nun dem Pferd des Mannes zu.

Am Sattelknopf hing sein Gewehr. In der rechten Satteltasche steckte eine geladene Doppelpistole und ein blechernes Kästchen mit verschiedenen Farben, zum Bemalen des Gesichts jedenfalls, weiter nichts. In der linken fanden wir Patronen, ein Rasierzeug mit Seife und wieder ein Blechkästchen, viel dünner als das vorige. Es enthielt ein langes, schmales, viereckiges, sehr gut gegerbtes, weißes Lederstück mit roten Strichen und Charakteren.

„Ah, ein ‚sprechendes Leder‘, wie die Roten sagen!" meinte ich zu Winnetou. „Das bringt uns vielleicht eine Entdeckung."

„Mein Bruder zeige es her!" sagte er.

Ich gab es ihm. Er betrachtete es lange und aufmerksam, schüttelte den Kopf, betrachtete es abermals, schüttelte ihn wieder und sprach endlich:

„Dies ist ein Brief, den ich nur halb verstehe. Er ist ganz nach der Weise der roten Männer mit der Messerspitze geschrieben und mit Zinnober gefärbt. Diese vielgewundenen Linien sollen Flüsse vorstellen; das Leder ist eine Landkarte. Hier ist der Republican River, hier der doppelte Soloon und der Smoky Hill River. Dann kommt das Gebiet des Arkansas mit dem Big Sandy Creek und dem Rush Creek, hierauf der Adobe Creek und der Horse Creek, südlich der Apishapa River und der Huerfano-Fluß. So kommt ein Creek und ein Fluß nach dem anderen bis hinauf zum Park von San Luis. Diese Wasser kenne ich alle; aber es gibt Zeichen dabei, die ich nicht verstehe, Punkte, Kreuze verschiedener Gestalt, Ringel, Dreiecke, Vierecke und andere Figuren. Sie stehen auf der Karte da, wo sich in der Wirklichkeit keine Stadt, kein Ort, kein Haus befindet. Ich kann nicht entdecken, was alle diese vielen Zeichen zu bedeuten haben."

Er gab mir das Leder zurück, das mit wirklich großer Sorgfalt und Feinheit graviert und gefärbt worden war. Man konnte den kleinsten, feinsten Strich ganz deutlich sehen. Auch ich konnte mir die Zeichen nicht erklären, bis ich das Leder umwendete. Da waren sie wiederholt, untereinander aufgezählt, und daneben standen Namen, die keine Orts-, sondern Personennamen waren. Höchst sonderbar! Ich sann und sann, lange vergeblich, bis mir auffiel, daß einige von ihnen Namen von Heiligen waren. Nun hatte ich es! Ich zog mein Taschenbuch heraus, das ein Kalendarium enthielt, verglich die Namen mit den Entfernungen der Zeichen auf der Karte und konnte nun dem Apatschen erklären:

„Dieser Brief ist an den Medizinmann geschrieben worden und soll ihm sagen, wo und an welchem Tag er dessen Absender treffen soll. Eine gewöhnliche Anführung der Monatstage würde alles verraten. Die Christen benennen, wie ich dir schon früher erklärt habe, alle Tage des Jahres mit dem Namen frommer oder heiliger Männer und Frauen, die längst gestorben sind. Diese Bezeichnung hat der Schreiber gewählt. Eine Enträtselung ist darum doppelt schwer, weil die Namen nicht auf der Karte, sondern auf der anderen Seite stehen. Hier lese ich: Aegidius, Rosa, Regina, Protus, Eulogius, Josef, Thekla und Cyprian; das bedeutet den 1., 4., 7., 11., 13., 18., 23. und 26. September. An diesen Tagen wird der Absender des Briefes da sein, wo die Zeichen, die neben den Namen stehen, sich auf der Karte befinden. Wir haben hier also den ganzen Reiseplan des Absenders und des Empfängers mit Orts- und Zeitangabe in Händen."

„Ich verstehe meinen Bruder genau, nur daß ich nicht weiß, auf welchen Tag des Jahres diese Männer- und Frauennamen fallen."

„Das schadet nichts, wenn ich es nur weiß. Dieses Leder kann großen Wert für uns bekommen; behalten aber dürfen wir es nicht."

„Warum?"

„Tibo-taka soll nicht ahnen, daß wir seinen Weg kennen."

„So muß mein weißer Bruder die Schrift des Leders abschreiben!"

„Ja, das werde ich sogleich tun."

Winnetou mußte den Brief halten, und ich übertrug ihn genau in mein Merkbuch. Dann legten wir das Leder in den Blechkasten zurück, den wir in die Satteltasche steckten, und gingen wieder nach dem Lagerplatz.

Eben als wir um die letzte Buschecke biegen wollten, kam uns die Squaw entgegen. Sie war drinnen aufgestanden und fortgegangen, ohne daß Thibaut sie hatte halten können, weil er gefesselt war; seine Zurufe hatte sie nicht beachtet. Wie sie so an uns vorüberschritt, hocherhobenen Kopfes, doch gesenkten Auges, ohne uns zu beachten, langsam und gemessen Fuß um Fuß weitersetzend, hatte sie das Aussehen einer Schlafwandlerin. Ich drehte mich wieder um und ging ihr nach. Sie blieb stehen, brach einen schlanken Zweig ab und wand ihn sich um den Kopf. Ich richtete einige Fragen an sie, ohne daß ich eine Antwort bekam; sie schien mich gar nicht zu hören. Ich mußte ein bekanntes Wort bringen und fragte:

„Ist das dein Myrtle-wreath?"

Da schlug sie die Augen zu mir auf und antwortete tonlos:

„Das ist mein Myrtle-wreath."

„Wer hat dir dieses Myrtle-wreath geschenkt?"

„Mein Wawa Derrick."

„Hatte Tahua Bender auch ein Myrtle-wreath?"

„Auch eins!" nickte sie lächelnd.

„An demselben Tag, als du eins hattest?"

„Nein. Viel, viel eher!"

„Sahst du sie mit ihrem Myrtle-wreath?"

„Ja. Sehr schön war Tahua, sehr schön!"

Meinen Gedankengang verfolgend, fragte ich, so seltsam dies klingen mag, weiter:

„Hast du einen Frack gesehen?"

„Frack – ja!" antwortete sie nach einigem Sinnen.

„Einen Hochzeitsfrack?"

Da schlug sie die Hände zusammen, lachte glücklich und rief:

„Hochzeitsfrack! Schön! Mit einer Blume!"

„Wer trug ihn? Wer hatte ihn angezogen?"

„Tibo-taka."

„Da standest du an seiner Seite?"

„Bei Tibo-taka", nickte sie. „Meine Hand in seiner Hand. Dann . . ."

Sie zuckte wie unter einem plötzlichen Schauder zusammen und sprach nicht weiter. Meine nächsten Fragen blieben ohne Antwort, bis mir einfiel, daß Matto Schahko erzählt hatte, Tibo-taka habe, als er zu den Osagen kam, einen verbundenen Arm gehabt. Ich folgte dieser Gedankenverbindung und erkundigte mich:

„Der Frack wurde rot?"

„Rot", nickte sie, wieder schaudernd.

„Vom Wein?"

„Nicht Wein, Blut!"

„Dein Blut?"

„Blut von Tibo-taka."

„Wurde er gestochen?"

„Kein Messer!"

„Also geschossen?"

„Mit Kugel."

„Von wem?"

„Wawa Derrick. Oh, oh, oh! Blut, viel Blut, sehr viel Blut!"

Sie geriet in eine große Aufregung und rannte fort von mir. Ich ging ihr nach; sie wich mir aber, schreiend vor Angst, aus, und ich mußte es aufgeben, weitere Antworten von ihr zu bekommen.

Ich war jetzt überzeugt, daß an ihrem Hochzeitstag ein Ereignis eingetreten war, das sie um ihren Verstand gebracht hatte. Ihr Bräutigam war Thibaut gewesen, ein Verbrecher. War er an diesem Tag entlarvt und von ihrem eigenen Bruder angeschossen worden? Hatte Thibaut deshalb diesen Bruder später ermordet? Ich fühlte tiefes Mitleid mit der Unglücklichen, deren Wahnsinn jedenfalls schon viele Jahre dauerte. Der Frack ließ darauf schließen, daß die Hochzeit, obgleich die Braut zur roten Rasse gehörte, in sehr anständiger Gesellschaft entweder gefeiert worden war oder hatte gefeiert werden sollen. Sie war ja Christin gewesen, die Schwester eines berühmten roten Predigers; das gab wohl eine hinreichende Erklärung.

Auch ihre Schwester Tahua schien gut verheiratet gewesen zu sein. Vielleicht hatte die Wahnsinnige ihren Bräutigam bei dieser Schwester kennengelernt. Schade, daß ich heute weiter nichts erfahren konnte!

Ich ließ sie bei ihrem Pferd stehen, mit dem sie wie ein Kind zu spielen begann, und ging nach dem Lager, wo Winnetou schon vor mir eingetroffen war. Als ich kam, waren aller Augen auf mich gerichtet; ich ersah daraus, daß man auf mich gewartet hatte.

„Endlich, endlich!" rief Redy mir zu. „Wo steckt Ihr nur? Es soll ja über unsere Freilassung gesprochen werden! Und da lauft Ihr fort!"

Da machte Treskow ihm sofort den Standpunkt klar: „Ehe davon die Rede sein kann, wollen wir erst von eurer Bestrafung sprechen!"

„Bestrafung? Oho! Was haben wir euch getan?"

„Überfallen, gefangengenommen, ausgeraubt, gefesselt und hierhergeschleppt! Ist das etwa nichts? Darauf steht Zuchthaus."

„Ah!? Wollt Ihr uns nach Sing-Sing schleppen? Versucht das doch einmal!"

„Hier werden keine Versuche gemacht, sondern Urteile gesprochen und auch gleich ausgeführt. Die Jury wird sogleich beisammen sein!"

„Die erkennen wir nicht an!"

„Darüber lachen wir! Kommt, Mr. Shatterhand! Wir dürfen die Sache nicht aufschieben, und ich hoffe, daß Ihr uns diesmal nicht wieder mit einem menschenfreundlichen Streich in die Quere kommt. Die Kerls sind es nicht wert!"

Da hatte er freilich recht. Strafe mußte hier sein; aber was für eine? Gefängnis? Gab es nicht. Geldstrafe? Diese Menschen hatten ja nichts. Ihnen die Pferde und Waffen nehmen? Dann waren sie verloren. Prügel? Hm, ja, eine sehr heilsame Arznei! Die Prügelstrafe ist für jeden Menschen, der noch einen moralischen Halt besitzt, fürchterlich; sie kann diesen sogar vollends zerstören. Aber der Vater straft sein Kind, der Lehrer seinen Schüler mit der Rute, gerade um ihm den moralischen Halt beizubringen! Ist ein solches Kind etwa schlimmer, gefährlicher, ehrloser als der Verbecher, der nicht geschlagen werden darf, obgleich er zwanzigmal rückfällig im Gefängnis sitzt und sofort wieder ‚mausen' wird, sobald er entlassen ist? Wenn ein Rabenvater, wie es vorgekommen ist, sein vor Hunger geschwächtes Kind wochenlang an das Tischbein bindet und ohne allen Grund täglich wiederholt mit Stöcken, Ofengabeln, Stiefelknechten und leeren Bierflaschen prügelt und dafür einige Monate Gefängnis bekommt, ist diese Strafe seiner Roheit oder vielmehr seiner Bestialität angemessen? Denn eine Bestie ist so ein Kerl! Er bekommt im Gefängnis umsonst Wohnung, reichliche Nahrung, warme Kleidung, Ruhe, Ordnung, Reinlichkeit, Bücher zum Lesen und noch anderes mehr. Er sitzt die paar Monate ab und lacht hernach darüber! Nein, so eine Bestie müßte als Bestie behandelt werden! Prügel, Prügel, aber auch tüchtige Prügel und womöglich täglich Prügel, das würde für ihn das einzig Richtige sein! Hier macht Menschenfreundlichkeit das Übel nur ärger. Oder wenn ein entmenschtes, schnapssüchtiges Weib seine Kinder mit Absicht und teuflischer Ausdauer zu Krüppeln macht, um mit ihnen zu betteln oder sie gegen Geld an Bettler zu verborgen, was ist da wohl richtiger, eine zeitweilige Einsperrung nach allen Regeln und allen Errungenschaften des Strafvollzugs oder eine Gefängnisstrafe mit kräftigen Hieben? Wer als Mensch sündigt, mag menschlich bestraft werden; für die Unmenschen aber müßte neben dem Kerker auch der Stock vorhanden sein! Das ist die Meinung eines Mannes, der jeden nützlichen Käfer von der Straße aufhebt und dahin setzt, wo er nicht zertreten wird, eines Weltläufers, der überall, wohin er seinen Fuß setzt, bedacht ist für den Nachruf: „er war ein guter Mensch", und endlich eines Schriftstellers, der seine Werke nur in der Absicht schreibt, ein Prediger der ewigen Liebe zu sein und das Ebenbild Gottes im Menschen nachzuweisen!

Also Prügel für die Tramps! Ich gestehe, daß es mir widerstrebte, zumal ich Partei war; aber es gab nichts anderes, und
sie hatten es verdient. Winnetou mochte meine Gedanken und
Bedenken erraten, denn er fragte mich, während ein sehr energisches, fast hartes Lächeln um seine Lippen spielte:

„Will mein Bruder ihnen etwa verzeihen?"

„Nein", antwortete ich. „Wir würden sie dadurch nur in ihrer Schlechtigkeit bestärken. Aber welche Strafe sollen sie bekommen?"

„Den Stock! Howgh!"

Wenn er Howgh sagte, war es abgemacht; da gab es keine
Widerrede von Erfolg. Treskow fiel augenblicklich zustimmend
ein:

„Ja, den Stock! Der ist es, den sie brauchen; alles andere
würde unnütz oder gar schädlich sein. Nicht wahr, Mr. Hammerdull?"

„Jawohl, hauen wir sie!" antwortete der Dicke, „und Hosea
und Joel, die Brüder mit den frommen Namen, die müssen zuerst drankommen. Sie sollen Hiebe anstatt des Geldes erhalten,
über das sie gelacht haben. Oder nimmst du dich deiner Vettern an, Pitt Holbers, altes Coon?"

„Fällt mir nicht ein!" antwortete der Lange.

„Ja, wir werden ihnen die Verwandtschaft mit dir in ein Register schreiben, in dem es keine Blätter umzuwenden gibt, und
zwar so dick und blau, daß sie es nicht etwa wegradieren können! Howgh!"

Wir mußten über seine Begeisterung ebenso wie über seine
Ausdrucksweise lachen. Die anderen waren auch einverstanden,
und nur der Osage sagte:

„Matto Schahko bittet, schweigen zu dürfen."

„Warum?" fragte ich.

„Weil er auch euer Feind gewesen ist und euch nach dem
Leben getrachtet hat."

„Aber jetzt bist du unser Freund und von den Tramps auch
überfallen und beraubt worden. Deine Absicht, die du überhaupt nicht ausgeführt hast, faßtest du als Häuptling deines
Stammes, als Krieger; sie aber sind ehrlose und verworfene,
von der Gesellschaft ausgestoßene Subjekte."

„Wenn Old Shatterhand in dieser Weise spricht, soll er auch
meine Meinung hören: Man gebe ihnen den Stock!"

„Schön! Alle einverstanden!" rief Hammerdull. „Komm, lieber Pitt, wir wollen Flöten schneiden, damit die Musik beginnen kann!"

Die beiden standen auf und entfernten sich, um geeignete Schößlinge auszusuchen.

Wir hatten nicht so laut gesprochen, daß die Tramps uns verstehen konnten; als sie jetzt merkten, daß unsere Beratung zu Ende war, erkundigte sich Redy in einer seiner Lage keineswegs angemessenen Weise:

„Nun, wie steht's? Wann bindet ihr uns los?"

„Wenn es uns beliebt", antwortete Treskow. „Einstweilen aber beliebt es uns noch nicht."

„Wie lange sollen wir da noch liegenbleiben? Wir wollen fort!"

„Was ihr wollt, geht uns nichts an. Heute geht es nach unserem Willen!"

„Wir sind freie Westmänner; merkt auch das! Wenn ihr das etwa nicht berücksichtigen wollt, bekommt ihr es noch einmal mit uns zu tun!"

„Schurke! Willst du dich heute noch lächerlicher als gestern machen, wo du dich aufspieltest, als ob wir Hunde wären, die du an der Leine nur so nach Belieben herumschleppen dürftest! Hat es dir denn nicht in deinem Schädel gedämmert, daß wir schon eine Stunde nach euerm Überfall Zeit und Ort unserer Befreiung kannten? Der ‚stinkige Hund‘, wie du Kolma Puschi nanntest, begegnete uns nur aus kluger Berechnung. Er wollte sich überzeugen, daß wir euch wirklich nach der Falle führten, in der wir euch Gimpel fangen wollten. Daß du das alles nicht bemerkt oder erraten hast, läßt dich als Ausbund der erbarmungswürdigsten Blödigkeit erscheinen. Und nun fällt es dir gar noch ein, uns zu drohen! Ihr armseligen Geschöpfe! Die Pfeifen werden schon geschnitten, nach denen ihr bald tanzen oder singen sollt! Und da ihr jedenfalls in eurer Dummheit auch nicht wißt, was ich mit diesen Worten meine, so will ich es euch deutlicher und ohne Gleichnis sagen: Es werden Stöcke abgeschnitten; denn ihr sollt Prügel bekommen, köstliche Prügel, so lange Prügel, bis ihr aus eurer Blödsinnigkeit herausgehauen seid. So; nun wißt ihr, was geschehen soll!"

Diese lange Rede des zornbegeisterten Juristen brachte eine Wirkung hervor, die jeder Beschreibung spottet; ich halte es überhaupt für gemütlicher, über die nächste, für die Tramps äußerst ungemütliche Stunde so schnell wie möglich hinwegzugehen.

Dick Hammerdull nahm sich der Sache mit solcher Anstrengung und Hingebung an, daß er am Ende der geräuschvollen Handlung buchstäblich in Schweiß stand, und auch Pitt Holbers entwickelte in der Handhabung der schmerzerweckenden „Pfeifen" eine Fertigkeit, die er sich bisher wohl selbst nicht zugetraut hatte.

Der äußere Zustand der Tramps war infolge dieser großartigen Tätigkeit der beiden „verkehrten Toasts" etwas zerzaust, ihr innerer aber nur mit dem landläufigen Ausdruck „Rache kochend" zu bezeichnen. Wir kehrten uns nicht daran. Old Wabble war von den Stöcken verschont geblieben, was er freilich nur mir allein zu verdanken hatte. Ich wollte den alten, schon so verletzten Mann nicht auch noch schlagen lassen. Er wußte mir aber keinen Dank, sondern schimpfte mit den Tramps um die Wette. Thibaut hatte den scheinbar unbeteiligten Zuschauer gemacht, doch hätte ihm ein Teil Prügel auch nichts schaden können. Ich hob mir diesen Mann für später auf.

Als wir nun an den Aufbruch dachten, bat mich Apanatschka, die Squaw doch heute mitzunehmen, da wir nicht mehr gefangen seien und nur von Tibo-taka eine Einrede zu erwarten hätten.

Es gelang mir nur sehr schwer, ihn von diesem Wunsch abzubringen; die Frau konnte uns nur hinderlich sein, und da wir den Reiseweg ihres Mannes kannten, hatten wir die Sicherheit, ihr bald wieder zu begegnen. Diese Erwägung bestimmte auch Matto Schahko, den Medizinmann vorerst noch ungestraft zu lassen.

Wir befanden uns wieder vollständig im Besitz unseres Eigentums. Keinem fehlte der geringste Gegenstand. Der Gerechtigkeit war, soweit die Umstände es gestatteten, Genüge geschehen, und so schieden wir befriedigt von dem Spring. Weniger befriedigt waren die Leute, die wir zurückließen. Wir ließen sie in ihren Fesseln liegen; sie mochten sich ihrer nach unserer Entfernung entledigen, wie sie konnten. Herzlich waren die Wünsche keineswegs, die sie uns hören ließen. Old Wabble drohte mir trotz seines gebrochenen Arms noch zu allerletzt mit Rache und Tod.

Bevor wir aufstiegen, versuchte Apanatschka, von der Frau, die draußen bei den Pferden stand, ein Wort des Abschieds zu erlangen, doch vergeblich. Sie kannte ihn nicht und wich vor ihm zurück, als ob er ein feindliches Wesen sei. Erst dann, als wir uns in Bewegung setzten, schien sie aufmerksam zu werden. Sie kam uns eine ganze Strecke nachgelaufen, nahm den grünen Zweig vom Kopf und rief, ihn fortwährend schwenkend:

„Das ist mein Myrtle-wreath; das ist mein Myrtle-wreath!" –


## Ein Zyklopenkampf

Wir waren durch den gestrigen Ritt von dem Camp nach dem Spring weit von unserer Richtung abgekommen und mußten, um diesen Umweg möglichst wettzumachen, jetzt dahin reiten, wohin wir sonst nicht gekommen wären und wohin wir die nur in unserer Phantasie bestehende Bonanza verlegt hatten, nämlich zum Mittellauf des Squirrel Creek. Als Dick Hammerdull das hörte, zog er erst ein ernsthaftes Gesicht, lachte dann aber und sagte:

„Hoffentlich werden sie nicht so albern sein!"

„Wer?" fragte Treskow, der neben ihm ritt.

„Die Tramps."

„Wieso albern?"

„Daß sie uns bis zu diesem Creek nachkommen!"

„Da verdienten sie noch mehr Prügel, als sie schon bekommen haben! Sie müssen doch einsehen, daß es diese Bonanza gar nicht gibt."

„Einsehen? Ich sage Euch, Mr. Treskow, wer solche Pudel schießt, wie die geschossen haben, bei dem kann von Einsicht keine Rede sein. Ich wette, sie nehmen dieses unser falsches Geld noch jetzt für echte Münze!"

„Wenn Ihr da recht habt, werden sie uns freilich nachkommen, und da können wir uns nur in acht nehmen, daß sie uns nicht ausfindig machen."

„Bin genau derselben Ansicht. Ihr jedenfalls auch, Mr. Shatterhand?"

„Ja", antwortete ich. „Sie haben sogar zwei Gründe, uns zu folgen."

„Zwei? Ich weiß nur einen, nämlich die Bonanza. Ihr nehmt wohl auch an, daß sie noch heute an das Dasein dieses Placers glauben?"

„Ja. Diese Menschen halten sich trotz aller ihrer Dummheit für sehr klug, und da wir sie nicht noch besonders darüber ausgelacht haben, daß sie dieser Täuschung Glauben schenkten, sind sie noch vollständig überzeugt, daß die Bonanza wirklich besteht."

„Aus diesem Grund werden sie uns also folgen. Und der zweite Grund?"

„Die Rache natürlich."

„Ja, richtig. Es wird in ihnen wie in Siedetöpfen kochen; daran hatte ich nicht gedacht. Sie werden sich darum mit aller Macht auf unsere Fährte legen und sich alle Mühe geben, uns einzuholen."

„Was ihnen aber nicht gelingen wird! Denn erstens haben wir bessere Pferde als sie. Und zweitens wird eine geraume Zeit vergehen, ehe sie vom Spring aufbrechen können."

„Ja, es wird lange dauern, bis es einem von ihnen gelingt, sich von den Riemen zu befreien und auch die anderen loszumachen."

„Auf die Squaw, die allerdings nicht gefesselt ist, können sie sich da nicht verlassen. Wenn sie die auffordern, sie loszubinden, schüttelt sie den Kopf und geht weiter. Und dann, wenn sie frei sind und sich auf die Pferde setzen! Hm!"

Hammerdull verstand dieses Hm! Er ergänzte mich in ausführlicherer Weise:

„Dann geht es auch nicht so schnell, wie sie es wohl wünschen werden. Sie werden gerade da, wo der Reiter es am wenigsten sein darf, durch die Prügel höchst empfindlich geworden sein. Wenigstens wünsche ich von Herzen, daß es so ist. Du nicht auch, Pitt Holbers, altes Coon?"

Der Gefragte antwortete:

„Wenn du denkst, lieber Dick, daß sie in der betreffenden Gegend gemütvoller geworden sind, so habe ich nichts dagegen. Ich denke aber, dir würde es auch nicht viel anders ergehen."

„Pfui! Ich würde mich niemals prügeln lassen!"

„Wenn sie dich erwischen, so bin ich überzeugt, daß sie dich ebenso durchhauen würden, wie sie von dir geprügelt worden sind."

„Ob ich durchgehauen würde oder nicht, das bleibt sich gleich, denn es versteht sich doch von selbst, daß sie im Leben nicht fertigbringen, mich zu erwischen."

„*Pshaw!* Sie hatten dich doch schon!"

„Halt den Schnabel und ärgere mich nicht so unnötigerweise! Du weißt, ich habe in dieser Beziehung schwache Nerven!"

„Ja; so dick wie Kabeltaue!"

„Haben sie etwa mich allein erwischt? Doch uns alle! Mußt

du da mir die Vorwürfe machen, alter Griesgram, du? Das sollte ihnen noch einmal gelingen! Die reine blaue Unmöglichkeit!"

„Nimm dich in acht! Der Frosch, der am lautesten quakt, wird zu allererst vom Storch gefressen. Das ist eine alte, wahre Geschichte."

„Ich, ein Frosch? Hat es schon einmal so eine Majestätsbeleidigung gegeben?! Dick Hammerdull, der Inbegriff alles Erhabenen, alles Schönen und Schlanken, wird mit einem Frosch verglichen! Was gibt es nur gleich für ein Amphibium oder Insekt, mit dem du zu vergleichen bist, altes Heupferd? Ja, Heupferd; das ist das Richtige! Bist du nun zufrieden, lieber Pitt?"

„Yes! Ein Heupferd ist gegen den Frosch ein edles Tier!"

„Möchte wissen, wo da der Adel stecken soll! Übrigens ist weder von Fröschen noch von Heupferden, sondern von den Tramps die Rede gewesen, die auf der zoologischen Leiter allerdings auch keine höhere Sprosse innehaben. Sie werden wie wir alle denken, hinter uns her nach dem Squirrel Creek reiten wollen; aber ob sie ihn finden, Mr. Shatterhand?"

„Sicher!"

„Sie wissen aber doch nicht, wo er liegt!"

„Sie haben unsere Fährte."

„Ich traue ihnen nicht zu, gute Fährtenleser zu sein."

„Ich auch nicht; aber wir kommen heute den ganzen Tag nur über Prärieland und werden eine Fährte machen, die man noch morgen deutlich sehen kann. Außerdem vermute ich auch, daß einer bei ihnen ist, der den Weg nach dem Squirrel Creek genau kennt."

„Wer ist das?"

„Der weiße Medizinmann."

„Tibo-taka? Woher sollte dieser unechte Komantsche ihn kennen?"

„Er ist früher, ehe er zu den Komantschen kam, hier in dieser Gegend gewesen. Ob er sich gerade auf diesen Creek besinnen wird, das kann ich nicht wissen, aber es ist doch anzunehmen, daß er wenigstens dessen ungefähre Lage kennt."

„Well! Aber ob er sich den Tramps anschließen wird? Er hat sich doch mit Old Wabble entzweit, gestern auf der Prärie!"

„Aber heute wieder mit ihm vereinigt! Und wenn dies nicht so wäre, so betrachtet er uns ebenso als seine Feinde wie die Tramps. Es liegt also nichts näher, als daß er sich mit ihnen zusammentut, uns zu verfolgen."

„Aber ob sie ihn mitnehmen werden?"

„Ohne Zweifel! Übrigens macht er keinen Umweg, wenn er mit ihnen reitet, weil er auch nach dem Park von San Luis will."

„So bekommen wir ihn wohl da oben zu sehen?"

„Mehr, als ihm lieb sein wird!"

„*Well*, so bin ich befriedigt! Der Kerl hat ein solches Ohrfeigengesicht, daß ich mich auf das Wiedersehen herzlich freue. Ich werde ihm mit den Fäusten so in diesem Gesicht herumlaufen, daß meine Fährte bestimmt noch jahrelang zu lesen sein wird!"

Unser Weg führte, wie schon gesagt, fortgesetzt über ein langsam, aber stetig ansteigendes Savannenland. Während wir am Vormittag das Gebirge wie eine ununterbrochene, verschleierte Mauer in der Ferne liegen sahen, rückten wir den Bergen während unseres schnellen Ritts immer näher; die Schleier fielen, und am Nachmittag waren uns die den eigentlichen Rocky Mountains vorgeschobenen Sandriesen so nah gerückt, daß wir die zwischen den unvorstellbar dichten Wäldern lachsgelb hervorschimmernden nackten Felsmassen klar und deutlich erkennen konnten.

Es dunkelte bereits, als wir den Squirrel Creek erreichten, und zwar an einer Stelle, die uns von früher her bekannt war, so daß wir nicht lange nach einem geeigneten Lagerplatz zu suchen brauchten.

Ich hatte mit Winnetou schon zweimal eine Nacht hier zugebracht, die Umgebung des Ortes war uns also wohlbekannt. Wir hätten sie zu unserer Sicherheit auch heute gern abgesucht, doch war es schon zu dunkel dazu. Wir ergaben uns dem Zwang zu dieser Unterlassungssünde ohne großes Widerstreben; denn wir hatten schon damals kein Zeichen davon entdeckt, daß jemals ein menschlicher Fuß hierhergekommen sei, und auch jetzt war der Lauf des Squirrel Creek im allgemeinen noch so unbekannt, daß es keinen Grund gab, anzunehmen, gerade heute und hier könnte sich eine uns feindliche Person aufhalten.

Der Creek machte einen kurzen engen Bogen und schloß eine rings von Felsen umgebene Lichtung ein, auf der wir ein mehr glimmendes als loderndes Feuer nach Indianerart anzündeten. Das gegenüberliegende Ufer war mit dichtem Gebüsch bedeckt, das sich jenseits wieder in eine Prärie verlor. Zu essen hatten wir genug, weil wir nicht nur unseren Mundvorrat, sondern auch den der Tramps mitgenommen und ihnen gar nichts davon gelassen hatten. Sie sollten durch die Jagd aufgehalten werden.

Während des Essens lachte Hammerdull einmal laut auf und sagte dann:

„Mesch'schurs, soeben kommt mir ein außerordentlich guter Gedanke!"

„Dir?" fragte Holbers. „Welche Seltenheit!"

„Hast du nicht gleich wieder deine Hand im Reispudding?! Wenn die guten Gedanken bei mir so selten wären, wie du glauben machen willst, würdest du doch selbst der Blamierte sein!"

„Wieso?"

„Wäre es etwa keine Blamage, daß du, der Ausbund aller Klugheit und Pfiffigkeit, mit einem so dummen Menschen reitest?"

„Ich tue das nur aus Mitleid; da blamiere ich mich nicht."

„Höre, das Mitleid ist ganz auf meiner Seite! Wenn du das nicht anerkennst, so lasse ich dich einfach sitzen!"

„Ja; du läßt mich sitzen und setzt dich mit her zu mir! Aber sag, alter Dick, welchen Gedanken hast du denn gemeint?"

„Ich will die Tramps ärgern."

„Das ist unnötig. Die ärgern sich schon jetzt mehr als genug."

„Noch lange nicht genug! Meint ihr nicht, Mesch'schurs, daß sie annehmen werden, wir seien gleich nach der Bonanza geritten?"

„Das ist möglich", antwortete Treskow.

„Nicht nur möglich, sondern ganz sicher ist's! Sie werden denken, wir suchen die Stelle sofort auf, um den Fundort so zu verstecken und unkenntlich zu machen, daß er nicht zu entdecken ist. Da müssen wir uns einen großen Spaß mit ihnen machen."

„Welchen?"

„Wir scharren hier irgendeine Stelle auf und decken sie dann in der Weise wieder zu, daß sie leicht zu erkennen ist und jedermann gleich sehen muß, daß wir hier gegraben haben. Sie werden die Stelle für die Bonanza halten und sich mit größtem Eifer daran machen, nachzuwühlen."

„Well! Dann finden sie nichts!" nickte Treskow.

„So meine ich es nicht. Wenn sie bloß nichts finden, so ist das auch nichts anderes, als wenn sie sonst irgendwo am Creek vergeblich suchen. Sie würden nur enttäuscht sein; ich will sie aber ärgern, tüchtig ärgern. – Sie sollen etwas finden!"

„Etwa Gold?"

„*Pshaw!* Und wenn ich im Gold bis über die Ohren steckte, diese Kerls ließe ich kein Körnchen finden, selbst zum Spaß nicht. Sie sollen etwas anderes finden, nämlich einen Zettel, einen schönen Zettel."

„Einen beschriebenen?"

„Natürlich! Eben das, was darauf steht, soll sie riesig ärgern."

„Dieser Gedanke ist freilich nicht übel!"

„Ob er übel ist oder nicht, das bleibt sich gleich, wenn es ihnen nur übel dabei wird. Was meinst du dazu, Pitt Holbers, altes Coon?"

„Hm, ich meine, daß die Sache ein ganz guter Spaß ist, den wir uns wohl machen können."

„Nicht wahr, alter, lieber Freund!" sagte der Dicke in seinem süßesten Ton, weil diese Zustimmung ihn erfreute.

„Du bist wirklich zuweilen nicht ganz so dumm, wie du aussiehst!"

„Ja, das ist eben der große Unterschied zwischen mir und dir."

„Unterschied? Wieso?"

„Ich bin nicht so dumm, wie ich aussehe, und du siehst gescheiter aus, als du bist."

„Alle Wetter! Bring mich nicht schon wieder in Wut! Reize mich nicht, sonst sage ich, was ich von dir denke, und das könnte dich beleidigen!"

„*Well!* Ich will dich ebenfalls schonen. Was aber den Zettel betrifft, den die Tramps finden sollen, wo willst du ihn hernehmen? In der Prärie wächst kein Papier."

„Ich weiß, daß Mr. Shatterhand eine Brieftasche hat. Er wird mir ein Blatt daraus geben, damit ich meinen köstlichen Gedanken ausführen kann. Nicht wahr, Mr. Shatterhand?"

„Es fragt sich, ob ich diesen Gedanken auch für köstlich halte", antwortete ich.

„Ist er es etwa nicht?"

„Nein. Erstens ist es noch gar nicht so zweifellos sicher, daß die Tramps hierherkommen. Sie können durch irgendeinen unvorhergesehenen Umstand abgelenkt werden."

„Und zweitens?"

„Zweitens wären sie überdumm, wenn sie annähmen, daß wir geradenwegs nach der Bonanza geritten seien. Wenn es hier wirklich eine gäbe, müßten wir sie eher meiden als aufsuchen."

„Oh, sich das zu denken, dazu sind diese Kerls nicht klug genug."

„Und wenn es so ist und so wird, wie Ihr denkt, was haben wir davon? Wir sind doch nicht dabei, wenn sie den Zettel finden."

„Das ist auch nicht nötig. Ich male mir in Gedanken ihre Gesichter aus, daß ich sie genau so sehe, als ob ich dabei wäre."

„Was soll denn auf dem Zettel stehen?"

„Das beraten wir. Es muß so sein, daß sie vor Ärger platzen!"

Er war für seinen Gedanken ganz Feuer und Flamme und bat mich so lange, bis ich ein Blatt aus meinem Merkbuch riß und es ihm mit dem Bleistift gab. Nun sollte vor allen Dingen beraten werden, was darauf zu schreiben sei. Ich wurde darum angegangen, die Inschrift zu verfassen, gab mich aber weder dazu noch zur Mitarbeiterschaft her; Treskow und die drei Häuptlinge folgten meinem Beispiel, und so blieben für die große literarische Arbeit nur Hammerdull und Holbers übrig. Der letzte meinte:

„Du, schreiben kann ich nicht gut; das mußt du machen."

„Hm!" brummte der Dicke. „Ich habe es gelernt, aber es hat einen großen Haken."

„Welchen denn?"

„Ich kann nicht lesen, was ich geschrieben habe."

„Aber andere können es?"

„Andere erst recht nicht!"

„Da sitzen wir freilich im Pfeffer! Na, wenn die Gentlemen hier die Schrift nicht mit aussinnen wollen, so wird wohl einer von ihnen wenigstens so gut sein, sie auf das Papier zu bringen?"

Nach einigen Fragen und Bitten gab sich Treskow dazu her.

„*Well;* so kann es losgehen!" sagte Hammerdull. „Fang an, Pitt!"

„Ja", antwortete dieser; „die leichten Sachen übernimmst du stets; aber wenn es einmal etwas recht Schwieriges gibt, da bin allemal ich es, der anfangen soll! Fang lieber selber an!"

„Du wirst doch dichten können!"

„Na, was das betrifft, das kann ich schon! Du aber auch?"

„Mit Vergnügen! Im Dichten bin ich ein ausgezeichneter Kerl."

Unter „dichten" verstanden sie nach Art vieler Analphabeten nur die Anfertigung eines Schreibens überhaupt.

Treskow, der das wohl wußte und sich einen Spaß machen wollte, bemerkte:

„Dichten? Wißt ihr denn auch, daß sich die Zeilen da reimen müssen?"

„Reimen?" fragte Hammerdull und öffnete vor Erstaunen weit den Mund. „Tausend Donner! Daran habe ich ja gar nicht gedacht. Also reimen, reimen muß sich die Geschichte?"

„Natürlich!"

„Wie denn zum Beispiel?"

„Schmerz und Herz, Meer und leer, Geld und Welt, so ungefähr."

Es wurde englisch gesprochen; also entnahm er seine Reime nicht der deutschen, sondern der englischen Sprache. Ich muß, da ich deutsch schreibe, andere Worte angeben, bringe aber solche von der Art, wie sie Hammerdull nun wählte. Er nickte nämlich sehr eifrig mit dem Kopf und sagte:

„Wenn es weiter nichts ist! Das kann ich auch! Da will ich zum Beispiel sagen: Hund und Schund, Klaps und Schnaps, Speck und Dreck, Pantoffel und Kartoffel. Das geht doch wunderbar! Wie steht es dann da mit dir, lieber Pitt? Kannst du das auch?"

„Warum nicht? So ein Kerl, wie ich bin!" antwortete der Lange.

„So sag auch was!"

„Sofort! Also, jetzt geht es los: Brei und Ei, Rumpf und Strumpf, Mensch und – und – Mensch und – und – und . . ."

„Du, zum Menschen scheint es nichts zu geben; ich finde auch nichts. Sag da lieber etwas anderes!"

„Schön! Also: Paul und Maul, Knabe und Schwabe, Tinte und Flinte; Gustel und Pustel, Kuh und du . . ."

Da fiel der Dicke rasch ein:

„Hör auf; hör auf! Wenn du mich mit einer Kuh zusammendichtest, was soll für ein Reim daraus werden! Aber ich höre schon, daß es gehen wird. Fangen wir also gleich miteinander an!"

„Gleich miteinander? Nein! Wer sich den Gedanken mit dem Zettel ausgesonnen hat, der muß anfangen, und das bist doch du!"

„Well! Da mag es losgehen!"

Er rückte höchst unternehmend hin und her und bemühte sich, seinem Gesicht einen möglichst geistreichen Ausdruck zu geben, erreichte aber gerade das Gegenteil davon. Die Arbeit begann, und was für eine!

Ich habe Holzhacker, Eisengießer, Lastträger, Schiffsfeuerleute, Kesselschmiede und dergleichen im Schweiß ihres Angesichts arbeiten sehen; aber ihre Anstrengung war ein Kinderspiel gegen das Aufgebot aller Geisteskräfte, unter dem Hammerdull und Holbers sich würgten, einige Reimzeilen zusammenzusetzen. Wir sahen und hörten still, aber innerlich lachend, zu. Treskow warf zuweilen einen hilfreichen Brocken in die dicke Sprachsuppe, und so kamen nach Verlauf von vielleicht einer Stunde unter Husten, Räuspern, großem Schweiß und Angstgestöhn sechs Zeilen zusammen, die er auf das Blatt schrieb. Sie wörtlich wiederzugeben, ist rein unmöglich; ich will ihnen hier in deutscher Sprache eine möglichst lesbare Gewandung verleihen:

> *Wie sind die Kerle doch so dumm!*
> *Vergebens wühlen sie herum*
> *und können weder vorn noch hinten*
> *die goldene Bonanza finden,*
> *die wir uns doch nur ausgedacht,*
> *worüber alle Welt jetzt lacht!*
>
> *Dick Hammerdull    Pitt Holbers*

Also mit der Unterschrift der beiden Angst- und Qualpoeten mußte Treskow das Meisterwerk versehen, und dann machten sie sich an das Aufwühlen des Bodens, das ihnen, obgleich dieser sehr steinig war, viel leichter als das „Dichten" wurde. Sie arbeiteten wohl zwei Stunden lang, bis sie meinten, das so entstandene Loch sei für ihre Zwecke tief genug. Das Schreiben wurde hineingelegt, nachdem es so umwickelt war, daß es die Feuchtigkeit der Erde nicht anzog, und dann füllten sie die Grube wieder zu. Sie stampften dabei die Steine und die Erde mit den Füßen so fest wie möglich, damit die Tramps sich sehr anzustrengen hätten, und dachten nicht daran, daß ihre eigene Anstrengung noch viel größer war als diejenige, die sie diesen Leuten bereiteten.

Daß dieses Graben, Treten, Werfen und Stampfen nicht ohne Geräusch abging, läßt sich denken. Wäre die Gegend, in der wir uns befanden, nicht so abgelegen und überaus selten besucht gewesen, so hätten wir den kindischen Scherz gar nicht geduldet. Die Genugtuung, die Hammerdull schon im voraus empfand, sollte ihm gegönnt werden; aber es gab einen, der sie bezahlen mußte; und dieser eine war, leider und nicht zu meinem Vergnügen, ich!

Das Loch war gefüllt; wir saßen rund um das Feuer und unterhielten uns nach alter Gewohnheit nur in halblautem Ton miteinander. Da sah ich, daß Winnetou seine Silberbüchse beim Schloß ergriff und langsam und möglichst unauffällig an sich nahm. Zugleich zog er den rechten Fuß an, so daß sich das Knie hob. Es war kein Zweifel, er wollte schießen, und zwar galt es einen Knieschuß, den schwersten, den es gibt; ich habe ihn schon oft beschrieben. Das Gesicht des Apatschen war nach dem Wasser gerichtet. Er mußte jenseits im Gebüsch einen Menschen entdeckt haben, den er mit seiner Kugel treffen wollte.

Der Knieschuß wird nur in ganz bestimmten Fällen angewandt. Man entdeckt einen Feind, von dem man aus einem Versteck heraus beobachtet wird; man muß, um sich selbst zu retten, ihn töten. Nimmt man das Gewehr hoch, um zu zielen, so sieht er das, ist gewarnt und verschwindet. Um dies zu vermeiden, wird der Knieschuß gewählt, so genannt, weil dabei das Knie den Zeitpunkt angibt. Man zieht nämlich den Unterschenkel so weit an sich, bis der Oberschenkel genau so liegt, daß seine Verlängerungslinie über das Knie hinaus die Stelle berühren würde, die man treffen will. Dann greift man zum Gewehr, was nicht auffallen kann, weil es jeder gute und erfahrene Westmann stets neben sich liegen hat. Jeden Anschein vermeidend, als ob man schießen wolle, spannt man mit dem rechten Daumen den Hahn, legt den Zeigefinger an den Drükker, hebt, natürlich immer nur mit der einen, rechten Hand, den Lauf empor und legt ihn fest an den Oberschenkel, genau in die beschriebene Richtungslinie. Der Lauscher darf, obgleich die Mündung nun auf ihn gerichtet ist, auch jetzt noch nicht ahnen, daß man auf ihn schießen will; er muß durch Finten getäuscht werden. Man senkt die Augenlider, so daß er nicht merkt, wohin man sieht; das Zielen ist dabei schwer, weil es nicht mit offenem Blick, sondern durch die Wimpern hindurch geschieht, und weil man das andere Auge nicht schließen darf, um keinen Verdacht zu erwecken; man bewegt den rechten Arm; man dreht den Kopf hin und her; man unterhält sich lebhaft mit den Kameraden; kurz man tut alles, um bei dem Lauscher die Erkenntnis zu vermeiden, daß man ihn entdeckt habe und auf ihn schießen wolle. Hat nun der Lauf die richtige Lage, so drückt man los.

Das ist der Knieschuß. Er wird die Kameraden auf alle Fälle erschrecken, weil man ihnen nicht hat sagen dürfen, was man vorhat; sie würden durch ihr Verhalten, ihre Gesichter, ihre

Blicke, durch das plötzlich eintretende Schweigen den Feind
mißtrauisch machen und ihm verraten, daß er gesehen worden
ist. Es ist, wie gesagt, der schwerste Schuß, den es gibt. Wenn
tausend Meisterschützen sich darin üben, so kann es vorkommen, daß nicht ein einziger von ihnen es so weit bringt, seines
Ziels, besonders am Abend, sicher zu sein. Man muß jahrelang
unausgesetzt üben, und doch tut es diese Übung, diese Ausdauer nicht allein.

Ich halte noch heute meine Waffen in Ehren. Mein Henrystutzen und mein Bärentöter sind meine wertvollsten Besitztü-
mer. Noch kostbarer als sie ist mir Winnetous Silberbüchse,
die ich schon, als er noch lebte, stets mit einer gewissen Scheu
betrachtet oder in die Hand genommen habe. Jetzt hängt dieses
herrliche Gewehr neben meinem Schreibtisch zwischen Sam
Hawkens' alter Gun und meinem Bärentöter, und während ich
von ihm erzähle, habe ich es vor Augen und gedenke in tiefer
Wehmut dessen, den es nicht ein einzigesmal im Stich gelassen
hat und der mein bester, vielleicht mein einziger Freund gewesen ist, das Wort Freund in seiner wahren, edelsten und höchsten Bedeutung genommen!

Also Winnetous Gesicht war nach dem Wasser gerichtet,
und der Lauf des Gewehrs nach dem jenseitigen Gebüsch. Dort
steckte jemand, der die Kugel bekommen sollte. Ich legte mich
sofort lang nieder, griff nach dem Stutzen und hob mein rech-
tes Knie auch in die⋅ Höhe. Sofort mit Hammerdull ein Gespräch anknüpfend und mich stellend, als ob meine Aufmerksamkeit nur auf ihn gerichtet sei, senkte ich die Augenlider
halb und richtete den Blick durch die Wimpern hinüber nach
dem Gesträuch. Eben als ich dies tat, kam unter einem Alder-
busch[1] ein Gewehrlauf zum Vorschein, der auf mich zielte, und
ehe ich die kurze Zeit fand, den Stutzen nach diesem Punkt zu
richten, krachte der Schuß, in demselben Augenblick aber auch
Winnetous Silberbüchse. Drüben erscholl ein Schrei; Winnetou
hatte getroffen, und ich bekam einen Schlag an den Oberschenkel, der mir das Bein streckte.

Einen Augenblick später gab es drüben im Gebüsch einen
prasselnden Krach, dem sofort die tiefste Stille folgte. Der
Creek war hier an dieser Stelle gewiß dreieinhalb Meter breit,
trotzdem war Winnetou mit einem seiner unvergleichlichen
Sätze hinüber – und mitten ins Gesträuch hineingesprungen.

Die ahnungslosen Kameraden sprangen auf; auch ich

[1] Alder= Erle

schnellte empor und stieß, während sie eine Menge Fragen hervorhasteten, mit den Füßen das brennende Holz auseinander, so daß das Feuer erlosch.

Das tat ich, damit wir für weitere Schüsse kein Ziel böten.

Dann lauschten wir.

Es verging eine lange, lange Zeit, wohl eine halbe Stunde. Mein Bein schmerzte mich, und als ich nach der schmerzenden Stelle griff, fühlte ich sie stark bluten. Ich war verwundet. Da ertönte von drüben herüber Winnetous laute Stimme:

„Laß das Feuer wieder brennen!"

Apanatschka schob die noch glimmenden Reste wieder zusammen, brachte sie durch Anblasen zum Brennen und legte Dürrholz zu. Nun sahen wir Winnetou drüben am Rand des Wassers stehen. Er hatte das eine Ende seines Lasso in der Hand; das andere war an einem neben ihm liegenden Menschenkörper befestigt. Ohne daß er vorher einen Anlauf nehmen konnte, sprang er, den Lasso festhaltend, wieder zu uns herüber und zog dann den bewegungslosen Körper, der ins Wasser fiel, nach.

Währenddessen erklärte er uns:

„Ich sah da drüben ein Gesicht und schoß darauf; es war noch ein zweiter Mann dort, den ich nicht sah; der hat auch geschossen. Ich sprang hinüber, um zu erfahren, ob noch mehr Menschen da seien. Ich hörte einen fliehen und huschte ihm nach. Jenseits der Büsche waren fünf Reiter, aber sieben Pferde; der Fliehende eilte hin zu ihnen und sagte, daß er Old Shatterhand erschossen habe, daß aber sein Gefährte von Winnetou getötet worden sei. Es waren Bleichgesichter, denn derjenige, der nun auf das eine ledige Pferd stieg, sprach ein reines Englisch. Sie warteten noch eine Zeitlang, und als der nicht kam, den Winnetou erschossen hat, sagte der Entflohene: ,Er ist tot, sonst würde er kommen oder um Hilfe rufen. Wir müssen fort, denn man wird nach uns suchen; aber mein Wunsch ist erfüllt und meine Rache gestillt, denn Old Shatterhand ist tot!' Winnetou erschrak über den Tod seines Freundes, kroch zurück, dahin, wohin er gezielt hatte und fand die Leiche des Getroffenen. Er band ihn an den Lasso und gebot, wieder Feuer zu machen. Wie freute er sich, als er sah, daß sein Bruder Shatterhand noch lebt!"

„Wer mögen die Weißen gewesen sein?" fragte Treskow. „Die Tramps keinesfalls, denn die können noch nicht hier sein."

Ich beugte mich zu dem Toten nieder. Die unfehlbare Kugel

des Apatschen war ihm in die Stirn gegangen. Ich erkannte ihn sofort: es war einer von Toby Spencers Rowdies. Man hatte jetzt nur auf die Leiche und auf Winnetou geachtet; jetzt sah dieser dunkelnasse Stellen im Gras, folgte ihnen mit den Augen bis zu mir und rief dann erschrocken aus:

„Uff! Mein Bruder ist verwundet, also doch getroffen worden! Das Blut läuft stark. Ist es gefährlich?"

„Ich glaube nicht", antwortete ich.

„Ist der Knochen verletzt?"

„Nein, denn ich kann stehen."

„Aber es ist eine seltsame Wunde. In der Lage, die mein Bruder hier am Boden hatte, konnte er gar nicht an dieser Stelle getroffen werden!"

„Das habe ich mir auch schon gesagt. Es war ein Fehlschuß. Die Kugel hat hier den Felsen getroffen und ist, von ihm abprallend, mir in den Schenkel gedrungen."

„Das ist nicht gut. Prellschüsse verursachen Schmerzen. Ich werde sofort nach der Wunde sehen!"

„Lieber nicht gleich jetzt. Wir müssen fort!"

„Wegen der sechs Bleichgesichter da drüben?"

„Ja. Unser Feuer brennt wieder. Wenn sie umkehren, können sie uns mit der größten Bequemlichleit auslöschen."

„Sie kommen nicht, denn die Stimme dessen, der sprach, klang sehr ängstlich. Die Vorsicht treibt uns dennoch fort, vorher aber muß ich die Wunde untersuchen; sie steht schon lange offen; mein Bruder muß schon viel Blut verloren haben; darum können wir es nicht länger hinausschieben, ihn zu verbinden."

„So mag Hammerdull recht viel Holz in das Feuer werfen, daß es eine hell hinüberleuchtende Flamme gibt, und die anderen mögen mit schußfertigen Gewehren das Ufer drüben bewachen und sofort schießen, wenn ein Zweig sich regt!"

Die Untersuchung der Wunde hatte ein günstig-ungünstiges Ergebnis: günstig, weil das Oberschenkelbein unverletzt war, und ungünstig, weil die Wunde wahrscheinlich eine Eiterwunde werden mußte. Die Kugel war durch die Weichteile bis auf den Knochen gedrungen und wurde von Winnetou mit dem Messer herausgeholt. Sie war einseitig plattgedrückt und hatte mit der dadurch entstandenen Kante, zumal sie matt geworden war, keine glatte Wunde geschlagen, sondern das Fleisch zerfetzt. Das hieß Wundfieber, heftige Schmerzen und eine langsame Heilung. Recht unangenehm! Gerade jetzt, wo jede Verzögerung unseres Ritts so bedenklich war! Glücklicherweise führte ich einige reine Tücher in der Satteltasche mit. Während mir Winnetou einen Notverband anlegte, sagte er:

„Es ist gut, daß mein Bruder gelernt hat, Schmerzen nach Art der roten Krieger zu ertragen. Wenn wir nicht in kurzer Zeit genug Tschitutlischi[1] finden, wird eine böse Entzündung eintreten; finden wir aber genug davon und vorher auch Disbitar-'ntscho[2], so hoffe ich, du wirst diese Verwundung nicht schwer überwinden, weil du eine so kräftige Natur und sehr gesundes Blut hast. Hoffentlich kannst du jetzt reiten?"

„Natürlich! Ich habe nicht Lust, den schwachen Patienten zu spielen."

„So wollen wir unserer Sicherheit wegen diesen Ort verlassen und einen anderen suchen. Doch nimm dich in acht, daß keine neue Blutung entsteht!"

Wir verließen die für mich so unangenehm gewordene Stelle und folgten dem Creek fast eine Stunde lang abwärts, wo wir abstiegen und wieder ein Feuer anzündeten.

Es wurden einige harzreiche Äste gesammelt, die eigentlich als Leuchten beim Pflanzensuchen dienen sollten; die drei Indianerhäuptlinge zündeten sie an und entfernten sich, um für ihren angeschossenen Freund und Bruder Shatterhand botanisieren zu gehen.

Dick Hammerdull hatte sich neben mich gesetzt. Er hielt seine alten, guten Augen zärtlich auf mich gerichtet, strich mir plötzlich einmal mit überquellender, besorgter Zärtlichkeit über die Wange und knurrte dabei:

„Verteufelte Erfindung, diese Schießgewehre! Besonders dann, wenn die Kugeln treffen. Habt Ihr große Schmerzen, Mr. Shatterhand?"

„Gar keine jetzt", antwortete ich.

„So wollen wir hoffen, es bleibt bei dieser Handschuhnummer!"

„Das steht leider nicht zu erwarten. Jede Verletzung will sich ausschmerzen; eher heilt sie nicht."

„Schmerz! Ein niederträchtiges Wort! Und dennoch wollte ich, ich könnte Eure Schmerzen auf mich nehmen! Bin da wohl nicht der einzige, der so denkt. Nicht wahr, Pitt Holbers, altes Coon?"

„Hm", antwortete der Lange, „wollte lieber, ich wäre getroffen worden!"

„So! Warum hast du dich dann nicht dorthin gesetzt, wo-

---

[1] Apatschensprache: ein Wundkraut   [2] Ein Beizkraut

hin der Kerl geschossen hat? Hinterher kannst du gut aufopfernd sein!"

„Bin ich allwissend, dicker Grobian?"

„Das nicht; aber wenn ich schon sage, daß lieber ich die Schmerzen haben möchte, brauchst du doch nicht auch welche zu verlangen!"

„Du hast mich doch gefragt! Und ich habe Mr. Shatterhand wenigstens ebenso lieb wie du!"

„Ob ich ihn liebhabe, oder ob du ihn liebhast, das bleibt sich gleich, wenn wir ihn nur beide liebhaben; verstanden?! Wenn ich den Kerl erwische, der da so unvorsichtig geschossen hat, daß die dumme Kugel zurückfliegen mußte, so mag er seine zwölf Knochen nur zusammennehmen!"

„Zweihundertfünfundvierzig, lieber Dick!" verbesserte ich ihn.

„Warum so viel?"

„Weil jeder Mensch so viele Knochen hat."

„Desto besser, dann wird er länger zu suchen haben, bis er sie zusammenfindet! Aber zweihundertfünfundvierzig Knochen? Ich habe die meinigen zwar noch nicht gezählt, aber daß unter meiner Haut so viele Knochen stecken, das habe ich bisher nicht geahnt!"

„Knochen und Knochen ist ein Unterschied; es sind da auch die kleinen Gehör- und Sesamknöchelchen mitgezählt."

„Sesamknöchelchen? Sesam? Ich will auf der Stelle gelyncht, geteert und gefedert werden, wenn ich solche Sesambeine schon einmal gesehen habe! Pitt Holbers, du bist doch an Knochen viel stärker und reicher als ich, sind dir deine Sesamknöchelchen bekannt?"

„Glaubst du, ich habe mich schon einmal umgestülpt, wie man einen Handschuh umwendet, um die Sesams zu zählen, die in mir stecken? Daß ich sie habe, ist vollauf genügend; zu sehen und zu zählen brauche ich sie nicht."

„Aber der Mensch, der geschossen hat, soll die seinigen zählen, wenn ich ihn erwische! Möchte wissen, wer er ist!"

„Wahrscheinlich Toby Spencer selbst."

„Schöner Schütze!"

„Er hat früher jedenfalls besser geschossen, von mir aber bei Mutter Thick eine Revolverkugel in die Hand bekommen, und zwar zu meinem Glück, denn wenn das nicht wäre, lebte ich jetzt nicht mehr; gezielt war's gut, aber zitterig abgedrückt. Da war doch Winnetous Schuß ein anderer! Ein Knieschuß in die Dunkelheit hinein, und doch genau in die Stirn! Übrigens ist

Eure Bonanzageschichte daran schuld, daß ich verwundet worden bin."

„Ah, wirklich? – Wieso denn?"

„Der Lärm, den Ihr mit Eurem Loch gemacht habt, hat die Leute herbeigezogen; sie haben ihn gehört."

„Hm! Ich kann nicht widersprechen. Ihr macht mir also Vorwürfe?"

„Nein. Was geschehen ist, ist vorüber; niemand kann es ändern. Doch hört, da kommen die Häuptlinge!"

Ja, sie kamen. Winnetou teilte mir in erfreutem Ton mit:

„Mein Bruder Shatterhand mag froh sein, denn wir haben viel Tschitutlischi und auch mehrere Disbitar-'ntscho gefunden; er wird also die Verwundung leichter, wenn auch nicht ohne Schmerzen, überstehen."

Obgleich ich nicht an ein „leichtes Überstehen" dachte, so war es mir doch lieb, diese Worte von ihm zu hören. Bei einem Verband, wie ich ihn jetzt trug, waren die Folgen gar nicht abzusehen. Ich hätte vielleicht auf den Weiterritt verzichten müssen, wenn nicht noch Schlimmeres eingetreten wäre. Ich kannte die außerordentliche Heilkraft seiner Wundpflanzen und war nun überzeugt, die Verletzung ohne schweren Nachteil zu überwinden.

Der Verband wurde wieder abgenommen und die Wunde ausgewaschen; dann fertigte Winnetou aus einem weichen Blatt einen passenden Pfropf, den er mit dem beizenden Saft des Disbitar-'ntscho tränkte. Diese Pflanze gehört wie unser Chelidonium in die Familie der Mohngewächse, unterscheidet sich aber von diesem dadurch, daß sie keinen rotgelben Milchsaft, sondern einen weißen, dünnflüssigeren Saft hat. Als mir der Pfropfen in die Wunde gedreht wurde, war es, als bekäme ich ein glühendes Eisen hineingedrückt. Ich bin gewohnt, Schmerzen zu verbeißen, mußte mich jetzt aber doch zusammennehmen, um ein unverändertes, ja lächelndes Gesicht zu zeigen. Winnetou sah mich an und sagte, mit dem Kopf nickend:

„Ich weiß, das Old Shatterhand jetzt am Marterpfahl hängt; da er diesen Schmerz mit Lächeln übersteht, würde er auch an einem wirklichen Pfahl lachen. Howgh!"

Das schmerzhafte Verfahren wurde noch zweimal wiederholt, wobei jedesmal die Empfindung weniger peinigend war. Dann träufelte mir der Apatsche den wasserhellen Saft der Tschitutlischi ein, legte das Kraut auf die Wunde und verband sie fest. Dieses Kraut gehört in die Familie der Plantagineen, ist aber keineswegs unser Wegerich. Ich habe beide Pflanzen, die wahrhaft Wunder wirken, nicht in Deutschland, auch nicht im Osten der Vereinigten Staaten gefunden. Die Apatschen nennen, außer den zwei schon angeführten Namen, das eine wie das andere Kraut Schis-inteh-tsi, zu deutsch „Indianerpflanze", und behaupten, es sei ein Geschenk des Großen Geistes für seine roten Söhne, und wachse nur da, wo sie wohnen; es habe sich mit ihnen aus dem Osten nach dem fernen Westen zurückgezogen und werde mit ihnen einst aussterben. Selbst Winnetou, der stets vorurteilslose, behauptete einst in vollstem Ernst zu mir:

„Wenn der letzte Indianer stirbt, wird auch das letzte Blatt Schis-inteh-tsi verwelken und nie wieder grünen. Es blüht mit der roten Nation in jedem Leben wieder auf!"

Es war doch möglich, daß die sechs Weißen, die Winnetou gesehen hatte, wieder zurückgekehrt waren und uns beobachtet hatten. Wir trafen die gebotenen Vorsichtsmaßregeln und losten die Wachen aus, wovon indessen ich als Verwundeter entbunden wurde. Ich schlief trotz der Verletzung bis zum frühen Morgen fest. Dann aber wurde ich von einem Gefühl des Zerrens und der Trockenheit aufgeweckt. Winnetou oblag wieder seinen chirurgischen Pflichten, wobei heute nur der zweite Saft in Anwendung kam; dann aßen wir und brachen nachher auf.

Es galt zunächst zu erfahren, wohin sich die sechs Weißen gewandt hatten. Wir setzten über den Creek und ritten, um mich zu schonen, langsam weiter, während der Apatsche fortgaloppierte, um die gesuchte Fährte zu entdecken. Es dauerte gar nicht lange, bis er kam und uns zu ihr führte. Sie lief in unserer Richtung über die Prärie, wie wir uns gedacht hatten. Wir wußten, daß Toby Spencer auch hinauf nach dem Park von San Luis wollte, und folgten somit der Spur.

Diese Prärie war nicht groß; es hörten jetzt überhaupt die Ebenen auf, die oft so langweilig sind und doch den erhabenen Eindruck des Ozeans machen. Wir kamen, um mich so auszudrücken, an die Vorhöhen der Vorberge und mußten von jetzt an auf einen geradlinigen Ritt verzichten. Gut war es, daß wir die Wege und Pässe kannten, die wir aufzusuchen hatten. Zunächst galt es den alten sogenannten Kontinentalpfad zu erreichen, einen vielbeliebten Westmannsweg, der in unzähligen Windungen über die Mountains führte.

Da wir den grasigen Boden verlassen hatten, war die Fährte, der wir folgten, nicht leicht zu lesen. Oft verschwand sie für längere Zeit ganz; wir trafen aber immer wieder auf sie, ohne uns große Mühe gegeben zu haben, sie zu finden, und so nahmen wir an, daß die uns Vorausreitenden auch nach dem Kontinentalpfad wollten.

Erwähnen muß ich, daß ich bei jedem Wasser, an das wir kamen, abstieg, um meine Wunde zu kühlen, was so, wie ich es machte, freilich nicht viel Zeit in Anspruch nahm. Ich hatte mir nämlich über dem Knie einen Riemen so fest um den hohen Stiefel gebunden, daß das untere Bein luftdicht abgeschlossen war; dann schöpfte ich mir den oberen Teil des Schaftes mit den Händen voll Wasser, und dieses reichte fast stets so weit, bis es wieder frisches gab. Zuweilen stieg ich gar nicht ab und ließ mir von einem der Gefährten „den Stiefel füllen".

Man glaubt nicht, welchen Eindruck die Rocky Mountains machen, wenn man so lange Tag um Tag vergeblich nach dem Horizont der weiten, unendlich scheinenden Ebene gejagt ist. Auf der Savanne flieht er fort und fort ins Weite, in die Endlosigkeit; das Auge bittet förmlich um einen festen Halt, ohne ihn jedoch zu finden; es ermüdet und blickt doch immer wieder sehnend auf – vergeblich, vergeblich! Der Mensch, der sich wie ein Halm im grenzenlosen Grasmeer fühlt, wird zum Ahasver, der nach Ruhe schreit und doch keine findet. Da endlich tauchen in der Ferne die grauen Schleier auf, hinter denen die Berge gen Himmel ragen. Sie bilden nicht einen Horizont, der, unerbittlich zurückweichend, immer treulos flieht; nein, dieser Vorhang ist treu, hält Wort! Ja, er scheint nicht nur auf unser Nahen zu warten, sondern uns entgegenzukommen. Und je mehr wir uns ihm nähern, desto mehr gewinnt er an Durchsichtigkeit; oder er hebt sich allmählich höher und höher und läßt uns nach und nach die Herrlichkeiten sehen, viel schöner noch, als er sie uns von weitem schon versprochen hat. Nun gewinnt das Auge Halt und das Leben Farbe und Gestalt. Glich die Savanne einer Tafel ohne Anfang und Ende, auf der die große, erhabene Rune „Ich, der Herr, bin das Alpha und das Omega!" zu lesen war, so steigen jetzt die in Stein erklingenden Hymnen von der Erde auf und jubilieren: „Die Himmel erzählen die Ehre Gottes, und die Berge verkündigen seiner Hände Werk; ein Tag sagt es dem anderen, und eine Nacht tut es der anderen kund!" Und dieser steinerne Jubel ruft den Widerklang der Seele wach; es falten sich die Hände, und die Lippen öffnen sich zum Gebet: „Herr, wie sind deine Werke so groß und viel! Deine Weisheit hat sie geordnet, und die Erde ist voll von deiner Liebe und Güte!"

So, gerade so habe ich stets empfunden, wenn ich aus diesen Ebenen nach diesen Bergen, aus der Tiefe zur Höhe kam. Ich ritt auch heute hinter den Gefährten her, um nicht gestört zu sein, und ließ mir die Farben und Lichter, die von oben glänzten, in die Seele leuchten; denn die Felsenberge sind reicher an Farben und zeigen erhabenere Lichter als jedes andere Gebirge der Erde. Es ist nicht die massig-stolze Erhabenheit der Alpen, nicht die epische der Pyrenäen und nicht die unnahbare, niederdrückende des Himalaja, sondern es ist eine Hoheit, die zwar mit ernster Würde, doch mild lächelnd niederschaut. Wenn die alten Griechen ihren Göttern den Olymp zur Wohnung gaben, so hatte und hat der Indianer weit größere Berechtigung zu dem Glauben, daß auf diesen Bergen sein großer, guter Manitou wohne.

Wir ritten heute noch nicht im Gebirge, sondern erst unten, zwischen den weit ausgreifenden Zehen der Bergfüße dahin, und doch: welche Herrlichkeit schon rings um uns her! Bei jeder Wendung ging ein neuer Vorhang auf, bot sich ein anderes schönes Bild. Es war ein unvergleichliches Wandelpanorama, nur wandelten wir, und die Berge standen. Schon sandte uns der hohe Wald seine Ausläufer und seine lebendigen Bergbäche grüßend entgegen. Das waren nicht die trüben, trägen Wasser der Savanne, die uns klar und hell mit fleißigen Sprüngen ereilten und uns mahnend zuplätscherten: „Wie du da oben meine Quelle suchst, so strebe immer nach dem Urquell aller Dinge!" Und die Winde, die uns bei jeder Biegung des Weges entgegenwehten und die Wangen kühlten, sie säuselten uns zu: „Du weißt nicht, von woher wir kommen und wohin wir gehen; uns leitet der Herrscher aller Dinge. So ist auch das Leben des Menschen; du kennst weder seinen Beginn noch seinen Verlauf; Gott allein weiß es und leitet es!"

Nicht wahr, lieber Leser, ich bin doch ein übermäßig frommer Mensch? So wirst du vielleicht denken; aber du wirst dich da wohl irren. Übermäßig? Nein! Die wahre Frömmigkeit kennt kein Übermaß; sie kann überhaupt nicht gemessen werden. Ich bin gern ein stets seelenvergnügter, heiterer Gesell und weiß gar wohl, wem ich diese Heiterkeit verdanke. Du darfst es mir nicht übelnehmen, daß ich das, was ich drüben im Wilden Westen dachte und fühlte, hier in der von der Zivilisation gebändigten Heimat niederschreibe. Was ich da drüben getan und erlebt habe, das waren doch Erlebnisse meiner Gedanken und Gefühle, und wenn ich die Folgen erzähle, darf ich doch auch die Ursachen nicht verschweigen! Überdies hat jeder Leser das Recht, seinem Dichter ins Herz zu blicken, und dieser ist verpflichtet, es ihm stets offenzuhalten. So gebe ich dir das meine. Ist es dir recht, so soll es mich freuen; magst du es nicht, so wird es dir dennoch geöffnet bleiben. Soll ein Buch seinen Zweck erreichen, so muß es eine Seele haben, nämlich die Seele des Verfassers. Ist es bei zugeknöpftem Rock geschrieben, so mag ich es nicht lesen.

Es war schon Nachmittag, als wir kurz vor einem Wald den Kontinentalpfad erreichten. Wir kannten die charakteristische Stelle, waren sicher, daß wir uns nicht irrten, und lenkten auf ihn zu. Bald fanden wir uns im hohen Wald, herrliche Tannen hüben und drüben, vor und hinter uns. Wir mochten uns wohl eine Viertelstunde in seinem Schatten befunden haben, als uns ein Reiter entgegenkam, ganz in leichtes Leinen gekleidet und mit einem breitrandigen Sombrero auf dem Kopf. Der Sombrero ist überhaupt in Colorado sehr beliebt.

Der Mann war jung, wohl nicht viel über zwanzig Jahre alt. Als er uns erblickte, hielt er sein Pferd an; sein scharfer Blick schien uns abschätzen zu wollen. Bewaffnet war er nur mit einem Messer im Gürtel. Kurz bevor wir ihn erreichten, grüßte er uns:

„*Good day*, Gents! Möchte fragen, wohin ihr wollt?"

„Bergauf", antwortete ich.

„Wie weit?"

„Wissen es nicht genau. Wohl bis es dunkel wird und wir einen guten Platz zum Lagern finden."

„Ihr seid Weiße und Rote. Darf ich eure Namen wissen?"

„Warum?"

„Weil ich Hilfe suche und sie nur bei Gentlemen finden kann."

„So seid Ihr bei den richtigen Leuten. Ich heiße Old Shatterhand, und . . ."

„Old Shatterhand?" unterbrach er mich schnell. „Ich denke, Ihr seid tot!"

„Tot? Wer sagt das?"

„Derjenige, der Euch gestern abend erschossen hat."

„Ah! Wo ist der Kerl?"

„Sollt es gleich erfahren, Sir. Wenn Ihr der seid, auf den diese Leute geschossen haben, so kann ich mich auf Euch verlassen. Vater ist Black-smith[1]. Wir haben uns vor einiger Zeit hier niedergelassen, weil jetzt an diesem alten Weg ein gutes Geld zu verdienen ist. Da oben in den Bergen sind neue Gold- und Silberfunde gemacht worden, und es kommen täglich

---

[1] Hufschmied

258

Leute vorüber, die hinauf wollen und einen Schmied brauchen. Es ist uns gut gegangen bisher; wir sind zufrieden, nur daß manchmal Menschen bei uns anhalten, die alles sind, nur keine Gentlemen. So schlimm aber, wie heute diese sechs Kerls, hat es noch niemand getrieben. Sie kamen vor vier Stunden an, haben für sich arbeiten lassen und wollen nicht bezahlen. Die Schwester hat sich verstecken müssen, warum, das brauche ich nicht zu sagen. Den Vater haben sie eingesperrt, und ich mußte alles herschaffen, was zu essen und zu trinken im Haus war. Fleisch, Mehl, Brot werfen sie einfach auf dem Fußboden herum, und die Flaschen fliegen, noch ehe sie ausgetrunken sind, nur so durch die Luft. Es gelang mir endlich, zu fliehen, und nun wollte ich in das Tal hinab, um meinen Bruder zu holen, der dorthin zum Fischen gegangen ist."

„Wißt Ihr vielleicht, wie die Kerl heißen?"

„Einer heißt Spencer; ein anderer wird General genannt."

„*Well!* Ihr seid hier an die richtigen Leute gekommen und braucht nicht ins Tal zu reiten. Wir werden Euch helfen. Kommt!"

Er kehrte um, und wir ritten weiter. Nach einiger Zeit ging rechterhand der Wald zu Ende; links lief er noch weiter, machte eine Krümmung und hörte dann auch auf. Wir hielten unter den letzten Bäumen an, weil einen guten, halben Büchsenschuß von uns ein Haus am Weg lag, dem man es gleich ansah, daß es eine Schmiede war. Es stieß eine Fenz daran, in der Pferde standen, wieviel, das konnten wir nicht sehen.

Winnetou sah mich fragend an. Es war kein Mensch außerhalb des Hauses; die Rowdies mußten also noch in der Stube sein; darum sagte ich:

„Das beste ist, wir überraschen sie. Also im Galopp hin, von den Pferden herunter, ins Haus hinein, und ihre Flinten weg, dann *hands up!* Vorwärts! Mr. Treskow bleibt vor der Tür bei den Pferden!"

Diese letzte Bestimmung traf ich, weil er kein Westmann war und bei dem *hands up* leicht einen Fehler machen konnte; auch mußte jemand die Pferde bewachen. Wir jagten vorwärts. Bei dem Haus angekommen, waren die anderen im Nu aus dem Sattel; mit mir ging es etwas langsamer. Ich folgte ihnen. Das Innere bestand aus zwei Räumen, nämlich aus der Schmiedewerkstatt und der Stube; um in die Stube zu kommen, mußte man durch die Schmiede gehen. Als ich in die offene Stubentür trat, standen die Kerls schon mit hocherhobenen Händen da; ich sah nur die Hände, nicht sie selbst, denn der

Raum war klein; ich mußte unter der Tür stehenbleiben und hatte die Gefährten vor mir. Winnetou befahl eben:

„Wer den Arm sinken läßt, wird erschossen! Matto Schahko mag ihnen die Gewehre wegnehmen!"

Als dies geschehen war, gebot er weiter:

„Hammerdull nimmt ihnen die anderen Waffen aus den Gürteln!"

Auch das wurde ausgeführt; dann befahl der Apatsche:

„Setzt euch längs der Wand nebeneinander nieder! Jetzt könnt ihr die Hände senken; aber wer aufsteht, bekommt die Kugel!"

Jetzt schob ich Apanatschka und Holbers, die mir im Wege standen, auf die Seite und trat vor. Da ertönte der Schreckensruf:

„The devil! Old Shatterhand!"

Es war Spencer. Er hatte mich bei Mutter Thick nicht gekannt, gestern aber, als er auf mich geschossen hatte, seinen Gefährten meinen Namen genannt; jetzt nannte er ihn wieder. Woher wußte er ihn? Diese Frage war jetzt nebensächlich; die Hauptsache war der Mann selbst. Ich sagte in strengem Ton zu ihm:

„Ja, die Toten stehen auf. Ihr hattet schlecht gezielt."

„Gezielt –? Ich –?" fragte er.

„Versucht nicht zu leugnen; es hilft Euch nichts! Könnt Ihr Euch besinnen, mit welchen Worten Ihr bei Mutter Thick in Jefferson-City Abschied von mir nahmt?"

„Ich – weiß – nicht – mehr", stammelte er.

„So will ich Euerm Gedächtnis zu Hilfe kommen. Ihr sagtet: ‚Auf Wiedersehen! Dann aber hebst du die Arme in die Höhe, Hund!' Heute ist das Wiedersehen; wer aber hat sie hochgehalten, Ihr oder ich?"

Er antwortete nicht und sah vor sich nieder. Sein Gesicht sah aus wie das einer Bulldogge, die Prügel bekommen hat.

„Heute rechnen wir freilich ganz anders ab als damals, wo ihr nur die Zeche und ein zerbrochenes Glas zu bezahlen hattet", fuhr ich fort. „Ihr habt mich verwundet; das kostet Blut."

„Ich habe nicht auf Euch geschossen", behauptete er.

Da zog ich den Revolver, richtete die Waffe auf ihn und sagte:

„Heraus mit dem Geständnis! Wenn Ihr noch einmal lügt, so schieße ich. Seid Ihr es gewesen?"

„Nein – ja – nein – ja, ja, ja, ja, ja!" schrie er um so ängstlicher, je näher ich ihm mit dem Lauf kam.

„Euer hinterlistiges Verhalten hat Euer Kamerad gestern mit dem Leben bezahlt. Womit werdet Ihr mir die Wunde wohl bezahlen, die ich Euch zu verdanken habe?"

„Wir sind quitt!" antwortete er trotzig.

„Wieso quitt?"

„Ihr habt mir die Hand zerschossen!" Er hielt die noch verbundene rechte Hand empor.

„Wer war schuld daran?"

„Ihr! Wer sonst?"

„Ihr wolltet auf mich schießen, und ich kam Euch zuvor; das ist die Sache. Es war Notwehr von mir; ich hätte Euch erschießen anstatt bloß verwunden können. – Wo ist der General?"

Douglas war nämlich nicht in der Stube; darum fragte ich nach ihm.

„Das weiß ich nicht", antwortete er. „Er ist, ohne etwas zu sagen, fortgegangen."

„Wann?"

„Gerade, bevor ihr kamt."

„Kerl, Ihr wißt, wohin er ist! Da Ihr leugnet, mache ich kurzen Prozeß und gebe Euch die Kugel!"

Er sah den Revolver wieder auf sich gerichtet. Solche rohe, gewalttätige Menschen besitzen gewöhnlich nicht den wahren Mut. Er hätte sich denken können, daß ich nicht schießen würde, selbst wenn er leugnete; aber die Feigheit preßte ihm das Geständnis aus:

„Er wollte dem Sohn des Schmiedes nach, weil er glaubte, dieser werde Leute holen."

„So ist er auch nicht fort, kurz bevor wir kamen?"

„Nein, sondern gleich, als der Boy weg war."

„Zu Fuß?"

„Nein; er holte sein Pferd, weil der Boy auch nicht zu Fuß fort war."

„Nach welcher Richtung ist er fort?"

„Wir haben nicht aufgepaßt."

„Well; die Sache wird sich bald aufklären, denke ich."

Ich ging hinaus, um Treskow, für den Fall, daß der „General" zurückkommen sollte, Anweisungen zu geben. Bei ihm stand der Schmiedesohn, der aus Vorsicht nicht mit hineingegangen war. Von links her kam ein Mädchen gegangen. Auf sie zeigend, fragte ich den Boy:

„Wer ist das?"

„Meine Schwester, die sich vor den Rowdies versteckt hatte."

„Ich muß sie etwas fragen."

Als sie herangekommen war, sagte ihr der Bruder, daß sie sich nun, weil wir da seien, nicht mehr zu fürchten brauche, und ich erkundigte mich: „Wo habt Ihr gesteckt, Miß?"

„Drüben im Wald", antwortete sie.

„Während der ganzen Zeit?"

„Nein. Ich sah meinen Bruder fortreiten und wollte ihm nach. Da kam der Mann, der General genannt wurde, aus dem Haus und holte sein Pferd aus der Fenz. Als er aufgestiegen war, sah er mich und ritt auf mich zu. Ich floh zurück; er holte mich aber ein, als ich den Wald gerade erreicht hatte."

„Und dann?" erkundigte ich mich, da sie eine Pause machte.

„Dann kamen Reiter nach dem Haus."

„Das waren wir. Hat er uns gesehen?"

„Ja. Er schien heftig zu erschrecken und stieß einen greulichen Fluch aus."

„Erkannte er uns?"

„Es schien so. Er sprach von Old Shatterhand und einem gewissen Winnetou."

„Das ist mir unangenehm! Was tat er dann?"

„Er ritt fort."

„Ohne ein weiteres Wort zu sagen?"

„Er gab mir noch einen Auftrag an Old Shatterhand."

„Der bin ich. Was sollt Ihr mir sagen?"

„Das – das ist – es würde Euch wahrscheinlich beleidigen, Sir."

„Nein, gar nicht. Ich bitte Euch, mir jedes Wort genau zu sagen!"

„Er nannte Euch den größten Schuft auf Gottes Erdboden; er habe gar nichts dawider, falls es Euch beliebte, seine Begleiter aufzuhängen oder sonstwie zu töten, aber er werde mit Euch Abrechnung halten."

„Das ist alles?"

„Weiter sagte er nichts. Aber daß er Euch so einen Schuft nannte, machte mir Angst auch vor Euch, und wenn ich nicht gesehen hätte, daß mein Bruder so lange und so ruhig vor der Tür stand, ohne daß ihm ein Leid geschah, wäre ich jetzt noch nicht gekommen."

„Ihr könnt ruhig sein; man wird Euch nichts mehr tun."

Ich ging wieder hinein, und der Sohn folgte mir.

„Nun wißt Ihr, wo der General ist?" rief mir Toby Spencer entgegen.

„Ja", antwortete ich. „Entflohen."

„Ah! Wirklich entflohen?" fragte er in frohem Ton.

„Ja. Ich mache es nicht wie ihr; ich sage die Wahrheit gleich beim erstenmal."

„Haha! So bekommt Ihr ihn also nicht!"

„Heute nicht, später aber um so sicherer. Euch aber habe ich fest."

„*Pshaw!* Ihr werdet uns gern loslassen!"

„Warum?"

„Aus Angst vor ihm."

„Vor diesem Feigling, der ausgerissen ist, sobald er uns gesehen hat?"

„Ja. Er würde uns an Euch rächen!"

„*Pshaw!* Er hat mir durch die Tochter des Schmieds sagen lassen, daß er sich gar nichts daraus mache, wenn ich euch aufhänge oder euch sonstwie an das Leben gehe."

„Das glaube ich nicht!"

„Ob Ihr es glaubt oder bezweifelt, ist mir gleichgültig. Jetzt zu einer anderen Angelegenheit! Wo ist der Wirt dieses Hauses?"

„Da unten im Keller", antwortete sein Sohn und zeigte auf eine hölzerne Falltür, die im Fußboden angebracht war.

„Ist er da eingesperrt worden?"

„Ja. Sie haben ihn überwältigt und da hinabgeworfen."

„Laßt ihn heraus!"

Es fehlte der Schlüssel. Spencer leugnete, ihn eingesteckt zu haben, gab ihn aber aus Angst vor meinem Revolver schließlich heraus. In der Stube lagen Scherben von Flaschen, Gläsern, Töpfen und anderem Geschirr herum. Es war wüst zugegangen. Als die Falltür geöffnet worden war, kam der Schmied heraus, eine lange, starke, knochige Gestalt. Es hatte jedenfalls Anstrengungen gekostet, diesen Mann in das Verlies zu bringen, und er hatte sich gewehrt. Sein Gesicht war zerschlagen und zerkratzt; er sah schrecklich aus. Nachdem er einen Blick um sich geworfen hatte und mir ansehen mochte, daß ich hier der Wortführer war, wandte er sich an mich:

„Wer hat mich aus dem Keller gelassen?"

„Wir", antwortete ich.

„Wie heißt Ihr?"

„Old Shatterhand."

„Ist das nicht der Name eines bekannten Westmannes?"

„Ja."

„Aber die Roten hier! Ist denen zu trauen?"

„Sie sind berühmte Häuptlinge ihrer Nation und gewohnt, jeden Bedrängten zu beschützen."

„*Well*, so seid Ihr zur rechten Zeit und an den rechten Ort gekommen, Mesch'schurs! Ist das nicht entsetzlich, daß Rote kommen müssen, um einen ehrlichen Menschen gegen weiße Schurken zu beschützen? Ihr glaubt nicht, was das für niederträchtige Halunken sind!"

„Ich glaube es, denn wir kennen sie. Wir haben auch eine Rechnung mit ihnen."

„Ah? Ist sie groß?"

„Ziemlich. Der Kerl dort mit dem verbissenen Bulldoggengesicht hat gestern abend auf mich geschossen, um mich zu töten."

„Gott sei Dank!"

„Wie? Ihr dankt Gott, daß auf mich ein Mordanschlag verübt wurde?"

„Ja. Ich danke Gott zweimal, nämlich das erstemal dafür, daß Ihr nicht getötet worden seid, denn da habt Ihr kommen und mich hier herauslassen können; und das zweite Mal allerdings dafür, daß auf Euch geschossen worden ist, denn da habt Ihr das Recht, kurzen Prozeß mit dem Meuchelmörder zu machen, obgleich er Euch nicht getroffen hat."

„Er hat mich getroffen!"

„Ah! Wirklich? Man sieht Euch aber nichts an!"

„Die Kugel traf mich hier in den Oberschenkel. Ich habe eine schwere Beinwunde davongetragen. Hier seht Ihr noch das Blut!"

„So geht es ihm ans Leben, und das freut mich ungemein!"

„Was habe ich davon?"

„Das Bewußtsein, daß ein Schurke weniger auf dem Erdboden ist."

„Lindert das meinen Schmerz? Heilt das meine Wunde?"

„Hört, wollt Ihr ihn etwa laufen lassen?"

„Fällt mir nicht ein!"

„So sagt, was mit ihm geschehen soll!"

„Wir werden eine Savannenjury einsetzen, die darüber zu entscheiden hat."

„Das ist recht. Darf ich mit dazu gehören?"

„Dürfen? Ihr müßt sogar mit dabei sein. An Euch haben sie sich doch auch vergangen."

„Und wie! Wenn es auf mich ankommt, wird ihnen ihr letzter Nagel eingeschlagen. Wann tritt wohl diese Jury zusammen?"

„Am besten gleich jetzt!"

„Wo?"

„Draußen vor dem Haus. Ein Savannengericht soll möglichst unter freiem Himmel stattfinden."

„Da reißen uns die Kerle aus!"

„Das sollten sie versuchen! Übrigens können wir sie ja binden."

„Well! Das kann mir gefallen. Riemen und Stricke habe ich genug."

„Soll ich sie holen?" fragte sein Sohn mit großer Bereitwilligkeit.

„Ja, hole sie! Sie hängen draußen."

Da ergriff Toby Spencer das Wort:

„Tut nur nicht, als ob ihr unsere Richter sein und über uns aburteilen wollt! Ihr seid die Kerle nicht dazu. Binden lassen wir uns nicht!"

Der Schmied trat zu ihm hin, hielt ihm die knochige Faust vor das Gesicht und sagte:

„Schweig, Elender! Wenn du etwa noch groß aufbegehren willst, mache ich außer der Jury noch einen besonderen Tanz mit dir! Verstanden?"

Der Sohn brachte die Stricke und Riemen. Ich gab den Befehl:

„Bindet sie der Reihe nach, wie sie dasitzen! Wer sich wehrt, bekommt Hiebe!"

„Ja, hauen wir sie!" jubelte der Schmied. „Ich habe so mehrere schwanke Stöcke draußen; die mag der Boy auch hereinholen!"

Sein Sohn ging und brachte sie.

Das half. Sie schimpften zwar gewaltig, leisteten aber keinen tätlichen Widerstand; bald lagen sie, lang ausgestreckt, nach Westmannsart gebunden, da. Der Schmiedeboy bekam den Auftrag, sie streng zu bewachen; dann gingen wir hinaus. Ich hatte die Absicht gehabt, die Rowdies mit hinauszunehmen; da dies aber zu umständlich gewesen wäre, unterließen wir es.

Nun traten wieder die alten Fragen und die schon wiederholten Gegensätze der Ansichten an uns heran. Ich hatte, zumal ich selbst verwundet worden war, keineswegs die Absicht, glimpflich zu verfahren, aber sie verlangten alle, mit Ausnahme Winnetous, den Tod wenigstens Toby Spencers, und dazu konnte und wollte ich nicht ja sagen. Es gab eine lange und sehr erregte Aussprache, bis endlich der Schmied, der sich wie ein grimmer Hagen gebärdete, aufsprang und rief:

„Ich sehe, daß wir noch morgen dasitzen werden, ohne einig geworden zu sein. Diese Menschen gehören zunächst mir, denn sie sind bei mir eingefallen wie die Wilden und haben alles kurz und klein geschlagen und mich verwundet. Ihr seht, mein Gesicht ist noch jetzt blutig. Ihr, Mr. Shatterhand, seid mir ein viel zu milder Herr; ich will Eurer Meinung aber Rechnung tragen und den Tod dieses Spencer nicht verlangen. Dafür aber erwarte ich, daß die Vorschläge, die ich jetzt mache, angenommen werden."

"Welche Vorschläge sind das?" fragte ich.

"Zunächst, daß ich mich an ihrem Eigentum für alles schadlos halten darf, was sie mir vernichtet haben. Seid Ihr einverstanden, Sir?"

"Ja. Es versteht sich von selbst, daß sie Euch entschädigen müssen."

"*Well!* Nun kommt Spencer, der schuld an allem ist. Ihr wollt ihn nicht töten lassen, weil er Euch nicht ermordet, sondern nur verwundet hat. Ich halte das für eine Schwäche von Euch, denn der Wilde Westen kennt für Mörder keine Schonung, gleichviel, ob der Mord gelungen ist oder nicht. Wir wollen trotzdem eine Art von Gnade walten lassen. Er hat den Tod verdient, soll aber nicht ohne weiteres hingerichtet werden, sondern sich verteidigen dürfen."

"Wie meint Ihr das?"

"Laßt ihn mit mir um sein Leben kämpfen!"

"Darauf werden wir wohl kaum eingehen können."

"Warum nicht?"

"Er ist ein riesenstarker Mann."

"*Pshaw!* Ich bin auch kein Kind! Oder meint Ihr, weil ich mich habe in den Keller stecken lassen? Sie überrumpelten mich und waren sechs Personen!"

"Mag sein! Ich sehe, daß Ihr gute Knochen habt. Der Kampf ist trotzdem ungleich."

"Wieso?"

"Er ist ein Schurke, um den nicht schade sein würde, und Ihr seid ein Ehrenmann, der Kinder hat. Ihr dürft Euer Leben nicht gegen das seinige einsetzen."

"Das tue ich auch nicht. Die Ungleichheit, von der Ihr redet, wird durch die Waffen ausgeglichen, mit denen wir kämpfen werden."

"Welche Waffen?"

"Schmiedehämmer."

Welch ein Gedanke! Also um einen Zyklopenkampf sollte es sich handeln!

Ich gestehe aufrichtig, daß dieser Kampf mich als Westmann

sehr anzog, während ich ihn als Mensch glaubte verwerfen zu müssen; aber dieser Zwiespalt in mir fand gar keine Zeit, zur Geltung zu kommen; denn meine Gefährten gingen mit großer Bereitwilligkeit auf den Vorschlag ein. Ein Zweikampf, und noch dazu ein solcher, durfte nach dem Savannenbrauch nicht zurückgewiesen werden. Welch ein Schauspiel, diesen fest gefügten Grobschmied und Toby Spencer, der die Kräfte von mehreren Männern besaß, mit eisernen Hämmern gegeneinander losgehen zu sehen! Das hatte man noch nicht erlebt; das war noch nicht dagewesen! Man war sofort Feuer und Flamme. Hammerdull rief:

„Großartiger Gedanke! Was für Schädel gehören dazu, solche Hiebe auszuhalten! Ich stimme bei! Du nicht auch, Pitt Holbers, altes Coon?"

„Hm! Wenn du denkst, daß so ein Hammerwerk schönere Wirkungen hat, als wenn man mit wattierten Paradieshandschuhen abgesäuselt wird, so muß ich dir vollständig recht geben, lieber Dick", antwortete der Lange.

Auch die anderen waren einverstanden. Selbst der Häuptling der Apatschen sagte:

„Ja, sie mögen miteinander kämpfen. Winnetou wird nichts dagegen haben."

So gab es für mich also kein Widerstreben; ich erteilte meine Einwilligung. Da der eigenartige Zweikampf nur im Freien stattfinden konnte, wurden die Rowdies herausgeholt. Als sie erfuhren, was beschlossen worden war, wollten sie zunächst nicht daran glauben; es wurde ihnen aber ihr Zweifel derart genommen, daß sie den Ernst unseres Vorhabens schnell erkennen mußten.

Natürlich war es Spencer, der den lautesten Einspruch dagegen erhob. Er erklärte, daß er auf keinen Fall mitkämpfen werde; da aber sagte ihm der Schmied:

„Ob du mittun willst oder nicht, das geht mich gar nichts an. Sobald das Zeichen gegeben wird, schlage ich zu, und wenn du dich nicht verteidigst, bist du im nächsten Augenblick eine Leiche. Mit so einem Halunken, wie du bist, wird kurzer Prozeß gemacht. Du wirst dich schon wehren."

„Das ist aber der reine Mord!"

„Was war es anders, als du gestern auf Old Shatterhand schossest?"

„Das geht doch Euch nichts an!"

„Sehr viel sogar, denn ich kämpfe an Stelle dieses Gentleman mit dir. Wenn er sich herablassen wollte, mit dir zu kämpfen, wäre dein Tod gewiß. Bei mir aber gibt es für dich doch die Möglichkeit, mich zu überwinden."

Der Rowdy maß die Gestalt des Schmieds mit forschendem Auge und fragte dann:

„Was aber wird mit mir geschehen, wenn ich Euch totschlage?"

„Nichts. Der Sieger bleibt unbelästigt."

„Ich kann dann gehen, wohin ich will?"

„Gehen, ja, aber nicht reiten."

„Wieso?"

„Weil alles, was ihr bei euch habt, von jetzt an mir gehört."

„Alle Teufel! Warum das?"

„Als Entschädigung für mein Eigentum, das ihr zugrunde gerichtet habt."

„Alles? Die Pferde und auch alles andere?"

„Ja."

„Das ist Diebstahl! Das ist Betrug! Das ist der reine Raub!"

„*Pshaw!* Der Schaden, den ihr angerichtet habt, muß bezahlt werden. Geld habt ihr nicht; das weiß ich, denn ihr habt vorhin wiederholt damit geprahlt, daß ihr bei mir alles Vorhandene verzehrtet, ohne bezahlen zu können; da muß ich mich also an die Sachen halten, die ihr mithabt."

„Das ist aber viel mehr als der Betrag, der Euch gebührt!"

„Oh, das nehme ich nicht so genau! Ihr habt euch in Beziehung auf Recht und Billigkeit ja auch nicht sehr hervorgetan. Jetzt kommen die Folgen!"

Da wandte sich Spencer an mich, den er für den menschenfreundlichsten von uns hielt:

„Und auch Ihr seid imstande, eine solche Ungerechtigkeit zuzugeben?"

„Wollt Ihr etwa bei mir Berufung einlegen?" antwortete ich in erstauntem Ton. „Bei mir, auf den Ihr geschossen habt?"

„Ja, trotzdem! Der Raub an uns hat gar nichts mit diesem Schuß zu tun!"

„Und ich habe nichts mehr mit Euch zu tun. Das könnt Ihr Euch wohl denken!"

„So hole euch alle der Teufel, vom ersten bis zum letzten! Wenn ihr es in dieser Weise bis zum Äußersten treibt, so glaubt nur ja nicht, daß ich sanft mit diesem Schmiedeskelett verfahren werde! Es ist schon so gut, als ob sein Schädel in Stücken sei. Laßt uns anfangen! Laßt den Tanz beginnen!"

Sein Bulldoggengesicht war vor Wut tiefrot geworden, und er knirschte hörbar mit den Zähnen. Der Schmied stimmte bei:

„Ja, ich will die Hämmer holen, dann werde ich ihn schmieden, ohne daß er glüht!"

Er ging in die Schmiede, und ich folgte ihm, um ihm einen guten Rat zu erteilen:

„Nehmt Euch in acht, Sir! Dieser Spencer ist ein starker und gefährlicher Kerl!"

„Pshaw! Ich fürchte mich nicht; ich weiß, daß er mir nichts anhaben kann!"

„Seid nicht so zuversichtlich! Ich denke, daß Ihr nur zuschlagen wollt?"

„Ja. Was sonst?"

„Ihr müßt gewärtig sein, daß er nicht nur zuschlägt, sondern den Hammer schleudert!"

„Das darf er nicht; das wird ausgemacht!"

„Wenn es auch untersagt wird, er tut es doch! Und wenn es geschehen ist, kann man es nicht mehr ändern. Würde es Euch hindern, wenn der Hammer angebunden wäre?"

„Woran gebunden?"

„An die Hand, an den Arm, am besten an das Handgelenk, mit einem Riemen."

„Das würde mich gar nicht hindern, ganz und gar nicht. Aber warum das?"

„Damit der Unehrliche nicht dem Ehrlichen einen Vorteil dadurch abgewinnt, daß er den Hammer wirft, anstatt nur zuzuschlagen. Ist es Euch recht?"

„Natürlich, ja! Wenn man nur Raum genug behält, den Stiel bewegen zu können."

„Dafür werde ich schon sorgen, denn ich werde binden. Also kommt!"

Als wir auf den Platz kamen, hatte man Toby Spencer schon losgebunden.

Winnetou stand, einen Revolver in jeder Hand, vor ihm und drohte:

„Wenn das Bleichgesicht etwa eine Bewegung zur Flucht macht, schieße ich sofort!"

Ich band den beiden Kämpfern die Hämmer so an die Handgelenke, daß sie mit ihnen zuschlagen, sie aber nicht schleudern konnten.

Dann zog ich auch einen Revolver und wiederholte die Drohung des Häuptlings der Apatschen.

Es war eine erwartungsvolle, hochgespannte Lage. Wir bildeten einen Kreis, in dem die beiden sich nah gegenüberstanden, die großen, gleichschweren Hämmer in den Händen. Sie maßen sich gegenseitig mit den Augen; der Schmied war ruhig und kalt, Spencer dagegen in hohem Grade aufgeregt.

„Man soll nicht eher beginnen, als bis ich es sage!" befahl Winnetou. „Es sollen alle Vorteile gelten, und die Kämpfenden können auch die freien Hände gebrauchen!"

„Das ist gut; das ist sehr gut!" jubelte Spencer. „Nun ist mir der Kerl sicher!"

„Ja", rief einer seiner Leute. „Wenn du auch mit der anderen Hand zugreifen darfst, ist er geliefert. Nimm ihn nur bei der Gurgel; da geht ihm der Atem aus!"

„Halt den Schnabel!" fuhr ihn Dick Hammerdull an. „Wer hat dich denn nach deinem Senf gefragt? Du hast ruhig zuzusehen und gar nichts dreinzureden!"

„Oho! Man wird doch noch reden dürfen! Wozu hat man denn den Mund?"

„Ob du einen hast oder nicht, das bleibt sich gleich, aber halten sollst du ihn, sonst stecke ich dir einen Knebel zwischen die Zähne; das merke dir!"

Ich war nicht weniger gespannt als die anderen. Wer würde Sieger sein? Toby Spencer hatte wohl die größere Körperstärke für sich, während der Schmied im Gebrauch der ungewöhnlichen Waffe geübter war; zudem zeigte dieser eine Kaltblütigkeit, die Vertrauen erweckte, während der Rowdy sich je länger um so aufgeregter zeigte.

Der Schmiedeboy stand mit seiner Schwester auch in unserem Kreis. Auf ihren Gesichtern war nicht die geringste Besorgnis um ihren Vater zu entdecken; das war auch ein Umstand, der mich für ihn beruhigte.

„Jetzt kann es beginnen!" sagte Winnetou.

Toby Spencer holte sofort zum Schlag aus und wollte zugleich mit der linken Hand nach der Kehle des Schmieds greifen. Er hatte nicht in Betracht gezogen, daß sich dadurch die Kraft des Hiebes vermindern mußte. Der Schmied begegnete ihm durch einen Gegenschlag, so daß die Waffen zusammenprallten; sein Hammer fuhr nieder und traf Spencers linken Arm, der mit einem Ruf des Schmerzes zurückgezogen wurde.

„Hund!" brüllte der Getroffene, „war's nicht sofort, aber jetzt gleich!"

Er holte mit aller Gewalt aus, sprang vor und schlug zu; der Schmied wich zur Seite, so daß der Hieb fehlging; seine Wucht zog den Rowdy halb nieder, so daß er seinen Rücken bog.

„Jetzt schnell, Vater!" rief der Boy.

Es bedurfte dieser Aufforderung nicht, denn der Schmied

machte mit erhobenem Hammer eine Viertelwendung nach seinem Gegner hin und schmetterte ihn mit einem einzigen Schlag zu Boden. Den Arm sofort zum zweiten Hieb erhebend, stand er da, das Auge auf den auf der Erde liegenden Feind gerichtet, der krampfhaft mit Armen und Beinen zuckte und ein ängstliches, röchelndes Stöhnen hören ließ. Da senkte der Schmied den Arm wieder, lachte kurz und verächtlich und sagte:

„Da liegt der Kerl! Ich könnte ihm den Schädel zerschlagen, tue es aber nicht, weil er sich nicht mehr wehren kann. Er hat schon so genug!"

Ja, Spencer hatte genug! Er war weder betäubt noch gar tot; aber er schien die Macht über seine Glieder verloren zu haben. Er bekam die Fähigkeit zu willkürlichen Bewegungen erst nach einiger Zeit zurück und richtete sich langsam auf, wobei er sich dabei mit dem einen Arm stützte; der andere war unfähig, gebraucht zu werden.

„Verdammt –!" gurgelte er zwischen den Zähnen hervor. Seine Augen waren blutunterlaufen, und sein Gesicht zeigte den Ausdruck eines so tierischen Grimms, wie ihn selbst ein zähnefletschender Coyote kaum hat.

„Ich habe ihm das Schulterblatt zerpocht", meinte der Sieger. „Wenn er nicht daran zugrunde gehen sollte, wird er wenigstens niemals wieder friedliche Menschen vergewaltigen können. Macht mir den Hammer los!"

Er hielt mir die Hand hin, und ich band ihm das schwere Werkzeug ab.

Jetzt stand der Rowdy aufrecht da, doch wankte er hin und her.

Alle Kraft schien aus seinem Körper gewichen zu sein; dafür kam ihm die Sprache zurück und er machte von ihr in Flüchen und Verwünschungen einen solchen Gebrauch, daß Hammerdull ihm den Revolver an den Kopf hielt und drohte:

„Schweigt augenblicklich, sonst jage ich Euch eine Kugel in den Schädel!"

Der Rowdy sah ihm grinsend ins Gesicht, spie vor ihm aus, wandte sich ab und wankte zu seinen Genossen hin, wo er haltlos zusammenknickte. Man band ihn, ohne daß er Widerstand leistete.

„Fiat justitia!'," sagte Treskow. „Er hat, was er verdient, wenn auch nicht den Tod. Was tun wir nun mit ihm? Soll er verbunden werden?"

Er sah dabei Winnetou an. Dieser antwortete:

271

„Der Häuptling der Apatschen berührt diesen Menschen nicht!"

„Von mir hat er auch keine Hilfe zu erwarten", erklärte ich.

„Well! Mag er sehen, wo er einen Arzt für seine Schulter findet!"

Da sahen wir vier Männer vom Wald her geritten kommen, einen jungen und drei ältere; sie hielten auf uns zu. Der Schmied sagte:

„Da kommt mein zweiter Sohn, der fischen gegangen ist, und die anderen sind drei gute Bekannte, die nächsten Nachbarn von mir, was hier freilich etwas weitläufig gemeint ist. Die kommen mir eben recht; denn sie werden, wenn sie morgen von hier fortreiten, mich von diesen Gästen befreien, die sich, ohne mich zu fragen, so ohne alle Förmlichkeit bei mir einluden."

Der Sohn schien einen guten Fang gemacht zu haben, denn er hatte ein mit Fischen gefülltes Netz quer vor sich liegen. Er und seine Begleiter waren erstaunt darüber, gefesselte Menschen hier liegen zu sehen. Der Schmied erzählte ihnen in kurzen Worten, was geschehen war, und teilte ihnen dann auch den Wunsch mit, den er an sie hatte. Es traf sich gut, daß die drei Männer nicht in der Schmiede bleiben, sondern weiter wollten. Sie hatten irgendeinen Rechtshandel vor und wollten nach der Stadt, das heißt, was man dort und damals Stadt zu nennen beliebte. Sie mußten die ganze Nacht durch reiten, um am Morgen hinzukommen, und erboten sich, die Rowdies mitzunehmen, aber nicht etwa nach der Stadt, sondern sich ihrer unterwegs in der Weise zu entledigen, daß in verschiedenen Zwischenräumen einer nach dem anderen freigelassen wurde. Auf diese Weise wurde verhütet, daß sich die Kerls leicht und bald wieder zusammenfinden und etwas gegen die Familie des Schmieds unternehmen konnten. Dessen Söhne sollten, weil die Gefangenen zu Pferde fortgeschafft werden mußten, mitreiten, um dann die ledigen Tiere heimzubringen.

Es gab noch einen sehr bewegten und geräuschvollen Auftritt, als die Taschen der Rowdies geleert und sie selbst auf die Pferde gebunden wurden. Daß sie in dieser Weise und schon heute beseitigt werden konnten, war auch deshalb ein günstiger Umstand, weil zu erwarten war, daß die Tramps, die jedenfalls unserer Fährte folgten, nach der Schmiede kommen würden. Sie sollten die Rowdies nicht finden und etwa gemeinschaftliche Sache mit ihnen machen.

Es waren keine Segenswünsche, die wir von den Gefangenen

hörten, als sie unter Begleitung der fünf Männer den Ort verließen, an dem es ihnen erst so sehr und dann so wenig gefallen hatte. Noch besser freilich wäre es gewesen, wenn ihr eigentlicher Anführer, der „General", nicht das Glück gehabt hätte, uns zu entkommen.

Dieser Mann war für uns so wichtig, daß sich Winnetou aufmachte, nach seiner Spur zu sehen. Es war schon dunkel, als er zurückkehrte.

Er hatte die Überzeugung gewonnen, daß Douglas nicht die Absicht habe, sich in der Nähe der Schmiede herumzutreiben, denn seine Fährte hatte ununterbrochen geradeaus geführt. Er fürchtete uns viel zu sehr, als daß es ihm hätte beikommen können, uns heimlich zu umschleichen, um zu sehen, was wir mit seinen Gefährten wohl beginnen würden. Er gab sie lieber unbedenklich preis, um nur so weit wie möglich von uns fortzukommen.

Winnetou brachte Wundkraut mit, das er auf seinem Ritt gefunden hatte, und das war mir sehr lieb. Ich hatte, solange die Rowdies bei uns waren, mehr auf sie als auf mich selbst geachtet; dann, als Ruhe eintrat, fühlte ich die Schmerzen meiner Wunde und jene mir nur zu bekannte Leere im Kopf und im ganzen Körper, die, wenigstens bei mir, dem Fieber voranzugehen pflegt.

Ich wurde wieder verbunden; das Wundfieber stellte sich aber doch in der Nacht ein; ich schlief viertelstundenlang, um dann immer wieder zu erwachen, und als ich am Morgen vom Weiterreiten sprach, schüttelte Winnetou, der bei mir gewacht hatte, den Kopf und sagte:

„Mein Bruder darf sich nicht zuviel zutrauen. Wir werden bleiben."

„Aber wir haben keine Zeit."

„Wenn es sich um die Gesundheit Old Shatterhands handelt, haben wir immer Zeit! Es ist besser, wir bleiben einen Tag hier und lassen die Kräuter wirken, als daß du später in den Bergen liegenbleibst."

Er hatte recht, und so blieben wir beim Schmied, der uns herzlich gern bei sich behielt.

Seine Söhne kamen mit den Pferden zurück und erzählten, wie die Rowdies sich gesträubt hatten, mitten in der finsteren Nacht so einer nach dem anderen abgesetzt zu werden. Am weitesten hatten sie Toby Spencer fortgeschafft. Ich an ihrer Stelle hätte ihm wohl einen Gefährten zur Pflege gelassen; sie aber hatten nicht die Rücksicht, so menschlich gegen ihn zu sein, zumal sein Verhalten unterwegs nicht so gewesen war, daß es sie zur Milde hätte stimmen können.

Als die Kameraden drin in der Stube beim Mittagessen saßen, das aus Fisch und Wildbret bestand, lag ich vor dem Haus im Gras, denn ich hatte keinen Appetit, und im Freien war es mir wohler als zwischen den engen Wänden. Unsere Pferde standen innerhalb der schon erwähnten Fenz, wo sie reichliches Grünfutter bekommen hatten; sie konnten also von weitem nicht gesehen, wenigstens nicht als die unsrigen erkannt werden. So kam es, daß der Reitertrupp, der jetzt unter den letzten Bäumen des Waldes erschien, keine Veranlassung fand, die Schmiede, vor der ich lag, zu meiden. Es waren die Tramps. Redy und Old Wabble ritten voran, und der einstige Medizinmann folgte mit seiner Squaw hinterher.

Um nicht gesehen zu werden, stand ich nicht auf, sondern kroch in die Schmiede und ging von da in die Stube, um die Ankunft dieser lieben Freunde dort zu melden. Wir hatten dem Schmied von unserem Zusammentreffen mit ihnen erzählt; darum sagte er jetzt:

„Bleibt hier, Gentlemen! Ich gehe allein hinaus. Was werden sie für Gesichter machen, wenn sie erfahren, wer sich bei mir befindet!"

Die Tramps hatten inzwischen das Haus erreicht. Sie riefen nach dem Besitzer und stiegen von den Pferden. Ihre Haltung war dabei nicht sehr anmutig. Dick Hammerdull kicherte in sich hinein.

„Sie fühlen noch die süße Erinnerung an unsere Stöcke. Es wäre ihnen jedenfalls lieber, hier eine Apotheke als eine Schmiede zu finden!"

Old Wabble sah, auch abgesehen von seinem halbversengten Kopf, sehr leidend aus. Er war, außer der Squaw, allein noch nicht abgestiegen und saß matt vorübergebeugt im Sattel; er hatte das Fieber in noch höherem Grad als ich in der vergangenen Nacht. Als der Schmied zu ihnen hinaus kam, wurde er von Redy gefragt:

„Hört, Mann, ist gestern vielleicht ein Trupp von sieben Reitern hier bei Euch vorübergekommen?"

„Ja", antwortete der Gefragte.

„Es waren drei Redmen dabei?" – „Stimmt!"

„Zwei tiefschwarze Rappen unter den Pferden?"

„Auch das ist richtig."

„Ihr habt sie jedenfalls beobachtet und wißt, ob sie es sehr eilig hatten?"

„Nicht eiliger als ihr."

„Gut! Habt Ihr vielleicht ein Mittel gegen Fieber im Haus?"

„Nein. Wir pflegen uns hier mit dem Fieber gar nicht abzugeben."

„Aber Mundvorrat ist bei Euch zu haben?"

„Leider nicht. Ich bin von einer Horde Rowdies vollständig ausgeplündert worden."

„Das macht Ihr uns nicht weis. Wir werden selbst nachsehen, was zu finden ist."

„Das muß ich mir verbitten. Dieses Haus gehört nicht jedem Fremden, sondern mir!"

„Laßt Euch nicht auslachen! Ihr werdet doch nicht denken, daß sich zwanzig Männer vor Euch fürchten! Wir wollen essen, und Ihr habt zu schaffen, was wir brauchen!"

„Ihr seid ja ungeheuer kurz! Wie steht's mit der Bezahlung? Habt ihr Geld?"

„Geld?" lachte Redy. „Wenn Ihr Hiebe haben wollt, die sind da, Geld aber nicht!"

„Hm, daß Hiebe da sind, merke ich; ich sehe sie noch deutlich sitzen!"

„Mann, wie meint Ihr das?"

„Genauso wie ich es sage."

„Ich will wissen, wie Ihr dazu kommt, von Hieben zu reden!"

„Wer hat angefangen, von ihnen zu sprechen? Ich doch wohl nicht, sondern Ihr!"

„Ach so! Ich dachte . . .! Jetzt macht einmal Platz da an der Tür!"

„Der Platz an meiner Tür gehört mir und keinem anderen!"

„Redet kein dummes Zeug! Wir brauchen Fleisch und Mehl und andere Sachen, und Ihr werdet uns nicht verbieten, nach ihnen zu suchen!"

„Well, ganz wie ihr wollt! Verbieten werde ich es euch freilich nicht; ich denke nur, daß ihr euch über das, was ihr findet, wundern werdet!"

„Keine Redensarten; Platz gemacht!"

Der Schmied ließ sich vorwärts schieben; die Tramps drängten sich hinter Redy her.

Unsere Gewehre waren alle nach der Tür gerichtet. Redy sah uns zuerst und erschrak:

„Zurück, zurück!" rief er. „Geht doch zurück, ihr Kerls! Hier in der Stube sind Old Shatterhand und Winnetou und alle anderen!"

Die hinter ihm kamen, sahen uns auch; sie wandten sich schleunigst um. Es gab ein Stoßen, Schieben und Drängen, zurück, wieder zum Haus hinaus; unser Lachen schallte hinter ihnen her.

Draußen sprangen sie auf die Pferde und ritten schleunigst davon, schneller, als sie gekommen waren. Der letzte war wieder der Medizinmann, der das Pferd seiner Squaw am Zügel zog. Der dicke Hammerdull konnte es nicht unterlassen, ihnen durch das Fenster einen ungezielten Schuß nachzusenden; dabei rief er:

„Da machen sie sich fort ohne Fleisch und ohne Mehl! Die Suppe ist ihnen versalzen! Habe ich da nicht recht, Pitt Holbers, altes Coon?"

„Hm, bloß auf eine Suppe hatten sie es gar nicht abgesehen! Die hätten es heute so wie gestern die Rowdies hier gemacht. Es ist ein wahres Glück für den Schmied, daß wir nicht fortgeritten, sondern geblieben sind!"

„Ob für ihn ein Glück oder ein Unglück, das bleibt sich gleich, wenn nur sie kein Glück dabei gehabt haben!"

Winnetou war schnell hinaus und zu den Pferden; eine Minute später sahen wir ihn fortreiten, um den Tramps zu folgen. Ich wußte, warum er das so rasch tat: sie sollten ihn sehen; sie sollten wissen, daß er hinter ihnen war und sie beobachtet. Dadurch nahm er ihnen die Lust, etwa heimlich umzukehren und uns zu belauern. Als er nach vielleicht zwei Stunden wiederkam, konnte er uns versichern, daß sie sich aus dem Staub gemacht und wir wenigstens in der nächsten Zeit nichts Feindliches von ihnen zu erwarten hätten.

Da wir uns nun sicher fühlen konnten und nicht zur gegenseitigen Hilfe beieinander zu bleiben brauchten, gingen Matto Schahko und Apanatschka fort, um „Fleisch zu machen"; sie hatten guten Erfolg. Winnetou blieb daheim, um sich nur mit meiner Wunde zu beschäftigen.

Erwähnen muß ich, daß schon seit dem Morgen das Feuer brannte, denn der Schmied hatte für unsere Pferde zu arbeiten, wobei ihm dann auch seine Söhne halfen. Wir befanden uns nicht mehr auf dem weichen Boden der Prärie und wollten hinauf in die Felsengebirge, wo für die Pferde ein guter Hufbeschlag sehr nötig war. Unsere beiden Rappen bekamen stets, sobald es nötig wurde, die Eisenschuhe angeschraubt, die eine Erfindung des Apatschen waren; sie und das nötige Werkzeug befanden sich in unseren Satteltaschen. Wir hatten uns für den Fall, daß Späher irrezuführen waren, sogar Hufeisen mit Vexierstollen machen lassen, die uns schon oft von Nutzen gewesen waren.

So verging die Zeit bis zum Abend, wo ich wieder das Fieber bekam, doch gelinder als früher und nur für kurze Zeit. Die Nacht durchschlief ich ganz, und auch Winnetou schlief bis früh. Als er dann die Wunde untersucht hatte, sagte er befriedigt:

„Die kräftige Natur meines Bruders und die Wundkräuter haben meine Erwartungen übertroffen. Dein Hatatitla hat einen sanften Gang, und wie du zu reiten verstehst, können wir es wagen aufzubrechen, ohne daß es dir Schaden macht, wenn wir nicht auf ein Gelände gehen, wo der Ritt zu anstrengend wird. Wir werden öfter ausruhen als sonst."

Er nahm einige Nuggets aus seiner verborgenen Gürteltasche, um den Schmied zu bezahlen. Dieser meinte, es sei zu viel, er wollte sich nur seine Arbeit, nicht aber seine Gastfreundlichkeit vergüten lassen; der Apatsche aber nahm nichts zurück. Mit den herzlichen Wünschen der vier braven Menschen versehen, saßen wir auf und ritten fort, dem Gebirge zu.

## Im Bärental

Unser Weg führte von jetzt an stets aufwärts. Am Abend kamen wir jenseits der vorlagernden Sandsteinberge an und befanden uns nun vor den eigentlichen Felsenbergen.

Wir hatten uns nicht sehr darum gekümmert, wohin die Tramps geritten waren. Es galt für uns, so bald wie möglich den Park von San Luis zu erreichen, und wir wußten oder ahnten vielmehr, daß wir Thibaut und die Squaw dort wiedersehen würden; die anderen Personen konnten uns, Old Wabble ausgenommen, gleichgültig sein.

Nun mußten wir den alten Kontinentalpfad verlassen und uns seitwärts wenden. Die Szenerie des Gebirges entfaltete sich um uns in ihrer ganzen eindrucksvollen Herrlichkeit. Wir befanden uns in der Gegend der Taxodien-Wälder und staunten oft über die außerordentliche Höhe der Bäume, obgleich diese noch lange nicht mit den riesigen Sequoias der Sierra Nevada zu vergleichen waren, unter denen es Giganten gibt, die mehr als dreißig Meter im Umfang haben. Im Visalia-Distrikt steht eine Sequoia, die einen Durchmesser von zwölf Meter hat.

Wir ritten jetzt auf einer schräg hinaufziehenden, mehrere englische Meilen breiten Ebene, die wie ein Dach zur Höhe stieg und vollständig von Wald bedeckt war. Das war nicht der in den Wipfeln dicht verschlungene, grün überdachte Urwald des Nordens, sondern die riesigen Koniferen standen einzeln, weit auseinander, sich kaum mit den Wipfelrändern berührend; ihr Streben ging nur in die Höhe, nicht nach Vereinigung. Die Sonnenstrahlen fanden den Weg zwischen sie herein und ließen jenes Dunkel nicht aufkommen, das den nördlichen Wäldern eigen ist. Wir ritten langsam und stetig diese schiefe Ebene hinan, die ich noch nicht kannte. Winnetou aber war schon dagewesen und verkündete uns:

„Jenseits dieser Höhe liegt das Kui-erant-yuaw[1], in dem man zu jeder Zeit den Grizzly trifft. Kein roter Mann schlägt da gern über Nacht sein Lager auf, denn der Graue Bär der Felsenberge mag kein Feuer dulden und greift den Menschen an, ohne erst von ihm belästigt worden zu sein."

„Werden wir da übernachten?" fragte Hammerdull. „Ich hätte gar zu gern einen Grizzly geschossen."

„Nein. Wir sind sieben Personen und müßten der Grizzlys wegen vier Wächter haben; das wäre kein gutes Lager."

„Ob ich den Grizzly im Schlaf oder im Wachen schieße, das bleibt sich gleich, wenn ich ihn nur so treffe, daß er liegenbleibt."

„Hat mein kleiner, dicker Bruder schon einmal ein Wild im Schlaf erlegt?"

„Hunderttausende! Wie oft habe ich geträumt, daß ich Büffel und anderes Viehzeug gleich herdenweise geschossen habe! Nicht wahr, Pitt Holbers, altes Coon."

„Ja", nickte der Lange. „Du hast die Heldentaten alle im Traum zu verrichten, und wenn du dann aufwachst, ist es mit dem Heldentum vorbei."

„Blamiere mich nicht! Ich versuche wenigstens im Schlaf ein tüchtiger Kerl zu sein; du aber bleibst im Wachen und Schlafen das alte, ungeschickte Coon."

„Ungeschickt? Bring mir den größten Grizzly her, den es auf Erden geben kann, so sollst du erfahren, wer geschickter ist, du oder ich!"

Die Art und Weise, in der Winnetou von den Grauen Bären dieses Kui-erant-yuaw gesprochen hatte, fesselte mich. Der Grizzly pflegt ja nicht in Gesellschaften beisammen zu leben;

[1] Bärental

aus den Worten des Apatschen aber war zu entnehmen, daß man da schon mehrere zugleich getroffen hatte. Darum erkundigte ich mich bei ihm:

„Leben die Bären dieses Tals nicht so einsam wie die anderer Gegenden?"

„Kein Grizzly ist gesellig", antwortete er. „Es zieht sich sogar seine Frau von ihm zurück, sobald sie Junge hat, weil er ein liebloser Vater ist und seine Kinder gern verzehrt. Aber wenn mein Bruder dieses Tal zu sehen bekommt, wird er sich nicht darüber wundern, daß die Grauen Bären dort häufiger als irgendwo sonst anzutreffen sind. Sooft die Büffel der Felsenparks sich auf der Wanderung befinden, müssen sie durch das Kui-erant-yuaw ziehen; das lockt die Bären herbei und hält sie fest. Die Gegend ist so abgelegen und zugleich auch so verrufen, daß selten ein Jäger sie aufsucht; es gibt Beeren, die der Grizzly liebt, in großer Menge, und in den wilden Seitenschluchten des Tals kann er wohnen, ohne von seinesgleichen belästigt zu werden. Dennoch kommen, besonders zur Paarungszeit, furchtbare Kämpfe zwischen ihnen vor; denn man hat die Überreste der Besiegten gefunden, denen es anzusehen war, daß sie von keinem Jäger erledigt worden waren. Wenn wir Zeit hätten, würden wir dableiben, um zu jagen."

Ja, wir hatten leider keine Zeit, und dennoch war es uns vorbehalten, länger, als wir jetzt ahnten, in dem verrufenen Tal auszuhalten.

Wie hoch die schräg ansteigende Felsenwand war, die unsere Pferde zu erklimmen hatten, läßt sich daraus ersehen, daß wir über eine Stunde brauchten, um die Höhe zu erreichen. Droben gab es eine langgestreckte, auch bewaldete Hochebene, die von zahlreichen Klüften zerrissen war und sich jenseits steil abwärts senkte.

Unten lag das „Bärental", auf das wir aber des Waldes wegen jetzt noch keine Aussicht hatten. Winnetou leitete uns nach einer der Klüfte, die durch ein rauschendes Gebirgswasser gerissen worden war; sie fiel so schnell in die Tiefe, daß wir abstiegen und die Pferde führten. Erwähnen muß ich, daß der Ritt von der Schmiede bis hierher mich nicht sehr angestrengt hatte; das Fieber wiederholte sich nicht. Schmerzen, und zwar nicht unbedeutende, verursachte mir die Wunde freilich; aber das war kein Grund, etwa anzuhalten oder gar auf dem Faulpelz liegenzubleiben.

Unten angekommen, konnten wir einen Teil des Bärentals überblicken. Es war da, wo wir uns befanden, wenigstens eine englische Meile breit. Auf seiner Sohle floß ein Creek, der von den rechts und links herbeirauschenden Bergwassern gespeist wurde. Zahlreiche von oben herabgestürzte Felsblöcke lagen zerstreut umher und boten mit dem sie umgebenden Strauchwerk den Tieren dieser Wildnis willkommene Verstecke. Zu beiden Seiten gab es Schluchten wie die, in der wir herabgekommen waren. Einzelne breitwipfelige Riesenbäume ragten gen Himmel, und an den Talwänden stieg der mit dornigem Gestrüpp unterholzte Wald zu den Höhen auf. Es konnte gar keinen besseren Aufenthalt für Graue Bären geben, und daß diesen Tieren, falls sich jetzt solche hier befanden, reichlich Nahrung geboten war, das ersahen wir aus den zahlreichen Büffelfährten.

Die eigentliche Zeit der großen Büffelwanderung war noch nicht gekommen, aber die Bisons, die sich während des Sommers auf den hochgelegenen und also kälteren Gebirgswiesen aufgehalten hatten, waren doch schon herniedergestiegen und durch das Tal gekommen. Der Buffalo, besonders in seinen älteren, starken Exemplaren, ist das einzige Tier, das es mit dem Grizzly aufzunehmen wagt. Der Graue Bär erreicht eine Schwere bis zu zehn und der Bison eine solche bis über zwanzig Zentner; was für gewaltige Kämpfe mußte da dieses stille, weit abgelegene Kui-erant-yuaw schon gesehen haben!

Wir durchquerten es, ohne uns um die Büffelspuren zu kümmern, und hielten auf eine Seitenschlucht zu, die, wie Winnetou wußte, jenseits verhältnismäßig bequem zur Höhe führte.

Auch sie hatte einen, allerdings kleinen, schmalen Spring, der sich in zahlreichen dünnen Kaskaden abwärts stürzte und uns den nötigen Raum zum Aufstieg ließ. Wir mochten die halbe Höhe erreicht haben, als der voranreitende Apatsche anhielt und vom Pferd sprang. Er untersuchte den vielfach zerrissenen, oft mit Gras und Moos bedeckten Boden mit ungewöhnlicher Sorgfalt und sagte dann:

„Wenn wir Zeit hätten, könnten wir uns jetzt das Fell eines Grauen Bären holen. Er ist hier von rechts her quer über die Schlucht gewechselt und wird sein Lager wahrscheinlich da links in den Felsen haben."

Wir waren alle auch schnell von den Pferden herunter, um die Spur anzusprechen. Winnetou wies die Gefährten mit den Worten zurück:

„Meine Brüder mögen stehenbleiben, um die Fährte nicht zu verderben! Nur Old Shatterhand mag her zu mir kommen!"

Ich ging hin. Es hatten die scharfen Augen des Apatschen

dazu gehört, sie zu entdecken. Wir beide folgten ihr über den Spring hinüber, wo sie deutlicher wurde. Sie mußte von einem alten, sehr starken „Vater Ephraim" stammen; so nennt der Westmann den Grizzly. Die Spuren der gewaltigen Tatzen waren hier deutlich zu sehen, und als wir ein Stück weitergeklettert waren, zeigten die von den Seiten herankommenden Gänge, daß wir wirklich das Lager des Bären vor uns hatten.

Ich fühlte große Lust, diesem Ephraim einen Besuch abzustatten, und sah Winnetou fragend an. Er schüttelte den Kopf und kletterte zurück. Wir mußten freilich annehmen, keine Zeit zu haben; und uns mit dem schweren Pelz des Bären abzuschleppen, war auch nicht gerade bequem. Als wir drüben wieder ankamen, sah ich die Augen Matto Schahkos und Apanatschkas leuchten; sie sagten aber nichts. Hammerdull indes fragte:

„Liegt einer drüben?"

„Ja", nickte ich.

„*Well*; den holen wir uns!"

„Nein; wir lassen ihn in Ruhe."

„Aber warum? Ein Bärenlager zu finden, ohne das Nest auszunehmen, ist doch fast so, wie eine Bonanza zu entdecken und das Gold liegenzulassen! Ich kann das wirklich nicht begreifen!"

„Wir müssen fort."

„Ja, aber erst dann, wenn wir dem Kerl eins auf den Pelz gebrannt haben!"

„Das ist nicht so leicht und geht nicht so schnell, wie Ihr denkt, lieber Hammerdull. Ihr müßt in Betracht ziehen, daß wir dabei das Leben wagen."

„Ob wir es wagen oder nicht, das bleibt sich gleich, wenn er es uns nur nicht nimmt. Ich schlage also vor, daß wir uns jetzt mit . . ."

„Mein Bruder Hammerdull mag uns folgen, ohne etwas vorzuschlagen", unterbrach ihn Winnetou, während er aufstieg und weiterritt.

„Unbegreiflich!" brummte der Kleine mißmutig und schwang sich auf seine alte Stute. „Haben das Nest so schön vor uns liegen und lassen die Eier drin! Was sagst du dazu, Pitt Holbers, altes Coon?"

„Daß es gefährliche Eier sind, lieber Dick. Lassen wir sie drin!" antwortete der Lange.

„Gefährlich? Möchte wissen! Ein Grizzly ist ein Grizzly, weiter nichts!"

Mir tat es auch leid, dieses „Nest" liegenlassen zu müssen, ohne die Eier, wie er sich ausdrückte, ausnehmen zu dürfen; aber Winnetou hatte recht.

Wenn wir auch nicht gerade das Leben gewagt hätten, so muß man bei einer Begegnung mit dem Grauen Bären auf einen Unfall doch immer gefaßt sein, und ich hatte an meiner Wunde schon genug!

Kurz nachdem wir die jenseitige Höhe erreicht hatten, gelangten wir an den Rand einer jener Lichtungen, die in den Rocky Mountains „Parks" genannt werden. Dieser Park lief wohl zwei englische Meilen lang auf der Höhe hin und war durchschnittlich eine halbe Meile breit. Einzelne schattige Bäume oder Baumgruppen und boskettartig verteiltes Strauchwerk gaben ihm das Aussehen eines künstlich angelegten Geheges. Vom jenseitigen Rand an senkte sich der Wald allmählich wieder in ein breites Tal hinab.

Der Park erstreckte sich genau von Süd nach Nord, und wir befanden uns in seiner nach Südosten gelegenen Ecke, von wo aus wir am südlichen Rand weiterritten, um noch vor Abend in das nächste Tal hinabzukommen und dort haltzumachen. Da sah ich in Nordwest eine Krähenschar, die, von Zeit zu Zeit über dem Wald in die Luft steigend, sich immer wieder niedersenkte, und zwar nicht an einer und derselben Stelle, sondern in fortlaufender Weise. Das mußte mir auffallen. Auch Winnetou hielt den Blick nach jener Gegend gerichtet, um die Krähen zu beobachten. Die anderen wurden gleichfalls aufmerksam, und Matto Schahko sagte: „Uff! Dort kommen Leute aus dem Tal herauf. Die Krähen fliegen von Zeit zu Zeit auf, weil sie von diesen Leuten gestört werden."

„Die Vermutung des Häuptlings der Osagen wird wohl richtig sein", antwortete ich. „Auch ich nehme an, daß dort Menschen kommen, und zwar nicht wenige, weil die Vögel sich vor zwei oder drei Personen nicht so sehr scheuen würden."

„Müssen wir nicht zu erfahren suchen, wer es ist?"

„Eigentlich haben wir keine Zeit dazu. Wenn wir hier verweilen, kommen wir nicht vor Abend in das Tal hinab. Winnetou mag bestimmen, ob das Erscheinen so vieler Leute wichtig genug für uns ist, hierzubleiben und sie zu beobachten."

„Es müssen Indianer sein", erklärte der Apatsche.

„Das ist für uns bedenklich! Was wollen sie auf dieser Seite des Gebirges? Wenn es wirklich Indianer sind, so können sie nur dem Volk der Utahs angehören, deren Paßpfade weiter nördlich liegen."

„Mein Bruder Shatterhand hat recht. Was wollen sie hier? Wir müssen das zu erfahren suchen. Da wir aber nicht wissen, welche Richtung sie nehmen werden, wenn sie diesen Park erreicht haben, so müssen wir in den Wald zurück und da warten, bis sie kommen."

Ich war, ein höchst seltener Fall, diesmal nicht mit Winnetou einverstanden; darum sagte ich in dem höflichen Ton, der unter Freunden erst recht geboten ist:

„Mein Bruder möge es verzeihen, daß ich lieber nicht hier warten möchte!"

„Warum nicht?" fragte er.

„Wenn wir hier warten und sie dann sehen wollen, müssen wir ihnen nachreiten, sobald sie den nördlichen Rand des Parks erreicht haben. Das gibt bis dorthin einen Weg von zwei Meilen. Da sie nicht halten, sondern weiterreiten werden, müssen wir ihrer Spur folgen, was sehr schwer sein wird, weil es inzwischen dunkel geworden ist."

„Mein Bruder hat recht", stimmte er bei.

„Ich möchte sie im Vorbeireiten beobachten!"

„Dazu ist die Zeit zu kurz. Ja, wir beide kämen noch hin, weil wir die besten Pferde haben, aber unsere Gefährten nicht."

„So reiten wir allein, und die Kameraden mögen uns langsam nachkommen. Da wir auf dem offenen Park keine Spuren machen dürfen, haben sie sich längs dieses Waldrands unter den Bäumen zu halten und sich drüben bei der anderen Ecke, auch immer am Rand hin, nordwärts zu wenden. Sie sehen die hohe Baumgruppe, die da oben hoch auf den Wipfeln emporragt; dort mögen sie uns erwarten."

„Winnetou stimmt seinem Bruder bei; sie mögen dort auf uns warten, aber kein Feuer anzünden, durch das sie sich verraten würden!"

Wir trennten uns also von ihnen und jagten unter den Bäumen des Waldrands erst westwärts und dann, als wir die südwestliche Ecke erreicht hatten, nordwärts. Das wurde uns nur dadurch möglich, daß die Bäume nicht dicht beisammenstanden; dennoch mußten wir gut aufpassen, denn es gab hervorragende Wurzeln und maskierte Löcher genug, die uns zu Fall bringen konnten.

Unser jetziger Weg war, da er eine Ecke bildete, fast drei Meilen lang, während es von da aus, wo wir die Krähen über dem Wald gesehen hatten, bis zum Park nur wenig über eine halbe Meile war; aber die Ankömmlinge ritten bergauf, also wahrscheinlich langsam, und wir flogen in schlankem, wenn auch vorsichtigem Galopp dahin, so daß wir hoffen durften, noch vor ihnen an der nordwestlichen Ecke des Parks anzukommen. Bevor wir diese erreicht hatten, hielten wir an, um unsere Pferde zurückzulassen. Wir banden sie an einer geeigneten Stelle an und gingen dann zu Fuß weiter, bis wir an den oberen Rand einer Vertiefung gelangten, die hinunter ins Tal zu führen schien. Dies war jedenfalls der Weg, auf dem die Erwarteten heraufgeritten kamen. Sie waren noch nicht vorüber, denn als wir uns zwischen den Sträuchern so weit wie möglich vorschoben und hinunter in die Vertiefung blickten, war keine Spur, weder eines Menschen noch eines Pferdes, zu sehen.

Erfreut darüber, daß wir noch zur rechten Zeit gekommen waren, lauschten wir gespannt nach unten. Es dauerte nicht lange, so hörten wir die nahenden Schritte eines Pferdes. Sollten wir uns geirrt haben? Sollte es ein einzelner Reiter anstatt einer ganzen Schar sein? Höchst unwahrscheinlich! Jedenfalls ritt einer als Späher voran.

Jetzt erschien er. Wir sahen erst seinen Kopf über das Gesträuch ragen, und dann erblickten wir ihn und sein Pferd in voller Gestalt. Es war ein Utah-Indianer, und zwar ein Häuptling; er hatte zwei Adlerfedern im Haarschopf stecken. Sein Pferd –

Mein Himmel! Sein Pferd! Ja, sah ich denn recht? Das war ja ganz genau, Haar für Haar, das Pferd, das ich damals dem Häuptling der Komantschen aus dem Kaam-kulano entführt und später Old Surehand geschenkt hatte! Winnetou stieß mich an und sagte leise:

„Uff! Dein Komantschenpferd! Das Pferd unseres Bruders Surehand!"

„Ja, es ist's; es ist's ganz gewiß!" antwortete ich ebenso leise.

„Wenn sie ihn gefangen und getötet hätten!"

„Dann wehe ihnen! Kennst du diesen Roten?"

„Ich kenne ihn. Es ist Tusahga Saritsch[1], der Häuptling der Utahs vom Capote-Stamm. Ich habe ihn schon mehrmals gesehen."

„Was für ein Krieger?"

„Nicht tapfer, sondern falsch und voller Hinterlist."

„Wollen warten und seine Krieger sehen!"

Der Häuptling war vorüber. Nun kamen seine Leute, nach

---

[1] Utahsprache: Schwarzer Hund

Indianerart, einer hinter dem anderen. Wir zählten zweiund-fünfzig Mann. In ihrer Mitte ritt auf einem alten Klepper – Old Surehand, an den Händen gefesselt und mit den Füßen an das Pferd gebunden.

Wie war er in die Hände der Utahs gefallen? Er sah leidend, aber keineswegs niedergeschlagen aus. Es war anzunehmen, daß er sich schon einige Tage bei diesen Roten befand, die ihn wahrscheinlich schlecht behandelt und ihm keine Nahrung ge-geben hatten.

Es war jetzt nichts, gar nichts für ihn zu tun. Wir mußten sie vorüberreiten lassen, doch stand fest, daß wir alles zu seiner Befreiung aufzuwenden und zu wagen hatten. Als wir die Schritte ihrer Pferde nicht mehr hörten, krochen wir aus dem Gebüsch, um ihnen vorsichtig zu folgen. Wir mußten erfahren, wo sie ihr Lager aufschlagen würden.

Als sie den Park erreicht hatten, ritten sie an seinem nördli-chen Rand hin, doch gar nicht weit; dann stiegen sie von den Pferden. Wir sahen bald, daß sie an dieser Stelle bleiben woll-ten; darum kehrten wir zu unseren Pferden zurück und ritten nach der hohen Baumgruppe, wohin wir die Gefährten bestellt hatten.

Sie waren schon dort angekommen und warteten auf uns. Es läßt sich denken, welchen Eindruck das, was wir ihnen erzähl-ten, auf sie machte. Es kam jetzt alles darauf an, in welcher Absicht die Utahs hierhergekommen waren, was sie mit Old Surehand vorhatten, und welche Gelegenheit sich uns bot, ihn zu befreien.

Zunächst mußten wir das nächtliche Dunkel abwarten, um die Utahs ungesehen beschleichen zu können. Die Dämmerung war zwar schon nahe, doch mußte es für unser Vorhaben voll-ständig finster sein. Inzwischen sah Winnetou nach meiner Wunde, die er in zufriedenstellendem Zustand fand.

Als dann das erste, tiefe Dunkel des Abends hereingebro-chen war, machten wir uns nach dem Lagerplatz der Utahs auf.

Wir gingen nicht über den offenen Park hinüber, sondern wieder an dessen Rand hin und bogen an der Ecke rechts ab. Nicht lange, so sahen wir mehrere Feuer brennen, deren Rauch wir schon vorher gerochen hatten. Daß sie nicht unter freiem Himmel, sondern unter den Bäumen angezündet waren, konnte uns nur lieb sein, weil uns eben diese Bäume Deckung gaben. Nur die Pferde waren draußen angehobbelt und wurden von zwei Roten bewacht, die gelangweilt auf und ab spazierten.

Wir drangen links in den Wald ein, um von hinten an die

Indianer zu kommen; es gelang uns vortrefflich, denn es gab da hohe, kräftige Farnpflanzen, durch die wir uns fast ganz an sie heranschieben konnten. Freilich gehörte große Geschicklichkeit und viel Zeit dazu; die geringste Berührung an den unteren Teilen der Wedel hatte oben eine sehr auffällige Bewegung zur Folge. Wir vereinfachten das, indem der Apatsche vorankroch und ich ihm folgte; wir trennten uns erst dann, als wir möglichst weit gekommen waren. Auf diese Weise hatten wir uns nicht zwei Wege, sondern nur einen zu bahnen und ersparten die Hälfte der Arbeit, die beim Rückzug vorzunehmen war.

Mit dieser Arbeit meine ich die Vertilgung der Spuren. Die Indsmen durften morgen früh, wenn es hell geworden war, nicht sehen, daß sich jemand in den Farnen befunden hatte. Wie schwer und zeitraubend eine solche Arbeit ist, brauche ich wohl nicht zu sagen. Jede einzelne Pflanze muß, während man sich rückwärts bewegt, gerichtet und der Boden von jedem Eindruck der Hände und Füße gesäubert werden.

Tusahga Saritsch saß, mit dem Rücken an einem Stamm lehnend und uns seine linke Seite zukehrend, an einem Feuer, das seine Füße fast berührte. Jenseits dieses Feuers saß Old Surehand dem Häuptling gegenüber, an einen Baum gebunden; außerdem hatte man ihm Hände und Füße gefesselt. Seine lange, braune Haarmähne hing wirr und ungeordnet herab. Das gab ihm Ähnlichkeit mit Winnetou, noch größere aber – mit Kolma Puschi, dem geheimnisvollen Indianer, eine Ähnlichkeit, die mir jetzt geradezu auffiel.

Wir sahen an den herumliegenden Resten, daß die Utahs gegessen hatten. Wahrscheinlich hatte Old Surehand nichts bekommen. Es war für ihn unmöglich, unsere Gegenwart zu ahnen; er wußte ja nicht, daß ich in Jefferson City gewesen, dort von seinem Vorhaben gehört hatte und ihm nachgeritten war. Ich hätte ihm jetzt wohl ein Zeichen geben können, das er von früher her kannte, war aber so vorsichtig, dies nicht zu tun, da ich die Größe seiner Überraschung in Berechnung ziehen mußte. Er hätte uns durch sie verraten können.

Wir lagen über eine halbe Stunde lang, ohne etwas Wichtiges zu hören. Die Indianer sprachen miteinander, doch nichts, was uns von Nutzen sein konnte. Vom Zweck ihres jetzigen Ritts war kein Wort dabei. Der Häuptling verhielt sich schweigend; er bewegte sich kaum einmal leise; sein Gesicht und seine Gestalt schienen aus Holz geschnitzt zu sein. Nur in seinen Augen war Leben; sie blickten wieder und immer wieder mit dem Ausdruck befriedigten Hasses zu dem Gefangenen hinüber. Dieser saß auch fast unbeweglich, die Augenlider stets niedergeschlagen. Er hatte das Aussehen, als ob er sich in einer so verächtlichen, ihm so gleichgültigen Umgebung befinde, daß es sich gar nicht verlohne, auch nur mit der Wimper zu zukken. Gab es ein bezeichnendes Wort für seine Haltung, so war es nur das eine: Stolz!

Nach der angegebenen Zeit war in der Ferne die Stimme eines Bergwolfs zu hören, worauf eine zweite, dann eine dritte und vierte Stimme antwortete. Das gab dem Häuptling Veranlassung, sein Schweigen zu brechen:

„Hört das Bleichgesicht die Wölfe? Sie streiten sich um die Knochen, die ihnen der Kui-erant[1] von seiner Mahlzeit übriggelassen hat."

Old Surehand antwortete nicht. Der Häuptling der Utahs fuhr fort:

„So werden sie sich morgen abend auch um deine Gebeine streiten!"

Da der Gefangene auch jetzt schwieg, fuhr ihn Tusahga Saritsch zornig an:

„Warum redest du nicht? Weißt du nicht, daß man zu antworten hat, wenn ein berühmter Häuptling den Mund öffnet, eine Frage auszusprechen?"

„Berühmt? *Pshaw!*" ließ sich Old Surehand jetzt verächtlich hören.

„Zweifelst du daran?"

„Ja. Ich habe dich nicht gekannt, bis ich dich sah; ich hatte noch nicht ein einziges Mal deinen Namen gehört. Kannst du da berühmt sein?"

„Ist nur der berühmt, dessen Namen gerade deine Ohren gehört haben?"

„Wer den Westen so kennt wie ich, kennt auch den Namen jedes berühmten Mannes!"

„Uff! Du willst mich beleidigen, nur damit ich dich schnell töte! Das wird aber nicht geschehen. Du sollst dem Grauen Bären gegenüberstehen!"

„Damit du dich dann mit seinem Fell, seinen Ohren, seinen Krallen und seinen Zähnen schmücken und vortäuschen kannst, du habest ihn erlegt!"

„Schweig! Es sind über fünfzig Krieger hier, die wissen werden, daß ich ihn nicht getötet habe. Wie kann ich da so sprechen, wie du sagst?!"

[1] Grauer Bär

„Wer feig ist, ist zu jeder Lüge fähig. Warum schickt ihr mich in das ‚Tal der Bären'? Warum wollt ihr nicht selbst hinunterreiten?"

„Hund! Hast du nicht bei der Beratung gesessen und jedes Wort vernommen, als wir über dich beschlossen haben? Du hast unsere beiden Krieger ermordet, die Vater und Sohn waren, Bärenzahn und Bärentatze genannt. Beide trugen ihren Namen davon, daß sie den mächtigen Grauen Bären des Felsengebirges erlegt hatten; sie waren sehr berühmte Krieger . . ."

„Feiglinge waren sie!" fiel Old Surehand ihm in die Rede. „Feiglinge, die mich rückwärts überfielen! Ich tötete sie, indem ich mich gegen sie wehrte, im offenen, ehrlichen Kampf. Wärt ihr nicht so zahlreich über mich gekommen, fünfzig gegen einen, und wäre ich auf diesen Kampf vorbereitet gewesen und nicht hinterrücks angegriffen worden, so hättet ihr mich anders kennengelernt, als es geschehen ist!"

„Jeder rote Mann kennt die Bleichgesichter; sie sind blutdürstig und räuberisch wie die wilden Tiere und müssen als solche behandelt werden. Wer da glaubt, sie seien eines ehrlichen Kampfes wert, der wird von ihnen ausgelöscht. Du bist ein Bleichgesicht, doch vermute ich, daß du rotes Blut in den Adern hast; das aber sind die Schlimmsten, die es gibt."

Diese Worte des Häuptlings ließen mich wieder an das denken, was Thibaut mir gegen seinen Willen verraten hatte. Old Surehand rotes Blut in den Adern! Er hatte nicht das Äußere und noch viel weniger den Charakter eines Mestizen; aber es hatte mir doch schon oft, wenn ich still und ihn beobachtend bei ihm saß, geschienen, als ob etwas Indianisches an ihm sei; ich hatte nur nicht finden können, worin das eigentlich lag. Nun sprach der Utah diesen Gedanken offen aus, und als ihm hierauf die Augen Old Surehands in tiefer, aber verhaltener Glut entgegenleuchteten, wurde mir ganz klar: das waren Indianeraugen! Der Utah fuhr fort:

„Der Tod von Bärenzahn und Bärentatze muß gerächt werden. Wir können dich nicht mit nach dem Lager unseres Volkes nehmen, um dich dort am Marterpfahl sterben zu lassen, denn das liegt zu fern von hier; darum haben wir einen anderen Tod für dich beschlossen: Du hast die beiden ‚Bären' getötet und sollst nun dafür auch von den Bären getötet werden. Liegt darin etwa eine Feigheit von unserer Seite?"

„Darin nicht, aber in der Weise, in der ihr es ausführen wollt."

„Das ist keine Feigheit, sondern eine Milde gegen dich!"

„*Pshaw!* Ihr getraut euch nicht in das Tal der Bären hinunter!"

„Wahre deine Zunge, Hund! Ist es nicht ein großes Vertrauen, das wir dir erweisen, wenn wir dich zwei Tage lang früh allein fortgehen lassen und deinem Wort glauben, daß du abends wiederkommst?"

„Wie verhält sich dieses Vertrauen zu den Worten, die du vorhin über die Bleichgesichter gesprochen hast? Warum schenkt ihr mir diesen Glauben?"

„Weil wir wissen, daß Old Surehand hält, was er versprochen hat. Er ist in dieser Beziehung ganz wie Old Firehand und Old Shatterhand."

„Kennst du diese beiden weißen Jäger?"

„Ich habe keinen von ihnen gesehen; aber ich weiß, daß sie nie ihr Wort brechen würden. Ganz dasselbe weiß ich auch von dir. Ihr gehört zu den wenigen Bleichgesichtern, denen man Glauben und Vertrauen schenken kann, obgleich ihr wie alle Bleichgesichter doch Feinde der roten Männer seid. Glaubst du etwa, durch deine Reden unser Urteil über dich abändern zu können?"

„Das zu glauben, fällt mir gar nicht ein. Ich kenne euch nur zu genau!"

„Du willst damit sagen, daß auch wir Wort zu halten verstehen. Es bleibt bei dem, was über dich beschlossen worden ist. Wir geben dich morgen früh, sobald es Tag geworden ist, frei, damit du in das Tal der Bären hinabsteigen kannst. Du bekommst dein Messer und dein Gewehr. Am Abend kommst du zurück und darfst am nächsten Morgen wieder gehen, um am Abend abermals hier einzutreffen. Hast du in diesen zwei Tagen vier Bären erlegt und bringst deren Felle, so ist dir das Leben geschenkt."

„Das Leben, aber nicht die Freiheit?"

„Nein. Die Freiheit bekommst du erst dann, wenn du mit uns reitest und eine unserer Töchter zur Squaw nimmst. Wir haben durch dich zwei tapfere Krieger verloren; dafür sollst du ein Krieger unseres Stammes werden, wenn du nicht von den Bären aufgefressen wirst."

„Darauf gehe ich nicht ein; das habe ich euch schon wiederholt gesagt."

„Das wird sich finden. Wir werden dich zu zwingen wissen!"

„*Pshaw!* Old Surehand läßt sich nicht zwingen!"

„Diesmal doch! Du wärst nur dann nicht zu zwingen, wenn du dein Versprechen brächest und nicht wiederkämst. Wir wissen aber, daß das nicht geschehen wird. Du wirst nur dann nicht zu uns zurückkehren, wenn die Tatzen und die Zähne der Bären dich zerrissen haben."

"*Well!* Ich werde nicht zerrissen und komme auf alle Fälle wieder. Hier am Waldesrand hin führt ein Pfad über die langgestreckte Höhe ins Bärental; dort hinab werde ich meinen Weg nehmen und von da auch zurückkehren. Sollte ich aber doch nicht wiederkommen, werdet ihr da nach mir suchen?"

"Nein. Kommst du nicht, so bist du tot und aufgefressen worden.

"Ich könnte aber doch auch nur verwundet sein!"

"Nein. Ein Mensch, der so verwundet ist, daß er nicht gehen kann, muß unbedingt ein Fraß der wilden Tiere werden. Wir suchen also nicht!"

"Sag doch die Wahrheit ehrlich heraus: ihr fürchtet euch vor den Grauen Bären!"

"Schweig! Sind wir nicht über fünfzig Krieger?! Es gibt keinen unter uns, der sich scheuen würde, den Grizzly allein anzugreifen. Woher soll die Furcht kommen, wenn wir so viele sind? Wir warten hier, ob du vier Felle bringst, für Bärenzahn zwei und Bärentatze zwei. Kommst du lebend, ohne sie zu bringen, so wirst du erschossen; kommst du nicht, so bist du tot, und unsere beiden Krieger sind gerächt. So wurde beschlossen, und dabei wird es bleiben. Ich habe gesprochen. Howgh!"

Er machte mit den Händen ein Zeichen, daß er nichts mehr hören wolle, und lehnte sich wieder an den Baum. Wir warteten noch über eine Viertelstunde, und als bis dahin keiner von ihnen den Mund wieder geöffnet hatte, wußten wir, daß nun nichts mehr zu erfahren war, und verließen in der vorhin angegebenen Weise unseren Lauscherposten.

Das Auslöschen unserer Spuren war nur dadurch möglich, daß die Utahs Feuer brennen hatten. Weil wir, tief am Boden liegend, gegen diese Feuer blickten, erhielten wir das nötige Licht, und doch dauerte es wohl eine Stunde lang, bis wir uns sagen konnten, daß am nächsten Morgen nichts mehr von unserer Anwesenheit zu sehen sein werde.

Wir hatten eben das Farngestrüpp verlassen und wollten noch eine Strecke weiter zurückkriechen bis zu einer Stelle, wo wir uns aufrichten konnten, als der Häuptling am Feuer aufstand und seine Befehle für die Nacht erteilte. Wir hörten, daß alle Feuer bis auf eins ausgelöscht werden und die Roten sich um dieses und den Gefangenen in einem Doppelkreis lagern sollten. Außerdem sollten zwei Wachen unausgesetzt um das Lager gehen, weil bei der Nähe des Bärentals möglicherweise ein Grizzly sich hierher verirren könnte.

Diese Vorsicht war allerdings geboten, zumal ein großer Teil der Utahs nur Lanzen, Bogen und Pfeile besaß; uns aber kam sie äußerst ungelegen. Nahmen wir uns vor, Old Surehand heute während der Nacht zu befreien, so wurde dies durch den Doppelkreis außerordentlich erschwert und durch die Posten, wenn wir nicht Blut vergießen wollten, fast vereitelt. Diese waren gewiß aus Angst vor den Bären doppelt aufmerksam, und wenn Winnetou und ich uns auch vorgenommen hätten, sie in unserer gewöhnlichen Weise zu überraschen, so mußten wir uns außerdem sagen, daß die anderen alle nur mit Sorgen, also leise schlafen würden. Die Art, wie ich Apanatschka aus der Hand der Osagen und Kolma Puschi uns aus der Gefangenschaft der Tramps befreit hatte, war hier leider unmöglich anzuwenden.

Während die Utahs die Befehle ihres Häuptlings ausführten, verursachten sie so viel Geräusch, daß wir uns leicht und unbemerkt entfernen konnten. Winnetou ging dann neben mir her, ohne ein Wort zu sagen. Er überlegte; wie ich ihn kannte, würde er nicht zu den Gefährten treten, ohne einen Entschluß gefaßt zu haben.

Ich hatte mich nicht geirrt. Wir waren noch ziemlich weit von ihnen entfernt, da blieb er stehen und sagte in seiner bestimmten Weise: „Mein Bruder Shatterhand ist überzeugt, daß wir heute nichts tun können?"

„Leider ja", antwortete ich.

„Die Überwältigung der Posten würde uns wohl gelingen; aber es sind auch noch zwei bei den Pferden, und die Utahs schlafen leise."

„Es würde dennoch gehen, wenn wir es auf einen Kampf ankommen ließen und dabei unser Leben wagten. Ich bin aber nicht dafür."

„Winnetou auch nicht. Was man ohne Wagnis bekommen kann, das soll man ohne Wagnis nehmen. Wir werden also warten bis morgen früh."

„Da reiten wir in das Bärental zurück?"

„Ja, um mit Old Surehand zu sprechen."

„Welche Überraschung und welche Freude für ihn, wenn er uns sieht!"

„Sein Herz wird voller Wonne sein! Mit uns reiten aber wird er nicht."

„Nein; er hält unbedingt sein Wort."

„Uff! Von einem Grizzly wissen wir, wo er sein Lager hat. Man sagt, es seien im Bärental stets mehrere zu finden. Wenn das wahr wäre!"

„Das ist ein außerordentlicher Gedanke meines roten Bruders!"

„Dann könnte Old Surehand die Felle bringen!"

„Seine Lage würde aber dadurch auch nicht sehr geändert. Er soll in diesem Fall ja nur das Leben, nicht aber die Freiheit geschenkt erhalten."

„Mein Bruder hat recht; wir sind auf alle Fälle gezwungen, ihn zu befreien. Aber wenn er die Felle erbeutet hat, kann er mit uns gehen, sonst nicht. Er hat nicht versprochen, mit zu den Utahs zu gehen und sich dort eine Squaw zu nehmen."

„Gut, suchen wir morgen noch Bärenfährten! Aber da denke ich an unsere eigenen Spuren. Die Utahs werden morgen den ganzen Tag durch den Park schwärmen und den Ort entdekken, wo wir heute lagern."

„Uff! Wir dürfen nicht da liegenbleiben. Wo aber gehen wir hin?"

„Wir müssen den Park und seine Umgebung vermeiden, weil unsere Spuren da unbedingt gefunden werden. Es gibt nur zweierlei: Entweder reiten wir weiter, in das Tal hier hinab, aus dem die Utahs gekommen sind. Das geht nicht, wegen der Dunkelheit, und weil wir morgen früh doch zurück müßten. Oder wir begeben uns wieder in das Bärental hinab, wo wir morgen gleich an Ort und Stelle wären. Es ist das bei der jetzigen Finsternis freilich eine böse Sache, aber wir kennen die Schlucht noch von heute, und wenn wir die Pferde führen und recht langsam gehen, wird es sich vielleicht ermöglichen lassen. Freilich müssen wir dabei bedenken, daß der Grizzly sein Lager so nah an unserem Weg hat."

„Wenn wir beide vorangehen, sind die anderen sicher. Unsere Pferde würden die Nähe des Bären verkünden. Und gegen die Finsternis gibt es ein Mittel. Winnetou hat im oberen Teil der Schlucht einen ganz dürren Tajo-tsi[1] stehen sehen, der uns Fackeln geben wird."

„Schön! Also wieder in das Bärental hinab?"

„Ja. Was den Bären betrifft, so würden wir sein Nahen vor dem Geräusch des Springs nicht hören können, doch werden unsere Augen desto offener sein."

[1] Harzbaum

„Und die Fährte, die wir jetzt über den Park machen? Denn wir können uns nicht wieder an seinem Rand halten, sondern müssen ihn durchqueren!"

„Winnetou wird sie mit seiner Decke auslöschen. Howgh!"

Dieses Howgh besagte, daß wir mit unserer Beratung zu Ende seien, und wir gingen nun zu den Gefährten, um ihnen mitzuteilen, wen wir gesehen und was wir erfahren und beschlossen hatten. Alle, besonders diejenigen, die mit Old Surehand befreundet waren, nämlich Apanatschka, Dick Hammerdull und Pit Holbers, wollten mitwirken, ihn zu befreien. Unser Bericht war ganz kurz gewesen; sie wollten ihn ausführlich haben; Winnetou aber wies sie mit den Worten zurück:

„Meine Brüder mögen warten, bis wir mehr Zeit haben als jetzt. Es gilt vor allen Dingen, unsere Spuren hier an diesem Ort zu vernichten, und das erfordert eine lange Zeit."

Er unterzog sich mit Matto Schahko und Apanatschka dieser schwierigen Arbeit, weil mir das Bücken Schmerzen bereitete; dann stiegen wir auf die Mündung der Schlucht zu, aus der wir heute gekommen waren. Wir ritten in Indianerreihe, und Winnetou machte den letzten, um mit seiner Decke, die er von Zeit zu Zeit über den Boden hin zog, die niedergetretenen Gräser wieder aufzurichten. An der Schlucht angelangt, stiegen wir ab, weil die Pferde nun geführt werden mußten.

Winnetou ging jetzt voran, und ich machte den zweiten; die anderen folgten hinter uns. Des Bären wegen hielten wir die Gewehre schußfertig in den Händen. Oben auf der Höhe des Parks war es der aufgegangenen Sterne wegen etwas heller als vorher; in der tief einschneidenden Schlucht aber herrschte eine solche Finsternis, daß ich Winnetous Pferd kaum sah, obgleich ich so nah hinter dem Tier ging, daß ich seinen Schweif fassen konnte. Hier bewährte sich der unvergleichliche Orts- und Spürsinn des Apatschen wieder einmal glänzend.

Es war trotz unserer an die Dunkelheit gewöhnten Augen ein sehr beschwerlicher Weg, der uns nur dadurch erleichtert wurde, daß wir den Pfad neben dem Spring heute schon einmal begangen hatten; das Plätschern des Wassers konnte uns stellenweise als Führer dienen. Endlich, nach ziemlich langer Zeit, blieb Winnetou vorn halten und sagte:

„Hier steht zu meiner linken Hand der dürre Tajo-tsi. Meine Brüder mögen die Äste befühlen, die viel Harz haben, und sie zu Fackeln abschneiden! Ich werde indessen wegen des Grizzlybären wachsam sein."

Da ich dem Baum am nächsten stand, fand ich zuerst einen

kienreichen Ast und schnitt ihn los. Als ich ihn angezündet hatte, ging das weitere leicht vonstatten. Bald war jeder mit einigen Fackeln versehen, und nun gingen wir weiter, die Zügel über den Arm gehängt, die Leuchte in der einen Hand und das Gewehr in der anderen.

Natürlich brauchten wir abwärts viel mehr Zeit als aufwärts. Es war eine phantastische Szene. Wir kamen an die Stelle, wo Winnetou die Bärenspur entdeckt hatte. Er leuchtete nieder; es waren keine neuen Eindrücke zu sehen. Wahrscheinlich behagte es dem alten Ephraim noch gut in seinem Lager, oder dieses war doch so weit entfernt, daß er uns weder sehen noch hören konnte; wir gelangten in das Tal hinab, ohne von ihm der geringsten Beachtung gewürdigt zu werden. Damit waren aber die Schwierigkeiten noch nicht überwunden, denn es mußte ein geeigneter Lagerplatz für uns gefunden werden.

Die Äste waren verbrannt, und wir befanden uns wieder ohne Leuchten; aber das Tal war ja breit, und so genügte uns der Schein der Sterne, uns zurechtzufinden. Wir konnten annehmen, daß wir die einzigen Menschen hier im Kui-erant-yuaw seien, und durften folglich auf Vorsichtsmaßregeln verzichten, die in der Nähe von Feinden geboten sind. Wir suchten also einen Lagerplatz nicht unter den Bäumen auf der Seite des Tals, sondern unter freiem Himmel in dessen Mitte und fanden endlich eine Stelle, die wir für passend hielten.

Es lagen da mehrere große Felsstücke so beisammen, daß sie zwischen sich einen von drei Seiten eingeschlossenen Platz bildeten, der Raum genug für uns und unsere Pferde bot. Es war also nur die freie, vierte Seite zu bewachen. Die Lücken zwischen den Felsen waren mit Brombeerstauden ausgefüllt, zwischen denen es eine Menge vertrocknetes Gras gab. Da dergleichen Orte von Schlangen aufgesucht zu werden pflegen, steckten wir das Gras in Brand, der sich schnell über das Gedorn verbreitete und uns erlaubte, unseren heutigen Aufenthalt genau zu untersuchen. Es waren wirklich mehrere Schlangen dagewesen; wir sahen sie vor dem Feuer fliehen und erschlugen sie. Jetzt hatten wir ein reines Lager und konnten uns sorglos niederlassen. Zwei mußten wachen. Ich sollte meiner Wunde wegen wieder davon ausgenommen werden, gab dies aber nicht zu und übernahm mit Hammerdull die erste Wache, die zwei Stunden zu dauern hatte.

Wir setzten uns miteinander an die offene Seite der Felsen und legten die Gewehre griffbereit neben uns. Während die Gefährten sich nur kurze Zeit unterhielten und dann einschliefen, erzählte ich dem Dicken, was wir bei den Utahs erlauscht hatten. Dann ging ich nach einem nahen Gebüsch, um dessen junge Zweige den Pferden als Futter zu holen. Darüber verging die Zeit, und als unsere zwei Stunden um waren, weckten wir Apanatschka und Holbers, die nach uns kamen. Die nächste Wache sollte Matto Schahko mit Treskow übernehmen, während die vierte den Apatschen allein traf. Winnetou war mehr als genug, für unsere Sicherheit zu sorgen.

Ich wäre gern eingeschlafen, brachte es aber nicht fertig. Nicht daß ich das Wundfieber wieder gehabt hätte, nein, aber mein Puls ging doch schneller als gewöhnlich; warum, das konnte ich nicht sagen. Es mußte wohl an der Wunde liegen. Die beiden Wächter saßen gerade da, wo ich mit Hammerdull gesessen hatte, und sprachen leise miteinander. Das Knuspern der Pferde an den Zweigen und zuweilen ein Stampfen der Hufe waren die einzigen Geräusche, von denen die nächtliche Stille unterbrochen wurde. Über uns glänzten die Sterne noch heller als vorher; die Felsen und die zwischen ihnen befindlichen Personen und Pferde waren deutlich zu erkennen.

Da sah ich, daß Winnetous Rappe seinen auf das Futter niedergesenkten Kopf mit einer raschen, auffälligen Bewegung in die Höhe hob. Gleich darauf bemerkte ich bei dem meinigen genau dieselbe Bewegung. Beide Pferde ließen ein ängstliches Schnauben hören und stellten sich so, daß ihre Hinterbeine mir zugerichtet waren.

Sie witterten eine Gefahr, und zwar nahte sich diese von daher, wo ich lag. Ein Mensch konnte es nicht sein, denn da wäre das Schnauben der Pferde leiser und warnend und nicht so ängstlich gewesen. Ich horchte.

Ich lag an einer Lücke zwischen den Felsen, die erst mit Dornen ausgefüllt gewesen, seit dem Brand aber offen war; sie hatte glücklicherweise nur eine so geringe Breite, daß man gerade mit dem Arm hindurchlangen konnte. An dieser Lücke begann es jetzt draußen zu kratzen und zu scharren, so laut und kräftig, wie kein Mensch es vermocht hätte, und zugleich war jenes fauchende Schnüffeln zu hören, das ich so gut kannte, daß ich augenblicklich aufsprang, nach dem Bärentöter griff und dem Häuptling der Komantschen leise zuraunte:

„Apanatschka, ein Bär! Aber seid still, ganz still, und kommt näher heran!"

Der feinhörige Winnetou hatte im Schlaf mein Aufspringen bemerkt. Schon stand er neben mir, die Silberbüchse in der Hand.

„Ein Bär am Felsen hinter uns!" unterrichtete ich ihn.

Die anderen schliefen weiter; sie hatten nichts gehört, und wir hielten es für besser, sie nicht zu wecken, da sie vielleicht Lärm gemacht hätten; wenigstens von Treskow war dies zu erwarten.

Apanatschka war mit Holbers zu uns herangekommen; sie hatten die Hähne gespannt. Winnetou gab ihnen die Weisung:

„Ihr dürft nur im Notfall schießen. Für den Grizzly ist das Gewehr Old Shatterhands das beste; er hat also die zwei ersten Schüsse; dann komme erst ich daran. Ihr schießt nur, wenn ich es euch sage!"

Holbers war ein wenig in Aufregung; er fragte:

„Wird er etwa über den Felsen geklettert kommen?"

„Nein", antwortete ich. „Er wird gewiß — ah, da ist er schon! Seid still! Laßt mich machen!"

An der offenen Seite unseres Lagerplatzes kam eine dunkle, schwere Masse langsam um die Ecke getrollt; es war der Bär; er hielt den Kopf schnüffelnd zu Boden gerichtet. Unsere Pferde schnaubten laut vor Angst. Die beiden Rappen drehten sich um, die Hinterhufe zur Verteidigung ihm zugerichtet. Ich durfte noch nicht schießen; die Kugel mußte ihn zwischen den Rippen hindurch ins Herz treffen; dazu war notwendig, daß er sich aufrichtete. Ich tat also einen Sprung auf ihn zu, um ihn auf mich aufmerksam zu machen, wich aber auch rasch wieder zurück, denn der Grizzly ist trotz seiner scheinbaren Plumpheit ein außerordentlich schnelles Tier.

Meine Absicht wurde erreicht: kaum hatte er mich gesehen, so stand er aufrecht da, nicht weiter als sechs Schritt von mir entfernt. Da krachte auch schon mein Schuß. Es war, als ob der Bär einen Schlag von vorn bekäme und hintenüberstürzen wollte; er stürzte aber nicht, sondern wankte hin und her und tat dabei zwei Schritte vorwärts. Da gab ich ihm die zweite Kugel, die ihn niederwarf. Er zog, am Boden liegend, die Pranken an sich, als ob er jemanden umarmen und erdrücken wollte, öffnete die Pranken und blieb dann liegen. Hierbei hatte er keinen Laut, nicht einmal einen Atemzug hören lassen. Der Graue Bär hat keine eigentliche Stimme; der Kampf mit ihm ist meist still, stumm; doch gerade das ist es, was diesen Kampf so „Rückenmark angreifend" macht, wie mein alter Sam Hawkens sich auszudrücken pflegte. Beim Donnergebrüll des Löwen schießt sich's besser!

„Er ist ausgelöscht!" sagte Winnetou. „Die Kugeln gingen ihm beide ins Herz. Doch nähert euch ihm noch nicht! Der

Grizzly hat ein zähes Leben; es kehrt zuweilen auf Augenblicke wieder."

Die Schläfer waren natürlich bei meinem ersten Schuß aufgesprungen. Matto Schahko war still, ganz nach stolzer Indianerart. Treskow, obgleich kein Feigling, hatte sich nach ganz hinten zurückgezogen. Hammerdull drängte sich zwischen den Pferden hindurch bis her zu mir und rief:

„Ein Bär! Alle Teufel, wirklich ein Bär! Und diesen Kerl hab' ich verschlafen. Ich kann doch nur eine Minute weggewesen sein, als er kam! Ich war so müde! Ich bin zornig auf mich; ich bin wütend! Ich könnte mir mit beiden Händen Ohrfeigen geben!"

„Tu das, lieber Dick, tu das gleich!" ermahnte ihn Holbers.

„Schweig, altes Heupferd! Sich selbst zu ohrfeigen, dazu gehört weit mehr Geschick, als du zum Beispiel hast! Nein, daß gerade mir so was begegnen muß! Ich bin außer mir, ganz und gar außer mir!"

So drollig er seinen Ärger ausdrückte, er meinte es doch ernst. Der kleine, dicke Kerl hätte sich gewiß nicht gefürchtet; er wäre sicher auf den Bären losgegangen! Damit ist freilich nicht gesagt, daß er ihn auch glücklich erlegt hätte. Unbedachtsamer Mut kann leicht gefährlich werden. Da Hammerdull dem lebendigen Grizzly nicht hatte entgegentreten können, so ging er jetzt trotz der Warnung des Apatschen zu dem Toten hin, um uns zu zeigen, daß er sich nicht fürchte. Er drehte ihn, allerdings mit großer Kraftaufbietung, auf die andere Seite, zog ihm die Pranke hin und her und sagte:

„Er ist tot, Mesch'schurs, vollständig tot, sonst würde er sich das nicht gefallen lassen. Ich schlage vor, wir ziehen ihm die Handschuhe und die Stiefel samt seinem ganzen Fell vom Leib herunter. Vom Schlafen ist jetzt keine Rede mehr!"

Da hatte er recht. Neben einem frisch erlegten Grizzly würde kein Jäger schlafen können. Wir mußten ein Feuer haben und gingen darum fast alle fort, um dürres Holz zu suchen. Als dieses dann brannte, sahen wir, daß es eine Bärin im Gewicht von etwa sieben Zentnern war, ein ausgezeichnet schönes Tier.

„Sie wird es sein, deren Fährte wir gesehen haben", meinte Treskow.

„Nein", antwortete Winnetou. „Die Spur war bestimmt von einem viel schwereren Tier. Das ist nicht die Squaw des Bären, sondern er selbst. Wir werden ihn uns holen, wenn Surehand gekommen ist."

Nun wurden die Messer gezogen, um der Bärensquaw die

Handschuhe und die Stiefel samt dem Jagdrock auszuziehen. Alle machten sich daran, nur Winnetou und ich nicht; wir sahen zu.

„Uff!" rief der Apatsche nach einer Weile plötzlich; er sprang auf und deutete hinaus ins Freie. „Das Baby steht dort!"

Das Feuer leuchtete weit zwischen die Felsen hinaus, und sein Schein zeigte uns einen jungen Bären, der bei den Büschen stand, von denen ich das Futter für die Pferde geholt hatte. Er hatte die Größe eines mittleren Kalbes, nur daß er dicker war.

„Hurra, das Baby von dieser Lady!" schrie Dick Hammerdull; dabei sprang er schon auf und rannte hinaus, auf den Bären zu.

„Dick, Dick!" rief ich ihm nach. „Faßt ihn nicht; faßt ihn nicht an! Das Tier ist viel gefährlicher, als Ihr denkt!"

„Unsinn, Unsinn! Ich habe ihn schon; ich hab' ihn schon!" schrie er zurück.

Ja, er hatte ihn schon, der Bär aber auch ihn! Erst wollte er ihn nicht loslassen, und dann konnte er es nicht. Wie sie einander gepackt hatten, das sah man nicht; sie wälzten sich im Gras, und dabei brüllte der Dicke:

„*Woe to me! Help, help!* Das Vieh läßt mich nicht los!"

Apanatschka flog, das Messer in der Hand, hinaus und auf die beiden wohlbeleibten Helden zu. Mit der linken Hand zwischen Mensch und Tier hineingreifend, holte er mit der rechten zum tödlichen Stich aus. Er mußte gut getroffen haben, denn wir sahen, daß der Bär liegenblieb, Hammerdull aber sich aufraffte, um ergrimmt zu rufen:

„So eine Bestie! So ein ungebildetes Viehzeug! Wollte es lebendig fangen, und nun richtet es mich auf diese Weise zu! Habe meine ganze Kraft anwenden müssen, um nur seine Zähne von mir fernzuhalten! Dafür aber wird's gebraten und gegessen."

Er brachte das „Baby" an einem Bein herbeigeschleppt. Apanatschkas Messer hatte gut getroffen, genau ins Herz. Hammerdull sah nicht zum besten aus. Sein Anzug war vielfach zerfetzt und sein Gesicht zerkratzt; er blutete an den Händen, und auch von den Beinen liefen die roten Tropfen. Dieser Anblick brachte seinen Busenfreund, den langen Holbers, ganz aus der Fassung. Anstatt in mitleidigen Ausdrücken, machte er sich in zornigen Vorwürfen Luft:

„Was hast du nur gemacht! Wie siehst du jetzt nur aus! Rennt der Kerl von hier fort, um einen Grizzly lebendig zu fangen! Solche Dummheit hat noch nie ein Mensch erlebt! Ist dir deine Haut dazu gewachsen, daß sie dir durch Bärenkrallen verschimpfiert werden soll? Was stehst du da und guckst mich an? Sprich! Rede! Gib Antwort, Menschenkind!"

Hammerdull stand allerdings mit offenem Mund da und starrte seinem Busenfreund verwundert ins Gesicht. So eine lange Rede!

Die Worte waren förmlich aus dem Mund heraus- und übereinander weggeflogen! Das konnte doch unmöglich der stille, ruhige, trockene Pitt Holbers sein! Hammerdull schüttelte den Kopf und antwortete:

„Pitt, alter Pitt, bist du's denn wirklich noch? Ich kenne dich doch gar nicht wieder! Du bist ja auf einmal ein Redner geworden, wie er im besten Buch nicht zu finden ist! Du bist ganz aus- und umgewechselt!"

„Natürlich, Dummkopf! Was denn?! Mußt du mir denn das antun, daß du dich so zerkratzen läßt! Wie siehst du aus! Guck dich nur im Spiegel an! Ach so, es ist keiner da! Mit dir hat man nichts als Kummer, Sorge und Herzeleid!"

„Schimpf nicht so! Wer denkt denn, daß ein solches Hündchen solche Kräfte hat!"

„Hündchen! Ein Grizzly soll ein Hündchen sein! So, wie du hier stehst, kann ich dich nicht länger sehen. So ein zerschundenes Gesicht! Komm, Dick, geh mit zum Wasser! Ich wasch dich ab!"

Er faßte ihn am Arm und zog ihn fort, zum Creek, der gar nicht weit von uns vorüberfloß. Als sie wiederkamen, war der liebe Dick abgespült; die Krallenrisse aber hatten nicht fortgewaschen werden können; auch war sein Anzug dadurch nicht ganz geworden.

„Sieht dieser Mensch nicht wie ein Landstreicher aus?" zürnte Pitt. „Ich bitte Euch, Mr. Shatterhand, mir einen großen Gefallen zu tun!"

„Welchen?"

„Ihr habt Nähzeug dort im Sattelkissen. Bitte, borgt es mir, denn ich muß ihm natürlich seine zerrissenen Siebensachen zusammenflicken!"

„Gern; holt es Euch, Pitt Holbers!"

Er folgte dieser Aufforderung. Dann konnte man sehen, wie einer einfädeln wollte und doch eine Viertelstunde lang das Öhr nicht fand. Hernach machte der liebe Mensch Stiche, so weit auseinander wie die Straßenbäume! Nach dem zweiten Einfädeln hatte er keinen Knoten gemacht und nähte und nähte, ohne vorwärtszukommen, bis ich ihn darauf aufmerksam machte, daß er den Faden immer wieder herauszog. Später belehrte ich ihn noch darüber, daß diese Stelle zu wibbeln, eine andere mit Hinterstichen und eine dritte überwendig zu nähen sei.

Da warf er den Zwirnknäuel zornig fort, schob mir das Bein des Dicken hin und rief, mir die Nadel, die er mir nur reichen wollte, in den Finger stechend:

„Da habt Ihr Eure ganze Flickerei, Sir! Macht's selber, wenn Ihr's besser könnt! Wibbeln! Hinterstiche! Hat man so was gehört! Was gibt es denn wohl noch für Stiche?"

„Kettenstiche, einfache und doppelte Steppstiche, Messer- und auch Säbelstiche."

„Die Messerstiche lasse ich mir gefallen; mit den anderen aber könnt Ihr mir vom Leib bleiben! Flickt den Kerl zusammen! Ich habe das Nähen satt!"

Was war die Folge? Ich saß fast bis zum frühen Morgen da und besserte die Jacke, Hose und Weste des dicken Bärenbabyjägers aus!

Dazwischen wurde Bärenbraten gegessen. Die Tatzen, bekanntlich das beste vom Bären, wurden eingewickelt, um aufgehoben zu werden, denn sie haben erst dann den höchsten Grad von Leckerheit erreicht, wenn die Würmer darin zu „wibbeln" beginnen. Ob das aber jedermanns Geschmack ist?

Als der Tag graute, stiegen Winnetou und ich zu Pferde, um, Matto Schahkos dunkelbraunen Hengst am Zügel führend, talaufwärts zu reiten und die Ankunft Old Surehands zu erwarten. Wir hatten wohl zwei englische Meilen zurückgelegt, als wir links den Taleinschnitt sahen, aus dem er wohl, wie wir gestern erlauscht hatten, kommen mußte. Wir blieben in einiger Entfernung davon bei einem Gesträuch halten, hinter dem wir uns und die Pferde versteckten, doch so, daß er unseren Augen nicht entgehen konnte.

Es gab ja die Möglichkeit, daß sich oben bei den Utahs irgend etwas Unvorhergesehenes ereignet oder der Häuptling seinen Plan geändert hatte; darum waren wir überaus gespannt darauf, ob der Erwartete kommen werde oder nicht. Es verging eine Stunde und mehr; da sahen wir endlich einen Menschen drüben unter den Bäumen gehen. Er kam nicht heraus ins Freie, und so konnten wir nicht deutlich erkennen, wer es war. Ich wagte dennoch laut zu rufen:

„Mr. Surehand! Mr. Surehand!"

Der Mann blieb stehen, aber nur einen Augenblick. Wenn er

es war, so kam er sicher schnell herbei. Als Gefangener der Indianer mußte er ja froh sein, andere Menschen hier zu finden, zumal solche, die ihn kannten. Diese Annahme täuschte mich nicht. Als ich seinen Namen noch einmal, zum drittenmal, rief, kam er eilig unter den Bäumen hervorgesprungen und auf uns zugeschritten. Da wir uns nicht sehen ließen, blieb er auf halbem Weg stehen und rief uns zu:

„Wer ist da im Gebüsch? Wer hat meinen Namen genannt?"

„Ein Freund", antwortete ich.

„Kommt heraus! Im Wilden Westen muß man vorsichtig sein."

„Hier bin ich!"

Bei diesen Worten ließ ich mich von ihm sehen; Winnetou aber blieb noch versteckt, Old Surehand erkannte mich sofort.

„Old Shatterhand! Old Shatterhand!"

Meinen Namen nennend, ließ er vor freudigem Schreck sein Gewehr fallen, kam mit ausgebreiteten Armen auf mich zugerannt und zog, nein, riß mich förmlich an sein Herz.

„Welch eine Freude, welch ein Glück! Mein Freund, Old Shatterhand, mein Retter früher und mein Retter wohl auch jetzt!" Bei jedem Wort schob er mich von sich ab und drückte mich wieder an sich. Seine Augen leuchteten; seine Wangen glühten. Er befand sich in dem Zustand allerglücklichster Aufregung und fuhr fort:

„Wer sollte es für möglich halten, daß Ihr gerade jetzt in den Rocky Mountains seid, gerade hier im Bärental! Wie freue ich mich, wie glücklich bin ich darüber! Habt Ihr einen besonderen Grund zu diesem Ritt?"

„Ja. Ich komme von Jefferson-City."

„Ah! Seid Ihr bei dem Bankier gewesen? Er sagte Euch, daß ich hier herauf bin?"

„Ja."

„Und Ihr seid mir nach?"

„Natürlich! Jefferson-City, Lebruns Weinstube in Topeka, Fenners Farm und so weiter! Ihr seht, daß ich genau unterrichtet bin."

„Gott sei Dank! Gott sei Dank! Nun bin ich gerettet! Ihr ahnt nicht, was ich meine. Ihr müßt wissen, daß ich Gefangener bin!"

„Des Häuptlings Tusahga Saritsch!"

„Wie? Ihr wißt?" fragte er erstaunt.

„Heute und morgen entlassen auf Ehrenwort!" fuhr ich lachend fort.

„Er weiß es wirklich!" rief er aus.

„Um vier Bärenfelle zu holen!"

„Aber — aber, Sir — sagt mir doch, wie Ihr das so wissen könnt!"

„Als Ihr gestern oben im Park bei dem Häuptling am Feuer saßet, haben wir drei Schritte von Euch in den Farnen gesteckt und Euch belauscht!"

„Mein Himmel! Hätte ich das gewußt!"

„Wir haben jedes Wort gehört. Es war unmöglich, Euch schon diese Nacht loszumachen; darum sind wir noch gestern abend trotz der Finsternis wieder in dieses Tal herab, um Euch hier zu erwarten. Wie freuen wir uns darüber, daß Ihr gekommen seid!"

„Ihr sagt ‚wir'! Ihr sprecht nicht von Euch allein! Ist noch jemand da?"

„Ja. Kommt, ihn zu sehen!"

Ich führte ihn hinter die Sträucher. Als er Winnetou erblickte, stieß er einen Jauchzer aus und streckte ihm beide Hände entgegen. Der Apatsche drückte sie ihm in herzlichster Weise und bewillkommnete ihn:

„Winnetou ist froh in seiner Seele, seinen Bruder Old Surehand wiederzusehen. Wir glaubten, ihn erst droben im Park von San Luis erreichen zu können, freuen uns nun aber um so mehr, dem Häuptling der Capote-Utahs zeigen zu dürfen, daß fünfzig von seinen Kriegern nicht genügen, Old Surehand festzuhalten!"

„Ich habe mein Wort gegeben wiederzukommen!" warf Old Surehand vorsichtig ein. „Sie hätten mich anders nicht fortgelassen."

„Wir wissen es. Old Surehand soll sein Wort nicht brechen, sondern zu ihnen zurückkehren. Dann aber werden Old Shatterhand und Winnetou auch zu den Utahs kommen und ihnen ein Wort sagen!"

„Ich muß bis morgen abend vier Grizzlyfelle bringen, sonst ist mein Leben verwirkt. Weiß das der Häuptling der Apatschen auch?"

„Wir wissen es. Old Surehand wird die Felle bringen. Damit dies möglich werde, mag er mir erlauben, mich jetzt einstweilen zu entfernen!"

Er bestieg sein Pferd und ritt davon.

„Wohin reitet er?" fragte Old Surehand.

„Er sucht nach Grizzlyspuren."

„*Well.* Müssen wir hier auf ihn warten?"

„Nein. Wir reiten auch fort. Er wird uns später wiederfinden."

„Ich gehe natürlich von Herzen gern mit Euch, darf aber dabei nicht vergessen, daß meine Zeit sehr kostbar ist."

„Wegen der Bärenfelle?"

„Ja."

„Das hat noch Zeit. Bitte, nehmt diesen Hengst!"

„Ihr habt drei Pferde; Ihr seid nicht allein? Ist noch jemand bei Euch?"

„Ja. Ihr werdet Bekannte finden."

Während Winnetou talaufwärts geritten war, wandten wir uns wieder talab. Old Surehand hatte sein Gewehr von da geholt, wo es ihm vor Überraschung vorhin entfallen war. Er merkte, daß ihn noch eine solche erwartete, und unterließ es darum, Fragen auszusprechen, die ich ihm doch nicht beantwortet hätte. Als wir uns dem Lagerplatz näherten, sah ich Hammerdull in dessen Nähe stehen. Old Surehand bemerkte ihn auch, erkannte ihn und fragte mich:

„Ist das nicht der alte Dick Hammerdull, Mr. Shatterhand?"

„Ja", antwortete ich.

„Da ist höchstwahrscheinlich auch sein zweites Ich, Pitt Holbers, bei Euch?"

„Natürlich! Diese beiden ,Toasts' sind ja unzertrennlich."

„Ah, so ist das die Überraschung, die ich haben sollte! Ich danke Euch!"

Ich ließ ihn bei dieser Meinung. Hammerdull kam uns entgegengelaufen, hielt das Pferd Old Surehands an, reichte ihm die Hand hinauf und rief:

„Welcome, Mr. Surehand, welcome in diesen alten Bergen! Hoffentlich habt Ihr Euren Dick nicht vergessen, seit wir uns nicht sahen!"

„O nein, lieber Hammerdull. Ich habe stets mit Vergnügen an Euch gedacht."

„Ob mit Vergnügen oder ohne Vergnügen, das bleibt sich gleich, wenn nur dabei Pitt Holbers auch in Eurem Herzen lebt!"

„Natürlich lebt er drin!"

„Also wir beide?"

„Gewiß! Er, so lange er ist, und Ihr, so dick Ihr seid. Ist es so richtig?"

„Vollständig richtig! Kommt und seht Euch den alten, guten Kerl mal an!"

Wir ritten vollends bis zum Lager und stiegen da von den

Pferden. Hammerdull führte Old Surehand zwischen die Felsen hinein und rief triumphierend:

„Pitt Holbers, hier hast du ihn, altes Coon! Ich bringe ihn dir gebracht. Gib ihm die Hand; aber fall ihm ja nicht um den Hals; denn von dir kommt man nicht wieder los; deine Arme reichen zweimal um jeden Menschen herum!"

Old Surehand hatte zunächst nur Holbers im Auge; als aber dann sein Blick auch auf Apanatschka fiel, gab ihm das Erstaunen einen Ruck.

„Apanatschka! Mein roter Bruder Apanatschka!" rief er aus. „Das – das – das hätte ich mir nicht gedacht! Nun weiß ich freilich besser als vorhin, Mr. Shatterhand, was für eine Überraschung Ihr meintet! Mein roter Bruder mag mir erlauben, ihn zu umarmen!"

Die Augen des Komantschen strahlten vor Freude. Er öffnete die Arme, ohne ein Wort zu sagen. Sie hatten sich auf ihrem gemeinschaftlichen Ritt nach Fort Terret liebgewonnen und drückten einander an die Herzen. Jetzt wurde auch Treskow begrüßt; dann stellte ich den Häuptling der Osagen vor. Dieser reichte ihm mit gewohnter Würde die Hand, nickte ihm freundlich zu und zeigte auf die beiden Bärenfelle.

„Mein Bruder Old Surehand soll den Utahs vier Häute bringen?"

„Ja", antwortete der Gefragte.

„Hier liegen schon zwei davon. Old Shatterhand hat den großen und Apanatschka den kleinen erlegt."

„Die gelten nichts; ich selbst muß sie töten."

Da fragte ich ihn:

„Hat das der Häuptling der Utahs ausdrücklich von Euch verlangt?"

„Nein, ausdrücklich nicht. Aber er konnte nicht wissen, daß ich solche Helfer hier treffen würde. Er hat jedenfalls angenommen und auch gemeint, daß ich nur Felle von Bären bringen kann, die ich selbst getötet habe."

„Was er im stillen gemeint oder angenommen hat, geht uns nichts an. Ihr habt Euch nach dem zu richten, was gesprochen worden ist."

„Gesagt wurde allerdings bloß, daß ich vier Felle zu bringen habe."

„So bringt sie ihm! Zwei werden sich wohl noch finden, denke ich."

„Dieses kleine wird Tusahga Saritsch vielleicht nicht gelten lassen!"

„Warum?"

„Weil es von einem jungen Bären ist."

„Es ist ein Fell, ein ganzes, ungeteiltes Fell, an dem nichts fehlt, was dazu gehört. Er wird es gelten lassen müssen."

„Und wenn er es doch nicht tut?"

„So werden wir ihn zwingen. Ihr habt ihm vier Bärenfelle zu bringen, und dieses ist eins."

„Ich gebe Euch recht, daß ich mich nur nach dem Wortlaut zu richten habe."

„Und nicht einmal das! Es gibt noch eine andere Anschauung der Sache. Ihr braucht gar keine Pelze zu bringen."

„Hm!"

„Ja; das ist doch leicht einzusehen. Was soll geschehen, wenn Ihr kein Fell bringt?"

„Ich soll erschossen werden."

„So bringt doch keins! Wir werden dafür sorgen, daß man Euch nicht erschießt. Gebt Euch diesen Roten gegenüber nur nicht mit überflüssigen Bedenklichkeiten ab! Was haben sie denn Euch versprochen? Wenn Ihr Euer Leben viermal wagt und vier Grizzlys tötet, erhaltet Ihr nur das Leben, die Freiheit aber nicht. Ist das gerecht?"

„Allerdings nicht!"

„Ihr habt weiter nichts versprochen, als zurückzukehren. Dieses Wort müßt Ihr halten, wie auch ich es halten würde. Mehr verlangen kann man von Euch nicht. Es ist überhaupt jetzt nicht Zeit, uns mit diesen überflüssigen Dingen abzugeben. Ich bin überzeugt, daß es etwas gibt, was viel nötiger für Euch ist."

„Was?"

„Das Essen."

„Da habt Ihr freilich recht", antwortete er lächelnd. „Die Roten haben mich sehr kurz gehalten und mir in drei Tagen keinen Bissen gegeben."

„So eßt Euch zunächst tüchtig satt! Das Weitere wird sich finden."

Er bekam vorgelegt und aß mit einem Appetit, der allerdings auf ein dreitägiges Fasten schließen ließ. Ich hatte ihn dabei absichtlich so gesetzt, daß ich den Gefährten, ohne daß er es hörte, eine Bemerkung zuflüstern konnte, die ich ihnen eigentlich schon hätte machen müssen, ehe ich fortritt, ihn zu holen. Ich sagte ihnen nämlich, daß sie die Worte Tibo-taka, tibo-wete, Wawa-Derrick und Myrtle-wreath ja nicht gegen ihn aussprechen sollten. Ich hatte meine Gründe dazu. Als ich diese Aufforderung auch an Apanatschka richtete, sah er mir mit einem ganz eigentümlichen, träumerisch forschenden Blick ins Gesicht, sagte aber nichts. Ging ihm jetzt vielleicht eine Ahnung dessen auf, was ich ganz allein zu wissen glaubte?

Wir hatten die Pferde freigelassen. Sie grasten am Wasser, und wir lagerten uns draußen vor den Felsen, um sie im Auge zu haben und gegebenenfalls mit unseren Gewehren beschützen zu können. Nun wurde erzählt, persönliche Ergebnisse von den Anwesenden und Ereignisse, die uns alle angingen, aber nichts, was für die Entwicklung der gegenwärtigen Verhältnisse von Bedeutung war, ausgenommen den Bericht Old Surehands, wie er in die Hände der Utahs gefallen war.

Er hatte den ganzen, weiten Ritt allein gemacht und heute vor vier Tagen an einer Quelle gelagert, in deren Umgebung keine Menschenspur zu finden gewesen war. Er hatte sich sicher gefühlt, war eingeschlummert, aber plötzlich von zwei Roten, einem alten und einem jungen, die mit gezückten Messern neben ihm knieten, aufgeweckt worden. Er hatte, sie auf die Seite werfend, sich emporgeschnellt und den Revolver gezogen; sie waren trotzdem wieder mit den Messern auf ihn eingedrungen, und so hatte er, um sich zu retten, sie niederschießen müssen.

Doch im nächsten Augenblick aber war er von fünfzig weiteren Roten umgeben gewesen, die ihn so umdrängten, daß er sich trotz seiner bedeutenden Körperkraft nicht wehren konnte. Der Revolver war ihm entrissen und er selbst dann niedergerungen und gebunden worden. Das Weitere zu erzählen, war nicht notwendig; wir hatten es gestern oben im Lager der Utahs erlauscht.

Während dieser Unterhaltung verging die Zeit. Es wurde Mittag, und kurze Zeit darauf kam der Apatsche geritten. Er sprang vom Pferd und fragte mich:

„Hat unser Bruder Surehand alles erfahren, was er für jetzt wissen muß?"

„Ja, alles", antwortete ich.

„Will er diese zwei Bärenfelle nehmen?"

„Ja."

„Wir werden noch zwei andere holen. Jetzt mögen mich meine Brüder Old Shatterhand und Apanatschka begleiten."

„Wohin?"

„Das Lager des Bären zu finden, dessen Spur wir gestern gesehen haben."

Da fragte Dick Hammerdull schnell:

„Und ich soll nicht mit?"

„Nein. Die Schlucht ist eng, und überflüssige Männer würden nur im Wege sein."

„Dick Hammerdull ist niemals im Weg! Haltet ihr mich für einen unnützigen Kerl oder für einen Feigling, der die Flucht ergreift, sobald er die Nase eines Bären zu sehen bekommt?"

„Nein; aber Dick Hammerdull hat zu viel Mut; er kann uns durch seine übergroße Tapferkeit leicht viel Schaden machen. Das Baby der alten Bärin hat ihm eine sehr gute Lehre gegeben."

„Ob Lehre oder nicht Lehre, das bleibt sich gleich; ich verspreche aber, daß ich sie beherzigen werde!"

Der kleine Kerl bat so eindringlich, daß Winnetou sich zu der Entscheidung erweichen ließ:

„So mag mein dicker Bruder mitgehen; aber wenn er einen Fehler macht oder mir nicht gehorcht, nehme ich ihn nie wieder mit!"

Holbers und Treskow fühlten sich dadurch, daß sie bleiben sollten, nicht beleidigt. Matto Schahko aber fragte mißmutig:

„Glaubt Winnetou, daß der Häuptling der Wasaji ganz plötzlich ein unbrauchbarer Krieger geworden ist?"

„Nein. Weiß Matto Schahko nicht, warum ich ihn hier lasse? Wer schützt unsere Pferde, wenn während unserer Abwesenheit ein Bär erscheint oder vielleicht menschliche Feinde kommen?"

Auf Holbers oder gar Treskow war da allerdings nicht genügend Verlaß. Der Osage fühlte sich gehoben und antwortete in stolzem Ton:

„Den Pferden wird nichts geschehen. Meine Brüder können ohne Sorge sein!"

Wir fünf nahmen also unsere Gewehre und gingen. Nach vielleicht zehn Minuten erreichten wir die Schlucht und drangen in sie ein. Aufwärts steigend, suchten wir jedes Geräusch zu vermeiden, und waren um so vorsichtiger, je höher wir kamen.

Der kleine Dick ging als der zweite gleich hinter Winnetou; er zeigte ein höchst zuversichtliches Gesicht. Wenn es auf dieses Gesicht ankam, so rissen alle grauen, schwarzen, braunen und sonstigen Bären aus!

Bei der gestrigen Stelle angelangt, wurde unser Weg eine Strecke auf- und abwärts sehr genau untersucht. Es war nichts zu sehen; der Bär war nicht herübergewechselt. Nun ging es über den Spring und die felsige Steilung hinauf, Winnetou voran und Hammerdull noch immer als der zweite hinter ihm her.

Wir trafen auf die Gänge, die wir schon gestern gesehen hatten. Diese Gänge vereinigten sich zu einem ausgetretenen Bärenpfad, der um eine scharfe Felsenecke führte. Winnetou umschritt sie nicht sofort. Er schob den Kopf nur so weit vor, daß er mit einem Auge nach jenseits schauen konnte. Er blieb unbeweglich stehen und winkte uns mit zurückgestreckter Hand tiefste Geräuschlosigkeit zu. Ich war überzeugt, er sah den Bären. Als er sich dann wieder zu uns wandte, strahlte sein ganzes Gesicht.

Er nahm Hammerdull bei den Schultern und schob ihn, ohne ein Wort zu sagen, ganz leise, leise, langsam an die Ecke und ließ ihn vorsichtig um diese schauen. Der Kleine zog schon im nächsten Augenblick den Kopf zurück und schob sich rasch an mir und den anderen vorüber, bis er an die letzte Stelle kam. Er war leichenblaß geworden! Nun lugte auch ich um die Kante. Da sah ich freilich, daß es keine Schande für Hammerdull war, blaß geworden zu sein! Zwischen dem Felsen und dichtem Gedorn führte ein hartgetretener Sohlengang nach einer Stelle, wo das Gestein eine massive Hinterwand und ein weit überhängendes Dach bildete. Dort lag, vor Wind und Regen geschützt, auf zusammengescharrter Erde, Gras und Zweiggehäuf der König der Grauen Bären. Ja, diesen Namen verdiente er, denn von dieser Größe hatte ich noch keinen je gesehen. Dieser Vater Ephraim war sicherlich seine vierzig Jahre alt; das bezeugte der Pelz, der beinahe ein noch älteres Aussehen hatte. Dieser Leib, dieser Kopf und diese Glieder! Der stärkste Büffel hätte vor ihm die Flucht ergriffen! Er schlief. Wie mußte dieser Koloß erst aussehen, wenn er sich aufrichtete! Es war gewiß zum Zittern!

Ich trat wieder zurück und ließ auch die anderen sich an der männlichen Schönheit dieses einzigartigen Tieres ergötzen. Dann traten wir zusammen, um zu beraten. Old Surehand und Apanatschka machten ihre Vorschläge; Hammerdull hüllte sich in Schweigen. Winnetou senkte seinen Blick mit jenem unbeschreiblichen Ausdruck, der mir unvergeßlich ist, in meine Augen und fragte mich:

„Hat mein Bruder Shatterhand noch das alte Vertrauen zu mir?"

Ich wußte, was er vorhatte, und nickte.

„Zu mir, zu meiner Hand und meinem Messer?" fragte er wieder. „Will er mir sein Leben anvertrauen?"

„Ja."

„So mögen meine Brüder kommen!"

Er führte uns zurück zu einem dichten Busch. Dort blieb er stehen und sagte:

„Hinter diesem Strauch verstecke ich mich. Old Shatterhand wird mir den Bären bringen und ihn hier vorüberführen. Meine anderen Brüder mögen sich da drüben hinter jenem Stein niederkauern und aufpassen, was dann geschieht! Old Shatterhand und Winnetou sind eins. Beide haben einen Leib, eine Seele und auch ein Leben. Das seinige gehört mir und das meinige ihm. Howgh!"

„Was wollt ihr tun?" fragte Old Surehand besorgt.

„Nichts, was Euch erschrecken könnte", antwortete ich ihm.

„Ich ahne, daß ihr euch in eine große Gefahr begeben wollt!"

„Es ist keine, denn ich kenne meinen Winnetou. Tut also getrost, was er Euch geboten hat, und nehmt meine Gewehre mit!"

„Was? Wie? Ihr wollt Euch wehrlos machen?!"

„Nein. Wehrlos werde ich ganz und gar nicht sein. Geht nur – geht!"

Sie begaben sich nach den Steinen und duckten sich dort nieder. Winnetou nahm sein Messer in die linke Hand und kroch hinter den Busch, so daß er nicht zu sehen war. Er flüsterte mir beruhigend zu:

„Der Wind ist unser Verbündeter, und wenn der Bär mich entdecken sollte, hast du den ersten Stich!"

Mir war gar nicht bange. Eine unbekannte Gefahr kann beunruhigen; sobald man sie aber kennt und vor sich sieht, ist diese Unruhe vorüber. Ich zog mein Messer auch mit der linken Hand und huschte an die Felskante zurück. Als ich um diese blickte, lag der Bär noch genau so wie vorher. Wahrscheinlich hatte er in der Nacht reichlich gefressen und schlief nun um so besser. Ich wußte, daß dies vor seinem Tod der letzte Schlaf sein würde, nahm einen Stein, trat um die Ecke und warf nach ihm.

Er wurde getroffen und hob den Kopf. Die kleinen, giftigen Augen erfaßten mich, und er stand, ohne sich einmal zu dehnen und zu strecken, mit einer Schnelligkeit auf, in der ihn gewiß kein Tiger oder Panther übertroffen hätte. Ich huschte um die Ecke zurück und schritt, den Blick auf sie gerichtet, rückwärts dem Busch zu, hinter dem der Apatsche steckte. Jetzt erschien der Bär, und nun galt es freilich das Leben. Wenn ich strauchelte und stürzte, war ich sicher verloren.

Das Kunststück bestand darin, den Bären an Winnetou vorüberzulocken und ihn dann zum Stehen zu bringen, um dem

Apatschen einen sicheren Stoß zu bieten. Mit jener schwerfällig erscheinenden Leichtigkeit, die außer dem Bären noch dem Elefanten eigen ist, folgte er mir, langsam und überlegend, wie es schien, in Wahrheit aber sehr schnell und entschlossen. Er sah niemand als mich und kam mir immer näher. Das wollte ich. Als ich den Busch erreichte, war er nur noch acht Schritte entfernt.

Ich sprang schneller zurück; jetzt war er am Busch. Noch einen Schritt weiter, und wenn ich ihn nun nicht zum Stehen brachte, war es mit mir aus! Den riesigen Tatzen dieses Ungeheuers konnte kein Geschöpf der Erde widerstehen.

Also entweder – oder! Ich sprang zwei Schritte vor und hob den Arm. Schon war Winnetou hinter dem Busch hervorgetreten und stand mit gezücktem Messer hinter dem Bären. Dieser hielt bei meiner scheinbaren Angriffsbewegung inne und richtete sich auf, kopfhöher noch als ich. In diesem Augenblick stieß der Apatsche zu, nicht hastig, schnell, sondern mit der raschen Bedächtigkeit, die geboten war, wenn er richtig treffen wollte, nämlich zwischen die bekannten Rippen in das Herz. Die Klinge war bis an das Heft hineingefahren; er ließ sie nicht stecken, sondern zog sie schnell wieder heraus, um nicht ohne Waffe zu sein.

Das Ungetüm wankte, als ob es stürzen wollte, drehte sich aber ganz unerwartet im Nu um und streckte die Pranken nach Winnetou aus, der kaum Zeit fand, zurückzuspringen. Jetzt war sein Leben in Gefahr, nicht mehr das meinige. Ich stand sofort hinter dem Bären, holte aus und stach zu, sprang aber augenblicklich, das Messer steckenlassend, wieder zurück. Jetzt gab es kein Biegen und kein Wanken; der alte Ephraim stand unbeweglich still; nicht einmal der Kopf veränderte seine Stellung. Das dauerte zehn, zwanzig, dreißig, vierzig Sekunden; dann brach er, wie von einem unsichtbaren Eisenhammer getroffen, genau auf derselben Stelle zusammen und rührte sich nicht mehr.

„Uff! Das war gut getroffen!" sagte der Apatsche, während er mir die Hand entgegenstreckte. „Der steht nicht wieder auf."

„Ich habe nur nachgeholfen", antwortete ich. „Das Herz dieses Riesen muß in einem zehnfachen Beutel stecken. Es gehörte Kraft dazu, die Klinge hineinzubringen. Fast hätte er dich gehabt!"

Da lag nun die Masse Fleisch, gewiß zehn Zentner schwer! Das Tier verbreitete einen Geruch, der jeden Appetit auf seine Tatzen vergehen ließ. Gewöhnlich riechen die katzenartigen

Raubtiere viel durchdringender als der Bär; dieser machte eine Ausnahme.

Jetzt kamen die Gefährten herbei. Wir streckten den Körper des Grizzlys aus und konnten nun erst seine erschrecklichen Formen anstaunen und daran denken, was aus uns geworden wäre, wenn wir uns auf unsere Klingen nicht hätten verlassen können.

„So hatte ich mir das nicht gedacht", sagte Old Surehand. „Bloß mit dem Messer auf so ein Untier loszugehen, heißt wirklich Gott versuchen. Ich bin kein Schwächling und kein feiger Mensch; das aber würde ich nicht wagen!"

„Mein Bruder irrt", antwortete Winnetou. „Ein gutes Messer und eine sichere Hand sind oft besser als eine nicht ganz genau gezielte Kugel. Nicht jeder Bär ist so stark wie dieser hier!"

Apanatschka sagte nichts; sinnend betrachtete er das tote Ungetüm, und mit einem Blick der Bewunderung zog er mein Messer heraus. Um so lauter war Dick Hammerdull. Er sah die Wunden an und sagte:

„Ganz eng nebeneinander! Wie weiß man eigentlich die Stelle, in die man stechen muß, Mesch'schurs?"

„Das sagt keine bestimmte Regel, sondern nur das Augenmaß", antwortete ich. „Es ist nicht ein Bär so gebaut wie der andere, und auch die Beschaffenheit des Pelzes kann leicht verhängnisvoll werden."

„Hm! Wenn man nun die Rippe trifft?"

„So rutscht man ab und wird dafür wahrscheinlich rasch skalpiert."

„Danke! Da lobe ich mir doch mein Gewehr! Ja, wenn man mit der einen Hand gemächlich nach der Stelle suchen könnte, um dann mit der anderen zuzustoßen! Dann möchte ich es auch versuchen."

„Der Kampf mit einem Grizzly ist kein Schweineschlachten!"

„Das habe ich gesehen! Jetzt aber sagt, was mit diesem lieben Vater Ephraim geschehen soll?"

„Wir nehmen ihm den Pelz und lassen ihn dann liegen."

„Kein Fleisch?"

„Danke! Das würde sich wie Sohlenleder kauen. Wir wollen uns beeilen, denn Winnetou scheint noch weitere Arbeit für uns zu haben!"

„Mein Bruder Shatterhand hat es erraten", nickte der Apatsche.

„Gibt es noch eine Grizzly-Spur?"

„Ja; aber sehr weit von hier, am oberen Ende des Tals."

„Das läßt sich denken. Die Grizzlys können doch nicht so eng beisammenwohnen wie die Biber oder die Präriehunde. Meint mein Bruder Winnetou, daß wir heute vor Nacht noch fertig werden?"

„Ich denke es; die Pferde werden uns ja rasch hinbringen."

„Darf ich da auch wieder mit?" fragte Hammerdull.

„Nein", antwortete ich. „Das geht nicht. Matto Schahko muß berücksichtigt werden. Er würde es als eine Beleidigung auffassen, wenn wir ihn wieder ausschließen wollten. Bedenkt, daß er selbst schon sieben Graue Bären erlegte!"

„Ob Ihr ihn ausschließt oder nicht, das bleibt sich gleich, wenn er nur mit dabei sein darf. Ich trete also gern zurück."

„Gern oder nicht, das bleibt sich gleich, wenn Ihr nur müssen müßt!" ahmte ich ihn nach. „Jetzt lauft einmal zum Lager, um ein Pferd zu holen, damit wir nicht das schwere Fell zu tragen haben!"

Er folgte dieser Weisung. Als er wiederkam, brachte er seine alte Stute und auch noch Pitt Holbers mit. Die Stute ließ er unten am Weg neben dem Spring stehen, während er und Pitt Holbers herauf zu uns auf den Felsen kletterten. Dann sagte Hammerdull:

„Hier ist das Pferd, das Ihr haben wollt, Mr. Shatterhand!"

Wir waren unterdessen fertig mit der Arbeit geworden, auch diesem Bären die Handschuhe, Stiefel und den Rock zu nehmen; darum gebot ich:

„Da, schafft das Fell hinüber zu dem Pferd!"

„Wie? Zu meiner Stute?" fragte Hammerdull schmunzelnd. „Die habe ich nur für mich geholt, nicht aber für das Fell."

„Und wer soll das tragen?"

„Das Pferd, das Ihr verlangt habt, Mr. Shatterhand, nämlich dieses Heupferd, Pitt Holbers, das alte Coon."

Jetzt ging dem guten Pitt erst ein Licht auf, weshalb sein dikker Freund ihn eigentlich mitgenommen hatte. Er fuhr ihn zornig an:

„Was fällt dir ein! Ich denke, ich soll die Ehre haben, der erste von uns sein zu dürfen, der diesen Bären zu sehen bekommt! Statt dessen spielst du schon wieder mit mir Schabernack!"

„Ereifere dich doch nicht so, lieber Pitt! Bist du denn von euch nicht der erste, der den Bären zu sehen bekommt?"

„Aber den Pelz schleppe ich nicht!"

„Gut, so will ich ein Einsehen haben, denn du hast an deiner

Haut genug zu tragen. Also nur hinüber bis zum Pferd. Faß an!"

Während sie sich mit der schweren Haut schleppten, gingen wir anderen rascher fort.

Im Lager angekommen, erklärten wir Matto Schahko, daß er nun mit uns reiten solle; er fand das selbstverständlich. Treskow, Hammerdull, Holbers und Apanatschka sollten bei den Fellen bleiben.

Wir ritten jetzt talauf, an der Stelle vorüber, wo wir die Begegnung mit Old Surehand gehabt hatten. Winnetou hatte uns außer der Entfernung, die wir zurücklegen sollten, keine Andeutung über das Abenteuer gegeben, dem wir entgegengingen. Das Tal war außerordentlich lang und wurde, je höher wir darin aufwärts kamen, um so schmaler. Es begegneten uns zuweilen Büffel, teils einzeln, teils in Familien, aber nicht in größeren Trupps, weil die Zeit der eigentlichen Herbstwanderung noch nicht da war. Diese Tiere waren so wenig menschenscheu, daß sie nicht etwa vor uns flohen, sondern nur zur Seite wichen. Wir schlossen daraus, daß sie während des Sommers von keinem Jäger gestört worden waren. Es gab sogar alte Stiere, die nicht einmal zur Seite gingen, sondern uns verwundert anglotzten und höchstens herausfordernd den großen Kopf mit den starken Hörnern senkten, bis wir vorüber waren. Natürlich regte sich die Jagdlust in uns allen; wir durften ihr aber nicht folgen, weil wir keine Zeit dazu hatten und von den Bären mehr als genug Fleisch besaßen.

Der Westmann tötet eben nie ein Tier, wenn er dessen Fleisch nicht braucht. Auch ist es nicht wahr, daß die Indianer zur Zeit der beiden Büffelwanderungen große, ganz unnötige Metzeleien unter den Bisons angestellt hätten. Der Rote wußte nur zu gut, daß er ohne diese Herden nicht leben konnte, sondern zugrunde gehen mußte, und hütete sich infolgedessen stets, mehr Fleisch zu machen, als er brauchte. Wenn der Buffalo jetzt ausgestorben ist, so trägt nur der Weiße die Schuld daran. Es haben sich da zum Beispiel ganze Gesellschaften von „Sauschützen" zusammengetan und Bahnzüge gemietet, die halten mußten, wo man in der Prärie eine Büffelherde traf. Vom Zug aus wurde dann aus reiner Mordlust unter die Tiere hineingeschossen, bis man die Kracherei satt bekam. Dann fuhr man weiter, um bei der nächsten Herde wieder anzuhalten. Ob die getroffenen Büffel tot oder nur verwundet waren, darnach wurde nicht gefragt. Die angeschossenen Tiere schleppten sich fort, so weit sie konnten, und brachen dann zusammen, um

von den Geiern und Wölfen zerrissen zu werden. So sind Tau·
sende und aber Tausende von Bisons nur aus Blutgier nieder-
gepafft oder todkrank geschossen worden, und Millionen von
Zentnern Fleisch verfaulten, ohne daß ein Mensch den geringsten Nutzen davon hatte. Ich selbst bin nicht selten an Stellen
gekommen, wo solche Metzeleien stattgefunden hatten, und
habe die bleichenden Knochen in großen Haufen beisammen-
liegen sehen. Nicht einmal die Felle und Hörner waren mitgenommen worden.

Beim Anblick solcher Büffelleichenfelder mußte sich das
Herz jedes echten Westmanns umdrehen, und was nun erst die
Indianer dazu sagten, das läßt sich unschwer denken! Sie waren
der Ansicht, daß die Regierung diese niederträchtigen Metzeleien nicht nur dulde, sondern sogar begünstige, um die Aus-
rottung der nun dem Hunger preisgegebenen roten Rasse zu
beschleunigen. Und wenn der Redman sich gegen diese Schie-
ßereien zu wehren versuchte, wurde er ebenso schonungslos
wie die Büffel niedergeknallt.

Wo sind nun die Bisons und wo die stolzen, ritterlichen roten und weißen Jäger hin? Es gibt nicht einen, aber auch nicht
einen einzigen jener Westmänner mehr, von deren Taten und
Erlebnissen an jedem Lagerfeuer erzählt wurde. Ihre Gebeine
sind zerstreut, und wenn jetzt die Hacke oder der Pflug jetzt einen
halb vermoderten Schädel aus der Erde hebt, ist dieser Ort
wahrscheinlich der Schauplatz eines heimtückischen Überfalls
oder eines verzweifelten Kampfes gewesen, bei dem, wie überall hier im blutgetränkten Westen, die erbarmungslose Gewalt
das Recht vernichtete. —

Wir waren eine Stunde, und zwar nicht langsam, geritten
und hatten doch das Ende des Kui-erant-yuaw noch nicht erreicht; da hielt Winnetou sein Pferd endlich an und sagte:

„Nur noch zwei Minuten, so kommen wir an eine Stelle, wo
Winnetou einen niedergeschlagenen Büffel fand. Er war von
einem Grizzly geworfen worden; der Sieger hatte nur wenig
Fleisch gefressen und die Markknochen zerbrochen und ausge-
saugt; das tut nur der Graue Bär. Seine Spur führte nach dem
Rand des Tals und ein Stück den Berg hinauf."

„Hat Winnetou sein Lager dort entdeckt?" erkundigte sich
Old Surehand.

„Nein. Ich wollte nur seine Fährte erkunden, ihn aber nicht
aufstören, damit meine Brüder auch sagen können, sie haben
einen Grizzly erlegt. Ich denke, daß ich da richtig gehandelt
habe!"

314

„Wünscht Old Surehand, daß wir ihm diesen Grizzly überlassen?" – „Ja; ich bitte darum!"

„So soll er ihn haben! Will er sich dazu den Bärentöter Old
Shatterhands leihen?"

„Nein; ich kann mich auf mein Gewehr verlassen."

„Und was tue ich dabei?" fragte der Häuptling der Osagen.

„Soll man von Matto Schahko erzählen, in seiner Gegenwart
seien vier Bären erlegt worden, ohne daß er eine Hand dazu
gerührt habe?"

„Mein roter Bruder wird wohl auch zu tun bekommen", erwiderte Winnetou. „In welcher Weise, das wird sich zeigen,
wenn wir den Grizzly finden. Wir halten in der Nähe an und –
uff, uff!"

Wir waren während des letzten Teils dieses Gesprächs weitergeritten; jetzt hielt Winnetou sein Pferd wieder an und
streckte den Arm aus, um vorwärtszudeuten. Da sahen wir
vielleicht tausend Schritt von uns entfernt einen Grizzly an der
linken Seite des Tals unter den Bäumen hervorkommen und in
gerader Richtung quer über den offenen Plan trollen. Er hielt
den Kopf tief an den Boden gesenkt und sah weder rechts
noch links. Wenn er ihn nur ein wenig nach unserer Seite gerichtet hätte, wären wir unbedingt von ihm bemerkt worden.
Winden konnte er uns freilich nicht, weil die Luft talabwärts
wehte.

„Jetzt, am hellen Tag!" sagte Old Surehand. „Der Kerl muß
Hunger haben!"

„Ja", nickte Winnetou. „Daß er jetzt sein Lager verläßt, ist
ein Zeichen davon, daß er Appetit bekommen hat, aber auch
davon, daß diese Gegend seit langer Zeit von keinem Jäger besucht worden ist."

„Wo liegt der Büffel?" erkundigte ich mich.

„Mein Bruder kann ihn von hier aus nicht sehen, weil das
kleine Gebüsch da vorn dazwischen liegt", antwortete der
Apatsche.

„Daß der Bär ganz gegen seine sonstige Gewohnheit jetzt
kommt, erspart uns Zeit. Wir brauchen ihn nicht zu suchen.
Steigen wir hier ab, und hobbeln wir die Pferde an! Das Gebüsch, von dem Winnetou sprach, erlaubt uns die Annäherung,
ohne daß er es bemerkt."

„Meine Brüder mögen noch einen Augenblick warten; ich
habe ihnen einen Vorschlag zu machen", sagte der Osage, als
wir abstiegen.

„Welchen?" fragte Old Surehand.

„Ich habe nichts dagegen, daß mein Bruder Surehand diesen Grizzly erlegt; aber es mag mir erlaubt sein, mich dabei zu beteiligen!"

„In welcher Weise?"

„Dick Hammerdull erzählte mir, wie Old Shatterhand und Winnetou den ihrigen getötet haben. So will ich diesen Bären gemeinsam mit Old Surehand erlegen."

„Das ist zu gewagt!"

„Nein."

„O doch! Ich bin nicht sicher, ihn mit dem Messer gleich so zu treffen, daß er fallen muß. Ist Matto Schahko vielleicht sicher?"

„Auch ich habe noch keinen Grauen Bären nur mit dem Messer erlegt. Ich meine auch nicht, daß wir die Messer nehmen. Aber kann Old Surehand sich auf sein Gewehr verlassen?"

„Ja."

„So wird es leicht sein, den Bären zu töten. Mein Bruder versteckt sich mit seinem Gewehr, und ich bringe ihm das Tier genauso, wie Old Shatterhand es vorhin getan hat."

„Wenn Matto Schahko das wagen will, habe ich nichts dagegen."

„Es ist kein Wagnis, wenn nur die Kugel dahin trifft, wo sie zu sitzen hat."

„*Pshaw!* Ich werde keinen Fehlschuß tun!"

„Sind Winnetou und Old Shatterhand einverstanden?"

Natürlich waren wir es. Wir hobbelten die Pferde eng und gingen im Gänsemarsch auf das bezeichnete Gebüsch zu. Dort angekommen, sahen wir, vielleicht hundert Schritt von uns entfernt, den Grizzly bei dem Büffel. Er wandte uns den Rücken zu und grub mit den Tatzen im Fleisch, um die Röhren bloßzulegen.

Nächst dem Gehirn ist das Knochenmark für den Grauen Bären der größte Leckerbissen. Ungefähr dreißig Schritt von uns lag ein Felsstück von der Größe, daß ein Mann sich hinter ihm leicht verbergen konnte. Der Osage deutete darauf hin und sagte:

„Mein Bruder Surehand lege sich an diesen Stein; ich gehe zum Bären und hole ihn; das wird so leicht wie ein Spiel der Knaben sein."

Ich war ebensowenig wie Winnetou dieser Meinung Matto Schahkos. Die Entfernung von dem Bären bis zum Felsen war zu groß; aber um den Stolz des Osagen nicht zu verletzen, schwiegen wir. Er ließ sein Gewehr bei uns zurück, legte sich auf die Erde und kroch auf den Felsen zu, diesen als Deckung gegen den Bären nehmend. Old Surehand folgte ihm, selbstverständlich mit dem Gewehr, in derselben Weise. Bei dem Stein angekommen, blieb Old Surehand dort liegen, während der Osage weiterkroch.

Der Bär merkte noch immer nichts von dem, was gegen ihn im Werk war. Wir hörten trotz der weiten Entfernung die Knochen zwischen seinen Zähnen krachen. Matto Schahko schob sich vorwärts, weiter, immer weiter; das war mehr unvorsichtig als mutig.

„Uff!" sagte der Apatsche. „Wir wollen unsere Gewehre bereit halten. Der Häuptling der Osagen weiß den Weg nicht einzuteilen!"

Ich konnte Matto Schahko auch nicht begreifen; er zog die Schnelligkeit eines Grizzlys gar nicht mit in Berechnung. Er durfte sich nur so weit von Old Surehand entfernen, daß er auf dem Rückweg nicht von dem Bären eingeholt werden konnte. Anstatt aber den Grizzly so aufmerksam zu machen, daß er von ihm verfolgt, noch vor ihm bei Old Surehand ankam, kroch er weiter, immer weiter! Da legte Winnetou beide Hände an den Mund und rief:

„Anhalten, Matto Schahko! Anhalten und aufstehen!"

Der Osage hörte es und erhob sich. Der Bär hatte es auch gehört und drehte sich nach der Gegend um, aus der die Stimme kam. Er sah den Indianer und trabte augenblicklich auf ihn zu. Was das zu bedeuten hatte, wird daraus klar, daß der Trab eines Grizzlys gleich dem Galopp eines Pferdes ist. Matto Schahko war ihm auf zwanzig Schritt nahe gekommen, hatte also bis zu Old Surehand fünfzig zurückzulegen; er mußte vor der Zeit von dem Bären eingeholt werden! Dazu kam, daß Old Surehand, wenn er den Petz wirklich nicht nur verwunden, sondern erlegen wollte, nicht eher schießen durfte, als bis dieser sich aufrichtete und dabei die Brust zum Ziel bot. Ich rief ihm also hastig zu:

„Jetzt ja nicht schießen, Mr. Surehand! Ich werde den Osagen beschützen!"

Ich legte meinen Bärentöter an und wartete. Matto Schahko hatte wohl noch nie in seinem Leben solche Sprünge gemacht wie jetzt; es war aber vergeblich; der Grizzly kam ihm rasch näher.

„Matto Schahko, eine Wendung zur Seite machen!" schrie ich ihm zu.

Er und der Bär kamen nämlich in einer geraden Linie auf uns zu; es konnte also niemand auf das Tier schießen, ohne den Menschen zu treffen. Er achtete aber nicht auf meinen Ruf und rannte geradeaus weiter. Da sprang ich hinter dem Busch weit hervor und schrie ihm die Warnung wieder zu; der Bär war nur drei Schritte hinter ihm. Jetzt verstand er mich und bog rasch seitwärts ab; nun hatte ich freies Ziel und der Bär bekam meine Kugel, noch ehe er ihm folgen konnte. Es war natürlich kein Schuß auf den Tod; ich wollte dem Grizzly nur einen Halt gebieten, und das gelang: er ließ den Osagen laufen und blieb stehen.

Den Kopf hin und her bewegend, sah er sein Blut laufen und hob die Tatze nach der Wunde, die meine Kugel unterhalb des Halses geschlagen hatte. Diesen Augenblick ergriff Old Surehand; er richtete sich hinter dem Felsen auf und schritt kühn auf den Bären zu; die Entfernung betrug ungefähr zehn Meter. Der Grizzly sah ihn kommen und richtete sich auf. Old Surehand ging unentwegt weiter und gab ihm die erste und nach einigen Schritten die zweite Kugel in die Brust. Dann warf er das Gewehr weg und zog das Messer. Diese Vorsicht war aber glücklicherweise überflüssig; auch dieser Vater Ephraim hatte genug; er fiel um, wälzte sich einigemal hin und her, zuckte krampfhaft mit den Pranken und ließ dann seine Seele nach den Ewigen Jagdgründen wandern, seinen Leib aber mit dem Fell hier bei uns zurück.

Von dem Warnungsruf Winnetous an bis jetzt war nicht eine Minute vergangen, so schnell hatte sich alles abgespielt. Matto Schahko stand mit tief arbeitender Brust und ohne Atem bei uns.

„Das – das ging mir an das Leben!" keuchte er.

„Warum war mein Bruder so unvorsichtig!" antwortete der Apatsche.

„Unvorsichtig? Ich?"

„Ja! Wer sonst?"

„Du! Winnetou!"

„Uff! Ich soll unvorsichtig gewesen sein?"

„Ja. Hättest du mir nicht vor der Zeit zugerufen, so wäre der Bär auf mich nicht aufmerksam geworden! Das ist doch richtig!"

Winnetou sah ihm einen Augenblick lang lächelnd ins Gesicht, sagte kein Wort und wandte sich dann stolz von ihm ab.

„Er dreht sich um! Habe ich nicht recht?" fragte der Osage nun mich.

„Der Häuptling der Osagen hat unrecht", antwortete ich.

„Old Shatterhand irrt sich! Mußte Winnetou den Bären auf mich aufmerksam machen?"

„Ja. Du krochst doch zu dem Tier hin, damit es aufmerksam werden solle."

„Aber doch nicht so zeitig!"

„Nicht so zeitig? Früher, viel früher hätte es geschehen sollen! Du hättest viel eher aufstehen und den Bären anrufen sollen; dann wäre er dir nicht vor der Zeit nachgekommen, und du hättest Old Surehand auch nicht die Freude verdorben."

„Die Freude habe ich ihm verdorben? Womit?"

„Durch den Schuß, den ich abgeben mußte, um dir das Leben zu retten. Das Tier hat, ehe Old Surehand es erlegte, schon eine Kugel von mir bekommen. Muß ihn das nicht ärgern?"

„Uff, uff! Ja, daran habe ich nicht gedacht."

„So denke nun auch daran, daß du dich bei Winnetou hättest bedanken sollen, anstatt ihm Vorwürfe zu machen! Hätte er dir nicht zugerufen, und wärst du dem Bären noch näher gekommen, so lebtest du wahrscheinlich jetzt nicht mehr."

Jetzt ließ auch ich ihn stehen und ging zu dem Grizzly hin, wo Winnetou und Old Surehand schon damit beschäftigt waren, ihm „den Pelzrock auszuziehen". Dieser Vater Ephraim stand, um mich dieses Ausdrucks zu bedienen, im besten Mannesalter. Wir nahmen seine Tatzen mit und schälten uns auch einen der beiden Hinterschinken heraus. Denn es schien geraten, uns mit möglichst viel Fleisch zu versehen; es war zu erwarten, daß dieses sich oben im kühlen Gebirge bestimmt gut halten würde.

Jetzt hatten wir auch den vierten Pelz und konnten nach dem Lager zurückkehren. Vier Bären im Lauf eines Tages! Das war, obgleich sich ein junger darunter befand, ein höchst seltenes Jagdergebnis, zumal niemand dabei eine Verletzung davongetragen hatte.

Als wir das Lager erreichten, war es schon spät am Nachmittag, und es galt nun, für den Abend unsere Beschlüsse zu fassen.

Old Surehand hatte zwar eine zweitägige Frist bekommen; es fiel uns aber nicht ein, einen Tag unnötig zu verschwenden. Was zu seiner Befreiung geschehen konnte, das mußte heute geschehen; aber was und wie, das waren die wichtigen Fragen.

Old Surehand konnte die Felle unmöglich allein hinauf nach dem Park schleppen; wir mußten sie unseren Pferden zu tragen geben. Aber da, wo er heruntergekommen war, durften wir nicht hinauf, denn da hätten die Utahs uns bemerkt. Wir wählten also zum Aufstieg unsere Schlucht, wo wir den großen, alten Vater Ephraim erlegt hatten. Dadurch kamen wir zunächst, wie gestern, nach der nordwestlichen Seite des Parks. Winnetou schlich voraus, um uns zu warnen, falls einige der Utahs sich in diese Richtung verirrt haben sollten.

Daß Dick Hammerdull den beschwerlichen Aufstieg nicht lautlos unternahm, war selbstverständlich, und so hörte ich folgendes Gespräch:

„Nun werden wir den Roten eins aufspielen. Welches Instrument kannst du denn blasen, alter Pitt?"

„Die längste Posaune von Jericho", antwortete dieser.

„Ja, das stimmt. Alles, was lang ist, kannst du blasen, nur dich selber nicht! Möchte auch die Töne hören, die aus dieser alten Oboe kämen!"

„Zupf an deinen eigenen Saiten, alte Gitarre! Du bist verstimmt!"

„Ob ich verstimmt bin oder nicht, das bleibt sich gleich; heute aber möchte ich mich hören lassen. Drei Riesenbären und ein Baby dazu! Das ist noch nicht dagewesen; so etwas hat es noch nie gegeben!"

„Ja, und alle vier hast du allein erlegt!"

„Spotte nicht! Hast du ihren Tod auf deinem Gewissen?"

„Nein. Ich tu aber auch nicht so dick wie du damit."

„Das glaube ich gern. Wie kann solch ein langes Skelett wie du dick tun? Ich habe übrigens nur die Ereignisse und Ergebnisse der heutigen Weltgeschichte aufgezählt, die ja noch gar nicht abgeschlossen ist. Es kommt nun erst noch der gewaltige Schreck, den wir da oben den Utahs einjagen werden."

„Uff! Die werden sich wohl ganz besonders vor dir entsetzen?"

„Jedenfalls mehr als vor dir! Doch schweig jetzt, wir sind gleich am Ziel!"

Als wir oben ankamen, war es dunkel geworden, daß wir keine Spur entdecken konnten, ob die Utahs ihre Streifereien bis hierher ausgedehnt hatten. Wir kannten den Weg von gestern, und da wir nicht ritten, sondern die Pferde führten, kamen wir ganz leidlich bis zu der hohen Baumgruppe, bei der die Kameraden gestern auf Winnetou und mich, während wir die Utahs belauschten, gewartet hatten.

Hier mußten wir die Pferde lassen, durch die wir leicht hätten verraten werden können, wenn wir sie näher zu den Utahs mitgenommen hätten. Die Felle tragend, gingen wir dann so nah bis zum Lagerfeuer der Roten heran, wie dies ohne allzu große Gefahr, entdeckt zu werden, möglich war, und legten dort die Häute nieder.

Jetzt galt es zuletzt, uns ebenso unbemerkt näher zu schleichen. Um uns das zu erleichtern, mußte ihre Aufmerksamkeit von uns abgelenkt werden, und dies konnte am sichersten durch Old Surehand geschehen. Wenn er am Lager ankam, waren jedenfalls aller Augen und Ohren auf ihn gerichtet, und so bekam er die Weisung, sich ungefähr zehn Minuten nach unserer Entfernung bei den Feuern sehen zu lassen.

Wir drangen also, einer hinter dem anderen und uns an den Händen führend, in den Wald ein. Die Feuer zu unserer Linken erleichterten uns das Vorwärtskommen. Dennoch war die angegebene Zeit schon fast vorüber, als wir hinter den Roten unter den Bäumen kauerten.

Wir hatten uns ihnen noch viel mehr zu nähern, und um das tun zu können, mußten wir auf die Ankunft Old Surehands warten.

Da ertönten laute, verwunderte Rufe. Er war gekommen, und nun schoben wir uns, am Boden kriechend, in das schon früher erwähnte Farngestrüpp hinein. Heute war dabei die gestrige große Vorsicht nicht nötig, weil kein Mensch nach dieser Seite blickte.

Das Aufsehen, das die Rückkehr Old Surehands erregt hatte, war noch nicht vorüber, als wir es uns in den Farnen schon so bequem wie möglich gemacht hatten. Bemerken muß ich, daß der Häuptling Tusahga Saritsch genau an demselben Platz wie gestern saß, doch heute allein. Er war der einzige, der nicht aufgestanden war; die anderen alle umdrängten Old Surehand und riefen ihm ihre Fragen zu, von denen er, still um sich sehend, keine beantwortete.

Erst als er glaubte annehmen zu dürfen, daß wir die von uns beabsichtigten Plätze eingenommen hatten, sagte er mit lauter Stimme:

„Die Krieger der Utahs umdrängen mich mit Fragen, ohne zu bedenken, daß nur ihr Häuptling es ist, dem ich Rede stehen werde!"

„Uff! Das Bleichgesicht hat recht", stimmte Tusahga Saritsch bei. „Old Surehand mag kommen und sich zu mir setzen!"

Der Genannte folgte dieser Aufforderung, ohne vorher entwaffnet und gebunden zu werden; die Utahs glaubten, seiner auf alle Fälle sicher zu sein.

„Old Surehand mag sagen, ob er unten im Tal der Bären gewesen ist!"

Der Jäger antwortete auf diese Frage des Häuptlings:

„Ich war unten."

„Hast du die Spuren des Grizzlys gesehen?"

„Sogar mehrerer Grizzlys!"

„Auch die Bären selber?"

„Ja."

„Doch ohne mit ihnen zu kämpfen?"

„Ich kenne keinen Grizzly, der nicht sein Leben lassen mußte, nachdem er sich unvorsichtig von mir hat sehen lassen!"

„Du bist aber nicht verwundet!"

„Ich habe noch nie einem Bären erlaubt, mich zu berühren. Wozu habe ich mein Gewehr?"

„So bist du Sieger gewesen?"

„Ja."

„Aber ich sehe kein Fell!"

„Fell? Du sprichst nur von einem! Hast du vergessen, was mir aufgetragen worden ist? Habe ich nicht vier Felle bringen sollen?"

„Uff! Du redest sehr stolz! Hast du denn die vier Felle?"

„Ich habe sie."

„Das ist nicht wahr; das ist nicht möglich; das kann man nicht glauben!"

„Was Old Surehand sagt, ist immer wahr!"

„Wie hättest du die Felle tragen können! Vier Felle von Grauen Bären sind so schwer, daß kein einzelner Mann sie schleppen kann!"

„Die Söhne der Utahs scheinen sehr schwache Leute zu sein. Schicke vier Krieger vierzig Schritte weit hier am Rand des Waldes hin; sie mögen bringen, was sie dort finden werden!"

„Uff, uff! Ich habe dir zwei Tage Zeit gegeben, heute und morgen. Wenn du glaubst, scherzen zu können, strafe ich dich dadurch, daß ich aus den zwei Tagen nur einen mache; du mußt also heute noch sterben!"

„Mach nicht so viele Worte, sondern sende hin!"

„Uff! Das Bleichgesicht muß während dieses Tages wahnsinnig geworden sein!"

Auf einen Wink eilten vier Männer fort. Er und die anderen warteten mit größter Spannung; keiner sprach ein Wort. Da erklangen laute Ausrufe der Verwunderung, ein sicheres Zeichen, daß die Roten ihren Weg nicht umsonst gemacht hatten.

Die Utahs, die sich vorhin alle niedergesetzt hatten, sprangen jetzt abermals auf und blickten erwartungsvoll nach der Gegend hin, aus der ihre vier Kameraden kommen mußten. Sie kamen, und jeder von ihnen brachte ein Grizzlyfell geschleppt, das er am Feuer niederlegte.

Die Felle wurden hin und her gezerrt und sehr eingehend betrachtet. Die größte Bewunderung erregte der Pelz des alten Vater Ephraim, den wir in der Schlucht erlegt hatten. Man suchte vergeblich nach dem Kugelloch, und als man schließlich die zwei hart aneinander liegenden Stiche sah und zur Erkenntnis kam, daß er nicht erschossen, sondern erstochen worden war, legte sich der vielstimmige Lärm, und es trat eine um so auffälligere Stille ein, während der aller Augen groß und staunend auf den weißen Jäger gerichtet waren.

Bei den Indianern gilt die Erlegung eines Grauen Bären als größte Heldentat. Wer einen Grizzly ohne Hilfe anderer getötet hat, wird bis an seinen Tod und noch darüber hinaus gefeiert und hat nach dem Häuptling die erste Stimme in der Versammlung der alten Krieger, mag er auch noch so jung sein. Da die Capote-Utahs sich nicht durch hervorragend kriegerische Eigenschaften auszeichnen, mußte der Sieg über einen Grizzly bei ihnen noch viel höher geschätzt werden als bei anderen, durch größere Tapferkeit berühmten Stämmen. Und nun lagen gar vier Felle hier anstatt eines einzelnen! Und unter diesen gab es die Haut eines wahrhaft riesigen Tieres, das mit dem Messer erlegt worden war! Kein einziger der Capote-Utahs hätte gewagt, mit dem bloßen Messer auf einen viel, viel kleineren Grauen Bären loszugehen! Daher die plötzlich eingetretene Stille, während der alle dreiundfünfzig Augenpaare auf Old Surehand gerichtet waren.

Dieser tat, als sehe er das gar nicht, zog ein Stück gebratenes Fleisch aus der Tasche und begann, es zu verzehren. Da fragte der Häuptling:

„Ist dieses Fleisch von einem dieser Bären?"

„Ja", antwortete der Gefragte.

„Zum Braten muß man Feuer haben! Wir haben alle Taschen Old Surehands leer gemacht; er hat weder Punks[1] noch etwas anderes, womit man ein Feuer anzünden kann!"

„Das ist richtig!"

„Und doch hat er ein Feuer gehabt? Wie hat er es anbrennen können?"

[1] Präriefeuerzeug

Tusahga Saritsch war mißtrauisch geworden. Old Surehand antwortete:

„Die roten Männer kennen nicht die Wissenschaften der Bleichgesichter. Der Weiße braucht weder Punks noch Hölzer mit Schwefel. Hat Tusahga Saritsch noch nicht gehört, daß man mit Stahl und Stein Feuer machen kann?"

„Das weiß ich."

„Nun, Stahl ist meine Messerklinge, und Feuerstein habe ich unten bei den Felsen gefunden. Zunder steckt in jedem hohlen Baum genug."

„Uff! Das ist wahr! Schon dachte ich, Old Surehand habe andere Leute gefunden, Bleichgesichter, die ihm Feuer gegeben haben. Wie hast du es eigentlich angefangen, vier Bären zu finden?"

„Ich habe Augen!"

„Und sie zu erlegen?"

„Ich habe ein Gewehr und ein Messer!"

„Und die schweren Felle hier heraufzutragen?"

„Ich habe Schultern und Arme!"

„Aber kein Mensch kann diese vier schweren Felle tragen."

„Auf einmal nicht. Wer hat denn behauptet, daß ich das getan habe? Kann ich sie nicht einzeln heraufschaffen?"

„Uff! Das ist wahr. Wir werden sehen, ob du morgen noch einen Bären erlegst!"

„Noch einen? Wer verlangt das?"

„Ich. Es ist ein sehr kleiner dabei; der gilt nichts!"

„Desto größer ist der alte Grizzly gewesen."

„Das gilt nichts, daß er größer ist. Bär ist Bär!"

„Da bin ich einverstanden. Bär ist Bär; auch der kleine war ein Bär und hat also als Bär zu gelten. Ich habe vier Felle gebracht!"

„Darüber habe ich allein zu bestimmen, nicht aber du! Schweig also!"

Mit diesen Worten leitete er, ohne es zu ahnen, eine Entscheidung ein, die ihn noch mehr in Aufregung bringen mußte, als der Anblick der Bärenfelle. Old Surehand antwortete ihm im ruhigsten Ton:

„Meinst du wirklich, Old Surehand sei der Mann, dem du Schweigen gebieten darfst, wenn er sprechen will? Ich rede, wenn ich will, und ich tue, was ich will. Du hast mir nichts zu befehlen!"

„Nicht? Bist du nicht mein Gefangener?"

„Nein!"

„Uff! Du denkst, weil du dein Gewehr und dein Messer noch hast!" – „*Pshaw!*"

„Daß ich dir beides noch nicht habe nehmen lassen, muß dir sagen, wie fest wir dich in den Händen haben. Ich werde dich wieder binden lassen."

„Das wirst du nicht tun! Ich habe getan, was du von mir gefordert hast, und bin nun frei!"

„Noch lange nicht! Dieser kleine Bär gilt nichts. Und wenn ich ihn gelten lassen wollte, hättest du doch nur dein Leben gerettet! Willst du mit uns ziehen und dir eine Squaw bei uns nehmen?"

„Nein!"

„So bleibst du gefangen!"

„Es wundert mich, daß du in dieser Weise mit mir zu sprechen wagst. Wer furchtlos in das Kui-erant-yuaw hinabgestiegen ist und vier Bärenfelle mitgebracht hat, fürchtet sich vor keinem roten Mann! Ich habe mir auch die Freiheit mit aus dem Tal heraufgeholt."

„Sprich deutlicher, wenn mein Ohr deine Worte verstehen soll."

„Gut, ich will deutlich sprechen! Ich gebe euch die Wahl, Old Surehand entweder als Freund oder als Feind zu haben. Gib mir die Freiheit!"

„Ich verweigere sie! Poche nicht auf dein Messer und auf dein Gewehr! Es ist nicht die Zauberflinte Old Shatterhands, der immerfort schießen kann, ohne laden zu müssen, und gegen den darum fünfzig und hundert Krieger nicht aufkommen können."

„So glaubst du also, daß dieses Gewehr euren Waffen überlegen ist?"

„Ich glaube es, und jeder Krieger muß es glauben."

„Hast du dieses Gewehr einmal gesehen?"

„Nein."

„So wende den Kopf nach deiner linken Seite!"

Wir hatten Old Surehand keine besonderen Verhaltungsmaßregeln erteilt und mit ihm nicht verabredet, was er tun und sprechen solle. Sein und unser Verhalten mußte sich aus dem Lauf der Ereignisse ergeben. Winnetou und ich ließen uns seine an den Häuptling gestellte Aufforderung als Stichwort dienen und richteten uns empor. Während ich den Stutzen auf Tusahga Saritsch anlegte, trat Winnetou furchtlos, als ob er sich bei den besten Freunden befinde, zu ihm hin, hielt ihm sein silberbeschlagenes Gewehr vor das Gesicht und fragte:

„Du wirst mir sagen können, was das für eine Büchse ist. Wie nennt man sie?"

Jetzt zeigte es sich wieder einmal, welchen Eindruck die herrliche Erscheinung und das stolze, selbstbewußte Auftreten des Apatschen hervorzubringen pflegte. Aller Augen waren auf ihn gerichtet.

Niemand wagte es, nach den Waffen zu greifen. So überrascht, ja erschrocken die Utahs über unser plötzliches Erscheinen waren, sie versäumten es ganz, dem Ausdruck zu verleihen. Auch ihr Häuptling vergaß, vom Boden aufzuspringen.

Die Augen auf das Gewehr gerichtet, antwortete er beinahe stotternd:

„Das – das – uff – das ist die Silberbüchse Winnetous!"

„Ja, ich bin Winnetou, der Häuptling der Apatschen. Und da steht mein weißer Bruder Old Shatterhand mit seinem Zaubergewehr, und hinter ihm erblickst du noch mehrere Häuptlinge roter Stämme und tapfere Krieger der Bleichgesichter, die ihre Gewehre alle auf euch richten. Sag deinen Kriegern, daß sie ja keine Hand und keinen Fuß bewegen sollen; denn wer es wagt, dies zu tun, der bekommt augenblicklich eine Kugel in den Kopf!"

Es war für uns eine wahre Wonne, die Wirkung dieser Worte zu beobachten.

Kein einziger Indianer machte die geringste Bewegung; sie standen wie die Bildsäulen. Ihr Häuptling betrachtete mich mit angstvollen Augen und antwortete dem Apatschen in bittendem Ton:

„Ich sehe, daß du Winnetou bist, und glaube auch, daß das Bleichgesicht dort Old Shatterhand ist. Ich mag sein Zaubergewehr nicht auf mich gerichtet haben. Sag ihm, er möge es senken!"

Da entgegnete Winnetou:

„Der Häuptling der Capote-Utahs scheint nicht einzusehen, wie es mit ihm steht. Was sind das für Riemen, die ich hier zu den Füßen meines Bruders Surehand liegen sehe?"

„Es sind die, mit denen ich bis heute früh gefesselt war", antwortete der Genannte.

„Heb sie auf und binde damit Tusahga Saritsch die Arme und die Füße!"

Der Häuptling wollte aufspringen; da ließ ich den noch unaufgezogenen Hahn knacken.

„Halt! Still!" warnte ihn Winnetou. „Noch eine solche Bewegung, so trifft dich die Kugel! Hört, alle ihr Männer vom

Stamm der Utahs: von den Worten, die ich euch jetzt sage, geht kein Laut und keine Silbe ab. Ihr seid unsere Gefangenen, legt eure Waffen ab und laßt euch von uns binden. Morgen früh erhaltet ihr die Waffen und die Freiheit wieder und könnt gehen, wohin ihr wollt. Wer sich das nicht gefallen lassen will, der hebe seine Hand empor."

Es gab keine Hand, die in die Höhe gehalten wurde.

„Ihr habt unseren Freund und Bruder Surehand gebunden mit euch herumgeschleppt; ihr habt ihm die Wahl zwischen dem Tod und dem Kampf mit den Bären gelassen; das muß gesühnt werden. Wir legen euch eine milde, eine geringe Sühne auf; ihr sollt dafür eine Nacht gefangen sein. Morgen früh seid ihr alle wieder frei. Wer darauf eingeht, der handelt klug; wer unsere Güte von sich weist, den kostet es das Leben. Winnetou hat gesprochen. Howgh!"

Es ließ sich nicht ein einziges Wort des Widerspruchs hören, und so sagte ich:

„Auch ich, Old Shatterhand, gebe den Kriegern der Capote-Utahs mein Wort: morgen früh werden sie wieder frei sein, wenn sie sich jetzt binden lassen. Der Häuptling soll der erste sein, der die Riemen bekommt. Dick Hammerdull und Pitt Holbers, ihr beide versteht euch auf dieses Geschäft! Auch ich habe jetzt gesprochen. Howgh!"

Es ist etwas ganz eigenes um die fast unausbleibliche Wirkung, die so ein ruhiges, festes und selbstbewußtes Auftreten auf Leute, wie die Utahs waren, hervorbringt. Der Ruf, in dem wir standen, und die Furcht vor meinem vermeintlichen Zaubergewehr hatten wohl auch ihren Anteil daran; aber besonders das Äußere des Apatschen und die Art, wie er sich gab und wie er sprach, brachten auch hier das hervor, was er beabsichtigte: der Häuptling wehrte sich nicht, als ihm die Riemen angelegt wurden, und seine Krieger konnten nicht anders, als diesem Beispiel folgen. Erst als der letzte gefesselt war, ließ ich den Stutzen sinken. Die Arme taten mir weh.

Das nächste war, daß sich Old Surehand wieder in den Besitz seines Eigentums setzte; es war nichts davon abhanden gekommen, ein Umstand, der ihn versöhnlich stimmte. Er erklärte uns also:

„Eigentlich haben diese Indianer einen Denkzettel verdient; denn es ist nicht angenehm, mehrere Tage lang als Gefangener umhergeschleppt zu werden. Daß ich ihnen zwei Leute erschossen habe, dürfen sie mir nicht anrechnen, weil ich mich meines Lebens wehren mußte. Sonach wäre ich jetzt eigentlich noch nicht quitt mit ihnen; aber da sie die Ursache sind, daß ich euch hier getroffen habe, will ich meine Rechnung durchstreichen und beistimmen, daß sie morgen ihrer Wege ziehen können. Die Bärenfelle aber bekommen sie natürlich nicht!"

„Das fehlte noch!" stimmte Dick Hammerdull bei. „Wer einen Bärenpelz haben will, mag mit dem Kerl, der naturgemäß hineingewachsen ist, selber reden. Nicht wahr, Pitt Holbers, altes Coon?"

„Hm!" brummte der Lange. „In was für ein Fell bist denn du eigentlich hineingewachsen, lieber Dick?"

„In das deinige natürlich nicht! Fang nicht etwa schon wieder an, mich zu belästigen! Seit Mr. Shatterhand heute nacht mein Leibschneider geworden ist, halte ich auf Ruf und Ehre und lasse mich von dir nicht schikanieren. Aber, Mesch'schurs, wer soll die schweren Felle so weit hinauf in das Gebirge schleppen? Das ist doch eine unbequeme Plackerei!"

„Meine Brüder werden auf die Felle verzichten und nur die Trophäen behalten", antwortete Winnetou. „Das ist genug."

Er meinte die Zähne, Krallen und Ohren der Bären, die der Jäger als Siegeszeichen um den Hals oder am Hut zu tragen pflegt. Ich muß erwähnen, daß wir den Tieren die Zähne mit Hilfe der Tomahawks und Messer ausgebrochen hatten. Nun fragte es sich, wer diese Trophäen bekommen sollte. Old Surehand hatte den vierten Bären erlegt; er gehörte ihm. Dann handelte es sich um die Bärin, deren Fell und Zähne mir zugesprochen wurden.

In Beziehung auf den alten starken Vater Ephraim wollte Winnetou geltend machen, daß er durch den zweiten, also durch meinen Messerstich erlegt worden sei; es entspann sich also ein Wettstreit zwischen ihm und mir, aus dem ich als Sieger hervorging: der Grizzly wurde als von ihm getötet betrachtet; er fügte sich mit den Worten:

„Old Shatterhand und Winnetou sind nicht zwei Personen, sondern eine; es ist also gleich, wer die Trophäen erhält."

„Und nun das Baby!" sagte Dick Hammerdull. „Wer hat die Ehrenzeichen von diesem zu erhalten?"

„Apanatschka", antwortete ich.

„Wie? Warum der?"

„Weil er den jungen Bären erstochen hat."

„Ach so! Und warum hat er ihn erstechen können, Mr. Shatterhand?"

„Weil er ein Messer in den Händen hatte, natürlich."

„Falsch! Weil ich das Baby festgehalten habe! Wäre es nicht

von mir so fest umklammert worden, hätte es nicht erstochen werden können."

„Es ist wohl etwas umgekehrt gewesen!" – „Wie denn?"

„Nicht Ihr hattet es, sondern es hatte Euch umklammert!"

„Ob es mich hatte oder ob ich es hatte, das bleibt sich gleich; wir hatten einander fest, und darum habe ich nicht eher losgelassen, als bis es von Apanatschka erstochen worden war. Wenn der berühmte Häuptling der Komantschen nur eine Spur von menschlicher Gerechtigkeit im Herzen hat, muß er zugeben, daß ich allein und unbedingt derjenige bin, welcher!"

Da sagte Apanatschka lächelnd:

„Mein Bruder Hammerdull trägt die Spuren des Baby am Leibe, darum mag er auch das Fell behalten!"

„Wirklich, bester Freund und Bruder Apanatschka? Hast du das vernommen und gehört, Pitt Holbers, altes Coon?"

„*Yes!*" nickte der Lange.

„Was hast denn aber du?"

„Nichts! Ich lasse mir nichts schenken!"

„Ist das Fell etwa ein Geschenk für mich?"

„*Yes*, weiter nichts!"

„Oho! Ich habe es mir redlich verdient. Der Kaufvertrag steht mit deutlichen Buchstaben auf meiner Haut geschrieben!"

„Und zwar so fest, daß ich ihn nicht herunterwaschen konnte!"

„Du willst mich wieder ärgern! Aber das tut nichts; ich bin und bleibe dein bester, treuester Freund. Wir werden teilen!"

„Was? Das Baby?"

„Nein, sondern nur die Andenken an das liebe Kind. Sag, alter Pitt, willst du die Hälfte davon haben?"

Da zog Holbers seine süßesten Lächelfalten zusammen und rief aus:

„Du wirst doch nicht, liebster Dick!"

„Warum nicht? Weißt du noch, was Winnetou vorhin sagte?"

„Nun was?"

„Old Shatterhand und Winnetou sind nicht zwei Personen, sondern eine; es ist also ganz gleich, wer die Trophäen bekommt. So ist es auch mit uns beiden: Dick Hammerdull und Pitt Holbers sind ein Leib und eine Seele; nämlich der Leib bist du und die Seele bin ich. Geben wir also dem Leib die Hälfte und der Seele die andere Hälfte von den Babysachen! Einverstanden?"

Er streckte ihm die Hand hin. Holbers schlug ein und antwortete:

„*Yes*, einverstanden! Du bist doch ein guter Kerl, alter Dick!"

„Du bist auch nicht ohne! Leib und Seele müssen zusammenhalten; also ärgere mich nicht mehr; dann bleib' ich dir bis in den Tod getreu!"

Man wußte wirklich nicht, ob man sich gerührt fühlen oder über die beiden sonderbaren Kerle lachen sollte. Die dicke Seele in dem langen, dünnen Leibe war ein köstliches Bild der unzertrennlichen, aber so oft uneinigen Zweieinigkeit.

Diese Besprechung über die Preisverteilung war so unter uns vorgenommen worden, daß die Utahs nichts davon hörten. Sie mochten auch ferner überzeugt sein und es weitererzählen, daß Old Surehand an einem Tag vier Graue Bären erlegt habe. Sie verhielten sich, seit wir sie gebunden hatten, schweigsam; sie sprachen weder miteinander, noch kam es ihrem Häuptling bei, ein Wort an uns zu richten. Das war uns ganz lieb, denn wir hatten während der vergangenen Nacht nur wenig geschlafen und bedurften der Ruhe.

Es wurde, um die Beleuchtung des Lagers zu vereinfachen, ein einziges großes Feuer angezündet, an dem wir uns unser Abendessen, bestehend aus gebratenem Bärenfleisch, bereiteten; während wir aßen, teilten wir die Wachen auf. Die erste erbat ich für mich, weil ich mich doch etwas überanstrengt hatte. Die Wunde schmerzte mich heute mehr als gestern, was ich aber nicht sagte. Ich wollte daher später versuchen, in einem durchzuschlafen.

Was die Wachen betrifft, so trafen wir eine Anordnung, die im Wilden Westen wohl noch niemals vorgekommen war: die Gefangenen mußten sich daran beteiligen. Wir hatten zusammen rund sechzig Pferde, die während der Nacht zusammenzuhalten waren; das konnten die Utahs übernehmen, von denen von Stunde zu Stunde zwei losgebunden und dann wieder gefesselt wurden.

Eine Gefahr für uns gab es dabei nicht; sie hatten ja keine Waffen, und da sie wußten, daß sie früh schon wieder frei sein würden, hatten wir von ihnen keine Unannehmlichkeiten zu erwarten.

Als sich die anderen Gefährten zur Ruhe gelegt hatten, setzte sich Old Surehand zu mir und sagte:

„Erlaubt, daß ich mich an Eurer Wache beteilige! Ich habe die ganze Nacht geschlafen und bin noch munter wie ein Fisch im Creek. Die Freude über unser Zusammentreffen hält mich wach. Wir haben uns zwar schon heute vormittag manches erzählt, aber mit Euch allein ist's doch eine andere Sache. Ihr seid bei Wallace in Jefferson City gewesen. Hattet Ihr noch jemand mit bei ihm?"

„Nein; ich war allein", antwortete ich.

„Ihr seid sein Gast gewesen?"

„Ich sollte, habe es ihm aber abgeschlagen."

„Warum?"

„Weil wir da doch von Euch mehr gesprochen hätten, als gerade notwendig war. Ich wollte von ihm nichts weiter wissen, als Euer gegenwärtiges Ziel und Euern Reiseweg."

„Und es ist auch bloß davon gesprochen worden?" – „Ja."

„Ich danke Euch, Sir!"

„Bitte! Hättet Ihr mir zutrauen können, daß ich Fragen ausgesprochen habe, die mir nur im Fall Eures Todes erlaubt gewesen wären?"

„Nein, auf keinen Fall! Aber Wallace könnte Euch gegenüber mitteilsam geworden sein. Wer mit Euch spricht, dem geht das Herz leicht auf; das habe ich ja an mir selbst erfahren."

„Ich versichere Euch, daß nicht ein Wort gefallen ist, das auch nur im entferntesten auf ein Geheimnis angespielt hätte!"

„Ich glaube Euch, Mr. Shatterhand. Glaubt mir, wenn ich reden dürfte, so würdet gerade Ihr der erste sein, dem ich mich mitteilte; es gibt aber Verhältnisse, die mich zum Schweigen zwingen."

„Ich weiß, daß Ihr Vertrauen zu mir habt; darum möchte ich mir dennoch und trotzdem eine Frage erlauben."

„Sprecht sie aus!"

„Müßt Ihr wirklich und unter allen Umständen schweigen?"

„Jetzt ist mir das Reden noch verboten, doch können allerdings Umstände eintreten, die es mir erlauben."

„Hm! Ich fühle mich zu einer Bemerkung fast verpflichtet: ich habe Fälle erlebt, in denen ein erzwungenes Schweigen, ja ein Schweigen auf Ehrenwort, eine Sünde, ein Verbrechen war. Hoffentlich gehört Eure Verschwiegenheit nicht auch unter diese Fälle?"

„Nein; ich bin rein und frei von aller Schuld."

„Steht Euer jetziger Ritt mit dem Geheimnis in Beziehung?"

„Alle meine Wanderungen beziehen sich darauf."

„Ich vermute: Ihr sucht etwas; Ihr sucht jemand; Ihr wollt Helligkeit in irgendein Dunkel bringen. Denkt, wie weit ich in den Staaten und im Wilden Westen herumgekommen bin! Wäre es denn gar nicht möglich, daß gerade ich etwas für Euch Wichtiges erfahren hätte, daß ich Euch einen Fingerzeig geben könnte, wenn ich nur eine Andeutung von Euch bekäme?"

„Nein; das ist nicht denkbar, Mr. Shatterhand. Das, was mir am Herzen liegt, steht Euch so fern, kann Euch nie berühren."

„Kann mich nie berühren? *Well!* Aber, wenn es nun umgekehrt wäre, wenn ich es berührt hätte?!"

„Das ist nicht der Fall. Glaubt mir, das ist nicht der Fall!"

„Und doch möchte ich Euch so gern helfen, die Last, die auf Euch liegt, von Euch zu werfen!"

Da rückte er schnell von mir ab und sagte in beinahe schroffem Ton:

„Last? Mr. Shatterhand, ich trage keine Last! Ich bitte Euch, dringt nicht in mich; es gelingt Euch doch nicht, mich zum Reden zu bringen!"

„Ah, welche Worte, lieber Freund! Es fällt mir nicht im geringsten ein, etwas aus Euch herauszulocken, hört Ihr, zu locken, was Ihr für Euch behalten wollt und müßt! Ich habe aus reiner, herzlicher Teilnahme, nicht aber aus Neugier gesprochen. Diese Versicherung gebe ich Euch, und ich denke, Ihr könnte mir das glauben."

„Ich glaube es. Nun bin ich aber doch müde geworden und will mich niederlegen. Ich wünsche Euch gute Nacht, Mr. Shatterhand!"

„Gute Nacht!"

Er suchte sich einen bequemen Platz und legte sich dort nieder. So plötzlich fühlte er sich ermüdet? Er war verstimmt. Wie konnte er, der mich doch kennen mußte, mein aufrichtiges Mitgefühl für Zudringlichkeit halten, wie sich durch meine gut gemeinte Hilfsbereitschaft von mir abstoßen lassen! Der Mann, der Charakter in mir, wollte beleidigt tun, der Mensch in mir aber überwand die aufsteigende Bitterkeit. Wer an Geheimnissen zu tragen, vielleicht schwer zu tragen hat, ist nicht glücklich zu nennen, und jeder Unglückliche hat Anspruch auf Schonung und Entschuldigung. Die schroffe Zurückweisung des Freundes war verziehen.

Als meine Wache zu Ende ging, sorgte ich für die Ablösung der beiden Utah-Wachen und weckte dann Apanatschka. Ich war müde, aber ich grübelte trotzdem noch lange an der Enthüllung des Geheimnisses, die mir verboten war, und noch im Einschlafen dachte ich an ein Felsengrab im Hochgebirge und hörte dort eine klagende Frauenstimme nach ihrem Wawa Derrick rufen.

Ich träumte auch von diesem Grab, um das sich kämpfende Gestalten bewegten, doch als ich früh erwachte, konnte ich mich keiner von ihnen entsinnen.

Nun befanden wir uns hoch oben den eigentlichen Rocky Mountains und ritten an der östlichen Seite des Pah-savahie-payavh[1] hinan. Das Riesenpanorama, in dem wir Zwergge-schöpfe uns bewegten, war überwältigend großartig. Hier wirkte die ungeheure Massigkeit der Gebirgsstöcke vereint mit dem Farbenreichtum der unbekleideten Felsen. Das waren him-melhohe und meilenlange Granitmauern mit wunderbar gestal-teten Bastionen. Wenn wir zurückblickten, lag im Osten die weite Prärie, wie ein endloser, flimmernder See tief zu unseren Füßen.

Die Bäche rauschten um uns wie zu Schaum gewordenes, flüssiges Silber dahin; Frau Flora stieg, gekleidet in ihr künstle-risch abgetöntes grünes Samtgewand, das Haupt mit Gold ge-krönt, stolzen Schrittes zu den erhabenen Scheiden und Kup-pen des Gebirges empor.

Hier bauen sich gigantische Felsenstufen, eine über der ande-ren, auf, mächtige Balsamtannen tragend und den Geistern des Gebirges als Treppe dienend, wenn sie nächtlicherweise nieder-steigen, „eine Wildschnur um die Lenden, eine Kiefer in der Faust". Dort wieder haben sich zu Füßen eines einzeln thronen-den Bergtitanen ganze Reihen riesiger Säulen herausgebildet, hinter deren Waldkulissen die wunderbaren Geheimnisse der Hochwelt träumen.

Hinter den scharfgezeichneten, dunklen Kanten der scheinbar höchsten Höhen flimmern silberne und goldene Punkte und strahlen diamantene Linien und Streifen aus blaugrauen Schlei-ern hervor. Sind das die Grüße einer für den Sterblichen uner-reichbaren Märchenwelt, eines jenseits der Erde befindlichen Zauberlandes, oder scheint dort die Sonne wider von fernen Gebirgshäuptern, mit deren Höhe die der uns umgebenden Fel-senriesen nicht zu wetteifern vermag?

Wir ritten durch all diese Pracht und Herrlichkeit empor. Unser heutiges Ziel war der Pah-savahre, jener einsam lie-gende, hellgrüne See, von dem die Sagen der Indianer Wun-derbares zu erzählen wissen. Dort wollten wir übernachten, um

[1] Berg des grünen Wassers

am anderen Morgen in den Park von San Luis hinabzusteigen, in dem ich die Aufklärung so vieler Rätsel erwartete.

Wir hatten am Morgen nach den Erlebnissen im Bärental die dreiundfünfzig Capote-Utahs dem gegebenen Wort gemäß freigelassen.

Nun wir Old Surehand bei uns hatten, gab es für uns keinen Grund mehr, uns besonders zu beeilen, und so zogen wir nicht vor den Utahs aus dem dortigen Park fort, sondern ließen sie vor uns abziehen, weil es stets vorteilhafter ist, feindlich gesinnte Menschen vor, als hinter sich zu haben.

Und feindlich gesinnt waren sie uns, obgleich sie über die Behandlung, die sie bei uns gefunden hatten, nicht klagen konnten.

Wir hatten keinem von ihnen ein Haar gekrümmt und keinen von ihnen mit Worten beleidigt; dennoch äußerte der Häuptling, als er früh losgebunden wurde:

„Old Surehand sagte gestern abend, daß er eigentlich noch nicht quitt mit uns sei; er hat sich verkehrt ausgedrückt, denn wir sind noch nicht quitt mit ihm. Er hat zwei Krieger getötet."

„Dafür hat er euch vier Felle gebracht", entgegnete Winnetou.

„Die haben wir nicht bekommen!"

„Ihr könnt sie nehmen!"

„Nachdem ihr die Ohren und Krallen abgeschnitten habt? Nein! Und wenn wir sie bekommen hätten, wäre ihm doch nur das Leben, aber nicht die Freiheit geschenkt. Wir müssen ihn haben!"

„Und wenn ihr ihn bekämt, so würdet ihr ihn töten?"

„Ja, denn wir haben das Lösegeld für sein Leben, die Felle, nicht erhalten. Zwischen uns ist wieder Blut; wir werden das seinige fordern."

„Old Shatterhand und Winnetou sind stets die Freunde aller roten Männer gewesen; wir haben auch euch nichts getan, obgleich ihr unsere Gefangenen wart, und wollten die Pfeife des Friedens mit euch rauchen, ehe wir an diesem Tag von euch scheiden."

„Wir mögen euer Kalumet nicht sehen!"

„So werdet ihr nicht nur Old Surehands, sondern auch unsere Feinde sein?"

„Ja. Zwischen uns und euch bleibt Feindschaft fort und fort!"

„Tusahga Saritsch, der Häuptling der Capote-Utahs, soll seinen Willen haben. Winnetou, der Häuptling der Apatschen, zwingt keinem Menschen seine Freundschaft auf, weil es nicht seine Gewohnheit ist, sich vor einem Feind zu fürchten. Die Utahs mögen fortreiten!"

„Ja, sie mögen fortreiten, die Dummköpfe!" rief Hammerdull. „Für ihre Freundschaft danke ich überhaupt, denn bei ihnen kommt die Brüderschaft sogleich dahinter, und ich habe stets die Erfahrung gemacht, daß derjenige, der einem die Freundschaft und dann die Brüderschaft anträgt, gewöhnlich die Absicht hat, einen anzupumpen. Das ist stets und unumstößlich wahr. Nicht wahr, Pitt Holbers, altes Coon?"

„Nein", antwortete der Lange.

„Was? Du gibst mir nicht recht? Kennst du denn einen, der nicht sofort angepumpt hat?"

„Ja. Ich bin es!"

„Ja, richtig; das ist wahr! Du bist aber auch der einzige von ihnen, denn die anderen haben es alle, alle getan!"

Der alte, dicke Spaßvogel hatte wirklich nicht unrecht. Ich habe dieselbe Erfahrung ja auch gemacht, natürlich nur unter den „Bleichgesichtern"!

Wie oft hat sich eigentlich mir jemand mit dem Worte „Freund" genähert, und dann folgte gleich das sehr einseitig beliebte Geschehnis, das Hammerdull so unästhetisch mit dem plumpen Wort „anpumpen" bezeichnete. Der Indianer bringt das nicht fertig; dem Durchschnitts-„Bleichgesicht" aber scheint es sehr leichtzufallen; ich weiß als erfolgreicher Schriftsteller leider nicht nur ein Wort, sondern Tausende Worte davon zu sprechen. Howgh!

Die Utahs zogen also ab. Es war eigentlich jammerschade um die schönen Bärenfelle, die wir liegen und verderben lassen mußten; aber wir konnten sie nicht mitschleppen, und da wir nicht wußten, welchen Rückweg wir einschlagen würden, wäre es überflüssige Arbeit gewesen, sie zuzurichten und dann einzugraben, um sie später mitzunehmen. Wer weiß, welche Massen von Fellen und Pelzen auf diese Weise im Wilden Westen zugrunde gegangen sind!

Wir folgten den Utahs nicht unmittelbar, denn das wäre ein Fehler gewesen, sondern warteten bis zum Mittag, damit sie einen Vorsprung vor uns hatten. Da sahen wir denn, daß sie sich außerordentlich beeilt und ganz die Richtung genommen hatten, die auch wir einschlagen mußten. Das war kein gutes Zeichen für uns.

„Meint Old Shatterhand, daß sie die Absicht haben, sich an uns zu rächen?" fragte mich Apanatschka.

„Ich denke es", antwortete ich.

„Dann dürften sie aber nicht vor uns bleiben, sondern müßten uns folgen!"

„Das werden sie auch bald tun. Ich wette, daß sie die nächste Gelegenheit ergreifen werden, ihre Fährte unsichtbar zu machen."

Ich hatte recht. In der nächsten Nacht gab es ein Gewitter, das bis zum Morgen dauerte, und als wir dann nach den Spuren der Utahs suchten, waren sie vom Regen fortgewaschen worden.

Old Surehand war während der beiden nächsten Tage außerordentlich schweigsam und zog sich besonders von mir zurück, allerdings nicht etwa in unfreundlicher Weise. Es war nicht ein gegen mich gerichtetes Gefühl, dem er dabei folgte, sondern ich ahnte, daß er mit sich kämpfte, ob er aufrichtig mit mir sein oder seine Verschwiegenheit beibehalten sollte. Ich tat gar nichts dazu, diesen inneren Kampf nach der einen oder anderen Seite zu beenden; er war ein Mann und mußte selbst mit sich fertig werden können.

Schließlich merkte ich, daß die Stimme der Verschwiegenheit gesiegt hatte. Er glaubte aber doch, mir wegen unserer letzten Unterhaltung eine Bemerkung machen zu müssen, ritt kurze Zeit neben mir her und sagte:

„Habe ich Euch bei unserem Gespräch im Park beleidigt, Mr. Shatterhand?"

„Nein, Mr. Surehand", antwortete ich.

„Ich denke, daß ich etwas zu kurz gewesen bin?"

„Nein. Wenn man ermüdet ist, pflegt man nicht viele Worte zu machen."

„So ist es. Ich war ganz plötzlich sehr müde geworden. Aber, bitte, könnt Ihr Euch an unser Gespräch damals im Llano estacado erinnern?"

„Ja."

„Ihr hattet mit Old Wabble vorher über Gott und Religion gesprochen?"

„Ich weiß es."

„Seid Ihr heute noch derselben Meinung wie in jener Nacht?"

„Vollständig!"

„Ihr glaubt also wirklich, daß es einen Gott gibt?"

„Ich glaube es nicht nur, sondern ich weiß es."

„So haltet Ihr wohl jeden Menschen für dumm, der diesen Glauben nicht besitzt?"

„Dumm? Wie könnte mir das einfallen! Das wäre eine Überhebung von mir, die erst recht dumm wäre. Es gibt tausend und aber tausend Menschen, die nicht an Gott glauben, und denen ich in Beziehung auf ihre Kenntnisse nicht das Wasser reichen kann. Und wieder gibt es Menschen, die fest an Gott halten, aber in Beziehung auf die irdische Klugheit nicht auf einer hohen Stufe stehen."

„Nun, so sagt ein anderes Wort, mit dem Ihr die Leute bezeichnet, die nicht glauben, daß es einen Gott gibt!"

„Ich kann Euch keins sagen."

„Warum nicht?"

„Genügt Euch das Wort ungläubig?"

„Nein."

„Weiter habe ich keins. Ich verstehe wohl, was Ihr meint; aber es gibt so viele Arten der Ungläubigen, daß man wohl zu unterscheiden hat. Der eine ist zu gleichgültig, der andere zu faul, der dritte zu stolz, nach Gott zu suchen; der vierte will sein eigener Herr sein und keinen Gebieter über sich haben; der fünfte glaubt nur an sich, der sechste nur an die Macht des Geldes, der siebente an das große Nichts, der achte an den Urstoff und der neunte, zehnte, elfte und die folgenden alle an ihr besonderes Steckenpferd. Ich habe weder die Lust noch das Recht, sie zu klassifizieren und ein Urteil über sie zu fällen. Ich habe meinen Gott, und der ist kein Steckenpferd."

„Könnt Ihr Euch auf alles besinnen, was wir damals sprachen?"

„Ja."

„Ich bat Euch, mir meinen verlorenen Glauben wiederzubringen."

„Und ich sagte Euch: Ich bin zu schwach dazu; die wahre Hilfe liegt bei Gott."

„Und Ihr sagtet noch anderes; ich weiß nur heute die Worte nicht mehr."

„Meine Worte waren ungefähr: Ich weise Euch an den, der die Gefühle des Herzens wie Wasserbäche lenkt und also spricht: ‚Ich bin die Wahrheit und das Leben!' Ihr strebt und ringt nach der Wahrheit; kein Nachdenken und kein Studieren kann sie Euch bringen; aber seid getrost; sie wird Euch ganz plötzlich und unerwartet aufgehen wie einst den Weisen aus dem Morgenland jener Stern, der sie nach Bethlehem führte!"

„Ja, so sagtet Ihr, Mr. Shatterhand. Ihr habt mir sogar diesen Stern für bald verheißen!"

„Ich erinnere mich, allerdings gesagt zu haben: Euer Bethlehem liegt gar nicht weit von heute und hier – ich ahne es!"

„Ich habe es aber leider noch nicht gefunden!"

„Ihr werdet es finden. Ich sage genau wie damals: ich ahne es! Es liegt Euch heute vielleicht näher, als Ihr denkt."

Er sah mir forschend ins Gesicht und fragte:

„Habt Ihr einen Grund zu dieser Ahnung?"

„Ich gebe eine Gegenfrage: Gibt es grundlose Ahnungen?"

„Ich weiß es nicht."

„Oder begründete? – Kann es die geben?"

„Ich bin ein ungelehrter Mensch. Diese Fragen liegen mir zu hoch."

„So mag es dabei bleiben, daß ich es ahne. Betet Ihr täglich?"

„Beten? – Seit langer Zeit nicht mehr."

„So beginnt es wieder! Das Gebet vermag viel, wenn es ernstlich ist. Und Christus sagt: ‚Bittet, so wird euch gegeben; suchet, so werdet ihr finden; klopfet an, so wird euch aufgetan.' Glaubt mir, ein inbrünstiges, gläubiges Gebet gleicht einer Hand, die Hilfe und Erhörung aus dem Himmel holt! Ich habe das oft an mir selbst erfahren."

„So betet Ihr täglich?"

„Täglich? Glaubt Ihr etwa, es sei ein Verdienst für den Menschen, täglich oder gar stündlich zu beten? Dann wäre es ja auch ein Verdienst für das Kind, wenn es sich herbeilassen wollte, mit seinem Vater zu sprechen! Ich sage Euch; das ganze Leben des Menschen soll ein Gebet zum Himmel sein! Jeder Gedanke, jedes Wort, jede Tat, all Euer Schaffen und Wirken soll ein Gebet, ein Opfer sein, auf der köstlichen Schale des Glaubens zu Gott emporgetragen! Glaubt ja nicht, daß Ihr mit einem einmaligen Gebet große Wirkungen erzielt! Denkt nicht, daß, da Ihr jahrelang nicht gebetet habt und nun plötzlich einmal beten wollt, Euch der Herrgott auch sofort zur Verfügung stehen und Euren Wunsch erfüllen muß! Der Lenker aller Welten ist keineswegs Euer Lakai, dem Ihr nur zu klopfen oder klingeln braucht! Auch ist der Himmel kein Krämerladen, in dem der Herrgott vorschlägt und mit sich handeln läßt. Was gibt es doch in dieser Beziehung für sonderbare Menschen! Da fährt sich Herr Müller oder Maier sonntags mit dem Waschlappen über das von sechs Werktagen her schmutzige Gesicht, bindet ein frisch gewaschenes Vorhemdchen um, nimmt das Gesangbuch in die Hand und geht in die Kirche, natürlich auf seinen ‚Stammplatz' Nummer fünfzehn oder achtundsechzig. Dort singt er einige Lieder, hört die Predigt an, wirft einen Pfennig in den Klingelbeutel und geht dann hoch erhobenen

Hauptes und sehr befriedigten Herzens nach Hause. In seinem Gesicht ist deutlich die Überzeugung zu lesen, die er im Herzen trägt: ‚Ich habe für eine ganze volle Woche meine Pflicht getan; nun, du Gott, der alles geben kann, tu du auch die deine; dann gehe ich nächsten Sonntag wieder in die Kirche! Wenn nicht, so werde ich mir die Sache überlegen!' – Glaubt Ihr, Mr. Surehand, daß es so sonderbare Menschen gibt?"

„Da Ihr es sagt, muß es wohl so sein."

„Oh, es gibt solche Maiers und Müllers zu Hunderttausenden. Diese Christen sind die größten Feinde des wahren Christentums. Sie stellen sich zu Gott auf denselben Fuß, auf dem ein Fuhrherr zu seinem Kutscher steht, der Woche für Woche seinen Lohn ausbezahlt bekommt. Aber geht nun einmal zur armen Witwe, die von früh bis abends und auch Nächte lang am heißen Waschkessel oder am kalten Wasser des Flusses arbeitet, um sich und ihre Kinder ehrlich durchs Leben zu bringen! Sie hat sich die Gicht angewaschen; sie spart sich den Bissen vom Mund ab, um ihn den Kindern zu geben; sie hat kein Sonntags- und kein Kirchenkleid; sie sinkt nach vollbrachtem Tagewerk todmüde auf ihr Lager und schläft ein, ohne eine bestimmte Anzahl von Gebetsworten gedankenlos heruntergeleiert zu haben; aber ich sage Euch, ihr ununterbrochenes Sorgen und Schaffen ist ein immerwährendes Gebet, das die Engel zum Himmel tragen, und wenn die Not, der Hunger ihr ein „Du mein Herr und Gott!" aus dem gepeinigten Herzen über die Lippen treibt, so ist dieser Seufzer ein vor Gott schwerer wiegendes Gebet als alle die Gesangbuchlieder, die Herr Maier oder Müller während seines ganzen Lebens gesungen hat! Also betet, Mr. Surehand, betet! Aber denkt ja nicht, daß es sofort helfen muß! Betet in Gedanken, in allen Euren Worten und in allen Euren Taten! Hättet Ihr mehr gebetet, so wäre Euch der Helfer längst erschienen!"

„Was wißt Ihr von der Größe meines Wunsches!"

„Ich ahne ihn."

„Wieder Ahnung!"

„Ahnungen sind innere Stimmen, auf die ich immer achte. Ich habt mir damals im Llano estacado gesagt, daß Euch der Glaube an Gott durch unglückliche Ereignisse verlorengegangen sei. Soll ich da nicht ahnen, daß Ihr Euch nach dem Ende dieses Unglücks sehnt?"

„Richtig! Ich dachte, Ihr quält Euch als Freund in Gedanken damit ab, mir die Ruhe wiederzugeben, die ich verloren habe!"

„Was würden Euch meine Gedanken helfen? Die wahre Freundschaft bewährt sich durch die Tat, und wenn Ihr mich in dieser Beziehung einmal braucht, so habt Ihr gar nicht nötig, mich erst darum zu fragen."

Unser Gespräch wurde dadurch unterbrochen, daß wir über ein quer fließendes Wasser mußten, das nicht tief und so hell war, daß wir den Grund deutlich sahen. Wir bemerkten Eindrücke von Pferdehufen, konnten aber nicht herausbekommen, wieviele Pferde es gewesen waren; jedenfalls aber mehr als vier oder fünf.

Ebenso war es unmöglich, die Zeit zu bestimmen, in der diese Eindrücke entstanden waren, denn das Wasser hatte ein unbedeutendes Gefäll und also nicht die Kraft, sie binnen kurzer Zeit zu zerstören. Es konnten Stunden oder Tage, aber auch Wochen vergangen sein, seit diese Spuren entstanden waren. Aber eine Wirkung hatten sie doch: wir schenkten in Beziehung auf Fährten dem Weg noch mehr Aufmerksamkeit.

Wir konnten aber nichts entdecken, denn wir hatten den Paß und die ihm folgenden Engen hinter uns, und ritten in den Hochwald ein, der solche Gelegenheit sich auszubreiten bot, daß wir, um eine Spur zu finden, ihn hätten tagelang absuchen müssen.

Es war die Kuppe des Pah-savahre-payavh, die wir jetzt erreicht hatten. Sie war mit Hochwald bedeckt, unter dem wir wie in einem Dom ritten und durch dessen dichtes Laubdach nur zuweilen ein Sonnenstrahl zu dringen vermochte. Das war der Urwald des Nordens, der in dieser Höhenlage gedeihen konnte.

Wir ritten stunden- und stundenlang unter diesem Dach immer bergauf.

Es wurde unter ihm dunkel, weil die Sonne jenseits niedersank, und wir mußten die Pferde antreiben, um noch vor Nacht den See des Grünen Wassers zu erreichen.

Endlich waren wir oben. Die Sonne hatte sich von dieser Seite des Gebirges schon verabschiedet, aber es war noch licht genug, den See, so weit das Auge reichte, überblicken zu können. Ich sage: so weit das Auge reichte; denn das gegenseitige Ufer konnten wir nicht sehen; dazu war er zu groß. Von der hellgrünen Färbung, die sein Name andeutete – denn Pah heißt in der Utahsprache „Wasser" und savahre „hellgrün" –, bemerkten wir jetzt nichts, da es schon zu dunkeln begann. Er war, so weit wir ihn überblicken konnten, vom Wald umgeben. Wir befanden uns an seinem östlichen Ende. Sein südliches Ufer bildete eine von keiner Bucht unterbrochene Bogenlinie, während an seinem nördlichen Ufer eine breite, auch dicht bewaldete Halbinsel hervortrat.

Um diese Halbinsel zu erreichen, hätten wir noch eine Viertelstunde weiterreiten müssen; es gab aber für uns keinen Grund, dort Lager zu machen, und so blieben wir da, wo wir uns befanden.

Hammerdull und Holbers liefen umher, um, solange man noch sehen konnte, dürres Holz zusammenzusuchen. Als sie so viel gesammelt hatten, wie wir für die Nacht brauchten, wollten sie Feuer anzünden. Der Apatsche aber untersagte es ihnen:

„Jetzt noch nicht! Ein Feuer glänzt weit in den See hinaus, und wir haben heute Pferdespuren gesehen. Es können Menschen am Wasser sein, die von uns nichts wissen dürfen. Wir wollen warten, bis es dunkel geworden ist; dann wird es sich finden, ob wir uns erlauben können, hierzubleiben und ein Feuer anzubrennen."

Wir gaben die Pferde frei und legten uns nieder. Es wurde schnell dunkel, und da zeigte es sich auch sofort, daß die Vorsicht Winnetous wohlbegründet gewesen war; denn an dem uns zugewandten Ufer der Halbinsel leuchtete ein Feuer auf. Es waren also Menschen dort! Und wenige Minuten später sahen wir an derselben Seite des Sees, aber weit, weit unten, ein zweites Feuer erscheinen, das allerdings nur einem guten Auge sichtbar war, denn es bildete für uns nur einen kleinen Punkt. Die Leute auf der Halbinsel konnten weder dieses zweite Feuer sehen, noch von dort aus gesehen werden; nur von uns aus waren beide zu erkennen.

Damit waren wir für heute auf kaltes Fleisch angewiesen. Wir hätten uns zwar wieder in den Wald zurückziehen und ein Feuer anzünden können, aber dort gab es kein Futter für die Pferde. Wir entschädigten uns für die Unbenutzbarkeit des einen Elements dadurch, daß wir uns dem anderen in die Arme warfen, nämlich in das Wasser. Nach diesem Bad galt es zu erfahren, wer die Leute waren, die sich an den beiden Feuern befanden. Daß Winnetou dazu ausersehen wurde, verstand sich von selbst, und daß er meine Begleitung annahm, erreichte ich nur durch die Versicherung, daß mir meine Wunde keine Belästigung verursachte.

Wir übergaben den Gefährten unsere Gewehre und machten uns auf den bei Nacht nicht sehr bequemen Weg. Wir mußten zunächst so weit in den Wald hinein, wie der Saum des Unterholzes reichte; dann gingen wir, beide Hände zum Tasten ausstreckend rund um die Uferbiegung nach der nördlichen Seite des Sees. Es war gewiß eine volle Stunde vergangen, als wir die Halbinsel erreichten. Wir bogen also links ab und auf sie zu. Bald spürten wir den Geruch des Rauches, und dann dauerte es nicht mehr lange, bis wir das Feuer sahen.

Nun legten wir uns nieder und krochen am Boden weiter. Die Halbinsel hatte einen Einschnitt, eine kleine Bucht, an deren Innenseite das Feuer brannte. Wenn wir den Rand dieser Bucht weiter außen erreichten, kamen wir von vorn anstatt von rückwärts an das Feuer und die daran Lagernden. Wir versuchten das, und es gelang vortrefflich. Es gab dort eine Menge Binsen, in denen wir nicht bloß Deckung, sondern auch ein weiches, freilich mooriges Lager fanden.

Nun hatten wir die Gesuchten nah vor Augen. Und wen sahen wir? Old Wabble mit den Tramps!

Ihre Anwesenheit an diesem Ort war durchaus kein Wunder, aber wir fühlten uns doch überrascht. War denn jemand bei ihnen, der den Weg hierher kannte? Unser Aufenthalt in der Schmiede und im Bärental hatte diesen Leuten zu einem mehrtägigen Vorsprung verholfen. Sie schienen sich ganz wohl zu befinden, wenigstens ging es sehr lebhaft bei ihnen her. Sie saßen alle, wie wir sie kannten, am Feuer, und nicht einer fehlte; einer aber stand, hochaufgerichtet an einen Baum gelehnt – der alte Wabble.

Er trug den Arm in einer aus einem Fellstück gemachten Binde und bot einen Anblick, der zum Erschrecken war. Sein langer, hagerer Körper war noch viel dürrer geworden, und sein Gesicht, schon vorher fast fleischlos, war so eingefallen, daß es der vorderen Seite eines Totenkopfs gleich. Die sonst so rein gehaltene weiße Haarmähne, jetzt freilich nur noch halb vorhanden, „kleckte", um mich eines volkstümlichen Ausdrucks zu bedienen, vor Schmutz. Er bildete nur noch ein Gerippe, und sein fast abgerissener Anzug hing an ihm wie zusammengeraffte Fetzen an einem Rechenstiel. An Nahrung hatte es ihm jedenfalls nicht gefehlt; der Armbruch war der Grund der Veränderung.

Er schien sehr geschwächt zu sein und sich kaum aufrecht halten zu können. Auch seine Stimme war nicht mehr die frühere. Sie klang hohl, wie durch ein Ofenrohr gesprochen, und zittrig, als ob ihn das Fieber schüttelte.

Er sprach nämlich gerade jetzt, als wir in unserem Versteck Platz genommen hatten. Wir lagen nah genug, um alles hören zu können, mußten aber sehr aufmerken, um ihn zu verstehen.

„Weißt du noch, du Wicht, was du mir damals auf Helmer's Home zugeschworen hast?" hörten wir ihn fragen.

Der Blick seiner tief in den Höhlen liegenden glanzlosen Augen war auf eine Stelle gerichtet, wo wir etwas, wie ein langes, zusammengeschnürtes Paket, liegen sahen. War das ein Mensch? Und wenn, wer konnte es sein? Auf Helmer's Home? Betraf das etwa unser damaliges Erlebnis an diesem Ort? Er erhielt keine Antwort und fuhr fort:

„Ich habe mir deine Drohung Wort für Wort gemerkt. Sie lautete: ‚Nimm dich vor mir in acht, du Hund! Sobald ich dich treffe, bezahlst du mir diese Schläge mit dem Leben. Ich schwöre es dir mit allen Eiden zu, die man nur schwören kann!' Hoffentlich hast auch du diese Worte nicht vergessen!"

Ah, das konnte nur zu dem „General" gesprochen sein! Er war also gefangen, von Old Wabble gefangen! Er hatte den Weg hierher allein machen müssen, weil ihm seine Rowdies nicht hatten folgen können, und war in die Hände des alten „Königs der Cowboys" gefallen. Das war höchst wichtig für uns; Winnetou gab mir dieses durch ein dreimaliges leises „Uff!" zu erkennen.

„Ich habe sie nicht vergessen!" antwortete jetzt der „General" in zornigem Ton. „Du hattest mich geschlagen!"

„Ja, fünfzig gute, prächtige Hiebe! Ich gönne sie dir noch heute, denn du hattest mich gegen Old Shatterhand und Winnetou verraten und ihnen gesagt, daß auch ich der Dieb ihrer Gewehre sei. Also dich rächen willst du, Bursche, mir an das Leben gehen?"

„Ja, ja, das werde ich!"

„Aber nicht so schnell, wie du denkst! Erst komme ich dran! Da du mir so aufrichtig sagst, was ich von dir zu erwarten hätte, will ich dir mit derselben Offenheit dienen, denn eine Liebe ist der anderen wert; *it's clear!* Ich werde dich auch ein wenig ums Leben bringen. Hörst du, ums Leben!"

„Wage es!"

„*Pshaw!* Was ist da zu wagen?"

„Ich bin nicht allein!"

„Das machst du mir nicht weis!"

„Ich habe Helfer, viele Helfer mit, die mich an dir rächen würden."

„Wen denn?"

„Das ist meine Sache!"

„Nun, so brauche ich mich auch nicht daran zu kehren! Übrigens sagst du das nur, um mir Angst zu machen und dich dadurch zu retten. Aber Old Wabble, *the king of the cowboys,* ist nicht der Mann, der sich von dir ins Bockshorn jagen läßt! Wir wissen genau, wie es mit deinen Helfern steht und wieviel ihrer sind."

„Nichts weißt du, nichts!"

„Oho! Ja, wenn Shelley nicht hier bei uns wäre! Dem habt ihr ja in Topeka alles gesagt und ihn mitnehmen wollen, ihn aber sitzenlassen, nachdem ihr ihm im Spiel alles abgenommen habt! Sechs Kerls hast du bei dir. Vor denen sollen wir uns fürchten? Sie stecken jedenfalls droben bei der Foam Cascade, und du gehst hier allein prospekten, um sie zu betrügen. Nein, uns machst du keine blauen Mücken vor. Du bist allein und kein Mensch wird dir helfen!"

„Du irrst dich, alter Schuft! Nimm dich in acht! Du wirst alles, was du mir tust, zehnfach bezahlen müssen!"

„Schuft nennst du mich, der du der größte Schurke dieses Erdteils bist?" stieß der Alte grimmig hervor. „Gut, du sollst gleich jetzt, bevor wir morgen früh mit dir ans Werk gehen, eine kleine Einleitung erleben. Ich will dir für diesen ‚Schuft‘ eine Erinnerung an Helmers' Home beibringen. Du sollst gehauen werden. Fünfzig Hiebe sollst du haben, wie damals, nur etwas kräftiger noch, denn ich tat leider nur so, als ob ich weit ausholte. Seid ihr alle einverstanden, Boys, daß er sie bekommt, und zwar jetzt?"

„Ja, Hiebe, fünfzig Hiebe, aber tüchtig gepfefferte!" rief zunächst der Shelley Genannte. „Warum hat er mich in Topeka so gerupft!"

Die anderen fielen jubelnd beistimmend ein, und einer schrie überlaut:

„Dabei üben wir uns auf Winnetou und Old Shatterhand und ihre Leute ein, die zehnmal soviel Hiebe bekommen sollen, wie sie uns – ah! Das braucht dieser Kerl ja nicht zu wissen! – die uns in der Bonanza den verdammten Zettel anstatt des Goldes finden ließen. Schneiden wir auch Pfeifen ab, schöne Pfeifen, wie dort am Spring der dicke Hammerdull!"

Ich will über die nun folgende Szene weggehen. Der „General" drohte und fluchte; die Tramps lachten, und Old Wabble warf seine zynischen Bemerkungen in den Lärm.

Als dann die ersten Hiebe fielen, stieß Winnetou mich an, und wir krochen zurück, von der Halbinsel fort und wieder in den Wald hinein.

Es galt ja, uns noch hinunter nach dem zweiten Feuer zu schleichen. Vorher aber fragte mich der Apatsche:

„Was schlägt mein Bruder wegen des Bleichgesichts vor, das sich General nennen läßt?"

„Den müssen wir haben.'

„So werden ihn die Tramps hergeben müssen. Er soll am Morgen ermordet werden; wir holen ihn in dieser Nacht."

Nun gingen wir fort, von Baum zu Baum. Der Weg, den wir jetzt zurückzulegen hatten, war doppelt so lang wie der vorige. Wir waren noch keine Viertelstunde gegangen, so hörten wir vor uns ein Geräusch, wie wenn jemand an einen dürren Ast stößt und ihn abbricht. Das klingt nicht wie das Zerbrechen eines ledigen Asts.

Das Abbrechen eines noch am Baum befindlichen gibt einen Schall, der einen am Baum hinauflaufenden Widerhall findet. Wir zwei faßten uns schnell bei den Händen und huschten weit auf die Seite. Dort legten wir uns nieder und hielten das Ohr an die Erde.

Es kamen Leute, mehrere, ja viele, langsam mit leisen Schritten, aber so nah an uns vorüber, daß wir das Geräusch hörten. Sie kamen von da her, wo wir hin wollten.

„Uff!" meinte Winnetou, als sie vorüber waren. „Ob diese Männer bei dem unteren Feuer gesessen haben?"

„Den Schritten nach müssen es Indianer sein!"

„Ja, es sind rote Männer. Woher kommen sie und wohin wollen sie? Kommen sie von dem einen Feuer und wollen zum anderen? Wollen sie etwa gar nach der Seite des Sees, wo wir lagern?"

„Wir müssen das wissen, Winnetou!"

„Wir müssen es sogar schnell erfahren, denn unsere Gefährten befinden sich vielleicht in Gefahr. Diese Gefahr wird augenblicklich beendet sein, sobald Old Shatterhand zu ihnen kommt."

„Ich soll also nach unserem Lager zurück?"

„Ja, so schnell wie möglich!"

„Und du?"

„Ich gehe weiter, hinunter nach dem zweiten Feuer."

„Da bekommst du die Indianer zwischen dich und uns, begehst also ein Wagnis, das schlecht ablaufen kann."

„Pshaw! In einer bekannten Gefahr kommt Winnetou nicht um! Meine Brüder mögen nicht schlafen, bis ich wiederkomme."

Er huschte fort, und ich kehrte um.

Mein Weg war jetzt gefährlicher als bisher, weil ich die Indianer vor mir hatte. Ich nahm an, daß ihr Ziel die Halbinsel sei, ging aber dennoch tiefer in den Wald hinein, um auf keinen Fall mit ihnen zusammenzutreffen. Die landschaftlichen Schönheiten, die ich unterwegs zu bewundern hatte, will ich nicht beschreiben. Nie in meinem Leben habe ich mich so „anstößig" benommen wie in dieser Stunde. Die Bäume dort am See wissen ein Wort davon zu reden! An der Vorderseite voller Harz und an Gesicht und Händen zerstoßen und zerschunden, kam ich nach der angegebenen Zeit in unserem Lager an, wo man mich nach Winnetou fragte. Ich erzählte, was wir gesehen und gehört hatten, und ließ die Gefährten vom Seeufer bis ein Stück in den Wald hinein eine geradlinige Postenkette bilden. Das war das beste und einzige, was wir unter diesen Umständen tun konnten.

Wir saßen alle auf der Erde, die Gewehre in den Händen. Es verging eine Viertelstunde; da drang von der Halbinsel plötzlich ein markerschütterndes Geheul zu uns herauf. Die Indianer, die an uns vorübergekommen waren, hatten die Tramps überfallen.

Dabei war kein Schuß zu hören. Die Weißen hatten sich also von den Roten ohne Gegenwehr überwältigen lassen.

Nun herrschte wieder tiefe Stille.

Ein einziger Augenblick im nächtlichen Leben der Urwaldwildnis, ein einziger! Und doch, was mochte er verändert und gekostet haben und vielleicht noch kosten! Das ist der blutige Westen!

Es mochte wieder eine Stunde vergangen sein, da erlosch auf der Halbinsel das Feuer. Das zweite weiter unten brannte fort. Nach abermals zwei Stunden hörte ich laute Schritte. Das konnte nur Winnetou sein, denn ein anderer Mensch hätte sich herangeschlichen.

Ja, er war es, ebenso zerschunden und zerkratzt wie ich, wie wir am nächsten Morgen sahen. Er, der stets Umsichtige, beruhigte uns zunächst:

„Meine Brüder mögen ruhig beisammen bleiben; sie haben nichts zu befürchten. Es wird bis früh kein Feind kommen!"

„Mein Bruder ist unten beim letzten Feuer gewesen?"

„Ja", antwortete er.

„Hatten die Indianer dort gelagert, die uns begegneten?"

„Ja."

„Konntest du erfahren, welchem Stamm sie angehören?"

„Ich erfuhr es. Zwei von ihnen waren zurückgelassen worden, um die Pferde zu bewachen. Old Shatterhand wird sich wundern!"

„Es sind doch nicht etwa die Capote-Utahs?"

„Sie sind es, mit ihrem Häuptling Tusahga Saritsch!"

„Das ist freilich überraschend! Sie müssen mit dem ‚General' zusammengetroffen sein, der es verstanden hat, sie zu gewinnen. Ich vermute, daß er diese Gegend von früher her genau kennt, und so war es möglich, daß sie uns vorausgekommen sind."

„So ist es. Mein Bruder hat es erraten. Die beiden Wachen, die ich belauschte, sprachen davon, und ich hörte es. Der ‚General' ist nach der Halbinsel gegangen und nicht wiedergekommen; da haben sie sich aufgemacht, ihn zu suchen."

„Was hat er dort gewollt?"

„Das hat er nicht gesagt. Er hat niemand mitnehmen wollen. Es muß ein Geheimnis gewesen sein. Darum sind sie mißtrauisch geworden und ihm, nachdem es dunkel geworden war, nachgefolgt. Da sie dort sahen, daß er von den Tramps gefangen worden war, sind sie über diese hergefallen und haben ihn befreit."

„War mein Bruder Winnetou noch einmal dort?"

„Ja; aber die Utahs hatten das Feuer verlöscht."

„Weshalb?"

„Das weiß Winnetou nicht."

„So hast du nichts sehen können?"

„Weder etwas gesehen noch gehört."

„Hm! Was ist da zu tun? Den ‚General' müssen wir unbedingt haben!"

„Wenn kein Feuer brennt, ist es unmöglich, ihn zu bekommen."

„Leider hast du da recht. Wir müssen warten, entweder bis sie wieder eins anzünden oder bis zum Anbruch des Tages Weiter bleibt uns nichts übrig. Oder hast du einen anderen, besseren Gedanken?"

„Die Gedanken Old Shatterhands sind stets gut."

„So wollen wir schlafen, aber Doppelwachen auslosen!"

„Winnetou ist einverstanden. Wir befinden uns an einem gefährlichen Ort, wo wir nicht vorsichtig genug sein können. Wir werden auch nicht hier am See, sondern ein Stück drin im Walde schlafen, wohin die letzten Posten, ehe es Tag wird, auch die Pferde schaffen müssen, damit die Capote-Utahs uns ja nicht etwa beim ersten Tageslicht zu zeitig zu sehen bekommen."

Wir zogen uns also vom Wasser in den Wald zurück, ließen die Pferde aber jetzt noch weitergrasen. Von den beiden

Wächtern mußte einer bei ihnen und der andere bei uns sein. Mich traf wieder die erste Wache. Diese dauerte anderthalb Stunden; sie verging ohne Störung, und dann legte ich mich nieder, nachdem unsere Nachfolger geweckt worden waren.

Als ich früh aufstand, war der Tag schon seit zwei Stunden da. Ich wollte zürnen, daß man mich so lange hatte schlafen lassen, doch Winnetou beruhigte mich mit der Versicherung:

„Mein Bruder hat nichts versäumt. Ich hatte die letzte Wache und bin, sobald es hell wurde, spähen gegangen. Es ist für uns unmöglich, die Utahs auf der Halbinsel zu überfallen und ihnen ihre Gefangenen abzunehmen. Wir müssen wissen, wohin sie reiten, und ihnen dann vorauseilen, um uns eine geeignete Stelle zum Angriff auswählen zu können. Mein Bruder Shatterhand weiß, daß der schon halb gesiegt hat, der den Vorteil zu erlangen weiß, den Ort des Kampfes vorher bestimmen zu können. Diesen Vorteil müssen wir haben."

Was er da sagte, war vollständig richtig, und so blieben wir da, wo wir geschlafen hatten, liegen, um den Abzug der Indianer zu erwarten. Winnetou entfernte sich in der Absicht, sie zu beobachten, was jetzt am hellen Tag eine ebenso schwierige wie gefährliche Aufgabe war. Die Pferde befanden sich natürlich nicht mehr am Seeufer, sondern bei uns im Wald.

Wir warteten Stunde um Stunde. Die Halbinsel lag zu fern, als daß wir hätten sehen können, was dort vorging. Nur dem Schein des Feuers war es gestern möglich gewesen, bis zu uns heraufzudringen. Winnetou kam einigemal, um uns wenigstens über sich zu beruhigen; melden konnte er uns weiter nichts, als daß die Indianer noch nicht fort seien. Dann benachrichtigte er uns davon, daß er laute Beilschläge gehört habe; die Utahs schienen mit ihren Tomahawks einen Baum zu fällen, weshalb, das konnten wir nicht erraten. Endlich, endlich, als es schon über Mittag geworden war, kam er, um uns zu sagen, daß die Roten nun fort seien. Er hatte, vielleicht hundert Schritt entfernt und hinter einem Baum stehend, sie fortreiten sehen.

„So müssen ihre Pferde von da, wo das zweite Feuer brannte, heraufgeholt worden sein?" fragte ich.

„So ist es", nickte er. „Ich sah, daß sie gebracht wurden."

„Konntest du sie alle sehen, als sie fortritten?"

„Nein. Es waren zu viele Bäume zwischen ihnen und mir."

„Natürlich waren die Gefangenen bei ihnen?"

„Ich war so fern von ihnen, daß ich die roten Männer nicht von den weißen unterscheiden konnte, und weiter durfte ich mich nicht an die Halbinsel wagen."

„Nach welcher Richtung sind sie geritten?"

„Nach Nordwest. Dies ist der Weg, den auch wir einschlagen werden."

„Hm! Wir müssen nach der Halbinsel. Reiten wir gleich hin, oder müssen wir erst spähen, ob wir dort sicher sind?"

„Wir sind sicher."

Da wir uns auf den Apatschen verlassen konnten, stiegen wir auf, um nach der Halbinsel zu reiten. In deren Nähe angekommen, suchten wir zunächst die Fährte der Utahs auf. Ja, sie waren fort; wir brauchten nicht zu fürchten, überrascht zu werden. Wir ritten also ohne Sorge nach dem Ort, wo Old Wabble und die Tramps und dann die Indianer gelagert hatten. Dort stiegen wir von den Pferden.

Das Gras und Moos war weit umher niedergetreten, wie es bei einem verlassenen Lagerplatz zu sein pflegt. Wir hatten keinen Grund, anzunehmen, daß wir einen Fund hier machen würden, dennoch ließen wir aus alter Gewohnheit unsere Blicke umherschweifen. Die Roten hatten sich nicht auf den eigentlichen Lagerplatz beschränkt; ihre Spuren führten nach mehreren Seiten fort. Wir trennten uns, um den verschiedenen Fährten nachzugehen, und hörten schon nach ganz kurzer Zeit Old Surehand rufen:

„Kommt her; kommt her; kommt alle her! Hier liegen sie! Schnell, schnell!"

Ich eilte nach der Richtung, aus der seine Stimme erklungen war. Welch ein Anblick erwartete mich da! Hier lagen sie unter den Bäumen, die Tramps, alle miteinander, ohne Ausnahme! Ihren blutigroten Köpfen fehlten die Häute. Sie waren skalpiert worden. Man hatte sie, sogar nach ihrer Körperlänge geordnet, in einer Reihe nebeneinander gelegt, und ein weiterer Blick zeigte, daß sie vorher erstochen worden waren.

Uns grauste! Sie hatten einer moralisch sehr tief stehenden Menschensorte angehört und waren vor keinem Verbrechen zurückgebebt, aber sie in dieser Weise und so zugerichtet hier vor uns liegen zu sehen, das war entsetzlich!

Um zwanzig Menschen so schnell und sicher überwältigen zu können, hatte jeder Rote vorher genau wissen müssen, auf welchen Weißen er sich werfen mußte. Fünfzig Indianer auf zwanzig Weiße! Die Toten waren steif. Man hatte sie also nicht erst heute früh, sondern schon gestern abend ermordet. Warum aber waren die Indianer dann hiergeblieben? Warum hatten sie sogar ihre Pferde holen lassen? Es mußte irgend etwas gegeben haben, was auf heute früh verschoben worden war und bis

Mittag gedauert hatte. Was konnte das sein? Mir fiel Old Wabble ein. Dessen Leiche fehlte. Jedenfalls hatte der „General" ihn mitgenommen, um eine ganz besondere Rache an ihm auszuüben.

Hatten wir in den ersten Augenblicken wortlos vor den Leichen gestanden, so waren dann der Ausrufe desto mehr zu hören. Hätten wir jetzt die Roten hier vor unseren Gewehren gehabt, ich glaube, sie wären alle erschossen worden! Aber wie das größte Unheil doch nicht ohne ein kleines Lächeln ist, das zeigte sich auch hier. Hammerdull deutete auf eine der Leichen und sagte zu Holbers:

„Pitt, das ist Hosea, der uns an das Leben wollte!"

„Yes! Und das Joel, der nicht auf unser Geld hereinfallen wollte!" antwortete der Lange und zeigte auf einen anderen Toten.

„Sie sind dennoch deine Vettern. Meinst du nicht auch, altes Coon?"

„Ja, sie sind es."

„Willst du sie so hier liegenlassen?"

„Das möchte ich ihrer Mutter denn doch nicht antun, obgleich sie mir so manchen gefühlvollen Augenblick bereitet hat."

„Das ist brav von dir, alter Pitt! Was schlägst du also vor?"

„Daß wir sie begraben. Meinst du nicht auch, lieber Dick?"

„Ob wir sie begraben oder nicht, das bleibt sich gleich; aber wir werden ihnen, wenn wir Zeit dazu bekommen, einen kleinen Gottesacker herrichten und es ihnen darin so bequem machen, wie die Umstände es erlauben. Das ist Christenpflicht, zumal es deine Vettern sind. Ist's so richtig, altes Coon?"

„Hm! Wenn du denkst, daß du das an mir und meinen Verwandten tun willst, so bist du ein braver Kerl, lieber Dick!"

Sie reichten sich die Hände, und ich muß gestehen, daß nichts den Anblick dieser grausigen Szene so hätte mildern können, wie gerade die eigenartige Weise dieser beiden guten Menschen. Wir hatten keine Zeit, wir mußten den Utahs nach und den „General" fassen, der gewiß die Schuld an dem Tod der zwanzig Tramps trug; aber wenn die Brüder begraben werden sollten, so durften wir auch die anderen nicht so liegenlassen, und darum entfernte ich mich, um nach einer geeigneten Stelle zu suchen.

Ich traf dabei auf eine breite Fährte, der ich folgte; sie führte nach einer Fichte, die etwas freier stand als die Bäume ihrer Umgebung, und als ich sie . . .

Hier sträubt sich die Feder fortzufahren! Was ich sah, war so gräßlich, daß ich einen lauten Schrei ausstieß. Die Kameraden kamen deshalb alle spornstreichs herbeigerannt und waren bei dem Anblick, der sich ihnen bot, nicht weniger entsetzt als ich.

Man hatte die Fichte, die von der Stärke eines achtjährigen Kindes war, in Schulterhöhe gespalten. Das waren die Toma-hawkhiebe gewesen, die Winnetou gehört hatte. Durch einige in den Riß getriebene Holzkeile war nachgeholfen worden, weil die Tomahawks zu schwach gewesen waren, einen durchgehen-den Spalt fertigzubringen. Durch das Nachtreiben immer grö-ßerer und stärkerer Keile, auch mehrerer nebeneinander, hatte man den Riß so erweitert, daß er mehr als den Durchmesser eines Männerleibs bekam, und dann den gefesselten alten Wabble hineingeschoben. Hierauf waren die stärkeren Keile wieder herausgeschlagen worden; sie lagen unten am Boden; und nun steckte der unglückliche Alte in waagrechter Lage und mit entsetzlich zusammengepreßtem Unterleib, hüben mit den Beinen und drüben mit dem Oberleib herausragend, in dem Spalt.

Hätte man ihn mit der Brust hineingelegt, so wäre sie ihm eingedrückt worden und er folglich gestorben; so aber hatte man ihn in teuflischer Berechnung nur mit dem Unterleib hin-eingeschoben. Er lebte noch; sein gesunder Arm und die Beine bewegten sich, doch konnte er trotz der unbeschreiblichen Schmerzen, die er auszustehen hatte, nicht schreien, weil man ihm einen Knebel in den Mund gesteckt und diesen noch be-sonders zugebunden hatte. Seine Augen waren geschlossen; aus der Nase rann das Blut in schweren, dunklen Tropfen; der Atem ging scharf pfeifend und ließ die Blutstropfen zischen. Da konnte es kein Wort weder der Empörung noch des Mit-leids geben; da mußte schnell geholfen werden, ohne einen einzigen Augenblick zu zaudern.

„Die starken Keile hinein!" gebot ich. „Und zwar oben und auch unten! Macht rasch; macht rasch! Wir brauchen noch mehr Keile, als hier liegen. Heraus mit den Messern und To-mahawks!"

Während ich das rief, hatte ich auch schon einen Keil in den Spalt gesteckt und trieb ihn durch Hiebe mit dem eisenbe-schlagenen Kolben meines Bärentöters ein. Jetzt konnte man die Kameraden schaffen sehen! Tomahawks hatten bloß Win-netou und Matto Schahko; das war aber genug. Abgestorbene Bäume standen einige in der Nähe. Die Späne flogen; es wur-den wie im Handumdrehen neue, stärkere Keile fertig. Mein

Bärentöter und Hammerdulls alte Gun, deren Kolben stark mit Bandeisen umwunden war, wurden als Schlägel gebraucht. Kurz und gut, es waren kaum zwei Minuten vergangen, so hatten wir den Spalt so erweitert, daß wir Old Wabble herausnehmen konnten. Wir legten ihn auf die Erde.

Er blieb zunächst ohne Bewegung liegen und stieß einen Schwall geronnenen Blutes aus dem Mund; dann folgte ein heller, dünner Blutstrahl nach. Die Brust weitete sich; wir hörten einen tiefen, tiefen Atemzug. Hierauf öffneten sich die Augen; sie waren dunkelrot gefärbt.

Und nun, nun kam etwas, was ich in meinem ganzen Leben nicht vergessen werde, nämlich ein Schrei – aber welch ein Schrei! Ich habe Löwen und Tiger brüllen hören; ich kenne die Trompetentöne des Elefanten, ich habe den entsetzlichen, gar nicht zu beschreibenden Todesschrei von Pferden gehört; aber nichts von dem ist mit dem fürchterlichen, langgezogenen, kein Ende nehmenden Schrei zu vergleichen, der jetzt, die Schmerzen einer ganzen Welt herausbrüllend, aus Old Wabbles Mund kam und drüben vom jenseitigen Seeufer und hüben aus der Waldestiefe vom mitleidlosen Echo zurückgeschickt wurde. Es schüttelte uns.

Hierauf war es wieder eine Weile still. Mit widerstreitenden Gefühlen im Herzen standen wir um ihn herum; das Mitleid hatte aber doch die Oberhand. Jetzt begann er zu stöhnen, lauter, immer lauter; dann folgte wieder ein plötzliches Gebrüll, wie von einer Schar wilder Tiere. Ich hielt mir die Hände an die Ohren; wieder das leisere Stöhnen und Jammern, und dann abermals ein jähes Geheul, von dem wir förmlich zurückgeworfen wurden.

So ging es fort und fort, dieses Wimmern und Stöhnen, von heulenden Stößen unterbrochen; es wollte gar kein Ende nehmen. Er schien weder sehen noch hören, auch nicht sprechen zu können. Was konnten wir tun? Holbers blieb bei ihm, um ihm Wasser einzuflößen; wir aber entfernten uns, um ein Grab für die Tramps herzustellen. Gesprochen wurde kein einziges Wort über den Unglücklichen. Ein heiliges Grauen hatte uns gepackt.

Am Westufer der Halbinsel fanden wir, was wir suchten, nämlich eine ganze Menge angespülter Steine, die zur Herstellung selbst einer so großen Begräbnisstelle ausreichten. Zum Graben einer Vertiefung, wie sie für so viele Leichen nötig gewesen wäre, fehlten uns die Werkzeuge. Wir begannen, die Steine nach der Mitte der Halbinsel zu schleppen, wo es eine natürliche, fast metertiefe Senkung gab. Dorthin sollte das Grab kommen.

Das war eine Arbeit, die viel Zeit in Anspruch nahm und während der wir immer das Gebrüll des alten Königs der Cowboys hörten, bis er nach vielleicht einer Stunde stiller wurde. Später kam Holbers zu mir und sagte, daß der Alte jetzt sehen könne und zu sprechen beginne. Ich ging zu ihm hin.

Er lag lang ausgestreckt da, holte leise und unregelmäßig Atem und starrte mich an. Seine Augen hatten sich ziemlich entrötet.

„Old – Shat – ter – hand", flüsterte er. Dann hob er den Oberkörper ein wenig und schrie mich an: „Hund, verfluchter, fort, fort, fort mit dir!"

„Mr. Cutter, Ihr steht vor der Ewigkeit!" antwortete ich. „Niemand kann Euch helfen! In kurzer Zeit, vielleicht schon in einer Stunde, gibt es für Euch den letzten Atemzug. Macht Eure Rechnung hier mit Gott; im Jenseits ist zum Bitten vielleicht nicht mehr Zeit!"

„Schäfchenhirt! Pack dich von hier! Ich will sterben ohne dich und ohne ihn! Geh mir aus den Augen!"

Old Surehand war herbeigekommen; er hörte das und sagte:

„Den macht Ihr nun im letzten Augenblick auch nicht mehr anders. Oder wollt Ihr es einmal mit dem Gebet versuchen?"

Ich sah ihn an. Es war ihm wirklich erst mit diesen Worten; dennoch fragte ich:

„Warum gebt Ihr mir diesen guten Rat?"

„Weil wir gestern vom Gebet gesprochen haben. Ihr glaubt ja doch so fest und unerschütterlich an seine Macht!"

Old Wabble war jetzt in seinen früheren Zustand zurückgeallen und wechselte, wie vorhin, mit Wimmern und tierischem Brüllen ab. Ich entfernte mich. Als er nach einer halben Stunde ruhig geworden war, ging ich wieder hin zu ihm. Er erkannte mich und zischte mich an:

„Kennst du noch den Fact, und wieder den Fact, und zum drittenmal den Fact, damals im Llano estacado? Bring mir nun von deinem Gott einen Fact, du Himmelsschaf!"

Sollte ich ihm, der jetzt noch spottete, in meiner vorigen Weise antworten? Nein. Ich konnte nichts mehr für diese verlorene Seele tun. Es gab nur eine Macht, die helfen konnte, und das war nicht die meinige. Old Surehand hatte gemerkt, wohin ich gegangen war, und war mir wieder nachgekommen; wir befanden uns allein bei dem Alten. Ich kniete nieder und betete, nicht leise, sondern laut, daß Old Surehand und Old

Wabble es hörten. Was ich betete? Ich weiß es nicht mehr, und wenn ich es noch wüßte, würde ich es hier nicht wiederholen.

Old Wabble hatte mich, ganz gegen meine Erwartung, nicht ein einziges Mal unterbrochen. Sein Auge sah mich spöttisch an; aber aus seinem vor Schmerz verzerrten Mund war keine Silbe zu hören. Sollte er sich jetzt doch scheuen, mich zu verhöhnen? Ich wollte ihm Gelegenheit lassen, mit sich allein zu sein, und ging mit Old Surehand fort.

Nach einiger Zeit waren wir so weit, daß wir die Leichen in die Bodensenkung legen konnten, um sie dann erst mit Gezweig und darauf mit Steinen zu bedecken. Da kam mir ein Gedanke, nein, kein Gedanke, sondern eine Eingebung; es war eine, das fühlte ich: Ich ließ den alten Wabble holen und nach dem Grab bringen. Das verursachte ihm große Schmerzen; er schrie in einem fort und fragte dann, warum er nicht habe liegenbleiben dürfen.

„Ihr sollt sehen, wohin wir Eure skalpierten Kameraden legen", antwortete ich. „Wir lassen einen Platz für Euch, denn ehe die heutige Sonne untergeht, liegt Ihr bei ihnen hier unter diesen Steinen."

Ich hatte erwartet, er werde mich wütend anschreien; er war aber still, ganz still. Er sah zu, wie wir einen Tramp nach dem anderen in die Vertiefung legten und dann mit Ästen und Zweigen bedeckten! Er sah auch, wie wir Steine darüber aufhäuften und eine Lücke für seinen eigenen Körper ließen. Sein Auge folgte jeder unserer Bewegungen; er sagte immer noch nichts. Aber in seinem Blick lag eine immer größer werdende Angst; das bemerkte ich wohl. Nun waren wir endlich mit dem Grabe fertig, bis auf ihn – die letzte Leiche, und gingen fort, scheinbar ohne uns um ihn zu kümmern. Ich fühlte aber eine Spannung, die gar nicht größer sein konnte.

Da plötzlich erzitterte die Luft von einem Schrei, nicht anders, als wie sein erster Schrei gewesen war. Ich suchte ihn wieder auf. Die Schmerzen hatten ihn wieder gepackt, doch ohne ihm die Besinnung zu rauben. Er wand sich wie ein Wurm; er schlug und stampfte um sich, doch kam kein Fluch und keine Verwünschung mehr aus seinem Mund. Dann lag er wieder still, wimmernd und stöhnend zwar, doch sonst bewegungslos.

Seine Zähne knirschten, und der Schweiß trat in schweren, dicken Tropfen auf seine Stirn und sein Gesicht. Ich wischte sie wiederholt ab; sie kamen immer wieder. So verging eine lange Zeit. Da hörte ich ihn halblaut sagen:

"Mr. Shatterhand!"

Ich beugte mich über ihn, und nun fragte er langsam und mit öfteren Unterbrechungen:

"Kennt Ihr das alte, alte – Lied – Lied – von der – Ewigkeit?"

"Welches Lied? Wie ist der Anfang?"

"E – terni – ty – on – thunder – word . . ."

"Ich kann es auswendig."

"Betet – be – tet es!"

Ich blickte Old Surehand, der mit mir zu ihm gekommen war, bedeutungsvoll an, setzte mich neben den Alten hin und begann, natürlich in der englischen Übersetzung:

> *"O Ewigkeit, du Donnerwort,*
> *du Schwert, das durch die Seele bohrt,*
> *o Anfang sonder Ende!*
> *O Ewigkeit, Zeit ohne Zeit;*
> *vielleicht schon morgen oder heut*
> *fall ich in deine Hände.*
> *Mein ganz erschrocknes Herze bebt,*
> *daß mir die Zung' am Gaumen klebt!"*

Hier hielt ich inne. Er war still. Seine Brust bewegte sich schwer. Es arbeitete in ihm. Dann bat er:

"Weiter – weiter – Mr. Shatter – hand!"

Und ich fuhr fort:

> *"O Gott, wie bist du so gerecht!*
> *Wie strafst du mich, den bösen Knecht,*
> *mit wohlverdienten Schmerzen!*
> *Schon hier erfaßt mich deine Faust,*
> *daß es mich würgt, daß es mich graust*
> *in meinem tiefsten Herzen.*
> *Die Zähne klappern mir vor Pein;*
> *wie muß es erst da drüben sein!"*

Die Strophen dieses alten, kraftvollen Kirchenliedes sind allerdings geeignet, wie Schwerterspitzen durch Mark und Bein zu gehen. Ich sah, daß es ihn schüttelte, doch forderte er mich auf:

"Weiter – immer – weiter! Ich – höre es!"

Ich tat ihm den Willen:

*„Wach auf, o Mensch, vom Sündenschlaf;*
*ermuntre dich, verlornes Schaf,*
*denn es enteilt dein Leben!*
*Wach auf, denn es ist hohe Zeit,*
*es nahet schon die Ewigkeit,*
*dir deinen Lohn zu geben!*
*Zeig reuig deine Sünden an,*
*daß dir die Gnade helfen kann!"*

Was war das! Seine Zähne schlugen zusammen. Ja, wahrhaftig, ich hörte sie klappern! Der Schweiß stand nicht mehr tropfenweise auf seiner Stirn, sondern lag als eine zusammenhängende, naßkalte Schicht darauf. Dabei murmelte er, wie ein Betrunkener, lallend:

„Zeig reuig – deine Sünden – an, daß dir – die Gnade – hel – helfen kann!" Und plötzlich stieß er laut, rasch und voll unsäglicher Angst hervor: „Wie lange braucht man zur Gnade, wie lange? Sagt es schnell, schnell!"

„Einen Augenblick nur, wenn Ihr's ehrlich meint", antwortete ich.

„Das ist zu wenig, viel zu wenig! ‚Zeig reuig deine Sünden an!' Ich habe mehr Sünden auf meinem Gewissen, als Sterne am Himmel stehen. Wie kann ich die in dieser Zeit beichten, wie kann, wie kann ich das!"

„Gott zählt sie nicht einzeln, wenn Ihr sie wirklich bereut!"

„Nein, alle, alle muß ich ihm aufzählen, alle! Und habe ich Zeit dazu, Zeit? Wann muß ich sterben, sagt es mir!"

„Eure Todesstunde schlägt heute. Hier steht Euer Grab schon offen!"

„Schon offen, schon offen; o mein Himmel, o mein Gott! Gebt mir mehr Zeit, mehr! Gebt mir einen Tag, zwei Tage, eine Woche!"

Da, da war es, was ich ihm auf Fenners Farm vorausgesagt hatte: er flehte um eine Gnadenfrist!

„Aber ich fühle es", fuhr er kreischend fort, „ich bekomme keine Zeit, keine Frist, keine Gnade, kein Erbarmen! Der Tod greift mir nach dem Herzen, und die Hölle mit allen ihren Teufeln wühlt mir schon im Leib! Mr. Shatterhand, Mr. Shatterhand, Ihr seid ein gläubiger, ein frommer Mann. Ihr müßt, Ihr müßt es wissen: Gibt es einen Gott?"

Ich legte ihm meine Hand auf die Stirn und antwortete:

„Ich schwöre nie; heute und hier schwöre ich bei meiner Seligkeit, daß es einen Gott gibt!"

„Und ein Jenseits, ein ewiges Leben?"

„So wahr es einen Gott gibt, so wahr auch ein Jenseits und ein ewiges Leben!"

„O Gott, o Allerbarmer! Wer wird meine vielen, vielen, schweren Sünden vergeben? Könnt Ihr es tun, Mr. Shatterhand; könnt Ihr?"

„Ich kann es wirklich nicht. Bittet Gott darum! Er allein kann es."

„Er hört mich nicht; er mag von mir nichts wissen! Es ist zu spät!"

„Für Gottes Liebe und Barmherzigkeit kommt keine Reue zu spät!"

„Hätte ich früher auf Euch gehört, früher! Ihr habt Euch Mühe mit mir gegeben. Ihr habt recht gehabt: das Sterben währt länger, viel länger als das Leben! Fast hundert Jahre habe ich gelebt; nun sind sie hin, hin wie ein Wind; aber diese Stunde, diese Stunde, sie ist länger als mein ganzes Leben;, sie ist schon eine Ewigkeit! Ich habe Gott geleugnet und über ihn gelacht; ich habe gesagt, daß ich keinen Gott brauche, im Leben nicht und im Sterben nicht. Ich Unglücklicher! Ich Wahnsinniger! Es gibt einen Gott; es gibt einen; ich fühle es jetzt! Und der Mensch braucht einen Gott; ja, er braucht ihn! Wie kann man leben und sterben ohne Gott! Wie kalt, wie kalt ist's in mir! Wie finster, wie finster! Das ist ein tiefer – tiefer – bodenloser Abgrund – Hilfe, Hilfe! Das schlägt über mir zusammen – über mir – Hilfe – Hilfe! Das krallt sich um meine – Hilfe – Gnade – Gnade – Gna . . .!"

Er hatte die Augen geschlossen und die Hilferufe erst mit schriller und dann mit ersterbender Stimme ausgestoßen. Jetzt schloß er den Mund und bewegte kein Glied seines Körpers, kein Härchen seiner Augenwimpern mehr.

„O mein Gott!" seufzte Old Surehand. „Ich sah schon manchen Menschen im Kampf fallen; aber ein wirkliches Sterben so wie dieses, sah ich noch nie! Wer da nicht an Gott glauben lernt, dem wäre besser, er wäre nie geboren!"

Die Hilferufe Old Wabbles hatten die Gefährten alle herbeigerufen; sie standen rund umher.

Ich schob dem Alten die Hand unter das Gewand und legte sie ihm auf das Herz; ich fühlte kaum noch dessen leisen, langaussetzenden Schlag.

„Die Hüte ab, Mesch'schurs!" bat ich. „Wir stehen vor einem heiligen Augenblick; ein verlorener Sohn kehrt jetzt zurück ins Vaterhaus, betet, daß der Inbegriff aller Liebe sich

357

seiner erbarme, jetzt in dieser schweren, letzten Minute und jenseits in der Ewigkeit!"

Die Sekunden dehnten sich zu Minuten und die Minuten zu Viertelstunden. Ein dünnes Zweiglein knickte unter den Füßen eines kleinen Vogels. Das klang durch diese tiefe, heilige Stille wie sonst das Brechen eines starken Baumes, so schien es uns, und der leichte Flügelschlag des Vogels dünkte uns das Rauschen von Adlerschwingen zu sein!

Da schlug Old Wabble die Augen auf und richtete sie auf mich. Sein Blick war klar und mild, und seine Stimme klang zwar leise, doch deutlich, als er sagte:

„Ich schlief jetzt einen langen, tiefen Schlaf und sah im Traum mein Vaterhaus und meine Mutter darin, die ich beide hier nie gesehen habe. Ich war böse, sehr böse gewesen und hatte sie betrübt, so träumte mir; ich bat sie um Verzeihung. Da zog sie mich an sich und küßte mich. Old Wabble ist nie im Leben geküßt worden, nur jetzt in seiner Todesstunde. War das vielleicht der Geist meiner Mutter, Mr. Shatterhand?"

„Ich möchte es Euch gönnen, Ihr werdet's bald erfahren", antwortete ich.

Da ging ein Lächeln über seine durchfurchten Züge, und er sprach in rührend frohem Ton:

„Ja, ich werde es erfahren, in wenigen Augenblicken. Sie hat mir verziehen, als ich sie darum bat! Kann Gott weniger gnädig sein als sie?"

„Seine Güte reicht so weit, wie die Himmel reichen; sie ist ohne Anfang und auch ohne Ende. Bittet ihn, Mr. Cutter, bittet ihn!"

Da legte er die unverletzte Hand in die des gebrochenen Arms, faltete beide und sagte:

„So will ich denn gern beten, zum ersten und zum letzten Mal in diesem meinem Leben! Herrgott, ich bin der böseste von allen Menschen gewesen, die es gegeben hat. Es gibt keine Zahl für die Menge meiner Sünden, doch ist es mir bitter leid um sie, und meine Reue wächst höher auf als diese Berge hier. Sei gnädig und barmherzig mit mir, wie meine Mutter es im Traum mit mir war, und nimm mich, wie sie es tat, in deine Arme auf! Amen!"

Welch ein Gebet! Er, der keine Schule genossen und nie zu seinem Gott gesprochen hatte, betete jetzt so geläufig, wie ein Pfarrer betet! Er hatte leise und mit Unterbrechungen gesprochen, war aber von uns allen verstanden worden. Dieser Sterbende war ein böser Mensch und zuletzt mein Todfeind gewesen, und doch liefen die Tränen, die ich nicht zurückhalten vermochte, mir über die Wangen herab. Ich beugte mich zu ihm hin.

„War es so richtig, Mr. Shatterhand?" fragte er.

„Ja, so war es gut."

„Und wird Gott mir meine Bitte erfüllen? Wenn ich das doch deutlich aus Euerm Mund hören könnte!"

„Ihr sollt es hören. Ich bin zwar kein geweihter Priester, und keine Macht der Kirche ist mir anvertraut; wenn ich damit eine Sünde begehe, so wird Gott auch mir gnädig sein; ich bin ja der einzige hier, der zu Euch reden kann! Spricht die Stimme wahr, die ich jetzt in mir höre, so seid Ihr von Gottes Gerechtigkeit gerichtet, aber von seiner Barmherzigkeit begnadigt worden. Geht also heim in Frieden! Ihr habt im Traum das irdische Vaterhaus gesehen; es steht Euch nun die Tür des himmlischen offen. Eure Sünden bleiben hier zurück. Lebt wohl!"

Ich nahm seine Hand in die meinige. Er hatte die Augen wieder geschlossen. Ich legte mein Ohr an seinen Mund und hörte ihn noch hauchen:

„Lebt – wohl! – Ich – bin – so froh – so – froh!"

Das Lächeln war in seinem Angesicht geblieben; es war so mild, als ob er wieder von seiner Mutter träume. Doch war es jetzt kein Traum mehr, der ihm die Erbarmung zeigte; er sah sie jetzt in jener Wirklichkeit, die über allem Irdischen erhaben ist – er war tot.

Was für ein sonderbares Geschöpf ist doch der Mensch! Welche Gefühle hatten wir noch vor wenigen Stunden für diesen Verstorbenen gehabt! Und jetzt stand ich so tief bewegt vor seiner Leiche, als ob mir ein lieber Kamerad gestorben sei! Sein Sterben hatte alles Vergangene gutgemacht. Und ich war nicht der einzige, dem es so erging. Dick Hammerdull kam herbei, ergriff die Hand des Toten, schüttelte sie leise und sagte:

„Leb wohl, alter Wabble! Hättest du eher gewußt, was du jetzt weißt, so wärst du nicht eines so elenden Todes gestorben. Das war gewaltig dumm von dir; ich trage es dir aber nicht nach! Pitt Holbers, gib ihm auch die Hand!"

Holbers brauchte gar nicht dazu aufgefordert zu werden, denn er stand schon bereit. Dabei sagte er, und zwar gar nicht in seiner trockenen Weise, sondern tief bewegt:

„Farewell, old king! Dein Königreich hat nun ein Ende. Wärst du gescheit gewesen, so hättest du mit uns anstatt mit den Tramps reiten können. Schade, jammerschade um so einen tüchtigen Boy, der du früher gewesen bist! Komm, lieber Dick! Wollen ihn in sein letztes Bett legen!"

„Nein, jetzt noch nicht!" entgegnete ich.

„Ja, müssen wir nicht weiter?" fragte Hammerdull.

„Wir haben nur noch zwei Stunden Tag; da lohnt es sich nicht, nun erst ein anderes Lager aufzusuchen. Wir bleiben hier."

„Aber die Utahs und der ‚General'!"

„Laßt sie ziehen! Sie entkommen uns nicht, nun erst recht nicht, da wir die Schmerzen zu vergelten haben, die dieser Tote hat ausstehen müssen. Früh schien es mir, als ob wir keine Zeit hätten; jetzt habe ich mehr als genug!"

„Ich stimme meinem Bruder Shatterhand bei", erklärte Winnetou. „Old Wabble soll nicht warm begraben werden!"

Es war also ausgemacht, daß wir heute auf der Halbinsel blieben. Einer von uns aber ließ sich nicht dazu bereit finden: Old Surehand nämlich. Er winkte mich auf die Seite und sagte:

„Ich kann nicht hierbleiben, Mr. Shatterhand. Ich werde fortreiten, und zwar heimlich, damit niemand auf den Gedanken kommt, mich abzuhalten. Einem aber muß ich es sagen, und das sollt Ihr sein. Verratet mich nicht, bis ich fort bin!"

„Ist es denn unbedingt notwendig, daß Ihr Euch entfernen müßt?" erkundigte ich mich. „Könnt Ihr wirklich nicht hierbleiben?"

„Ich muß fort!"

„Und allein?"

„Ganz allein!"

„Hm! Ihr seid ein tüchtiger Westmann, und ich will also nicht von den Gefahren sprechen, die Euch begegnen können; aber wollt Ihr mir nicht wenigstens sagen, welcher Art das Unternehmen ist, das Euch hindert, hier bei uns zu bleiben, Mr. Surehand?"

„Das kann ich nicht."

„Darf ich auch nicht erfahren, wohin Ihr wollt?"

„Nein."

„Hm! Ich habe nicht die Absicht, Euch Vorwürfe zu machen, aber Euer Verhalten grenzt doch etwas an Vertrauenslosigkeit."

Da antwortete er, schnell mißmutig geworden:

„Daß ich Vertrauen zu Euch habe, müßt Ihr ebenso gut wissen wie ich, Sir. Ich habe Euch schon gesagt, daß es sich um ein Geheimnis handelt, von dem ich nicht sprechen darf und sprechen will."

„Auch zu mir nicht?"

„Nein!" erklang es sehr kurz und abweisend.

„*Well!* Jeder hat das Recht, seine Angelegenheiten für sich zu behalten; aber ich bin Euch von Jefferson City aus bis hierher nachgeritten, in der Meinung, mit Euch gute Kameradschaft zu pflegen. Ich sage nicht, daß daraus Rechte für mich und Pflichten für Euch entstehen, doch sollte es mir leid tun, wenn Ihr Absichten hegt, die Euch in Schaden bringen, wenn Ihr sie allein betreibt, während sie gelingen würden, wenn es Euch beliebte, nicht so verschlossen, sondern offen gegen mich zu sein. Seid Ihr denn Eurer Sache so gewiß, daß Ihr behaupten könnt, uns nicht zu brauchen?"

„Wäre ich allein hierhergeritten, wenn ich geglaubt hätte, Hilfe nötig zu haben?"

„Sehr richtig! Aber habt Ihr denn wirklich keine nötig gehabt?"

„Ihr meint natürlich meine Gefangenschaft bei den Utahs? Ich hätte mich wohl auch allein von ihnen fortgefunden!"

Jetzt war ich es, der einen zurückhaltenden Ton annahm:

„Ich bin überzeugt davon. Betrachten wir also die Sache für abgemacht! Reitet in Gottes Namen; ich hindere Euch nicht!"

Ich wollte mich abwenden; da nahm er mich bei der Hand und bat:

„Seid nicht verstimmt, Sir! Meine Worte klangen nach Undankbarkeit. Ihr wißt aber jedenfalls, daß ich nicht undankbar bin."

„Das weiß ich!"

„Und – und – ich will Euch wenigstens eins sagen: Ich bin so verschwiegen gewesen, weil ich glaubte, Ihr würdet Euch von mir wenden, wenn Ihr hörtet, wer ich bin."

„Unsinn! Seid, wer Ihr wollt! Old Surehand ist ein braver Kerl!"

„Aber – aber – aber der Sohn eines – Zuchthäuslers!"

„*Pshaw!*"

„Wie? Ihr erschreckt da nicht?"

„Nein. Ich weiß, daß es in den Zuchthäusern und Gefängnissen durchaus schon brave Leute gegeben hat!"

„Aber mein Vater ist sogar im Zuchthaus gestorben!"

„Traurig genug! Aber das geht doch meine Freundschaft für Euch nichts an!"

„Wirklich nicht? Meine Mutter war auch Zuchthäuslerin!"

„Das ist ja ganz entsetzlich!"

„Und mein Oheim auch!"

„Armer Teufel, der Ihr seid!"

„Beide sind ausgebrochen und entflohen!"

„Das gönne ich ihnen!"

„Aber, Sir, Ihr fragt doch gar nicht, weshalb sie bestraft wurden!"

„Was bringt es für Nutzen, wenn ich es erfahre?"

„Wegen Falschmünzerei nämlich!"

„Das ist schlimm! Falschmünzerei wird sehr schwer bestraft."

„Und – Ihr redet immer noch mit mir?"

„Warum nicht?"

„Mit dem Sohn und Neffen von Falschmünzern, von Zuchthäuslern?"

„Hört, was gehen mich die Münzen und die Gefängnisse der Vereinigten Staaten an? Selbst angenommen, daß Eure Verwandten dieses Verbrechen begangen und die Strafe wirklich verdient hatten, was habt Ihr dafürgekonnt?"

„Ihr wendet Euch also nicht von mir ab?"

„Beleidigt mich nicht, Mr. Surehand! Ich bin ein Mensch, ein Christ, aber kein Barbar! Wer Strafe verdient, der mag sie tragen; ist sie vorüber, so steht er wieder da wie zuvor, wenigstens in meinen Augen. Ich bin überhaupt der Ansicht, daß wenigstens fünfzig Prozent der Bestraften nicht Verbrecher, sondern entweder kranke Menschen oder Opfer unglücklicher Verhältnisse sind."

„Ja, Ihr denkt in jeder Beziehung menschlich; das weiß ich ja. Ich kann Euch versichern, daß meine Eltern und mein Oheim unschuldig gewesen sind; sie hatten nichts Böses getan."

„Desto größer ist das Unglück, das sie betroffen hat. Wie Ihr habt denken können, daß ich, selbst wenn sie schuldig gewesen wären, Euch das hätte entgelten lassen, das kann ich nicht begreifen! Werdet Ihr auch jetzt noch so verschlossen sein?"

„Ich muß!"

„*Well!* So sagt mir wenigstens, wann wir uns wieder treffen werden!"

„Heute in vier Tagen."

„Wo?"

„Im Pui-mauvh[1], der fast in der Mitte des Parks von San Luis liegt. Winnetou wird ihn kennen. Er hat die Form eines Herzens; daher der Name dieses Waldes. Ich bin sicher dort."

„Wenn Euch nichts dazwischenkommt!"

„Was sollte dazwischenkommen?"

[1] Wald des Herzens

„Hört, Mr. Surehand, Ihr rechnet noch mit denselben Ziffern, mit denen Ihr gerechnet habt, als Ihr Euch von Jefferson City aus auf den Weg machtet. Inzwischen aber ist manches geschehen, und die Verhältnisse haben sich geändert. Der ‚General' ist da, und es ist . . ."

„*Pshaw!*" fiel er mir in die Rede. „Den fürchte ich nicht! Was geht der mich überhaupt an?"

„Vielleicht mehr, als Ihr denkt!"

„Gar nichts, ganz und gar nichts, Sir!"

„Nun, ich will mich da nicht mit Euch streiten! Ferner sind die Utahs da."

„Mir gleich!"

„Und der Medizinmann der Komantschen ist auch da!"

„Der ist mir erst recht gleichgültig! Es ist überhaupt sehr zweifelhaft, ob er sich hier befindet. Habt Ihr ihn gesehen?"

„Nein."

„Nach dem, was Eure Kameraden erzählten, hatte er sich doch den Tramps angeschlossen; er müßte also eigentlich mit hier auf der Halbinsel gewesen sein. Er hat sich wohl von ihnen getrennt."

„Jedenfalls; und das war klug von ihm!"

„Ich denke da anders. Wenn ein Mann mit seinem Weib hier herauf nach der Wildnis reitet, müssen sehr triftige Gründe dazu vorliegen."

„Allerdings."

„Diese Gründe sind jedenfalls noch vorhanden; er ist also wohl nicht umgekehrt. Die Tramps haben nicht wissen sollen, was er hier oben will; darum hat er sich von ihnen getrennt. So wird es sein."

„Warum aber ist er erst mit ihnen geritten?"

„Aus Rache und Feindschaft gegen uns, und um unter ihrem Schutz ins Gebirge zu kommen. Sobald er es aber erreicht hatte, hat er sich aus dem Staub gemacht. Er ist ganz gewiß hier."

„Mag er; mich kümmert er nicht. Also Ihr wißt nun, woran Ihr seid: heute in vier Tagen warte ich im Pui-mauvh auf Euch. Ihr könnt Euch bis dahin ja mit der Jagd auf die Utahs beschäftigen und sie für den hier begangenen Massenmord bestrafen! Hoffentlich folgt niemand von Euch meiner Fährte!"

„Da könnt Ihr ruhig sein."

„Wollt Ihr mir das versprechen?"

„Ja; mein Wort darauf!"

„So sind wir fertig. Lebt wohl!"

„Noch nicht! Wollt Ihr Euch nicht Fleisch von uns mitnehmen?"

„Nein; ihr braucht es selbst, und es würde auffallen, wenn ich mich jetzt mit Mundvorrat versorgte."

„Wir tun es heimlich!"

„Danke! Ich finde unterwegs Wild genug. Also nochmals: Lebt wohl!"

„Lebt wohl, Mr. Surehand! Ich wünsche, daß wir uns glücklich wiedersehen!"

Wir trennten uns, und ich richtete es so ein, daß er unauffällig zu seinem Pferd kommen und sich entfernen konnte. Später erregte es dann allgemeine Verwunderung, als man ihn vermißte und von mir erfuhr, daß er sich, ohne Abschied zu nehmen, entfernt hatte. Sie wollten alle wissen, aus welchem Grund er heimlich fortgegangen sei; ich sagte aber nichts. Nur Winnetou sprach keine Frage aus; doch als ich später an seiner Seite saß, hielt er es für angemessen, die Bemerkung zu machen:

„Wir werden Old Surehand wieder befreien müssen!"

„Das denke ich auch", nickte ich.

„Oder seine Leiche sehen!"

„Auch das ist möglich."

„Hat mein Bruder nicht versucht, ihn zurückzuhalten?"

„Es war ohne Erfolg."

„Du hättest ihm sagen können, daß du mehr weißt, als er denkt."

„Ich hätte es getan, aber er wollte sein Geheimnis für sich behalten."

„So ist es recht, daß du geschwiegen hast. Vertrauen soll man nicht erzwingen."

„Er wird bald einsehen, wieviel besser es gewesen wäre, offen zu sein!"

„Ja. Wie wird er staunen, wenn er erfährt, daß der Scharfsinn meines Bruders Shatterhand in so kurzer Zeit weitergekommen ist, als er in vielen Jahren! Ist es durch seine Entfernung nötig geworden, daß wir uns anders verhalten, als wenn er bei uns geblieben wäre?"

„Nein."

„Wir werden also den Utahs folgen? Ihre Fährten werden morgen früh nicht mehr zu lesen sein."

„Das stört uns nicht. Der ‚General‘, der sie anführt, will hinauf nach der Cascade; wir wissen also, wohin sie reiten."

Und sie wissen, daß wir ihnen folgen; sie werden uns also

Fallen stellen, um sich dafür zu rächen, daß Old Surehand ihnen entkommen ist."

„Darum nehme ich an, daß er ihnen wieder in die Hände fallen wird."

„Wir werden uns beeilen. Er kann während der Nacht nicht schnell reiten; wir aber können rasch voran kommen. Das hätte er bedenken sollen. Er wird, selbst wenn ihm nichts zustößt, die Cascade kaum eher erreichen als wir. Er hätte bleiben sollen!"

Als Old Wabbles Leiche erkaltet war, legten wir sie in das Grab und bedeckten auch ihn mit Reisern und Steinen. Es wurde ein Gebet und ein Vaterunser gesprochen; dann fertigten wir ein Holzkreuz, das auf dem Grab befestigt wurde. So liegt der alte König der Cowboys, der sein ganzes Leben in den Ebenen des Westens zugebracht hatte, auf der Höhe des Gebirges begraben, und zwar von denen begraben, denen er in die Berge folgte, um ihnen Rache und den Tod zu bringen, der ihn selbst ereilte.

Wir lagerten um sein vom Feuer beschienenes Grab und schliefen einen nicht so langen Schlaf wie er.

Am nächsten Morgen brachen wir auf, sobald der Tag zu grauen begann. Die Spuren der Utahs waren im weichen Waldboden noch zu sehen; als wir aber festeren Weg bekamen, verschwanden sie. Das konnte uns nicht stören. Wir suchten gar nicht nach ihnen, sondern verfolgten, ohne uns um etwas anderes zu kümmern, unsere Richtung, so schnell es uns das Gelände erlaubte.

Es ging vom See des Grünen Wassers abwärts nach dem unten liegenden Park von San Luis. Gegen Mittag hatten wir ihn erreicht. Er lag in seiner ganzen Ausdehnung und Schönheit vor unseren Augen, viele, viele Meilen breit und von dementsprechender Länge. Für den Jäger konnte es keinen schöneren Anblick geben, als diesen rund um himmelhohen Bergkolossen eingeschlossenen Park, in dem Wälder und Prärien, Felsen und Gewässer in einer Weise miteinander abwechselten, als ob Jagdliebhaber ihn unter einem Aufwand von allerdings vielen Millionen hätten künstlich anlegen lassen, und zwar zum Aufenthalt und gelegentlichen Abschuß aller jagdbaren Tiere des Wilden Westens.

Hier hatten früher die Bisons zu Abertausenden gelebt; jetzt waren sie vertrieben. Die Kugeln der Goldsucher hatten sie verjagt. Noch vor kurzer Zeit war gerade der Park von San Luis das Hauptziel dieser abenteuernden Menschen gewesen; jetzt hatten sie ihn verlassen, um sich nach den Bergen der Coast Range zu wenden, von der man erzählte, dort seien unerschöpfliche Goldlager entdeckt worden. Das erfuhren wir aber erst später; jetzt waren wir noch der Ansicht, der auch Toby Spencer gewesen war, daß man hier, und zwar an der Foam Cascade, bedeutende Funde gemacht habe. Ganz von Prospektors verlassen war der Park aber trotzdem nicht. Die besten von ihnen waren fort; die zur Hefe Gehörigen aber hatten bleiben müssen, weil ihnen die Mittel zu einer so weiten Wanderung fehlten. Diese Menschen trieben sich nun im Park umher, um, wie die Lumpensammler der Städte, in den verlassenen Minen und Placers nachzustochern und dabei keine Gelegenheit zu versäumen, da zu ernten, wo sie nicht gesät hatten.

Old Surehand hatte uns nach dem Pui-mauvh, dem „Wald des Herzens", bestellt. Winnetou wußte, wo dieser lag; es fiel uns aber gar nicht ein, ihn aufzusuchen. Unser Ziel war zunächst die Foam Cascade, wohin er jedenfalls auch geritten war.

Wir kamen während des ganzen Vormittags durch eine Gegend, die das Aussehen hatte, als ob sie aus dem schönen, deutschen Schwabenland hierher versetzt worden sei. Zu Mittag ritten wir einem Wäldchen zu, in dem wir den Pferden für eine Stunde Ruhe gönnen wollten. Es floß ein klarer Bach hindurch, der den zum Mittagsmahl nötigen Trunk zu liefern hatte.

Noch hatten wir das Wäldchen nicht ganz erreicht, so trafen wir auf eine Fährte, die von seitwärts her nach demselben Ziel führte. Sie war höchstens eine Stunde alt und deutete auf vielleicht zwölf bis fünfzehn Pferde hin. Wir hielten natürlich an. Winnetou stieg ab und ging zunächst allein vorwärts, um zu erfahren, mit welcher Art Menschen wir da zusammentreffen würden. Er kam sehr bald zurück. Hervorragende Westmänner konnten nicht in dem Wäldchen sein, denn das Beschleichen solcher Leute hätte längere Zeit in Anspruch genommen. Sein Gesicht hatte jenen vornehm schalkhaften Ausdruck, den man bei ihm selten sah, und der immer ein spaßhaftes Vorkommnis verhieß.

„Gefährlich sind diese Leute wohl nicht?" fragte Treskow, als er dieses Lächeln des Apatschen sah.

„Sogar sehr gefährlich!" antwortete dieser, schnell ernst werdend.

„Indianer?"

„Nein."

„Also Weiße. Wieviel?"

„Dreizehn."

„Gut bewaffnet?"

„Ja, nur der Rote nicht."

„Ah! Es ist ein Roter dabei?"

„Ein gefangener Roter. Darum hat Winnetou sie gefährlich genannt."

„Ah! Wo lagern sie? Ist es weit von hier?"

„Am jenseitigen Rand des Wäldchens."

„Was mögen sie sein? Jäger?"

„Diese Bleichgesichter sind keine Jäger, keine Westmänner, sondern Goldsucher. Aber warum fragt Treskow nicht nach dem Wichtigsten?"

„Nach dem Wichtigsten? Was wäre das?"

„Der Indianer."

„Ah, der! Richtig! Kann man sehen, welchem Stamm er angehört?"

„Er gehört keinem Stamm an."

„So! Kennt ihn Winnetou vielleicht?"

„Ich kenne ihn. Und meine Brüder kennen ihn auch, denn er ist ein guter Freund von uns."

„Ein Indianer? Ein guter Freund von uns? Das errate ich nicht!"

„Treskow mag Dick Hammerdull fragen, dem ich es ansehe, daß er es erraten hat!"

„Ein Indianer, der keinem Stamm angehört, der hier im Park von San Luis ist, und dessen Freunde wir sind, das, Mr. Treskow, kann doch nur Kolma Puschi sein."

„By jove! Unser geheimnisvoller Retter! Und den haben die Weißen gefangengenommen? Wir machen ihn natürlich los!"

„Aber nicht gleich", fiel Winnetou ein. „Wir tun, als ob wir ihn gar nicht kennen; der Schreck ist dann um so größer."

Ich hatte allerdings erwartet, Kolma Puschi hier im Park zu treffen, doch jetzt noch nicht und nicht als Gefangenen. Ich nahm mir vor, mir das als Fingerzeig dienen zu lassen und das, was ich bisher erraten und berechnet hatte, nicht mehr allein für mich zu behalten. Wir ritten um das Wäldchen herum bis wieder an den Bach, wo die Weißen mit ihrem Gefangenen lagerten.

Als sie uns kommen sahen, sprangen sie alle auf und griffen zu ihren Gewehren. Es waren lauter heruntergelumpte Kerls, denen man alles mögliche, nur nichts Gutes zuzutrauen hatte.

„Good day, Mesch'schurs!" grüßte ich, während wir anhielten.

„Wie es scheint, lagert sich's vortrefflich hier. Wir hatten auch die Absicht, uns da für ein Stündchen niederzulassen."

„Wer seid ihr?" fragte einer.

„Westmänner sind wir."

„Aber auch Indianer! Das ist verdächtig. Wir haben so einen Kerl hier, der uns bestohlen hat. Er wird wahrscheinlich ein Utah sein. Gehören eure Roten zu diesem Stamm?"

„Nein; sie sind ein Apatsche, ein Komantsche und ein Osage."

„*Well;* da hat es keine Gefahr. Diese Stämme wohnen sehr weit von hier, und so bin ich überzeugt, daß ihr euch um den roten Spitzbuben nicht kümmern werdet."

Wir hatten uns einen Spaß machen wollen; als ich jetzt aber den Gefangenen genau betrachtete, ließ ich diesen Gedanken sogleich fallen. Ja, es war Kolma Puschi, und es wäre die größte Rücksichtslosigkeit von uns gewesen, wenn wir ihn nicht sofort befreit hätten, denn er war in einer Weise gefesselt, die ihm große Schmerzen bereiten mußte. Ein Blick von mir hin zu Winnetou genügte, diesen von meiner Absicht zu verständigen. Wir stiegen alle von den Pferden und hobbelten sie an. Während wir dies taten, hatten die Weißen ihre Gewehre weggelegt und sich wieder niedergesetzt. Ich trat nah an sie heran, den Stutzen in der Hand, und sprach die Frage aus:

„Wißt ihr genau Gentlemen, daß euch dieser Mann bestohlen hat?"

„Natürlich! Wir haben ihn dabei erwischt", antwortete der vorige Sprecher.

„*Well,* so wollen wir uns euch vorstellen. Ich heiße Old Shatterhand. Hier steht Winnetou, der Häuptling der Apatschen, und . . ."

„Winnetou?!" rief der Mann aus. „*Behold,* da bekommen wir ja einen hochberühmten Besuch! Ihr seid uns willkommen, sehr willkommen! Setzt euch nieder, Mesch'schurs. Setzt euch nieder, und sagt, ist das der Henrystutzen, den Ihr da in den Händen habt, Mr. Shatterhand? Und auf dem Rücken der Bärentöter?"

„Ihr scheint von meinen Gewehren gehört zu haben. Ich will Euch sagen, Sir, daß Ihr mir ganz gut gefallt; nur eins gefällt mir nicht!"

„Was?"

„Daß Ihr diesen Indianer gebunden habt."

„Warum sollte Euch das nicht gefallen? Er geht Euch doch gar nichts an!"

„Er geht uns sogar sehr viel an, denn er ist ein guter Freund von uns. Macht keine Geschichten, Sir! Ich will in aller Freundlichkeit mit Euch sprechen. Nehmt dem Gefangenen die Fesseln ab! Wer sein Gewehr hebt, wird augenblicklich erschossen!"

Als ich das sagte, richteten sich alle unsere Läufe auf die Goldsucher. Das hatten sie nicht erwartet! Gut war es, daß sie uns kannten, wenigstens den Namen nach, denn das hatte zur Folge, daß sie gar nicht daran dachten, uns Widerstand zu leisten. Der Anführer fragte mich nur:

„Ist das Euer Ernst, Mr. Shatterhand?"

„Ja; ich scherze nicht."

„Na, so haben wir gescherzt und wollen jetzt damit aufhören!"

Er ging zu Kolma Puschi und band ihn los. Dieser stand auf, reckte seine Glieder, nahm ein auf der Erde liegendes Gewehr zu sich, zog einem der Weißen ein Messer aus dem Gürtel, kam zu uns her und sagte:

„Ich danke meinem Bruder Shatterhand! Das ist meine Flinte und das mein Messer; weiter haben sie mir bisher nichts abgenommen. Bestohlen worden sind sie von mir natürlich nicht!"

„Ich bin überzeugt davon! Was meint mein Bruder Kolma Puschi, was mit ihnen geschehen soll? Wir werden seinen Wunsch erfüllen."

„Laßt sie laufen!"

„Wirklich?"

„Ja. Ich befinde mich nur seit einer Stunde in ihren Händen; sie sind es gar nicht wert, daß man ihnen wegen einer Strafe Beachtung schenkt. Ich will nicht, daß meine Brüder sich mit ihnen beschäftigen!"

„Ganz kann ich diesen Wunsch nicht erfüllen; einige Worte muß ich ihnen sagen, bevor wir weiterreiten, denn bei ihnen bleiben werden wir ja nicht. Ich will von ihnen erfahren, aus welchem Grund sie einen Indianer, der ihnen nichts zuleide getan haben kann, gefangengenommen und gefesselt haben."

„Das kann ich meinem Bruder Shatterhand auch sagen!"

„Nein! Ich will es von ihnen selber wissen!"

Da fuhr sich derjenige, der gesprochen hatte, mit der Hand in die Haare, kratzte sich vor Verlegenheit und sagte dann:

„Hoffentlich haltet Ihr uns nicht für feige Memmen, weil wir uns nicht wehren, Sir! Es ist nicht Feigheit, sondern Achtung vor solchen Männern, wie ihr seid. Ich will euch alles ehrlich sagen: Wir sind als Goldsucher hier und haben ganz armselige

Geschäfte gemacht. Dieser Indianer hält sich ständig hier im Park auf, und man weiß von ihm, daß er gute Placers kennt, die er aber niemandem verrät. Wir haben ihn festgenommen, um ihn zu zwingen, uns eine gute Stelle zu sagen; dann wollten wir ihn wieder freilassen. So ist die Sache, und ich denke, daß ihr sie uns nicht anrechnen werdet. Wir konnten unmöglich wissen, daß er ein Freund von euch ist!"

„Schon gut!" antwortete ich ihm, mich dann mit der Frage an Kolma Puschi wendend: „Ist es so, wie er gesagt hat?"

„Es ist so", erwiderte dieser. „Ich bitte, ihnen nichts zu tun!"

„Well! Wir wollen also nachsichtig sein; aber ich hoffe, daß wir auch ferner keinen Grund bekommen, uns anders zu verhalten als heute. Wer ein Placer finden will, der mag sich eins suchen. Das ist der beste Rat, den ich euch geben kann, Gentlemen! Ich bitte euch, nicht eher als nach zwei Stunden von hier aufzubrechen, sonst gehen unsere Gewehre doch noch los!"

Während dieser meiner Worte hatte Kolma Puschi sein Pferd bestiegen, das sich inzwischen bei denen der Goldsucher befand, und wir ritten fort, ohne diesen Leuten noch einen Blick zuzuwerfen. Sie waren Menschen niedersten Ranges.

Um so weit wie möglich von ihnen fortzukommen, ritten wir, solange es ging, Galopp und hielten dann an einem Ort, der sich ebenso wie jenes Wäldchen zum Ausruhen eignete.

Ich war auf Kolma Puschis Pferd neugierig gewesen; denn wir hatten es unten am Rush Creek nur für kurze Zeit zu sehen bekommen. Es war ein Mustang von vorzüglichem Bau, schnell und ausdauernd, wie wir in dieser kurzen Zeit schon merken konnten.

Während wir aßen, schwieg die Unterhaltung. Die Anwesenheit des geheimnisvollen Roten bewirkte das. Als ich mein Stück Fleisch verzehrt hatte und das Messer wieder in den Gürtel steckte, war auch er fertig. Er stand auf, ging zu seinem Pferd, schwang sich in den Sattel und sagte:

„Meine Brüder haben mir einen guten Dienst erwiesen; ich danke ihnen! Ich werde mich freuen, sie einmal wiederzusehen."

„Will mein Bruder schon fort?" fragte ich. „So schnell?"

„Ja", antwortete er. „Kolma Puschi ist wie der Wind: er muß dahin gehen, wohin er soll!"

„Warum scheut sich Kolma Puschi vor uns?"

„Kolma Puschi scheut sich vor keinem Menschen; aber das, was seine Aufgabe ist, gebietet ihm, allein zu sein."

Es war eine Lust für mich, Winnetou ins Gesicht zu sehen. Er ahnte, was ich vorhatte, und freute sich innerlich auf die Wirkung, die mein Verhalten hervorbringen mußte.

„Mein roter Bruder braucht sich nicht lange mehr mit dieser Aufgabe abzugeben", erwiderte ich; „sie ist bald gelöst."

„Old Shatterhand spricht Worte, die ich nicht verstehe. Ich werde mich entfernen und sage meinen Brüdern Lebewohl!"

Schon hob er die Hand, um sein Pferd anzutreiben; da trat ich näher:

„Well, so sage ich nur noch das Wort: Wenn mein Bruder Kolma Puschi fort muß, so bitte ich meine Schwester Kolma Puschi, daß sie noch hier bei uns bleiben möge!"

Ich hatte die beiden Worte Bruder und Schwester scharf betont. Meine Gefährten sahen mich verwundert an; Kolma Puschi aber war mit einem schnellen Sprung von ihrem Pferde herab, kam zu mir geeilt und rief, fast außer sich:

„Was sagt Old Shatterhand? Welche Worte habe ich von ihm gehört?"

„Ich habe gesagt, daß Kolma Puschi nicht mein Bruder, sondern meine Schwester ist", antwortete ich.

„Hältst du mich etwa für ein Weib?"

„Ja."

„Du irrst, du irrst."

„Ich irre nicht. Old Shatterhand weiß stets, was er sagt!"

Da rief sie laut, mir beide Hände abwehrend entgegenstreckend:

„Nein; nein! Diesmal weiß Old Shatterhand doch nicht, was er sagt! Wie könnte ein Weib ein solcher Krieger sein, wie Kolma Puschi ist!'

„Tahua, die schöne Schwester I-kwehtsi'pas, konnte schon in ihrer Jugend gut reiten und gut schießen!"

Da fuhr sie einige Schritte zurück, und starrte mich aus weit aufgerissenen Augen an. Ich fuhr fort:

„Kolma Puschi wird nun wohl noch hier bei uns bleiben?"

„Was – was – was weißt du – du von Tahua, und was – was – kannst du von I-kwehtsi'pa wissen?!"

„Ich weiß viel, sehr viel von beiden. Ist meine Schwester Kolma Puschi stark genug in ihrem Herzen, es zu hören?"

„Sprich, o sprich!" antwortete sie und trat bittend zu mir heran.

„Ich weiß, daß I-kwehtsi'pa auch Wawa Derrick genannt wurde."

„Uff, uff!" rief sie aus.

„Hat meine Schwester einmal die Namen Tibo-taka und Tibo-wete gehört? Ist ihr die Erzählung vom Myrtle-wreath bekannt?"

„Uff, uff, uff! Sprich weiter, weiter! Sprich ja weiter!"

„Ich habe dich zu grüßen von den beiden kleinen Babies, die vor Jahren hießen: Leo Bender und Fred Bender."

Da fielen ihr die Arme nieder; es wollte ein Schrei aus ihrer Brust; sie brachte ihn aber nicht heraus. Sie sank langsam, langsam nieder, legte die Hände in das Gras, grub das Gesicht hinein und begann zu weinen, leise und doch herzbrechend.

Man kann sich denken, mit welchem Erstaunen meine Gefährten uns zugehört hatten, und mit welchem Ausdruck ihre Augen jetzt an der Weinenden hingen, der ich vielleicht doch zuviel Stärke und Selbstbeherrschung zugetraut hatte. Da stand Apanatschka auf, trat an mich heran und fragte:

„Mein Bruder Shatterhand hat von Tibo-taka, Tibo-wete und von Wawa Derrick gesprochen. Warum weint Kolma Puschi darüber?"

„Sie weint vor Freude, nicht vor Schmerz."

„Ist Kolma Puschi nicht ein Mann, ein Krieger?"

„Sie ist ein Weib."

„Uff, uff!"

„Ja, sie ist ein Weib. Mein Bruder Apanatschka mag seine Kraft zusammennehmen und jetzt sehr stark sein. Tibo-taka war nicht sein Vater und Tibo-wete nicht seine Mutter. Mein Bruder hatte einen anderen Vater und eine andere Mutter . . ."

Ich konnte nicht weitersprechen, denn Kolma Puschi sprang jetzt auf, faßte mich bei der Hand und schrie, auf Apanatschka zeigend:

„Ist das Leo – ist das etwa Leo Bender?"

„Nicht Leo, sondern Fred Bender, der jüngere Bruder", antwortete ich.

Da wandte sie sich zu ihm, brach vor ihm nieder, schlang beide Arme um seine Knie und schluchzte:

„Mein Sohn, mein Sohn! Er ist Fred, mein Sohn!"

Da rief, nein, schrie mich Apanatschka an:

„Ist sie – wirklich meine Mutter?"

„Ja, sie ist es", antwortete ich.

Da faßte er sie an, hob sie empor, sah ihr in das Gesicht und rief:

„Kolma Puschi ist kein Mann, sondern ein Weib! Kolma Puschi ist meine Mutter, meine Mutter! Darum also, darum hatte ich dich gleich so sehr lieb, als ich dich erblickte!"

Er sank mit ihr in die Knie nieder, hielt sie fest umschlungen und drückte seinen Kopf an ihre Wange. Winnetou stand auf und ging fort; ich winkte den anderen; sie folgten mir. Wir entfernten uns, um die beiden allein zu lassen; sie durften nicht gestört werden. Aber es dauerte nicht lange, so kam Apanatschka zu mir und sagte in eiliger, eindringlich bittender Weise:

„Mein Bruder Shatterhand mag zu uns kommen! Wir wissen ja nichts, noch gar nichts und haben so viel zu fragen!"

Er führte mich zu Kolma Puschi zurück, die an der Erde saß und mir erwartungsvoll entgegenblickte. Apanatschka setzte sich neben sie, schlang den Arm um sie und forderte mich dann auf:

„Mein Bruder mag sich zu uns setzen und uns sagen, auf welche Weise er erfahren hat, daß Kolma Puschi meine Mutter ist! Ich habe Tibo-wete stets dafür gehalten."

„Tibo-wete ist deine Tante, die Schwester deiner Mutter; sie wurde in ihrer Jugend Tokbela genannt."

„Das ist richtig", rief die Mutter. „Mr. Shatterhand, denkt nach, ob auch alles stimmt, was wir von Euch erfahren! Ich könnte wahnsinnig werden, wie meine Schwester es ist, wenn Ihr Euch irrtet; wenn ich jetzt glaubte, meinen Sohn gefunden zu haben, und er es doch nicht wäre! Denkt nach; ich bitte Euch, denkt nach!"

Ihre Sprache und Ausdrucksweise war jetzt die einer weißen Lady; darum verzichtete ich auf die indianische Art, sie Kolma Puschi oder „meine Schwester" zu nennen, und antwortete:

„Bitte, sagt mir, ob Ihr Mrs. Bender seid!"

„Ich bin Tahua Bender", antwortete sie.

„So irre ich mich nicht; Apanatschka ist Eurer jüngster Sohn."

„Also wirklich, Mr. Shatterhand? Gebt mir Beweise, bitte Beweise!"

„Ihr fordert Beweise? Spricht nicht Euer Herz für ihn?"

„Es spricht für ihn; ja, es spricht für ihn! Es sprach sofort für ihn, als ich ihn zum erstenmal sah, als er durch den Eingang des Camp geritten kam. Mein Herz beteuert mir, daß er mein Sohn ist, und doch zittert es vor Angst, daß er es vielleicht nicht sei. Und meine Vernunft fordert Beweise!"

„Ja, was versteht Ihr da unter Beweisen, Mrs. Bender? Soll ich Euch einen Geburtsschein bringen? Das kann ich nicht!"

„Das meine ich auch nicht; aber es muß doch andere Beweise geben!"

„Es gibt welche; nur sind sie mir in diesem Augenblick nicht zur Hand. Würdet Ihr Eure Schwester wiedererkennen?"

„Gewiß, ganz gewiß!"

„Und Euren Schwager?"

„Ich habe keinen Schwager."

„War Tokbela nicht verheiratet?"

„Nein. Die Trauung wurde unterbrochen."

„Durch Euren Bruder, den Padre Diterico?"

„Ja."

„Wie hieß der Bräutigam?"

„Thibaut."

„Euer Bruder schoß auf ihn?"

„Ja; er verwundete ihn am Arm."

„So ist kein Irrtum möglich. Was war dieser Thibaut?"

„Ein Taschenspieler."

„Wußte Tokbela das?"

„Nein."

„Ihr verlangt Beweise von mir; die kann ich Euch aber nur dann geben, wenn ich die damaligen Verhältnisse und Ereignisse kenne. Ich muß Euch nämlich aufrichtig sagen, daß mein ganzes Wissen bis jetzt nur auf Vermutungen beruht. Doch darf Euch das nicht ängstlich machen. Apanatschka ist Euer Sohn Fred, und ich denke, daß Ihr sehr bald auch seinen Bruder Leo sehen werdet."

„Leo? Mein Himmel! Auch er lebt noch!"

„Ja. Er weilt sogar hier im Park von San Luis. Er hat während langer Jahre nach Euch geforscht, doch ist all sein Suchen bisher vergeblich gewesen."

„So habt Ihr das, was Ihr wißt, wohl von ihm erfahren, Sir?"

„Leider nein. Ich weiß kein Wort von ihm, nichts, gar nichts, als daß sein Vater im Zuchthaus gestorben ist und seine Mutter und sein Oheim auch an diesem traurigen Ort gewesen sind."

„Das weiß er? Das hat er Euch gesagt? Woher weiß er es? Er war damals nur einige Jahre alt! Von wem hat er es erfahren?"

„Das hat er mir nicht mitgeteilt. Aber sagt, ist mit dem Oheim, der auch im Gefängnis war, Euer Bruder I-kwehtsi'pa gemeint?"

„Ja."

„Schrecklich! Er, der Prediger, soll Falschmünzer gewesen sein?!"

„Leider! Man hatte Beweise, die er nicht entkräften konnte."

„Aber wie war es möglich, daß man drei Personen unschuldig verurteilen konnte? Bei einem einzelnen Angeklagten ist das eher möglich."

„Mein Schwager hatte alles so abgefeimt überlegt und eingerichtet, daß eine Verteidigung für uns ganz unmöglich war."

„Das war ein Bruder Eures Mannes?"

„Kein leiblicher, sondern ein Stiefbruder."

„Hm! Also nicht bloß Halbbruder?"

„Nein. Er stammte von dem ersten Mann meiner Schwiegermutter."

„Wie hieß er?"

„Eigentlich Etters, Daniel Etters, doch wurde er später nach seinem Stiefvater auch Bender genannt, und zwar John Bender, weil der verstorbene Erstgeborene John geheißen hatte."

„Von diesen beiden Namen war Euch John Bender geläufiger als Dan oder Daniel Etters?"

„Ja. Der zweite Name wurde nie angewandt."

„Ah! Darum steht J. B. und nicht das eigentliche richtige D. E. auf dem Kreuz!"

„Welches Kreuz meint Ihr?"

„Das am Grab Eures Bruders."

„Was? So seid Ihr bereits schon einmal oben beim Grab gewesen?"

„Nein. Ein Bekannter hat mir davon erzählt. Er hat es gesehen und gelesen."

„Sein Name ist Harbour."

„Harbour? Ja, den haben wir gekannt! Also der ist oben gewesen?"

„Das fragt Ihr mich, Mrs. Bender? Ihr habt ihn ja gesehen!"

„Ich? Wer behauptet das?"

„Ich behaupte es. Ihr seid es doch gewesen, die ihn durch das halbe gebratene Bighorn vom Tod des Verhungerns errettet hat!"

„Vermutung, Sir!" lächelte sie. „Also er hat Euch von diesem Grab erzählt?"

„Ja. Und dieser seiner Erzählung habe ich es zu verdanken, daß ich die Tatsachen so nach und nach erraten konnte."

„Hat Winnetou mit raten helfen?"

„In seiner stillen, wortlosen Weise, ja. Sein Vater war ja ein treuer Freund Eures Bruders, der dann plötzlich verschwunden war."

„Mit mir und Tokbela, ja."

„Darf ich den Grund dieses plötzlichen Verschwindens erfahren?"

„Ja. Mein Bruder Derrick – sein indianischer Name waɪ I-kwehtsi'pa; als Christ wurde er Diterico oder englisch Derrick genannt – war ein berühmter Prediger, hatte aber nicht studiert. Er wollte das nachträglich tun und ging deshalb nach dem Osten. Vorher hatte ich Bender gesehen und er mich; wir liebten uns; aber ehe ich seine Frau werden konnte, hatte ich mir die Kenntnisse und Umgangsformen der Bleichgesichter anzueignen. Mein Bruder war stolz; er wollte nicht wissen lassen, daß er noch zu lernen hatte. Ich wurde von mehreren roten Kriegern zur Squaw begehrt; diese wären mir gefolgt und hätten Bender getötet. Das sind die Gründe, daß wir von daheim fortgingen, ohne zu sagen, warum. Mein Bruder besuchte ein College, und ich kam mit Tokbela in eine Pension. Bender weilte öfters bei uns, und eines Tages brachte er seinen Bruder mit. Dieser sah mich und gab sich von da an alle Mühe, mich Bender abtrünnig zu machen. Es gelang ihm nicht, und seine Liebe zu mir verwandelte sich zu Haß gegen mich. Bender war reich, Etters arm; der Arme hatte eine Anstellung im Geschäft des Reichen; er kannte alle Räume dieses Geschäfts und alle Möbel, die in diesen Räumen standen. Als wir verheiratet waren, wohnte Tokbela bei uns. Etters führte einen jungen Mann bei uns ein, der Thibaut hieß. Nach einiger Zeit bemerkten wir, daß Thibaut und Tokbela sich liebten. Bender erfuhr Schlimmes über Thibaut und verbot ihm wiederzukommen. Etters nahm das übel und brachte seinen Freund doch immer wieder mit; er mußte deshalb aus dem Geschäft treten und durfte uns nun auch nicht mehr besuchen. Beide beschlossen, sich zu rächen."

„Ich ahne! Thibaut war ja Falschmünzer!"

„Ihr vermutet das Richtige, Mr. Shatterhand. Eines Tages kam die Polizei zu uns; sie fanden im Kassenschrank anstatt des guten Geldes fast lauter falsches Geld. Im Rock meines Bruders war auch falsches Geld eingenäht, und in meinem Zimmer entdeckte man die Platten. Wir wurden alle drei verhaftet. Es wurden uns Schriften vorgelegt; sie waren gefälscht, und ganz genau nach der Hand meines Mannes und meines Bruders; diese Schriftstücke bewiesen ihre und auch meine Schuld. Wir wurden verurteilt und eingeliefert."

„Und Benders Geschäft?"

„Das wurde von Etters fortgeführt; Bender konnte das nicht hindern. Tokbela, meine Schwester, kam mit meinen beiden Knaben in dieselbe Pension, in der ich als Mädchen gewesen war."

„Schrecklich! Ihr, die an die Freiheit gewöhnte Indianerin im Gefängnis!"

„Uff! Man schnitt mir das Haar ab; ich mußte das Kleid der Verbrecher anziehen und wurde in eine kleine, enge Zelle gesteckt. Ich war sehr unglücklich und sann Tag und Nacht auf Freiheit und Vergeltung!"

„Thibaut machte sich indessen wieder an Eure Schwester Tokbela?"

„So ist es. Sie versprach ihm, sein Weib zu werden, wenn er uns befreie. Er bestach einen Schließer des Gefängnisses, der mit meinem Bruder floh."

„Warum nicht mit Bender oder Euch?"

„Des Goldes wegen. Mein Bruder kannte einige Placers, er hatte von dort Geld geholt und es an unserem Hochzeitstag Bender geschenkt. Das wußte Etters. Darum befreiten sie nur meinen Bruder, um Gold von ihm oder durch ihn zu bekommen. Als er mit dem Schließer floh, nahm er Tokbela und meine Knaben mit. Er brachte sie nach Denver, wo er sie unter dem Schutz des Gefängnisbeamten ließ, während er in die Berge ging, um wieder Gold zu holen. Er brauchte dies, um den Beamten zu belohnen und dann Bender und mich auch zu befreien. Der Beamte gründete mit dem Gold, das er bekam, ein Wechselgeschäft; Tokbela und die Knaben wohnten bei ihm; er hatte die Kinder liebgewonnen. Mein Bruder aber verließ Denver, um nun auch Bender und mich zu befreien. Es gelang ihm dies nur halb; ich wurde frei, aber Bender war aus Gram um sein verlorenes Glück und seine geraubte Ehre krank geworden und im Gefängnis gestorben. Derrick brachte mich nach Denver. Dort waren inzwischen Etters, der Bankrott gemacht hatte, und Thibaut eingetroffen. Sie hatten Tokbela durch Lügen dahin gebracht, Thibauts Frau zu werden. Wir kamen am Hochzeitstag an und fanden Bräutigam und Braut bereit, sich die Hände zu reichen. Derrick riß der Braut den Myrthenkranz vom Kopf und nun fielen Etters und Thibaut über meinen Bruder her; es entspann sich ein Kampf, wobei Derrick Thibaut in den Arm schoß."

„Das war doch nicht in der Kirche?"

„Nein, sondern in der Wohnung Tokbelas, bei dem früheren Gefängnisbeamten, dem jetzigen Bankier."

„Bitte, es kommt mir da ein Gedanke. Hieß dieser Bankier vielleicht Wallace?"

„Nein. Wie kommt Ihr auf diesen Namen, Sir?"

„Davon später. Erzählt weiter!"

„Tokbela hatte sich über unsere Gefangenschaft gegrämt; sie war krank und schwach dadurch geworden. Der Schreck über die unterbrochene Trauung und den Kampf dabei warf sie nieder. Sie sprach irre im Fieber, und aus dem Fieber ging ihr Geist in den Wahnsinn über. Sie tobte; sie war nur dann ruhig, wenn sich Fred, mein kleinster Knabe, bei ihr befand, den sie sehr liebte. Mein Bruder tat sie zu einem Irrenarzt und den Knaben mit, ohne den sie nicht gegangen wäre. Derrick, ich und Leo wohnten beim Bankier. Etters und Thibaut waren verschwunden; so dachten wir. Das Gold war aufgebraucht, und Derrick mußte wieder in die Berge. Ich bat ihn, mich mitzunehmen, und er tat es, denn ich war im Reiten und Schießen so gewandt gewesen wie ein roter Krieger. Wir kamen bis zum Devils Head, wo wir überfallen wurden. Etters und Thibaut waren nicht verschwunden gewesen; sie hatten sich versteckt gehalten, um uns zu beobachten, und waren uns gefolgt. Etters, den wir noch stets John Bender nannten, schoß Derrick nieder, und ich wurde im Schreck darüber entwaffnet und gebunden. Die Mörder hatten wohl geglaubt, daß wir schon am Placer gewesen wären und Gold bei uns hätten. Da sie keins fanden, waren sie so ergrimmt, daß sie beschlossen, mich nicht schnell zu töten, sondern langsam verschmachten zu lassen. Sie scharrten meinen Bruder hart am Felsen in die Erde und legten mich auf sein Grab. Dort banden sie mich so fest, daß ich nicht fortkonnte. Ich lag so drei Tage und vier Nächte und war dem Sterben nahe, als Indianer vom Stamm der Capote-Utahs kamen und mich befreiten."

„Ah! Seltsam! Weiter!"

„Diese Utahs gaben mir zu essen und zu trinken und nahmen mich dann mit. Ein junger Krieger unter ihnen, Tusahga Saritsch genannt, wollte mich zu seiner Squaw machen und ließ mich darum nicht fort von sich. In den Weidegründen der Utahs angekommen, weigerte ich mich, seine Squaw zu werden. Er wollte mich zwingen; ich aber war inzwischen wieder stark geworden, kämpfte mit ihm und besiegte ihn schließlich. Er verzichtete nun gern auf mich, und auch kein anderer begehrte mich, denn eine Squaw, die Krieger besiegt, mochte keiner haben."

„Wie steht es jetzt eigentlich zwischen Euch und den Capote-Utahs?"

„Sie sind meine Freunde. Tusahga Saritsch liebt mich noch heute, wenn er auch damals auf mich als Squaw verzichtete. Ich kann von ihm verlangen, was ich will. Die Freiheit gaben sie mir damals freilich nicht gleich wieder; erst nach zwei Jahren erhielt ich sie zurück. Ich eilte natürlich sofort nach Denver. Meine Kinder waren verschwunden. Etters und Thibaut waren zu dem Irrenarzt gekommen und hatten ihm unter Drohungen Tokbela abverlangt. Sie war mit ihnen gegangen, hatte aber getobt, als sie von Fred getrennt werden sollte; sie waren als gezwungen gewesen, den Knaben mitzunehmen. Auch der Bankier war verschwunden, und zwar mit Leo, meinem Sohn. Ich forschte nach und erfuhr bei dem Sheriff, daß einige Tage nach seinem Verschwinden Schutzleute gekommen seien, um ihn wegen Befreiung eines Gefangenen zu verhaften."

„So ist zu vermuten, daß er von Etters oder Thibaut heimlich angeschuldigt, aber noch rechtzeitig von irgend jemand gewarnt worden ist. Er hat die Flucht ergriffen und jede Spur sorgfältig verwischt."

„Das hat er getan, denn ich habe viele Jahre lang ebenso vergeblich nach ihm wie nach Tokbela gesucht."

„So kann ich Euch zu Eurer Beruhigung sagen, daß er einen anderen Namen angenommen und den Knaben sorgfältig erzogen hat. Er, oder nun sein Sohn, wohnt jetzt in Jefferson City."

„Wirklich? Das wißt Ihr, Sir?"

„Ja; ich bin bei ihm gewesen. Doch, erzählt jetzt weiter!"

„Ich bin schnell fertig. Ich suchte nach meinen Kindern, doch vergeblich. Ich ritt über alle Savannen, durch alle Täler; ich forschte in den Städten und bei den Roten; ich fand sie nicht. Als Frau hätte ich das nicht tun können; ich legte Männerkleidung an und bin darum bis jetzt ein Mann geblieben. Als alles, alles vergebens war, kehrte ich, fast verzweifelt, zum Devils Head zurück. Die Hand Gottes treibt den Mörder wieder zur Stätte seiner Tat; das wußte ich, und darum ist der Himmel dieses Parks mein Zelt geworden. Der Mörder ist noch nicht gekommen, aber er wird kommen, er wird! Ich bin überzeugt davon. Dann wehe ihm! Gestorben kann er noch nicht sein, denn Gott ist gerecht; er wird ihn mir zuführen, damit ich mit ihm abrechnen und ihn bestrafen kann!"

„Würdet Ihr ihn erkennen, wenn er käme?"

„Ja."

„Es sind aber so viele Jahre seit jener Zeit vergangen, Mrs. Bender!"

„Ich kenne ihn; ich kenne ihn! Und wenn er sich noch so sehr verändert hätte, an seinen Zähnen würde ich ihn erkennen!"

„An seinen beiden Zahnlücken in der oberen Zahnreihe?"

„Uff! Das wißt Ihr? Ihr kennt ihn also auch?"

„Wenn ich richtig vermute, so kenne ich ihn! Das von den Zahnlücken hat mir Euer Sohn Leo gesagt."

„Leo? Ihr habt wirklich mit ihm gesprochen?"

„Ja."

„So sagt, wo befindet er sich?"

„Hier im Park von San Luis. Ihr werdet ihn sehen, wenn nicht heute schon, so doch morgen oder übermorgen. Und wenn mich nicht alles trügt, so treibt Gott gerade jetzt den Mörder Euch in die Hände. Er ist nach dem Schauplatz seiner Tat unterwegs. Thibaut kommt mit Tokbela, und Etters ist ihnen schon voran. Übrigens kann ich Euch sagen, welchen Weg diese beiden Kerls damals mit Tokbela und Leo von Denver aus eingeschlagen haben."

„Das habt Ihr erfahren? Von wem?"

„Von Winnetou und Matto Schahko."

„Sagt es, Mr. Shatterhand; sagt es mir!"

„Sie sind zu den Osagen gekommen und haben sie nicht nur um den ganzen Jahresertrag ihrer Jagd betrogen, sondern auch einige ihrer Krieger ermordet. Dann haben sie sich getrennt und Thibaut ist mit Eurer Schwester und dem Knaben zu den Komantschen vom Stamme der Naiini gezogen. Dort hat er sich verbergen müssen, weil seine Verbrechen an den Tag gekommen waren. Er ist unterwegs von Winnetous Vater am Rand des Llano estacado gefunden und vom Tod des Verschmachtens errettet worden."

„Das muß ich ausführlicher hören! Die beiden müssen es mir erzählen!"

Sie sprang auf und wollte fort.

„Wartet, Mrs. Bender!" bat ich. „Sie können es Euch unterwegs erzählen. Wir wollen keine Zeit verlieren; wir müssen vorwärts, hinauf nach dem Devils Head. Oder seid Ihr auch jetzt noch gewillt, Euch von uns zu trennen und Euren Weg allein fortzusetzen?"

„Nein, nein! Ich bleibe bei euch."

„So will ich die Gefährten rufen. Wir brechen auf."

Wir waren in kurzer Zeit wieder unterwegs. Kolma Puschi kannte den Weg besser als Winnetou. Sie ritt mit diesem, Apanatschka und dem Osagen voran. Diese vier pflegten eine Unterhaltung, bei der ich nicht nötig war; ich ritt hinter ihnen her. Nach mir folgten die beiden Toasts mit Treskow. Hammerdull war ganz begeistert vor Verwunderung darüber, daß der geheimnisvolle Indianer sich als eine Squaw entpuppt hatte.

Ich hörte ihn hinter mir sagen:

„Hat man jemals erlebt, daß ein Mann eigentlich eine Frau ist? Aus diesem Kolma Puschi, dessen Mut und List wir so bewundert haben, ist eine Squaw herausgekrochen, die man noch mehr bewundern muß als vorher, da sie noch ein männlicher Indianer war! Was meinst du dazu, Pitt Holbers, altes Coon?"

„Nichts!" antwortete der Lange.

„Das ist eigentlich das Richtige. Nichts, gar nichts! Sprechen wir lieber von etwas Besserem, zum Beispiel davon, was wir mit dem „General" machen werden, wenn er in unsere Hände fällt!"

„Wir bezahlen ihn mit gleicher Münze. Er wird auch in einen Baum gespannt. Meiner Ansicht nach hat er das reichlich verdient."

„Da gebe ich dir natürlich recht. Ich werde mit der größten Wonne helfen, für ihn einen Baumspalt herzurichten, in dem er noch viel besser singen soll, als Old Wabble, der arme Teufel, in dem seinigen gesungen hat. Er wird eingespannt; es bleibt dabei!"

Der Gerechtigkeitssinn der beiden Freunde hatte dasselbe getroffen, was das Alte Testament und was auch das Wüstengesetz der mohammedanischen Beduinen verlangt: Auge um Auge, Zahn um Zahn, Blut um Blut. Es gab außer Hammerdull und Holbers wohl keinen einzigen unter uns, der nicht eine Rechnung mit diesem „General" auszugleichen hatte. Daß er der lange gesuchte Dan Etters war, darüber gab es bei mir nicht den geringsten Zweifel.

Das Fehlen der oft erwähnten Zahnlücken konnte mich nicht irremachen, da es ja falsche Zähne gibt; schon bei den alten Ägyptern gab es solche. Daß niemand, selbst Old Surehand nicht, auf diesen Gedanken gekommen war, erschien mir verwunderlich.

Später wurde ich zu Kolma Puschi gerufen, und ich kann sagen, daß während dieses Rittes so viel gesprochen und erzählt, so viel gefragt und geantwortet wurde, wie wohl selten auf einem anderen.

Darüber verging auch der Nachmittag, und es brach der Abend herein. Wir hatten vor, jetzt noch nicht anzuhalten, denn der Mond stand am Himmel und mußte uns heute, ehe er unterging, eine gute halbe Stunde leuchten. Da konnten wir noch reiten.

Die Sonne war schon längst verschwunden, als wir in eins der sanft ausgeworfenen Täler einbogen, die dem Park von San

Luis seine eigentümliche Bodenbewegung geben. Da sahen wir eine Fährte von der Seite herkommen, die die gleiche Richtung nahm.

Die Untersuchung zeigte, daß sie von drei Pferden stammte und höchstens eine Stunde alt sein konnte. Ich dachte sofort an den Medizinmann mit der Squaw und dem Packpferd. Winnetou hatte denselben Gedanken, wie ich aus dem Blick merkte, den er mir zuwarf.

Wir trieben unsere Pferde mehr an und ritten schweigend weiter.

Winnetou hing, weit vornübergebeugt, im Sattel, um sich die Spuren nicht entgehen zu lassen, doch waren sie aber schon nach zehn Minuten nicht mehr zu sehen. Der Schein des Mondes begann zwar zu wirken, doch war er zu schwach, um unseren Augen beim Lesen dieser Fährte zu Hilfe zu kommen. Ich stieg also mit Winnetou ab. Wir ließen die Pferde führen und gingen voran, uns von Zeit zu Zeit tief zum Boden niederbükkend, ob die Eindrücke noch vorhanden seien. So verging die Zeit, und der Mond wollte untergehen. War es da nicht besser, jetzt hier zu lagern und die Spur morgen früh wieder aufzunehmen?

Während wir uns mit dieser Frage noch beschäftigten, bemerkten wir einen Brandgeruch, den uns ein leichter Wind entgegenbrachte. Das Feuer, von dem er kam, mußte eben jetzt erst angezündet worden sein, sonst hätten wir ihn schon eher gespürt.

Wir baten die Gefährten zu warten und gingen leise weiter. Es dauerte nicht lange, so gab es in der Talmulde rechts eine kleine, von Baumwipfeln überschattete Bucht, in der wir das Feuer brennen sahen. Wir legten uns auf die Erde und krochen näher, denn wir sahen drei Pferde und zwei an dem Feuer sitzende Personen. Als wir nahe genug gekommen waren, erkannten wir sie. Winnetou flüsterte:

„Uff! Der Medizinmann und seine Squaw! Nehmen wir ihn gefangen?"

„Wie mein Bruder will."

„Wenn wir ihn ergreifen, haben wir ihn zu schleppen; lassen wir ihn aber noch laufen, so ist es möglich, daß er uns doch noch entgeht. Es ist also besser, wenn wir ihn festnehmen."

Wir schoben uns so weit an das Feuer heran, wie möglich war, ohne daß wir gesehen wurden. Die Squaw aß, der Mann hatte sich faul ins Gras gestreckt.

„Jetzt!" sagte Winnetou leise.

Wir standen auf, sprangen hin und warfen uns auf ihn. Er stieß einen Schrei aus und bekam meine Faust zweimal an den Kopf; da war er still. Wir banden ihn mit seinem eigenen Lasso; dann ging Winnetou, die Gefährten zu holen, denn es war bequem, gleich hier an diesem Ort zu übernachten. Sie kamen und stiegen von ihren Pferden.

Die Squaw kümmerte sich nicht um uns; sie hatte auch nichts gesagt, als wir ihren Mann festnahmen. Apanatschka nahm seine Mutter bei der Hand, führte sie an das Feuer, zeigte auf die Squaw und sagte:

„Das ist Tibo-wete-elen!"

Ellen war nämlich der christliche Name Tokbelas.

Kolma Puschi blickte eine ganze Weile stumm auf die Squaw nieder und sagte dann mit einem tiefen Seufzer:

„Das soll meine liebliche, meine schöne Tokbela sein?"

„Sie ist es", bekräftigte ich.

„Mein Gott, mein Gott, was ist da aus der schönsten Tochter unseres Volkes geworden! Wie muß da auch ich verändert sein!"

Ja, sie waren beide sehr schön gewesen; aber das Alter, das Leben in der Wildnis und der Wahnsinn hatten den „Himmel" – den Tokbela heißt „Himmel" – so entstellt, daß ihre Schwester Zeit brauchte, sie wiederzuerkennen. Kolma Puschi wollte bei ihr niederknien, um sich mit ihr zu beschäftigen, da aber sagte Winnetou zu ihr:

„Meine Schwester hat den Mann noch nicht angesehen; sie mag sich einstweilen noch verbergen, denn das Bewußtsein wird ihm jetzt zurückkehren. Er soll nicht gleich bemerken, wer sich hier befindet. Hinter den Bäumen ist ein Versteck. Dorthin begebt euch!"

Mit diesen Worten waren natürlich auch die anderen gemeint. Sie folgten der Aufforderung und verbargen sich, so daß Thibaut, wenn er erwachte, nur Winnetou und mich sehen konnte.

Wir brauchten nicht lange zu warten, so bewegte er sich und schlug die Augen auf. Als er uns erkannte, rief er:

„Der Apatsche! Und Old Shatterhand! Uff, uff! Was wollt ihr von mir? Was habe ich euch getan, daß ihr mich bindet?"

„Schweigt mit Euren ‚Uffs", erwiderte ich, „und gebärdet Euch nicht immerfort als Indianer! Der Taschenspieler Thibaut hat seine Indianerrolle ausgespielt!"

„Verflucht! Taschenspieler?"

„Ja, Taschenspieler, Fälscher, Dieb, Gauner, Räuber,

Falschmünzer, Mörder und dergleichen. Ihr hört, es ist eine Reihe von Koseworten, die alle vortrefflich auf Euch passen."

„Diesen Schimpf sollt Ihr mir büßen!"

„*Pshaw!* Ihr wolltet wissen, warum wir Euch wieder einmal gebunden haben. Ich will es Euch gern sagen: Ihr sollt nicht zu zeitig zu dem verabredeten Stelldichein erscheinen."

„Stelldichein? Ihr faselt wohl? Wo sollte das sein?"

„Am Devils Head."

„Wann?"

„Am sechsundzwanzigsten September."

„Ihr pflegt zwar stets gern in Rätseln zu sprechen, wie ich schon erfahren habe, heute aber ist es mir ganz und gar unmöglich zu erraten, was Ihr meint!"

„So will ich nicht sagen, am sechsundzwanzigsten September, sondern am Tag des heiligen Cyprian. Das werdet Ihr wohl besser verstehen."

„Cyprian? Was geht mich dieser Heilige an?"

„Ihr sollt an seinem Namenstag am Devils Head eintreffen."

„Wer hat das gesagt?"

„Dan Etters."

„Donnerwetter!" fuhr er auf. „Ich kenne keinen Dan Etters!"

„So kennt er Euch!"

„Auch nicht!"

„Nicht? Er schreibt Euch doch Briefe!"

„Briefe? Habe keine Ahnung!"

„Briefe auf Leder, die Schrift mit Zinnober gefärbt. Ist das nicht wahr?"

„Hole Euch der Teufel! Ich weiß von keinem Brief etwas!"

„Er steckt in Eurer Satteltasche."

„Spion! Ich glaube gar, Ihr habt meine Sachen durchsucht! Wann war das?"

„Wann es mir beliebte! Nach meiner Berechnung würdet Ihr einen Tag vor dem Namensfest des heiligen Cyprian nach dem Teufelskopf kommen; darum haben wir Euch ein wenig festgebunden, damit Ihr Euch verweilen sollt. Was wollt Ihr denn so zeitig dort? Habe ich recht?"

„Ich wollte, Ihr wärt mitsamt Eurem Cyprian da, wo der Pfeffer wächst!"

„Ich glaube wohl, daß Ihr das gern wünscht, doch ist es mir leider nicht möglich, Euch diesen Wunsch zu erfüllen, denn ich werde anderswo gebraucht. Sagt einmal, wer ist denn eigentlich der Wawa Derrick, von dem Eure Squaw zuweilen redet? Ich möchte das doch gar zu gern erfahren!"

„Fragt sie selbst!"

„Ist nicht nötig! Wawa ist garantiert ein Moquiwort; ich vermute also, daß sie eine Moqui-Indianerin ist und ihren Bruder meint."

„Habe nichts dagegen!"

„Ich denke aber gerade, daß Ihr gegen diesen Bruder etwas gehabt habt."

„Denkt, was Ihr wollt!"

„Gegen ihn und gegen die Familie Bender!"

„Teufel!" schrie er erschrocken.

„Bitte, regt Euch nicht auf! Was wißt Ihr denn so ungefähr von dieser Familie? Man sucht nämlich einen gewissen Fred Bender."

Er erschrak so, daß er nicht antworten konnte.

„Dieser Fred Bender soll nämlich von Euch zu den Osagen geschleppt worden sein, bei denen Ihr noch eine Rechnung stehen habt."

„Eine Rechnung? Ich weiß von nichts!"

„Ihr habt da mit dem ‚General‘ einen Handel in Fellen und Häuten errichtet, der Euch, wenn er fehlschlägt, den Kopf kosten kann."

„Ich kenne keinen General!"

„Auch sollt Ihr bei dieser Gelegenheit mit ihm einige Osagen umgebracht haben."

„Ihr habt eine ungeheure Phantasie, Mr. Shatterhand!"

„O nein! Matto Schahko ist ja, wie Ihr wißt, bei mir. Er hat Euch auch schon gesehen, aber nichts gesagt, um uns den Spaß nicht zu verderben."

„So macht euch euern Spaß, nur laßt mich in Ruhe! Ich habe nichts mit euch zu tun!"

„Bitte, bitte! Wenn wir uns unseren Spaß machen sollen, dürft Ihr nicht dabei fehlen. Ihr habt ja die Hauptrolle zu übernehmen! Nun will ich Euch zunächst jemanden zeigen."

„Wen?"

„Einen Indianer. Bin neugierig, ob Ihr ihn kennt. Seht ihn Euch einmal an!"

Ich winkte Kolma Puschi. Sie kam und stellte sich vor ihn hin.

„Seht ihn Euch genau an!" forderte ich Thibaut auf. „Ihr kennt ihn."

Die beiden bohrten ihre Blicke ineinander. In Thibaut dämmerte eine Ahnung auf; das sah ich ihm an; er äußerte aber nichts.

„Vielleicht kennt Ihr mich, wenn Ihr mich sprechen hört", sagte Kolma Puschi.

„Alle tausend Teufel!" schrie er auf. „Wer – wer ist denn das?"

„Erinnerst du dich?"

„Nein – nein – nein!"

„Denk an das Devils Head! Dort schiedest du von mir, Mörder!"

„Uff, uff! Stehen denn die Toten wieder auf? Es kann nicht sein!"

„Ja, die Toten stehen auf! Ich bin kein Mann, sondern ein Weib."

„Es kann nicht sein! Es kann und darf nicht sein! Tahua, Tahua Bender!"

Er schloß die Augen und lag still.

„Habt auch Ihr ihn erkannt?" fragte ich Kolma Puschi leise.

„Sofort!" nickte sie.

„Wollt Ihr weiter mit ihm reden?"

„Nein; jetzt nicht."

„Aber mit Eurer Schwester?"

„Ja."

Da faßte ich den Medizinmann unter den Armen, hob ihn empor und stellte ihn mit dem Gesicht an den nächsten Baumstamm. Da wurde er angebunden, ohne daß er etwas sagte. Er hatte genug. Das Erscheinen der Totgeglaubten war ihm durch Mark und Bein gegangen.

Diese setzte sich neben ihre Schwester, und ich war höchst neugierig, wie die Wahnsinnige sich nun verhalten würde. Würde sie sie erkennen?

„Tokbela, liebe Tokbela!" sagte Kolma Puschi und ergriff die Schwester bei der Hand. „Kennst du mich? Erkennst du mich wieder?"

Die Squaw antwortete nicht.

„Tokbela, ich bin deine Schwester, deine Schwester Tahua!"

„Tahua!" hauchte dann die Wahnsinnige, doch ganz ausdruckslos.

„Sieh mich an! Sieh mich an! Du mußt mich doch wiedererkennen!"

Sie blickte aber gar nicht auf.

„Sagt den Namen Eures jüngsten Sohnes!" flüsterte ich Kolma Puschi zu.

„Tokbela, horch!" sagte sie. „Fred ist da. Fred Bender ist hier!"

Da richtete die Irre den Blick auf sie, sah ihr lange, lange, leider verständnislos, in das Gesicht, wiederholte aber doch den Namen:

„Fred Bender – Fred Bender!"

„Kennst du Etters, Daniel Etters?"

Sie schüttelte sich und antwortete:

„Etters – Etters – böser Mann – sehr böser Mann!"

„Er hat unseren Wawa Derrick ermordet! Hörst du? Wawa Derrick!"

„Wawa Derrick! Wo ist mein Myrtle-wreath, mein Myrtle-wreath?"

„Das ist weg, fort; aber ich bin hier, deine Schwester Tahua Bender."

Da kam doch ein wenig Leben in das Auge der Squaw. Sie fragte:

„Tahua Bender? Tahua Bender? Das – das ist meine Schwester."

„Ja, deine Schwester! Sieh mich an! Schau mich an, ob du mich kennst!"

„Tahua – Tahua – Tokbela, Tokbela, die bin ich, ich, ich!"

„Ja, die bist du! Kennst du Fred Bender und Leo Bender, meine Söhne?"

„Fred Bender – Leo Bender – Fred ist mein, ist mein, mein!"

„Ja, er ist dein. Du hattest ihn lieb."

„Lieb – sehr lieb!" nickte sie und lächelte freundlich. „Fred ist mein Boy. Fred – auf meinem Arm – an meinem Herzen!"

„Du sangst ihm gern das Wiegenlied!"

„Wiegenlied – ja, ja, Wiegenlied!"

„Dann holte dich unser Wawa Derrick mit ihm und Leo ab, nach Denver. Hörst du mich? Wawa Derrick brachte euch nach Denver!"

Dieser Name erweckte Erinnerungen in ihr, aber keine angenehmen.

Sie schüttelte traurig den Kopf, legte die Hand darauf und sagte:

„Denver – Denver – da war mein Myrtle-wreath – in Denver."

„Besinne dich; besinne dich! Sieh mich doch an; sieh mich doch an!"

Sie legte ihr die Hände an beide Seiten des Kopfes, drehte diesen so, daß die Irre sie ansehen mußte, und fügte hinzu:

„Sieh mich an und sag meinen Namen! Sag mir jetzt, wer ich bin!"

„Wer ich bin! Ich bin Tokbela, bin Tibo-wete-elen!"

„Wer bist du?"

„Wer bist du – du – du?" Jetzt sah sie die Schwester mit einem Blick an, in dem Bewußtsein und Wille lagen; dann antwortete sie: „Du bist – bist ein Mann – bist ein Mann."

„Mein Gott, sie kennt mich nicht, sie kennt mich nicht!" klagte Tahua.

„Ihr fordert zu viel von ihr", sagte ich. „Man muß abwarten, bis ein lichter Augenblick kommt; dann ist mehr Hoffnung vorhanden, daß sie sich besinnt; jetzt aber ist es vergebliches Bemühen."

„Arme Tokbela, arme, arme Schwester!"

Sie zog den Kopf der Squaw an ihre Brust und streichelte ihr die faltigen, hohlen Wangen. Diese Liebkosung war für die Unglückliche eine solche Seltenheit, daß sie die Augen wieder schloß und ihrem Gesicht einen lauschenden Ausdruck gab. Das dauerte aber nicht lange. Die Aufmerksamkeit verlor sich schnell und machte der seelenlosen Leere Platz, die gewöhnlich auf diesem Gesicht zu finden war.

Da beugte sich Apanatschka zu seiner Mutter hinüber und fragte:

„War Tokbela schön, als sie jung war?"

„Sehr schön, sehr!"

„Ihr Geist war damals stets bei ihr?"

„Ja."

„Und war sie glücklich?"

„So glücklich wie die Blume auf der Prärie, wenn die Sonne ihr den Tau aus dem Angesicht küßt. Sie war der Liebling des Stammes."

„Und wer nahm ihr Glück, ihre Seele?"

„Thibaut, der dort am Baum hängt."

„Das ist nicht wahr!" rief dieser, der jedes Wort gehört hatte, das gesprochen worden war. „Ich habe sie nicht wahnsinnig gemacht, sondern Euer Bruder ist's gewesen, als er unsere Trauung unterbrach. Ihm müßt Ihr die Vorwürfe machen, aber nicht mir!"

Da stand Matto Schahko auf, stellte sich vor ihn hin und sagte:

„Hund, wagst du noch zu leugnen? Ich weiß nicht, wie die Bleichgesichter fühlen und wie sie sich lieben, aber wenn du dieser Squaw niemals begegnet wärst, so hätte sie ihre Seele nicht verloren und wäre so glücklich geblieben, wie sie vorher war. Es erbarmt mich ihr Auge, und ihr Gesicht tut mir weh.

Sie kann dich nicht anklagen und keine Rechenschaft von dir fordern; ich werde es an ihrer Stelle tun. Gestehst du, uns damals betrogen zu haben, als wir dich als Gast bei uns aufgenommen hatten?"

„Nein!"

„Hast du unsere Krieger mit ermordet?"

„Nein!"

„Uff! Du wirst meine Antwort auf dieses Leugnen gleich zu hören bekommen!"

Der Osage trat zu uns und fragte:

„Warum wollen meine Brüder diesen Menschen mit hinauf nach dem Devils Head nehmen? Brauchen sie ihn da oben?"

„Nein", antwortete Winnetou.

„So hört, was Matto Schahko euch zu sagen hat! Ich bin mit euch hierher geritten, um zu rächen, was damals an uns verübt worden ist. Wir haben Tibo-taka gefangen, und wir werden auch den ‚General' ergreifen. Ich bin bisher zu allem still gewesen. Jetzt weiß ich, daß ich den ‚General' nicht bekommen kann, weil die Rache anderer größer als die der Wasaji ist. Dafür will ich diesen Tibo-taka haben; ja, ich will und muß ihn haben, heute, gleich jetzt! Ich will ihn nicht töten, wie man einen Hund abschlachtet. Ich habe gesehen, wie ihr handelt, und daß ihr selbst dem, der den Tod verdient, Gelegenheit gebt, für sein Leben zu kämpfen. Er gehört mir; ich sage es; aber er soll sich wehren dürfen! Beratet darüber! Überlaßt ihr ihn mir, so mag er mit mir kämpfen; seid ihr aber damit nicht einverstanden und wollt ihn schützen, so erschieße ich ihn, ohne euch zu fragen. Ich gebe euch eine Viertelstunde Zeit. Tut, was ihr wollt; aber ich halte Wort! Ich habe gesprochen. Howgh!"

Er ging ein Stück zur Seite und setzte sich dort nieder. Sein Antrag kam uns ganz unerwartet. Er mußte sehr ernst genommen werden; denn wir waren fest überzeugt, daß er jedes seiner Worte einlösen würde. Der Fall war sehr einfach: erlaubten wir den Kampf nicht, so war Thibaut in einer Viertelstunde eine Leiche; erlaubten wir ihn, so konnte er sich wehren und sein Leben retten. Unsere Verhandlung war also kurz; sie dauerte kaum fünf Minuten: der Kampf sollte stattfinden. Thibaut weigerte sich freilich, darauf einzugehen; als er aber merkte, daß es dem Osagen mit dem Erschießen ernst war, fügte er sich. In Beziehung auf die Waffen war Matto Schahko stolz genug, die Wahl seinem Gegner zu überlassen; dieser entschied für die Kugel. Es sollte jeder drei Schüsse auf Winnetous

Kommando haben, mehr nicht; die Schüsse waren zu gleicher Zeit abzugeben, und zwar auf einen Abstand von fünfzig Schritt.

Ich steckte draußen im Tal diese Entfernung ab; dann wurde an jedem Endpunkt der Linie ein Feuer angezündet, damit das Ziel gesehen werden könne. Wir banden Thibaut die Hände los; an die Füße bekam er einen Riemen, der ihm bequem zu stehen, auch langsam zu gehen, aber doch nicht zu fliehen erlaubte.

Hierauf gaben wir ihm sein Gewehr und drei Kugeln und führten ihn an seinen Platz. Wir waren natürlich alle auf dem Plan; nur die Squaw war am Lagerfeuer sitzen geblieben.

Als Winnetou das Zeichen gab, fielen die beiden Schüsse fast wie einer; keiner hatte getroffen. Thibaut lachte höhnisch auf.

„Lacht nicht!" warnte ich ihn. „Ihr kennt den Osagen nicht! Habt Ihr für den Fall Eures Todes einen Wunsch? Habt Ihr einen Auftrag, den wir ausführen können?"

„Ich wünsche, daß, wenn ich erschossen werde, auch euch alle der Teufel holen möge!"

„Denkt an die Squaw!"

„Denkt Ihr an sie; mich geht sie nichts mehr an!"

„*Well!* Jetzt eine Frage: Der ‚General' ist Dan Etters?"

„Fragt ihn selbst, nicht mich!"

Er legte das Gewehr wieder an; Winnetou gab das Zeichen und die Schüsse krachten. Thibaut wankte, griff mit der Hand nach der Brust und sank nieder. Winnetou beugte sich zu ihm herab und untersuchte seine Wunde.

„Wie auf zwei Schritte getroffen, genau ins Herz; er ist tot", sagte er.

Der Osage kam langsamen Schrittes herbei, sah ihn an, ohne ein Wort zu sagen, ging zum Lagerfeuer und setzte sich dort nieder. Wir hatten wieder ein Grab herzustellen, eine Arbeit, an die sich Hammerdull und Holbers auf der Stelle machten.

Die Squaw ahnte nicht, daß sie jetzt Witwe war; der Verlust, der sie betroffen hatte, war aber jedenfalls mehr ein Gewinn für sie.

Über die nun folgende Nacht kann ich hinweggehen; es geschah nichts, was ich erwähnen müßte; am Morgen brachen wir ebenso zeitig wie gestern auf. Apanatschka ritt neben seiner Mutter und sprach sehr viel mit ihr, doch möchte ich sagen, falls der Ausdruck gestattet ist, daß das eine einsilbige Gesprächigkeit war. Er zeigte sich bedrückt. Es war ihm doch nicht gleichgültig, daß Tibo-taka, den er für seinen Vater gehalten hatte, eines solchen Todes hatte sterben müssen! Dieses Bedrücktsein machte ihm alle Ehre.

Wir befanden uns jetzt aller Vermutung nach am Anfang des Endes, und unser Ritt wurde, je weiter wir kamen, desto gefährlicher. Es war anzunehmen, daß der „General" uns Fallen gelegt hatte, an denen wir vorüber mußten. Viele Stellen waren zu Verstecken geeignet, aus denen auf uns geschossen werden konnte; aber es geschah nichts derartiges. Entweder dachte er nicht, daß wir heute kämen, oder hatte sich den Streich gegen uns bis oben an der Foam Cascade oder am Devils Head aufgespart.

Um kurz zu sein, will ich nur bemerken, daß wir gegen Abend in der Nähe der Foam Cascade ankamen. Man denke sich den berühmten Staubbach des Lauterbrunner Tals in der Schweiz, nur den Felsen nicht ganz so hoch und den herabstürzenden, sich in Staub auflösenden Bach von dreifacher Stärke, so hat man ein Bild von der Foam Cascade im Park von San Luis.

Hoch oben die Felsen mit Wald gekrönt und auch unten der tiefe Grund fast ganz mit Fels und Wald bedeckt. Es war ein Chaos von Steingetrümmer, von einem schier undurchdringlichen Wipfeldach überwölbt. Sobald wir uns unter diesem Dach befanden, wurde es dämmerdunkel um uns her.

„Wo geht der Weg von hier nach dem Devils Head?" fragte ich Kolma Puschi. „Dort haben wir die Utahs zu suchen."

„Hier links durch den Wald und dann die Felsen sehr steil hinauf", antwortete sie. „Bereiten euch die Utahs Sorge?"

„Nein; doch müssen wir natürlich wissen, wo sie sind."

„Ich gehöre noch heute zu ihnen und werde mit ihnen sprechen. Wenn ich bei euch bin, habt ihr von ihnen nichts zu befürchten."

„Wir fürchten uns, wie gesagt, vor ihnen nicht, aber ich möchte mich doch lieber nicht ganz auf Eure Vermittlung verlassen."

„Warum nicht?"

„Sie haben schon selbst eine Rache auf uns und hierzu dem ‚General' ihre Hilfe gegen uns versprochen. Das sind zwei Mächte gegen uns, während Ihr nur eine, nämlich Euern Einfluß, für uns aufbieten könnt. Im besten Fall gibt es eine lange Verhandlung, während der der ‚General' uns vielleicht gar entkommt. Nein, nein; wir verlassen uns lieber ganz auf uns selbst!"

„So kommt! Ich kenne den Wald und jeden einzelnen Felsen und werde euch führen."

Sie ritt voran, und wir folgten ihr im Indianermarsch wohl eine halbe Stunde lang, bis es so dunkel wurde, daß wir absteigen und die Pferde führen mußten. Draußen war es wohl erst Dämmerung, im tiefen Wald hier aber schon vollständig Nacht. So ging es weiter und immer weiter, eine schier endlose Zeit, wie uns deuchte. Da hörten wir vor uns das Wiehern eines Pferdes und hielten an.

Wem gehörte dieses Pferd? Das mußten wir wissen. Die Gefährten mußten stehenbleiben, und wir, nämlich Winnetou und ich, wie gewöhnlich, gingen weiter. Es wurde schon nach kurzer Zeit vor uns heller; der Wald hörte auf, und nur wenige Schritte davon öffnete sich die Felswand, um einen schmalen Pfad sehen zu lassen, der sehr steil emporführte. Das war jedenfalls der Weg nach dem „Teufelskopf". Auf dem lichten Raum zwischen ihm und dem Wald lagen die uns nur zu wohlbekannten Capote-Utahs als Wächter vor dem Felsensteg. Wenn wir nach dem Devils Head wollten, mußten wir hierherkommen; das wußten sie, und darum hatten sie sich da gelagert, um uns abzufangen.

Diese kurzsichtigen Menschen! Sie konnten sich doch denken, daß wir ihnen nicht schnurstracks in die Hände reiten, sondern Erkundung einziehen würden!

Der „General" war nicht bei ihnen; dafür aber sahen wir jemand, der nicht zu ihnen gehörte, nämlich Old Surehand! Es war also doch eingetroffen, was wir beide uns gedacht und vorhergesagt hatten: sie hatten ihn wieder festgenommen! Warum hatte er uns verlassen, anstatt nur die kurze Nacht noch zu warten! Ich war in diesem Augenblick zornig auf ihn.

„Dort steht er nun am Baum, festgebunden und ein Gefangener wie vorher!" sagte ich. „Mein Bruder mag auf mich warten!"

„Wohin will Old Shatterhand gehen?" fragte er.

„Ich will die Gefährten holen."

„Ihn zu befreien?"

„Ja. Und wenn der Häuptling der Apatschen nicht mitmacht, so springe ich allein mitten unter die roten Kerls hinein. Diese Geschichte muß ein Ende nehmen. Ich habe das ewige Anschleichen satt!"

„Uff! Winnetou wird gern mit dabei sein!"

„So werden wir die Pferde in ein Versteck führen und dann kommen. Bleib du einstweilen hier!"

392

Ich eilte zurück, denn es war keine Zeit zu verlieren. Was wir tun wollten, mußte geschehen, solange es noch hell war.

Ein Versteck für die Pferde war hier, wo das Gelände aus lauter Verstecken bestand, rasch gefunden; wir ließen Treskow als Wächter dort und gingen dann zu Winnetou, der indessen seinen taktischen Gedanken nachgehangen hatte. Die anderen wurden, weit auseinandergezogen, in einem Halbkreis rund um die Roten aufgestellt.

Nachdem sie ihre genauen Weisungen erhalten hatten, konnten wir den Streich, der freilich beinahe ein Schwabenstreich war, beginnen. Ich hatte keine Geduld mehr. Mein Zorn wollte und mußte sich betätigen, und Winnetou, der gute, war so nachsichtig, mich durch Widerspruch nicht noch mehr aufzubringen.

Der Häuptling saß ganz in der Nähe des Gefangenen. Die Roten waren still: keiner sprach ein Wort. Da waren wir beide plötzlich unter ihnen. Winnetou schnitt in einem Nu die Fesseln Old Surehands durch, und ich faßte den Häupling mit einer Hand beim Hals und gab ihm die andere Faust so auf den Schädel, daß er zusammensank. Die Indsmen sprangen auf, griffen zu den Waffen und erhoben ihr Kriegsgeheul. Ich richtete aber schon den Lauf des Stutzens auf den Kopf des Häuptlings und überbrüllte sie:

„Seid sofort still, sonst schieße ich Tusahga Saritsch in den Kopf!"

Sie schwiegen.

„Rührt euch nicht", fuhr ich fort. „Wenn ein einziger die Waffe auf uns richtet, ist es des Häuptlings Tod. Es wird ihm und euch nichts geschehen, wenn ihr Frieden haltet. Ihr seid von uns eingeschlossen, und wir könnten euch niederschießen; daß wir es dennoch nicht tun wollen, wird euch gleich Kolma Puschi sagen!"

Die Genannte trat unter den Bäumen hervor. Bei ihrem Anblick nahmen die Utahs eine ruhigere Haltung an. Sie sprach zu ihnen so, wie es den Umständen angemessen war, und brachte es zu unserer Freude so weit, daß die Roten uns vorläufig ihre Waffen ablieferten. Ihr Einfluß war wirklich größer, als ich gedacht hatte. Den Häuptling banden wir.

Das erste war natürlich, daß wir nach dem „General" fragten. Er war nach dem Devils Head geritten und wollte morgen am Vormittag wiederkommen. Dennoch schickte ich sofort den Osagen ein Stück den Felspfad hinan, um diesen zu bewachen und dafür zu sorgen, daß wir nicht von Douglas-Etters über rascht würden. Dieser mußte durch den Engpaß kommen, weil es, wie Kolma Puschi sagte, keinen anderen Weg gab.

Man kann sich denken, was der Häuptling für Augen machte, als er wieder zu sich kam und Old Surehand frei, sich aber gebunden sah! Ich hatte dafür gesorgt, daß er für unsere Sache gewonnen wurde. Kolma Puschi saß bei ihm und klärte ihn auf.

Sie erzählte ihm, was der „General" alles an ihr verbrochen hatte, denn ich war nun gezwungen gewesen, ihr zu versichern, daß dieser kein anderer als Dan Etters sei. Sie sagte ihm auch, daß sein jetziger Verbündeter damals ihren Bruder erschossen und sie auf dessen Grab festgebunden habe. Damit gewann sie ihn schon mehr als halb für sich und uns; als sie ihm aber meinen Auftrag mitteilte, daß wir eigentlich gekommen seien, den schauderhaften Tod Old Wabbles und der Tramps an den Utahs zu rächen, von dieser Rache aber absehen würden, falls sie sich von dem General ab- und uns zuwendeten, da erklärte er so laut, daß wir es alle hörten:

„Wenn ihr uns das versprecht, werden wir ihn nicht länger beschützen; aber wir wir haben ihm versprochen, seine Brüder zu sein, und darauf habe ich das Kalumet mit ihm geraucht; darum ist es uns verboten, seine Feinde zu sein. Es ist uns also nur möglich, daß zu tun, was ich euch sagen werde: Wir entfernen uns jetzt gleich von hier und ziehen durch den Wald zurück bis in den Park hinaus; am Morgen reiten wir dann weiter. Ihr seid also Herren dieses Wegs, auf dem er kommen muß, und könnt ihn ergreifen und mit ihm machen, was euch beliebt! Tusahga Saritsch hat gesprochen. Howgh!"

Weder Winnetou noch ich glaubten, ihm ganz trauen zu dürfen, aber Kolma Puschi stand für ihn ein, und so bedachten wir uns nicht lange und nahmen seinen Vorschlag an. Noch war keine halbe Stunde vergangen, so zogen sie, ihre Pferde führend und mit Feuerbränden in den Händen, durch das Dunkel des Waldes ab, und wir gaben ihnen Kolma Puschi mit, die uns nach ihrer Rückkehr meldete, daß sie wirklich fort seien und keine hinterlistige Absicht gegen uns hegten. Nun löschten wir das Feuer aus und legten uns schlafen; die Wache im Engpaß wurde aber die ganze Nacht unterhalten. Old Surehand schien, ohne gefragt zu werden, uns nicht sagen zu wollen, wie er wieder in die Hände der Utahs geraten war; wir aber wollten ihn nicht durch Fragen kränken, und so wurde geschwiegen.

Wir warteten fast den ganzen Vormittag, ohne daß der General kam; da stieg der Gedanke in uns auf, daß wir von den Utahs belogen worden seien. Es war ja möglich, daß er gar nicht nach dem Devils Head geritten war. Es blieb uns keine andere Wahl: wir mußten hin.

Das war zu Pferd ein außerordentlich schwieriger Weg. Harbour hatte recht gehabt, als er ihn so beschrieb. Es ging immer zwischen ganz engen Felswänden oder an Abgründen hin, Kolma Puschi als Führerin voran. Wir mußten die größten Anforderungen an unsere Pferde stellen. Wir waren schon über zwei Stunden so geritten, als Kolma Puschi sagte, daß es nur noch eine gute halbe Stunde dauern werde. Kaum hatte sie das gesagt, so ertönte vor uns ein Ruf. Wir sahen einen Reiter, der um eine Biegung herum uns entgegenkam; es war der „General". Sein erster Ruf hatte unserer Führerin gegolten, an der sein Auge voll Entsetzen hing. Dann erblickte er mich, der ich hinter ihr ritt.

„Hell and damnation, Old Shatterhand!" schrie er auf.

Er lenkte sein Pferd um, wozu er gerade noch Raum hatte, und verschwand.

„Ihm nach! Rasch, schnell! Was die Pferde laufen können!" rief ich Kolma Puschi zu. „Wenn er uns jetzt entkommt, sehen wir ihn nie wieder!"

Sie spornte ihr Pferd an, und nun begann eine so halsbrecherische Jagd, daß mir noch jetzt graust, wenn ich daran denke. Wir waren hinter ihm; aber er trieb sein Pferd zu rasender Eile. Bald sahen wir ihn und bald nicht, je nachdem der Weg in gerader Richtung ging und sich krümmte. Winnetou folgte mir. Noch nicht eine Viertelstunde hatte diese Hetze gedauert, so öffnete sich der Engweg auf einen breiten Querpaß. Der General lenkte rechts um. Kolma Puschi folgte ihm, drehte sich aber um und rief mir zu:

„Einige nach links, ihm entgegen!"

Ich lenkte also nach dieser Richtung und bedeutete Winnetou:

„Du wieder rechts! Wir zwei sind genug!"

Die beiden Wege führten, wie aus Kolma Puschis Verhalten zu schließen war, später jedenfalls wieder zusammen, und so mußten wir den Flüchtling zwischen uns bekommen. Ich ritt so schnell, wie der Weg es erlaubte, wieder zwischen Felsen hin, die höher und immer höher wurden, und nahm, um für alles gerüstet zu sein, den Stutzen in die Hand.

Jetzt erreichte ich eine Stelle, wo links ein tiefer Abgrund gähnte und rechts eine tief eingeschnittene, natürliche Schneise fast geradlinig in die Höhe führte. Da hörte ich den Galopp eines Pferdes, das mir entgegenkam. Es erschien um die Rundung; der Reiter war der „General". Er sah den Abgrund an der Seite, mich mit dem Gewehr vor sich und stieß einen gräßlichen Fluch aus. Fast noch im Galopp, warf er sich vom Pferd herunter und sprang in die Schneise. Ich konnte ihn erschießen, wollte ihn aber lebendig haben. Da erschienen auch Winnetou und Kolma Puschi, die, wie auch ich, ihre Pferde zügelten.

„Hier hinauf ist er!" rief ich. „Kommt nach, kommt nach!"

„Das ist das Devils Head", antwortete Kolma Puschi. „Da gibt es keinen anderen Weg als diesen. Er ist unser!"

Nun ging ein Klettern los, das einem Gemsjäger Ehre gemacht hätte. Der „General" war uns nur wenig voraus. Sein Gewehr hinderte ihn; er warf es fort. Ich hatte nur den Stutzen übergehängt, den Bärentöter aber unten gelassen. So arbeiteten wir uns höher und immer höher. Die Schneise wurde enger und hörte da auf, wo ein schmaler Steinsims seitwärts führte. Auf diesem kletterte der „General" weiter; ich folgte ihm. Immer schwindelnder wurde der Pfad.

Der Sims hatte eine Unterbrechung; es galt einen Sprung von fast Mannslänge. Der Flüchtling wagte ihn in seiner Angst; er erreichte auch den jenseitigen Stein; aber dieser hing nicht fest mit der Felsmauer zusammen; er brach los und stürzte, verschiedentlich aufpolternd, mit dem „General" in die Tiefe. Ich wandte mich zurück.

„Kehrt um; er ist abgestürzt!" rief ich den beiden zu.

Nun ging es mit ebenso großer Hast den Weg zurück, auf dem wir heraufgeklettert waren. Unten angekommen, sprangen wir auf die Pferde und jagten zurück. Nach kurzer Zeit schon sahen wir unsere Kameraden. Sie standen bei einem Haufen abgestürzter Felsentrümmer.

Der Stein hatte andere, noch viel größere, auch nicht fest eingefügte Stücke, mit herabgerissen, und unter dem größten dieser Stücke, das sicher vierzig Zentner wog, lag der General. Sein Oberkörper, von den Rippen an war frei; die untere Hälfte lag unter dem Stein, jedenfalls völlig zermalmt. Er hatte das Bewußtsein verloren.

„Mein Himmel!" rief ich aus. „Genau wie Old Wabble! Der Unterleib eingepreßt! Welch eine Vergeltung!"

„Und hier! Seht her!" sagte Kolma Puschi und deutete auf die Felswand. „Was seht ihr da? Was steht da zu lesen, von meiner Hand eingegraben?"

Wir sahen Figuren zwischen ihnen ein Kreuz, und unter diesem stand zu lesen: ‚An dieser Stelle wurde der Padre Diterico von J. B. aus Rache an seinem Bruder E. B. ermordet.' Darunter war eine Sonne mit den Buchstaben E. B. zu sehen. Es lief mir kalt über den Rücken. Ich fragte Kolma Puschi:

„Ist das das Felsengrab?"

„Ja. Diese Unterschrift ist mein Name E. B. Emily ist nämlich mein christlicher Name. Dieser Mann liegt gerade auf dem Grab meines Bruders, genau da, wo er mich damals festgebunden hat, und wo ich im Kampf mit ihm meinen Trauring verlor."

„Einen Trauring? Ist es dieser?"

Ich zog den Ring vom Finger und reichte ihn ihr. Sie sah ihn an, las die innere Schrift und rief jubelnd aus:

„E. B. 5. VIII. 1842. Er ist's; er ist's! Meinen Ring habe ich wieder, meinen Ring! Wo habt Ihr ihn her, Mr. Shatterhand?"

„Dem General abgestreift, als er in Helmers' Home am Rande des Llano estacado fünfzig Hiebe aufgezählt bekam."

„Welch eine Fügung Gottes!"

Old Surehand war den letzten Vorgängen mit wechselnder Verwirrung gefolgt. Auch er hatte die Inschrift auf dem Felsengrab gelesen und mußte nunmehr wissen, daß er am Grab seines seit vielen Jahren gesuchten Oheims stand. Das war die erste erschütternde Entdeckung.

Fast noch mehr setzten ihn die Worte Kolma Puschis in Erstaunen, aus denen hervorging, daß dieser eigentlich ein Weib war. Und diese Frau hatte den Padre Diterico als ihren Bruder bezeichnet und nannte sich Emily – und Emyli war doch der Vorname seiner Mutter gewesen!

Es war ein zum Erbarmen hilfloser Blick, den er in der Runde umherschweifen ließ. Ich mußte mich seiner annehmen.

„Mr. Surehand, sagt mir endlich einmal, warum Ihr jetzt hier heraufgekommen seid!"

Er gab sich einen Ruck, als müßte er unsichtbare Fesseln zersprengen.

„Es wurde bei Wallace ein Brief für mich abgegeben, der . . ."

„. . . der Euch für den sechsundzwanzigsten September zum Devils Head bestellte?"

„Woher wißt Ihr? Von dem Inhalt dieses Briefes habe ich keinem Menschen eine Silbe erzählt, nicht einmal Wallace."

„Ihr könnt nicht wissen, daß der Schreiber Eures Briefes eine ähnliche Nachricht an seinen früheren Spießgesellen gelangen ließ, und diese habe ich gelesen."

„Ihr sprecht in lauter Rätseln. Welchen Spießgesellen meint Ihr?"

„Den ehedem berüchtigten Taschenspieler und Falschmünzer Lothaire Thibaut."

„Thibaut?" schrie Old Surehand förmlich auf. „Was wißt Ihr von ihm?"

„Ihr werdet bald alles erfahren. Die Briefe stammten beide von dem ‚General' hier. Er hat Euch im Llano erkannt und nach Euch geforscht. Er wollte Euch verderben; er lockte Euch hierher, wahrscheinlich um Euch zu ermorden."

„Dieser ‚General' hier? Was hat denn der mit diesen Angelegenheiten zu tun?"

„Dieser General ist Dan Etters, den Ihr sucht."

„Dan Etters? Herrgott, ist's wahr?"

„Ja. Ich kann es Euch sogleich beweisen. Ihr habt doch auch gute Westmannsaugen. Seht doch seinen Mund! Er steht weit offen, und hier!"

Ich griff dem Zermalmten in den Mund und zog die künstliche Gaumenplatte mit zwei Oberzähnen heraus.

„Das sind falsche Zähne", fuhr ich fort. „Seht Ihr nun die Zahnlücken?"

Welch ein Erstaunen gab das jetzt! Ich ließ aber niemanden zu Wort kommen.

„Nicht wahr, Mr. Surehand, Ihr heißt Leo Bender?!"

Diese Frage brachte eine gewaltige Wirkung hervor. Kolma Puschi sprang auf und starrte Old Surehand fassungslos an. Apanatschka schien sich mit ausgebreiteten Armen auf den wiedergefundenen Bruder stürzen zu wollen. Dieser aber brachte kein Wort hervor. Da fuhr ich fort:

„Ihr habt die Aufgabe Eures Lebens darin gesehen, Mr. Surehand, nach dem Verbleib von Mutter, Bruder und Oheim zu forschen; diese Aufgabe könnt Ihr heute als gelöst betrachten! Euer Oheim I-kwehtsi'pa, auch Padre Diterico oder Wawa Derrick genannt, ruht in diesem Felsengrab. Euer Bruder steht neben Euch; es ist unser Freund Apanatschka, der eigentlich Fred Bender heißt. Und hier – hier steht Eure Mutter, Tahua Emily Bender."

Die hierauf folgende Szene ist unmöglich zu schildern. Ich wurde umdrängt, gefragt, gedrückt –; ich floh davon und blieb fort, bis ich einen langgezogenen, ganz entsetzlichen Schrei hörte, der mich zurücktrieb. Dan Etters war zur Besinnung gekommen und ließ ein markerschütterndes Brüllen hören. Es war mit ihm kein Wort zu reden; er hörte nicht. Er schrie und brüllte, jammerte und stöhnte. Es war nicht auszuhalten. Wir mußten uns entfernen. Geholfen konnte ihm nicht werden, denn es war vollständig unmöglich, den Fels zu heben, um den Mann darunter hervorzuziehen. Er mußte an Ort und Stelle sterben, so wie er dalag, am Schauplatz seiner Mordtat. Später, als wir ihn nicht mehr hörten, gingen wir wieder hin. Da hatte er die Zähne fest zusammengebissen und starrte uns mit unbeschreiblich tierischen, nein, viehischen Augen an.

„Dan Etters, hört Ihr mich?" fragte ich ihn.

„Old Shatterhand! – Sei verdammt!" antwortete er.

„Habt Ihr einen Wunsch?"

„Verdammt in alle Ewigkeit, du Hund!"

„Der Tod hält Euch gepackt. Ich möchte mit Euch beten!"

„Beten? Hahahahaha! Willst du nicht lieber . . ."

Es war gräßlich, unmenschlich, was er sagte.

Ich fragte trotzdem weiter; andere fragten, baten, ermahnten und warnten ihn. Er hatte nur Flüche und Lästerungen zur Antwort. Um nicht das Allerschlimmste hören zu müssen, gingen wir fort. Da begann er wieder zu brüllen. Was für Schmerzen mußten das sein, die ihm ein solches Geheul entrissen! Und doch ließ er sich nicht durch sie zur Reue führen.

Wir nahmen unser Lager so weit von ihm, daß wir sein Geschrei nur wie ein fernes Windsgeheul hörten. Dort wurde nun erzählt, den Rest des Nachmittags, den Abend und die ganze Nacht hindurch; wovon und worüber, das läßt sich ja denken. Es gab noch manche Frage und manche Rätsel; aber der einzige, der sie lösen und beantworten konnte; war teuflisch genug, uns alle Auskunft zu verweigern, Dan Etters nämlich. Er wurde des Abends und auch in der Nacht öfters aufgesucht, aber wir erhielten nur Flüche und höhnisches Gelächter zur Antwort. Sogar mit Wasser erquicken ließ er sich nicht; als ich es zu tun versuchte, spie er mir ins Gesicht. Dann brüllte und heulte und lästerte er wieder längere Zeit, bis wir am Morgen fanden, daß er gestorben war, gestorben nicht wie ein Mensch, sondern wie - wie – wie, es fehlt mir jeder Vergleich; es kann kein toller Hund, nicht das allerniedrigste Geschöpf so verenden wie er. Wir haben ihn liegenlassen, so wie er lag, und einen Steinhügel darüber gehäuft. Kann Gott seiner armen Seele gnädig sein? Vielleicht doch – doch – – doch – – – doch!

Und nun das Ende, lieber Leser? Ich weiß, du möchtest recht ausführliche Auskunft über jede einzelne Person haben, aber wollte ich sie dir geben, so würde ich mir vorgreifen und mich um die Freude bringen, dir später vielleicht noch mehr von ihnen erzählen zu können. Nur über Tokbela muß ich dich beruhigen. Ihr Wahnsinn ist in eine stille Melancholie übergegangen, die sie nicht hindert, an allem, was ihre Umgebung betrifft und bewegt, innigen Anteil zu nehmen. „Ihr Geist ist wieder bei ihr."

Und Dick Hammerdull und Pitt Holbers? Die beiden lieben Kerle sind – doch was sie sind, oder was sie nicht sind, das bleibt sich gleich, wenn sie nur noch sind!

# ZEITTAFEL

**1842** Karl May wird am 25. 2. als 5. Kind des Webers Hein=
rich August May in Ernstthal (sächsisches Erzgebirge)
geboren. Infolge einer Krankheit erblindet er kurz nach
der Geburt.

**1846** Karl Mays Mutter besteht am 13. 2. in Dresden die
Hebammenprüfung. Im Zusammenhang damit wird eine
Augenoperation in Dresden möglich, durch die Karl die
Sehkraft wiedergewinnt.

**1847** Eintritt in die Rectoratsschule Ernstthal.

**1854** Karl ist Kegelbub in der Schankwirtschaft Engelhardt
in Hohenstein. Durch Hohensteiner Auswanderer nach
USA gewinnt Karl May erste Eindrücke der englischen
und französischen Sprache; hierdurch und durch Lektüre
wird sein Interesse an fremden Ländern geweckt.

**1856 bis 1861** Studienzeit: am 25. 9. 1856 Aufnahmeprüfung für das
Probeseminar, ab Ostern 1857 bis Dezember 1859 Semi=
narist in Waldenburg; 1860 Fortsetzung des Studiums
im Seminar Plauen. Abschlußexamen am 9. und 12. Sep=
tember 1861.

**1861** Seit 5. 10. Hilfslehrer in Glauchau, dann bis Dezember
Lehrer an der Fabrikschule der Firmen Solbrig und
Claus in Alt=Chemnitz.

**1862** Der in Mays Selbstbiographie geschilderte Vorwurf,
eine (geringwertige) Taschenuhr entwendet zu haben,
führt zu einer sechswöchigen Haft und zum Verlust der
Berechtigung, fortan als Lehrer tätig zu sein.

**1863 bis 1864** Karl May versucht sich durch Privatstunden den Lebens=
unterhalt zu verdienen. Er wird Mitglied des Gesang=
vereins „Lyra", für den er selbst Lieder komponiert.

**1865 bis 1874** „Sturm=und=Drang=Zeit" Karl Mays. Zwei Haftstrafen
für Eigentumsdelikte, begangen aus wirtschaftlicher Not
und aus Erbitterung über eine herzlose und gefühllose
Mitwelt (vgl. dazu „Mein Leben und Streben", Kapitel
„Im Abgrund"). Während der Haftzeit kommt Karl May
zur Selbstbesinnung; erste schriftstellerische Skizzen.

1875    Karl May wird am 8. 3. Redakteur für den Verleger H. G. Münchmeyer, Dresden, in dessen Zeitschrift „Der Beobachter an der Elbe" Karl Mays Erstlings= novellen „Wanda" und „Der Gitano" abgedruckt wer= den. — Karl May läßt den „Beobachter an der Elbe" mit Beendigung des zweiten Jahrgangs eingehen und gründet statt dessen zwei neue Zeitschriften: „Deutsches Familienblatt" und „Schacht und Hütte". Im „Deutschen Familienblatt" erscheint Mays erste Winnetou=Erzählung: „Old Firehand". Die beiden neugegründeten Blätter werden 1876 abgelöst durch eine dritte neue Wochen= schrift: „Feierstunden am häuslichen Heerde".

1877    Karl May stellt im März seine Tätigkeit für Münch= meyer ein und wird freier Schriftsteller.

1879    Karl May wird ab März ständiger Mitarbeiter der Familienzeitschrift „Deutscher Hausschatz" (Verlag Pustet, Regensburg).

1880    Eheschließung mit Emma Lina Pollmer aus Hohenstein am 17. 8.; Wohnung der jungen Eheleute am Altmarkt in Hohenstein.

1881    Unter dem Obertitel „Giölgeda Padishanün" beginnt im „Deutschen Hausschatz" die Veröffentlichung der großen Orient=Reiseerzählung (später: Bde. 1—6 der Ges. Werke).

1882    Erneute Verbindung mit Münchmeyer. Bis 1887 schreibt Karl May für ihn fünf umfangreiche Lieferungsromane, die in Kolportageform vertrieben werden.

1883    Umzug Karl Mays nach Dresden=Blasewitz.

1887    Karl May beendet seine Tätigkeit für Münchmeyer. Er wird Mitarbeiter der neu gegründeten Jugendzeit= schrift „Der gute Kamerad"; beginnend mit der Wild= west=Erzählung „Der Sohn des Bärenjägers", schreibt er im Laufe der Jahre sieben Jugendbücher, die später ganz besonders erfolgreich werden (heute: Bde. 35—41 der Ges. Werke).

1888    Anfang Oktober Umzug nach dem Dresdner Vorort Kötzschenbroda.

1892   Der Verlag F. E. Fehsenfeld, Freiburg, gibt die ersten sechs Bände der „Gesammelten Reiseerzählungen" heraus. Der Buchrücken dieser Fehsenfeld=Bände mit seiner schwarz=goldenen Ornamentik auf grünem Leinen ist bis heute als zur Tradition gewordene Karl=May= Ausstattung der „Grünen Bände" beibehalten worden.

1893   In den „Gesammelten Reiseerzählungen" erscheinen die drei Bände „Winnetou", von denen Karl May den ersten Band neu schreibt und für den zweiten und dritten Band bereits vorliegende (in Zeitschriften veröffentlichte) Winnetou=Erzählungen durch ergänzende Kapitel verbindet.

1896   Anfang Januar Umzug in das von Karl May gekaufte Wohnhaus in Radebeul, Kirchstraße 5, das er Villa „Shatterhand" nennt.

1899   In den „Gesammelten Reiseerzählungen" sind bereits insgesamt 27 Bände erschienen, teils für die Buchform neu geschrieben (wie zum Beispiel Bd. 24 „Weihnacht" und Bd. 25 „Am Jenseits"), teils aus früheren Zeit= schriften=Veröffentlichungen gesammelt (wie zum Bei= spiel die Bände 26/27 „Im Reiche des silbernen Löwen" I/II) — die heute unter den Einzeltiteln „Der Löwe der Blutrache" und „Bei den Trümmern von Babylon" vertrieben werden. Der Name Karl May ist inzwischen im gesamten deutschen Sprachraum berühmt geworden. Doch dieser Erfolg führt gleichzeitig zu einer verhäng= nisvollen Entwicklung: Pauline Münchmeyer, die Witwe des 1892 verstorbenen H. G. Münchmeyer, verkaufte am 16. 3. den Verlag an Adalbert Fischer; dabei überträgt sie auch Karl Mays für Münchmeyer geschriebene Romane, und zwar gegen Mays Einspruch, die Rechte davon seien längst an den Autor zurückgefallen.
Karl May tritt am 26. 3. seine große Orientreise an. Von Genua aus fährt er nach Port Said, Kairo, nilauf= wärts bis Assuan, anschließend nach Palästina, durch das Rote Meer bis Massaua und Aden, weiter nach Ceylon und Sumatra. Unterwegs erhält er Zeitungen, die erste Angriffe auf ihn und sein Werk enthalten.

1900 Karl May trifft sich im März unterwegs mit seiner Frau Emma und dem befreundeten Ehepaar Plöhn, um den Rest der Reise gemeinsam zu unternehmen: Kairo, Jerusalem, Baalbek, Istanbul; Heimfahrt nach Deutsch= land über Griechenland, Italien (vgl. das Reisetagebuch „Von Allah zu Apollon" in Bd. 49 „Lichte Höhen"). Am 31. 7. trifft Karl May wieder in Radebeul ein.

1901 Für sein Sammelwerk „China" schreibt Karl May die Reiseerzählung „Et in terra pax" (Erstfassung von Bd. 30 „Und Friede auf Erden"), deren Grundlage die Eindrücke der großen Orientreise bilden.
Adalbert Fischer beginnt mit der umstrittenen Neu= veröffentlichung der Lieferungsromane Karl Mays. Karl May klagt gegen Fischer und Pauline Münchmeyer auf Schadenersatz und Herausgabe der Originalmanuskripte, um Verfälschungen im Text nachweisen zu können.
Die Prozesse ziehen sich bis über den Tod Karl Mays hin und werden erst danach durch Vergleich beendet.

1902 Emma May hat sich ihrem Mann immer mehr ent= fremdet, und da sie noch immer mit der Prozeßgegnerin Pauline Münchmeyer befreundet ist, ergreift sie deren Partei und schädigt Karl May erheblich. Am 14. 1. 1903 wird Mays erste Ehe geschieden.

1903 Karl May heiratet am 30. 3. Klara, die Frau seines 1901 verstorbenen Freundes Richard Plöhn.
Ende 1903 erscheint als Band 28/29 der „Gesammelten Reiseerzählungen" der große autobiographische Schlüs= selroman „Im Reiche des silbernen Löwen" III/IV.

1904 Erste Prozeßauseinandersetzungen mit dem Journalisten Rudolf Lebius, der später sein Hauptgegner wird.
Der zu seiner Zeit sehr berühmte Maler Sascha Schnei= der gestaltet für Karl Mays Werke neue „symbolische" Deckelbilder, die im November 1904 auch gesondert in Sammelmappe erscheinen (heute wiedergegeben im Kunstdruckteil der Monographie „Karl May und Sascha Schneider" von Hansotto Hatzig).

1908    Karl May tritt am 5. 9. mit seiner Frau Klara eine
        Amerikareise an: von New York über Albany nach
        Buffalo und in die Reservation der Tuskarora=Indianer.
        In Lawrence, Massachusetts, besucht Karl May seinen
        Schulfreund Jakob Pfefferkorn. Am 18. 10. hält er hier
        einen Vortrag über „Drei Menschheitsfragen: Wer sind
        wir? Woher kommen wir? Wohin gehen wir?". — Über
        Boston geht die Reise zurück nach New York; Anfang
        Dezember ist das Ehepaar wieder zu Hause.

1909    Aus den Eindrücken der Amerikareise entsteht das Buch
        „Winnetou" IV, später umbenannt in „Winnetous
        Erben". In Buchform erscheint der große Symbol=
        Roman „Ardistan und Dschinnistan", der von 1907 bis
        1909 im „Deutschen Hausschatz" abgedruckt war.

1910    Höhepunkt der „Karl=May=Hetze" durch den Prozeß
        mit Rudolf Lebius und die dadurch entfachte Presse=
        kampagne. Lebius zerrt Karl Mays Vorstrafen ins Licht
        der Öffentlichkeit. — Karl May lernt seinen späteren
        Verleger Dr. E. A. Schmid kennen, der ihm bei den
        Prozessen mit Rat und Tat zur Seite steht. — Im Herbst
        erscheint die erschütternde Selbstbiographie „Mein
        Leben und Streben". Diese Lebensgeschichte bildet
        später das Kernstück des Biographiebands „ICH" (Bd. 34
        der Ges. Werke).

1911    In der Berufungsverhandlung gegen Rudolf Lebius in
        Berlin=Moabit am 18. 12. siegt Karl May. Dadurch ist
        der gefährlichste seiner Gegner zum Schweigen ge=
        bracht.
        Karl May erkrankt gegen Jahresende schwer an einer
        Lungenentzündung.

1912    Auf Einladung des „Akademischen Verbands für Lite=
        ratur und Musik" hält Karl May am 22. 3. in Wien
        einen Vortrag über das Thema „Empor ins Reich der
        Edelmenschen". Eine 2000köpfige Zuhörerschaft feiert
        ihn enthusiastisch.
        Karl May stirbt am 30. 3. in Radebeul und wird am
        3. 4. auf dem Radebeuler Friedhof beigesetzt.

# Karl May

In dieser Ausgabe lieferbare Bände: